Troublante machination

Une attirance à risque

Captive d'un étranger

PAULA GRAVES

Troublante machination

BLACK ROSE

HARLEQUIN

Collection : BLACK ROSE

Titre original : THE SMOKY MOUNTAIN MIST

Traduction française ISABEL ROVAREY

HARLEQUIN®
est une marque déposée par le Groupe Harlequin

BLACK ROSE®
est une marque déposée par Harlequin

HARLEQUIN

83-85, boulevard Vincent-Auriol, 75646 PARIS CEDEX 13.

Service Lectrices — Tél. : 01 45 82 47 47

www.harlequin.fr

ISBN 978-2-2803-3049-7 — ISSN 1950-2753

1

Rachel Davenport se savait observée et elle détestait cette sensation, même si les regards tournés vers elle en cette fraîche matinée d'octobre semblaient tous bienveillants et remplis de compassion. Seules quelques rares personnes venues assister aux funérailles connaissaient la vérité, savaient pourquoi, quinze ans plus tôt, après la mort soudaine de sa mère, elle avait disparu pendant près d'une année… Mais cela ne l'empêchait pas de se sentir atrocement mal à l'aise.

Elle se redressa et releva la tête, refusant de donner à quiconque un motif de douter de sa force. Elle avait survécu jusque-là et n'avait nullement l'intention de s'effondrer maintenant. Pas question de se donner en spectacle.

— C'est une belle cérémonie, n'est-ce pas ? dit Diane, l'épouse de son père depuis huit ans, tout en se tamponnant délicatement les yeux avec un mouchoir bordé de dentelle. Il y a tellement de monde…

— Oui, acquiesça Rachel, un peu honteuse.

Elle n'était pas la seule à avoir perdu un être cher. Diane était peut-être frivole et un tantinet égocentrique, mais elle avait rendu George Davenport heureux. Il l'avait tendrement aimée, s'était fait un plaisir de satisfaire ses moindres désirs, et elle, de son côté, s'était montrée une épouse aimante, enjouée et dévouée à lui jusqu'à son dernier soupir. Même si Rachel avait vu d'un mauvais œil l'arrivée de cette nouvelle femme dans la vie de son père, elle ne pouvait que lui être reconnaissante d'avoir ensoleillé les huit dernières années de sa vie.

— J'ai tendance à oublier parfois ce qu'il représente pour tous ces gens. Pour moi, il était tout simplement Georgie. Je ne voyais pas l'homme d'affaires, tu comprends ? Seulement un mari adorable qui aimait jardiner et chanter, le soir, pour moi.

De nouvelles larmes inondèrent son visage. Diane tamponna avec son mouchoir ses joues qui, sans un mascara waterproof d'excellente tenue, auraient immanquablement été marbrées d'horribles traces noires. Puis elle leva ses yeux rougis vers Rachel.

— Il va terriblement me manquer.

Rachel lui pressa brièvement l'épaule.

— A moi aussi.

Le prêtre prit place devant le cercueil et lut le psaume que son père avait choisi, des mots d'espoir tirés de l'Epître aux Ephésiens, celui que préférait son père. Rachel essaya de trouver du réconfort dans ces paroles d'apaisement, mais elle était tout entière dominée par le sentiment de perte.

Jamais elle ne s'était sentie aussi seule. D'aussi loin qu'elle s'en souvienne, son père avait été son roc, son pilier, et maintenant… Il était parti. Il y avait son oncle, Rafe, bien sûr, mais il vivait à deux heures de là et passait beaucoup de temps à voyager, à la recherche de nouveaux talents pour son cabaret.

Et, même si elle appréciait Diane, toutes les deux avaient trop peu en commun pour devenir de vraies amies. Quant à Paul, le fils de Diane, elle ne le considérait pas non plus comme autre chose qu'un simple ami. Pourtant, ils s'étaient rapprochés depuis qu'elle avait démissionné de son poste à la bibliothèque municipale de Maryville pour prendre la suite de son père, à la tête de l'entreprise de transports routiers.

Il lui arrivait parfois de se demander pourquoi son père n'avait pas cédé les rênes de l'entreprise à Paul plutôt qu'à elle. Il travaillait depuis plus de dix ans pour les Transports Davenport. C'était d'ailleurs par le biais de Paul qu'il avait fait la connaissance de Diane, et non l'inverse. Il était directeur administratif depuis plusieurs années désormais et connaissait bien le fonctionnement de la société.

Mieux qu'elle, en tout cas, même si elle en avait appris beaucoup au cours de l'année qui venait de s'écouler.

Tandis qu'elle regardait son frère par alliance s'avancer vers le cercueil, les lèvres remuant comme s'il parlait à l'homme qui reposait sous le chêne poli, une autre silhouette vêtue de sombre, quelques mètres derrière lui, retint l'attention de Rachel. L'homme était grand, mince, vêtu d'un costume seyant, en total décalage avec sa crinière sombre un peu ébouriffée et son allure sauvage. Une paire de lunettes noires masquait ses yeux, mais pas sa mâchoire carrée, belliqueuse, ni ses hautes pommettes saillantes.

C'était Seth Hammond, l'un des mécaniciens de l'entreprise. D'autres employés étaient venus assister aux obsèques, bien entendu, et il n'y avait pas de raison d'être surpris par sa présence. A ceci près qu'il n'avait jamais été proche de son père ni, d'ailleurs, de qui que ce soit dans l'entreprise. Elle l'avait toujours considéré comme un loup solitaire.

Au moment où elle s'apprêtait à balayer des yeux le reste de l'assistance, il releva ses lunettes sur le sommet de son crâne et croisa son regard.

Un courant électrique la traversa, la figeant. Il la dévisagea longuement, comme pour la mettre au défi de soutenir son regard. L'air se bloqua dans ses poumons, qui se mirent à la brûler jusqu'à ce qu'elle s'oblige à expirer lentement, à fond.

Alors, il détourna les yeux, et elle eut l'impression que quelqu'un avait soudain coupé les ficelles qui la maintenaient en position verticale. Ses genoux faiblirent, et elle agrippa le bras de Diane.

— Qu'y a-t-il ? demanda doucement celle-ci.

Rachel ferma les yeux l'espace d'un instant pour recouvrer son équilibre, puis risqua un nouveau coup d'œil dans la direction de l'homme.

Mais il était parti.

— Je ne sais pas. Elle a l'air de tenir bon.

De l'endroit où il était garé, près du cimetière, Seth Hammond gardait un œil sur Rachel Davenport. Les fossoyeurs avaient descendu le cercueil dans la tombe béante une vingtaine de minutes plus tôt, et la plupart des gens s'étaient dispersés, laissant la famille proche faire ses adieux à George Davenport dans l'intimité.

— Le fait que tout le monde soit parti, autour d'elle, n'est pas une coïncidence.

La voix profonde qui bourdonnait à son oreille dans le téléphone portable était celle d'Adam Brand, agent spécial du FBI.

Seth ne savait pas pourquoi l'agent fédéral basé à Washington s'intéressait tellement à l'héritière d'une entreprise de transports routiers, à Smoky Mountains, au fin fond du Tennessee, mais Brand le payait bien, et Seth n'était pas en position de refuser un travail honnête et bien rémunéré.

L'autre option aurait été un travail malhonnête, et s'il avait autrefois été sacrément doué en matière d'escroquerie, il n'y avait trouvé que peu de satisfaction. C'était une vraie malédiction, se disait-il, que d'exceller à quelque chose qui vous vidait de votre substance et vous volait votre âme.

— Je suis d'accord, dit-il. Ce n'est pas une coïncidence.

L'emplacement qu'avait choisi Seth n'était pas idéal, mais, sa réputation étant ce qu'elle était, mieux valait qu'on ne l'aperçoive pas en train d'épier une femme, depuis sa voiture avec des jumelles. Il l'observait donc de loin et comptait sur le langage corporel plutôt que sur les expressions faciales pour deviner ce que Rachel Davenport ressentait. Du chagrin, évidemment. Il l'enveloppait comme un linceul. Comme la brume matinale qui s'enroulait autour des Smokies, faussement éphémère. Elle se tenait droite, le menton haut, et ses gestes étaient mesurés. Mais quelque chose lui disait qu'un seul coup de coude suffirait à la faire s'effondrer.

Elle n'avait plus personne maintenant. Tout le monde était parti. Sa mère, de sa propre main, quinze ans plus tôt, son père, du cancer, voilà trois jours. Pas de frères ni de sœurs, exception faite de Paul, et ce n'était pas comme s'ils étaient liés par les liens du sang et qu'ils avaient grandi ensemble, comme sa sœur et lui-même.

— Est-ce que vous avez vu Delilah récemment ? demanda Brand, qui semblait avoir le don singulier de toujours deviner les chemins qu'empruntaient les pensées de Seth.

— Je l'ai rencontrée au Ledbetter Café ce week-end, répondit-il sans autre commentaire.

Il n'avait pas l'intention de colporter des informations concernant sa sœur.

Brand ne lui avait jamais dit pourquoi il n'appelait pas directement Delilah s'il voulait avoir de ses nouvelles — et Seth n'avait jamais posé la question. Il supposait que Brand et elle avaient pris leurs distances à un moment donné. Sans doute était-ce ce qui avait poussé Dee à quitter le FBI et à venir travailler pour Cooper Security. Ce choix professionnel, à l'époque, avait grandement soulagé Seth, qui était bien conscient que le métier de sa sœur et sa propre activité, nettement moins recommandable, risquaient tôt ou tard d'interférer.

Evidemment, bien qu'il soit aujourd'hui sur la voie de la rédemption, il ne fallait pas s'étonner qu'elle ait du mal à croire au nouveau Seth Hammond.

— Je pense que j'ai quelques bons clichés des personnes qui sont venues aux obsèques. Je les examinerai en détail dès que je pourrai.

Un coup frappé à la vitre de la portière passager le fit sursauter. Il leva les yeux et vit le regard brun de Delilah, fixé sur lui.

— Je dois raccrocher, annonça-t-il à Brand avant de ranger le téléphone portable dans sa poche.

Vérifiant discrètement qu'il n'avait pas laissé les jumelles sur la banquette arrière, il poussa un soupir et abaissa la vitre de la portière.

— Salut, Dee.

— Qu'est-ce que tu fais là ? Une raison particulière à ta présence ici ?

Sa sœur était revenue dans le Tennessee depuis à peine deux semaines et, déjà, le rude accent des Appalaches reprenait le dessus sur l'intonation neutre qu'elle avait adoptée, à la ville.

Le ton soupçonneux de Delilah le mit sur la défensive.

— La même que tout le monde, j'imagine. Je suis simplement venu assister aux funérailles de mon patron.

— La cérémonie est terminée, et tu es toujours là, rétorqua Delilah en contemplant les Davenport par-dessus le toit de la voiture. Tu n'aurais pas l'intention de dépouiller une pauvre héritière éplorée de l'argent de son père, par hasard ?

— Très drôle.

— Je suis tout à fait sérieuse. Aussi sérieuse qu'un infarctus peut l'être, répliqua Delilah d'un ton cinglant.

— Tu ne vas pas me faire une scène ici, Delilah.

— Tu sais bien que les Hammond sont doués pour ça, Seth,

dit sa sœur en ouvrant la portière et en s'asseyant sur le siège passager. Voilà, c'est mieux comme ça ?

— Tu as vu maman, c'est ça ? demanda-t-il d'un ton sec, remarquant l'expression triste dans ses yeux sombres.

— La police de Bitterwood m'a appelée pour que je vienne la récupérer avant qu'ils ne la placent en cellule de dégrisement, grimaça Delilah. Qui diable a bien pu leur dire que j'étais de retour ?

— Ma chérie, il est impossible de passer inaperçu à Bitterwood. C'est une toute petite ville ; tout le monde met son nez dans les affaires de tout le monde.

Contrairement à sa sœur, il n'avait jamais vraiment quitté les montagnes, même s'il s'était tenu à distance de Bitterwood pendant quelques années, le temps de se faire oublier. Sans l'accident vasculaire cérébral de Cleve Calhoun cinq ans plus tôt, il ne serait peut-être jamais revenu. Mais Cleve avait besoin de lui, et Seth avait trouvé une satisfaction douce-amère à essayer de vivre honnêtement dans l'endroit même où il avait pris goût aux activités illégales.

Il coula un regard en direction de la tombe de George Davenport. La famille s'était dispersée. Paul Bailey et sa mère, Diane, marchaient bras dessus, bras dessous vers la voiture de Paul tandis que Rachel se dirigeait lentement vers une autre tombe, un peu plus loin dans le cimetière. Celle de Marjorie Kenner, s'il ne se trompait pas. La dernière victime de Mark Bramlett.

— Je connais ta prédilection pour les proies faciles, proféra Delilah de son accent traînant. Mais tu ne peux pas lui laisser quelques jours pour faire son deuil en paix avant de la déposséder de sa fortune ?

— Quelle haute opinion tu as de moi, murmura-t-il en quittant des yeux le visage sévère de Rachel.

— Tu l'as bien cherché, mon cher frère, répondit-elle sur le même ton.

— Je suppose que ça ne servirait à rien de te redire que je ne pratique plus ce genre de choses aujourd'hui.

— C'est ça, comme maman qui m'a juré que c'était son dernier verre quand je l'ai mise au lit, complètement soûle.

L'amertume et la résignation s'entendaient dans sa voix.

Oh ! Dee, songea-t-il. *Pas un membre de la famille pour se montrer digne de toi. Pour être à la hauteur.*

— Dis-moi que tu n'es pas en train de mijoter quelque chose.

— Je me tue à te répéter que j'en ai fini avec cette vie, Dee. Depuis plusieurs années, maintenant.

L'espoir et la suspicion qu'il lut dans son regard lui serrèrent le cœur.

— J'ai laissé la camionnette de l'autre côté du cimetière. Tu peux m'y conduire ?

Il jeta un dernier coup d'œil à la frêle silhouette de Rachel Davenport, se demandant combien de temps elle parviendrait encore à tenir debout. Depuis quelques semaines, quelqu'un faisait son possible pour la faire craquer.

La question était : pourquoi ?

— Je n'ai pas pu te parler à l'enterrement.

Rachel sursauta au son de la voix, si proche. Elle se retourna et croisa un regard sombre rempli d'inquiétude.

Davis Rogers n'avait pas changé depuis leur rupture, cinq ans plus tôt. Avec sa prestance et ses vêtements élégants, il donnait déjà de lui, à l'époque où il n'était encore qu'étudiant à l'université de Virginie, l'image de ce qu'il était en passe de devenir — un brillant avocat plein d'assurance.

Cette aisance naturelle l'avait conquise, elle qui manquait tellement d'assurance. Ça avait été si facile de savourer ses succès par procuration.

Pendant un certain temps, du moins.

Puis elle avait trouvé ses marques et s'était rendu compte que l'influence qu'il exerçait sur l'ensemble de sa vie constituait non plus un soutien mais un poids.

Il n'en aurait pas fallu beaucoup pour qu'elle oublie cette leçon, surtout un jour comme aujourd'hui, songea-t-elle, tentée par l'envie familière de se blottir dans ses bras et de ne plus penser à rien.

— Je ne savais pas que tu avais appris, pour mon père.

— J'ai vu la nouvelle dans le journal, à Raleigh. J'ai voulu venir lui rendre un dernier hommage et voir comment tu allais.

Il repoussa doucement une mèche de cheveux du visage de Rachel.

— Tu tiens le coup ?

— Ça va.

Le contact de ses doigts ne lui procura rien d'autre qu'un piètre réconfort.

— Je suis triste, bien sûr, ajouta-t-elle devant son air sceptique. Et je le serai longtemps encore. Mais ça va.

Et c'était vrai. Ça irait. Elle avait beau être broyée par le chagrin, elle savait qu'elle tiendrait bon.

— Peut-être que ça te ferait du bien de sortir et de te changer les idées. Le réceptionniste de l'hôtel où je suis descendu m'a parlé d'un bar très sympa, près de l'université, à Knoxville, où on pourra écouter des groupes d'étudiants et revivre nos jeunes années, qu'est-ce que tu en dis, Rachel ? Ce sera comme à l'époque de Charlottesville.

Elle fit la grimace.

— Tu sais, je n'ai jamais tellement aimé ce genre d'endroits. Je les fréquentais parce qu'ils te plaisaient, à toi.

Une expression de franche surprise se peignit sur ses traits.

— Ah bon ?

— Je suis une fille du Tennessee. Moi, ce que j'aimais, c'était la musique *country* et le *bluegrass*.

Il parut horrifié, mais réussit malgré tout à sourire.

— Je suis sûr qu'on devrait trouver un bar western quelque part par ici.

— Il y a bien un endroit, ici, à Bitterwood où nous pourrions aller. Il y a un groupe de *bluegrass*, et ils font les meilleures frites du coin.

Après les derniers mois passés à regarder l'état de son père se détériorer jour après jour, peut-être avait-elle effectivement besoin de s'autoriser un moment de détente. De penser à autre chose qu'à la perte qu'elle venait de subir, et qui s'ajoutait à celle de sa mère, ancienne, et aux autres, plus récentes.

Et pourquoi pas en compagnie de Davis ? Elle ne l'aimait plus, mais elle avait confiance en lui et l'appréciait toujours. L'homme qui avait tué quatre de ses amies était peut-être mort, mais le monde était toujours plein de dangers. Surtout pour une femme seule.

Et, seule, elle l'était, songea-t-elle, le spleen reprenant le pas sur son éphémère moment d'optimisme.

Tellement seule.

Pour la première fois depuis des années, Seth Hammond avait un endroit rien qu'à lui. Oh ! Ce n'était pas un château, juste un bungalow un peu branlant en bordure de la route qui montait à Smoky Ridge, mais, pendant quelques semaines encore, il n'aurait pas à le partager avec qui que ce soit. Le propriétaire des lieux, Cleve Calhoun, était en cure de soins, à Knoxville, pour tenter de surmonter les séquelles de son AVC.

A sept heures du soir, Seth avait changé d'avis sur la situation. Malgré sa perspective alléchante, ce moment de solitude n'était pas aussi paradisiaque qu'il se l'était imaginé. Même si la réception satellite n'était pas trop mauvaise, il n'y avait pas grand-chose à la télévision. Le match des Vols ne se jouerait pas avant le samedi et, avec l'élimination des Braves, suivre le championnat de base-ball ne présentait pas non plus grand intérêt.

Il avait déjà passé en revue les clichés qu'il avait pris à l'enterrement grâce à ses lunettes spéciales équipées d'un appareil photo, mais ceux-ci n'avaient rien révélé de probant. Personne n'avait paru épier Rachel Davenport — à l'exception de lui-même. Il pouvait toujours y jeter un nouveau coup d'œil, mais ce serait peine perdue. Et il avait assez vu le chagrin de Rachel pour une journée. Il avait transféré les images sur le serveur qu'Adam Brand lui avait indiqué. Peut-être celui-ci aurait-il plus de chance… Après tout, au moins Brand savait-il ce qu'il cherchait, lui.

Mais il n'avait apparemment pas jugé utile de mettre Seth dans la confidence.

Tu es devenu un vieux pantouflard, se dit Seth en regardant sans envie le dîner surgelé qu'il venait de sortir du congélateur de Cleve. *Avant, tu serais allé faire un tour dans n'importe quel bar de Maryville et tu aurais ramené une belle fille à la maison. Que diable t'est-il arrivé ?*

J'ai repris le droit chemin, se dit-il. A croire qu'en l'empruntant, il avait renoncé à bien plus qu'à sa vie d'escroc.

— Oh ! Et puis au diable tout ça, grommela-t-il en replaçant le dîner dans le compartiment de congélation.

Il avait trente-deux ans, pas soixante. Ironiquement, jouer les auxiliaires de vie auprès d'un vieil handicapé l'avait maintenu en bonne condition physique puisqu'il avait dû, un temps, s'occuper de Cleve comme si c'était un bébé. Et, sans être un parangon de beauté classique, il n'avait jamais eu de difficultés à susciter l'intérêt des femmes.

L'image des yeux bleu clair de Rachel croisant les siens ce matin, aux obsèques, s'imposa soudainement à son esprit. L'avait-elle déjà regardé dans les yeux avant cet instant-là ? se demanda-t-il.

Probablement pas. Au sein de l'entreprise, il faisait partie des meubles, au même titre qu'un siège, un bureau — ou l'un des camions qu'il était chargé de réparer. Il avait appris à se fondre dans le décor. Cela avait été son principal atout à l'époque où l'arnaque était son fonds de commerce, un atout qui lui permettait de déceler les faiblesses d'une proie sans attirer l'attention sur lui. Cleve l'avait d'ailleurs surnommé le Caméléon, eu égard à ce don particulier.

Ce même don lui avait également sauvé la mise lors des missions en sous-marin qu'il avait menées pour le compte du FBI, encore qu'il y ait eu une ou deux fois — dont une, récemment, dans un dangereux repaire de trafiquants de méthamphétamine, en pleine forêt — où il avait été à deux doigts d'être découvert.

Mais, en regardant Rachel Davenport dans les yeux ce matin, il avait éprouvé durement le poids de cette invisibilité qui avait si souvent servi ses desseins. Puis, l'espace d'une seconde, elle l'avait vu. Ses yeux bleus s'étaient écarquillés, et ses lèvres roses entrouvertes sous l'effet de la surprise, comme si elle avait ressenti la même décharge électrique que lui lorsque leurs regards s'étaient rencontrés.

Peut-être était-ce là ce qui guidait ses pas en ce moment même, ce qui le poussait à sortir de la cabane et à grimper dans le vieux Charger rouge de Cleve. L'espoir d'une nouvelle rencontre. Ce soir, son but ne serait pas de passer inaperçu dans la foule, mais au contraire de se distinguer, de sortir du lot. Et il savait exactement dans quel bar aller pour cela.

La route qui menait à Bitterwood depuis les montagnes, et qui alternait des virages en épingles à cheveux et de courtes lignes droites, s'appelait la vieille route de Purgatoire. A l'époque où ils n'étaient que des gamins, Delilah, qui était à peine plus âgée que lui mais infiniment plus avisée, lui avait dit qu'elle portait ce nom parce que l'enfer se nichait au fond d'une caverne obscure au cœur de Smoky Ridge, la montagne locale, et que la seule façon d'y entrer ou d'en sortir était d'emprunter la route du purgatoire.

Bien sûr, plus tard, il avait appris que Purgatoire était en réalité une bourgade voisine, située à une quinzaine de kilomètres au nord-est, et que cette route avait autrefois été la seule la reliant à Bitterwood, mais l'histoire de Delilah n'en avait pas moins marqué son esprit. Aujourd'hui encore, il lui arrivait de se dire qu'elle avait eu raison. Que l'enfer résidait bel et bien dans les profondeurs ténébreuses de Smoky Ridge et que rien n'était plus facile que de s'y laisser entraîner en allant tout droit.

La route de Purgatoire s'aplanissait au croisement de Vesper Road et serpentait doucement à travers la vallée jusqu'au centre de Bitterwood, qui n'était constitué que de quatre malheureux pâtés de maisons. Il n'y avait rien là de remarquable — un bâtiment de brique à un étage qui abritait les services municipaux dont le poste de police et les services connexes, un minuscule bureau de poste et quelques vieilles échoppes qui résistaient obstinément au passage du temps.

Les magasins, à Bitterwood, fermaient à 17 heures. Les devantures étaient plongées dans l'obscurité et les rideaux baissés lorsque Seth remonta la rue. Toute l'activité nocturne se trouvait excentrée autour de la ville. Bitterwood, des années plus tôt, avait voté en faveur de la vente libre de spiritueux, au verre ou à la bouteille, dans l'espoir de faire concurrence aux villages touristiques de la région. L'afflux escompté de touristes ne s'était pas produit en dépit de l'effort consenti par la petite commune, mais le démon, assoiffé d'alcool, était entré dans la place, et les quelques tentatives initiées par des citoyens soucieux du bien public pour faire annuler la décision municipale n'avaient jamais recueilli suffisamment de suffrages pour aboutir.

Seth n'avait jamais été un buveur. L'exemple de Cleve lui avait au moins servi à ça. Quand on vivait de son instinct, on ne pouvait pas se permettre qu'un excitant, quel qu'il soit, vienne le troubler. Sans compter qu'il avait passé sa jeunesse à éviter les coups que son père, mauvais comme la gale et toxicomane invétéré, faisait pleuvoir sur lui. Quant à l'alcool dont sa mère avait usé et abusé pour anesthésier la douleur des violences conjugales, tout ce qu'il avait fait, c'était la détruire aussi lentement que sûrement. Elle n'avait jamais réussi à remonter la pente, même après que son père avait péri dans l'explosion du laboratoire où il fabriquait de la méthamphétamine.

De toute façon, s'il avait eu un penchant pour la boisson, ce n'est pas au Smoky Joe's Saloon qu'il serait allé. Ils coupaient beaucoup trop l'alcool, tant pour réduire le risque de bagarres que pour gonfler leurs recettes. Non… Leur point fort, c'était qu'ils avaient un bon groupe de *bluegrass* du Tennessee et des tas de jolies filles qui venaient écouter la musique.

Il vit les néons du Smoky Joe's de l'autre côté du pont de Purgatoire, l'ancienne structure en treillis enjambant la Bitterwood Creek qui serpentait au fond d'une gorge étroite, dix mètres plus bas. L'éclat des lumières ne détourna son attention qu'une seconde, mais il n'en fallut presque pas davantage. Il enfonça la pédale de frein en voyant apparaître dans ses phares la forme sombre d'un véhicule, droit devant lui.

Les freins du Charger crissèrent, mais tinrent bon, et il s'arrêta à quelques centimètres du véhicule qui obstruait la chaussée.

— Quel abruti ! gronda-t-il avant de prendre une grande inspiration.

Il avait eu chaud. Qui diable avait bien pu laisser son véhicule en plein milieu du pont sans même prendre la peine d'allumer ses feux de détresse ?

Tout à coup, il reconnut la voiture, une Honda Accord gris argent. Tout au long de l'année, il avait vu Rachel Davenport entrer et sortir du parking des employés des Transports Davenport, au volant de ce véhicule.

Son cœur se serra. Il actionna ses feux de détresse, mit pied à terre et s'approcha lentement de la Honda.

Du coin de l'œil, il discerna un mouvement dans l'obscurité. Il tourna vivement la tête.

Elle était là, debout sur l'étroit garde-corps en acier, se tenant à l'entrelacs de métal qui décorait le vieux pont. Elle vacilla, telle une branche d'arbre sous l'effet d'une légère brise. L'air agita sa jupe et ses longs cheveux.

— Mademoiselle Davenport ?

Son cœur se serra comme un des pieds de Rachel glissait sur le support métallique. Elle s'inclina dangereusement vers le vide.

— Mademoiselle Davenport est morte, répondit-elle d'une voix émouvante, recouvrant Dieu sait comment son équilibre à la dernière seconde.

Seth continua à avancer prudemment, veillant à éviter tout geste brusque pour ne pas l'effrayer.

— Rachel, ces poutrelles ne sont pas très solides. Vous ne voulez pas redescendre sur la bonne vieille terre ferme ?

Elle gloussa.

— La terre ferme, la terre ferme ! chantonna-t-elle, comme si ces mots étaient d'une drôlerie irrésistible. Ferme… Etre ferme. Ça donne l'impression de quelqu'un de guindé, d'empesé, vous ne trouvez pas ?

O.K. Elle n'a pas l'intention de se suicider, conclut-il en se rapprochant encore de quelques pas. *Est-ce qu'elle est ivre ?*

— Vous croyez que je suis maudite ?

Son intonation n'était plus si légère, tout à coup.

— Je ne crois pas, non, répondit calmement Seth.

Il pouvait presque la toucher, mais il devait être très prudent car, s'il la manquait en cherchant à l'attraper, elle pourrait basculer par-dessus bord en un clin d'œil.

— Eh bien, moi, je crois que si.

Son élocution était laborieuse, mais il lui sembla cependant qu'elle était droguée, et non pas ivre. Quelqu'un lui avait-il administré un sédatif après l'enterrement ? Si elle n'avait pas l'habitude d'en prendre, cela pouvait avoir décuplé son effet.

— Je ne crois pas que vous soyez maudite, répéta-t-il en tendant lentement la main vers elle. Je pense que vous êtes fatiguée et triste. Et, vous savez, c'est normal. C'est la réaction normale de tout être humain après le décès d'un être cher.

Ses yeux scintillèrent dans la lumière des phares.

— J'aimerais être un oiseau, reprit-elle de son ton plaintif. Je pourrais voler au-dessus des montagnes et ne plus jamais atterrir.

Elle se tourna subitement, titubant sur le parapet, comme si elle s'apprêtait à prendre son envol.

— Elle a dit que je devrais voler.

Et, tout à coup, dans un effroyable ralenti, il la vit glisser vers l'abîme.

2

C'est un véritable cauchemar qui se déroula dans son esprit tandis qu'il se jetait en avant. Ses mains battaient l'air pour la saisir, mais ne rencontraient que le vide à l'endroit où elle se trouvait un instant plus tôt. Son propre corps était retenu par la rambarde métallique qui l'empêchait de tomber. Il se représenta sa chute, son corps mince qui flotterait un moment comme une plume dans le vent frais d'octobre avant de venir s'écraser sur les rochers, en contrebas.

Puis ses doigts touchèrent sa peau ; ses bras s'enroulèrent autour de sa taille, l'arrimant à lui. En dépit de sa minceur, le poids de Rachel donna à Seth la peur de sa vie tandis qu'il luttait pour l'empêcher de tomber dans la gorge rocheuse en l'entraînant avec elle.

Il réussit finalement à la faire remonter sur le pont et la tint serrée contre lui pendant quelques instants, le cœur battant à tout rompre. Elle se blottit dans le creux de ses bras, enfouissant son visage dans son cou.

— Je suis bien, là, dit-elle, ses doigts courant sur l'étendue de son torse. Vous sentez bon.

La réaction physique de Seth ne se fit pas attendre. Il batailla pour se maîtriser, mais le comportement de Rachel ne l'aidait pas. Ses mains vinrent se poser sur ses hanches. Il sentit son cœur s'emballer lorsque la bouche de Rachel entreprit de suivre le tendon, sur le côté de son cou, traçant du bout de sa langue un sillon brûlant sur sa peau.

— Mmm… J'aime le contact de votre peau.

Incapable d'en supporter davantage, il l'écarta de lui et la tint fermement à bout de bras.

— Il faut que je vous ramène chez vous.

Elle lui sourit, mais il vit, dans la pénombre, que ses yeux étaient vitreux. Il était clair qu'elle n'avait aucune idée de l'endroit où elle se trouvait, ni même — peut-être — de qui elle était. Quelle que soit la drogue qui l'avait conduite à grimper sur le parapet, ses effets ne s'étaient pas dissipés.

— Rachel, vous avez les clés de votre voiture ?

Il ne pouvait pas laisser ce véhicule, là, en plein milieu du pont.

Elle secoua mollement la tête.

La tenant par le bras, il s'avança vers la voiture et se pencha à la portière. Dieu merci, la clé était restée sur le contact. Mais il ne pouvait pas laisser Rachel livrée à elle-même le temps qu'il la déplace.

— Montez, Rachel. On va faire un tour, d'accord ?

— Mmm…

Avec son aide, elle s'assit sans faire d'histoire sur le siège passager. Elle tripotait les réglages de l'autoradio lorsqu'il se glissa derrière le volant.

— Il n'y a pas de musique, geignit-elle d'une voix toujours aussi confuse.

— Attendez une seconde, mon chou.

Il démarra et, une seconde plus tard, les accords du *bluegrass* décapant de Kasey Chambers et Shane Nicholson envahirent l'habitacle de la voiture.

Elle se mit à chanter sans retenue, d'un alto un peu rauque, et protesta confusément lorsqu'il se rangea sur le bas-côté et coupa le contact un instant plus tard.

— Ne vous en faites pas, la musique va revenir dans une seconde, promit-il sur le ton qu'il aurait adopté pour parler à un enfant, sans cesser de garder l'œil sur la route.

Par chance, il n'y avait eu aucune circulation jusque-là, mais ça n'allait pas durer éternellement. Il devait l'évacuer avant que quelqu'un ne la voie dans cet état.

Il faillit rire de lui-même lorsqu'il prit conscience de ce qu'il était en train de penser. Depuis son plus jeune âge, le mensonge avait été sa seconde nature. A force de tenter de cacher à tout le monde la sordide réalité de sa vie familiale, il était devenu un as de la dissimulation.

Et par la suite, un as de l'arnaque.

Pour autant, il lui semblait judicieux de mettre Rachel Davenport à l'abri des regards indiscrets le temps qu'elle soit capable de se défendre. Il ne savait pas ce qui lui était arrivé au cours de la soirée ni si elle était en partie responsable de l'état dans lequel elle se trouvait, mais peu importait. Tout le monde commettait des erreurs, et elle avait subi plus de pression ces derniers temps que la plupart des gens, en une vie entière.

Elle ferait le point et tirerait les leçons de cette expérience lorsque son esprit serait de nouveau clair.

Il l'attacha soigneusement sur le siège passager du Charger, s'installa au volant et glissa dans le lecteur le CD de *bluegrass* qu'il avait pris dans sa voiture. Il avança jusqu'au morceau qu'ils avaient commencé à écouter et enclencha la lecture. Elle se remit aussitôt à chanter joyeusement tandis qu'il réfléchissait à la conduite à tenir.

La ramener dans sa famille était la solution la plus évidente, mais l'idée ne plaisait guère à Seth. Au cours des dernières semaines, quelqu'un avait tout fait pour la déstabiliser et saper ses fondements psychologiques et émotionnels, et Seth n'en savait pas suffisamment sur sa relation avec sa belle-mère et le fils de cette dernière pour courir le risque de la ramener chez elle dans cet état. Elle semblait en bons termes avec eux, mais pas particulièrement proche. En fait, à l'entreprise, certains se demandaient si Paul Bailey n'était pas mécontent de ne pas avoir été choisi comme nouveau P.-D.G. Il n'était donc peut-être pas le mieux placé pour se soucier des intérêts de Rachel.

La teneur du testament de George Davenport était un secret de Polichinelle au sein de la société, depuis que celui-ci l'avait modifié après le diagnostic de son cancer du foie, un an plus tôt. Tout le monde savait qu'il avait désigné sa fille, Rachel, comme future dirigeante de l'entreprise. Cela avait fait beaucoup jaser étant donné que Rachel Davenport était à l'époque bibliothécaire à Maryville. Que savait-elle de la gestion d'une entreprise de transports ?

Elle s'en était bien sortie et avait progressivement pris les rênes jusqu'à la mort de son père. Mais comment Paul Bailey voyait-il les choses ?

La chanson s'acheva, et le morceau suivant commença, une ballade aux accents plaintifs que Rachel ne semblait pas connaître. Elle fredonna, oscillant en cadence sur son siège malgré la contrainte de la ceinture de sécurité. Elle semblait se relaxer, nota-t-il en glissant un regard vers elle. Ses paupières s'alourdissaient… Elle n'allait pas tarder à s'assoupir.

Peut-être aurait-il dû l'emmener directement à l'hôpital de Maryville pour la faire examiner. Après tout, elle avait peut-être absorbé une drogue quelconque en trop grande quantité. Elle avait peut-être besoin de soins.

Il passa devant le croisement qui conduisait au secteur d'Edgewood, le quartier chic de Bitterwood où vivait la classe aisée, et se dirigea vers Vesper Road, où Delilah jouait les gardiennes de maison pour Ivy Hawkins, une camarade d'enfance mutuelle.

Inspectrice au commissariat de police de Bitterwood, Ivy était en congé administratif après une fusillade au cours de laquelle un tueur à gages avait été abattu — fusillade qui laissait beaucoup de questions sans réponse. Ivy avait profité de ce temps libre forcé pour rendre visite à sa mère qui avait récemment déménagé à Birmingham et proposé à Delilah de loger chez elle en son absence.

— Rachel, vous êtes toujours avec moi ? demanda-t-il avec un soupçon d'inquiétude en voyant sa tête ballotter sur le côté.

Elle ne répondit pas.

Il accéléra sur la sinueuse Vesper Road, en espérant qu'aucun chevreuil, coyote ou ours noir ne choisirait ce moment pour quitter les bois. Il faillit manquer le chemin qui conduisait à la maison d'Ivy et remonta l'allée dans un grand crissement de gravier qui fit sortir Delilah sur le pas de la porte avant même qu'il n'ait coupé le contact.

— Que diable se passe-t-il ? s'enquit-elle en s'avançant vers la portière passager.

— Tu as suivi une formation de secouriste dans la boîte où tu travailles, non ?

Delilah arqua les sourcils à la vue de Rachel Davenport.

— Qu'est-ce qu'elle a ?

— C'est ce que j'aimerais savoir.

Posant la main sur son épaule, il secoua doucement Rachel, qui ne broncha pas.

— Comment se fait-il que tu sois avec elle ?

— C'est une longue histoire. Je te raconterai à l'intérieur, dit-il en indiquant la porte d'entrée qu'elle avait laissée ouverte.

Une fois dans la maison, il déposa Rachel sur le sofa et pressa deux doigts sur la face interne de son poignet mince. Son pouls était lent, mais régulier, tout comme sa respiration.

Elle dormait.

Il se redressa et se retourna pour faire face à sa sœur. Elle le contemplait, les mains sur les hanches, affichant un air suspicieux, largement teinté d'appréhension.

— Dis-moi ce qui s'est passé. Tu lui as fait quelque chose ?

La colère bouillonna en lui, seulement tempérée par le fait que Delilah avait toutes les raisons de le soupçonner d'avoir mal agi. Dieu sait qu'elle l'avait sorti d'innombrables guêpiers dans lesquels il s'était fourré — par sa faute — au fil des années jusqu'à ce qu'elle finisse par se lasser de venir toujours à sa rescousse.

— Je l'ai trouvée dans cet état sur le pont de Purgatoire, expliqua-t-il en couvrant Rachel avec le plaid en crochet qui était sur le canapé. Elle était debout sur le parapet, sur le point de faire le grand plongeon.

— Mon Dieu. Elle voulait se tuer ?

— Non. Elle est droguée. J'ai pensé que tu pourrais peut-être l'examiner… Déterminer quelle substance a pu la mettre dans cet état.

— Je ne vois pas comment je peux faire ça sans examen toxicologique.

Delilah s'approcha du sofa et s'accroupit à côté de Rachel.

— Comment se comportait-elle quand tu l'as découverte ?

— Comme si elle était complètement ivre, mais je ne pense pas qu'elle ait bu. Elle ne sentait pas du tout l'alcool.

Le souvenir de son corps, chaud et doux contre le sien, lui revint d'un coup, masquant tout le reste. *Elle sentait bon*, se rappela-t-il. *Comme si elle venait de sortir de son bain…*

— En tout cas, elle était totalement à côté de la plaque.

— Elle avait des hallucinations ? demanda Delilah en soulevant les paupières de Rachel.

— Pas exactement, dit-il en se penchant par-dessus l'épaule de sa sœur.

Se retournant à demi, elle lui jeta un regard noir. Il recula.

— Comment était-elle exactement, alors ?

— Eh bien… Elle semblait tout heureuse. Comme si elle ne s'était jamais autant amusée de sa vie.

— Debout sur la rambarde du pont ?

— Oui. Elle chancelait. Elle m'a vraiment fait une peur bleue.

— Tu aurais dû la conduire aux urgences.

Le remords l'envahit.

— Tu crois qu'il faut appeler le 911 ?

Delilah se redressa, en appui sur ses talons, fronçant les sourcils.

— Ses constantes vitales sont bonnes. Je pourrais appeler un ami médecin, en Alabama, pour avoir son avis.

— Tu as ta petite idée, souligna Seth en observant attentivement sa sœur.

— Ce pourrait être du gamma-hydroxybutyrate — du GHB.

L'anxiété enserra la poitrine de Seth.

— La drogue des violeurs ?

— Oui… Enfin, c'est aussi un psychotrope répandu chez les noctambules. A faible dose, il induit un sentiment d'euphorie proche de l'ivresse alcoolique. Tu l'as trouvée près du Smoky Joe's Saloon… Elle en a peut-être pris délibérément.

Il secoua la tête.

— Non, non, elle ne ferait pas ça.

Delilah le dévisagea.

— Qu'est-ce que tu en sais ?

— Nous travaillons dans la même entreprise. Si elle consommait de la drogue, j'en aurais entendu parler.

— Vraiment. Tu penses tout savoir de Rachel Davenport ?

Il comprit, au ton de sa sœur, qu'il avait de nouveau éveillé son côté soupçonneux. Qu'est-ce que ce serait si elle apprenait qu'il travaillait pour son ancien chef, Adam Brand !

Bien qu'il soit tenté de connaître la réponse, il s'abstint de lui donner du grain à moudre et se tourna vers Rachel.

— Le GHB aurait-il pu la conduire à monter sur le garde-corps d'un pont et à vouloir s'envoler ?

— Possible, pour peu qu'elle soit d'un naturel un peu fantasque. Le GHB a un effet désinhibiteur.

Ce qui pouvait expliquer les avances qu'elle lui avait faites sur le pont de Purgatoire.

— Comment savoir de façon certaine ce qu'elle a ingéré ?

— Une analyse d'urine nous en dirait plus, répondit Delilah en se redressant et en sortant son téléphone portable de la poche de son jean. Mais l'examen est coûteux, et la drogue devient presque indécelable au-delà de vingt-quatre heures.

Elle jeta un regard éloquent à son frère.

— Si elle est sous GHB, veux-tu vraiment qu'il en existe une trace écrite ?

Delilah avait peut-être l'apparence d'une jolie fille douce, mais il n'y avait pas esprit plus aiguisé.

— Non, bien sûr, concéda-t-il.

— On ne peut pas partir de l'hypothèse que quelqu'un lui a sciemment administré cette drogue, dit-elle en composant un numéro sur le clavier de son appareil. Après tout, elle vient juste d'enterrer son père. Qu'elle ait voulu tout oublier le temps d'une soirée pourrait se comprendre.

Tandis qu'elle s'adressait à la personne qui se trouvait à l'autre bout de la ligne, Seth retourna vers le sofa et s'assit par terre, à côté de Rachel. Elle donnait l'impression de dormir paisiblement, les lèvres légèrement entrouvertes, les traits parfaitement détendus, comme si elle n'avait pas le moindre souci au monde. Elle avait vécu l'enfer au cours de cette dernière année, son père s'éteignant à petit feu sous ses yeux tandis qu'elle s'efforçait d'apprendre à marche forcée toutes les ficelles de la gestion de son entreprise.

Doucement, il repoussa les mèches de ses cheveux, emmêlées sur son front. La plupart du temps, lorsqu'il la côtoyait au bureau, affairée, le port altier, l'air hautain, elle donnait l'impression d'être aussi solide qu'un roc. Mais de temps en temps, quand elle ne savait pas qu'on l'observait, elle laissait tomber sa façade assurée et révélait sa vulnérabilité. Dans ces moments-là, elle lui avait paru immensément fragile, comme si une simple pichenette aurait suffi à la faire trébucher.

La mort de son père lui avait-elle porté le coup ultime ?

Derrière lui, il entendit Delilah raccrocher.

— D'après Eric, il nous suffit de surveiller ses constantes et de nous assurer toutes les deux heures qu'elle ne tombe pas en état de choc et ne souffre d'aucune insuffisance organique, déclara-t-elle d'une voix neutre.

— Rien de plus simple, murmura-t-il.

— On pourrait se relayer, suggéra-t-elle.

Il secoua la tête.

— Va te coucher. Je vais la surveiller.

Il ne parviendrait certainement pas à dormir tant que Rachel ne serait pas redevenue elle-même.

Il y eut un long silence puis Delilah reprit la parole.

— Que viens-tu faire dans tout ça, Seth ? Pourquoi t'inquiètes-tu tellement de ce qui peut lui arriver ?

— C'est ma patronne, répondit-il d'un ton dégagé.

— Dis-moi que tu n'es pas en train de te préparer à l'arnaquer.

Il lui jeta un regard en biais.

— Je te l'ai déjà dit. Je ne prépare rien du tout.

Une fois de plus, il vit des émotions paradoxales passer sur le visage expressif de sa sœur. De l'espoir, mais de la crainte aussi. Il refoula la colère et la frustration qui le submergeaient. Il avait passé des années à entamer la confiance de ceux qui l'aimaient, jusqu'à la perdre tout à fait. Il ne pouvait pas s'attendre qu'ils la lui accordent de nouveau du jour au lendemain sans se poser de questions.

Même s'il l'aurait bien voulu.

Le noir total se mua peu à peu en grisaille uniforme. Puis ce fut le gris lui-même qui se changea en taches floues et couleurs pâles avant que, finalement, sa vision ne s'éclaircisse et que les contours des vagues formes qu'elle discernait ne se précisent. Des fenêtres voilées de rideaux en mousseline verte diffusaient une faible lumière. Une haute commode était placée contre le mur le plus proche ; un lampadaire à vasque dans un coin, éteint pour l'instant. Et, en face d'elle, affalé dans un fauteuil bas, jambes étendues, se trouvait Seth Hammond, ses yeux verts braqués sur elle.

Elle l'avait vu aux obsèques de son père, se souvint-elle, ravivant brutalement la douleur de la perte. Elle avait levé les yeux, l'avait repéré qui l'observait, et une vraie décharge électrique l'avait traversée, la prenant totalement par surprise.

Et ensuite ? Pourquoi ne parvenait-elle pas à se rappeler ce qui s'était passé ensuite ?

La tête lourde et douloureuse, elle essaya de se redresser. Dans sa cage thoracique, son cœur se mit à battre frénétiquement au rythme de sa panique grandissante.

Où était-elle ? Comment était-elle arrivée ici ? Pourquoi ne se rappelait-elle rien hormis les funérailles ?

Il s'était passé pas mal de temps, elle s'en rendait compte à la faible lumière rosée qui filtrait dans la petite pièce et qui pouvait être celle de l'aube ou du crépuscule. Les obsèques s'étaient tenues en fin de matinée.

Bon sang, comment avait-elle atterri ici ?

Et lui… Pourquoi était-il là, avec elle ?

— Que se passe-t-il ? réussit-elle à articuler d'une voix chevrotante qui acheva de l'effrayer.

Pourquoi n'avait-elle pas l'énergie de bouger ?

Il fallait qu'elle s'en aille, qu'elle rentre chez elle, qu'elle retrouve ses repères familiers, qu'elle se libère de cette peur qui montait irrépressiblement en elle comme le flot d'une rivière en crue.

— Chut…, dit doucement Seth. Tout va bien, mademoiselle Davenport. Tout va bien.

Elle parvint à surmonter l'étrange léthargie qui la clouait au canapé et s'assit, luttant contre le vertige.

— Que m'avez-vous fait ?

L'expression de Seth Hammond s'altéra, comme si un masque dur s'était subitement mis en place.

— De quoi vous rappelez-vous ?

Elle repoussa le plaid enroulé autour de ses jambes.

— Ce n'est pas à moi de répondre à vos questions ! gronda-t-elle, son trouble s'amplifiant tandis que la couverture s'entortillait autour de ses membres inférieurs, entravant sa liberté de mouvement.

Dépliant lentement sa haute silhouette, Seth se leva de son fauteuil. Sans être l'homme le plus grand qu'elle ait jamais vu, il était plus grand que la moyenne et naturellement imposant. Cela tenait en partie à son regard, songea-t-elle. Acéré et pénétrant, comme si rien ne pouvait lui échapper. Mystérieux, aussi, comme s'il savait des choses que personne d'autre ne pouvait connaître.

Sa peur se changea en quelque chose d'autre, mais de tout aussi dangereux…

De la fascination.

Le serpent et l'oiseau, songea-t-elle comme il s'approchait, sans hâte, l'air inoffensif — en apparence.

— Quelle est la dernière chose dont vous vous souvenez ? répéta-t-il en dégageant ses jambes, toujours empêtrées dans le plaid.

Il ne l'avait absolument pas touchée, mais, étrangement, ce fut comme si elle avait senti ses mains sur elle, fortes et tièdes. Une onde de chaleur la submergea, l'embrasant de l'intérieur à tel point qu'elle se demanda si elle n'allait pas être victime d'un phénomène de combustion spontanée.

Mais que diable lui arrivait-il donc ?

Il t'a posé une question, lui rappela la part rationnelle de son cerveau. *Réponds-lui. Peut-être sait-il des choses que tu dois connaître.*

Au lieu de quoi, elle se leva et essaya de se diriger vers la porte, qu'elle apercevait derrière sa large carrure. Elle réussit à faire quelques pas avant que ses jambes flageolantes ne se dérobent.

Instantanément, une solide paire de bras la ceintura, l'empêchant de s'affaisser, et il la plaqua contre son corps robuste. Le léger parfum de son après-rasage lui évoqua un vague souvenir — des bras puissants, le doux murmure d'une voix grave à son oreille, le goût sucré-salé de la chair sur ses lèvres…

Horrifiée, elle s'arracha du cercle de ses bras et s'écarta vivement, vacillant. Elle tomba contre le mur, et ses cheveux se répandirent devant ses yeux, l'aveuglant. Elle secoua la tête pour les chasser.

— Mais qu'est-ce que vous m'avez fait ?

La question s'était voulue offensive mais, à ses oreilles, elle sonna faiblarde et plaintive, comme celle d'un enfant inconsolable confronté à un monde qu'il ne comprenait pas, un monde devenu fou.

Ou peut-être n'est-ce pas le monde qui est devenu fou, souffla une petite voix insidieuse dans sa tête. *Peut-être que c'est toi.*

3

Seth croisa le regard terrifié de Rachel Davenport et se sentit mal. Il avait beau savoir qu'il n'avait rien fait, il était clair qu'elle était persuadée du contraire. Et il aurait du mal à trouver des gens pour prendre sa défense si elle rendait son accusation publique.

Cleve Calhoun lui avait toujours dit qu'aider les gens n'attirait que des ennuis.

Et s'il avait raison ?

— Ah ! vous êtes réveillée !

La voix de Delilah, derrière lui, calme et dépourvue d'émotion, le tira de sa stupeur.

Rachel tourna la tête vers elle, visiblement troublée.

— Qui êtes-vous ?

— Delilah Hammond, répondit sa sœur en lui prenant le plaid des mains pour le plier et le ranger. Comment vous sentez-vous ?

— Je ne sais pas, répondit Rachel, son regard suspicieux allant de Delilah à Seth. Je ne me rappelle pas ce qui s'est passé.

Delilah lança un regard à Seth.

— C'est l'un des symptômes typiques.

— Des symptômes de quoi ? demanda Rachel, de plus en plus anxieuse.

— De l'ingestion de GHB, lui apprit Delilah. Apparemment, vous êtes sortie hier soir…

— Quoi ? Qu'est-ce que vous insinuez ? s'écria Rachel, la panique se muant tout à coup en indignation. Que j'ai pris de la drogue ?

— Etant donné que mon frère vous a trouvée sur le point d'exécuter un saut périlleux avant depuis le parapet du pont de Purgatoire…

— En fait, je ne crois pas que vous ayez eu l'intention de sauter, intervint rapidement Seth, jetant un regard dur à sa sœur. Mais, de toute évidence, vous n'étiez pas vous-même.

Les sourcils de Delilah s'arquèrent délicatement. Rachel se contenta de le regarder comme si une deuxième tête venait de lui pousser.

— Je n'étais pas sur le pont de Purgatoire hier soir, réfuta-t-elle tout net. Jamais, au grand jamais, je n'aurais…

Cette simple évocation paraissait lui donner la nausée.

— Vous y étiez, pourtant, insista-t-il calmement. Mais, apparemment, ce que vous avez pris hier soir a affecté votre mémoire.

— Je ne… Je ne me drogue pas.

De nouveau, la colère reflua et la peur reparut au fond de ses yeux bleus.

— Peut-être que quelqu'un vous en a donné à votre insu.

La suggestion de Seth, loin de la rassurer, parut l'effrayer plus encore.

— Je ne me rappelle pas être allée où que ce soit. Je ne…

Elle s'arrêta net et pressa sa main sur sa bouche.

— Oh ! Mon Dieu. Je ne me souviens de rien.

— Si vous avez pris du GHB…

Seth jeta un regard réprobateur à sa sœur.

Elle grimaça et reformula sa phrase.

— Si quelqu'un a mis du GHB ou une autre substance similaire dans votre verre, c'est normal que vous n'ayez aucun souvenir. Ce genre de produit provoque souvent une amnésie qui efface de votre mémoire les heures qui précèdent et suivent la prise du psychotrope.

— Quel est votre dernier souvenir de la journée d'hier ? demanda Seth, revenant à la charge.

Elle tourna la tête vers lui.

— Je veux rentrer chez moi, assena Rachel.

— O.K. Je peux vous reconduire.

Mais elle secoua aussitôt la tête.

— Non. Elle. Je préfère que ce soit elle.

Bon sang. Cela l'ébranla plus qu'il ne l'aurait pensé.

— D'accord, si vous voulez. Mais avez-vous l'intention d'en parler à votre famille ?

Ses yeux bleus se rétrécirent.

— Pourquoi ?

— Je me disais que vous préféreriez peut-être éviter les questions gênantes.

L'expression de Rachel changea de nouveau, et elle leva les yeux vers lui.

— Mon père aurait su quelle attitude adopter.

Il hocha la tête.

— Je suis désolé qu'il ne soit plus là pour vous soutenir.

Le chagrin assombrit le regard de Rachel.

— Savez-vous que mon père m'avait demandé si je pensais qu'il devait vous embaucher ? déclara-t-elle lentement. Il m'a parlé de votre passé, a reconnu que c'était prendre un risque. Je ne sais pas pourquoi il m'a consultée — à l'époque, je ne connaissais pas bien l'entreprise. Mais, maintenant, je crois que je comprends.

— Il avait confiance en votre instinct, dit Seth.

Elle baissa les yeux et contempla ses mains.

— Eh bien, il n'aurait peut-être pas dû.

— Que lui avez-vous répondu ? demanda Delilah avec curiosité. Concernant Seth ?

Le regard de Rachel se planta dans le sien.

— Je lui ai dit de lui accorder une deuxième chance.

— Merci, souligna Seth.

— Il m'arrive de me tromper.

Et vlan !

Ses yeux se plissèrent un instant puis elle détourna la tête, lui montrant son profil, froid et distant. A Delilah, elle déclara :

— J'aimerais que vous me rameniez. Pensez-vous que je doive aller voir le médecin ? Pour faire un test et vérifier que…

Elle n'acheva pas sa phrase.

— Ce serait plus sage, en effet, déclara posément Delilah. Je peux vous emmener à Knoxville si vous ne voulez pas consulter un praticien d'ici.

Rachel jeta à Delilah un regard rempli de gratitude, la première expression positive que Seth lui ait vue depuis qu'elle s'était réveillée.

— Oui, je vous remercie.

Comme Delilah se dirigeait vers la porte, Rachel sur ses talons, elle lança un coup d'œil à son frère par-dessus son épaule.

— Je m'occupe d'elle.

Les deux femmes sortirent dans le matin brumeux, sous la pluie fine.

Il les regarda partir depuis le seuil de la maison jusqu'à ce que la camionnette ait disparu dans le virage, avalée par le brouillard. Puis il saisit ses clés et se dirigea vers le Charger, faisant taire son envie de rentrer dans la maison et de s'allonger pour récupérer un peu.

Il avait besoin d'avoir une conversation d'homme à homme à propos d'une femme.

Aucun signe de relation sexuelle récente. Le verdict du médecin résonna encore à ses oreilles longtemps après qu'il lui eut indiqué qu'elle pouvait se rhabiller. Il avait dit d'autres choses, également — que l'examen toxicologique préliminaire était négatif, mais que le GHB n'était pas toujours décelable lors d'un test standard. Il existait un examen plus spécifique, mais qui ne pouvait détecter la présence du produit dans le sang que durant un laps de temps limité après son administration. Lorsqu'elle avait déclaré ne pas souhaiter pousser plus avant les recherches toxicologiques, cela avait paru ne lui faire ni chaud ni froid.

Sans doute avait-il d'autres patients qui avaient plus besoin de lui qu'elle.

— Alors ? s'enquit Delilah en levant les yeux, le visage totalement vierge de toute expression, lorsqu'elle entra dans la salle d'attente. Ça va ?

L'impassibilité absolue de cette femme et sa capacité à rester calme et concentrée alors même qu'elle se retrouvait avec, sur les bras, une inconnue droguée et amnésique avaient quelque chose de déroutant. Rachel fouilla dans sa mémoire, et il lui sembla vaguement se souvenir qu'il y avait eu une fille Hammond, dans le secteur de Bitterwood, qui était devenue agent spécial du FBI.

— Ça va, prétendit-elle. Vous êtes agent du FBI ?

Les sourcils de Delilah s'arquèrent.

— Euh, non, enfin, je ne le suis plus. J'ai quitté le FBI voilà des années. Je travaille maintenant pour une société de sécurité privée.

— Oh !

— Que vous a dit le médecin ? reprit-elle doucement.

— Qu'il n'y avait pas trace de relation sexuelle et qu'il était impossible en l'état de fournir une explication toxicologique à ma perte de mémoire parce que l'examen que j'ai passé n'est pas assez spécifique. Il faudrait que j'en passe un autre, mais, comme le GHB n'est apparemment plus décelable au-delà d'un certain temps, j'ai refusé.

— Et vous n'avez toujours aucune idée de l'endroit où vous êtes allée hier soir ?

— Non. Je me revois au cimetière et, ensuite… Plus rien.

— Ecoutez, je vais être franche avec vous parce que, si j'étais à votre place, j'aimerais qu'on le soit avec moi. Je suis au courant pour Mark Bramlett et les meurtres. Je sais qu'ils semblaient tous avoir un lien avec l'entreprise Davenport. Ou, plus précisément, avec vous.

Rachel massa ses tempes douloureuses du bout des doigts.

— Pourquoi ai-je l'impression que tout le monde est mieux renseigné que moi sur ce qui se passe dans ma propre vie ?

— Si quelqu'un vous a prise pour cible, jusque-là, c'était de façon plutôt détournée. Mais vous droguer et vous abandonner à votre sort, sous l'emprise de GHB, par une froide nuit d'octobre…

Delilah secoua la tête.

— Ça, c'est terriblement direct, si vous voulez mon avis. Il faut vraiment que vous réfléchissiez à la raison pour laquelle quelqu'un cherche à vous nuire.

— Vous croyez que je devrais aller voir la police ?

L'ancien agent spécial fronça les sourcils.

— En temps normal, je dirais oui…

— Mais ?

— Mais… y a-t-il une quelconque raison de penser que ce pourrait être contraire à vos intérêts d'alerter les autorités ?

La tête de Rachel l'élançait de plus en plus.

— Je ne sais pas… J'ai du mal à réfléchir.

— D'accord, d'accord, s'empressa d'acquiescer Delilah en posant une main apaisante sur son épaule. Nous verrons ça plus tard. Je vais vous ramener chez vous. Quelqu'un peut-il rester avec vous le temps que vous ayez complètement repris vos esprits ?

— Non, répondit Rachel, se souvenant que sa belle-mère avait prévu de partir pour Wilmington après l'enterrement.

La sœur de Diane l'avait invitée à venir passer quelques jours chez elle. Quant à Paul, si elle s'entendait plutôt bien avec lui, elle ne se voyait pas lui demander de venir jouer les gardes-malade. Elle le soupçonnait déjà de penser qu'elle était dépassée par les événements au sein de l'entreprise — peut-être à juste titre. Elle ne voulait pas apporter de l'eau à son moulin et lui donner un motif supplémentaire de douter d'elle.

— Je vous aurais bien proposé de rester moi-même, reprit Delilah. Mais je dois partir pour l'Alabama dès que possible. J'ai une réunion prévue de longue date avec mon patron, et c'est un long voyage. Mais vous pouvez rester à la maison pendant que je serai partie, si vous voulez.

Rachel se demanda si Seth Hammond y vivait également, mais elle s'interdit de poser la question.

— Ça ira. Je peux très bien rentrer chez moi.

— Vous êtes sûre ?

Elle acquiesça… même si elle n'était plus sûre de grand-chose.

« Smoky Joe » Breslin ne fut pas exactement ravi lorsque Seth le tira du lit par ce matin pluvieux pour lui poser des questions. En conséquence, ses réponses furent copieusement émaillées de jurons et arrosées de plusieurs doses de bon whisky du Tennessee. Seth étant moins porté sur la boisson, il sirota un verre pendant que Breslin en descendait trois doubles sans ciller.

— Ouais, elle était là hier soir. On aurait dit une fleur de culture au milieu d'un champ de mauvaises herbes, mais elle a eu l'air d'apprécier la musique. Et pas mal de gars ont eu l'air de bien l'apprécier, elle. Alors, ma foi, je n'avais pas à m'en mêler, hein ?

— Etait-elle seule ? demanda Seth.

— Non, elle est venue avec un type qui avait tout d'un de ces jeunes loups sortis tout droit d'une grande école. Un snob ! Il s'est sûrement montré un peu trop entreprenant parce qu'elle l'a giflé… Alors, des gars d'ici l'ont mis dehors. Elle est partie peu après ça.

— Dans quel état était-elle ?

— Je ne sais pas. Je n'ai pas vraiment fait attention. Ce que je sais, c'est qu'elle ne semblait pas totalement ivre.

— Tu ne t'es pas assuré qu'elle ne prenait pas le volant ?

— Bon sang ! tu sais bien comment c'est ici, quand c'est bondé ! Je peux pas avoir chaque client à l'œil ! Je savais qu'elle n'avait pas bu grand-chose donc a priori je n'avais pas de souci à me faire.

Ce qui signifiait qu'à moins d'être allée ailleurs après avoir quitté le Smoky Joe's Saloon, ce n'était pas l'alcool qui l'avait conduite sur ce pont.

— Que peux-tu me dire de ce « snob » qui l'accompagnait ? demanda-t-il à Joe.

Le patron de bar grimaça.

— Un type de la ville… Un de ces yuppies sophistiqués. Tu vois le genre, il arrive là comme en terrain conquis, l'air arrogant, en regardant tout le monde de haut. Je peux te dire que j'ai été content quand elle l'a giflé. Il n'a eu que ce qu'il méritait, si tu veux mon avis.

Joe se versa une nouvelle rasade de whisky et tendit le bras pour remplir le verre de Seth, qui refusa d'un geste.

— C'est lui qui a payé l'addition ?

— Ouais.

— En liquide ou par carte ?

— Par carte. Une de ces cartes Gold que possèdent les gens friqués. Il l'a exhibée comme si c'était une Rolex !

— Tu as le reçu ?

Joe braqua sur lui un regard pénétrant.

— Tu prépares encore un coup tordu ? Je veux pas de ça chez moi, tu le sais.

— Non, non, répondit Seth sans se formaliser. La femme qui était avec lui est une amie, tu comprends. J'aimerais juste dire un mot à ce type à propos du comportement qu'il a eu, c'est tout.

— Je vois, dit Joe d'un air approbateur. Pour tout dire, je trouve qu'elle a très bien géré le problème toute seule. Mais je vais essayer de te retrouver le ticket de caisse… à condition que tu me promettes de ne pas lui mettre une raclée ni de lui coller le canon d'un pistolet sur la tempe, hein ?

— Je veux juste lui parler, lui assura Seth tout en songeant qu'il aurait bien du mal à garder ses poings dans ses poches s'il s'avérait que c'était ce type qui avait drogué Rachel Davenport.

Elle avait bien failli tomber de ce pont la veille. Et la chute aurait vraisemblablement été mortelle.

Peut-être ce type avait-il mis quelque chose dans son verre sans autre intention que de l'inciter à se coucher dans son lit, mais ce geste n'en était pas moins répréhensible et parfaitement abject.

Et puis, demeurait la question de ces meurtres. Au cours des deux derniers mois, quatre femmes, qui avaient toutes un lien direct avec Rachel Davenport, avaient été tuées. Dans un premier temps, ces crimes avaient paru avoir été commis au hasard… jusqu'à ce que les investigateurs appréhendent le tueur et découvrent que celui-ci avait été engagé pour abattre ces femmes et donner justement l'impression de meurtres sans lien les uns avec les autres. Avant de mourir, il avait reconnu que « tout était à cause de la fille ».

A cause de Rachel Davenport.

Joe émergea de la petite pièce encombrée qui lui servait de bureau, un papier à la main.

— C'est signé « Davis Rogers », annonça-t-il en lui tendant le reçu.

Le nom ne disait rien à Seth. Ce pouvait être quelqu'un que Rachel avait connu à Maryville ou même un vieil ami venu assister aux funérailles de son père. Il lui poserait la question lorsqu'elle rentrerait de l'hôpital.

La pensée qu'elle ait dû se rendre à Knoxville lui serra le cœur comme il quittait le Smoky Joe's Saloon et prenait la route de Maryville. Il avait été en congé ces deux derniers jours, mais il était censé travailler les quatre prochains. Comme il avait des congés à prendre, il songea que c'était peut-être le moment de les poser.

Il eut la surprise de trouver Paul Bailey assis dans le bureau lorsqu'il demanda à voir la personne qui assurait l'intérim de la direction en l'absence de Rachel. Bailey leva à contrecœur les yeux des registres comptables qui étaient ouverts devant lui lorsque Seth franchit la porte.

— Monsieur Bailey, j'ai un problème familial. Je sais que c'est un peu tard, mais j'ai deux semaines de congés à prendre et j'aimerais pouvoir en disposer maintenant… si c'est possible.

Le regard de Bailey se posa sur lui, un peu égaré, comme si son esprit était encore tout entier tourné vers ce qu'il faisait avant l'arrivée de Seth.

— Oui, oui, bien sûr. Personne d'autre n'a de congés prévus. Et certains seront heureux de pouvoir faire des heures supplémentaires à cette période de l'année. Vous n'avez qu'à indiquer à Sharon les jours que vous voulez prendre, et elle intégrera votre absence au planning.

— Merci.

Seth amorça un mouvement pour se détourner, puis il s'arrêta.

— Je suis vraiment désolé pour M. Davenport.

— Merci, répondit Bailey avec un demi-sourire empli de regret.

Sur une impulsion, Seth ajouta :

— A propos, connaîtriez-vous un certain Davis Rogers ?

Le regard de Bailey s'éclaira.

— Pourquoi cette question ?

— J'ai rencontré ce type par hasard dans un bar hier soir, prétendit Seth. Il m'a dit qu'il connaissait la famille. Nous avons porté un toast à la mémoire de M. Davenport.

— Hier soir ?

Seth demeura impassible.

— Oui. Il a mentionné qu'il cherchait à vendre sa voiture, et comme je connais quelqu'un qui pourrait être intéressé… J'aurais dû prendre son numéro de téléphone, mais je n'y ai pensé qu'après coup.

— Il n'est pas d'ici, déclara Bailey, écartant le sujet d'un geste de la main. Il n'aurait de toute façon sûrement pas eu le temps de conclure une vente avant de rentrer en Virginie.

Seth se souvenait vaguement que Rachel avait fait ses études quelque part en Virginie. Donc, peut-être s'agissait-il d'un ancien camarade d'université.

Peut-être même d'un ancien petit ami.

Une pointe de contrariété surgit en lui, qu'il s'efforça de réprimer.

— Merci quand même.

Il tourna les talons et s'en alla avant que Paul Bailey ne commence à se demander pourquoi l'un des mécaniciens de son parc de véhicules se mettait tout à coup à poser toutes sortes de questions indiscrètes. Il fit halte au garage de l'entreprise où lui et ses collègues disposaient d'une petite pièce pour prendre leurs pauses. Les trois mécaniciens qui travaillaient aujourd'hui étant occupés à l'atelier, il avait l'endroit pour lui tout seul.

Attrapant l'annuaire, il chercha la liste des hôtels du secteur, éliminant d'emblée les établissements bas de gamme. Joe Breslin avait décrit Davis Rogers comme étant un yuppie sophistiqué, ce qui laissait supposer qu'il était descendu dans un bel hôtel.

Etait-ce là le type d'homme qu'affectionnait Rachel ? Des jeunes loups issus de grandes écoles, avec leurs portefeuilles d'actions et leurs parties de golf au country-club ?

Laisse tomber, Hammond. Ça ne te regarde pas.

Elle n'était pas à proprement parler son type de femme non plus. Elle était attirante, sans conteste, mais posée, réservée. Et, s'il ne s'était pas mis à rechercher les indices suggérant que les récents meurtres de Bitterwood étaient liés aux Transports Davenport, sans doute n'en serait-il jamais venu à considérer Rachel Davenport autrement que comme la figure de proue de l'entreprise.

Seulement voilà, depuis qu'il avait renoncé à sa vie d'escroc pour rentrer dans le rang, il avait une fâcheuse tendance à prendre systématiquement à cœur les ennuis de ses semblables. Et Rachel Davenport croulait sous les ennuis.

Un type de sa connaissance, ancien alcoolique, lui avait dit que c'était une réaction courante chez les gens qui éprouvaient le besoin de s'absoudre de leurs fautes passées. Ils avaient tendance à en faire trop, à vouloir sauver le monde entier au lieu de rectifier les deux ou trois choses sur lesquelles ils avaient réellement prise.

Son cas en était l'illustration parfaite.

Prenant son téléphone, il appela les hôtels de Maryville qui correspondaient, sans succès. Il allait s'attaquer à ceux de Knoxville lorsqu'il se souvint qu'il y avait une pension, à Bitterwood, qui offrait les prestations qu'un homme comme Davis Rogers devait attendre d'un hébergement.

Lorsqu'il demanda à parler à Davis Rogers, le propriétaire de Sequoyah House le mit aussitôt en relation avec la chambre de l'intéressé.

Bingo !

Personne ne répondit, mais Seth avait l'information qu'il cherchait.

Il avait quelques questions à poser à M. Davis Rogers et, maintenant, il savait où le trouver.

4

Pendant le trajet de retour à Bitterwood, Rachel se rendit compte qu'elle n'avait aucune idée de l'endroit où était sa voiture. Puisque Seth l'avait trouvée sur le pont de Purgatoire, elle devait être garée quelque part, non loin du pont. Delilah accepta de faire le détour pour jeter un coup d'œil.

Effectivement, sitôt qu'elles furent en vue du pont, Delilah repéra la Honda Accord rangée sur le bas-côté de la route.

— Vous avez vos clés ? demanda-t-elle en s'arrêtant près du véhicule de Rachel.

— Oui, elles sont dans ma poche.

Bon sang ! si seulement elle avait pu remonter le temps et reprendre le cours de sa vie vingt-quatre heures avant ! Mais alors, il lui aurait fallu revivre les funérailles de son père. Eprouver de nouveau la douleur des adieux. Cette affreuse tension… Tenir bon, ne surtout pas craquer. Ne permettre à personne de voir comme le chagrin l'avait brisée.

Qu'auraient pensé les personnes venues rendre un dernier hommage à George Davenport si elles l'avaient vue se livrer à ses périlleuses acrobaties sur le pont de Purgatoire, la veille au soir ?

Elle frémit à cette idée — pas seulement à la pensée de se donner en spectacle devant tous ces gens, mais aussi à l'évocation du pont en lui-même. Rien que de s'imaginer engageant sa voiture sur ce pont à treillis, elle avait déjà la chair de poule. Alors, se tenir en équilibre précaire sur le garde-corps… Inimaginable !

La pluie matinale, d'abord une fine bruine continue, s'était changée en averses sporadiques. Pour l'instant, il ne pleuvait plus, mais d'épaisses nappes de brouillard les enveloppaient de leurs volutes comme de lourds nuages bas. Comme Rachel se dirigeait vers sa voiture, ses pas crissant sur le gravier mouillé, Delilah abaissa la vitre du côté passager.

— Vous êtes sûre que vous vous sentez en état de conduire ?

— Oui, ça va, répondit-elle machinalement.

— Soyez prudente, d'accord ? lui dit Delilah avant de lui sourire et de remonter sa vitre.

Rachel regarda la camionnette s'éloigner puis monta dans la Honda.

Le silence qui régnait dans l'habitacle de la voiture l'oppressa, exacerbant son sentiment d'isolement. A l'extérieur, le monde semblait de plus en plus gris et hostile, elle reporta donc son attention sur la voiture elle-même, espérant que quelque chose allait stimuler sa mémoire.

Qu'avait-elle fait la dernière fois qu'elle était dans sa voiture ? Pourquoi ne se souvenait-elle de rien entre le moment où elle s'était recueillie devant la tombe de son père et celui où elle s'était réveillée dans une maison inconnue, avec Seth Hammond qui la regardait de son intense regard vert ?

Un son aigu déchira l'air, la faisant sursauter. Ce n'était que son téléphone portable, posé sur le tableau de bord. Avec un sourire penaud, elle le saisit et jeta un coup d'œil à l'écran. Un numéro qu'elle ne connaissait pas.

— Allô ?

— Rachel, Dieu soit loué ! Voilà des heures que j'essaie de te joindre.

— Davis ?

C'était la voix de son ancien petit ami d'université. Davis Rogers. Elle n'avait pas eu de nouvelles de lui depuis des années.

— J'avais peur que tu regrettes de m'avoir donné ton numéro et que tu ne filtres mes appels. Tu es rentrée sans encombre hier soir ?

Avant qu'elle n'ait eu le temps de répondre, il enchaîna :

— Suis-je bête… Evidemment, puisque tu me réponds ! Ecoute, je voulais te dire que j'étais désolé, pour hier soir…

Tout à coup, il y eut un bruit sourd dans le téléphone, et la communication fut brutalement coupée.

Rachel écarta l'appareil de son oreille, surprise. Elle regarda de nouveau l'écran. C'était un numéro de Virginie, mais la façon dont Davis s'était exprimé donnait l'impression qu'il était ici, dans le Tennessee.

Elle rappela, mais tomba sur la messagerie vocale.

Il avait dit avoir tenté de l'appeler à plusieurs reprises… Ouvrant sa messagerie, elle découvrit trois appels, émanant tous de Davis. Le premier l'informait de l'endroit où il était descendu — Sequoyah House, une pension de la région, située non loin de Cutter Horse Farm. Elle enregistra les coordonnées dans les contacts de son portable et écouta les messages suivants.

Dans le dernier, Davis semblait bouleversé : « Rachel, c'est encore Davis. Ecoute, je suis désolé pour hier soir, mais il avait l'air tellement sûr que tu n'attendais qu'un geste de ma part… Tu m'as vraiment manqué, tu sais. Ça m'a ennuyé de te laisser seule dans cet endroit. S'il te plaît, rappelle-moi pour que je puisse te présenter mes excuses et m'expliquer de vive voix. »

Elle contempla le téléphone, perplexe. Quel endroit ? Sûrement pas le Smoky Joe's. Et d'abord, pourquoi son ex se trouvait-il ici — aux funérailles de son père ? L'avait-elle vu hier ?

Et pourquoi avaient-ils été coupés ?

Sequoyah House se composait d'un corps d'habitation principal avec un seul étage et était nichée dans une clairière au pied de Copperhead Ridge. Derrière la maison, la montagne se dressait, comme une sentinelle face à la vallée baignée de pluie, en contrebas. C'était le genre d'endroit qui se prêtait davantage à une escapade romantique qu'à une nuitée pour un homme seul en voyage d'affaires.

Mais peut-être Davis Rogers n'avait-il pas prévu de rester seul longtemps.

Les meubles de l'entrée avaient l'air de véritables antiquités rustiques, et cet assortiment varié reflétait bien l'artisanat traditionnel de Smoky Mountains. Mais, en dépit de sa chaleureuse authenticité, Sequoyah House sentait l'argent et le luxe à plein nez.

La femme qui se tenait derrière le bureau d'accueil en acajou lui sourit poliment, ses yeux gris parcourant rapidement son polo de golf, son jean élimé et sa coupe de cheveux sans apprêt.

Sans doute se demandait-elle s'il pouvait s'offrir une chambre dans cet hôtel.

— Puis-je vous aider ? demanda-t-elle d'un ton neutre.

— Je voudrais voir l'un de vos clients, Davis Rogers.

— M. Rogers n'est pas dans sa chambre. Puis-je lui laisser un message ?

— Oui. Pouvez-vous lui dire que Seth Hammond est passé le voir à propos d'une affaire concernant Rachel Davenport ?

Il vit à l'éclair qui brilla dans ses yeux qu'elle connaissait son nom. Sa réputation l'avait précédé.

— Où peut-il vous joindre ?

Seth tendit la main vers le présentoir argenté qui contenait les cartes de l'établissement.

— Puis-je ?

Comme elle inclinait la tête, il en prit une et inscrivit au dos son numéro de téléphone portable.

La femme s'en saisit.

— Je transmettrai le message.

Il redescendit lentement les marches du porche et se dirigea vers sa voiture, garée dans la partie de la clairière qui avait été aplanie et recouverte de pavés autobloquants pour servir de parking. Parmi les autres voitures stationnées là, il avisa une Mercedes bleue, rutilante, avec des plaques de Virginie.

Seth jeta un coup d'œil par la vitre conducteur. L'intérieur était vide — il n'y avait rien qui permette d'identifier le propriétaire. Si Ivy Hawkins n'avait pas été provisoirement suspendue, Seth aurait peut-être tenté de l'appeler pour voir si elle pouvait regarder dans le fichier des immatriculations. Elle avait mené l'enquête sur les meurtres par lesquels cet invraisemblable imbroglio avait commencé et avait elle-même failli être victime du tueur... Il aurait peut-être réussi à la convaincre de lui rendre ce service.

Mais son équipier, Antoine Parsons, n'avait aucune raison d'écouter ce que Seth avait à dire. Et à quoi cela aurait-il servi de toute façon ? Seth savait déjà que Rogers séjournait à Sequoyah House. Cela étant, si la Mercedes était bien à lui, une question se posait : s'il n'était pas dans sa chambre et qu'il n'avait pas pris sa voiture, où diable était-il ?

Tandis qu'il revenait vers le Charger au pas de course, sous la pluie, une sonnerie de téléphone le stoppa net. Elle était faible, comme si elle venait d'une certaine distance, mais il ne voyait personne alentour.

Il se dirigea vers les buissons d'hortensias, près de la haie, d'où semblait provenir le son. Les fleurs commençaient à faner avec le rafraîchissement du temps, mais le feuillage était encore si dense que Seth dut s'accroupir pour pouvoir localiser le téléphone. Celui-ci sonnait toujours et était posé sur le sol, face vers le haut.

Seth le ramassa et appuya sur le bouton pour prendre l'appel.

— Allô ? dit-il, s'attendant à entendre la voix du propriétaire de l'appareil appelant pour retrouver son téléphone perdu.

Mais rien ne l'avait préparé à entendre la voix de Rachel Davenport.

— Davis ?

Le regard de Seth se porta sur la Mercedes, dans le parking, en même temps que sa poitrine se serrait.

— Davis ? répéta Rachel.

— Ce n'est pas Davis, répondit-il lentement. C'est Seth Hammond.

Elle demeura silencieuse pendant quelques instants.

— C'est le numéro que Davis Rogers a laissé sur ma messagerie vocale. Où est-il ? Que se passe-t-il ?

— Je serais bien en peine de vous le dire. J'ai entendu ce téléphone sonner et j'ai répondu en pensant que c'était son propriétaire qui le cherchait.

— Où êtes-vous ?

— Devant Sequoyah House.

Il se releva et se mit à avancer lentement le long de la rangée d'hortensias, cherchant, à travers le dense feuillage, ce qu'il redoutait de plus en plus de découvrir.

— Que faites-vous là-bas ?

Elle ne parvenait pas tout à fait à réprimer la suspicion dans sa voix, nota-t-il. Il ne pouvait pas l'en blâmer.

— Je suis allé voir Joe Breslin au Smoky Joe's Saloon. Il s'est souvenu vous avoir vue en compagnie d'un homme hier soir. Il a consulté le reçu du règlement que l'homme a effectué par carte et a pu me fournir son nom.

— Quoi ? J'étais au Smoky Joe's avec Davis ? rétorqua-t-elle, l'air incrédule. Ce n'est vraiment pas le genre d'endroit qu'il fréquente.

— Mais peut-être est-ce le vôtre, suggéra-t-il, se souvenant qu'elle avait chanté du *bluegrass* la veille dans la voiture.

— Avez-vous parlé à Davis ?

— La réceptionniste m'a dit qu'il n'était pas dans sa chambre, donc je lui ai laissé un message lui demandant de me rappeler.

Il marqua une pause en apercevant quelque chose de sombre derrière l'un des buissons fleuris.

— J'ai mentionné votre nom… J'espère que vous ne m'en tiendrez pas rigueur.

Il se baissa et écarta les branches pour voir ce que c'était.

Son cœur manqua un battement.

Couché en position fœtale, couvert de sang et de contusions, un homme gisait là, à même la terre. Seth aurait été incapable de dire s'il était vivant ou mort.

— Rachel, il faut que je vous laisse. Je vous rappelle dès que possible.

Il coupa la communication et rangea le portable dans la poche de sa veste. La végétation touffue l'obligea à se frayer un chemin dans les étroits espaces qui séparaient les taillis pour atteindre l'endroit où se trouvait l'homme, affalé contre un tronc d'arbre. Il avait été sauvagement agressé. Son visage était déformé par plusieurs fractures, ses yeux au beurre noir étaient gonflés et fermés. Du sang maculait tout l'avant de sa chemise, en si grande quantité qu'il était difficile de savoir quelle avait été la couleur initiale du vêtement. L'une de ses jambes était repliée selon un angle bizarre, suggérant une fracture ou une luxation.

Seth posa deux doigts sur la gorge de l'homme et décela un pouls très faible. Il ne savait pas à quoi ressemblait Davis Rogers, mais la proximité de cet homme et du téléphone égaré donnait à penser qu'il s'agissait peut-être de lui. Il ressortit des buissons, porta la main à sa poche pour en tirer son propre téléphone et composer le 911.

Mais, avant que ses doigts n'aient quitté sa poche, quelque chose de dur le frappa à l'arrière de la tête, l'envoyant rouler dans les hortensias. Son front heurta le tronc de l'arbre, et le choc brouilla sa vision d'une myriade de points lumineux et multicolores.

Un deuxième coup l'atteignit au creux du dos, juste au-dessus du rein gauche. Une vive douleur irradia dans tout son flanc. Un coup de pied, eut-il le temps d'analyser dans un dernier lambeau de conscience.

Puis un choc violent sur l'arrière de sa tête éteignit les lumières.

Après avoir attendu pendant une dizaine de minutes que Seth la rappelle, le degré d'inquiétude de Rachel atteignit des sommets. Quelque chose, dans le ton de sa voix au moment où il avait raccroché, lui avait noué l'estomac.

Il avait eu l'air… lugubre. Comme s'il venait de faire une découverte macabre.

Etant donné qu'il avait répondu sur le téléphone de Davis, Rachel n'osait même pas imaginer ce que c'était.

Et si quelque chose était arrivé à Davis ? Il avait été son premier vrai petit ami, le premier homme avec qui elle avait couché. Le premier qu'elle avait aimé, même s'il s'était avéré par la suite que leur relation était vouée à l'échec.

Elle n'était plus amoureuse de lui aujourd'hui, mais cela ne signifiait pas qu'il lui était devenu totalement indifférent. Et le ton de Seth lui avait paru vraiment alarmant…

Plus question d'attendre davantage. Seth avait dit qu'il se trouvait à Sequoyah House. La pension était à cinq minutes d'ici.

Elle attrapa ses clés et se dirigea vers la porte. Le meilleur moyen de savoir ce qui se passait, c'était d'aller voir par elle-même.

Tout le corps de Seth lui faisait mal, mais pas suffisamment pour suggérer qu'il était à l'article de la mort. Il ouvrit prudemment les yeux et se retrouva face à un ciel gris et bas. Il était trempé, il avait froid, et sa tête l'élançait comme s'il avait passé une heure à la taper contre un mur.

Il remua une jambe, puis l'autre et conclut qu'elles étaient à peu près en état de marche, malgré la douleur qui fusait au moindre de ses mouvements dans son côté gauche. Ses bras semblaient intacts, même si l'un d'eux était taché de sang. Pas de signe de coupure, cependant, sous les gouttes rouges ; le sang devait donc provenir d'une autre partie de son corps.

Il n'arrivait pas à respirer par le nez. Lorsqu'il porta la main à son visage, il comprit pourquoi. Il avait du sang plein les doigts et, au toucher, son nez était douloureux. Retenant un grognement, il se força à s'asseoir et regarda autour de lui.

Il était dans les bois, mais une brèche dans la végétation, sur sa droite, laissait entrevoir l'angle d'une grande bâtisse recouverte d'un bardage de bois. Sequoyah House, observa-t-il en dépit de la douleur qui parasitait le fonctionnement de son esprit.

Certains souvenirs lui faisaient défaut. Il savait qui il était, quel jour on était — à moins qu'il ne soit resté là, inconscient, plus longtemps qu'il ne le pensait. Il savait ce qu'il avait fait plus tôt dans la journée — il avait espéré rencontrer l'ancien ami de Rachel Davenport, Davis Rogers. Mais Rogers n'était pas dans sa chambre, et Seth avait donc quitté la pension.

Il se souvenait être retourné au parking.

Et ensuite ?

Son portable sonna, à peine audible. Il le trouva dans la poche arrière de son jean détrempé et vit le nom d'Adam Brand s'afficher sur l'écran. Parfait. Absolument parfait.

Puis une image se présenta à son esprit confus. Un portable — mais pas le sien. Un autre. Il l'avait entendu sonner et s'était avancé dans les bois pour le localiser.

Mais où était cet appareil maintenant ?

Il répondit à l'appel pour mettre fin au vacarme qui lui vrillait les tympans.

— Oui…

La formule de salutation était peu accueillante, voire franchement maussade, mais Seth n'en avait cure. Cela reflétait très exactement son état d'esprit.

— Vous étiez censé m'appeler ce matin, lui rappela Brand.

— Oui, eh bien… J'ai eu comme qui dirait un empêchement.

Il grimaça comme il tentait de se relever.

— Les choses ont tourné au vinaigre en un rien de temps.

— Que s'est-il passé ?

— Trop de choses pour que je puisse vous raconter ça par téléphone. Je vous rédige un rapport, d'accord ?

— Ça ne va pas ? Vous avez une voix d'outre-tombe.

Seth avisa quelque chose de rouge foncé sur le tapis de feuilles. Son front se plissa, ce qui provoqua un nouvel élancement dans son crâne.

— Ça aussi, ce sera dans le rapport, répondit-il succinctement.

Il raccrocha et s'avança en direction de la tache sombre. La pluie en avait dilué la majeure partie, mais des traces rouges subsistaient. Seth ramassa du bout des doigts une des feuilles maculées et l'examina de près.

Du sang. Etait-ce là qu'il avait été agressé ?

Non. Pas lui. Il y avait eu quelqu'un d'autre. Une image passa devant ses yeux endoloris, si furtive que son cerveau engourdi eut à peine le temps de l'enregistrer.

Mais il en avait vu assez. Il avait vu le corps d'un homme, roulé en boule, comme s'il avait perdu conscience en cherchant à parer les coups qui pleuvaient sur lui. Et inconscient, l'homme l'était bel et bien car Seth se revit soudain en train de prendre son pouls.

Mais où était passé cet homme ? Son assaillant avait-il déplacé le corps ?

Si tel était le cas, il s'était aussi emparé du téléphone qu'il avait ramassé car l'appareil n'était plus dans sa poche.

Péniblement, il se dirigea à travers le bois détrempé vers la clairière. Sa vision ne cessait de se brouiller, ce qui lui donnait des vertiges, et ce fut avec un immense soulagement qu'il vit enfin se profiler le Charger au bout de ce qui lui avait semblé être les cinquante mètres les plus longs de sa vie. Il se laissa aller contre la portière et posa la joue contre le métal froid de la carrosserie. Cela parut atténuer un peu son mal de tête lancinant si bien qu'il demeura immobile pendant un moment.

Ce fut un bruit de moteur qui le fit se redresser. Il s'apprêtait à déverrouiller la portière lorsqu'il remarqua que sa voiture semblait pencher d'un côté. Il baissa les yeux. Les deux pneus du côté conducteur étaient crevés.

Un grognement de dépit lui échappa.

Un véhicule entra dans le parking. Seth se força à lever les yeux et eut la surprise de voir Rachel Davenport qui le dévisageait à travers le pare-brise balayé par les essuie-glaces. Elle se gara derrière lui et sorti, l'air horrifié.

— Bon sang ! mais que vous est-il arrivé ?

Il entrevit son reflet dans la vitre du Charger et fit la grimace. Son nez était gonflé, en sang. Une plaie barrait son front au-dessus de son œil gauche.

— Ce n'est rien. Si vous aviez vu l'état de l'autre type…, dit-il avec un sourire bravache, espérant gommer cet air préoccupé de son visage.

Il n'aurait plus manqué que Rachel Davenport le prenne en pitié ! Faible comme il l'était, il aurait été incapable de résister à ça. Il préférait encore lui hérisser le poil par une stupide fanfaronnade.

Mais sa démonstration de bravoure n'obtint pas l'effet escompté. Elle s'avança, la main tendue.

Ne me touchez pas, pensa-t-il, s'efforçant de l'esquiver.

Mais sa main saisit son menton et le força à la regarder. Ses yeux bleus sondèrent les siens, et il se retrouva pris au piège, incapable de lui échapper.

Ses doigts le brûlaient comme un fer rouge. Il eut tout à coup du mal à respirer comme elle promenait son regard sur lui, examinant ses blessures avec un calme surprenant de la part d'une femme qui, la veille encore, jouait les équilibristes sur le parapet du pont de Purgatoire.

— Avez-vous perdu connaissance ?

— Quelques secondes.

Ou quelques minutes, mais comment être sûr ?

Elle le considéra d'un œil sceptique.

— Vous rappelez-vous ce qui s'est passé ?

— Je suis venu ici pour voir votre ami. Il n'était pas là…

— Oui, et vous avez trouvé son téléphone. Je l'ai appelé, et c'est vous qui avez décroché. Nous avons parlé un instant, mais soudain vous avez coupé la communication en disant que vous deviez raccrocher.

Sa mémoire ne l'avait donc pas trompé, songea-t-il, soulagé.

— Exact.

Attrapant sa main, il l'ôta de son menton et l'emprisonna entre ses doigts.

— Rachel, tout est un peu confus dans ma tête, et il se pourrait que ma mémoire me joue des tours, mais…

— Quoi ? Parlez, je vous en prie, le supplia-t-elle.

Il resserra son emprise autour de sa main.

— Je crois que votre ami Davis a été assassiné.

5

La désagréable sensation de froid qui s'était logée dans sa poitrine dès l'instant où l'appel de Davis avait été coupé s'étendit à tous ses membres.

— Qu'est-ce qui vous fait penser ça ?

Seth Hammond lui raconta tout ce dont il se souvenait.

Rachel dégagea sa main et se dirigea vers la lisière des arbres noyés dans le brouillard. Il lui emboîta le pas d'une démarche mal assurée.

— Je n'ai pas de preuve, dit-il comme s'il voulait la mettre en garde. Si vous prévenez la police de Bitterwood, ils ne croiront pas un mot de tout ça. Je ne suis pas exactement le genre de témoin qu'ils considèrent comme fiable.

— Mais il faut que je sache. Où avez-vous vu ce sang ?

Ses pieds dérapèrent sur les feuilles mouillées comme elle pénétrait dans le bois.

La main de Seth Hammond se referma autour de son coude, pour l'aider à recouvrer son équilibre, en dépit du fait que lui-même tenait à peine debout.

— Par ici, lui dit-il, tout la guidant en direction des hortensias.

Au sol, il lui montra une tache d'un rouge sombre que l'eau de pluie dissolvait peu à peu.

Rachel se baissa pour ramasser l'une des feuilles maculées et l'approcha de son nez. Une légère odeur métallique monta à ses narines.

— Oui, c'est du bien du sang.

— Mais je n'ai pas vu ce qui s'est passé.

Elle se tourna pour lui faire face. Il avait vraiment l'air mal en point, avec son nez contusionné, couvert de sang séché, et la plaie de son front d'où le sang continuait à couler. Malgré son teint mat, elle voyait bien qu'il était pâle. Comme il vacillait, elle le retint avant qu'il ne tombe sur elle.

— Et vous ne savez pas non plus qui vous a fait ça ?

— Non, tout est flou.

— Vous n'êtes pas en état de conduire.

Il lui décocha un sourire désabusé.

— Ma voiture non plus n'est pas en état de rouler.

Elle comprit ce qu'il voulait dire lorsqu'ils furent revenus au parking et qu'elle vit les deux pneus à plat. Avaient-ils été crevés ou étaient-ils simplement dégonflés ?

— Montez dans ma voiture, ordonna-t-elle, ignorant le tremblement de ses membres inférieurs.

Ce n'était pas le moment de flancher. Il y avait trop à faire. Elle penserait à Davis plus tard.

— Quelle autorité ! Ça me plaît.

Seth Hammond lui jeta un regard aussi torride que l'été du Tennessee. Un tressaillement naquit au plus profond de son être, qu'elle s'empressa de réprimer. Il était dans le cirage et ne savait probablement pas ce qu'il disait. Et même si c'était le cas…

— Il faut que j'appelle la police et que je signale la disparition de Davis, annonça-t-elle en s'installant au volant. Je vais devoir parler de vous dans ma déclaration.

Il secoua la tête, puis s'immobilisa subitement en faisant la grimace.

— Aïe !

Elle tourna la tête pour le regarder. Il essaya d'en faire autant, mais elle vit que le mouvement lui était douloureux.

— Je suis obligée… Ils remonteront forcément jusqu'à vous. Vous vous êtes présenté au bureau d'accueil en donnant votre nom. Votre voiture est garée là avec les pneus crevés, et si nous appelons une dépanneuse, ce sera une preuve de plus de votre passage ici.

Il se rembrunit.

— Vous ne savez pas ce que c'est que d'être étiqueté suspect n° 1 aux yeux de tout le monde.

— C'est vrai. Mais je dirai à la police ce que je sais. Que je parlais à Davis lorsque la ligne a soudain été coupée. Puis que je l'ai rappelé et que c'est vous qui avez répondu…

Elle s'arrêta net, se rendant compte que cela paraîtrait d'autant plus louche du point de vue des policiers.

Seth Hammond croisa son regard.

— Je vois que vous comprenez la situation.

— Si Davis est mort, je ne peux tout de même pas rester sans rien faire.

— Non, mais, au moins, ne leur dites pas que c'est moi qui ai répondu au téléphone.

Il voulait qu'elle mente à la police ?

— C'est impossible. Je ne peux pas passer ça sous silence.

Il parut sur le point de répliquer, mais se laissa finalement retomber contre le siège.

— Faites ce que bon vous semble.

Elle s'appuya elle aussi contre le dossier, soupirant de frustration. Qu'était-elle censée faire ? Ignorer les craintes de Seth Hammond ? Lui dire qu'elles n'étaient pas fondées, qu'il noircissait le tableau ?

Non. Parce qu'elle n'avait effectivement pas l'intention de tout révéler à la police. Elle ne leur avouerait certainement pas que, la veille au soir, apparemment complètement droguée, elle dansait, telle une funambule, sur le garde-corps du pont de Purgatoire.

— Vous savez, je sais ce que c'est que d'être jugée au moindre faux pas, reprit-elle posément.

Evitant de bouger, il coula un regard curieux dans sa direction.

— Je ne tiens pas à ce que la police soit au courant de mes excentricités d'hier soir, continua-t-elle. Et d'ailleurs, vous ne m'avez pas poussée à en parler à qui que ce soit.

— Je me suis dit que c'était à vous d'en décider.

Elle hocha la tête.

— Donc, c'est d'accord. Je ne leur dirai pas que vous avez décroché quand j'ai rappelé Davis.

Il lâcha un long soupir.

— Rachel, vous savez que je ne lui ai rien fait, n'est-ce pas ?

Elle se demanda si elle n'était pas folle de le croire. Que savait-elle de lui, au fond ? Il était discret au travail et ne semblait lié d'amitié avec personne. Elle avait entendu parler des années où il avait trempé dans toutes sortes d'escroqueries, mais son père et elle avaient choisi de le juger sur son travail actuel, pas sur son passé trouble. Et ils n'avaient jamais eu à le regretter. Seth Hammond s'était toujours montré ponctuel, avait accompli sans jamais rechigner les tâches qu'on lui demandait et n'avait jamais causé le moindre problème.

Mais était-ce suffisant pour croire ce qu'il affirmait ?

Sans même le vouloir, elle posa sa main sur son bras.

— Oui, je suppose que oui…

Il se tourna avec précaution vers elle, regarda d'abord l'endroit où ses doigts serraient son avant-bras luisant de pluie, puis il la fixa dans les yeux. Dans la faible lumière, ses prunelles vertes scintillèrent, aussi profondes et mystérieuses que les bois alentour.

— Vous m'avez sauvé la vie hier soir sans rien me demander en retour, reprit-elle. Vous n'avez même pas tenté d'user de cet argument pour me convaincre, à l'instant. N'importe quel escroc qui se respecte l'aurait fait.

Il grimaça.

— Je ne suis pas un saint.

— Je n'ai pas dit que vous l'étiez. Mais je vous crois sur ce coup-là.

L'habitacle de la voiture parut se rétrécir d'un seul coup, l'espace qui les séparait devenant subitement infinitésimal. Elle sentit la chaleur qui irradiait de son corps, se mêler à la sienne. En dépit du piteux état dans lequel il se trouvait, en dépit des mille et une raisons pour lesquelles elle n'aurait pas dû ressentir cet irrésistible magnétisme qui l'attirait vers lui, il était impossible de nier qu'elle le trouvait séduisant.

Il n'avait pas la beauté d'un acteur de cinéma, surtout avec son nez ensanglanté et les hématomes qui commençaient à se former sous ses yeux, mais il était incroyablement masculin — d'une virilité animale qui transpirait par tous les pores de sa peau, se lisait dans chacun de ses muscles noueux, dans sa large carrure.

Et ces grandes mains puissantes… Malgré le tourbillon de pensées contradictoires qui s'entrechoquaient dans sa tête, elle imaginait sans peine ce que ce serait de les sentir se promener sans hâte sur son corps en une longue exploration exhaustive.

Cette sensation, primitive et intensément sexuelle, était plus forte que tout ce qu'elle avait pu connaître.

— Quoi encore ? demanda-t-il, rompant le lourd silence qui s'était établi entre eux.

Emmenez-moi chez vous, fut la réponse qui lui vint spontanément à l'esprit. Mais elle déclara :

— Je crois que je vais appeler la police afin qu'ils se mettent à rechercher Davis.

Elle sortit son téléphone de sa poche, s'apprêtant à composer le 911.

— Il faut que je fasse un brin de toilette, murmura Seth Hammond.

— Tenez, dit-elle en ouvrant la boîte à gants et en en sortant un paquet de lingettes. C'est tout ce que j'ai.

Il considéra la boîte puis reporta son regard sur elle, un sourcil arqué.

— L'habitude… J'étais bibliothécaire, expliqua-t-elle dans un sourire. Les livres qui passent continuellement de main en main, vous comprenez…

Il prit une lingette et entreprit de nettoyer le sang en regardant ce qu'il faisait dans le miroir de courtoisie. Lorsqu'il referma le paquet, il avait repris figure presque humaine. Son nez n'était pas aussi enflé qu'il y paraissait, et la plaie de son front, une fois nettoyée, se révéla moins profonde qu'il ne l'avait craint. Seules les ecchymoses autour de ses yeux et les taches rougeâtres qu'avaient laissées les gouttes de sang sur le devant de sa chemise bleue attestaient qu'il avait été passé à tabac.

— C'est mieux ? demanda-t-il.

Elle hocha la tête.

— Mais vous allez quand même devoir répondre à des questions.

— Je sais, convint-il en lui décochant un nouveau sourire en coin qui la fit chavirer. Mais je préfère être présentable pour parler à la police.

Ce furent des officiers en uniforme qui arrivèrent les premiers sur les lieux pour prendre leurs dépositions mais, une demi-heure plus tard, un inspecteur les rejoignit. Grand et mince, la peau noire, il avait des yeux bruns perçants et l'air débonnaire. Elle l'avait déjà vu un mois plus tôt lorsqu'il s'était présenté à l'entreprise dans le cadre de l'enquête portant sur les meurtres de deux de leurs employées, se souvint Rachel. Antoine Parsons. Un type plutôt sympathique et amical.

Mais il n'y avait rien d'amical chez lui lorsqu'il balaya la scène des yeux et arrêta finalement son regard sur le visage meurtri de Seth Hammond.

— Seth Hammond. Décidément, tu as le chic pour te trouver présent sur toutes mes scènes de crime, ces derniers temps.

Le sourire que lui retourna celui-ci était presque railleur, et Rachel dut lutter contre l'envie de le rappeler à l'ordre d'un coup de coude et de lui souffler de ne pas envenimer les choses. Mais, apparemment, c'était plus fort que lui.

— Antoine, Antoine, Antoine… toujours à la botte du grand chef, je vois. Ça se passe bien ?

Antoine leva les yeux au ciel.

— Il paraît qu'une personne est portée disparue ?

Rachel s'avança devant Seth Hammond pour s'adresser à l'inspecteur.

— Il s'appelle Davis Rogers. Je parlais avec lui au téléphone quand j'ai entendu un bruit sourd et puis… la communication a été coupée.

— Vous êtes venue ici pour le chercher ?

— Il m'avait laissé un message sur ma boîte vocale, m'indiquant où il logeait. En arrivant, j'ai vu sa voiture garée dans le parking. Mais il n'est pas dans sa chambre. Et j'ai trouvé des traces de sang dans les feuilles, là-bas, expliqua-t-elle en désignant du bras le petit bois.

— Et toi, Hammond ? Qu'est-ce que tu fais là ? Tu es avec Mlle Davenport ? Et qui t'a frappé ?

— Ça, je n'en sais rien. J'étais venu voir Rogers. Comme il n'était pas dans sa chambre, je m'apprêtais à repartir quand il m'a semblé voir quelque chose dans le bois.

— Tiens donc, il t'a semblé voir quelque chose ? répéta Antoine sans cacher son scepticisme.

Rachel commençait à comprendre pourquoi Seth Hammond n'avait pas voulu qu'elle parle de lui. Peut-être méritait-il la méfiance qu'il suscitait, mais la police de Bitterwood semblait bel et bien décidée à ne pas lui accorder le bénéfice du doute.

— Entendu, plutôt, corrigea Seth Hammond en jetant un coup d'œil dans sa direction.

Elle lut l'appréhension dans ses yeux, mais aussi une farouche détermination.

— J'ai entendu une sonnerie de téléphone. Alors, je me suis approché. J'ai vu l'appareil par terre et je l'ai ramassé. Il était là-bas, indiqua-t-il en montrant les hortensias.

Il avait choisi de dire la vérité, songea-t-elle avec un frisson de surprise et d'excitation.

— C'était Mlle Davenport qui cherchait à joindre Rogers.

Antoine haussa les sourcils.

— Pourquoi voulais-tu voir Rogers ?

Elle vit Seth Hammond hésiter un quart de seconde. La vérité était parfois difficile à avouer, pensa-t-elle. Pas seulement pour lui… Pour elle aussi.

Mais elle valait toujours mieux que le mensonge.

Prenant une profonde inspiration, elle répondit à sa place :

— Il essayait de découvrir ce qui m'est arrivé hier.

Il leur fallut deux heures pour répondre à l'avalanche de questions d'Antoine. Son attitude vis-à-vis de Seth était moins hostile désormais. Il demeurait sur la réserve, mais il écoutait attentivement, même si Seth savait bien qu'il suffirait d'un rien pour que les choses tournent de nouveau en sa défaveur.

Au moins Antoine avait-il posé les bonnes questions… Ce qui était une maigre consolation étant donné que, malheureusement, ni lui ni Rachel n'avaient de réponses satisfaisantes à lui fournir.

Il avait refusé d'aller à l'hôpital pour y être examiné en dépit de l'avis des secouristes. Ses idées se remettaient peu à peu en place, et la plupart des diverses douleurs qu'il éprouvait s'étaient atténuées jusqu'à devenir supportables. Sans doute souffrait-il d'un léger traumatisme crânien, mais rien de grave, selon lui. Il s'était dit qu'il passerait la nuit chez Delilah et la laisserait jouer les infirmières.

A ceci près que Delilah n'était apparemment pas en ville ce soir.

— Elle m'a dit qu'elle devait se rendre en Alabama pour une

réunion professionnelle, lui apprit Rachel lorsqu'il eut assuré aux secouristes que sa sœur veillerait sur lui.

Bon sang ! Eh bien, tant pis. Il se surveillerait tout seul.

— Vous pourriez venir dormir chez moi.

Les yeux bleus de Rachel soutinrent son regard, mais son expression était indéchiffrable.

— C'est très gentil à vous…

— Je ne suis pas sûre que ce soit si gentil, dit-elle, les commissures de ses lèvres s'étirant imperceptiblement. J'avoue que je serais plus tranquille si j'avais de la compagnie à la maison. Après tout ce qui s'est passé, je n'ai guère envie de rester seule.

Lorsque Antoine les laissa enfin libres de s'en aller, Seth appela une dépanneuse pour transporter le Charger chez le garagiste et grimpa dans la voiture de Rachel.

— Vous savez, ne vous sentez pas obligée de m'héberger, dit-il tandis qu'elle bouclait sa ceinture. Ça ira très bien.

— J'étais sérieuse quand je vous ai dit que je n'avais pas envie de me retrouver seule chez moi. Je ne suis pas sûre d'être en sécurité.

Elle avait probablement raison, songea-t-il.

— Je suis désolé pour Davis. J'espère vraiment me tromper quant à ce qu'il lui est arrivé.

Elle pinça les lèvres.

— J'aimerais vraiment le croire.

— Savez-vous pourquoi il était ici ?

— Il a dû venir assister aux funérailles.

Elle paraissait sur le point de défaillir, nota-t-il. Aussi s'abstint-il de poser d'autres questions jusqu'à ce qu'ils soient arrivés en vue de la grande bâtisse à un étage située à la lisière est de Bitterwood, à quelques kilomètres au sud de Copperhead Ridge et à des années-lumière de la vie étriquée qu'avait connue Seth à Smoky Ridge, dans son enfance.

Avant la maladie de son père, Rachel habitait dans son propre appartement à Maryville, vivant de son salaire de bibliothécaire. Mais tout avait changé quand le diagnostic, confirmé par une armée de médecins, était tombé — cancer du foie en phase terminale, inopérable. La tumeur avait été décelée trop tard pour envisager une greffe. Toutes sortes de traitements palliatifs avaient aidé à prolonger sa vie de quelques mois supplémentaires, mais, peu avant sa mort, George avait dit « stop ». Il avait décidé de consacrer le temps qui lui restait sur cette terre à préparer sa fille à la gestion de l'entreprise qu'il avait fondée.

Seth connaissait tous les détails intimes de la vie de Rachel parce que les Transports Davenport n'étaient pas différents des autres entreprises familiales : tout le monde était au courant de tout.

Mais il ne savait pas ce que Rachel pensait du changement radical survenu dans sa vie. Regrettait-elle d'avoir quitté la bibliothèque ? D'après ce qu'il avait pu constater à Davenport, elle montrait une habileté certaine en matière de gestion du personnel et semblait posséder un don inné pour l'administration financière de l'entreprise. Les grincheux qui avaient critiqué le fait que George Davenport ait choisi sa fille pour lui succéder à la tête de l'entreprise avaient cessé de récriminer lorsqu'il était devenu évident que la société ne pâtirait pas de sa tutelle.

Mais personne ne semblait savoir ce que la principale intéressée pensait de la situation et de ses nouvelles fonctions. Le fait d'avoir exaucé les dernières volontés de son père l'emportait-il sur l'abandon de la voie qu'elle s'était choisie ?

— Cette maison est trop vaste pour une seule personne, déclara Rachel en ouvrant la porte. Je ne pense pas que Diane ait l'intention de revenir vivre ici. L'empreinte de ma mère est trop présente… Les goûts de Diane sont différents.

La porte s'ouvrait sur un étroit couloir avec une porte, au fond. De part et d'autre du corridor, des arches ou des portes donnaient accès à différentes pièces. Tout de suite à droite, un escalier muni d'une superbe rambarde de chêne patinée par les ans s'envolait vers l'étage.

— Je suppose que vous avez dû faire plus d'une fois du toboggan sur cette balustrade quand vous étiez enfant.

— Peut-être bien, dit-elle, l'ombre d'un sourire effleurant ses lèvres. Pourrez-vous monter ces marches ? Les chambres sont en haut.

Il lui emboîta le pas, se hissant tant bien que mal jusqu'à l'étage à sa suite, heureux de sentir son esprit plus clair qu'à Sequoyah House, après son agression. Rachel ouvrit la porte de la première chambre sur la gauche, en haut de l'escalier, découvrant une pièce sans prétention et accueillante.

— Si vous voulez aller prendre une douche pendant que je fais le lit…, suggéra-t-elle. La salle de bains, c'est la porte suivante, sur la droite. Dans le placard, il y a un peignoir qui devrait vous aller. Je vais voir si Paul a laissé des vêtements que je peux vous donner pour cette nuit.

Lorsqu'il revint dans la chambre quinze minutes plus tard, il trouva le lit soigneusement fait et, posés dessus, un pantalon de jogging et un T-shirt dont les couleurs ne s'accordaient franchement pas. Rachel avait griffonné un mot disant : « Désolée, je n'ai pas trouvé de sous-vêtements ni d'ensemble coordonné. Je prends ma douche et, ensuite, nous grignoterons quelque chose. »

Elle s'affairait déjà dans la grande cuisine rustique et conviviale, à l'arrière de la maison, lorsqu'il descendit. Apparemment, elle avait prévu de la soupe de tomate et des sandwichs au fromage grillés.

Rachel avait enfin pu troquer la robe qu'elle portait la veille au Smoky Joe's contre un pantalon de yoga et un T-shirt à manches longues qui révélaient de longues jambes et des bras graciles. Elle était filiforme, bien plus svelte que les femmes qui lui plaisaient habituellement, mais il ne trouvait strictement rien à redire au renflement de ses hanches ni à la courbe de ses petits seins.

— Vous aimez la soupe de tomate ? J'aurais dû vous demander…

— C'est parfait. Je peux me charger de griller les sandwichs, si vous voulez.

Elle se tourna pour le regarder, ses lèvres s'incurvant irrépressiblement à la vue de sa tenue aux tons discordants. Paul était nettement moins charpenté que lui si bien que les vêtements moulaient étroitement ses jambes et ses épaules.

— Vous êtes sûr d'être suffisamment en forme ?

— La douche m'a requinqué, lui assura-t-il en s'avançant jusqu'au plan de travail, à côté de la cuisinière, là où les sandwichs attendaient.

Notant avec soulagement la présence d'une plaque de cuisson entièrement électrique, sans brûleurs à gaz, il posa une poêle à chauffer sur le feu le plus proche avant de sortir une plaquette de beurre du réfrigérateur.

Elle lui jeta un coup d'œil en coulisse comme il se rapprochait de l'endroit où elle se tenait, remuant la soupe.

— Je n'ai pas l'habitude de faire la cuisine avec de la compagnie.

— Moi non plus.

Il déposa dans la poêle un morceau de beurre qui se mit instantanément à grésiller. Tous deux s'écartèrent d'un bond de la plaque de cuisson pour éviter les projections brûlantes.

Rachel éclata de rire.

— Je comprends pourquoi, lança-t-elle, malicieuse. Vous êtes un vrai danger public lorsque vous êtes aux fourneaux !

— On peut échanger les rôles, suggéra-t-il. Je devrais pouvoir remuer la soupe sans causer de désastre.

Ils se frôlèrent en se déplaçant. Seth sentit son corps se raidir instantanément et il s'aperçut avec consternation que le jogging qu'il portait n'était pas assez ample pour camoufler sa réaction. Il avait intérêt à reprendre le contrôle de sa libido, et vite.

Remue cette soupe. Dans le même sens, toujours dans le même sens… Le sens des aiguilles d'une montre.

— Pourquoi voulez-vous tellement savoir ce qui m'est arrivé hier soir ? demanda Rachel, rompant le silence.

Il la regarda et vit que, malgré son air concentré sur la poêle devant elle où elle venait de déposer les deux sandwichs, elle était faussement sereine. Seul le pouls qu'il voyait battre rapidement sur le côté de son cou trahissait sa tension.

— Vous savez ce qu'on dit… Sauvez la vie d'une personne, et elle vous sera éternellement redevable. Peut-être que je cherche simplement à ce que vous me renvoyiez l'ascenseur.

Elle planta son regard dans le sien comme pour s'assurer qu'il plaisantait.

Il sourit.

— Ou peut-être que je fais simplement le lèche-bottes pour la nouvelle patronne.

Le petit sourire de Rachel s'effaça immédiatement. Aïe ! Avait-il gaffé ?

— La patronne. Je n'avais encore jamais considéré les choses sous cet angle-là.

— Est-ce que ça vous… pose un problème ? Je veux dire, le fait que je sois votre employé et que je sois ici, chez vous ? Parce que, vous savez, je me sens beaucoup mieux maintenant. Vous n'êtes pas obligée de…

— Non, ce n'est pas ça. Je pensais simplement au fait que c'est désormais moi la P.-D.G. de l'entreprise. Tous ces gens qui dépendent de ce que je fais et de ce que je dis…

Sans s'en apercevoir, il avait cessé de tourner la soupe pendant qu'il l'écoutait, et une fine pellicule s'était formée à la surface. Il se remit à remuer en toute hâte.

— Voilà quelque temps que vous avez pris vos fonctions…

Elle garda le silence pendant quelques instants.

— Oui mais ça ne me paraissait pas réel tant que mon père était de ce monde et qu'il me servait de filet de secours.

Ennuyé, il vit naître des larmes dans ses yeux et il dut se faire violence pour résister à l'envie de la prendre dans ses bras pour la consoler. Il choisit de poser une main réconfortante sur son épaule.

Elle sécha ses yeux d'un revers de main et retourna les sandwichs dans la poêle.

— J'ai eu du temps pour me préparer à sa mort. A la fin, ça a été un soulagement de le voir enfin délivré de la souffrance. Mais maintenant que j'ai passé ce stade où mon esprit était comme anesthésié…

— Votre père était un homme bien. Peu de gens auraient donné leur chance à quelqu'un comme moi. C'est une grande perte pour nous tous.

A ces mots, les larmes scintillèrent de nouveau dans ses yeux, mais le sourire qu'elle braqua sur lui illumina la pièce aussi vivement qu'un rayon de soleil, alors même que la pluie, au-dehors, continuait à tomber d'un ciel uniformément gris.

Il lui retourna un bref sourire, puis se força à reporter son attention sur la soupe avant que la situation ne devienne véritablement ingérable pour lui.

6

Après le déjeuner, Rachel prépara du café, et ils emportèrent leurs tasses dans le salon, du côté est de la maison, où, par une grande baie vitrée, on pouvait admirer Copperhead Ridge encapuchonné de brouillard. Après une courte interruption, la pluie avait repris, enveloppant les arbres d'un halo gris bleuté. Lorsqu'elle alluma les lampadaires de part et d'autre du canapé, le panorama se fondit dans le reflet du salon confortable et des deux personnes en tenue d'intérieur passablement négligée qui l'occupaient.

Seth trouva l'image de lui que lui renvoyait la vitre plutôt déprimante. Avec ses yeux au beurre noir, il avait l'air d'une petite frappe qui serait sortie perdante d'une rixe de bar. En revanche, Rachel, elle, était belle comme le jour, avec ses cheveux châtain doré qui tombaient en cascades, en vagues humides de chaque côté de son visage. Propre et fraîche, les joues encore rosies par la chaleur de la douche, elle paraissait dix ans de moins que son âge.

— Et votre tête, comment va-t-elle ? demanda-t-elle.

Vous me la faites tourner, songea-t-il.

— Mieux. Je n'ai presque plus mal.

Elle lui décocha un sourire qui s'effaça rapidement pour laisser place à une expression soucieuse. Elle s'installa sur le sofa et l'invita d'un geste à s'asseoir dans le fauteuil, en face.

— Je ne sais que penser concernant Davis, dit-elle dans un soupir. Je veux dire, s'il est mort. Que suis-je censée ressentir ?

— Vous n'êtes pas *censée* ressentir telle ou telle chose, répondit Seth. On ressent ce qu'on ressent, voilà tout.

— Je l'ai aimé autrefois. Il a été le premier…

Elle s'interrompit net, le rose lui montant aux joues.

— Mais ça n'a pas duré, reprit-elle. Nous avions des visions de la vie trop différentes.

Quoi que Davis Rogers ait attendu de la vie, c'était sûrement plus proche des aspirations de Rachel que tout ce que Seth avait pu, ou voulu, faire de la sienne. Si Davis et elle étaient en décalage, alors c'était un espace intersidéral qui les séparait, Rachel et lui.

Mais peu importe. Ce n'est pas pour ça que tu es ici.

— Je ne l'ai pas vu depuis des années. Nous nous sommes croisés lors d'un match de football à Charlottesville. Nous avons bavardé quelques instants en nous promettant de nous rappeler, mais nous ne l'avons pas fait…

Elle ferma les yeux.

— Pourquoi est-il venu ici ?

— Sûrement pour l'enterrement de votre père et pour s'assurer que vous teniez le coup.

— Et maintenant, il est probablement mort. Par ma faute.

Seth se pencha en avant et posa sa main sur la sienne.

— S'il est mort, c'est parce que quelqu'un l'a sauvagement agressé.

— A cause de moi.

Il s'accroupit face à elle, et referma ses doigts autour de ses poignets.

— Regardez-moi.

Ses yeux bleus troublés s'arrêtèrent sur les siens.

— Je sais que quelqu'un a méthodiquement éliminé les personnes de votre entourage pour vous isoler. Je sais que celui qui tire les ficelles a engagé Mark Bramlett pour tuer quatre femmes qui étaient proches de vous. Et maintenant, il a peut-être aussi tué votre ancien petit ami venu vous soutenir dans l'épreuve que vous traversez. Je pense que c'est aussi cette même personne qui vous a droguée hier soir.

Les yeux de Rachel s'assombrirent, suspicieux.

— Qu'en savez-vous ?

— J'ai commencé à avoir des soupçons quand je me suis aperçu que trois des quatre femmes assassinées à Bitterwood travaillaient pour les Transports Davenport. Cela en soi constituait déjà une étrange coïncidence. Ensuite, j'ai mené ma petite enquête et découvert que Marjorie Kenner avait été votre amie et votre mentor — elle était bibliothécaire, elle aussi, n'est-ce pas ?

— Oui, acquiesça-t-elle, visiblement émue, comme si ses propos venaient subitement lui rappeler tout ce qu'elle avait perdu en si peu de temps.

Il aurait bien voulu trouver une façon plus nuancée de présenter les choses, mais rien, probablement, de ce qu'il aurait pu dire n'aurait eu le pouvoir d'atténuer sa douleur.

— Ce que je ne sais pas, c'est pourquoi, ajouta-t-il doucement. Si quelqu'un voulait se débarrasser de vous, pourquoi ne pas simplement vous tuer ?

Elle blêmit.

— Je ne sais pas.

— Voulez-vous que je vous dise ? Je pense que si, mais que, pour une raison qui m'échappe, vous refusez de parler.

Elle lui jeta un regard en biais.

— Comment savez-vous tant de choses sur moi ?

Il promena son pouce sur ses phalanges pour la rassurer et la mettre en confiance. Elle commença à se détendre un peu, apaisée par le mouvement répétitif de son pouce.

— Je suis observateur. N'oubliez pas que j'ai été escroc dans une autre vie. C'est le b.a.-ba pour un escroc. Observer, mémoriser, élaborer un plan pour exploiter au mieux les informations recueillies.

Elle eut une mimique de dégoût.

— Vous avez la même approche, s'agissant de mes ennuis, que vous auriez vis-à-vis d'une cible potentielle ?

— J'ai certains dons, autant les utiliser à bon escient, non ?

Elle plissa les yeux, mais finit par hocher la tête.

— Et donc, qu'avez-vous observé ?

— Que vous avez peur de quelque chose. Oh ! Vous le cachez bien. Mais ça ne m'a pas échappé, à moi, puisque c'était la base même de mon activité. Découvrir les points faibles d'une personne et concevoir le moyen de les utiliser.

— Mais vous n'avez pas trouvé ce que c'était.

— Pas encore.

Les lèvres de Rachel s'étirèrent en un sourire sans joie.

— Et vous voudriez que je vous révèle tout ? Que je vous mâche le travail ?

— Ne vous trompez pas d'ennemi. Ce n'est pas moi qui vous en veux.

— Non ? Et comment puis-je en être sûre ?

Libérant ses mains, elle se leva et alla se poster, dos à lui, devant la baie. Dans la vitre, elle croisa le reflet de son regard.

— Je ne sais pas grand-chose de vous. Et le peu que je sais me fait peur.

Comment aurait-il pu lui en vouloir ? Ce qu'il savait de lui-même aurait alarmé n'importe qui.

— Ecoutez, je ne veux pas qu'il vous arrive quelque chose. Que mes compétences vous plaisent ou non, elles peuvent me servir à vous aider. Donc, quoi que vous vous décidiez à me confier, sachez que je ne trahirai pas votre confiance et que cela restera entre nous.

Elle se retourna pour lui faire face.

— Je prends déjà un énorme risque simplement en vous hébergeant chez moi, vous en avez conscience ?

Elle n'allait pas lui dire ce qui l'effrayait tant. C'était décevant. Frustrant. Mais il ne pouvait pas lui en vouloir.

— O.K. Je peux m'en aller, si vous voulez.

Elle se passa la langue sur les lèvres et soutint son regard, sondant son expression comme pour tenter de le percer à jour.

— Non. Vous vous sentez peut-être mieux, mais les blessures à la tête doivent être surveillées de près. Je préfère que vous restiez ici pour que je puisse aller jeter un coup d'œil de temps en temps et m'assurer que vous n'êtes pas tombé dans le coma.

— Quoi ? Vous allez venir me taper sur l'épaule toutes les heures ? protesta-t-il en veillant à mettre une touche d'humour dans l'inflexion de sa voix, histoire d'alléger l'atmosphère.

Cela fonctionna. Elle lui retourna un petit sourire, une lueur d'amusement dans le regard.

— Oui, c'est exactement ce que je compte faire.

Mais, derrière l'humour, il eut la surprise d'entendre une détermination d'acier. Apparemment, elle prenait sa mission très au sérieux. Pour lui, bien sûr, mais sans doute aussi pour elle.

Parce que cela constituait un dérivatif bienvenu à la peine et à l'angoisse qui faisaient son quotidien depuis quelque temps…

Du menton, il désigna la grande baie vitrée.

— Vous n'avez pas de rideaux devant ces vitres ?

— Il y a des persiennes, mais je ne les ferme pratiquement jamais. La vue est tellement belle…

— C'est vrai, reconnut-il. Mais ça permet aussi à tout le monde de vous voir.

Son regard bleu s'assombrit, et elle referma les bras autour d'elle comme si elle avait subitement froid.

— Je n'avais jamais pensé à ça.

Evidemment. Elle n'avait pas l'habitude d'être traquée, et Seth aurait bien voulu qu'elle puisse continuer à vivre sans s'entourer de précautions particulières. Mais la menace qui la visait désormais personnellement était trop omniprésente.

— Dès la nuit tombée, il faudra les fermer désormais.

Elle pinça les lèvres comme si cela l'ennuyait de consentir ce petit effort, comme si elle prenait soudain conscience de la dangerosité soudaine du monde, autour d'elle. Le signe qu'elle avait vécu une vie préservée, songea-t-il, se souvenant qu'il avait, lui, appris beaucoup trop tôt à se prémunir contre les périls qui le guettaient, aussi bien sous son toit qu'à l'extérieur.

Encore une preuve que Rachel Davenport et lui ne vivaient pas dans la même galaxie.

Il s'approcha et l'aida à fermer les persiennes jusqu'à ce qu'ils se rejoignent au milieu de la baie vitrée. Elle marqua une pause avant d'obturer la dernière vitre.

— Vous pensez que je suis une enfant gâtée, déclara-t-elle posément.

Il ne répondit pas. C'était à peu près ce qu'il s'était dit même s'il ne portait aucun jugement. Pour être honnête, il l'enviait même.

— Il y a beaucoup de choses que vous ne savez pas de ma vie, nota-t-elle en actionnant la manivelle pour fermer la dernière persienne sur l'après-midi pluvieux.

Elle se tourna vers lui, radoucie.

— Votre nez est vraiment gonflé… Je me demande s'il n'est pas cassé.

Certes, il lui faisait sacrément mal, mais il l'avait palpé pendant qu'il était sous la douche, là où il pouvait proférer un chapelet de jurons sans que personne n'en prenne ombrage. Cassés ou pas, les os et les cartilages étaient tous à leur place.

— Ça guérira tout seul.

— Dit du ton d'un homme qui a déjà fait l'expérience d'un ou deux os fracturés…

— Si ce n'est plus, confirma-t-il en grimaçant. Ça va, je vous assure.

Elle ne parut pas convaincue mais n'insista pas. Retournant vers le fauteuil, elle s'y assit en ramenant ses genoux sous son menton.

N'ayant pas envie de se rasseoir, Seth déambula dans le salon, admirant le beau mobilier et l'éclectique collection de bibelots qui parsemaient les surfaces planes de la pièce spacieuse et aérée. De petits animaux sculptés dans du quartz composaient une ménagerie miniature sur un guéridon, à côté du sofa. Sur le manteau de la cheminée, trônait une jolie collection de poupées russes peintes dans des couleurs vives.

Aucun feu ne brûlait dans l'âtre, heureusement, même si une petite flambée aurait contribué à chasser la fraîcheur de l'après-midi. Mais Seth s'en passerait volontiers, merci bien.

Le feu et lui ne faisaient pas bon ménage.

Cette pièce était si vaste que la maison dans laquelle il avait grandi y aurait tenu tout entière. La maison dans laquelle lui, Dee et ses parents avaient vécu dans l'indigence pendant près de quatorze ans, jusqu'à ce que son père fasse tout sauter — et lui avec.

Il se demanda ce que Rachel Davenport pouvait bien faire à l'époque de l'explosion. Sans doute planchait-elle sur les devoirs qu'elle ramenait de Brandywine Academy, l'onéreuse école privée où on l'avait envoyée faire ses études pour la tenir éloignée des ploucs des Appalaches qui constituaient le gros des troupes dans les écoles de Bitterwood.

L'envie est un vilain défaut. La voix de Cleve Calhoun, goguenarde, résonna dans sa tête. Maxime cocasse, s'il en était, venant d'un homme qui avait manipulé toutes ses infortunées victimes en jouant justement avec maestria de l'envie, de la cupidité et de la vanité !

Mais même si Cleve lui avait inculqué certaines leçons de

vie pour les plus mauvais motifs, ce dernier n'en avait pas moins eu souvent raison. L'envie était effectivement un vilain défaut. Et, en l'occurrence, une injustice faite à la personne qui en était l'objet — à savoir, Rachel.

Ce n'était pas sa faute si elle avait été aimée et protégée. Tous les enfants devraient l'être.

— Vous ne devriez pas aller vous reposer ?

Il la regarda.

— Pourquoi ? Je ne suis pas fatigué.

Ses yeux bleus se rétrécirent.

— Ce n'est pas la première fois qu'on vous inflige une correction, n'est-ce pas ?

Il hésita entre sourire et mimique de dépit. Il réussit finalement à produire quelque chose qui était à mi-chemin entre les deux.

— Non, m'dame. En effet, ce n'est pas la première fois.

— Et est-ce que c'était mérité, les autres fois ?

Cette fois, il rit franchement.

— Dans certains cas.

— Pourquoi avez-vous choisi cette vie ?

Il revint vers le sofa, se demandant comment répondre. Plus jeune, il aurait certainement rétorqué qu'il n'avait rien choisi du tout, que la vie s'en était chargée pour lui. Longtemps, il avait tenu la terre entière responsable de ses problèmes. C'était la faute de tout le monde, mais pas la sienne.

Mais chacun faisait des choix dans la vie, même ceux qui croyaient n'en avoir aucun. L'enfance de Delilah avait été identique à la sienne, mais elle avait décidé d'emprunter un chemin différent, un chemin qui avait fait d'elle une héroïne, pas une criminelle. Lui aussi aurait pu en faire autant s'il n'avait pas laissé la haine et la colère prendre le pas sur sa volonté.

C'était donc un choix dont il portait, au moins en partie, la responsabilité. Son enfance n'était pas une excuse.

— Quand j'étais jeune, dit-il enfin en se perchant sur le bras du sofa en face d'elle. J'ai eu le choix entre deux voies : l'une semblait difficile et semée d'embûches ; l'autre, facile. J'ai opté pour la facilité.

Elle fronça les sourcils, méditant ses paroles.

— C'est aussi simple que ça ?

— Oui. J'étais en colère, fatigué de me battre en permanence. J'étais dévoré par la jalousie et j'en voulais au monde entier. Alors, lorsqu'un homme, un jour, m'a offert la possibilité d'obtenir tout ce que je désirais en abusant de la crédulité les gens, j'ai foncé bille en tête. On pourrait même dire que j'y ai pris plaisir. J'étais doué et, d'une façon assez malsaine, je pense que cela m'a même donné le sentiment de ma propre valeur, chose qui m'était totalement étrangère.

— Alors, pourquoi n'avez-vous pas continué ?

— Parce que rien de bon, rien de concret ne peut se construire sur des mensonges.

Son regard bleu s'arrêta sur lui, pensif, solennel.

— Mais qui me dit que vous n'êtes pas en train de me mentir en ce moment même ? Peut-être que votre autocritique en forme d'acte de contrition n'est que de la poudre aux yeux.

— A vous d'en juger.

Elle enfouit son visage dans ses mains et se frotta les yeux.

— Je suis tellement épuisée.

Il comprit, sans qu'elle ait besoin de le préciser, qu'elle ne parlait pas de fatigue physique. Les derniers mois avaient dû être affreusement éprouvants pour elle sur le plan émotionnel. La perte de tous ces êtres chers, dont son propre père…

— Pourquoi ne pas aller vous étendre un moment ?

— Je suis censée vous surveiller, vous vous rappelez ?

— Mais puisque je vous dis que ça va… C'est à peine si j'ai encore mal.

Ce qui n'était pas tout à fait vrai. L'arrière de la tête, où il avait reçu le coup qui l'avait assommé, l'élançait toujours douloureusement.

Au bout d'un moment, elle se leva avec grâce. Il se demanda en passant si elle avait suivi des cours de danse classique quand elle était enfant. Elle avait le port élégant et délié d'une ballerine.

Delilah avait toujours rêvé de faire de la danse, se souvint-il. Il se demanda si sa sœur avait rattrapé le temps perdu, une fois partie de Smoky Ridge. Il faudrait qu'il pense à lui poser la question.

— Il y a de quoi manger dans le réfrigérateur si vous avez faim, déclara-t-elle avant de désigner d'un geste les étagères qui couvraient les murs. Et des tas de livres, si vous vous sentez le courage de lire. Sinon, il y a un téléviseur et une chaîne stéréo dans le bureau, si vous préférez regarder un film ou écouter de la musique.

— En d'autres termes, « faites comme chez vous » ?

Il vit les commissures de ses lèvres frémir.

— Je ne suis pas sûre qu'il soit sage de vous donner tant de latitude.

Il répondit par un large sourire, nullement froissé.

— Très avisé de votre part.

Avant qu'elle ne se détourne pour se diriger vers l'escalier, Seth eut le temps de voir un sourire s'épanouir sur son visage.

Rachel n'avait pas eu l'intention de dormir. Elle s'était sentie lasse sans pour autant avoir particulièrement sommeil lorsqu'elle était montée dans sa chambre, mais le murmure régulier de la pluie sur la fenêtre combiné à la longue et stressante journée qu'elle venait de vivre s'allièrent pour la faire sombrer quelques minutes à peine après qu'elle se fut allongée sur la chaise longue, dans le coin de sa chambre.

Lorsqu'elle ouvrit les yeux, le ciel chagrin était passé du gris au noir d'encre. Elle se redressa et étira ses muscles raidis. Elle se dirigeait vers la salle de bains lorsqu'elle l'entendit.

De la musique.

Seth Hammond avait dû la prendre au mot et mettre un CD dans la chaîne hi-fi, se dit-elle, surprise de son choix. Elle ne l'aurait pas imaginé écoutant du Chopin.

Le Nocturne, opus 9, n° 2. Le favori de sa mère.

Celui qui tournait sur la platine le soir de sa mort.

Connaissait-il les circonstances de sa mort ? Oh ! Bien sûr, il devait savoir qu'elle s'était suicidée — cela avait fait la une des journaux à l'époque —, mais les détails scabreux n'étaient jamais parvenus aux oreilles du grand public. La police et le coroner avaient fait preuve d'une discrétion exemplaire, lui avait dit son père.

Alors, comment Seth Hammond pouvait-il savoir, pour la musique ?

Poussant la porte, elle s'avança dans le couloir, puis s'arrêta net en s'apercevant que la musique ne venait pas d'en bas, mais du grenier, au-dessus de sa tête.

Instantanément, la peur l'assaillit, asséchant sa gorge, l'obligeant à déglutir convulsivement, plusieurs fois. Etait-ce une hallucination ? Les accords plaintifs du piano n'existaient-ils que dans son imagination ?

Revivait-elle la nuit où sa mère était morte, comme cela lui était arrivé des centaines de fois dans ses cauchemars ?

Cette nuit-là aussi, elle avait entendu ces notes retentir dans la maison par ailleurs silencieuse. Suffisamment fort pour la tirer du profond sommeil où elle était plongée et l'arracher à ses rêves moroses.

Elle n'avait d'abord ressenti que de la colère en l'entendant. Une colère dirigée contre les paroles dures de sa mère, contre son refus obstiné de comprendre son point de vue. Elle avait quinze ans, alors, et luttait pour se libérer des interdits de l'enfance. De ses deux parents, son père avait été le plus raisonnable — du moins, à ses yeux. Il avait compris le besoin qu'elle avait de déployer ses ailes, d'expérimenter un avant-goût de la liberté.

Mais sa mère n'avait qu'une idée en tête : la garder bien à l'abri, dans le cocon familial, le nid qu'elle avait construit pour son unique enfant.

Un nid dans lequel Rachel se sentait étouffer.

Elle avait détesté cette musique, les envolées aiguës et le rythme de valse. Elle résonnait si fort dans la maison qu'elle faisait trembler les murs et ébranlait les cellules de son cerveau.

A moins que ce ne soit l'impression qu'elle en ait conservée après coup…

Après qu'elle avait gravi l'échelle conduisant au grenier et qu'elle avait vu sa mère osciller au son de la musique, le regard tourné vers le ciel invisible, une main suivant la cadence, l'autre refermée sur la crosse du Colt 45 de son mari.

Terrifiée, le souffle coupé, Rachel contempla la trappe qui dissimulait l'échelle rétractable comme si c'était la bouche de l'enfer. A la seule idée de monter au grenier, la sueur perla à son front et se mit à couler le long de sa nuque, manifestation physique d'une frayeur absolument incontrôlable.

Pourtant, elle devait savoir. L'incertitude était pire que tout.

Se mordant la lèvre si fort qu'elle craignit de la faire saigner, Rachel tendit le bras et tira sur la corde qui commandait l'ouverture de la trappe. En même temps que l'échelle se dépliait, le volume de la musique s'accrut d'un coup, sans pour autant atteindre le déluge de décibels qu'elle avait gardé à la mémoire.

Un à un, elle se mit à gravir les échelons, s'accrochant aux barreaux de bois comme si sa vie en dépendait.

Rien ne l'avait préparée à la scène qu'elle avait découverte, cette nuit-là. Elle s'était accoutumée aux bizarreries de sa mère — son obsession de la propreté, ses sautes d'humeur, ses accès de colère imprévisibles — mais, la force de l'habitude aidant, elle avait pris tout cela pour les à-coups normaux de la vie.

Peut-être son père l'avait-il protégée des pires épisodes. Ou peut-être étaient-ils moins aigus quand son père était présent. Mais, cette fois-là, il était en voyage d'affaires, celui-là même qui lui avait permis de réunir les fonds pour lancer sa propre entreprise après avoir travaillé la majeure partie de sa vie dans la vente de camions. Il devait rentrer ce soir-là, justement, mais son absence avait duré près d'une semaine.

Une semaine… Peut-être n'en avait-il pas fallu davantage pour réduire à néant l'influence bénéfique de son père.

Rachel essaya de chasser ces souvenirs tandis qu'elle gravissait les derniers échelons et posait le pied sur le plancher du grenier.

Une bâche en plastique était étalée sur le sol — comme quinze ans plus tôt. Couverte de taches et d'éclaboussures rouge vif.

Du sang. Du sang frais.

Seth s'était confortablement installé avec un vieux roman de Dick Francis qu'il avait déniché sur l'une des étagères, mais, avec la lassitude et le bruit monotone de la pluie sur les carreaux, il avait du mal à garder les yeux ouverts. Il avait baissé les paupières un court instant… et, subitement, il s'était retrouvé projeté en arrière, au moment où il roulait en direction du Smoky Joe's, les poutrelles du pont de Purgatoire luisant devant lui, dans la lumière de ses phares.

Il se gara derrière la Honda de Rachel et sortit, contre le vent vif et froid qui fouettait ses cheveux et ses vêtements. Il soufflait fort. Beaucoup trop fort. Il risquait à tout instant de déstabiliser Rachel s'il n'allait pas la chercher.

Mais il avait beau marcher, marcher, elle lui échappait, dansant toujours avec légèreté, en équilibre précaire, sur le parapet. Les bras écartés, le visage levé vers le ciel, elle fredonnait un air lent, familier, comme l'un des morceaux classiques que sa sœur avait appris à jouer en cours de musique, à l'école, et qu'elle s'exerçait à reproduire sur le vieux piano droit désaccordé qui avait appartenu à sa grand-mère.

Tout à coup, Rachel se retourna pour lui faire face, les yeux grands ouverts, scintillant dans la faible lueur du bar, de l'autre côté du pont.

— Vous ne pouvez pas sauver tout le monde, lança-t-elle.

Une violente bourrasque le poussa en avant, plaquant sa veste contre son dos et faisant claquer les vêtements de Rachel autour d'elle comme les voiles d'un bateau. Il la vit perdre l'équilibre lentement — gracieusement, presque. Il s'élança, mais ne put stopper sa chute.

Il se cogna contre la balustrade et l'entendit crier. Le hurlement se fit de plus en plus fort, semblant s'intensifier au fil de sa chute jusqu'à devenir assourdissant. La gorge, profonde de dix mètres, se transforma en un abîme sans fond, le son se répercutant à l'infini contre ses parois.

Il s'éveilla en sursaut, juste à temps pour entendre l'horrible cri s'interrompre d'un seul coup, remplacé par un silence plus effrayant encore.

7

Gravissant les marches quatre à quatre, Seth déboula comme un fou sur le palier. Au bout du couloir, Rachel était effondrée à même le sol, au pied d'une échelle qui descendait d'une ouverture dans le plafond.

— Rachel !

Ignorant les douleurs de ses multiples contusions, il se précipita vers elle, manquant s'évanouir de soulagement lorsqu'il la vit se redresser et le contempler avec de grands yeux épouvantés.

— Ça va ? Vous n'êtes pas blessée ?

— Je... Je ne sais pas, répondit-elle, l'air égaré, hors d'haleine. Je ne sais pas si ça va.

Elle n'aurait pas eu l'air plus terrorisée si un monstre l'avait prise en chasse et poussée à dévaler cette échelle. Son corps mince était agité de tremblements, telle l'onde de choc d'un mini-tremblement de terre qui se serait produit sous la surface. Elle claquait des dents.

Il referma ses bras autour d'elle et la berça doucement. Elle se blottit au creux de son épaule, cramponnée à lui comme une enfant.

Que diable avait-elle vu ?

— Il faut que je descende, murmura-t-elle d'une voix blanche. Je ne peux pas rester ici, à l'étage.

Il l'aida à gagner le salon, la fit asseoir sur le sofa et chercha désespérément l'endroit où étaient rangés les alcools.

— Vous avez du brandy quelque part ?

Elle secoua la tête.

— Papa avait un cancer du foie. Quand le diagnostic est tombé, nous avons tous cessé de consommer de l'alcool.

Evidemment.

— D'accord. Alors, je vais vous préparer un thé.

Comme il faisait mine de se lever, elle l'attrapa par la main.

— Non ! Ne partez pas.

— O.K., dit-il en se rasseyant, frictionnant ses doigts glacés entre les siens. Pouvez-vous au moins me dire ce qui s'est passé ?

— Je ne sais pas.

Bien sûr que si, elle le savait. Mais elle ne voulait pas le lui dire.

Une mèche de cheveux tomba devant ses yeux, masquant la moitié de son visage. Il la repoussa doucement derrière son oreille.

— Vous avez peut-être fait une crise de somnambulisme après un mauvais rêve ?

De nouveau, elle secoua la tête.

— Je ne pense pas. Je n'ai jamais été somnambule.

— Bon, mais pouvez-vous me dire pourquoi vous avez grimpé à cette échelle ? Elle conduit au grenier ?

— Oui. Je m'étais assoupie dans mon lit et, tout à coup, j'ai entendu la musique.

Une bribe de souvenir fusa dans sa tête. Rachel, tanguant dangereusement sur le garde-corps du pont, fredonnant un air.

— Etait-ce cette chanson-là ? demanda-t-il, en chantant quelques notes.

Elle redressa vivement la tête, l'épinglant du regard.

— Comment le savez-vous ?

Son ton brusquement coléreux le prit au dépourvu, et il se rattrapa au dossier du sofa pour ne pas basculer.

— Je viens juste de l'entendre en rêve.

Elle le regarda, les paupières plissées.

— C'est du Chopin, dit-elle d'une voix tendue. Un nocturne. C'est la musique que j'ai entendue. Elle venait du grenier.

— Alors, vous êtes montée pour voir d'où elle venait ?

Ses lèvres tremblèrent, et la colère qu'il avait vue flamber dans ses yeux bleus se changea en terreur.

— Je suis montée parce que je savais déjà d'où elle venait.

— Et qu'avez-vous trouvé ?

— Tout était là, répondit-elle de façon toujours aussi sibylline, le regard lointain. Tout sauf le corps.

Il la considéra avec inquiétude.

— Quel corps ?

— Celui de ma mère.

Il laissa passer quelques instants, le temps de rassembler ses souvenirs. Il était adolescent quand l'événement s'était produit. Sur le point d'embrasser une excitante, quoique malhonnête, carrière d'escroc, sous la houlette de Cleve Calhoun. La mort d'une femme riche dans les beaux quartiers de la ville n'avait pas retenu son attention.

Tout ce qu'il savait, c'est qu'elle s'était suicidée. Peut-être cela s'était-il produit dans le grenier.

— Quand vous dites que tout était là…

— Tout, répéta-t-elle d'une voix plus ferme. Il y avait la bâche en plastique, comme cette nuit-là. Elle détestait le désordre. Alors, elle a fait attention à ne rien salir, même lorsque…

Rachel s'interrompit brusquement et avala sa salive.

— La même musique — ce nocturne de Chopin. Et ensuite… le sang.

Oh ! Bon sang, songea-t-il. *Elle a tout vu.*

— C'est vous qui l'avez trouvée ? demanda-t-il doucement.

Elle leva vers lui un regard hanté.

— Je l'ai vue se tuer.

Il la contempla pendant quelques instants, comprenant enfin sa réaction à ce qu'elle avait vu dans le grenier et dont il n'avait pas la moindre idée.

— Oh ! Rachel.

Elle détourna les yeux.

— J'ai tout revu. Tout était en place. Je sais que je n'ai pas rêvé.

Mais elle n'en était pas si sûre, nota-t-il. Elle doutait d'elle. Pourquoi ?

— Vous voulez que j'aille jeter un coup d'œil ? proposa-t-il.

Elle le regarda en face.

— Vous pensez que j'ai perdu la tête.

Non, ce n'était pas ce qu'il pensait mais, compte tenu de l'expérience qu'elle avait vécue dans ce grenier des années plus tôt, il n'était pas impossible qu'elle ait vu quelque chose qui lui ait rappelé cet atroce souvenir.

— Je pense simplement qu'il vaut mieux que j'aille faire un tour là-haut. Peut-être que quelqu'un s'est introduit dans la maison…

L'idée qu'un intrus puisse se trouver chez elle ne lui avait apparemment pas traversé l'esprit, ce qui poussa Seth à se demander si elle ne s'imaginait pas que c'était lui qui lui jouait un mauvais tour. Les regards méfiants qu'elle lui lançait n'étaient pas de bon augure.

— Je vais avec vous.

Il fronça les sourcils.

— Vous êtes sûre ?

Elle hocha rapidement la tête, lèvres serrées.

C'était un test. Il ne l'avait pas quittée depuis qu'elle était tombée de l'échelle. Donc, dans l'esprit de Rachel, si c'était lui le coupable, tout serait dans l'état où elle l'avait laissé.

Il devait courir ce risque. La personne qui essayait de la mystifier — s'il s'agissait bien d'une mystification — pouvait être encore là. Ils étaient peut-être en danger.

Il grimpa le premier, et elle attendit qu'il soit en haut de l'échelle pour monter à son tour.

L'endroit était petit, rectangulaire, avec un plafond aux pans fortement inclinés et de grosses poutres apparentes. Le sol était recouvert d'un plancher brut mais maculé, en son centre, de plusieurs taches rouge sombre.

Il s'approcha pour les examiner. Dans la faible lueur de l'unique ampoule nue, cela ressemblait à du sang. Mais quid de la bâche ? C'était un détail significatif qu'elle avait peu de chances d'avoir inventé.

A ceci près que la bâche avait bel et bien existé. Dans le passé, la nuit où sa mère s'était suicidée.

— Oh ! Non, l'entendit-il gémir derrière lui.

Il se retourna et la vit contemplant le bois taché, secouant la tête de droite à gauche.

— J'ai vu la bâche, lui assura-t-elle. Je l'ai vue. Et il y avait du sang dessus. Du sang frais !

Seth reporta son regard sur la tache brune. Elle était sèche, indubitablement. Donc, soit Rachel avait tout imaginé…

Soit il y avait eu quelqu'un ici… Quelqu'un qui s'était caché et avait tout enlevé quand elle avait fui l'effrayant spectacle.

— Vous ne me croyez pas, l'accusa-t-elle, s'empourprant. Vous pensez que je suis folle.

— Non, pas du tout, dit-il fermement, dissimulant ses doutes.

Exception faite de l'épisode du pont où il sautait aux yeux qu'elle avait été sous l'influence d'une drogue, Rachel lui avait toujours paru parfaitement saine d'esprit et lucide. Sans compter qu'étant salarié dans son entreprise depuis plus d'un an maintenant, il avait souvent eu l'occasion de la voir au bureau, assimilant, avec ténacité et détermination, tout ce qu'il y avait à savoir sur l'entreprise que son père avait édifiée.

Elle méritait donc bien le bénéfice du doute.

— Où se trouvait la bâche ? lui demanda-t-il.

Elle indiqua du menton la zone tachée.

— Juste là. Elle était étalée à plat sur le sol et couverte de sang. De grosses taches, encore humides.

Elle s'avança précautionneusement jusqu'au centre du grenier, se penchant pour étudier les marques sombres.

— C'est incroyable, murmura-t-elle. Je n'ai pas rêvé, je le sais.

O.K., Hammond, réfléchis. Si tu voulais lui faire croire qu'elle perd la tête, comment t'y prendrais-tu ?

— Qui a accès à la maison ?

Cette question pragmatique la détendit un peu.

— Moi, bien sûr. Ma belle-mère, mais elle est en Caroline du Nord, à Wilmington, en visite chez sa sœur pour deux semaines. Paul doit aussi avoir une clé. Et mon père en avait une qu'il gardait dans son bureau, à l'entreprise, au cas où l'un de nous oublierait ou perdrait la sienne.

— Savez-vous si elle y est toujours ?

— Aucune idée. J'avais l'intention de faire l'inventaire du bureau de mon père la semaine prochaine. Il faut que je m'assure que certains dossiers ne sont pas restés en souffrance…

Le chagrin voila son regard.

Mû par une impulsion, il l'enlaça.

Elle se laissa aller sans résistance contre lui, enfouissant son visage dans son cou. Lorsqu'elle s'écarta, elle semblait plus solide sur ses jambes.

— Vous croyez que quelqu'un essaie de me piéger ?

— J'étais en train de me demander ce que je ferais si je voulais vous convaincre que vous devenez folle.

— Vous pensez que c'est ce qui se passe ?

— Ça me paraît très possible. Songez à l'état dans lequel vous étiez il y a quelques minutes. Vous trembliez comme une feuille, vous n'étiez même pas sûre de ce que vous aviez vu...

Elle le contempla, visiblement perturbée. Sa réaction piqua sa curiosité, mais il se garda de la pousser dans ses retranchements. S'il s'agissait de quelque chose qu'il devait savoir, elle finirait par lui en parler.

— Vous vous rappelez ce que je vous ai dit à propos des meurtres ? Qu'à travers eux, c'était vous qui étiez visée ?

Elle hocha la tête, sur ses gardes.

— Et si la finalité de tout ça était de vous faire passer pour folle ?

Elle ne répondit pas mais, à l'étincelle dans son regard, il vit qu'elle suivait son raisonnement. Ça lui semblait plausible. Peut-être même inévitable.

— Votre mère était morte voilà longtemps, et votre père vivait ses derniers instants. Si j'étais une personne sans scrupule — ce que je ne suis plus —, je m'arrangerais pour vous isoler davantage encore. J'éliminerais les proches qui vous restent. Amelia Sanderson était votre amie depuis l'université, n'est-ce pas ?

Il avait découvert cette information en fouinant un peu partout en ville dans l'espoir d'élucider les meurtres.

Elle hocha la tête, une lueur accablée au fond de son regard bleu glacier.

— April Billings a été la première employée que vous avez personnellement embauchée. Vous vous retrouviez en elle, n'est-ce pas ?

Il vit à sa réaction qu'il avait tapé dans le mille.

C'était souvent le cas, songea-t-il, un peu honteux. Ça avait même été l'un de ses dons les plus utiles — son intuition et sa capacité à lire dans l'esprit des gens, à analyser les comportements et les relations.

— Quant à Coral Vines, vous avez fait de son cas une affaire quasi personnelle... Vous lui avez trouvé un psychothérapeute pour l'aider à surmonter le décès de son mari. Je crois même que vous l'avez orientée vers un programme pour venir à bout de son addiction à l'alcool.

— Comment savez-vous tout ça ? demanda-t-elle, la voix étranglée par l'émotion.

— Je vous l'ai dit, c'était mon gagne-pain. Comprendre les gens, percer à jour leurs secrets, tout savoir de leurs relations afin de pouvoir tirer parti de ces renseignements.

Elle ne put s'empêcher de faire la grimace, mais elle se reprit bien vite. Peu importait. Il avait suffisamment honte de tout ce qu'il avait fait sans qu'il soit nécessaire d'en rajouter.

— Et Marjorie a été une vraie mère pour moi, ajouta-t-elle, achevant la liste à sa place. Mon mentor.

— Mais vous ne vous êtes pas laissé abattre malgré leurs disparitions, n'est-ce pas ? Vous avez tenu bon ?

Il effleura son visage avant même que l'idée de ce geste n'ait atteint le centre de commande de son cerveau. Vivement, il laissa retomber sa main, se préparant aux représailles.

Mais elle se borna à lui adresser un petit sourire désenchanté.

— Oui, j'ai tenu bon.

— Vous avez été droguée le soir des funérailles de votre père, et je ne pense pas qu'il s'agisse d'une coïncidence. Vous étiez particulièrement vulnérable ce jour-là. Votre ennemi ne pouvait pas laisser passer cette occasion.

— Mais ça n'a pas de sens. Votre sœur aussi pense que ces meurtres avaient tous un lien avec moi, mais... pourquoi ? Qu'est-ce qui vous fait penser ça ? Le fait que je les connaissais ?

Elle secoua la tête, refusant manifestement d'y croire.

— J'ai lu les comptes rendus dans les journaux, argua-t-elle. Mark Bramlett a aussi assassiné des gens à Nashville. Pourquoi serait-il autre chose qu'un malade mental qui tue des femmes pour son plaisir ? Pourquoi quelqu'un l'aurait-il payé pour commettre ces meurtres-ci ?

Elle ne savait pas ce qu'il avait dit avant de mourir, s'aperçut Seth. La police ne l'avait pas mise au courant.

— J'étais là quand Mark Bramlett est mort, commença-t-il.

— Quoi ? Mais... pourquoi ?

— J'avais suivi le camion que Bramlett utilisait pour commettre ses meurtres afin d'aider Sutton Calhoun à retrouver Ivy Hawkins. Vous vous souvenez de Sutton, n'est-ce pas ? Le type qui a enquêté sur l'assassinat d'April Billings ?

Elle hocha la tête.

— Eh bien, Ivy et lui étaient venus me voir pour obtenir la

liste des camions que nous avions loués. C'est ce qui a permis de coincer Bramlett…

Il marqua une pause avant de poursuivre :

— Je voulais savoir pourquoi Bramlett avait tué ces femmes. Je les connaissais toutes, vous savez. Amelia a toujours été gentille avec moi alors que rien ne l'y obligeait. April Billings était pleine de vie… Un grand potentiel. J'ai grandi avec Coral Vines à Smoky Ridge. C'était une gamine adorable et, après la mort de son mari, j'ai essayé de lui donner un coup de main… en accomplissant les travaux qu'elle ne pouvait pas faire toute seule, ce genre de choses…

— Je ne savais pas.

— Quant à Marjorie Kenner, elle a tenté de me remettre sur les rails quand j'étais au lycée. Je ne l'ai pas écoutée, mais je n'ai jamais oublié qu'elle avait voulu m'aider.

Il eut une pensée pour la bibliothécaire au grand cœur qui s'était battue pour sauver son âme — son âme de damné — et avait perdu la bataille.

— Je voulais que justice soit faite pour elles toutes. Je voulais que Bramlett paie.

Il la regarda en face.

— Et il a payé. Mais il a dit quelque chose avant de mourir.

Elle referma les doigts autour de son poignet, ses ongles s'enfonçant dans sa chair.

— Quoi donc ?

— J'avais signalé à Ivy Hawkins que je pensais que c'était vous qu'il visait. Et ses derniers mots m'ont donné raison. Dans son dernier souffle, il a dit à Ivy que « tout était à cause de la fille ».

Rachel le contempla, effarée.

— Il a dit ça ? Et pourquoi ne m'a-t-on pas mise au courant ?

— Je ne sais pas, répondit-il en haussant les épaules. Mais je peux tenter de joindre Ivy Hawkins si vous voulez qu'elle vous le confirme.

Rachel se détourna et promena son regard à la ronde un instant avant de le fixer finalement sur un coin sombre de la pièce.

— Je me demande…

Elle marcha dans cette direction.

— Vous avez une lampe de poche ? lui demanda-t-elle.

Il tira les clés de sa poche et alluma la petite lampe qui était accrochée au trousseau. Le pinceau de lumière balaya l'ombre, révélant une deuxième trappe dans le sol.

Et, coincé dans la rainure, un bout de plastique déchiré.

Poussant une exclamation, Rachel tendit la main mais Seth la retint.

— Les empreintes, expliqua-t-il, laconique.

— C'est un morceau de bâche ! Vous voyez qu'elle était bien là, souligna-t-elle avec excitation.

Seth sortit son couteau suisse de sa poche et se servit d'une mini-pince pour saisir le bout de plastique. C'était un coin de la bâche, en forme de triangle. Deux de ses côtés étaient lisses, le troisième présentait des dentelures irrégulières, là où il avait été déchiré. Dans l'un des angles, une goutte de liquide rouge avait presque séché.

— Du sang, nota Seth. Du sang encore frais.

Elle plaqua une main sur sa bouche.

— Rachel, celui qui a monté cette mise en scène macabre est peut-être encore dans la maison.

Ses yeux s'agrandirent.

— Oh ! Seigneur…

— Sur quoi donne cette trappe ?

— Sur un cellier, derrière la cuisine, je pense. Je ne suis jamais passée par là, mais il y a une trappe au plafond dans cette pièce.

— Y a-t-il des armes dans la maison ?

Elle déglutit avec peine.

— Mon père avait un Glock dans sa chambre, dans le tiroir de sa table de chevet. Je suppose qu'il y est toujours.

— Vous savez vous en servir ?

De nouveau, elle avala sa salive. Avec difficulté.

— Oui.

— Redescendons. Vous allez vous enfermer dans cette pièce avec le pistolet pendant que je ferai le tour de la maison.

— Vous ne prenez pas l'arme ?

Il secoua la tête.

— Non. Mes états de service étant ce qu'ils sont, avoir une arme serait avant tout une source d'ennuis pour moi.

Il avait son couteau suisse et saurait se défendre avec tout ce qui lui tomberait sous la main. Sauf, bien sûr, si l'intrus avait lui-même une arme à feu — mais quelque chose lui disait que ce n'était pas le cas.

Il vit une lueur d'affolement briller dans le regard de Rachel au moment de redescendre l'échelle. Elle ne recouvra un peu de son calme que lorsqu'elle eut posé le pied sur le palier.

Une fois dans la chambre de son père, elle sortit l'arme de sa boîte, puis elle prit des munitions et la chargea, les mains un peu tremblantes, sous l'œil attentif de Seth.

— Voilà, dit-elle, relevant les yeux.

— Bon, enfermez-vous à double tour et attendez mon retour.

Les marches craquèrent sous ses pas lorsqu'il redescendit au rez-de-chaussée. Il marqua une pause au pied de l'escalier, tendant l'oreille. Il entendit la pluie cinglant les fenêtres. Le bourdonnement ténu de l'électricité dans les murs. Sa propre respiration.

Mais rien d'autre.

Il traversa le couloir et fouilla méthodiquement chaque pièce. En arrivant dans la cuisine, il marcha jusqu'au centre de la pièce chaleureuse et se rappela tout à coup le moment où son corps avait effleuré celui de Rachel, un peu plus tôt dans l'après-midi. Son seul souci, alors, avait été de se demander si son pantalon de survêtement trop ajusté trahissait sa réaction physique inopinée.

Il aurait bien voulu remonter le temps et se retrouver à ce moment-là.

Le cellier, derrière la cuisine, avait-elle dit. Il se dirigea à pas de loup vers la porte qui se trouvait de l'autre côté du réfrigérateur et posa l'oreille contre le battant. Silence.

Revenant vers le comptoir, il prit un couteau dans le présentoir de bois et retourna jusqu'à la porte du cellier, le manche du couteau bien serré dans la main.

Personne ne lui sauta dessus lorsqu'il poussa le battant. La pièce était vide.

Il chercha des signes de passage récent. Au premier abord, la pièce semblait en ordre. Pas d'empreintes de pas, pas de gouttes de sang tombées de la bâche que l'intrus avait dû emporter avec lui.

Mais c'était normal. L'intérêt de la bâche, c'était justement qu'elle pouvait être repliée et enlevée en un clin d'œil, avec toutes les preuves matérielles à l'intérieur. Le persécuteur de Rachel voulait la faire douter de sa santé mentale, il fallait donc qu'il ne laisse aucun indice derrière lui.

Peut-être avait-il entendu la voix de Seth. Cela avait pu l'inciter à prendre le large à la première occasion — qui s'était présentée lorsqu'il avait conduit Rachel dans le salon.

Oui, ce devait être ça. L'intrus avait profité de ce moment pour prendre la fuite. Seulement, dans sa hâte à quitter les lieux, il n'avait pas vu qu'un coin de la bâche s'était pris dans la trappe.

Seth tourna la poignée de la porte de service. Fermée. Mais toute personne en possédant la clé avait pu la verrouiller en partant. Se servant du bas de son T-shirt d'emprunt, Seth poussa le verrou de la porte donnant sur la cour arrière. Il découvrit un petit patio dont le sol était dallé, et non constitué de terre boueuse comme il l'avait espéré. Mais de toute façon, avec cette pluie diluvienne, les empreintes de pas qu'aurait pu laisser leur homme auraient de toute façon déjà disparu.

Il referma la porte sur la pluie battante et se tourna, examinant le cellier sous ce nouvel angle de vue. La pièce était dépourvue de meubles à l'exception d'une banquette munie d'un espace de rangement au-dessous.

Il leva les yeux et considéra la trappe, au plafond. Le grenier se trouvait deux étages au-dessus. Qu'y avait-il entre les deux ?

Un seul moyen de le savoir.

Il saisit la poignée et tira. La trappe s'ouvrit, et une échelle de bois se déplia.

Affermissant sa prise sur le manche du couteau, il se mit à grimper.

8

Il lui semblait que Seth Hammond était parti depuis des heures. Rachel consulta sa montre et constata que quelques minutes seulement avaient passé.

Le temps s'écoule si lentement quand on est mort de peur.

Assise sur la commode en cèdre, au pied du lit de son père, elle essaya de ne pas penser aux derniers instants qu'il avait vécus ici.

Quelqu'un s'était occupé de changer les draps et de nettoyer la pièce après la venue du coroner. Diane et elle étant beaucoup trop bouleversées pour penser à ce genre de choses, ce devait être Paul qui s'en était chargé. Il avait été un roc pour toutes les deux, un vrai soutien, tant ici, à la maison, qu'à l'entreprise.

Il n'avait pas toujours été très enthousiaste à la perspective du second mariage de sa mère — il avait craint que leur relation ne complique les choses entre lui et George Davenport au travail — mais, ces derniers mois, alors que son père luttait contre la maladie, Paul n'avait pas hésité à accumuler les heures supplémentaires, au bureau, pour rattraper le retard.

Elle ne savait pas comment elle aurait fait sans lui. Alors, pourquoi ne s'était-elle pas tournée vers lui, ce matin, au lieu de s'en remettre à des étrangers ? Pourquoi était-elle tellement persuadée qu'un homme aussi énigmatique et imprévisible que Seth Hammond était le mieux placé pour l'aider ?

Un bruit venant de l'autre côté de la pièce interrompit brutalement ses réflexions. Elle empoigna le pistolet et se tourna vers l'endroit d'où il provenait.

Un nouveau choc, assourdi. On aurait dit des pas venant du dressing de son père.

Et, tout à coup, elle vit la poignée tourner lentement.

Cessant de respirer, Rachel leva le petit pistolet, essayant de se remémorer ce qu'elle savait des règles de tir. Elle n'avait pas tiré assez souvent pour que cela devienne un automatisme… Bon sang, pourquoi ne s'était-elle pas exercée davantage ? A quoi bon apprendre à tirer si c'était pour ne rien se rappeler au moment où vous en aviez besoin ?

La posture du combattant, souffla son cerveau, à la peine. *Le pied d'appui en arrière, pour la stabilité.*

La porte du dressing s'ouvrit lentement, et Rachel crut que son cœur allait s'arrêter pour de bon.

Ce fut Seth Hammond qui en émergea. Apercevant le canon du pistolet pointé droit sur lui, il plongea immédiatement en roulade sur le sol.

Caché derrière le lit, il proféra un juron bien senti.

— Vous venez de raccourcir de dix ans mon espérance de vie !

Elle reposa l'arme sur la commode et se hâta de le rejoindre. Il était accroupi, la tête penchée en avant, la poitrine se soulevant rapidement.

— On n'a pas idée, aussi, de jaillir comme ça sans prévenir… Comment avez-vous atterri là ?

— C'est là que conduit la trappe du cellier, dit-il en relevant la tête pour la regarder. Au plafond du dressing, il y a un accès au grenier. Mais la trappe est bloquée par un loquet ; c'est pour ça qu'on ne peut pas l'ouvrir du grenier.

Bien sûr, songea-t-elle. La trappe du cellier et celle du grenier étaient séparées par un étage entier… Comment n'y avait-elle pas pensé ?

Il se remit sur ses pieds.

— Je n'ai rien trouvé dans le cellier. Mais je n'ai pas pu fouiller le dressing parce que je n'ai pas trouvé de lumière.

— Il y en a une, mais l'interrupteur est bizarrement placé, répondit-elle en ouvrant la porte et en se penchant à l'intérieur pour atteindre le commutateur positionné au fond du compartiment à chaussures. Un petit plafonnier s'alluma, révélant la penderie que Diane et son père s'étaient partagée.

Les affaires de Diane occupaient presque tout l'espace, celles de son père ne remplissant qu'un quart des rangements. Le dressing était net et bien organisé, ce qui ne fut pas pour la surprendre car si Diane avait un côté irréfléchi, elle ne plaisantait pas avec sa garde-robe et ses accessoires, qu'elle voulait pouvoir localiser en un coup d'œil.

Au milieu des casiers bien ordonnés et des piles alignées au cordeau, une boîte à chaussures jaune dépassait d'une étagère, son couvercle légèrement de guingois, détonnant avec l'ordre qui régnait partout ailleurs. S'apprêtant à la remettre en place, Rachel aperçut une tache rouge encore luisante sur l'un de ses angles.

— Il y a du sang ici aussi, murmura-t-elle.

Seth Hammond s'avança derrière elle — telle une solide muraille à la chaleur rassurante. Elle réprima l'envie de prendre appui contre lui, consciente qu'elle se reposait déjà sur lui plus qu'il n'était raisonnable.

Cet homme était d'une robustesse confondante. Pour quelqu'un qui avait reçu un violent choc à la tête à peine quelques heures plus tôt, il était étonnamment stable sur ses jambes. Et il n'avait presque plus montré de signes de douleur ou de désorientation depuis qu'il était ici, avec elle. Au contraire, il avait fait preuve d'un sang-froid exemplaire lorsqu'elle avait perdu les pédales. Un vrai roc.

Et si ce n'était pas une coïncidence ?

Elle chassa cette pensée. Seth Hammond avait gagné un peu de sa confiance, non ? Il méritait qu'elle lui accorde le bénéfice du doute.

— Il y avait vraiment beaucoup de sang sur cette bâche, nota-t-elle. Un peu trop.

— Rien ne prouve que ce soit du sang humain. Il peut très bien s'agir de sang animal. Et ça n'aurait rien d'illégal.

Elle tourna la tête pour le regarder.

— Parce que vous croyez qu'il se soucie de la légalité ?

— Ne pas transgresser la loi quand on peut l'éviter. Règle n° 1 de l'arnaque.

— Je croyais que la règle n° 1, c'était qu'on ne pouvait pas abuser un honnête homme.

Elle ne savait plus où elle avait entendu cette maxime, mais elle la trouvait assez pertinente. Les honnêtes gens y réfléchissaient à deux fois avant de se laisser appâter par des projets qui semblaient trop beaux pour être vrais.

Seth Hammond secoua la tête.

— Les honnêtes gens peuvent se faire berner comme les autres, assena-t-il en faisant la grimace. Quoi qu'il en soit, ne pas enfreindre la loi si ce n'est pas nécessaire n'est peut-être pas la règle n° 1, mais c'est le premier principe que m'a inculqué Cleve Calhoun.

La note bienveillante qui perçait dans sa voix à l'évocation de son mentor n'échappa pas à Rachel. Peut-être avait-il abandonné le style de vie dans lequel Calhoun l'avait entraîné, mais il vouait toujours une sincère affection au vieil homme.

— Celui qui a fait ça n'a pas l'habitude de contourner la loi, ajouta-t-il.

— Comment pouvez-vous dire ça ? Il a payé un tueur pour éliminer quatre femmes. Il m'a droguée, a sans doute assassiné Davis Rogers — oh ! mon Dieu, Davis…

Sa voix se brisa.

— Je me demande si la police l'a retrouvé.

— Je pense que nous le saurions si c'était le cas.

Elle ferma les yeux, luttant contre le désespoir. Il fallait être forte. Tenir bon. Ne pas perdre pied…

Une nouvelle fois.

— Ce que je voulais dire, c'est qu'il a fait appel à des tiers pour se charger du sale travail, expliqua posément Seth Hammond.

— Qui vous dit que ce n'est pas lui qui a agressé Davis ?

— Si c'était un tueur aguerri, il aurait éliminé ces femmes lui-même. Il ne l'a pas fait. Il a engagé quelqu'un d'autre. Il ne veut pas se salir les mains s'il peut l'éviter.

Quelque chose, dans l'intonation de sa voix, piqua la curiosité de Rachel, mais, avant qu'elle ait pu préciser sa pensée, il demanda :

— Bien … Que faisons-nous, maintenant ?

— Je crois qu'il faut que nous appelions la police.

Il hocha la tête bien que visiblement peu enthousiasmé par cette idée.

— O.K., mais appelez directement Antoine Parsons. Pas le 911.

C'était logique. Antoine connaissait déjà les tenants et les aboutissants de l'affaire. Et il semblait juste et impartial.

— Vous n'êtes pas obligé de rester, reprit-elle, consciente de son malaise.

Il lui retourna un sourire un peu piteux.

— Si. Je suis un témoin oculaire.

Elle esquissa un pas en direction du téléphone, puis s'arrêta et se retourna.

— Mais qui peut bien être derrière tout ça ?

— Qui, je n'en sais rien, répondit-il en secouant la tête. Mais, pourquoi il le fait, j'ai ma petite idée.

A la décharge d'Antoine Parsons, Seth dut reconnaître que celui-ci ne le mettait pas d'entrée de jeu sur la sellette en lui demandant ce qu'il faisait chez Rachel au moment des faits. Il commença par les informer de l'avancée des recherches concernant Davis Rogers.

— Nous avons ratissé les bois derrière Sequoyah House, mais il y a une vaste étendue de forêt dans ce secteur. Et, de toute façon, si l'agresseur s'en est pris à M. Hammond pour l'empêcher de prévenir les secours, il y a peu de chances qu'il ait caché le corps à proximité.

Le corps. Rachel se raidit, comme frappée par l'emploi de ce mot, même si elle ne devait plus espérer que Davis soit retrouvé vivant. Seth compatit en silence, mais il s'abstint de passer un bras réconfortant autour de ses épaules.

— Nous avons pris contact avec la police de Virginie pour leur faire savoir que Davis Rogers était porté disparu, ajouta Antoine. S'il entre en contact avec sa famille ou l'un de ses amis là-bas, nous serons immédiatement avertis.

Antoine chargea son collègue de prendre la déposition de Rachel pendant que lui, naturellement, s'occupait de Seth.

Mais, non sans soulagement, Seth constata qu'il posait ses questions sans détour et semblait croire ce qu'il lui disait.

— Bigrement culotté de s'introduire comme ça chez elle et d'installer pareille mise en scène. Surtout avec deux personnes présentes dans la maison, souligna-t-il.

— A mon avis, il ne savait pas que j'étais là, répondit Seth. Ma voiture est chez le garagiste. Il n'y avait que celle de Rachel dans l'allée. Il devait la croire seule.

Antoine hocha la tête.

— Et tu n'as pas vu ce que Mlle Davenport a vu dans le grenier ?

— Seulement le morceau de plastique que je t'ai donné et une autre tache qui ressemblait à du sang dans le dressing. Mais je crois que j'ai entendu la musique dont elle a parlé.

Il raconta son rêve à Antoine en omettant la partie où Rachel caracolait sur le parapet.

— Ce n'était qu'un rêve, je le sais, mais c'est tout de même étrange que j'aie entendu justement cette musique-là à ce moment précis, tu ne trouves pas ?

— Ce serait une sacrée coïncidence, convint Antoine. Tu crois que cet incident a un rapport avec les meurtres ?

— Evidemment.

— Evidemment, répéta Antoine, songeur. Dis-moi, Hammond, quel est ton rôle dans toute cette affaire, au juste ?

Nous y voilà, songea Seth. *On entre dans le vif du sujet.*

— Je connaissais les victimes des meurtres. Je les aimais bien et j'aime bien Rachel Davenport aussi. Son père m'a donné ma chance en m'embauchant quand la plupart des gens, ici, n'auraient même pas daigné me jeter leur eau de vaisselle dessus si j'avais pris feu !

Antoine réprima un sourire.

— Je voudrais bien pouvoir te plaindre mais…

— Ecoute, ce n'est pas moi le méchant dans cette affaire.

— Non, je ne pense pas, en effet, convint Antoine.

L'autre policier, Gavin McElroy, fit signe à Antoine, et ils se rejoignirent sur le pas de la porte pour tenir un conciliabule, laissant Seth et Rachel livrés à eux-mêmes, chacun à un bout de la pièce.

Seth combla la distance qui les séparait. Elle se frictionnait les bras comme si elle avait froid.

— Ça va ? demanda-t-il.

— Oui, répondit-elle, avec un sourire forcé. Je suis sûre que ce pauvre officier McElroy a dû me prendre pour une folle.

Il entendit l'angoisse qui pointait derrière l'apparente banalité de ses propos. Elle attachait beaucoup d'importance à paraître saine d'esprit, normale. Ce qui était compréhensible… Après tout, sa mère s'était suicidée.

— Vous ne l'êtes pas, assena-t-il avec force.

La gratitude qu'il lut dans son regard lui noua l'estomac.

Redoutait-elle que le déséquilibre de sa mère ne soit héréditaire ? Cela devait forcément lui trotter dans la tête de temps à autre.

Voire un peu plus souvent que ça.

La personne qui la tourmentait était-elle au courant de cette crainte ? Les deux attaques qui l'avaient directement ciblée semblaient destinées moins à lui faire du mal qu'à la fragiliser mentalement — d'abord, l'épisode du GHB, qui avait induit un état proche de la psychose, puis la mise en scène dans le grenier, conçue pour lui faire croire qu'elle avait des hallucinations.

En remontant plus loin, les meurtres de personnes qui lui étaient proches prenaient une sinistre signification à la lumière des derniers développements. S'il avait voulu conduire Rachel à l'instabilité mentale, il n'aurait pas pu trouver stratagème plus efficace pour préparer le terrain que d'éliminer brutalement, les uns après les autres, tous ses points d'appui, toutes ses attaches émotionnelles. Chacun de ces meurtres avait porté un coup terrible à Rachel Davenport. Etait-ce cela le but visé ?

— Vous disiez que vous pensiez savoir pourquoi quelqu'un cherche à me nuire, murmura Rachel, parlant à voix basse pour qu'Antoine et McElroy ne l'entendent pas. L'avez-vous dit à l'inspecteur Parsons ?

— Pas encore. Je voulais d'abord vous en parler.

— Vous auriez pu le faire avant leur arrivée, releva-t-elle, l'air un peu irrité.

Il avait gardé ses soupçons pour lui pour y réfléchir à tête reposée afin de ne pas, s'il faisait fausse route, orienter l'enquête dans une mauvaise direction et porter préjudice à Rachel.

Mais, maintenant qu'il avait parlé avec Antoine et qu'il se rendait compte que la police n'avait pas le moindre indice quant à ce qui pouvait motiver cette salve d'attaques à répétition contre Rachel, il était de plus en plus sûr d'avoir raison.

Quelqu'un voulait se débarrasser de Rachel, et il était à peu près sûr que c'était en lien avec les Transports Davenport.

— Si vous deviez démissionner de vos fonctions de P.-D.G., qui vous remplacerait ? demanda-t-il posément.

Elle le contempla, décontenancée.

— Mon père avait pris la précaution de désigner des administrateurs avant sa mort. Si quelque chose m'arrivait, je suppose que ce serait à eux de prendre une décision. Je ne sais pas trop. Mon père savait que je m'étais engagée à diriger la société. Je lui avais donné ma parole.

— Mais un accident est si vite arrivé. Les gens prennent de la drogue, montent sur les rambardes des ponts et… tombent.

Elle planta son regard droit dans le sien.

— Vous pensez que tout ça est une machination destinée à m'écarter de la direction de Davenport ?

— Imaginons que vous soyez diagnostiquée mentalement instable… Vous seriez évincée de l'entreprise, non ?

Elle parut horrifiée.

— Oui… Certainement.

Antoine et McElroy revinrent vers eux, mettant provisoirement un terme à leur conversation.

— Nous allons faire venir aussi vite que possible une équipe du labo pour examiner toutes les issues du grenier, leur annonça Antoine. L'officier McElroy va rester sur place pour préserver la scène jusqu'à leur arrivée.

— Est-ce qu'il faut qu'on reste ici, nous aussi ? demanda Rachel à brûle-pourpoint.

Antoine parut surpris.

— Non, je suppose que non… Mais ce n'est pas très prudent de prendre la route par ce temps.

— Je n'ai pas l'intention d'aller bien loin, répliqua-t-elle en décochant à Seth un regard impérieux, qui s'il avait encore nourri des doutes sur son état mental, les aurait définitivement apaisés.

On aurait dit une princesse guerrière furieuse. Une princesse qu'il aurait probablement suivie jusqu'aux confins de l'univers si elle en avait exprimé le désir.

Aïe aïe aïe ! Tu es dans de beaux draps…

La cabane située au pied de Copperhead Ridge appartenait à la famille de son père depuis que son grand-père l'avait construite de ses propres mains dans les années vingt. Telle était du moins la légende familiale. Rachel regarda la façade un peu défraîchie avec un sourire nostalgique tandis qu'elle garait la Honda dans l'allée de gravier, près de la porte.

Seth, qui s'était tu pendant le court trajet, rompit le silence de sa voix grave et traînante.

— Où sommes-nous ?

— L'histoire veut que ce soit mon arrière-grand-père qui ait bâti cette cabane pour en faire une distillerie clandestine à l'époque de la Prohibition.

Elle coula un regard dans sa direction.

— Je ne suis pas sûre que ce soit entièrement vrai.

Il tourna la tête, un petit sourire aux lèvres.

— Les histoires les plus captivantes le sont rarement.

— Je pense qu'elle a été embellie afin de rehausser le prestige des Davenport. Aux yeux des gens d'ici, nous étions des fichus Yankees, vous comprenez. Mon arrière-grand-père était le troisième fils d'une modeste famille de constructeurs de bateaux du Maryland. Ils ne pouvaient subvenir aux besoins que de deux enfants… Il a donc dû partir et tracer son chemin seul dans le monde hostile.

— Et c'est à Bitterwood, au fin fond du Tennessee, qu'il a choisi de s'implanter ? souligna Seth d'un air sceptique.

— C'est un pays rude mais d'une grande beauté, vous savez.

— J'imagine que ça dépend du quartier de Bitterwood d'où l'on vient.

Elle inclina la tête.

— D'après mon grand-père, son père a su, à l'instant où il a posé les yeux sur Bitterwood, que c'était chez lui.

L'expression de Seth s'adoucit.

— Ça, je peux le comprendre. Où que je sois allé rouler ma bosse, j'ai toujours fini par revenir ici.

— J'adore cet endroit, déclara-t-elle en désignant la cabane du menton. Ma grand-mère était originaire d'ici. Ses racines remontent aux premiers colons. Mon grand-père et elle m'y amenaient en vacances, l'été. On vivait comme en camping, à la dure.

Elle se mit à rire.

— Enfin, moi, je trouvais que c'était à la dure.

En fait, pour une cabane en rondins, l'endroit était relativement luxueux. Il y avait l'air conditionné pour tempérer la chaleur estivale et un poêle à bois pour réchauffer les froides nuits d'hiver. L'électricité y avait été installée dix ans plus tôt lorsque l'extension urbaine avait rapproché les limites de la ville du secteur où elle était construite. Et, comme il y avait une antenne-relais à proximité, Rachel ne rencontrait généralement pas de problème pour capter du réseau.

Seth gravit les marches du porche à sa suite, portant leurs sacs. Elle avait emballé à la hâte quelques affaires avant de partir de chez elle, et ils avaient fait halte au bungalow de Smoky Ridge où vivait Seth pour qu'il prenne lui aussi quelques effets personnels.

La bicoque délabrée appartenait à Cleve Calhoun, le vieux filou qui avait été son professeur d'arnaque, s'était justifié Seth, sur la défensive. Il avait emménagé avec Cleve quelques années plus tôt, quand celui-ci avait eu un AVC qui l'avait beaucoup amoindri. Cleve était actuellement en cure de rééducation à Knoxville pour plusieurs semaines, avait-il dit, et Seth songeait désormais à chercher un endroit à lui.

Se demandant quelle sorte de logement un homme comme lui pouvait aimer, Rachel l'observa tandis qu'il promenait son regard vert perçant à l'intérieur de la cabane. Elle l'avait décorée elle-même un bon nombre d'années auparavant, quand son grand-père la lui avait léguée dans ses dispositions testamentaires. Elle avait vingt-deux ans alors, était fraîche émoulue de l'université et partagée entre la tristesse de voir se clore un chapitre de sa vie et l'excitant éventail d'opportunités qui s'ouvrait à elle.

La cabane posait trop de problèmes pratiques pour être utilisée comme résidence principale, mais elle l'avait toujours considérée comme son lieu de retraite favori quand les turbulences de la vie devenaient trop insupportables.

Etait-ce pour cette raison qu'elle y était venue aujourd'hui ?

— C'est joli, déclara-t-il.

— Oui. J'adore cet endroit, acquiesça-t-elle.

— Je comprends qu'il vous plaise, dit-il, tournant sur lui-même. Vous y venez souvent ?

— Dès que j'en éprouve le besoin.

Il hocha la tête comme s'il comprenait.

— Pourquoi m'avez-vous amené ici ? Vous n'y amenez jamais personne, je me trompe ?

Elle l'étudia, les yeux plissés, un peu troublée par la facilité avec laquelle il lisait en elle.

— Non, c'est vrai.

— Parce que c'est votre refuge ?

— Oui, reconnut-elle.

Elle se sentit complètement mise à nu.

Tout à coup, il eut l'air vulnérable, lui aussi.

— Merci. De m'avoir fait suffisamment confiance pour me le montrer.

Son brusque changement d'attitude la surprit. Elle n'avait même pas imaginé pouvoir exercer une quelconque influence sur lui. Il semblait si plein d'assurance, si solide…

C'était un sentiment inattendu et, pour tout dire, grisant. Un sentiment qui, tout à coup, lui donnait des ailes, la faisait se sentir subitement intrépide.

Et vivante.

Il était si beau, là, debout au milieu de son havre de paix. Beau et sauvage, avec son air d'être constamment sur le qui-vive, prêt à se sauver. En dépit du vernis civilisé, en dépit de ses évidents efforts pour lutter contre sa nature profonde, il ne serait jamais totalement domestiqué. Jamais policé. Il demeurerait tel qu'en lui-même — indomptable.

Et jamais elle n'avait désiré un homme comme elle le désirait, lui, malgré ce côté imprévisible — ou peut-être à cause de lui.

— Je voulais vous avoir ici, avec moi, répondit-elle enfin, pas certaine qu'il saisirait le sens de ses paroles.

Pas certaine, d'ailleurs, de le souhaiter vraiment.

Mais elle l'avait sous-estimé. Il avait un instinct d'animal sauvage lorsqu'il s'agissait de percer à jour les motivations de ses semblables.

Allait-il rester ou se sauver ? songea-t-elle, suspendant sa respiration. Qu'allait-il choisir ? La fuite ?

Ou l'engagement ?

Sa réaction fut rapide et brusque, le mouvement décisif d'un prédateur axé sur une unique proie. Il se posta juste devant elle, le regard tellement intense qu'un tressaillement la parcourut.

— Savez-vous dans quoi vous mettez les pieds ?

Sans doute pas, mais elle n'avait pas l'intention de reculer.

— Et vous ? répliqua-t-elle.

Sa bouche s'incurva. Elle ne put s'empêcher d'imaginer le contact de ces lèvres sur elle, et le frisson qui s'était emparé d'elle se changea en une lame de fond qui la submergea tout entière.

Puis il la toucha — un simple frôlement du doigt sur sa mâchoire, mais qui suffit à transformer le sang dans ses veines en lave brûlante.

Elle se dressa sur la pointe des pieds, comblant l'espace qui les séparait, jusqu'à ce que ses seins viennent se presser contre son torse. Les bras noueux de Seth se refermèrent autour d'elle, la serrant davantage encore. Elle sentit son souffle chaud sur sa joue.

— Je suis dangereux, murmura-t-il.

Elle soutint son regard.

— Je sais.

Enfonçant ses doigts dans ses cheveux sombres, elle l'embrassa.

9

La bouche de Rachel était chaude et douce, sa langue à la recherche de la sienne attisait — comme s'il en était besoin — le feu qui le consumait. Il la désirait plus qu'il n'avait jamais désiré quoi que ce soit dans sa vie, ce qui l'effraya et l'incita dans le même temps à avancer d'un pas, puis de deux, la faisant reculer jusqu'à ce qu'elle soit adossée au mur de la cabane.

Elle laissa échapper un petit bruit sourd lorsque son dos s'aplatit contre la paroi de rondins polis. Fiévreusement, elle positionna ses jambes de façon qu'il puisse venir se plaquer contre elle. A cet instant, tout espoir de dissimuler l'effet qu'elle lui faisait abandonna Seth, et ses hanches se mirent à remuer, venant buter en rythme et sans relâche, contre les siennes. Et ce n'était pas la mince barrière du survêtement qu'il portait ni du fin pantalon de yoga de Rachel entre leurs deux corps qui allait les décourager de poursuivre ce dont tous deux semblaient avoir désespérément envie.

Stop, s'intima-t-il mentalement. *Réfléchis.*

S'il était resté célibataire jusqu'à aujourd'hui, s'il n'avait pas tenté sa chance auprès d'une jolie fille des montagnes du Tennessee, ce n'était pas le fruit du hasard. Même s'il faisait aujourd'hui amende honorable, il n'était pas un bon parti. Il était brut de décoffrage, insoumis — un rebelle dans l'âme. Même une fille résignée à s'accommoder d'un homme imparfait pouvait trouver mieux.

Et, son statut social étant ce qu'il était, Rachel Davenport n'avait pas à s'accommoder de quoi que ce soit. Si elle n'avait cherché qu'un homme de passage, une aventure sans lendemain avec un solide gaillard du Tennessee, peut-être se serait-il laissé aller… Mais pas dans ces conditions. Pas le lendemain des obsèques de son père. Pas le jour où elle avait perdu l'homme qui était peut-être le plus important pour elle.

Le jour où, pour tout couronner, elle avait eu la frayeur de sa vie dans ce grenier et n'aspirait probablement qu'à une chose : la chasser par tous les moyens de son esprit.

Comme il esquissait un mouvement de recul, les mains de Rachel se déplacèrent sur son corps, assurées, glissant droit le long de son dos, toujours plus bas, pour s'arrêter sur son postérieur et le souder plus étroitement encore à elle. L'espace d'une seconde, il faillit baisser sa garde. Toute pensée lucide reflua d'un coup de son cerveau, remplacée par une envie masculine purement animale. D'un coup de reins, il se pressa contre elle, lui tirant un gémissement. Ce son à lui seul le rendit fou, propulsant son désir vers les cimes, jusqu'au point de non-retour.

Elle tira sur sa chemise et dénuda son ventre qu'elle couvrit de caresses. Ses lèvres abandonnèrent sa bouche, et elle se mit à l'embrasser sur le torse, sa langue courant avec légèreté le long de la courbe d'un de ses pectoraux.

Elle leva le regard vers son visage, ses yeux bleus ivres de désir.

— Est-ce que tu aimes ça ? demanda-t-elle, traçant du pouce un cercle autour de son téton.

— Oui, souffla-t-il.

Elle courba la tête et laissa glisser ses lèvres sur le pourtour de sa cage thoracique, le couvrant de mille baisers.

— Ça aussi, ça te plaît ?

S'il ne l'arrêtait pas tout de suite, il ne serait plus en état de discerner ce qui était bien de ce qui ne l'était pas.

Il y avait eu une période de sa vie où la question du bien et du mal ne l'effleurait même pas.

Voulait-il vraiment redevenir cet homme-là ?

Avec un grognement, il enfonça ses doigts dans ses cheveux et obligea Rachel à s'immobiliser. Elle le contempla, l'air égaré mais le regard brûlant d'excitation, les joues en feu, les lèvres gonflées de leurs baisers.

Refermant ses lèvres sur les siennes, il l'embrassa longuement, ce qui, paradoxalement, eut pour effet de renforcer sa détermination. Rachel Davenport méritait d'être courtisée, elle méritait des baisers qui traduisaient bien plus que la seule frénésie sexuelle.

Même s'il n'était pas celui qui pouvait le lui offrir.

Lorsqu'il la relâcha, elle retomba contre le mur, le contemplant les yeux mi-clos. Son souffle était court, saccadé ; ses cheveux, emmêlés autour de son visage.

— Seth ?

— Ce n'est pas vraiment ce que tu veux, dit-il, veillant à garder ses distances.

Elle fronça les sourcils.

— Ce n'est pas à toi d'en décider.

— O.K. Ce n'est pas non plus ce que je veux.

Elle abaissa délibérément les yeux jusqu'à l'endroit de son pantalon où son corps trahissait sans erreur possible ce qu'il désirait. Ses yeux bleus remontèrent jusqu'aux siens.

— Tu es sûr ?

— Rachel, s'il te plaît.

Il lui tourna le dos et se dirigea vers la fenêtre. La nuit était tombée tôt, à cause du ciel maussade. Il observa son reflet — l'œil hagard d'un homme poussé dans ses retranchements.

— Si tu crois jouer les nobles cœurs…

— Je ne pense pas en être capable. Je veux juste me montrer… correct. Et respectueux.

Elle poussa un soupir excédé.

— Traduction : tu penses que je ne suis pas dans mon état normal.

Il secoua la tête, même si elle n'avait pas totalement tort.

— Je pense que nous voudrions tous les deux oublier ces deux derniers jours. Et que ce qui nous semble être une bonne idée maintenant ne le sera peut-être pas une fois que nous aurons sauté le pas et qu'il sera impossible de revenir en arrière.

Il attendit qu'elle réponde, mais elle garda le silence. Finalement, il risqua un coup d'œil dans sa direction. Elle était toujours calée contre le mur, le regard rivé sur lui. La flamme qui brillait dans ses yeux s'était en partie éteinte, comme si elle commençait à assimiler ses paroles et que cela l'avait ramenée à la raison.

— Les aventures d'un soir, ce n'est pas mon truc, admit-elle au bout d'un long silence. Mais je crois que ce n'est pas ainsi que je voyais les choses.

Il se demanda si sa confession le faisait se sentir mieux ou plus mal encore. Quelque part entre les deux, décida-t-il, bien que le fait qu'elle le considérât autrement que comme un corps avec lequel satisfaire le désir qui la tenaillait compliquait à coup sûr la situation.

— Je ne suis pas celui qu'il te faut, dit-il simplement.

— Pourquoi ? Tu n'es pas le plus mal placé non plus.

Il partit d'un petit rire.

— Il y a des tas de gens qui ne seraient pas du même avis.

— Tu t'es mal comporté par le passé. Mais tu n'es pas mauvais. Les gens qui le sont n'essaient pas de changer. Ils n'en voient pas la nécessité.

Il avait suffisamment repris le contrôle de lui-même pour pouvoir lui faire face. Se retournant, il se cala contre la fenêtre.

— Il y a une différence entre *vouloir* être quelqu'un de bien et *être* quelqu'un de bien.

— Une différence de degré, simplement.

Elle était entêtée. Et naïve aussi.

— Dans quelques jours, quand nous aurons obtenu les réponses que nous cherchons, tu verras les choses autrement et tu me remercieras d'avoir su garder mon sang-froid.

Elle leva les yeux au ciel.

— Continue à me parler sur ce ton paternaliste, et ça ne prendra même pas quelques jours.

C'est de bonne guerre, songea-t-il.

— Moi non plus, je ne veux pas avoir de regrets.

Elle lui jeta un regard chargé de sous-entendus.

— Tu ne l'aurais pas regretté.

Il rit.

— Peut-être pas.

Elle releva le menton, son expression redevenant neutre.

— O.K., je comprends. La situation est délicate et le timing, le plus mauvais possible. Et je sais que nous ne formons pas ce qu'on appelle un couple bien assorti. Donc, tu as gagné. Nous allons veiller à ce que ça ne se reproduise pas tant que nous ne saurons pas ce qui m'arrive et pourquoi.

Il ne put s'empêcher de se dire qu'elle avait baissé pavillon un peu trop facilement à son goût, mais il rejeta cette pensée stérile.

— Cela dit, je persiste à penser que tu ne dois plus rester seule. Il faut que quelqu'un reste en permanence avec toi.

— Tu crois que je devrais engager un garde du corps ? lui demanda-t-elle d'un ton peu enthousiaste.

Seth pensa aux ordres qu'il avait reçus d'Adam Brand… Brand qui l'avait engagé pour surveiller Rachel. Jusqu'ici, il n'avait pas mis Rachel dans la confidence parce que Brand ne l'y avait pas autorisé.

Mais peut-être était-il temps d'en parler avec lui. De toute façon, il aurait déjà dû l'appeler pour lui faire son rapport. Il essaierait de convaincre l'agent du FBI que Rachel méritait d'être mise au courant.

— Je peux m'en charger, moi, déclara-t-il en réponse à sa question. Je peux te protéger.

Elle l'épingla du regard, arquant ses sourcils sombres.

— Je croyais que nous devions garder nos distances.

— Nous sommes tombés d'accord pour ne pas… fricoter ensemble. C'est différent.

— C'est tout de même tenter le diable…

Ce n'était pas faux, mais il ne pouvait pas se résoudre à l'idée de ne pas veiller — en personne — à la sécurité de Rachel Davenport. C'était trop dangereux. Pas question de courir le risque qu'elle fasse les frais du jeu auquel jouait celui qui la tourmentait.

Surtout maintenant qu'il avait une idée assez précise de la raison pour laquelle on l'avait prise pour cible.

Mais, avant de lui dévoiler sa théorie, il fallait qu'il s'entretienne avec Brand. Il suffirait à l'agent du FBI d'un ou deux coups de fil pour savoir si la police locale avait progressé. Antoine s'était montré coopératif, mais Seth ne se faisait pas d'illusions… Les flics ne lui feraient jamais vraiment confiance, et rien ne garantissait qu'Antoine le tiendrait au courant de l'avancée de l'enquête.

Quelque chose lui disait que ce qui était arrivé à Rogers n'était pas juste un dommage collatéral du stratagème mis en place pour déstabiliser Rachel. Rogers l'avait rencontrée la veille, au Smoky Joe's… Qui sait s'il n'avait pas vu ou entendu quelque chose qui pouvait incriminer le coupable ?

— Rachel, ce matin, à Sequoyah House, tu as dit que tu avais parlé avec Davis Rogers avant que la communication ne soit coupée… Que t'a-t-il dit, exactement ?

Déroutée par le brusque changement de sujet, elle réfléchit quelques instants.

— Je n'ai pas bien compris de quoi il parlait, mais il en ressortait que nous nous étions vus la veille, apparemment. Il m'a dit qu'il était désolé de ce qui s'était passé.

Selon Joe Breslin, l'homme qui accompagnait Rachel lui avait fait des avances. Etait-ce pour cette raison que Rogers lui avait présenté ses excuses ?

— Oh ! Et il a dit aussi qu'il avait cherché à me joindre pendant des heures, reprit-elle. J'ai fait écouter les messages à la police, mais pas à toi… Attends une seconde.

Elle attrapa sa veste sur le dossier du sofa et en sortit son portable. Elle pianota sur le clavier, et une voix masculine s'éleva du petit haut-parleur : « Rachel, c'est encore Davis. Ecoute, je suis désolé pour hier soir, mais il avait l'air tellement sûr que tu n'attendais qu'un geste de ma part… Tu m'as vraiment manqué, tu sais. Ça m'a ennuyé de te laisser seule dans cet endroit. S'il te plaît, rappelle-moi pour que je puisse te présenter mes excuses et m'expliquer de vive voix. »

— Il avait l'air sûr que tu n'attendais qu'un geste de ma part, répéta lentement Seth.

Cela concordait avec l'hypothèse de Joe. Mais qui était ce mystérieux « il » auquel Rogers faisait allusion ?

— Davis a dû tenter de m'embrasser ou quelque chose comme ça.

— Et tu ne l'as pas laissé faire.

Elle lui jeta un regard acéré.

— J'ai rompu avec Davis voilà des années. Je l'aime toujours beaucoup et j'espère du fond du cœur que tu t'es trompé et qu'on va le retrouver vivant. Mais je ne suis plus amoureuse de lui.

— Et lui ? Il est amoureux de toi ?

— Je ne crois pas qu'il l'ait jamais été, déclara-t-elle posément. Je ne suis pas sûre que Davis soit capable de porter un amour véritable à quelqu'un d'autre qu'à lui-même.

Elle pressa ses doigts sur ses lèvres avant de poursuivre :

— Seigneur, c'est affreux de dire une chose pareille alors qu'il est peut-être mort parce qu'il est venu me voir ici.

— Tu te souviens que je t'ai dit être allé au Smoky Joe's ce matin ? Eh bien, Joe m'a confié que l'homme qui était avec toi avait essayé de te faire du charme et que tu l'avais repoussé. Ce devait donc être Davis.

— Et tu n'as pas jugé utile de me mettre au courant ?

— J'ai pensé que tu préférerais te souvenir de cet épisode particulier toute seule.

Elle le toisa d'un air légèrement dédaigneux, ce qui lui rappela que, même s'il la trouvait irrésistible et qu'elle était plus que consentante, un gouffre d'une insondable profondeur existait entre eux en termes de vécu, d'éducation, de culture et de position sociale,

— Tu n'avais pas à en décider à ma place.

— Ça ne se reproduira pas, répliqua-t-il d'un ton sec.

Elle ferma les yeux.

— Pardon. Je n'aurais pas dû m'énerver contre toi.

L'irritation de Seth s'estompa aussi vite qu'elle était venue. Et dire qu'elle montait sur ses grands chevaux alors qu'il ne lui avait rien dit d'Adam Brand !

— Ce n'est pas grave.

— Il avait l'air sûr que je n'attendais qu'un geste de sa part… Qui est ce « il » dont parlait Davis ? murmura Rachel.

— C'est bien ce que je me demande.

— Pour autant que je sache, Davis n'avait aucune relation à Bitterwood, à part moi. Il connaissait mon père, bien sûr, et il a peut-être rencontré Diane une fois — mon père et elle se sont mariés à peu près à l'époque de ma séparation d'avec Davis…

— Et le fils de Diane ?

— Paul ? Non, je ne crois pas. Comme nous avons conjugué nos efforts ces derniers mois pour gérer la société et veiller au respect des dernières volontés de mon père, nous nous sommes rapprochés, Paul et moi, mais…

Elle secoua la tête.

— Nous étions tous deux adultes quand nos parents se sont rencontrés et nous n'avons jamais tissé de véritable lien familial. Je ne l'imagine pas du tout donnant des conseils à Davis à propos de ma vie privée.

Moi non plus, je ne vois pas Bailey se mêlant des affaires des autres, convint mentalement Seth. Pas plus qu'il ne le voyait dans la peau d'un criminel. Bailey avait la réputation d'un responsable efficace, bien que perpétuellement distrait, qui avait contribué à maintenir l'entreprise à flot malgré la santé déclinante de son fondateur. Mais, bruits de couloir mis à part, jamais rien n'avait conduit Seth à penser que Paul semblait vouloir accéder à la direction de l'entreprise.

Et, pourtant, *quelqu'un* le voulait.

— Comment pouvons-nous savoir qui assurerait la direction de l'entreprise en cas d'incapacité de ta part ? demanda-t-il.

Rachel haussa les épaules.

— La seule chose dont je suis sûre, c'est que, tant que la succession de mon père n'est pas réglée et que je ne suis pas officiellement nommée P.-D.G., l'entreprise est sous le contrôle d'un conseil d'administration. Mais, même après ma nomination, ce serait aux personnes siégeant au conseil qu'il reviendrait de procéder à un changement si je venais à disparaître au cours de la première année. En d'autres termes, il m'est impossible de prendre des dispositions testamentaires pour désigner un successeur au poste de P.-D.G. tant que je n'aurai pas dirigé l'entreprise pendant au moins une année.

— Qu'arriverait-il si tu ne pouvais pas assurer tes fonctions sitôt la succession réglée ?

— Je ne sais pas. La question ne s'est pas posée puisque j'avais déjà accepté d'assumer cette responsabilité.

— Tu le regrettes ? demanda-t-il par pure curiosité.

Elle fronça les sourcils.

— Je ne regrette pas de continuer à faire vivre la société de mon père. Je ne regrette pas les heures que j'ai passées à apprendre tout ce qu'il y avait à apprendre, ni la tranquillité d'esprit que cela lui a apporté de savoir que l'entreprise resterait dans le giron familial.

— Ce n'était pas tout à fait ma question.

Elle soupira.

— Pour le reste, mon travail de bibliothécaire me manque, admit-elle avec un petit sourire. Mais rien ne m'empêche de travailler comme bénévole à la bibliothèque le week-end. Ou de prendre le temps d'aller faire des lectures aux enfants à l'école.

— Et ça te suffit ?

— Ça me suffira, assena-t-elle fermement. Il le faut.

Un son perçant déchira le silence tendu qui était brièvement tombé entre eux. Ils portèrent tous les deux la main vers leur téléphone. C'était celui de Rachel.

— Allô ?

Elle écouta, attentive, les traits tellement crispés que Seth en eut le cœur serré.

— Je comprends.

Elle marqua une pause puis ajouta :

— Oui… Oui, bien sûr. Entendu. Merci.

Elle raccrocha, un masque impassible sur le visage, et leva les yeux vers lui. Ce que la rigidité de ses traits n'exprimait pas, ses yeux le proclamaient sans ambiguïté : la douleur et l'horreur.

— C'était Antoine Parsons, annonça-t-elle d'une voix affectée. Un motard a trouvé le corps d'un homme en contrebas du parking des Great Smoky Mountains, non loin de Sevierville. Le bureau du shérif de Sevier County a aussitôt prévenu le commissariat de Bitterwood puisqu'un avis de recherche national avait été lancé concernant Davis. Ils veulent que je vienne identifier le corps.

— Non.

Elle haussa les sourcils.

— Comment ça, non ?

— Ils ne peuvent pas t'obliger à venir voir un corps, comme ça, protesta-t-il avec force, se souvenant de l'état dans lequel était l'homme qu'il avait vu gisant sur le sol.

La mémoire des faits lui était revenue peu à peu, doucement mais sûrement.

— L'homme que j'ai vu dans le bois avait été roué de coups. Tu ne serais peut-être même pas en mesure de le reconnaître — son visage était tellement tuméfié que…

— Je ne crois pas qu'ils veuillent que je voie son visage, l'interrompit-elle calmement. Il avait des marques de naissance et des cicatrices corporelles que je dois être à même d'identifier.

La soudaine, et totalement inappropriée, bouffée de jalousie qui s'empara de Seth ne fit qu'accentuer sa colère — contre lui, contre la police qui la mettait dans cette horrible position et, par-dessus tout, contre le monstre qui saccageait sa vie pour la motivation la plus absurdement sordide qui soit à ses yeux : la prise de contrôle d'une entreprise de transports familiale.

Comment le poste de P.-D.G. des Transports Davenport pouvait-il valoir, aux yeux de qui que ce soit, cinq meurtres et la destruction méthodique de la vie de Rachel ? Ça n'avait pas de sens, mais c'était la seule raison logique que Seth ait pu trouver après des semaines passées à réfléchir à la question.

Quelque chose devait lui échapper, mais quoi ?

— Si tu as l'intention d'y aller, je t'accompagne, assena-t-il d'un ton sans appel.

Elle lui jeta un regard reconnaissant.

— Merci.

Il baissa les yeux, contemplant son pantalon de survêtement.

— Il faut que je me change.

Elle désigna d'un geste une porte sur la droite.

— Il y a une chambre par là. Tu pourras y dormir cette nuit.

Il prit son sac, poussa la porte et la referma derrière lui. Tout en s'habillant, il composa le numéro d'Adam Brand.

L'agent du FBI avait l'air énervé lorsqu'il décrocha.

— Seth, vous tombez mal…

— Beaucoup de choses se sont passées, annonça-t-il sans préambule avant de relater de manière aussi concise que possible les derniers événements. Je m'apprête à aller voir le corps à la morgue avec Rachel.

— C'est un sale coup, répondit Brand.

Il n'avait pas l'air très étonné, nota Seth.

— Mais vous n'êtes pas surpris…

Il y eut une brève pause à l'autre bout de la ligne.

— Pas vraiment.

— Vous n'êtes toujours pas décidé à me dire ce que vous savez ?

— Pas encore. Continuez à avoir Mlle Davenport à l'œil et prévenez-moi s'il arrive quelque chose. Je vous promets de vous dire ce que je sais dès que j'aurai moi-même tiré certaines choses au clair.

— Je vais l'avertir que je travaille pour le FBI.

— Non.

— Continuer à lui mentir me met mal à l'aise.

— Seth, l'une des raisons pour lesquelles votre aide nous est si précieuse, c'est justement que vous êtes un sacré bon menteur. Alors, ne jouez pas tout à coup les parangons de vertu. Continuez à faire ce que vous faites le mieux et n'essayez pas d'accomplir mon travail à ma place.

— Il est hors de question que je continue à lui mentir, insista fermement Seth. Je n'ai pas besoin de votre aval. Je voulais simplement vous en informer.

— Vous pourriez tout faire capoter.

Et je pourrais faire capoter plus encore si je me tais.

— Je lui dirai qu'elle ne doit rien ébruiter. Elle comprendra. On peut lui faire confiance.

— S'il vient à se savoir que le FBI s'intéresse au cas d'un petit harceleur qui sévit à Bitterwood, au fin fond du Tennessee, ça mettra en péril une enquête de très grande envergure.

— Une enquête qui porte sur quoi ?

— Je ne peux pas vous le dire.

Brand eut la décence d'en paraître désolé, mais Seth commençait à se lasser de tous ces mystères.

— Bonne soirée, Adam.

Il employa à dessein son prénom. Même s'il réglait les factures, Adam Brand n'était pas son patron, et Seth n'avait nullement l'intention de s'abaisser à lui faire des courbettes.

Il raccrocha et rangea le téléphone dans sa poche arrière puis retourna dans la pièce principale. Rachel était debout devant la fenêtre, le front appuyé contre la vitre. Au son de ses pas, elle se retourna. Ses yeux étaient secs, mais elle avait pleuré, il le voyait.

Oubliant sa promesse de garder ses distances, il s'avança vers elle et la serra très fort contre lui. Elle se raidit un instant, puis se détendit, la joue posée sur son épaule. Elle enroula les bras autour de sa taille, l'attirant plus près.

— Dis-moi que je vais y arriver, murmura-t-elle.

Il eut envie de lui répéter que rien ne l'obligeait à subir cette épreuve. Mais il avait vu le désespoir dans ses yeux, le besoin impérieux qu'elle avait de dominer ses émotions.

D'être forte.

Il poussa un long soupir.

— Tu vas y arriver.

Elle hocha la tête et son expression s'affermit, se changeant en une détermination de fer.

— Allons-y.

Elle s'écarta de lui et se dirigea lentement vers la porte.

10

Elle avait été confrontée à la mort deux fois dans sa vie. D'abord, à l'âge de quinze ans, quand la folie de sa mère l'avait conduite au suicide. Même si certains détails étaient flous, elle ne se rappelait que trop bien le moment terrible où elle avait compris que sa mère était partie pour toujours.

Tout récemment, elle avait assisté à la mort de son père, une paisible dérive du sommeil vers le repos éternel, protégée des cruautés de sa fin de vie par les analgésiques que le médecin lui avait prescrits pour l'aider à lâcher prise. Ils avaient tenu la douleur à distance et lui avaient procuré, au moment de mourir, la paix que la maladie lui avait refusée de son vivant.

Mais jamais encore, jusqu'au moment où l'employé de la morgue de Sevier County retira le drap qui recouvrait le corps de Davis, elle n'avait vu la mort résultant d'un crime.

Son visage était presque méconnaissable, mais la marque sur son biceps gauche et la longue cicatrice qui barrait son genou droit parlaient d'eux-mêmes. Cinq années s'étaient écoulées depuis qu'elle avait rompu toute relation avec lui, mais il avait visiblement veillé à s'entretenir car le temps passé n'avait pas modifié le corps qu'elle avait autrefois intimement connu.

Le chagrin la submergea, et elle se détourna après avoir confirmé d'un signe de tête au shérif-adjoint qu'il s'agissait bien de Davis Rogers.

Seth se tenait juste derrière elle et, tout naturellement, elle se blottit contre lui lorsqu'il lui ouvrit les bras. Il la garda serrée contre lui pendant un moment avant de l'entraîner à l'extérieur, dans le couloir, où l'atmosphère lui parut aussitôt plus respirable.

— Je suis désolé, murmura-t-il dans ses cheveux.

Elle sentit une irrésistible envie de pleurer monter en elle, lui étreindre la poitrine, mais elle se retint, la stoppant avant qu'elle n'ait atteint ses yeux. Elle n'allait pas fondre en larmes devant des étrangers comme ce shérif-adjoint qui les contemplait, les yeux plissés.

Un peu plus bas dans le couloir, Antoine Parsons, qui attendait, l'épaule calée contre le mur, se redressa en les voyant et se dirigea vers eux.

— C'est bien l'homme que tu as vu à Sequoyah House ? demanda-t-il à Seth.

— Oui.

Seth promenait une main réconfortante sur son dos, mais elle sentait la tension croître en lui comme un nuage d'orage montant à l'assaut d'une montagne.

— Nous essayons de déterminer la cause de la mort.

L'adjoint qui s'était présenté comme étant John Mallory était tellement occupé à dévisager Seth qu'il ne regarda même pas Antoine Parsons tandis qu'il parlait. De toute évidence, Seth, de son côté, semblait pleinement conscient de l'insistance de ce regard scrutateur posé sur lui, même s'il s'efforçait de n'en rien montrer.

Il l'avait prévenue, songea-t-elle. Les préjugés contre lui avaient la vie dure. Et qui sait ? Peut-être aurait-elle eu la même réaction si elle n'avait pas vu une autre facette de sa personnalité — l'homme bienveillant, le courageux protecteur.

Pas plus tard que quelques heures auparavant, elle l'avait considéré avec circonspection, pour ne pas dire avec méfiance.

Mais cela, c'était avant qu'il ne l'ait embrassée.

Un baiser… Cela ne tenait donc qu'à ça ? Etait-ce là tout ce qu'il fallait pour gagner sa confiance ?

Instinctivement, elle s'écarta de lui. Il desserra son étreinte et la laissa s'éloigner sans tourner la tête. Son regard était fixé sur John Mallory, le menton relevé, les lèvres serrées en une moue fière et butée.

Mais elle n'avait pas besoin qu'il la regarde pour comprendre que sa posture de défi s'adressait tout autant à elle qu'à Mallory. Elle signifiait : « Voilà ce que je suis. Voilà ce que je vis chaque jour. Si tu ne peux pas le supporter… »

— Je vais déposer une demande officielle de transfert du

corps au commissariat de Bitterwood, annonça Antoine Parsons. D'après les témoignages que nous avons recueillis, tout porte à croire que l'agression ayant conduit au meurtre de Davis Rogers a eu lieu dans notre juridiction.

— Pas si vite, objecta Mallory. Tant que la cause de la mort n'a pas été établie, le lieu de la mort reste sujet à caution.

Antoine Parsons se campa solidement sur ses jambes face à l'adjoint.

— Tu veux vraiment écoper de cette affaire ? argua-t-il. Devoir gérer la douleur et l'incompréhension de la famille qui va te bombarder de questions ? Entre la pluie et le fait que le corps a été déplacé, il n'y a pratiquement pas d'indices sur lesquels se baser. Tu vas te retrouver avec une affaire insoluble sur les bras, John.

— Et, toi, pourquoi veux-tu la récupérer dans ta juridiction ?

— Parce que je pense qu'elle a peut-être un lien avec une autre affaire en cours à Bitterwood, répondit Antoine en jetant un bref coup d'œil à Seth.

Celui-ci se borna à cligner des yeux pour toute réponse.

— Voilà ce qu'on va faire, reprit Mallory au bout de quelques instants de réflexion. Je vais expliquer la situation au shérif et voir si je peux obtenir son accord pour que nous menions une enquête conjointe. Ensuite, une fois la cause de la mort déterminée, s'il s'avère que le crime a eu lieu dans la juridiction de Bitterwood, nous vous transférerons tous les éléments dont nous disposerons pour que vous repreniez l'enquête entièrement à votre compte… Ça te va ?

Antoine ne parut pas ravi, mais il hocha la tête.

— Ça ira.

— Mlle Davenport nous a fourni des informations qui devraient nous permettre de localiser la famille de M. Rogers afin que nous puissions les prévenir de son décès.

Mallory s'interrompit pour lancer un regard en dessous à Antoine.

— A moins que tu ne veuilles te charger de cette partie-là de l'enquête ?

Antoine sourit.

— C'est vous qui avez trouvé le corps. C'est vous qui vous chargez des notifications.

Lorsque l'adjoint du shérif se fut éloigné, Antoine se tourna vers Seth.

— Il ne te porte vraiment pas dans son cœur.

— Je produis cet effet-là sur beaucoup de gens, répondit Seth d'un ton acide. Mais, dans le cas présent, je pense que son animosité vise davantage Cleve Calhoun que moi. Il lui en veut encore d'avoir persuadé son cousin d'investir dans des placements immobiliers douteux. C'est compréhensible… Celui-ci a failli y laisser sa chemise.

— Ce ne serait pas arrivé s'il n'avait pas été aussi cupide, souligna Parsons. C'est bien ce qui se dit dans votre milieu, non ? Impossible de tromper un honnête homme.

Seth jeta un coup d'œil à Rachel, l'ombre d'un sourire jouant sur ses lèvres, mais son regard vert était plus dur que jamais.

— Quelque chose comme ça. Mais ce n'est pas une excuse.

Trouvant que la confrontation entre les deux hommes avait assez duré, Rachel demanda :

— Alors, que va-t-il se passer, maintenant ?

— Le shérif-adjoint Mallory va prendre contact avec la famille de votre ami. Il y aura une nouvelle identification. De notre côté, nous allons requérir un mandat pour perquisitionner sa chambre et son véhicule, à Sequoyah House. J'ai déjà fait poser des scellés et posté deux policiers pour surveiller les abords de la pension.

— Y a-t-il autre chose que nous puissions faire pour accélérer les choses ?

— Si tu pouvais en dire plus sur ce que tu as vu avant d'être assommé, ce serait bien. Peut-être que tu as vu le coupable et que tu n'en as pas gardé le souvenir…

Seth secoua la tête.

— Je ne serais plus de ce monde si c'était le cas, dit-il lançant un coup d'œil à la porte de la morgue. Celui qui a fait ça ne laisse pas de témoins derrière lui.

— Oui… Mais des témoins de quoi ? demanda Antoine.

Rachel se posait la même question. Qu'avait bien pu voir Davis pour être ainsi battu à mort ? Il n'était apparemment venu à Bitterwood que pour assister aux obsèques. Donc, il y avait peu de chances qu'il soit arrivé avant la veille du jour où il avait été tué.

Conclusion : il n'y avait qu'un endroit où il avait pu être témoin de quelque chose : le Smoky Joe's Saloon.

C'était donc de ce côté-là qu'il fallait chercher, raisonna-t-elle.

— Il était avec moi au Smoky Joe's hier soir, dit-elle.

— J'ai parlé à Joe Breslin ce matin, expliqua Seth comme Antoine lançait un regard empreint de curiosité à Rachel. Il dit avoir vu un homme correspondant à la description de Davis Rogers avec Rachel, hier soir, dans son bar. D'après lui, l'homme aurait fait des avances à Rachel, elle l'aurait repoussé, et il aurait quitté l'établissement.

— C'est ce dont parlait M. Rogers dans le message vocal que vous m'avez fait écouter ? demanda Antoine.

Seth regarda Rachel.

— S'il est parti avant toi, qu'aurait-il bien pu voir ?

Cette fois, ce fut sur Seth qu'Antoine posa un regard songeur. *Le tutoiement*, pensa Rachel.

— Vous pensez avoir été droguée, souligna le policier. Croyez-vous que ce puisse être l'œuvre de Rogers ?

Elle secoua la tête sans hésitation.

— En aucun cas. Il ne m'aurait jamais fait ça.

— Vous n'êtes plus ensemble depuis longtemps, nota Seth. Si quelqu'un lui a fait miroiter une forte somme d'argent…

— Il était avocat à la cour de Richmond, très à l'aise sur le plan financier. Tu as vu où il est descendu. Sequoyah House n'est pas réputée pour ses tarifs bon marché.

— Peut-être vous en voulait-il encore de votre séparation ?

— C'est lui qui a rompu, répondit-elle avec franchise. Enfin, la décision était mutuelle — nous avions tous deux compris que nous n'attendions pas les mêmes choses de la vie. Mais c'est lui qui a pris l'initiative de mettre un terme à notre relation. Il n'a jamais cherché à me blesser. Vous avez entendu son message.

Son estomac se serra à l'idée que cet appel téléphonique avait été son tout dernier. Les larmes lui vinrent, lui piquant les yeux. Elle essaya de les refouler, mais elles continuèrent à couler irrépressiblement le long de ses joues.

Les mains de Seth se refermèrent aussitôt sur ses épaules. Il aurait été si facile de s'appuyer contre lui, de se fondre dans sa chaleur rassurante.

Mais si elle commençait à se reposer sur lui, ce serait difficile de s'arrêter. Et il avait été clair : il n'était nullement disposé à une quelconque forme d'engagement.

— J'aimerais vous emprunter de nouveau votre téléphone, reprit Antoine. Je voudrais enregistrer les derniers messages qu'il vous a laissés. Normalement, il faudrait que je demande un mandat, mais…

— Pas de problème, l'interrompit-elle en lui tendant l'appareil.

— Je n'en ai pas pour longtemps. Rejoignez-moi au poste… Je pourrai vous le rendre dès que j'aurai fini.

— O.K. On va en profiter pour aller manger quelque chose, intervint Seth. Le Ledbetter's Café est juste au coin.

Il regarda Antoine.

— Tu veux qu'on te rapporte quelque chose ?

Antoine parut surpris par la proposition.

— Ma foi, oui, merci. Un sandwich à l'émincé de porc et une barquette de frites de patates douces, répondit-il en sortant son porte-monnaie de sa poche.

Il tendit à Seth un billet de dix dollars, une lueur amusée dans le regard.

— Tu sais y faire quand il s'agit d'inciter les gens à te donner l'argent qu'ils ont durement gagné, hein, Hammond ?

Seth lui retourna un large sourire.

— Mais au moins, cette fois-ci, tu y gagnes un sandwich et des frites.

Après leur passage à la morgue, Rachel n'avait pas le moindre appétit, mais Seth la convainquit de prendre une omelette. Elle réussit à en manger la moitié même si chaque bouchée semblait se bloquer dans sa gorge. Finalement, elle se renfonça contre le dossier de son siège et regarda Seth terminer son assiette de côtes de porc accompagnées d'une salade maison.

Il mangeait avec appétit, nota-t-elle, comme un homme qui savait apprécier un bon repas chaud quand on lui en présentait un. Encore aujourd'hui, Seth avait face à la nourriture cette expression vorace qui donnait à penser qu'il avait dû se demander plus d'une fois s'il mangerait le lendemain.

Seth passa la commande d'Antoine au moment de partir et y ajouta une part de tarte au citron meringuée qu'il paya de sa poche. Devant le regard interrogateur de Rachel, il expliqua avec un sourire contrit :

— Je lui ai piqué sa part de tarte au citron une fois, à l'école. Il n'a jamais su qui était le coupable mais, étant donné que je suis en veine de repentance ces temps-ci…

— C'est gentil de ta part.

— Oui, enfin… Ne pas lui voler sa portion de gâteau l'aurait été davantage.

Antoine arqua les sourcils en voyant la tarte au citron mais il les remercia. Troquant le téléphone contre son repas, il les informa des nouvelles que lui avait communiquées l'équipe d'analyse de scène de crime qui s'était rendue chez Rachel.

— Ils ont passé la maison au peigne fin, mais ils n'ont pas trouvé de nouveaux indices.

— Et le sang ?

— Ce n'est pas du sang humain. Il est d'origine animale, ce qui n'est pas difficile à trouver dans une région rurale comme la nôtre.

Le soulagement envahit Rachel.

— Merci.

— Vous allez pouvoir rentrer chez vous mais, à votre place, je changerais les serrures au plus vite. Et j'installerais un système d'alarme.

— Je vais m'en occuper, acquiesça-t-elle en inclinant la tête.

— J'aimerais pouvoir envoyer des voitures patrouiller devant chez vous, mais nous sommes déjà en sous-effectif…

— Je comprends, dit-elle vivement, consciente d'avoir de la chance dans son malheur.

Contrairement à bien des gens confrontés à une telle situation, elle, au moins, pouvait se permettre d'engager un garde du corps. Elle était privilégiée.

— Cela étant, je n'oublie pas que c'est le cinquième meurtre qui touche des personnes de votre entourage, poursuivit Antoine. Et j'ai la ferme intention de découvrir qui vous en veut à ce point.

— Nous avons bien quelques petites idées sur la question,

intervint Seth en consultant Rachel du regard comme s'il attendait son feu vert.

Lorsqu'elle donna son assentiment d'un hochement de tête, il continua :

— Tout a commencé voilà neuf semaines, c'est bien ça, n'est-ce pas ?

Seth s'interrompit et jeta un coup d'œil autour de lui.

— On ne pourrait pas s'installer dans un endroit un peu plus discret ?

Antoine acquiesça d'un signe de tête et les précéda jusqu'à une petite salle équipée d'une table, de trois chaises et d'une caméra accrochée près du plafond, dans un angle. Il désigna du menton le bouton qui commandait la mise en route de l'appareil.

— Elle n'est pas allumée.

Seth examina l'objet attentivement, puis s'assit sur le siège le plus isolé, au bout de la table.

— Désolé si j'ai l'air complètement paranoïaque, mais je préfère ne plus faire confiance à personne en ce moment.

Antoine le contempla, imperturbable.

— Explique-toi, je t'écoute.

— Penses-tu qu'un membre des forces de l'ordre puisse être mêlé à tout ce qui arrive à Mlle Davenport ?

— Je ne sais pas. Je n'ai pas de raison particulière de le penser, mais j'ai des réserves quant à la façon dont se passent certaines choses, ici. Donc, je prends des précautions.

Le regard de Rachel alla de l'un à l'autre.

— Qu'est-ce que ça signifie ?

— Je me méfie de tout ce qui porte un badge, proféra Seth d'un ton dur. Même si c'est en grande partie ma faute.

— Dommage. Avec toutes les fraudes que nous rencontrons aujourd'hui, la situation économique étant ce qu'elle est, nous aurions bien besoin du concours de quelqu'un comme toi. Il y a tant de façons de soulager les honnêtes gens de leur argent !

— A propos d'argent, je me demande si ce n'est pas le cœur de toute l'affaire, déclara Seth.

Rachel le contempla, étonnée.

— L'entreprise marche plutôt bien, je te l'accorde, mais de là à pousser quelqu'un à commettre cinq meurtres…

— Certaines personnes sont prêtes à tuer pour tellement peu que vous n'en reviendriez pas, grommela Antoine.

Seth croisa les mains sur la table, ses muscles et ses tendons se pliant et se dépliant sous les yeux de Rachel. Ces mêmes mains qui, quelques heures auparavant seulement, l'avaient touchée. Caressée.

Elle avala sa salive.

— Tu disais que tout avait commencé il y a neuf semaines ? rappela Antoine.

— Oui, avec le premier meurtre. Celui d'April Billings. Elle avait décroché un emploi d'été aux Transports Davenport. Son pot de départ s'était tenu le jour où elle a été tuée, tu te rappelles ?

Rachel hocha la tête.

— Elle était si contente de retourner à l'université. Elle était aux anges parce qu'elle avait réussi à intégrer un cours extrêmement demandé.

Elle cligna les paupières, luttant contre l'envie de pleurer.

— Vous étiez proche d'elle ? demanda Antoine.

— Oui. Elle s'était intéressée à moi, je suppose, parce qu'elle voulait devenir bibliothécaire et que c'est mon métier. Enfin, c'était mon métier.

Rachel chassa une larme qui lui avait échappé.

— Qui savait que vous et April étiez amies ?

— Tout le monde, répondit Seth à sa place. L'arrivée de Rachel dans l'entreprise n'est pas passée inaperçue. Elle a donné lieu à beaucoup d'interrogations parmi le personnel. Même à l'atelier, tout le monde parlait du fait que M. Davenport l'avait clairement désignée comme son futur successeur.

— C'est vrai ? dit Rachel, tombant des nues.

— Evidemment. Tu allais devenir la patronne. Nous ne savions pas si tu allais marcher dans les pas de ton père ou donner une nouvelle orientation à l'entreprise.

Outre une lueur d'amusement, Rachel discerna l'ombre d'un secret au fond de ses yeux verts. Il avait d'autres choses à lui dire — des choses qu'il lui révélerait lorsqu'ils seraient seuls.

Cette pensée — et la notion d'intimité qui lui était associée — lui réchauffa le cœur.

— Certains étaient-ils hostiles à cette idée ? voulut savoir Antoine.

— Inquiets, peut-être, mais pas hostiles, non, répondit Seth. Il est difficile de trouver du travail de nos jours. Les gens s'estiment heureux d'avoir un emploi et, à la moindre perspective de changement…

— Mais ils devaient savoir que les affaires marchaient bien, en dépit de la maladie de mon père, protesta Rachel. Il a fait tout son possible pour que chacun ait l'esprit tranquille.

— C'est plus facile d'avoir l'esprit tranquille quand ta survie ne dépend pas uniquement du salaire que tu touches en fin de mois.

Même si elle savait que les propos de Seth n'étaient pas une pique dirigée contre elle, ils ne l'en affectèrent pas moins. Il avait raison. Elle n'avait jamais eu à se soucier de ce qu'elle aurait dans son assiette le lendemain ni à se demander si elle pourrait honorer la prochaine échéance du loyer ou la prochaine facture d'électricité.

— Je ne vois toujours pas en quoi ces soucis peuvent constituer un motif de meurtre, souligna-t-elle plus vivement qu'elle n'en avait eu l'intention.

— Non, en effet, convint Seth. Ce qui se passe est trop personnel.

— Tu veux dire que tout cela viserait exclusivement à faire du tort à Mlle Davenport ? souligna Antoine, l'air sceptique.

— Pas tout à fait, tempéra Seth. Mais je pense que le coupable en sait assez sur sa vie et sur son passé pour l'atteindre là où ça fait le plus mal.

Il sait, se dit Rachel, discernant un soupçon de pitié dans ses yeux. *Il est au courant, pour l'année où j'ai disparu.*

Mais comment ? Comment était-ce possible ?

Personne, hormis le personnel de la clinique qui l'avait accueillie en Caroline du Nord, ne savait où elle était passée pendant l'année qui avait suivi la mort de sa mère. Son père avait raconté à tout le monde qu'elle était partie étudier à l'étranger pour se changer les idées, et personne n'avait douté de ses dires parce que personne d'autre que son père n'avait vu l'état dans lequel elle était cette nuit-là. Il avait pris des dispositions immédiates pour la protéger.

Mais comment diable ce qui arrivait aujourd'hui pouvait-il être lié à cette histoire vieille de quinze ans ?

— Mais dans quel but ? demanda Antoine. En quoi le fait de faire du mal à Mlle Davenport peut-il présenter un intérêt pour quelqu'un ?

— Cela pourrait l'obliger à renoncer au poste de P.-D.G. de l'entreprise, suggéra Seth.

Rachel secoua la tête.

— Les bénéfices que nous dégageons ne sont pas de nature à pousser qui que ce soit à en arriver à de telles extrémités. L'entreprise tourne bien, certes, les salaires sont versés en temps et heure, et nous engrangeons une marge bénéficiaire confortable. Je ne manque pas d'argent. Mais il est impossible que tous ces meurtres aient été perpétrés dans l'intention de prendre le contrôle des Transports Davenport. Ça n'a pas de sens.

Pour la première fois, Seth parut douter.

— C'est pourtant la seule explication qui constitue un début de réponse à toutes les questions, souligna-t-il.

— Pourquoi ne pas me tuer plutôt ? Quel intérêt y a-t-il à me tourmenter sans répit ?

— Si vous mouriez maintenant, demanda Antoine, qu'arriverait-il à l'entreprise ? A qui reviendraient vos parts ?

— Au frère de ma mère, Rafe. Il possède déjà 20 % de la société parce qu'il a participé à la constitution du capital au moment de la création de l'entreprise. Mon père lui a même proposé le poste de P.-D.G. avant de se tourner vers moi, mais mon oncle Rafe a refusé. Il est musicien et organisateur de concerts.

— Ce qu'il nous faut découvrir, c'est ce qui se passerait si tu étais en vie, mais dans l'incapacité de diriger la société, établit calmement Seth. Il semble que ce soit ce que l'on cherche à faire en essayant de te faire perdre la raison.

— Je n'en sais rien, je te l'ai déjà dit. Je n'ai jamais soulevé cette question.

Mais peut-être aurait-elle dû y penser, réfléchit-elle. Compte tenu de son passé…

— Qui peut le savoir ? demanda Antoine, l'air subitement intéressé.

— L'avocat personnel de mon père, bien sûr. Peut-être ma belle-mère, Diane — mais elle n'est pas ici en ce moment. Il est possible que mon père ait aussi mis Garrett MacKenzie dans la confidence…

Antoine siffla entre ses dents.

— L'ancien maire ?

— C'est un vieil ami de la famille.

Les relations de sa famille ne lui avaient jamais posé de problème jusque-là, mais les réactions d'Antoine et de Seth lui donnaient l'impression d'avoir été choyée et gâtée comme une petite princesse.

Ce n'était pas juste. Aurait-elle dû avoir honte du fait que son père avait travaillé dur afin de subvenir confortablement aux besoins des siens ?

Elle risqua un coup d'œil en direction de Seth, mais il semblait tout à coup à des années-lumière, le visage fermé et indéchiffrable.

Juste au moment où elle avait le plus besoin de savoir ce qu'il pensait.

11

La maison était plongée dans le calme et le silence nocturnes bien que toutes les lampes soient allumées. Rachel avait tenu à dormir dans la maison de son père plutôt qu'à la cabane. Elle avait l'air si résolu qu'il n'avait même pas cherché à discuter. Ils étaient passés récupérer leurs affaires à la cabane et étaient arrivés juste au moment où l'horloge du grand-père, dans le salon, sonnait minuit.

Rachel le regarda porter leurs sacs à l'intérieur, la mine contrite.

— Je sais que tu penses que je suis folle de revenir ici. Mais je refuse de céder à la pression et de me laisser chasser de chez moi par le salaud qui me persécute.

Il admira sa force d'âme même s'il aurait de loin préféré qu'elle soit quelque part ailleurs, bien à l'abri.

— O.K., c'est noté.

— Je dois commencer à te taper sur le système, avec mes lubies.

— Ça va… il y a encore un peu de marge.

Sa repartie lui valut un sourire las de Rachel.

— Bravo… Tu assures comme un chef.

— Toi aussi.

Pour toute réponse, elle secoua la tête et lui adressa un nouveau petit sourire en se déchaussant d'un coup de talon.

— Il faut que tu te reposes, lui dit-il. Va te coucher. Je vais tout verrouiller.

Elle l'attrapa par le bras comme il se tournait vers la porte.

— Comment as-tu appris, pour mon internement à Westminster ?

Un instant, il songea à feindre de ne pas savoir de quoi elle parlait, mais elle méritait mieux que d'être traitée comme une gamine.

— Oh ! c'est ça ? Tu étais en hôpital psychiatrique ?

Elle laissa retomber sa main, recula d'un pas.

— Tu ne savais pas ?

Bravo ! Maintenant, elle croit que tu l'as manipulée.

— Disons que je ne connaissais pas les détails. J'ai simplement deviné la situation dans ses grandes lignes.

Les lèvres de Rachel se pressèrent jusqu'à former une mince ligne.

— Je comprends que tu aies été tellement doué dans ce que tu faisais. Il y a quelque chose d'un peu effrayant chez toi.

— J'ai deviné pour Westminster parce que c'était la seule chose qui pouvait expliquer la ruse élaborée du grenier.

Elle haussa les sourcils.

— Le fait de me faire revivre le moment où j'ai craqué ?

— Tu étais vraiment secouée quand je t'ai trouvée par terre, au pied de l'échelle. Et j'ai vu que tu commençais à douter de toi quand nous cherchions des traces que nous ne trouvions pas, au début.

Elle ferma les yeux, comme pour effacer le souvenir de ces instants.

— Je revivais continuellement cette nuit dans mes rêves. J'essayais d'inverser le cours des choses. De l'atteindre avant qu'elle n'ait pressé la détente. J'ai passé trois mois à ne dormir qu'une ou deux heures par nuit. J'ai bien failli y rester. Je n'arrivais plus à manger. J'avais beaucoup maigri. Je ne raisonnais plus logiquement. La seule chose que je faisais, c'était me repasser en boucle une scène à laquelle je ne pouvais rien changer.

Il caressa doucement son visage, incapable de se retenir. Elle se laissa aller contre lui, le visage levé, les yeux clos. De ses lèvres, il gomma le pli soucieux de son front.

— Je suis désolé.

Elle posa la tête contre son torse.

— Elle voulait que je meure avec elle.

Le cœur de Seth se contracta.

— Elle a essayé de te tuer ?

Elle secoua vivement la tête.

— Tu te souviens de cette fenêtre, dans le grenier, près de la trappe ? Quand je suis montée cette nuit-là, il était ouvert. Le vent agitait les rideaux. Elle a dit l'avoir ouvert pour moi. Parce qu'elle savait à quel point j'avais envie de voler.

Dans un flash, Seth se souvint des paroles qu'avait eues Rachel alors qu'elle était sous l'emprise de la drogue, sur le pont : « Elle a dit que je devrais voler. »

— J'avais quinze ans, mais je rêvais d'en avoir trente. D'être adulte et autonome. Dans ses moments de lucidité, cette idée semblait terrifier ma mère. Mais lorsqu'elle sombrait dans la folie, elle me disait de voler.

Il la serra très fort contre lui.

— Je suis désolé, Rachel.

— Pendant longtemps, je n'ai pas pu me rappeler grand-chose. J'avais peur que les gens ne me cachent des choses sur sa mort, peur d'en être responsable.

— Oh ! mon Dieu !

— Les souvenirs sont revenus tout seuls. Et c'est alors que j'ai compris ce que je cherchais à effacer de ma mémoire.

Elle leva vers lui un regard brillant de larmes contenues au prix d'un rude effort.

— Quand elle a appuyé sur la détente et que je l'ai vue s'écrouler sur le sol, avec tout ce sang sur la bâche en plastique, il y a eu un moment où l'envie de voler m'a paru séduisante. Je me rappelle, je suis passée à côté d'elle pour me diriger vers la fenêtre, j'ai regardé le patio, en bas. Les pavés semblaient effroyablement durs. Implacables. Mais ce serait fini en une seconde, et je ne souffrirais plus.

Il pressa de nouveau ses lèvres sur son front, saisi d'horreur à l'évocation du drame qui s'était joué dans ce grenier.

— Maintenant, l'altitude me terrifie. Le simple fait de gravir cette échelle… J'étais littéralement tétanisée. Je crois que ça vient de là, de ce moment où j'étais debout devant cette fenêtre, à contempler le vide — et ma propre mort.

Il caressa ses cheveux, submergé par un sentiment de haine pour cette mère qui lui avait fait tant de mal.

— Combien de personnes sont au courant, pour Westminster ?

— Presque personne. Mon père a raconté que j'étais allée vivre chez une grand-tante, en Angleterre, et que je poursuivais mes études là-bas. Comme aucun de mes anciens amis ne savait quoi dire à une fille dont la mère venait de se tuer, les dissuader d'essayer de me joindre n'a pas été très difficile.

— Donc, personne, absolument personne, ne savait ?

— Si. Ma grand-tante, en Angleterre, était dans la confidence puisqu'elle me servait d'alibi. Oncle Rafe et tante Janeane — ils vivent à Bryson City, près de Winchester. Le personnel médical de la clinique. Et mon père, bien sûr.

Elle se frictionna les bras comme si elle avait subitement froid.

Seth ôta sa veste en jean et lui en recouvrit les épaules.

— Ça va mieux comme ça ?

Le regard incandescent qu'elle leva vers lui faillit le mettre à genoux.

— Merci.

Pense à son persécuteur. Au châtiment que tu aimerais lui faire subir.

La multitude d'idées de vengeance qui affluèrent à son cerveau l'aida à calmer ses ardeurs. Il s'écarta légèrement d'elle pour atténuer l'impact de son délicat parfum et de la vulnérabilité que trahissait son regard — un puits sans fond d'incommensurable tristesse.

— Est-ce que l'une des personnes siégeant au conseil d'administration de l'entreprise pourrait être au courant ?

— Pas à ma connaissance. A moins… Peut-être ma belle-mère. Elle m'a toujours traitée comme si j'étais un peu fragile.

Un pli creusa de nouveau son front.

— Mais c'est le cas de beaucoup de gens, quand ils apprennent que ma mère s'est suicidée.

— C'est un drame que bien des gens ont du mal à se représenter.

— Eh bien, je leur souhaite de ne jamais savoir ce que c'est, murmura-t-elle en frissonnant. Dis-moi, tu ne soupçonnes tout de même pas Diane, n'est-ce pas ?

C'était un homme qui avait recruté Mark Bramlett pour commettre les quatre premiers homicides, il le tenait de la bouche même de Bramlett. Mais il n'était pas impossible que Diane Davenport ait engagé un intermédiaire supplémentaire pour gérer l'ensemble de la sale besogne.

— Si tu étais écartée de la présidence de l'entreprise, qu'y gagnerait-elle ?

— Pour autant que je sache, rien de plus que si je conserve le poste. Il faudra que je pose la question à l'avocat de mon père demain matin.

Seth se demanda s'il parviendrait à déconnecter son cerveau suffisamment longtemps pour trouver le sommeil ce soir — un sommeil dont il avait le plus grand besoin. La logique avait beau lui souffler qu'il était peu probable que l'intrus revienne sur les lieux de son crime, si peu de temps après que la police eut passé l'endroit au crible, sa petite voix intérieure l'exhortait à la vigilance.

— Je vais peut-être dormir ici, sur le sofa, déclara-t-il.

Les joues de Rachel rosirent, et elle sourit.

— Je suis bien trop fatiguée pour tenter quoi que ce soit ce soir, rassure-toi. Ta vertu n'est pas en péril.

Il sourit, lui aussi, espérant alléger un peu l'atmosphère.

— Et je t'en remercie. Mais, en fait, je réfléchissais au meilleur moyen d'assurer ta sécurité.

Le sourire s'effaça de ses lèvres.

— Contre une nouvelle intrusion ?

— Je ne crois pas que nous ayons grand-chose à craindre ce soir. Mais mon instinct me dit qu'il vaut mieux vaut prévenir que guérir.

— Tu te fies beaucoup à ton instinct, n'est-ce pas ?

— Oui.

Lentement, elle s'avança vers lui, comblant la distance qui les séparait. Il demeura immobile, incapable de bouger. Elle posa la main à plat sur sa poitrine et la laissa glisser jusqu'à son abdomen.

— Et que te dit ton instinct, me concernant ?

Il ne put retenir un bref éclat de rire.

— Dans ce cas précis, je ne sais pas si c'est mon instinct qui parle, chérie.

Ses yeux s'agrandirent brièvement, puis elle se mit à rire, elle aussi. Un vrai rire, sincère et spontané, qui venait du cœur. Réjouissant à entendre et tout ce qu'il y avait de normal, songea-t-il. S'il avait encore nourri le moindre doute quant à sa stabilité mentale, ce son l'aurait définitivement réduit à néant.

— Je t'aime bien, Seth Hammond. J'espère vraiment que tu ne vas pas disparaître dès que tout ceci sera terminé.

Elle se dressa sur la pointe des pieds et déposa un petit baiser sur ses lèvres. Un baiser sans conséquence…

Il s'en fallut pourtant de peu qu'il ne perde son sang-froid. Son corps tout entier vibrait encore lorsqu'il la regarda s'éloigner en direction de l'escalier et disparaître de sa vue.

Seth n'avait pas l'air très reposé lorsqu'il accueillit Rachel, le lendemain matin, avec une tasse de café bien chaud et une omelette tout à fait honorable.

— Je pense que tu devrais appeler l'avocat de l'entreprise dès l'ouverture des bureaux. Pour voir s'il peut nous recevoir ce matin.

Elle alla poser l'omelette et le café sur la table du petit déjeuner.

— Tu as déjà établi notre planning pour la journée, je vois.

— Plus vite tout ceci sera réglé, mieux ce sera.

Plus vite tu pourras reprendre ta liberté, tu veux dire, songea-t-elle avec l'humeur un peu chagrine des lendemains qui déchantent. Sa belle assurance de la veille s'était muée en doutes avant même qu'elle ne tombe dans les bras de Morphée. Heureusement, son subconscient, lui au moins, avait eu confiance en la capacité de Seth à veiller sur sa sécurité, car elle avait dormi d'un sommeil lourd qu'aucun rêve n'était venu perturber.

Elle appela l'avocat à l'heure d'ouverture du cabinet, et il accepta de la rencontrer sur-le-champ si elle pouvait arriver avant 9 heures. Le cabinet se trouvait à Maryville, à environ une vingtaine de minutes, mais, par chance, elle s'était douchée et habillée avant de téléphoner. Ils arrivèrent donc largement dans les temps.

— Est-ce que je vais devoir te renvoyer pour cause d'absentéisme ? demanda-t-elle légèrement en désignant du menton la grande pancarte portant le sigle des Transports Davenport comme ils passaient devant l'entreprise, sur West Sperry Road.

— Ce ne sera pas nécessaire. J'ai pris des congés. J'ai réglé la question avec ton beau-frère avant d'aller voir Davis Rogers.

— Très consciencieux de ta part.

— Dis-moi… Et ton beau-frère ? demanda-t-il en lui jetant un regard en coulisse. Si tu étais dans l'impossibilité de rester en poste, pourrait-il te remplacer ?

— Je ne crois pas qu'il veuille être P.-D.G. Sa passion, c'est le domaine du tourisme. Il travaillait dans une grande station balnéaire du golfe du Mexique avant que les choses ne tournent mal là-bas et que beaucoup de gens perdent leur travail. Je pense qu'il espère toujours revenir à ses premières amours un jour ou l'autre. A mon avis, s'il est resté dans l'entreprise aussi longtemps, c'est parce que sa mère a épousé mon père. Je ne serais pas surprise qu'il me remette sa démission un de ces jours.

Ils arrivèrent en vue de la vieille maison recouverte de bardage de bois qui abritait le cabinet d'Ed Blount, dans le centre de Maryville. Le bureau de l'avocat était situé au rez-de-chaussée, et ce dernier accueillit Rachel d'un affectueux baiser sur la joue.

— Je ne m'attendais pas à te voir si tôt, lui déclara Ed. Si c'est à propos du testament…

— Non, ce n'est pas ça, l'interrompit-elle rapidement. Mais j'ai une question à te poser au sujet de mon père.

Ed regarda Seth, arquant ses sourcils blond clair.

— Ed, je te présente Seth Hammond. Seth, Ed Blount.

L'expression fermée de Seth ne s'éclaira pas.

— Nous nous sommes déjà rencontrés.

A en juger par l'expression de l'avocat, les circonstances dans lesquelles ils avaient fait connaissance n'avaient pas dû être des plus agréables.

— Je peux attendre dehors, suggéra Seth.

— Non, dit Rachel vivement en le retenant par le poignet.

Elle se tourna vers Ed.

— Parlons franchement : Seth s'est comporté comme un imbécile par le passé, et je comprends que tu aies des raisons de te montrer méfiant si tu as eu maille à partir avec lui, mais…

— Ce n'était pas lui, c'était sa fille, intervint Seth.

Elle lui lança un coup d'œil. Il soutint son regard quelques instants avant de détourner les yeux.

— Elle croyait que vous l'aimiez, gronda Ed.

— Je sais.

— C'est tout ? Vous *savez* ?

Seth releva lentement les yeux.

— Je pourrais vous dire que je regrette, mais je sais que vous ne me croiriez pas, et ça ne serait d'aucun réconfort pour elle.

— Et que faites-vous de l'argent économisé pour ses études ? Vous pouvez le lui rendre ?

Le cœur de Rachel se contracta douloureusement lorsqu'elle vit la honte se peindre sur les traits de Seth. Mais il continua à regarder l'avocat dans les yeux.

— J'ai essayé de le faire. Il y a environ un an. Mais elle me l'a jeté à la figure en disant qu'elle ne voulait pas de mon sale argent.

— Et où est-il maintenant ?

— Je l'ai donné à la soupe populaire de Knoxville. Je savais que Lauren y avait travaillé comme bénévole.

— Evidemment puisque c'est là que vous l'avez rencontrée. Vous avez joué sur sa corde sensible pour la convaincre que vous traversiez une mauvaise passe et que tout ce qui vous manquait pour vous remettre à flot, c'était une personne qui croie en vous.

Le visage de Seth se transforma en masque de pierre. Lorsqu'il parla, ce fut d'une voix sèche, dépourvue d'inflexion.

— C'est vrai.

— Vous lui avez brisé le cœur.

— Je sais.

— J'en ai assez de vous entendre répéter ça ! explosa l'avocat en s'avançant vers Seth, l'air menaçant.

— Ed.

Rachel l'attrapa par le bras et se plaça entre les deux hommes, les jambes tremblantes.

— Ton planning est chargé. Tu t'es arrangé pour me recevoir entre deux rendez-vous, et je ne veux pas perdre de temps à cause d'une histoire qui ne me concerne pas.

— Je vais attendre dehors.

Seth tourna les talons et sortit, tirant la porte derrière lui.

L'avocat jeta un regard haineux à la porte fermée, le souffle court, haché.

— Que diable fais-tu avec ce type ?

— C'est une longue histoire. Qui n'a rien à voir avec ce pour quoi je suis venue te voir.

Ed la dévisagea d'un air consterné, faisant visiblement un effort sur lui-même pour se ressaisir. Finalement, d'une voix redevenue plus calme, il demanda :

— De quoi s'agit-il ?

— J'ai besoin de savoir quelles seraient les conséquences pour la société si je n'étais plus en position d'en assurer la direction.

Seth se laissa tomber sur les marches du porche et regarda, de l'autre côté de la rue bordée d'arbres, le parking d'un centre médical. Pédiatrie, se dit-il en observant le ballet de voitures d'où émergeaient des mères débordées et des enfants qui toussaient et reniflaient.

Il hésita à laisser un mot à Rachel sur le pare-brise et à se rendre à pied jusqu'à l'entreprise pour attendre la pause de midi et voir si l'un de ses collègues du garage pouvait le conduire jusqu'à l'agence de location de voitures, à Alcoa, en échange d'une invitation à déjeuner.

Mais, avant qu'il n'ait eu le temps de se lever, la porte s'ouvrit derrière lui et Rachel apparut. Elle s'arrêta net en le voyant assis sous le porche.

— Oh ! Je m'étais à moitié convaincue que tu serais parti.

— J'étais à moitié décidé à le faire.

— Tu m'avais prévenue, déclara-t-elle en s'avançant en direction de la Honda.

Il lui emboîta le pas.

— Tu ne savais pas qui nous allions voir ?

— Je n'ai pas fait le rapprochement, répondit-il avec un sourire sombre. Les Blount sont légion dans le Tennessee.

— Est-il vrai que tu as voulu la rembourser et que, devant son refus, tu as fait don de l'argent à une œuvre de charité ?

Il lui jeta un regard en coin, s'efforçant de ne pas se formaliser.

— La soupe populaire. En ville. Demande David Pelletier.

Elle marqua une pause, puis inséra la clé dans le contact.

— Tu donnes toujours l'impression de dire la vérité.

— Mais tu hésites à me croire.

Ce n'était pas une question. Le doute se lisait dans les yeux de Rachel.

— J'ai *envie* de te croire.

— Ça ne suffit pas. Il faut que tu sois sûre. Tu ne peux pas te permettre d'attendre que le temps et les faits t'apportent la preuve de ma sincérité.

— J'avoue que je ne sais plus à qui faire confiance.

Elle avait l'air tellement effrayée… Il s'en voulut d'ajouter — même involontairement — à sa détresse.

— Parfois, il faut juste suivre son instinct, déclara-t-il calmement. Que te dit ton instinct ?

Elle leva les yeux vers lui.

— Que tu ne cherches qu'à me protéger.

Une étrange sensation, à mi-chemin entre accablement et jubilation, lui étreignit le cœur.

— Tu es complètement folle.

Malgré les larmes qui brillaient dans ses yeux, elle partit d'un éclat de rire.

— Ce n'est pas gentil de dire ça à quelqu'un qui a un passif comme le mien en matière de santé mentale.

Il joignit son rire au sien, même s'il avait plutôt envie de pleurer, lui aussi.

— Jamais je ne te ferai de mal. Et si, pour une raison quelconque, tu te mets à douter de moi, tu n'auras qu'un mot à dire et je m'en irai.

— Marché conclu.

Elle tendit la main. Il la prit et éprouva un curieux fourmillement lorsque ses doigts entrèrent en contact avec ceux de Rachel. Résistant à l'envie dévorante de l'attirer à lui et de la serrer dans ses bras, il se tourna de l'autre côté et boucla sa ceinture.

— Alors ? Qu'as-tu appris ?

— Beaucoup de choses. Mais je ne suis pas certaine qu'elles nous soient d'un grand secours.

12

— Donc, le choix du P.-D.G. reviendrait aux administrateurs ? résuma Seth, quelques minutes plus tard, lorsqu'elle lui eut relaté la teneur de son entretien avec Blount. C'est bien ça ?

Rachel acquiesça d'un signe de tête tout en naviguant dans la circulation de Lamar Alexander Parkway, en direction des montagnes.

— Différents paramètres entrent en ligne de compte, bien sûr. En gros, mon père a apparemment laissé une liste de noms qu'il a validés par anticipation, liste à partir de laquelle les administrateurs devront faire leur sélection. Dans le cas où aucun des candidats pressentis n'accepterait le poste, il leur faudrait procéder à un appel à candidature, mais selon des critères rigoureusement préétablis par mon père.

— Blount a refusé d'entrer dans les détails ?

— Il ne peut pas m'en dire plus avant la lecture du testament, mardi prochain…

— Mais ? souffla-t-il, sentant apparemment son hésitation.

— Il m'a dit que mon oncle avait aidé mon père à rédiger cette liste. Je pense qu'oncle Rafe acceptera peut-être de me la révéler avant l'heure.

— Alors, il faut qu'on aille lui poser la question.

Elle lui décocha un bref sourire.

— Où crois-tu que nous allons ?

Son oncle vivait juste de l'autre côté de la frontière de l'Etat, à Bryson City, où lui et sa femme, Janeane, tenaient un bar musical destiné principalement aux touristes de Smoky Mountains. L'endroit était à plus de deux heures de route, mais ils ne pouvaient pas se plaindre, songea Rachel. La route serpentait à travers les Smokies, entre des falaises rocheuses et des panoramas époustouflants sur les montagnes qui s'étendaient à perte de vue, au nord et à l'est. Leurs cimes disparaissaient dans des rubans de brume que même le chaud soleil ne parvenait pas à dissiper complètement.

Ils arrivèrent au Song Valley Bar à temps pour le déjeuner. Les vacances d'automne commençaient juste, si bien que la salle à manger était déjà bien remplie lorsqu'ils entrèrent.

Ce fut oncle Rafe en personne qui vint les accueillir, les menus à la main et le sourire aux lèvres. Ses yeux s'arrondirent de surprise lorsqu'il reconnut sa nièce.

— Rachel, ma poupée ! Pourquoi ne m'as-tu pas appelé pour me prévenir de ta venue ? Je viens juste de donner la table la mieux placée pour assister au spectacle !

— Ce n'est pas grave — nous en profiterons quand même.

Elle embrassa chaleureusement son oncle et se tourna vers Seth. Il avait l'air mal à l'aise, ce qu'elle trouva curieux compte tenu de son ancienne profession. Un arnaqueur n'était-il pas par nature une sorte de caméléon, capable de s'adapter en toutes circonstances ?

— Oncle Rafe, je te présente Seth Hammond, un ami à moi. Seth, voici mon oncle, Rafe Hunter.

Les yeux bleus et aiguisés de Rafe se plissèrent tandis qu'il l'étudiait attentivement.

— Hammond, hein ?

— Oui, monsieur.

— Un lien de parenté avec Delbert Hammond ?

L'expression de Seth se figea complètement.

— C'était mon père.

Oncle Rafe hocha lentement la tête.

— Il y a un air de famille.

Le masque de Seth se fissura un peu, laissant transparaître une pointe d'amertume dans ses yeux verts.

— Il paraît, oui.

Rafe pencha la tête sur le côté.

— C'est vous qui avez été brûlé, n'est-ce pas ?

Le regard de Rachel alla de Rafe à Seth. Elle le vit porter machinalement la main gauche à son épaule droite.

— Exact. C'était il y a longtemps.

— J'ai entendu dire que vous jouiez les gardes-malades auprès de Cleve Calhoun depuis quelque temps… C'est vrai ?

— Oui, monsieur.

La main de Seth quitta son épaule.

— Il est en cure de physiothérapie, actuellement. C'est son fils qui a réussi à le convaincre d'essayer.

— Vous n'y étiez pas parvenu, vous ?

— J'avoue que je n'ai même pas essayé. Je n'ai jamais pu persuader Cleve de quoi que ce soit.

Oncle Rafe eut un petit sourire entendu.

— Ça, je veux bien le croire. Dites-moi, vous êtes toujours… dans les affaires ?

— Oncle Rafe…, commença Rachel, visiblement ennuyée par la tournure que prenait cette conversation.

— Non, c'est du passé, répondit Seth.

— Sûr et certain ? insista son oncle, son regard allant du visage de marbre de Seth à celui de Rachel.

— Oui. Je me suis rendu compte qu'il n'était pas satisfaisant à long terme de vivre du mensonge.

Oncle Rafe reporta son regard sur celui de Seth.

— Je ne sais pas, mon garçon. Je suis un homme de spectacle, vous savez, et que fait un artiste sinon vivre des fictions qu'il invente ? Jouer la comédie, les embarquer avec moi dans une narration de mon choix ?

— Mais les spectateurs ne sont pas dupes, répondit Seth. Ce que vous leur donnez à voir n'est pas la réalité, et ils le savent. Ils sont vos complices consentants. Il n'y a pas de tromperie.

Le visage ridé de Rafe se creusa d'un sourire.

— Bonne réponse, fiston.

Il passa son bras sous celui de Rachel et les conduisit à une table du deuxième rang, face à la grande scène.

— Il faut que je vous abandonne. Je dois aller en coulisse pour me préparer à tromper tous les complices consentants réunis ici, plaisanta-t-il avec un clin d'œil à l'adresse de Seth. Vous ne partez pas tout de suite après le show, j'espère.

Rachel le rassura, précisant :

— J'ai quelques questions à te poser à propos de la société. Si tu as un peu de temps à me consacrer entre le déjeuner et le dîner…

— Mais, bien sûr, ma belle ! Je le trouverai, le temps, déclara-t-il en plantant un rapide baiser sur sa joue avant de se diriger vers le fond du restaurant.

Ils se régalèrent de la cuisine simple et familiale que préparait Janeane. En attendant qu'on les serve, Rachel expliqua à Seth que son oncle, quant à lui, s'occupait de trouver de nouveaux artistes pour ses représentations quotidiennes. Il s'efforçait de renouveler l'affiche toutes les deux ou trois semaines afin de proposer des spectacles toujours inédits pour les clients susceptibles de revenir.

— 60 ou 70% de la clientèle est composée de touristes, ajouta-t-elle. Mais il y a aussi des gens du coin. Il fait régulièrement venir de jeunes talents prometteurs du *bluegrass* et de la musique *country*. Il a vraiment l'œil pour repérer les célébrités de demain.

— Tu es très fière de lui, observa Seth dans un sourire.

— Oui, c'est vrai.

Le sourire de Seth se ternit quelque peu.

— Ce doit être agréable d'être fier d'un membre de sa famille.

— Ce n'est pas ton cas ?

— Il y a Dee. C'est elle la star de la famille.

Elle vit à son expression qu'il mettait sa sœur sur un piédestal.

— J'ai toujours su qu'elle serait quelqu'un de formidable. Rien ne l'a jamais détournée de son but. Elle s'était fixé un objectif et elle a fait ce qu'il fallait pour l'atteindre. Mais toujours honnêtement. Sans jamais emprunter de raccourcis. Sans jamais marcher sur les pieds de qui que ce soit pour obtenir de l'avancement. C'est simple, je me demandais même parfois si mes parents ne l'avaient pas volée à une bonne famille tant elle était différente de nous.

— Vous êtes proches, tous les deux ?

La douleur qu'elle avait parfois discernée au fond de ses prunelles vertes resurgit.

— Non et c'est entièrement ma faute. Elle a fini par se lasser de mes frasques, et je suis devenu *persona non grata* à ses yeux.

— Elle t'a aidé, pour moi.

Il tendit le bras au-dessus de la table et tapota le dessus de sa main.

— Elle l'a fait pour toi, chérie. Pas pour moi.

— Elle ne croit pas que tu aies changé ?

— Personne ne le croit, assena-t-il avec une indifférence étudiée.

— Moi, si, répondit-elle du tac au tac, sans réfléchir.

Le regard vert de Seth plongea dans le sien, lançant des étincelles.

— Tu ne me connais pas, Rachel. Et ce que tu as pu entendre et voir devrait t'inciter à fuir à toutes jambes. Ne va pas t'imaginer que je suis un incompris qui a juste besoin que quelqu'un porte sur lui un regard bienveillant. Je ne suis pas un incompris. Les gens m'ont parfaitement percé à jour. Je me suis attiré leurs foudres et leur mépris, et je l'ai bien cherché.

— Mais tu as cessé d'abuser de la crédulité des gens…

— Et alors ? Ça n'efface pas ce que j'ai fait. Si j'ai arrêté, c'est parce que je n'en pouvais plus… Je me dégoûtais ! Je ne suis pas sûr que tu mesures bien ce dont je me suis rendu coupable.

Elle hésita, cherchant comment lui répondre.

— Tu mentais aux gens pour les dépouiller de leur argent…

— Et je leur ai fait du mal. Oh ! pas avec des armes ! Avec mes mensonges. Tu connais Lauren Blount, Rachel ?

— Pas vraiment, non.

— Elle avait dix-neuf ans quand je l'ai rencontrée. Jolie comme un cœur et douce comme le miel. Je lui ai fait croire que je voulais vivre avec elle mais que, à cause de mon dealer de père et de la façon dont il avait fait exploser la maison, je n'avais pas un sou en poche. Je lui ai montré mes cicatrices de brûlures, lui ai expliqué que je les avais eues en sauvant ma mère de la maison en feu après que mon père avait failli tous nous tuer.

— Mais c'est vrai, n'est-ce pas ? C'est ce à quoi oncle Rafe a fait allusion tout à l'heure ?

— Tu ne comprends donc pas ? C'est exactement comme ça que procèdent les escrocs. Ils se servent d'un pan de vérité pour mieux vendre leurs mensonges. J'ai été brûlé en tirant ma mère des flammes parce qu'elle était trop soûle pour sortir seule. Et, oui, c'est une histoire vraiment affligeante. Les femmes voient vos cicatrices, vous prennent en pitié et vous considèrent comme un héros sans même se rendre compte que vous les avez manipulées du début à la fin.

Elle détourna les yeux, écœurée.

— Après ça, Lauren me mangeait dans la main. Je lui ai raconté que j'avais dans l'idée de monter une affaire et qu'il ne manquait que l'argent pour la lancer, car les banques refusaient de faire confiance à un gars de la campagne comme moi. Je lui ai brossé un tableau convaincant de mon projet en donnant l'impression que c'était notre avenir qui était en jeu. Et elle a tout gobé. Elle a vu en moi le pauvre garçon qui n'attendait que l'amour d'une fille bien pour que tout rentre dans l'ordre et elle a mordu à l'hameçon sans méfiance. Exactement comme je l'avais prévu. Et elle m'a donné l'argent qu'elle avait mis de côté pour ses deux prochains semestres d'université.

Rachel essaya de se projeter à la place de Lauren Blount. Jeune, follement amoureuse et cherchant tellement à aider Seth… Aurait-elle agi de même ?

La réponse ne fut pas pour lui plaire.

— Une fois l'argent empoché, je suis parti. Je lui ai laissé un mot lui conseillant de faire plus attention à l'avenir et de pas accorder sa confiance au premier venu.

Il sourit, mais c'était un sourire sinistre, un sourire chargé d'autodérision.

— Elle m'a pris au mot. Je crois bien qu'elle n'a plus jamais fait confiance à quelqu'un depuis.

Le silence retomba entre eux. Finalement, Rachel trouva le courage de parler.

— Est-ce qu'elle a porté plainte ?

Il secoua la tête.

— Elle m'avait donné l'argent de son plein gré, et j'avais été suffisamment vague quant à l'utilisation que je comptais en faire. Elle aurait été bien en peine de fournir des preuves devant un tribunal. Et puis elle ne tenait pas à voir la légèreté de son comportement pointée du doigt.

Il grimaça un nouveau sourire qui disait tout le mépris que ses actes passés lui inspiraient.

— Quelle chance pour moi, hein ?

— Mon Dieu.

Ses yeux verts la transpercèrent.

— Ah ! je vois que tu saisis mieux, maintenant !

— Qu'est-ce qui t'a fait changer de vie ?

— L'AVC de Cleve.

Elle plissa les yeux.

— Vraiment ?

— Il s'est retrouvé complètement dépendant pendant un bon moment. Son propre fils ne voulait pas entendre parler de lui. Il n'avait personne au monde vers qui se tourner, à part moi. Je n'avais pas envie de lui apporter le secours qu'il attendait — qu'avait-il fait pour moi sinon me transformer en criminel ?

— Alors, pourquoi l'as-tu aidé, finalement ?

— Parce qu'il était totalement seul. Qu'il fallait bien que quelqu'un s'occupe de lui.

Il déroula la serviette en papier qui enveloppait ses couverts et se mit à la triturer comme s'il avait besoin de temps pour organiser ses pensées. Au bout d'une minute, il la roula en boule et releva les yeux.

— Il m'a fallu un jour ou deux, puis je me suis dit que Cleve m'avait recueilli quand je n'avais personne d'autre. Tout le monde considérait que je finirais comme mon père.

— Et ta mère ? Elle n'aurait pas pu t'aider ?

— Ma mère est une alcoolique invétérée. Je l'ai toujours vue boire parce que c'était le seul moyen pour elle de supporter de vivre avec un homme qui la battait.

Rachel se couvrit la bouche d'une main.

— Sordide, n'est-ce pas ?

Son accent rocailleux de la montagne avait refait surface, plus prononcé maintenant qu'il évoquait ces douloureux souvenirs.

— Voilà le portrait peu reluisant de la famille Hammond, de Smoky Ridge.

— Que se serait-il passé, selon toi, si Cleve ne t'avait pas pris sous son aile ?

— Je serais en prison. Ou accro à la méthamphétamine. Ou, peut-être, mort.

— Cleve t'a au moins épargné ça.

— Oui… Pour m'entraîner dans une vie qui me semblait facile, à l'époque. J'arrivais à tromper tout le monde. Même les plus perspicaces n'y voyaient que du feu. Pardi ! J'avais menti toute ma vie pour dissimuler ce qui se passait à la maison.

Ses lèvres s'incurvèrent imperceptiblement, mais son regard était ailleurs, tourné vers le passé.

— C'était tellement simple…

Elle le contempla, ne sachant que dire, ne sachant même plus que penser.

— Voilà qui j'étais, conclut-il en se renfonçant contre le dossier de sa chaise. Je ne sais pas comment on peut se trouver des excuses, ni vivre avec ça, même si on a tout arrêté.

Elle ne pouvait pas lui apporter la réponse à cette question. Les choses qu'il lui avait dites et la description précise qu'il lui avait faite de ses agissements passés la répugnaient. Pourtant, la culpabilité et les remords manifestes qu'elle lisait dans son regard la touchaient. Il était jeune et désespéré, alors — ce qui, ainsi qu'il l'avait souligné, n'était pas une excuse, mais constituait au moins des circonstances atténuantes.

A trente ans passés, Seth Hammond était-il le même homme qu'à vingt ans ? Non, certainement pas. Mais était-elle complètement folle de miser sur un homme qui avait vécu ce genre de vie ?

Leurs plats arrivèrent, mais elle n'avait plus faim. Seth picora dans son assiette, avalant quelques bouchées, visiblement sans appétit non plus. Il semblait décidé à ne plus la regarder en face, et ce fut un soulagement lorsque la musique commença, leur procurant à tous deux un point sur lequel arrimer leurs regards fuyants.

Le concert terminé, Rafe s'approcha de leurs tables et contempla avec consternation leurs assiettes à peine entamées.

— Vous n'avez pas aimé vos plats ?

— C'est ma faute, dit posément Seth. J'ai abordé un sujet à vous retourner l'estomac juste avant qu'on nous serve.

Les yeux d'oncle Rafe se rétrécirent tandis qu'il faisait signe à une serveuse et lui demandait de mettre la nourriture dans des boîtes à emporter.

— Comme ça, vous les mangerez plus tard. Bien… Alors, Rachel, que voulais-tu savoir à propos de la société ?

— Ma question va te paraître étrange, mais c'est important. Quand papa est venu te voir pour discuter du testament, il t'a demandé de l'aider à établir une liste de candidats susceptibles d'occuper le poste de P.-D.G. de l'entreprise si je venais à ne pas pouvoir assurer mes fonctions. Je me suis mise en rapport avec Ed Blount, mais il ne peut pas me fournir les noms qui figurent sur cette liste avant la lecture du testament. Or, j'ai absolument besoin de les connaître.

— Seigneur, ma fille, mais pourquoi ? C'est toi qui es à la tête des Transports Davenport, il n'y a pas à revenir là-dessus. Alors, cette liste n'a pas d'importance maintenant.

— Quelqu'un s'efforce de modifier la donne, déclara-t-elle.

Oncle Rafe se pencha en avant.

— Modifier la donne ? Qu'est-ce que ça veut dire ?

Rachel jeta un coup d'œil à Seth. Il la regardait — enfin ! —, l'air concentré. D'un signe de tête, il l'encouragea à poursuivre. Levant le menton, elle croisa le regard inquisiteur de son oncle.

— Quelqu'un cherche à me rendre folle.

13

Le bureau du Song Valley était une petite pièce nichée entre la grande cuisine et les toilettes. Il était meublé à l'image du restaurant, dans un style typiquement *country*, mais Seth constata avec soulagement que Rafe Hunter, en dépit de ses excentricités, prenait la gestion de son établissement au sérieux. Un ordinateur récent, à écran plat, et une imprimante-photocopieuse étaient installés dans un angle. Des classeurs métalliques occupaient tout un mur et une grande étagère de rangement bien organisée, le mur d'en face.

Rafe se dirigea droit vers l'ordinateur et ouvrit un fichier. Seth n'eut que le temps d'entrevoir six noms s'afficher. L'instant suivant, Rafe avait lancé l'impression et refermé le document.

— Ces personnes savaient-elles que M. Davenport les considérait comme des candidats potentiels à la direction de la société ? demanda-t-il.

— Je pense que George les en avait informées, oui. C'est normal, il ne voulait pas soumettre au conseil d'administration une liste de personnes ne souhaitant pas occuper ce poste.

L'imprimante cracha un feuillet, que Rafe prit et tendit à Rachel.

— Voilà ta liste. J'espère vraiment que tes soupçons ne sont pas fondés, ma chérie. Peut-être devrais-tu venir séjourner ici, avec Janeane et moi, pendant quelque temps.

— Ce n'est pas une mauvaise idée, souligna Seth, faisant taire la petite voix intérieure qui implorait en silence Rachel de décliner l'offre.

C'était pourtant une solution pleine de bon sens. Il se serait occupé de cette liste pendant qu'elle était en sécurité, loin de Bitterwood.

En sécurité, loin de lui, également.

— Non, répondit-elle. Il s'agit de *ma* vie. J'en ai assez de laisser tout le monde décider pour moi. Je tiens à collaborer à l'enquête et à aider à mettre fin à tout ça.

— Envisages-tu de revenir sur ta décision d'être P.-D.G. de l'entreprise ? demanda Rafe en observant de près la réaction de sa nièce.

— Je ne sais pas, dit-elle finalement. Je ne pensais pas avoir un jour envie d'occuper ce poste de façon permanente, mais j'aime les gens qui y travaillent et je veux contribuer au succès de l'entreprise. Papa pensait que j'étais celle qui pouvait y arriver et… j'avoue que, maintenant que j'y ai passé une année, je commence à croire qu'il avait raison. Je suis capable de mener à bien la mission qu'il m'a confiée. D'être la dirigeante efficace qu'il voyait en moi et de veiller à la satisfaction de nos clients comme à celle de nos employés. Et je me rends compte maintenant que ça me plaît vraiment. Je verrai plus tard si je veux redevenir bibliothécaire.

Rafe posa sa grande main sur la joue de Rachel.

— Bien… Très bien. Et maintenant, si tu me disais un peu ce qui se passe à Bitterwood et qui te tracasse tant ?

Tandis que Rachel lui relatait ce qui se passait depuis deux mois, Seth surveilla attentivement Rafe. Pouvait-il avoir une raison de vouloir prendre le contrôle de la société ? Le bar musical semblait être une affaire prospère, mais les apparences pouvaient être trompeuses — il était bien placé pour le savoir. Rafe était peut-être endetté jusqu'au cou. Peut-être était-il un joueur compulsif ou un toxicomane.

En tuant Rachel avant la mort de son père, il se serait désigné comme suspect n° 1 puisqu'il figurait en tête de la liste de candidats potentiels à la direction de l'entreprise. De la même façon, si la mort de Rachel semblait suspecte, là aussi les soupçons se seraient orientés vers lui.

Mais si des troubles mentaux l'empêchaient de continuer à occuper ses fonctions, Rafe se retrouverait en position idéale… Libre d'exercer son influence sans que personne ne le soupçonne d'avoir tout manigancé.

Il avait participé à l'élaboration de cette liste. Il pourrait sans doute jouer un rôle plus important encore, en tant que parent le plus proche, si elle était déclarée incompétente.

Si Rafe nourrissait ce genre de pensées, son expression horrifiée à l'écoute des faits énoncés par Rachel ne le laissait en rien deviner.

— Seigneur, mais pourquoi ne nous as-tu pas appelés, tante Janeane et moi ?

— C'est *a posteriori* que j'ai compris que tout ce qui se passait était lié. Si Seth ne m'avait pas trouvée sur le pont, je serais peut-être morte à l'heure qu'il est.

Rafe blêmit. Il éleva de nouveau une main, un peu tremblante cette fois, vers la joue de sa nièce.

— Tu as une idée de l'identité de celui qui te veut du mal ?

— Nous pensons que c'est en rapport avec l'entreprise, l'informa Seth. C'est pourquoi nous avions absolument besoin de cette liste.

Les yeux de Rafe se posèrent sur lui.

— Quel est votre rôle, dans toute cette affaire ?

Le plus simple, bien sûr, aurait été de répondre qu'il était mandaté par un agent spécial du FBI, mais il n'avait toujours rien dit à Rachel.

— Je travaille pour les Transports Davenport. La famille s'est montrée très généreuse envers moi. Et comme je m'y connais un petit peu en matière de mystification, j'imagine que, d'une certaine façon, cela fait de moi la personne la mieux placée pour démêler ce complot contre Rachel.

— Dans ce cas, merci pour votre aide. Mais je peux m'occuper d'elle maintenant. Mon chou, il faut absolument que tu viennes t'installer chez nous pendant quelque temps.

— Non. C'est gentil à toi mais, comme je te l'ai dit, je suis adulte et parfaitement capable de me prendre en charge.

— Rachel…, commença Seth.

Elle braqua son regard bleu sur lui.

— Oui ?

Ne voulant pas polémiquer devant son oncle, il désigna la liste du menton.

— Quelque chose de particulier dans cette liste ?

Elle jeta un coup d'œil au feuillet, plissant le front.

— Pas vraiment. La plupart des noms cités sont ceux d'employés de l'entreprise — Stan Davis, le directeur financier, Drayton

Lewis, notre contrôleur de gestion, ton superviseur direct au garage, Gary Adams…

Elle s'interrompit une seconde, les sourcils froncés.

— Oui ? souffla Seth, suspendu à ses lèvres.

— Paul figure sur la liste.

Elle releva les yeux pour regarder son oncle.

— S'il était partant pour être P.-D.G, pourquoi mon père ne lui a-t-il pas directement confié le poste ?

Rafe haussa les épaules.

— Il voulait que ce soit toi. En fait, c'est moi qui ai suggéré Paul. Je me suis dit que Diane serait peut-être froissée qu'il n'ait pas été retenu. Et, après tout, il travaille depuis près de dix ans pour la société, et ça a toujours été un employé loyal.

Seth réfléchit à ce qu'il savait du frère par alliance de Rachel. Paul Bailey était un responsable sûr de lui et plutôt fédérateur. Pourtant, même s'il faisait partie de la société depuis dix ans, il ne s'investissait pas autant qu'un George Davenport ou même que d'autres personnes figurant sur la liste. A commencer par le chef de Seth, Gary, qui n'hésitait pas à faire des heures supplémentaires et mettait un point d'honneur à ce que le travail soit toujours bien fait. C'était peut-être un col bleu et un indécrottable *redneck*[1], mais il était intelligent. Ce qui lui manquait en éducation, il le rattrapait par un esprit curieux et une éthique professionnelle rigoureuse.

Si Seth avait dû choisir entre les deux, sa préférence serait sans hésitation allée à Gary Adams.

Mais il n'était pas à la recherche d'un P.-D.G.

Il était à la recherche d'un assassin. Laquelle des personnes mentionnées sur cette liste pouvait bien vouloir le poste au point de tuer pour l'obtenir ?

Et pourquoi ?

Delilah Hammond avait passé la moitié de sa vie loin de Bitterwood et s'en portait plutôt bien. Ses premières dix-huit

1. N.d.T. : terme populaire désignant un stéréotype d'Américain vivant à la campagne.

années à Smoky Ridge n'avaient été qu'un long et épuisant exercice d'autoprotection. Elle avait esquivé les coups de son père et l'égoïsme étouffant d'une mère toujours en demande. Elle s'était tenue à distance de la colère suicidaire de Seth et des sollicitations constantes de la drogue, de l'alcool et du sexe, farouchement déterminée à étudier afin de s'évader enfin de ces montagnes et de se construire un avenir.

Grâce à de bons résultats et à un travail acharné, elle s'était vue octroyer une bourse pour entrer à l'université. Là encore, elle avait travaillé d'arrache-pied et avait été reçue à l'examen de la FBI Academy, puis assignée à une unité de sûreté intérieure antiterroriste. Elle avait alors quitté le Bureau pour le secteur privé et s'était mise à travailler pour l'ancien marine Jesse Cooper et l'agence de sécurité de sa famille, poste qu'elle occupait toujours. Elle avait une vie. Un objectif. Bitterwood, dans le Tennessee, aurait dû être un point de fuite dans son rétroviseur, pas de l'autre côté du pare-brise, devant elle.

Mais tandis qu'elle suivait les méandres de Vesper Road pour se rendre chez Ivy Hawkins, se rapprochant de plus en plus du sommet velouté de Smoky Ridge, elle éprouva un étrange tiraillement dans la poitrine.

Je suis à la maison, songea-t-elle avant de se mordre la langue tant l'image la troublait. Pas moyen de s'extirper de cet endroit, décidément.

En bifurquant dans l'allée, elle aperçut une Jeep Wrangler noire stationnée devant la maison. Ivy Hawkins était rentrée.

Sutton Calhoun, le petit ami d'Ivy, qui était également l'un des plus vieux amis de Delilah et son collègue à Cooper Security, était présent. Il sortit sous le porche avant même que Delilah ait mis pied à terre, la mine sombre.

L'estomac de Delilah se contracta. Etait-il arrivé quelque chose lors de son déplacement dans le nord de l'Irak ? A Cooper Security, personne n'avait évoqué de problèmes lors de la réunion à laquelle elle avait assisté la veille.

— Te voilà de retour, déclara-t-elle.

Ivy Hawkins s'avança derrière lui, ses yeux marron flambant de colère.

— Est-ce que tu as vu ton frère dernièrement ?

Oh non ! songea-t-elle.

— Pas depuis hier matin, répondit-elle en montant lentement les marches. Pourquoi ?

Sutton lui fit signe de les suivre à l'intérieur. Il la conduisit jusqu'au bureau, où se trouvait l'ordinateur portable d'Ivy. Il était ouvert, et une photo de Rachel Davenport s'affichait en grand format sur l'écran.

Delilah s'approcha, étudiant la photo, les sourcils froncés. Le cliché datait des obsèques. D'autres personnes venues accompagner le défunt jusqu'à sa dernière demeure apparaissaient sur l'image, mais c'était clairement elle qu'on avait voulu photographier.

— D'où sort cette photo ? demanda-t-elle, redoutant la réponse.

Sutton passa la main derrière l'ordinateur et en tira une paire de lunettes de soleil munies d'un cordon pour les suspendre autour du cou. A y regarder de plus près, elle s'aperçut que le cordon était muni d'un connecteur. Elle comprit ce que c'était quand elle vit Sutton prendre un petit boîtier rectangulaire en plastique et le raccorder au cordon.

— Un appareil photo espion, murmura-t-elle. Où l'avez-vous trouvé ?

— Chez mon père, répondit Sutton en reposant le dispositif. Posé à côté de l'ordinateur.

— Et tu penses qu'il est à Seth.

— Pas toi ?

Delilah regarda la photo de Rachel Davenport sur l'écran. Lorsqu'elle avait demandé à son frère ce qu'il faisait aux obsèques, l'accusant à demi-mot de préparer un coup contre Rachel, il avait répondu qu'il était venu faire ses adieux à son employeur. Mais, apparemment, il ne lui avait pas tout dit.

— Il y a combien de photos ? demanda-t-elle.

— Une centaine, toutes prises au cours des deux dernières semaines. Il s'intéressait en priorité à Rachel Davenport, de toute évidence, mais il y a aussi des clichés d'autres membres du personnel de la société. Je ne sais pas ce que ton frère mijote, mais ça sent le roussi.

Elle se força à poser la question qui lui brûlait les lèvres, même si le seul fait qu'elle lui ait traversé l'esprit lui donnait la nausée :

— Tu crois que ça a un rapport avec les meurtres ?

Le regard compatissant que Sutton lui décocha lui fit l'effet d'un coup de poing dans l'estomac.

— Franchement, je n'en sais rien.

— Où est Seth ? demanda Ivy en fixant son badge sur la ceinture de son jean.

— Tu as repris le travail ? demanda-t-elle, sachant qu'Ivy était suspendue depuis la mort de Mark Bramlett.

— Aujourd'hui même, répondit Ivy avec un sourire en coin. Il a fallu cette interruption forcée pour que je me rende compte à quel point mon travail me manquait.

— Et toi, Sutton ? Tu envisages toujours de donner ta démission pour revenir habiter ici, au paradis des bouseux ?

Sutton posa la main sur l'épaule d'Ivy.

— C'est déjà fait. La mission en Irak était ma dernière. Je reviens à Bitterwood pour de bon, oui.

Bizarre, songea Delilah, comme un endroit aussi chargé de mauvais souvenirs avait le don de vous poursuivre et de ne jamais vous lâcher. Jamais elle n'aurait cru Sutton plus disposé qu'elle à rentrer au bercail.

— Ivy, as-tu l'intention d'arrêter Seth ?

— Pas pour l'instant, mais j'ai certainement quelques questions à lui poser.

— Tu aurais dû accepter l'offre de ton oncle de séjourner chez eux.

Depuis près de deux heures qu'ils roulaient, c'étaient les premiers mots que prononçait Seth. Elle baissa le volume de la radio et croisa son regard soucieux.

— Pas question que je me terre à Bryson City pendant que quelqu'un essaie de me gâcher la vie.

— D'accord, mais ce n'est pas une raison pour rester au cœur de la mêlée.

— Si c'est ta façon de me dire que tu veux te retirer de l'enquête…

— Je n'ai pas dit ça, répondit-il vivement.

Elle emprunta la petite route étroite qui conduisait à sa maison de famille, l'estomac noué à la pensée de ce qui l'attendait peut-être au bout du chemin. Elle n'avait pas encore appelé le serrurier pour changer les serrures ni fait établir un devis par un installateur d'alarmes. Peut-être se reposait-elle trop sur Seth Hammond… Il fallait absolument qu'elle soit plus autonome, qu'elle montre qu'elle était sur un pied d'égalité avec lui, qu'elle n'était pas une victime. Ce n'était pas, mais alors pas du tout ainsi qu'elle avait envie qu'il la voie.

— Si tu veux tout arrêter, je comprends. Je ne veux pas être une obligation pour toi.

Il se mura dans le silence jusqu'à ce qu'elle se soit arrêtée au bout de l'allée, devant le garage. Alors, il se tourna vers elle et, de but en blanc, révéla :

— Je travaille pour le FBI.

Elle tira sur le frein à main et le regarda, abasourdie.

— Pardon ?

— J'ai effectué plusieurs missions en tant qu'informateur pour un agent fédéral avec lequel ma sœur travaillait autrefois. La plupart du temps, en infiltration dans des endroits auxquels le FBI n'a pas accès. Il y a quelques semaines, juste après la mort de Mark Bramlett, mon contact m'a appelé pour me demander d'avoir un œil sur toi.

Rachel prit une profonde inspiration, le temps d'assimiler la nouvelle, puis elle se tourna vers lui.

— Pourquoi ?

— Il ne l'a pas précisé. Tout ce qu'il m'a dit, c'était que, cette fois-ci, ça ne concernait pas le FBI mais que c'était personnel.

— *Personnel* ?

C'était encore plus incompréhensible.

— Comment s'appelle-t-il ?

Seth hésita, puis finit par répondre :

— Adam Brand. C'est un agent spécial du bureau de Washington D.C.

— Jamais entendu parler.

— Je ne crois pas que ce soit personnel dans ce sens-là.

— Dans lequel, alors ? Il y en a plusieurs ?

Il laissa échapper un petit rire.

— Il y en a de toutes sortes, ma belle. Mais ce que je veux

dire, c'est que j'ai eu l'impression que ta *situation* l'intéressait pour une raison qui, elle, était personnelle.

— Et tu n'as pas essayé d'en savoir plus ?

Il lui lança un regard éloquent.

— C'est un agent du FBI, Rachel. Il me dit ce que j'ai besoin de savoir. S'il ne dit rien, c'est que ce n'est pas nécessaire.

— Et donc, que t'a-t-il demandé, exactement, me concernant ?

— Simplement de garder un œil sur toi.

— C'est pour ça que tu étais là, quand je faisais de l'équilibrisme sur le pont de Purgatoire ?

Il secoua la tête.

— Ça, c'était un simple concours de circonstances. J'allais juste me détendre un moment au Smoky Joe's.

— Et, au final, tu as perdu ta soirée à essayer d'empêcher une pauvre droguée de tomber d'un pont ! souligna-t-elle, l'air désolé.

— Je me félicite d'avoir été là.

La chaleur que contenait sa voix se propagea à tout son être.

— Moi aussi, dit-elle.

Le silence retomba entre eux, tendu, crépitant de non-dits. Il la désirait — elle le voyait à la flamme qui brûlait dans ses yeux, embrasant ses sens —, mais il ne fit pas un geste pour s'emparer de ce qu'il convoitait.

Ce que *tous deux* convoitaient.

Elle non plus ne bougea pas, paralysée par la prudence. Le désir était une alchimie qui n'était pas toujours compatible avec la réalité. Ce n'était pas parce qu'elle le désirait qu'elle devait oublier toute prudence…

Si ?

— Rentrons, reprit-il, détournant le regard. Allons voir si quelqu'un t'a laissé de nouvelles surprises.

Elle réprima un soupir. Même si elle était partante pour tenter l'aventure, il était clair que Seth voyait les choses différemment.

Peut-être était-ce mieux ainsi.

L'inspection de la maison leur confirma qu'il n'y avait pas eu de nouvelle intrusion. Par mesure de précaution, Seth fit une deuxième fois le tour de toutes les pièces pendant que Rachel appelait le serrurier et l'installateur d'alarmes qui gérait la sécurité de l'entreprise. Il la rejoignit au rez-de-chaussée au moment où elle notait l'heure des rendez-vous, le lendemain.

— Delilah a-t-elle dit quand elle rentrerait d'Alabama ? demanda-t-il en se laissant tomber sur le sofa, en face d'elle.

— Non. Pourquoi ?

— Il faut que j'aille voir Cleve à l'hôpital, à Knoxville. Je lui ai promis de lui rendre visite au moins une fois par semaine et j'ai déjà laissé passer la date.

Elle le considéra longuement.

— Décidément… Tu laisses passer beaucoup de choses, on dirait.

Il releva brusquement les yeux et la dévisagea.

— Qu'est-ce que ça signifie ?

— Que ce n'est pas en faisant comme s'il ne se passait rien entre nous que la question va se régler toute seule.

Il fronça les sourcils.

— Rachel, nous étions d'accord pour…

— Pourquoi cela t'effraie-t-il tant ? le coupa-t-elle.

— Tu veux le savoir ? Ce qui m'effraie, c'est que, toi, tu n'aies pas peur, maugréa-t-il. Tu es une femme intelligente. Tu dois bien te rendre compte que parier sur un type comme moi ne va pas sans risque.

— Quelle relation ne représente pas un risque ?

— Tu as déjà beaucoup perdu. Tu es seule, vulnérable…

— Et, donc, incapable de faire la part des choses et de savoir ce que je veux vraiment ? C'est ça ?

Il ferma les yeux un moment, la frustration se lisant dans chacun de ses traits. Lorsqu'il les rouvrit, ils brûlaient d'une passion désespérée.

— Tu es une belle femme. Tu as l'air tellement réservée, réfléchie… Mais je sens la passion qui bouillonne en toi, sous la façade. Et je n'ai qu'une envie : me noyer dedans.

Sa voix était chargée d'un désir brut, animal.

— Je n'ai pas le droit de te désirer à ce point, mais c'est pourtant le cas. Et si tu ne m'arrêtes pas, je ne sais pas comment j'arriverai à me dominer.

Le fil ténu de la prudence auquel elle s'évertuait à se raccrocher céda d'un coup, la plongeant dans l'éther exaltant et effrayant d'une confiance sans mélange. Elle se leva et s'approcha de lui, sur le sofa.

— Je n'ai aucune envie de t'arrêter, dit-elle en laissant glisser ses doigts le long de la ligne nette de sa mâchoire. Aucune…

Il renversa la tête en arrière, livrant voluptueusement son visage à sa caresse, paupières mi-closes.

— Rachel…

S'inclinant en avant, elle referma sa bouche sur ses lèvres et tressaillit lorsqu'elle les sentit s'entrouvrir sous sa pression. La langue de Seth se promena lascivement sur sa lèvre inférieure et s'insinua entre ses dents pour rejoindre la sienne. Il avait le goût du thé et du fruit défendu.

Il enroula ses bras autour de sa taille et l'attira à lui jusqu'à ce qu'elle soit assise sur ses genoux, les jambes de part et d'autre des siennes. Elle sentit avec un frisson l'arête rigide de son sexe contre le sien. Un son rauque monta dans sa gorge tandis qu'elle se pressait contre lui, moulant étroitement son corps autour de ses muscles durs.

Les mains de Seth descendirent le long de son dos et arrêtèrent leur course sur son postérieur. Ses doigts s'enfoncèrent dans sa chair, l'attirant plus près encore.

— Mais qu'est-ce que je vais faire de toi ? gronda-t-il tout contre sa gorge, ses lèvres traçant un chemin de feu le long des tendons de son cou.

Elle murmura sa réponse à son oreille et se remit lentement debout. Puis elle planta son regard dans le sien et attendit, la main tendue.

Elle vit passer dans ses yeux toutes sortes d'interrogations, mais aussi le désir dévorant d'exaucer ses vœux, de lui donner ce qu'elle réclamait. Doucement, il leva la main et mêla ses doigts aux siens.

Leurs corps se télescopèrent, s'entrelacèrent, puis se fondirent l'un dans l'autre. Dans un même mouvement, il encercla sa taille d'un bras tandis que sa main libre plongeait dans ses cheveux, lui renversait la tête en arrière. Il prit possession de sa bouche en un lent baiser incandescent, porteur de séduction et de promesses.

— Tu as l'air si sage, si convenable, vue de l'extérieur, mais tu as en toi le démon du danger.

Elle rit, amusée par l'expression.

— Le démon du danger ?

Il ne répondit pas tout de suite. Ils avaient atteint la porte de sa chambre. Il s'arrêta devant, baissa les yeux vers elle. Comme toujours, l'intensité de son regard vert lui fit courir un délicieux frisson le long de l'échine. Les jambes soudain amollies, elle se serra contre lui.

— Etre avec moi, c'est courir un risque, Rachel. Les gens te regarderont différemment. Ils te diront que tu as perdu la tête. Dis-moi que tu en as conscience.

Le souffle court, elle murmura :

— Je le sais, oui. Mais je m'en moque.

Perdant patience, elle tira sur le bas du T-shirt de Seth et dénuda son abdomen plat et musclé. Elle posa les mains sur son estomac lisse et dur, remonta jusqu'à la toison sombre qui ombrait son torse, où ses doigts s'attardèrent langoureusement, lui arrachant un grognement de plaisir.

Puis ils effleurèrent la peau boursouflée de sa cicatrice, et il se raidit.

Elle leva les yeux pour le regarder.

— C'est là que tu as été brûlé ?

Il hocha la tête.

— Entre autres, oui.

— Montre-moi les autres endroits.

Il retira son T-shirt, dévoilant les cicatrices de sa poitrine et de son épaule. Elle les contempla sans rien dire puis les frôla d'un doigt aussi léger qu'une plume.

— Tu as dû beaucoup souffrir.

— On peut dire ça, oui. A l'hôpital, ils m'ont dit que j'avais eu de la chance parce qu'il s'agissait pour la plupart de brûlures au second degré. Il paraît qu'elles cicatrisent mieux. Le revers de la médaille, c'est qu'elles sont plus douloureuses.

— Ta mère a dû te considérer comme un héros.

Sa remarque parut le blesser.

— Ma mère est restée ivre morte pendant des jours après l'incendie. Tout ce qu'elle a trouvé à dire, c'est que j'aurais dû sauver aussi mon père.

Rachel posa doucement la joue sur son épaule blessée.

— Je suis désolée. Ça a dû être terrible pour toi.

Il glissa ses doigts dans ses cheveux soyeux.

— Ne le sois pas. Ce n'est pas ce que je veux de toi.

La pitié qu'elle avait ressentie reflua, remplacée par un raz-de-marée de désir.

— Et… que veux-tu de moi, exactement ?

Il plongea la tête vers elle et l'embrassa de nouveau. Elle l'entendit tâtonner pour trouver la poignée de la porte, puis, tout à coup, ils se retrouvèrent dans la chambre.

Elle sentit l'arrière de ses genoux entrer en contact avec le lit et elle bascula à la renverse sur le matelas, entraînant Seth avec elle. Niché entre ses jambes, il écarta imperceptiblement ses lèvres des siennes.

— Jamais je n'ai désiré une femme comme je te désire, chuchota-t-il.

Une grisante sensation de pouvoir la submergea soudain, faisant battre son cœur, lui donnant le vertige. Elle roula sur le côté et se positionna au-dessus de lui, le clouant au matelas de ses mains jointes aux siennes. Lentement, elle s'inclina vers lui, l'embrassant de la clavicule jusqu'à l'arête aiguisée de sa mâchoire. Finalement, sa bouche arrêta sa course sur le lobe de son oreille, qu'elle entreprit de mordiller délicieusement.

— Prouve-le, souffla-t-elle.

Avec une grâce féline, il la fit de nouveau basculer au-dessous lui, le regard embrasé par un désir sauvage.

Et alors, sans hâte, il s'exécuta.

14

— Quand tu étais petit, que voulais-tu faire plus tard ?

La voix endormie de Rachel perça le petit nuage sur lequel flottait béatement Seth. Il parvint à reprendre suffisamment pied dans la réalité pour réfléchir à sa question.

— Je crois que, globalement, j'aspirais surtout à être grand.

Les doigts de Rachel coururent légèrement sur son torse.

— Je suppose qu'il n'y avait pas beaucoup de place pour le rêve dans cette vie, hein ?

— Je pense que mes rêves étaient tous inaccessibles — à dessein, répondit-il après avoir médité quelques instants. Si je m'étais autorisé des rêves de portée modeste, il y aurait eu une possibilité qu'ils se réalisent. Et la déception aurait été d'autant plus grande si ça ne s'était pas produit. Alors qu'en rêvant grand, j'étais sûr dès le départ que c'était impossible. Donc, ça ne pouvait pas vraiment m'atteindre.

Elle garda le silence un long moment.

— Moi, je voulais devenir écrivain.

— C'est vrai ?

Bien sûr, c'était logique. Rachel avait été bibliothécaire, sa maison était remplie de livres… La tentation de créer plutôt que de seulement consommer avait dû être forte. Le travail de mécanicien de Seth lui en donnait une petite idée, car il lui avait inculqué le plaisir de contribuer à faire fonctionner quelque chose. Il avait toujours aimé les voitures, mais il aimait plus encore voir ce qu'elles avaient dans le ventre, ce qui leur permettait de tourner rond ou les empêchait de donner leur maximum.

— Mais mon père était un pragmatique, reprit Rachel. Il mettait un point d'honneur à peser le pour et le contre de toute entreprise. Je crois que je n'ai compris que bien plus tard qu'il n'avait pas voulu me décourager, mais simplement s'assurer que j'avais toutes les cartes en main pour faire un choix avisé.

— Et le fait d'avoir toutes les cartes t'a dissuadée.

— J'ai trouvé un moyen plus facile de travailler dans l'univers du livre.

— Ce qui est plus facile n'est pas toujours le mieux.

Rachel se dressa sur un coude, la tête calée sur une main, et baissa les yeux vers lui, le rideau de ses cheveux aux reflets de miel venant balayer l'épaule de Seth.

— Sage observation.

Il rit et secoua la tête.

— Rien de sage là-dedans. C'est simplement l'expérience qui parle, chérie.

Elle se pencha pour embrasser la cicatrice de son épaule.

— J'ai vu la façon dont tu regardais la cheminée, l'autre jour, nota-t-elle.

Il grimaça.

— Le feu et moi, on n'est pas très copains.

Elle tapota légèrement son torse.

— Comme l'altitude et moi.

— On fuit ce qui n'est pas bon pour soi, souligna-t-il avec un regard appuyé. En général.

Elle se laissa retomber à plat sur le dos.

— Arrête, Seth.

Il se tourna sur le côté pour plonger son regard dans le sien, se dressant à son tour sur un coude. Les draps froissés ne couvraient que la moitié inférieure de son corps. Dans la lumière rasante et dorée de la fin d'après-midi, elle avait l'air d'une déesse nimbée d'or, tout en courbes subtiles et en sillons mystérieux, obscurs. Elle n'avait rien à faire ici, songea-t-il. Elle méritait d'être vénérée, adulée par un homme digne d'elle.

Et s'il n'arrivait jamais à être cet homme-là, en dépit de tous ses efforts ?

— Quand je suis avec toi, j'ai envie d'être parfait.

Elle le regarda en souriant.

— Personne n'est parfait.

— Mauvaise réponse, ma belle. Tu étais censée rétorquer :

« Mais tu *es* parfait, Seth ! Tu es absolument, parfaitement parfait. Il n'y a jamais eu plus parfait que toi sur cette terre. »

Elle pouffa.

— Aucune personne sensée ne dirait une chose pareille.

— Je te remercie.

— Je ne recherche pas la perfection, poursuivit-elle, se redressant elle aussi sur son coude pour lui faire face. Je veux quelqu'un qui fasse l'effort jour après jour de se comporter honnêtement, et pour les bonnes raisons. D'être droit. Et, quand je te regarde, c'est cela que je vois. Un homme qui a commis de terribles erreurs, des erreurs dont il paie le prix encore aujourd'hui, mais qui fait son possible pour se racheter, pour devenir quelqu'un de meilleur.

Ses paroles angoissèrent Seth.

— Et si je n'étais pas cet homme-là ?

— Tu l'es, assena-t-elle d'un ton définitif en posant sa main à plat sur son torse dur. C'est juste que tu n'oses pas le croire.

Ce n'était pas l'envie qui lui en manquait. Il avait passé les quinze premières années de sa vie à tenter d'échapper à la réalité et les cinq dernières à faire exactement la même chose, mais pour des raisons radicalement différentes.

A rêver à l'impossible pour s'épargner le cruel choc de la déception.

Mais… Si ces rêves n'étaient pas inaccessibles ? S'il pouvait réellement envisager une vie agréable, entouré de gens intègres et droits qui se soucieraient de lui, ne voudraient que son bien ? D'autres vivaient ainsi — pourquoi pas lui, après tout ? Etait-ce vraiment trop inaccessible pour être vrai ?

Un frappement lointain l'interrompit dans sa réflexion. Au bout de quelques secondes, le bruit se répéta.

Rachel tourna la tête vers la porte.

— On a frappé.

Elle se redressa, sauta du lit et ramassa ses vêtements qu'elle enfila à la hâte en se dirigeant vers la porte. Seth l'imita et la rejoignit comme elle atteignait le hall d'entrée.

— Attends, dit-il au moment où elle s'apprêtait à ouvrir la porte. Laisse-moi d'abord voir de qui il s'agit.

Il colla son œil au judas et, non sans surprise, aperçut Sutton Calhoun.

— Qui est-ce ? demanda Rachel, derrière lui.

— Un vieil ami.

Devenu ennemi, ajouta-t-il à part soi.

Il déverrouilla la porte et ouvrit.

Sutton était flanqué de Delilah et de l'inspectrice Ivy Hawkins. Seth se demanda, des trois visages sévères qui le contemplaient ou du badge fixé à la ceinture d'Ivy, ce qui était le plus alarmant.

— Il est arrivé quelque chose ? demanda-t-il.

— Seth Hammond, la police de Bitterwood aurait quelques questions à te poser, déclara Ivy d'un ton solennel.

Son sentiment de danger imminent s'intensifia.

— A quel propos ?

Les yeux sombres d'Ivy se posèrent sur Rachel.

— Ton implication dans le harcèlement dont Rachel Davenport fait l'objet.

— C'est ridicule, s'exclama Rachel en s'avançant. Seth ne me harcèle pas.

— Nous avons trouvé une quantité de clichés qui suggèrent le contraire, répliqua sèchement Sutton, le regard braqué sur Seth.

Le dégoût, teinté de déception, de celui qui avait été son ami n'échappa pas à Seth.

— Vous pensez que c'est moi qui suis responsable de tout ce qui arrive à Rachel ?

— J'ai vu les photos, intervint Delilah, l'air plus peinée qu'en colère. J'ai vu les lunettes de soleil avec appareil photo intégré — c'est un équipement très onéreux. Où as-tu trouvé l'argent pour te les procurer ?

— Des lunettes munies d'un appareil photo ? répéta Rachel, visiblement déstabilisée.

— Tu les portais aux obsèques, souligna Delilah, le suppliant du regard de fournir une explication plausible.

— Il a pris des photos de vous pendant l'enterrement, renchérit Sutton.

Seth sentait le regard de Rachel posé sur lui. Il se tourna vers elle et croisa son regard bleu, rempli d'interrogations.

— C'est vrai, convint-il. Tu te souviens de ce que je t'ai dit ? Du fait que je travaillais pour le FBI ?

— Pour le FBI ? intervint Delilah. Comment ça ? Il y a des

critères de sélection très stricts. Il t'aurait fallu franchir avec succès le barrage des vérifications sur tes antécédents…

Elle s'interrompit, secoua la tête.

— Seth, s'il te plaît…

Il se rendit compte non sans surprise qu'elle voulait réellement croire à son innocence.

— Appelle Adam Brand, dit-il d'un ton pressant. Il te le confirmera.

Delilah pâlit en entendant le nom de Brand. Et ce n'était pas la première fois, songea Seth. Il soupçonnait depuis longtemps que quelque chose s'était mal passé entre sa sœur et l'agent du FBI, huit ans plus tôt, à l'époque où elle travaillait encore pour le Bureau.

Ivy tira son téléphone de sa poche.

— Je vais l'appeler moi-même.

Pendant que Delilah lui récitait de tête le numéro du bureau de Washington, Seth jeta un coup d'œil à Rachel. Elle s'efforçait de faire bonne figure, mais les doutes obscurcissaient son regard clair, tel un vol de corbeaux masquant le soleil.

— Je ne te mens pas, lui assura-t-il.

Mais, en entendant le ton de sa propre voix, il comprit pourquoi le voile ne se levait pas immédiatement dans ses yeux. Il donnait l'impression d'être désespéré — aux abois.

Ce qu'il était.

— Il n'est pas au bureau, leur apprit Ivy un moment plus tard. La personne qui a répondu m'a dit qu'il avait pris quelques jours de congé et n'était pas joignable.

Seth fronça les sourcils. Brand ne l'en avait pas informé. D'ailleurs, depuis le temps qu'ils collaboraient, l'homme ne s'était jamais absenté plus d'un ou deux jours d'affilée.

— Il ne part jamais en vacances, murmura Delilah, faisant écho à ses pensées.

— Pourquoi ne pas aller discuter tranquillement de tout ceci au poste ? suggéra Ivy d'un ton calme mais sans appel.

Seth la considéra pensivement, revoyant la gamine pleurnicharde qui les suivait partout dans Smoky Ridge, Sutton et lui, pendue à leurs basques du matin au soir. Elle avait pris de l'assurance depuis.

Il regarda de nouveau Rachel, qui contemplait Delilah, songeuse. Seth suivit son regard et vit sa sœur qui le dévisageait, une expression remplie d'espoir sur le visage.

Elle le croyait, se dit-il avec étonnement.

— On le rappellera, décréta-t-elle posément.

Sutton, lui, ne l'entendait pas de cette oreille.

— Pourquoi ? Tu penses vraiment que le FBI aurait engagé un voleur pour avoir l'œil sur une héritière éplorée ? Ce serait comme affecter un alligator à la surveillance d'une basse-cour.

Seth jeta un nouveau regard à Rachel. Ses yeux avaient pris un air absent qui ne lui disait rien qui vaille. Il aurait été incapable de deviner ce qu'elle pensait, et cela lui faisait terriblement peur.

— Rachel…

— Vous allez l'emmener au poste ? demanda-t-elle en posant son regard limpide sur Ivy.

— Oui.

Le regard de Seth alla de Sutton à Ivy.

— Tu vas me menotter ?

Ivy arqua un sourcil.

— Est-ce que c'est nécessaire ?

Il fut un instant tenté de faire en sorte que ça le soit. Après tout, tout le monde ne semblait-il pas s'attendre qu'il se montre sous ce jour-là ?

Mais il se borna à secouer la tête.

— Allez, finissons-en.

Il lança un coup d'œil par-dessus son épaule pour tenter une dernière fois de convaincre Rachel qu'il disait la vérité.

Mais elle lui tournait le dos, le téléphone collé à l'oreille.

Il descendit les marches du porche d'un pas lourd, se sentant tout à coup comme mort de l'intérieur.

Debout sous le jet brûlant de la douche, Rachel réfléchissait à toute allure. Elle n'avait jamais été du genre à agir par impulsion, sans tenir compte d'éléments objectifs. Même enfant, elle avait toujours respecté les règles grâce à l'éducation que son père lui avait donnée. Il lui avait toujours expliqué le pourquoi des interdictions dont il la frappait.

Logiquement, elle aurait dû se trouver au commissariat en ce moment, et exiger de Seth qu'il explique ses mensonges et ses machinations. Mais elle ne parvenait tout bonnement pas à croire les accusations portées contre lui.

Elle ne doutait pas que les photos existent, même si elle ne les avait pas vues. Mais ça ne signifiait pas que Seth soit coupable. Il lui avait dit qu'il travaillait pour le FBI. S'il la suivait pour le compte du mystérieux Adam Brand, qu'il ait utilisé un matériel sophistiqué pour ce faire n'avait rien d'aberrant.

Elle avait appelé l'entreprise dès que Seth avait été embarqué au poste pour voir s'il existait un fonds spécial dédié à l'assistance des employés confrontés à un problème juridique. Mais leur juriste s'était montrée dubitative.

— D'après la situation que vous me décrivez, il semble que ce ne soit pas en rapport avec le travail de l'employé dans l'entreprise, avait répondu Alice Barton. Il ne remplit donc pas les conditions requises pour être éligible au versement de cette aide.

Elle s'était bien doutée qu'il y avait peu de chances pour que ça marche, mais quelque chose lui disait que Seth accepterait plus facilement un soutien venant de la société que de ses deniers personnels. Mais tant pis. Elle allait trouver un moyen de venir à son secours, que cela lui plaise ou non.

Une fois sortie de la cabine, elle s'habilla rapidement et laissa sécher ses cheveux à l'air libre en réfléchissant à la marche à suivre. Il fallait qu'elle voie ces photos, décida-t-elle. Les prétendues preuves contre Seth. Elle y trouverait peut-être un indice concernant l'identité de celui qui cherchait à détruire sa vie.

Delilah avait donné sa carte à Rachel après l'incident du pont de Purgatoire… Où l'avait-elle rangée ?

Elle fouillait dans les tiroirs de son bureau lorsqu'on frappa de nouveau à la porte. La tête ailleurs, elle faillit ouvrir sans regarder dans le judas qui était son visiteur.

C'était Paul.

Rassurée, elle ouvrit la porte.

— Oh ! Bonjour.

Il passa devant elle sans attendre d'y avoir été invité, regarda autour de lui, comme s'il s'attendait à trouver quelqu'un d'autre dans la maison.

— Tu vas bien ?

— Que se passe-t-il ? lui demanda-t-elle, refermant la porte d'entrée derrière eux.

— Je viens juste d'avoir un appel de Jim Hallifax. Il m'a dit que tu voulais changer les serrures parce que quelqu'un s'était introduit chez toi.

Elle le contempla, désarçonnée.

— Pourquoi diable Jim Hallifax t'a-t-il appelé pour te dire ça ?

Paul la regarda un moment, l'air penaud.

— Eh bien, je... J'avais mentionné en passant que la mort de ton père t'avait profondément bouleversée et que je m'inquiétais de te savoir toute seule ici. Je suppose qu'il a pensé que j'aimerais savoir que tu avais eu un problème.

— Il n'avait pas à se mêler de ça.

— Tu es fâchée que je sois au courant ?

Elle prit une profonde inspiration et expira lentement.

— Non. Mais ça va. Je t'assure.

Encore que... elle se retrouvait seule et vulnérable maintenant.

— Il ne faut pas que tu restes seule ici. Je peux venir emménager avec toi pendant quelque temps, au moins jusqu'à ce que les serrures soient remplacées.

— Je fais aussi poser une alarme, déclara-t-elle.

Ils furent interrompus par la sonnerie du téléphone. L'espace d'une seconde, Rachel songea que c'était peut-être Seth, mais il l'aurait appelée sur son portable.

N'étant pas d'humeur à répondre à qui que ce soit pour le moment, elle laissa donc le répondeur prendre le message.

Une voix masculine s'éleva dans le hall, où se trouvait le téléphone.

— Monsieur Hammond, c'est Wally, du garage Brantley. Votre voiture est prête...

Les pneus de la voiture de Seth...

Elle se précipita vers l'appareil et décrocha.

— Wally, M. Hammond n'est pas ici, mais je lui transmettrai le message. Merci.

Se préparant à ce qui allait suivre, elle prit une profonde inspiration et se retourna.

— Pourquoi le garage appelle-t-il ici pour joindre Seth Hammond ? demanda Paul.

— Parce qu'il séjournait ici, avec moi.

Paul la contempla comme si elle avait perdu l'esprit.

— Pourquoi ?

Elle soupira, comprenant qu'elle allait devoir tôt ou tard lui raconter ce qui s'était passé. Vouloir cacher plus longtemps la situation qu'elle avait choisie ne l'avancerait à rien. Elle avait pris une décision et, si cela s'avérait être une erreur, eh bien, il ne lui resterait plus qu'à l'assumer. En tout cas, elle n'avait nullement l'intention de s'en excuser.

— C'est une longue histoire. Une histoire qui a commencé sur le pont de Purgatoire, il y a deux jours.

15

— Est-ce que vous m'inculpez ? demanda Seth sans détour avant même qu'Ivy Hawkins et Antoine Parsons n'aient posé une seule question.

— On devrait ? rétorqua Ivy.

— Soit vous m'inculpez soit vous me laissez partir.

— Nous pouvons te garder vingt-quatre heures sans t'inculper, établit posément Antoine. Pour être franc, je préférerais ne pas avoir à le faire. Je veux bien croire que tu t'es amendé parce que je me souviens que tu étais un garçon bien avant qu'il ne se passe toutes ces choses avec ton père et que tu te laisses entraîner sur la mauvaise pente par Cleve Calhoun.

Donc, le gentil flic, c'est Parsons. Seth regarda Ivy, qui l'étudiait d'un air songeur.

— Je t'ai dit tout ce que je savais. En attendant, Rachel Davenport est seule dans une maison où quelqu'un s'est introduit tout récemment. Et je ne parle pas de la série d'incidents qui l'ont ciblée, elle et les personnes de son entourage. Je te rappelle qu'il y a eu cinq meurtres.

— Pourquoi le FBI t'a-t-il demandé de surveiller Rachel Davenport ?

— Adam Brand ne me l'a pas dit. Tout ce que je sais, c'est qu'il ne s'agissait pas d'une enquête officielle du Bureau.

— Et tu n'as pas demandé à en savoir plus ?

— Ecoute, Adam Brand est agent spécial et donc, par définition, il est du genre secret.

Il coula un regard entendu en direction d'Ivy.

— Et, comme tu le sais, j'avais déjà un œil sur Rachel avant qu'il m'appelle, de toute façon.

Il vit Antoine jeter un bref regard à Ivy et comprit que la jolie petite inspectrice n'avait apparemment pas fait part à son collègue de la participation de Seth à l'arrestation du tueur en série Mark Bramlett.

— Mais je ne savais certainement pas que tu harcelais Rachel, contra Ivy.

— Je ne la harcelais pas, combien de fois faudra-t-il que je vous le répète ? protesta-t-il.

— Tu l'as suivie. Tu l'as prise en photo à son insu. Tu t'es immiscé dans sa vie. Faut-il vraiment que je te dise à quoi cela me fait penser ?

— A un arnaqueur qui se prépare à piéger une nouvelle proie, répondit Seth.

Ivy parut surprise de l'entendre formuler tout haut ce qu'elle avait en tête.

— Alors, tu imagines la conclusion à laquelle me conduit ton histoire.

— Et veux-tu savoir la conclusion que je tire, moi, de la façon dont la police a mené cette investigation ? répliqua-t-il sèchement. Il a fallu quatre homicides pour que vous admettiez en public que vous étiez aux trousses d'un tueur en série. Et plus longtemps encore pour établir le lien entre ces quatre personnes et Rachel Davenport.

— Tu l'avais découvert avant ? demanda Antoine en haussant un sourcil.

— Vous ne mettez jamais les pieds dans les bars du coin, n'est-ce pas ?

Il secoua la tête.

— Vous restez assis, là, bien à l'abri dans votre joli petit poste de police, à vous féliciter de n'avoir jamais à traiter d'affaires de meurtres comme dans les grandes villes ! Mais ces collines sont pleines de gens pauvres, désespérés. C'est pour ça que quelqu'un peut offrir 20 000 dollars pour commettre un assassinat sans que vous en entendiez seulement parler. Parce que vous avez bien trop peur d'aller remuer la fange dans laquelle vivent ces gens-là !

Antoine parut étonné, mais pas Ivy. Parce qu'elle sortait avec Sutton, bien sûr — ils en étaient même à parler mariage, bébés et tout le tintouin, d'après ce que Seth avait entendu dire. Sutton avait dû lui répéter les propos de Seth au sujet de ce contrat à 20000 dollars dont il avait entendu parler.

— Sutton m'en a parlé, confirma-t-elle en jetant un regard d'excuse à Antoine. J'aurais dû te le dire, désolée. Mais ce n'étaient que des ouï-dire, et Sutton ne savait pas de qui Seth tenait ces informations.

— Cela aurait pu nous aider dans notre enquête, souligna Antoine. Tu peux nous dire par qui tu as appris ça ?

— Par un type qui n'est plus dans le secteur. Il a quitté la ville peu après. Je ne connais même pas son vrai nom, simplement celui sous lequel il était connu par ici. Il se fait appeler Luke, mais il s'empresse de préciser dans la foulée que c'est le diminutif de Lucifer — parce qu'il est un ange déchu.

Seth fit la grimace.

— D'après moi, ce doit être un fils de pasteur dévoyé — la brebis galeuse de la famille. Je suis sûr que sa mère doit pleurer et prier pour lui matin, midi et soir.

— Et que t'a dit ce Luke ?

— Qu'on lui avait proposé un contrat pour tuer quelqu'un.

— Et tu n'as pas pensé à nous le signaler plus tôt ?

— Il n'a pas accepté ce travail et si vous l'aviez coincé, il aurait su que c'était moi qui avais vendu la mèche. Je pouvais avoir de nouveau besoin de faire appel à lui pour obtenir des informations.

Ivy fronça les sourcils.

— Quel genre d'informations ?

— Je ne sais pas... N'importe quoi.

Seth se pencha en avant.

— Tu ne sais pas ce que c'est que de vivre à la marge de la société, hein ? Oh ! Bien sûr, ta mère avait le chic pour ramener à la maison des bons à rien, mais les gens se disaient qu'elle cherchait seulement quelqu'un qui l'aime. Ils n'approuvaient pas, certains la jugeaient même sûrement stupide, mais elle n'a jamais été considérée comme quelqu'un de mauvais, d'infréquentable.

Ivy inclina légèrement la tête.

— En ce qui me concerne, je n'ai aucune indulgence à attendre de la société. Et ce n'est pas pour me faire plaindre que je dis cela — je sais que je n'ai à m'en prendre qu'à moi. Mais ça ne change rien à ma situation. Il y a des moments où je dois compter sur des personnages pas très recommandables — des gens en compagnie de qui personne ne voudrait être vu. Bon sang ! je préférerais moi aussi ne plus rien avoir à faire avec eux ! Parce que cela ne me facilite pas la tâche maintenant que j'essaie de me faire ma place parmi les gens bien.

Il secoua la tête.

— Mais, bien sûr, ma conception de ce qu'est quelqu'un de bien ou pas est forcément un peu flottante.

Il vit une étincelle de sympathie dans le regard sombre d'Ivy.

— As-tu essayé de savoir qui avait voulu engager Luke ?

— Non... Je n'avais pas encore fait le rapprochement avec les Davenport. Et puis, je m'évertuais à marcher droit, à me tenir à distance des ennuis à ce moment-là.

La culpabilité l'assaillit.

— Si j'avais insisté un peu, j'aurais peut-être appris quelque chose de décisif. Mais je n'avais qu'une obsession : éviter les ennuis. Il y a quelques semaines, j'ai essayé de le retrouver, mais des connaissances communes m'ont dit qu'il était parti pour tenter de trouver un job à Atlanta.

— Dans quelle branche travaille ce Luke ? demanda Antoine.

Seth lui adressa un regard éloquent.

— Le même genre de travail que toi, c'est ça ?

— Oui. Une arnaque par-ci par-là, quand l'occasion se présente. Si vous arrivez à mettre la main sur des photos anthropométriques des types arrêtés pour ce genre de faits dans le secteur d'Atlanta, au cours des trois dernières semaines, je pourrais peut-être le reconnaître.

— On va essayer de voir de ce côté-là, dit Ivy. En attendant, il reste les photos que tu as prises...

— Je t'ai dit ce qu'il en était.

— Et, de façon très opportune, ton prétendu contact au FBI est justement injoignable.

— C'est tout sauf opportun pour moi, objecta Seth. Combien de fois va-t-on encore revenir là-dessus ? Vous vous rendez compte que vous avez laissé Rachel Davenport sans protection pour mener cet interrogatoire qui tourne en rond et ne mènera nulle part ?

Ivy et Antoine échangèrent un regard. Comme s'ils avaient

conclu un accord silencieux, Antoine se leva et quitta la salle d'interrogatoire.

— Où va-t-il ?

— Envoyer quelqu'un vérifier que tout va bien chez Mlle Davenport.

— Ecoute, Ivy…

En prononçant son prénom, il ne put s'empêcher de revoir la môme de dix ans aux cheveux tout ébouriffés, avec ses genoux écorchés et son sourire espiègle. C'était difficile de la prendre au sérieux en tant qu'officier de police quand elle était encore pour lui la « petite » qui voulait toujours faire comme les grands, Sutton et Seth.

— Je comprends que tu aies dû m'amener au poste et m'interroger. J'essaie de me montrer patient et coopératif. Mais Sutton et toi, vous avez brossé devant Rachel un tableau de moi qui n'est vraiment pas reluisant. Je me suis efforcé de l'aider, pas de lui faire du mal. Et ce doit être vraiment dur pour elle de ne plus savoir à qui se fier…

— Oh ! Mon Dieu, l'interrompit Ivy en ouvrant de grands yeux. Tu sors avec elle ?

Il se laissa retomber contre le dossier de sa chaise, la mine déconfite.

— Oh ! Bon sang ! dit-elle, se renfonçant elle aussi contre son siège. Que faisiez-vous quand nous sommes arrivés ?

Il prit son air le plus impénétrable et ne souffla mot.

— Oh ! Bon sang !

— S'il te plaît, tu peux arrêter de répéter ça en boucle ?

A cet instant, on frappa à la porte et Ivy se leva pour ouvrir. Un policier en uniforme lui glissa un mot à l'oreille, et elle se tourna vers Seth.

— Reste là. Je reviens dans une minute.

Seth se prit la tête entre les mains, irrité par ce contretemps supplémentaire. Rachel devait probablement penser pis que pendre de lui désormais. Et comment le lui reprocher ? Il aurait dû lui dire l'entière vérité, sans rien omettre. Il avait fait des pieds et des mains pour gagner sa confiance, mais lui n'avait pas eu suffisamment foi en elle pour être totalement transparent.

Et maintenant, il en payait le prix. Il espéra de toutes ses forces que Rachel n'en subirait pas les conséquences, elle aussi. Parce qu'elle était restée seule dans cette maison beaucoup trop longtemps déjà… Sans plus personne pour faire obstacle à celui qui lui voulait du mal.

— Tu aurais dû me parler de tout ça, dit Paul d'un ton grondeur, adouci par la compassion qui se lisait dans ses yeux bruns. Accorder ta confiance à quelqu'un comme Seth Hammond…

— Il a été très gentil avec moi. Il a pris des risques pour m'aider.

Elle prenait la défense de Seth, mais elle savait que c'était en pure perte. Au vu des faits, Paul supposerait le pire, comme tout le monde. Seth l'avait avertie. Vu de l'extérieur, tout donnait à penser que Seth essayait de la rouler dans la farine. D'ailleurs, si elle n'avait pas passé les derniers jours avec lui, si elle n'avait pas appris à mieux le connaître, elle-même serait peut-être bien venue grossir les rangs de ses détracteurs.

Objectivement, elle comprenait leurs raisons, mais elles ne cadraient pas avec le Seth Hammond qu'elle connaissait. Il l'avait beaucoup aidée, même en soulignant quelques vérités dures à entendre. Et elle avait bien vu qu'il regrettait sincèrement d'avoir blessé des gens par le passé. Il lui avait dit la vérité alors que mentir aurait été plus simple.

— Qui peut bien t'en vouloir à ce point ? demanda Paul.

— C'est lié à l'entreprise, je suppose. Ou, plus exactement, au poste que j'occupe.

Paul fronça les sourcils.

— De quelle façon ?

— Paul, que sais-tu du testament qu'a rédigé mon père ?

— Que ton père voulait que tu sois P.-D.G. de la société…

— As-tu jamais entendu quelqu'un se demander ce qui arriverait si jamais je ne pouvais pas assumer mes fonctions ?

— Non, pas exactement, mais… Les gens n'ont pas compris pourquoi tu avais accepté. Tu adorais ton métier. Je pense que beaucoup se sont dit que George se montrait injuste envers toi en te forçant la main.

Oui, c'était un peu ce qu'elle avait pensé, au début.

— Il faudra qu'ils comprennent que je fais ce travail parce qu'il me plaît, pas parce que je suis obligée de le faire.

— C'est vrai ?

— Oui. Du moins, pour les quelques prochaines années.

— Et ensuite ?

— Ensuite, nous verrons.

Elle retournerait un jour ou l'autre à ses anciennes amours. Mais pas avant d'être sûre de laisser l'entreprise que lui avait léguée son père entre les meilleures mains possibles.

Il garda le silence pendant un long moment.

— Ce serait plus simple de laisser tomber.

— Je ne vais pas me laisser intimider par quelqu'un qui cherche à me chasser du poste qui me revient.

— Tu penses vraiment que ces meurtres ont un rapport avec toi ?

— Ça a l'air fou, je le sais, mais…

— Ça a surtout l'air très narcissique.

— Ce n'est ni l'un ni l'autre. Tu crois que ça me fait plaisir de penser qu'on a assassiné des gens à cause de moi ? Crois-moi, ce n'est pas le cas.

— Mais tu as écouté les élucubrations de Seth Hammond. Ce n'est pas la personne la plus fiable qui soit. Tu connais son passé, n'est-ce pas ?

La sonnerie de son téléphone portable lui sauva la mise. Elle plongea la main dans sa poche et vit un numéro qu'elle ne connaissait pas. Seth était retenu au poste… Peut-être utilisait-il l'unique appel dont il disposait pour la joindre. Elle appuya sur le bouton.

Ce n'était pas Seth, mais un officier de police.

— Mademoiselle Davenport, c'est Jerry Polito du commissariat de Bitterwood. L'inspecteur Parsons m'a demandé de voir si tout allait bien, comme vous étiez seule chez vous.

— Merci, mais je ne suis pas seule, répondit-elle en jetant un regard à Paul. Mon frère par alliance est avec moi.

— Bien, dit le policier, soulagé. L'inspecteur a pensé que vous aimeriez peut-être que quelqu'un reste avec vous, compte tenu de tout ce qui s'est passé. Au revoir, mademoiselle.

— Au revoir.

Elle raccrocha et se tourna vers Paul.

— C'était la police. Ils s'inquiétaient de m'avoir laissée seule ici.

— Mais tu ne l'es pas. Je vais rester dormir ici, d'accord ?

Il était arrivé souvent à Paul de passer la nuit ici, mais elle ne put pas s'empêcher de penser qu'elle aurait préféré être seule. Peut-être simplement pour ne plus avoir à subir les regards interrogateurs ou remplis de pitié qui se posaient sur elle, pour changer.

Ou, pour être tout à fait franche, parce qu'elle espérait que Seth serait bientôt relâché et qu'il pourrait la rejoindre.

Seigneur, elle avait tellement envie de lui parler. D'entendre sa voix, de s'assurer qu'il allait bien.

— Et si j'allais faire du thé ? proposa Paul. Est-ce que tu as encore celui à la vanille que ma mère et toi aimez tant ?

— Oui, je crois.

Elle le suivit avec un peu d'appréhension jusque dans la cuisine, essayant de chasser de son esprit les moments qu'elle y avait passés ce matin même avec Seth.

Mais ce n'était pas pis que le salon, où elle avait entrepris de séduire l'homme le plus dangereux qu'elle connaisse. Ou que le hall, où ils s'étaient embrassés longuement avant de trouver, haletants, le chemin de sa chambre.

Même après sa douche, il lui avait semblé sentir encore son odeur sur elle, ce parfum riche et musqué, tellement masculin, qui faisait battre son cœur et lui donnait le vertige. Elle avait tellement envie qu'il soit ici, avec elle. C'était là qu'était sa place. S'il avait franchi cette porte à cet instant, elle aurait sur-le-champ demandé à Paul de s'en aller et de la laisser seule avec Seth. Au diable ce qu'il aurait pu en penser.

Au diable ce que tout le monde pouvait en penser.

— C'est le dossier de Paul Bailey, annonça Ivy à Antoine à l'autre bout de la salle d'interrogatoire. Il a un casier.

Elle parlait trop bas pour que Seth puisse entendre ce qu'elle disait de son siège, mais il avait appris à lire sur les lèvres voilà bien longtemps. Cleve lui avait inculqué qu'il était essentiel d'avoir autant de cordes à son arc que possible quand on exerçait dans le domaine qui était le leur.

Il avait scrupuleusement suivi son conseil et n'avait donc négligé aucune technique.

Etre capable de savoir de quoi parlaient les gens à distance était donc l'un des talents qu'il avait développés. Il savait aussi interpréter le langage corporel d'une personne. Et, présentement, le langage corporel d'Ivy Hawkins trahissait une vive anxiété.

Antoine Parsons se pencha sur le document que lui montrait Ivy, les sourcils froncés. L'inquiétude d'Ivy se communiqua aussi à lui, installant une atmosphère délétère dans la pièce.

N'y tenant plus, Seth demanda :

— Quel est le problème avec le dossier de Paul Bailey ?

Les deux inspecteurs se retournèrent vers lui comme s'ils avaient oublié sa présence.

— On a effectué des recherches sur tous les employés des Transports Davenport, répondit Antoine d'un ton distrait. On vient juste de recevoir le dossier de Bailey du Mississippi. Il a eu des problèmes dans les casinos où il a travaillé. A cause du jeu. C'est ce qui lui a valu de perdre son emploi — détournement de fonds et tricherie.

Seth se renfonça dans son siège, surpris. Il n'avait jamais vraiment considéré Paul Bailey comme un suspect potentiel. Il ne semblait pas suffisamment intéressant pour attirer les soupçons sur lui.

— S'il a contracté d'importantes dettes de jeu, je ne suis pas sûr que prendre le contrôle de la société puisse l'aider, répondit Ivy. Je me suis penchée sur les statuts de l'entreprise pendant que j'enquêtais sur les meurtres. La rémunération du P.-D.G. n'est pas si considérable que ça… La plupart des bénéfices sont réinvestis dans la société. Si Paul accédait au poste de P.-D.G., son salaire annuel s'élèverait au mieux à 100000 dollars.

— C'est beaucoup d'argent, murmura Antoine.

— Mais l'argent ne peut pas être le seul motif, intervint Seth d'un ton pressant. Si c'est Bailey qui est derrière tout ça, il a proposé à Luke une forte somme. S'il est tellement pris à la gorge, comment peut-il payer une somme pareille ?

Ivy et Antoine échangèrent un regard.

— Si ce n'est pas l'argent, alors qu'est-ce que c'est ?

— Je n'ai jamais dit que l'argent n'était pas en cause. J'ai dit que ce ne pouvait pas être le *seul* motif.

Seth se leva, s'attendant à entendre l'un ou l'autre des inspecteurs lui demander de se rasseoir. Mais, comme rien ne venait, il poursuivit :

— Je me suis demandé pourquoi on s'en prenait à Rachel Davenport de cette façon, disons, détournée. Et je suis arrivé à la conclusion que c'était forcément lié à l'entreprise. Tout semble pointer dans cette direction.

Ivy hocha lentement la tête.

— Je suis d'accord.

— Celui qui en veut à Rachel ne l'a pas tuée, parce que la tuer créerait une situation différente que le simple fait de l'écarter de la présidence de l'entreprise.

— C'est-à-dire ? demanda Antoine.

Seth leur décrivit les rouages qui se mettraient en route si le poste de P.-D.G. venait à être vacant.

— Si elle meurt, le contrôle de la société va à son oncle, Rafe, et c'est à lui qu'incombe la prise de décisions, sans l'intervention d'aucune des personnes siégeant au conseil d'administration. En revanche, si elle est déclarée inapte à assurer ses fonctions, ce sont les administrateurs qui sont amenés à choisir un nouveau P.-D.G. en fonction de recommandations préétablies par George Davenport. Il existe une liste de candidats présélectionnés. Paul Bailey en fait partie.

— Est-il au courant ?

— Probablement. Sa mère siège au conseil, et ils semblent être proches l'un de l'autre.

— Mais si la rémunération n'est pas suffisamment attractive…, commença Antoine.

— C'est là que le bât blesse, reconnut Seth. Mais, pendant que j'étais assis là, à attendre votre retour, je me suis demandé quel intérêt le poste pouvait présenter — au-delà de l'aspect financier. C'est beaucoup de travail, beaucoup de stress parce que vous avez une importante flotte de camions à gérer et que vous êtes responsable de leur destination, des marchandises qu'ils transportent, des amendes éventuelles à payer en cas de problème, des réparations et de l'entretien régulier des véhicules… Et, tout à coup, je me suis dit qu'il ne fallait pas considérer les choses du point de vue d'un chef d'entreprise, mais de celui de quelqu'un qui nourrirait des intentions criminelles.

Ivy lui jeta un regard railleur.

— Ça a dû être dur pour toi. Un vrai rôle de composition !

Seth lui fit une grimace.

— Je disais donc… Si j'avais la mentalité d'un criminel aujourd'hui, je verrais quantité de choses à faire avec une flotte de camions. Du trafic de drogue, du trafic d'armes. D'êtres humains, même. Esclavage sexuel, immigrants clandestins, tout et n'importe quoi… Avec un parc de camions à ma disposition, je pourrais transporter une bombe depuis l'Amérique centrale jusqu'à Washington D.C. si ça me chantait.

— Eh bien ! Je me félicite que tu n'aies plus cette mentalité-là, murmura Antoine.

— Ce que je veux dire, c'est que posséder des camions, c'est détenir une excellente source de revenus. Si quelqu'un utilisait ne serait-ce que le dixième de la flotte à des fins illicites…

— Il pourrait amasser une vraie fortune, acheva Ivy à sa place, tournant la tête comme on frappait à la porte.

Antoine se leva pour aller répondre.

— Si Bailey a une addiction au jeu, il doit peut-être des sommes colossales à quelqu'un, poursuivit sombrement Ivy.

— A la pègre, à la mafia locale, aux blanchisseurs des cartels de drogue sud-américains… A n'importe qui ayant intérêt à oublier la dette de Bailey en contrepartie du contrôle d'une société de transports, assena Seth.

— Bon Dieu, grommela Ivy.

Antoine revint vers eux.

— Jerry vient juste d'avoir Rachel au téléphone. Elle lui a dit qu'elle n'était pas seule, que Paul était là et qu'il allait rester dormir chez elle.

— Bon sang ! explosa Seth en se ruant vers la porte, prêt à les repousser s'ils se mettaient en travers de son chemin.

Ni l'un ni l'autre ne s'interposèrent.

16

Le thé à la vanille était un peu trop sucré à son goût, mais Rachel s'abstint de tout commentaire. Après la journée qu'elle avait passée, elle n'allait pas chipoter alors que quelqu'un la dorlotait.

— J'ai condamné la deuxième trappe d'accès au grenier pendant que le thé infusait, annonça Paul, installé dans le fauteuil en face d'elle.

— Je sais, j'ai entendu les coups de marteau.

— A propos du grenier, j'avais justement l'intention de passer aujourd'hui avant que Jim Hallifax ne m'appelle. Tu te sens d'attaque pour une petite chasse au trésor ?

Elle haussa les sourcils par-dessus sa tasse de thé.

— Une chasse au trésor ?

— Oui… Maman m'a téléphoné de Wilmington. Elle voulait emporter son album de photos de mariage chez sa sœur, mais elle l'a oublié. Comme je dois aller la voir en fin de semaine, je pourrai le lui apporter. Mais je n'ai aucune idée de l'endroit où il est. Elle m'a dit qu'il devait être au grenier.

Rachel grimaça à la perspective de remonter là-haut.

— Je suis sûre que tu le trouveras facilement.

Paul lui décocha un sourire contrit.

— Oh ! c'est vrai ! Tu as le vertige. Ça n'est toujours pas passé ?

— Ce n'est pas exactement ça. Je…

Elle s'arrêta juste à temps avant de révéler ce que masquait sa phobie. *Bizarre*, songea-t-elle. *J'ai dévoilé mon plus lourd secret à Seth, mais je répugne à en parler avec quelqu'un qui est presque de la famille.*

— Oh ! Et puis tu as raison, reprit-elle. J'aurais dû dépasser ça depuis longtemps. Diane t'a-t-elle dit où il était rangé ?

Paul haussa les épaules avec un sourire dépité.

— Tout en haut d'une bibliothèque, paraît-il.

Super. Un endroit en hauteur à l'intérieur d'un autre endroit en hauteur !

Mais soit. Ce serait un bon test pour se prouver qu'elle était capable de faire table rase du passé, de ne plus laisser celui-ci lui dicter sa conduite.

Posant résolument sa tasse, elle se leva.

— O.K. On y va, mais tu me promets de bien tenir cette échelle, hein ?

— J'étais sûre que tu n'avais rien à voir avec tout ça, dit Delilah à Seth tout en négociant les virages serrés de Copperhead Road.

La mission de sauvetage se composait de trois véhicules : la Jeep d'Ivy roulait en tête, Antoine suivait et Delilah et lui fermaient le convoi, forcés d'adapter leur vitesse à celle des véhicules qui les précédaient.

— Sûre et certaine ? souligna Seth, sceptique.

— O.K… Disons que je l'espérais de toutes mes forces.

— Tout ce qui m'intéresse dans cette histoire, c'est d'aider Rachel, observa Seth.

Pour la énième fois, il tira son téléphone de sa poche et tenta de joindre Rachel. Mais, comme les fois précédentes, il tomba sur la messagerie vocale. Il essaya le téléphone fixe, mais la ligne sonnait toujours occupée.

Delilah lui lança un coup d'œil inquiet.

— Toujours rien ?

— Non.

Il poussa un profond soupir.

— Je crois que je l'aime, s'entendit-il articuler à voix basse alors que ce n'était pas du tout ce qu'il avait eu l'intention de dire. Je crois que j'aime Rachel.

— Oh ! Mon Dieu.

— J'en ai assez d'entendre tout le monde dire ça ! Tu penses que je ne suis pas capable d'aimer quelqu'un ?

— Pas du tout. C'est juste que c'est… étonnant.

Il tapa du plat de la main sur le tableau de bord.

— Nom d'un chien… On ne peut pas aller plus vite ?

— Ces chemins de montagne sont traîtres… Nous n'aiderons pas Rachel en terminant notre course dans le fossé.

— Je n'aurais jamais dû vous laisser m'emmener sans elle ! explosa-t-il. J'aurais dû la protéger. Bon sang !

— Quand est-ce arrivé ? Je veux dire… avec Rachel ?

Il la contempla.

— On ne va tout de même pas parler de ma vie privée maintenant ?

— C'est toi qui as abordé le sujet.

— Je n'en sais rien, maugréa-t-il. Je l'ai toujours trouvée jolie, évidemment. Et je suppose que je me suis intéressé davantage à elle quand j'ai commencé à soupçonner le lien entre les meurtres et les transports Davenport.

— C'est insensé, quand j'y pense… Son frère par alliance.

— S'il doit de l'argent à la mafia, sa vie est en jeu. Il a déjà démontré qu'il était capable de tuer pour rester en vie. Il ne va pas s'arrêter parce que sa sœur par alliance est la prochaine sur la liste.

Il s'efforçait de rester calme, mais il bouillait de rage intérieurement.

Pourvu qu'ils n'arrivent pas trop tard…

— Oh non ! murmura Delilah.

Il tourna la tête et la vit penchée en avant, les yeux braqués droit devant elle. Suivant son regard, il vit ce qui avait capté son attention.

De la fumée, qui s'élevait en une colonne noire au-dessus des arbres.

Quelque chose, droit devant, était en feu.

Et, droit devant, il n'y avait rien d'autre que la maison de Rachel.

Le claquement de la trappe du grenier prit Rachel de court. Déjà nerveuse, elle sursauta et fit volte-face, près de rabrouer Paul pour lui avoir fait peur.

Mais Paul n'était pas là.

— Paul ?

Elle l'avait cru derrière elle, sur l'échelle. Elle avait senti son poids lorsqu'il avait mis le pied sur le premier échelon, et elle s'était agrippée aux montants.

Entendant du bruit de l'autre côté de la trappe, elle se baissa pour la soulever, mais elle ne bougea pas.

— Paul, bon sang ! Ce n'est pas drôle !

D'autres bruits, mais pas de réponse.

Puis, tout à coup, elle la sentit.

Cette odeur caractéristique… De l'essence.

— Paul ?

Elle entendit un faible chuintement, suivi d'un crépitement, au-dessous d'elle, de l'autre côté de la trappe. Et, soudain, l'odeur du feu, mêlée aux vapeurs d'essence. La panique la submergea.

Un incendie. La maison est en feu.

Elle aurait été incapable de dire combien de temps elle était restée pétrifiée, après cela, s'efforçant de réfléchir. Suffisamment longtemps, en tout cas, pour se rendre compte qu'il n'y avait pas que la panique… Son cerveau paraissait curieusement ralenti, comme s'il lui fallait plus de temps pour passer du stade de l'idée à celui de l'action.

Avait-elle été droguée ? Avait-il mis quelque chose dans son thé ? Quelque chose qui allongeait son temps de réaction et brouillait sa faculté de raisonnement pour qu'elle ne puisse pas échapper à son piège ?

Elle avait besoin d'aide. Elle avait besoin de…

Son téléphone !

Fouillant dans la poche de son jean, elle poussa un soupir de soulagement en sentant le petit boîtier rectangulaire. Mais, lorsqu'elle tenta de passer un appel, elle découvrit qu'il n'y avait pas de signal.

C'est insensé, se dit-elle, s'efforçant de refouler sa terreur grandissante assez longtemps pour réfléchir en dépit du brouillard cotonneux qui enveloppait son esprit. La maison était l'une des seules maisons de Bitterwood où on n'avait pour ainsi dire jamais de problème de réseau.

Sauf si quelqu'un avait un brouilleur, conclut-elle dans un éclair de lucidité.

Paul. Oh ! Non… Seigneur, ce n'était pas possible.

O.K., O.K., réfléchis. Elle ne pourrait de toute évidence pas sortir par là. La fumée s'infiltrait déjà dans le grenier par les contours de la trappe.

Mais il existait une autre trappe, près de la fenêtre. Elle s'avançait vers elle lorsqu'elle se souvint que Paul l'avait condamnée. Le désespoir reprenant le dessus, elle se cala contre la fenêtre.

Il avait tout planifié. Il était venu ici aujourd'hui non pour la protéger mais pour la tuer.

Mais pourquoi ? Pourquoi était-il prêt à la tuer pour prendre le contrôle des Transports Davenport ? Il ne s'était jamais investi personnellement dans la société… Il touchait son chèque de fin de mois en contrepartie de son travail, point final. Il ne participait même pas aux fêtes de Noël ni aux pots organisés pour permettre au personnel des différents services de mieux se connaître.

Cependant, il avait montré un regain d'intérêt au cours de ces dernières semaines.

Pourquoi ?

La réponse était à portée de main, elle le savait. Juste là, derrière les brumes qui lui engluaient le cerveau, toute proche…

Elle abattit la main contre le mur de frustration.

— Paul ! cria-t-elle encore, se demandant s'il l'entendait malgré le ronflement et le crépitement des flammes. Paul, si tu veux le poste de P.-D.G., je te le laisserai. Quand tu veux. Et par écrit. Paul !

Mon Dieu, il était probablement déjà loin, en train de se fabriquer un alibi. Et la police qui la croyait en sécurité chez elle, avec lui…

Elle se retourna et, luttant contre le vertige, s'obligea à regarder par la fenêtre. Huit mètres plus bas, le patio dallé dansa devant ses yeux.

Paul était parti, et elle se retrouvait piégée dans son pire cauchemar.

Une berline sombre les croisa à vive allure sur Copperhead Road, roulant dans la direction opposée.

Concentré sur le nuage de fumée qui allait s'épaississant devant eux, Seth faillit ne pas lui prêter attention.

Mais, juste au moment où la voiture passait à leur hauteur, il la reconnut.

— C'est la voiture de Paul Bailey !

Delilah se retourna à demi. Puis, rapidement, elle tendit son téléphone à Seth.

— Appuie sur la touche « S ». C'est le numéro abrégé de Sutton.

Sutton répondit à la première sonnerie.

— Oui ?

— La Toyota Camry bleu foncé que nous venons juste de croiser appartient à Paul Bailey. Prends-le en chasse.

Quelques instants plus tard, la Jeep d'Ivy faisait demi-tour sur les chapeaux de roue et s'élançait à la poursuite de la berline. Antoine freina, lui aussi, et en fit autant. Il leur fit signe de la main au moment où ils allaient se croiser. Delilah enfonça la pédale de frein et abaissa sa vitre.

— J'ai appelé les pompiers, mais ils sont de l'autre côté de la ville. Je crois que c'est vous qui allez devoir intervenir pour la tirer de là…

Puis, dans un ronflement de moteur, la voiture d'Antoine bondit en avant, à la poursuite de la Jeep d'Ivy et de la Toyota de Bailey.

Delilah appuya sur l'accélérateur, obligeant Seth à se cramponner au tableau de bord.

De prime abord, tout semblait normal à la maison, à ceci près que de la fumée s'échappait de l'étage, formant au-dessus des arbres une grosse volute noire qui s'enroulait, tel un reptile, dans le ciel du crépuscule. Seth sauta à bas de la camionnette avant même qu'elle ne soit à l'arrêt et se mit à courir vers la porte d'entrée.

Les pas de Delilah résonnèrent sur l'allée pavée, derrière lui.

— Attends ! Tu n'as aucun équipement de protection !

Il l'ignora, refusant de penser à ce qu'il allait trouver de l'autre côté de cette porte. Il essaya de ne pas penser à l'odeur âcre de la fumée, de ne pas entendre les craquements et sifflements du feu. Plus il approchait, plus la chaleur était intense mais, là encore, il bloqua toute sensation, faisant comme s'il ne sentait rien. Parce que sinon… S'il s'autorisait à imaginer les flammes léchant sa peau, brûlant sa chair…

— Rachel ! cria-t-il en gravissant deux par deux les marches du porche.

Il tendit la main vers la poignée.

— Non !

La masse compacte de Delilah le percuta, l'envoyant rouler par terre. Il se débattit, mais elle était plus forte que dans son souvenir. Elle finit par réussir à le clouer sur le sol de bois.

— Stop. Tu vas créer un retour de flammes si tu ouvres cette porte maintenant ! Faisons les choses correctement.

Il la contempla, éperdu, le cœur cognant à tout va contre son sternum, le désespoir grandissant en lui à chaque battement.

— Mais elle est peut-être déjà…

Le regard de Delilah s'adoucit.

— On va trouver le moyen d'entrer, c'est promis.

Elle le relâcha et tendit la main pour l'aider à se relever. Il posa la main sur la poignée — elle était brûlante. La peur lui noua les entrailles. Il voyait les flammes qui commençaient déjà à dévorer les rideaux des fenêtres et il s'efforça de ne pas céder à la panique.

— Peut-être que le feu n'a pas encore pris sur l'arrière, lança Delilah, sa main se refermant autour de son bras.

L'arrière. Bien sûr…

Il s'obligea à mettre en mouvement ses jambes flageolantes, dévala les marches du porche et contourna la maison.

Le feu n'avait pas encore atteint cette partie-là de l'habitation. Si Rachel avait pu se mettre à l'abri, quelque part où le feu n'avait pas encore pris, il pourrait peut-être la faire sortir par la trappe du cellier et le placard.

Mais, pour cela, il fallait d'abord entrer.

Dans le brasier.

— Seth ! Regarde ! cria Delilah en lui saisissant de nouveau le bras et en pointant le doigt vers le haut.

Suivant son regard, il vit le visage blême de Rachel qui le regardait depuis la fenêtre ouverte du grenier. La fumée s'enroulait autour d'elle, l'emprisonnant dans ses sinistres volutes.

— Rachel, souffla-t-il.

Elle était en vie !

— La… La trappe est bloquée…

Elle tituba, se rattrapa au rebord de la fenêtre.

— Je… crois… que j'ai été droguée.

— Il nous faut une échelle, dit Delilah d'un ton pressant. Une longue échelle.

— Rachel, est-ce que tu as une échelle quelque part ? Une grande ?

— Non, non… Je vous en supplie… Pas d'échelle !

Elle secoua la tête, se laissant aller contre le cadre de la fenêtre, avant de disparaître à leur vue.

— Elle a peur du vide, expliqua Seth. Mais je crains qu'il n'y ait pas d'autre moyen de la sortir de là. Va voir dans la remise, là-bas, si tu en trouves une. Pendant ce temps-là, je vais essayer d'ouvrir les trappes que Paul a coincées.

Par là aussi, il y aurait des échelles, mais plus courtes, moins impressionnantes.

S'il pouvait lui épargner l'angoisse de devoir descendre le long d'une grande échelle métallique brinquebalante pour échapper aux flammes, il le ferait… Même s'il devait pour cela affronter son propre cauchemar.

— Tu vas vraiment entrer dans cette fournaise ? demanda Delilah en le dévisageant comme si elle le voyait pour la première fois.

— Il le faut, répondit-il. Dépêchons-nous…

Il posa la main sur la poignée de la porte de derrière. Elle était à peine tiède au toucher. Il la tourna, puis, lentement, poussa la porte. Un tourbillon d'air chaud lui sauta au visage. Chaud, mais supportable. Et l'ouverture de la porte n'avait provoqué aucune combustion soudaine. Il se retourna vers sa sœur.

— Va vite chercher cette échelle, au cas où je n'y arriverais pas.

Elle lui jeta un dernier regard inquisiteur avant de s'élancer vers la remise.

Une fois dans le cellier, Seth tira sur la trappe et eut la surprise de la voir s'ouvrir sans difficulté. Il grimpa jusqu'au placard du premier étage et se mit à tousser. La fumée passait sous la porte, irritant ses poumons. Il se mit à tousser.

Il faisait beaucoup plus chaud dans le placard, mais il n'y fit pas attention. Il alluma la lumière, ce qui eut pour résultat immédiat de rendre le nuage de fumée beaucoup plus visible. Se couvrant la bouche de sa manche, il tendit le bras vers la trappe du grenier et suspendit son geste. Elle n'était pas simplement bloquée ; elle était condamnée par au moins une vingtaine de gros clous. Même avec les outils adéquats, il aurait perdu de précieuses minutes à arracher tous ces clous. Et la police lui avait confisqué son couteau suisse.

Terriblement conscient du temps qui passait, il fit demi-tour et redescendit jusque dans le cellier. La chaleur y était plus forte, maintenant, et chargée d'une forte odeur d'essence. Il regarda autour de lui et avisa un bidon ouvert à demi plein, près de la porte.

Il se hâta de le sortir et vit Delilah en train de fouiller dans la remise, portes grandes ouvertes.

— Est-ce que tu vois un marteau ? cria-t-il. Il m'en faut un pour retirer les clous qui bloquent la trappe !

— Oui ! Je te l'apporte, lança-t-elle, revenant vers lui en courant. J'ai vu l'échelle, mais elle est au fond… Il faut que j'arrive à l'extraire de tout le bric-à-brac qui se trouve devant.

— Le feu s'étend, déclara-t-il, haletant, en s'emparant du marteau. Même si j'arrive à la rejoindre, on aura sûrement besoin de l'échelle. Plus vite on l'aura tirée de là, mieux ce sera. Je ne pense pas qu'on puisse attendre l'arrivée des pompiers.

— Je m'occupe de sortir l'échelle, dit-elle. Toi, sois prudent…

Elle lui pressa brièvement le bras, une lueur d'encouragement brillant au fond de ses yeux sombres, et, instantanément, une bouffée de chaleur — bienvenue, celle-là — se propagea dans tout le corps de Seth.

— A tout à l'heure, de l'autre côté de cette fenêtre, lança-t-il avant de tourner les talons.

Il rentra en courant dans la maison et découvrit avec effroi que le feu avait presque gagné le cellier. Par la porte ouverte, il voyait les flammes danser dans la cuisine, se rapprochant dangereusement.

Lorsqu'il eut enfin réussi à atteindre le placard, l'accès au cellier n'était plus praticable.

Ce serait l'échelle ou rien.

La chaleur, dans la chambre, était suffocante, désormais, même si le feu n'avait pas encore consumé le bois de la porte. Il voyait une effrayante lueur, orangée et mouvante, par les interstices, autour du battant.

Il déploya l'échelle aussi loin que possible et se mit au travail en priant pour que le bois résiste le temps qu'il finisse sa besogne. Heureusement, l'électricité fonctionnait encore dans la maison et lui permettait de voir ce qu'il faisait.

— Rachel ? appela-t-il.

— Seth !

Le son de sa voix, si faible soit-il, sonnait tout proche, comme si elle était juste de l'autre côté de la trappe.

— Je suis là, chérie. J'enlève les clous… Eloigne-toi de la trappe.

Il entendit de vagues bruits au-dessus de lui, puis le silence.

— Rachel ? Tu n'es plus sur la trappe ?

Sa voix lui parvint, lointaine, lorsqu'elle répondit.

— Mais… Seth… Le feu… Il faut que tu sortes !

— Tu crois que je vais te laisser toute seule dans ce grenier ?

— C'était Paul. C'est lui qui m'a enfermée ici !

— C'est vrai, nous le savons maintenant, et tout va rentrer dans l'ordre. On va l'arrêter, et tu n'auras plus rien à craindre.

— Mon Dieu… Tu dois me détester.

Il sourit en entendant son ton désolé.

— Ne t'inquiète pas pour ça.

— Je ne t'ai pas écouté.

— Si, protesta-t-il d'une voix un peu altérée par l'effort qu'il produisait pour retirer un clou particulièrement récalcitrant. Je t'avais dit que mon nom était synonyme de problèmes et tu m'as écouté. Tu as bien fait.

— Je ne t'ai pas cru…

— Je sais, la coupa-t-il. Ce n'est pas grave.

— Non ! protesta-t-elle, je ne t'ai jamais cru capable d'avoir voulu me harceler.

Elle avait haussé le ton, sa peur, palpable, se teintant de frustration.

Seth faillit lâcher son marteau.

— C'est vrai ?

— Je te connais. Je sais quel homme tu es quand tu ne te comportes pas comme un idiot.

Un sourire penaud incurva les lèvres de Seth.

— Ah oui ?

Elle ne répondit pas.

L'estomac noué, il s'attaqua aux derniers clous avec une farouche détermination. La trappe finit par céder. Il sentit les flammes lécher le bas de son pantalon et il gravit à toute allure les échelons pour déboucher dans le grenier.

Rachel était couchée sur le côté, à quelques mètres de lui, respirant avec difficulté. Son visage était noirci par la fumée qui emplissait le grenier. Il s'agenouilla près d'elle, le cœur battant.

Ses yeux pâles s'ouvrirent et, de sa bouche maculée de suie, elle lui offrit un faible sourire.

— Je savais que tu étais un héros.

Il prit son visage en coupe entre ses mains.

— Oui, eh bien, nous débattrons de cela plus tard. Pour l'instant, on va te sortir d'ici, d'accord ?

Il l'aida à se remettre sur ses jambes et l'entraîna vers la fenêtre, priant pour que Delilah ait réussi à installer l'échelle.

Elle était au-dessous, dans le patio, en train de positionner l'échelle coulissante sous la fenêtre du grenier. Pourtant, même dépliée à son maximum, celle-ci n'atteignait pas le rebord de la fenêtre ; il manquait environ un mètre cinquante.

Bon sang ! Seth contempla l'espace qui le séparait de la liberté.

— Allez, Seth ! cria Delilah. Ça va être un peu acrobatique, mais je t'ai déjà vu grimper comme un singe dans un peuplier… Tu peux le faire !

Lui, oui, mais Rachel ? Elle allait devoir enjamber cette fenêtre alors qu'il n'y avait rien au-dessous, rien d'autre à quoi s'accrocher que la confiance qu'elle avait en lui et la certitude qu'il l'empêcherait de tomber.

Y parviendrait-elle ? Parviendrait-elle à surmonter sa phobie ?

— Rachel, je passe le premier pour atteindre l'échelle.

Elle commença à secouer frénétiquement la tête.

— Pas d'échelle.

— Nous n'avons pas le choix. Le placard est déjà en feu.

Elle releva le menton.

— Alors, descends sans moi.

— Non, dit-il fermement. On vit tous les deux ou on meurt tous les deux. A toi de choisir. Mais je ne sortirai pas d'ici sans toi.

17

— Seth, s'il te plaît, je ne peux pas.

La panique supplantait tout le reste, aussi mortelle que la fumée qui emplissait la pièce derrière elle.

— Vas-y, toi !

Les mains de Seth se plaquèrent sur ses joues, la forçant à le regarder. Il avait le visage sali par la fumée, luisant de sueur mais, au fond de ses yeux verts, elle vit briller une émotion si intense qu'elle en eut le souffle coupé.

— Je ne pars pas sans toi.

Chacun de ses mots résonnait d'une résolution infaillible. Ses mains la maintenaient toujours comme s'il avait l'intention de la tirer hors de la maison, qu'elle le veuille ou non.

— O.K., dit-elle, enlevant ses mains de son visage. Fais attention !

Pétrifiée par la peur, elle le vit enjamber la fenêtre puis disparaître de l'autre côté. Seuls ses doigts accrochés au rebord demeuraient visibles. Au bout de quelques instants qui lui parurent durer une heure, son visage reparut.

— O.K., chérie. A toi, maintenant… Tu peux y arriver. J'ai bravé le feu pour toi. Tu peux braver ta peur du vide.

Vole, bébé. Tu peux voler. L'écho lointain de la voix de sa mère retentit dans sa tête. Le murmure insensé, malveillant, d'une femme sous l'empire de la folie.

Non, je ne volerai pas.

Je vais descendre, comme une personne normale.

Elle ferma les yeux un instant, anticipant ce qui allait suivre. Elle allait s'asseoir sur le rebord de la fenêtre, trouver son équilibre. Seth serait juste au-dessous. Il ne la laisserait pas tomber.

Il ne la laisserait *jamais* tomber.

Elle passa une jambe par-dessus le rebord, cramponnée à l'huisserie de la fenêtre, mais elle demeura immobile, une jambe à l'extérieur, une jambe toujours dans le grenier, incapable de passer la deuxième jambe sans basculer dans le vide.

— Prends mes mains, Rachel.

Sa voix assurée lui fit reprendre pied avec la réalité, empêchant son esprit de s'égarer.

— Prends mes mains et enjambe le rebord… Je te tiens.

Elle obéit et saisit ses mains. Ce fut comme si elles lui communiquaient leur force — une force incroyable, surhumaine. Elle passa la jambe par-dessus le rebord et se maintint assise là, en équilibre précaire.

— Bien. Maintenant, ça va être le plus délicat. Fais exactement ce que je te dis, et on est libres.

Il dégagea l'une de ses mains et prit appui contre le mur.

— Je veux que tu te laisses glisser du rebord jusqu'à mon bras en te tournant pour faire face au mur, d'accord ?

Elle le contempla, interdite.

— C'est ça, ton plan ?

Tête levée vers elle, il lui décocha un large sourire.

— C'est à prendre ou à laisser.

Elle se rendit compte, à cet instant, dans ce moment de folie et de frayeur, qu'elle était follement amoureuse de Seth Hammond. Un homme qui, malgré sa phobie du feu, parvenait à faire sortir du grenier d'une maison en flammes une acrophobe droguée et un peu fêlée, valait de l'or. Quoi qui ait pu le conduire à dévier du droit chemin par le passé, une chose était certaine : aujourd'hui, peu d'hommes lui arrivaient à la cheville.

Et s'il pensait encore la détourner des sentiments qu'elle éprouvait pour lui, eh bien, il allait avoir la surprise de sa vie.

— Tu te rappelles ce que nous avons fait cet après-midi ? demanda-t-elle en se laissant glisser, ainsi qu'il le lui avait demandé, de la fenêtre jusqu'à son bras incurvé.

Ses yeux verts cherchèrent les siens.

— Oui, répondit-il, sur la réserve.

Elle continua à se laisser glisser jusqu'à l'échelle, guidée par son bras solide comme le long d'un rail, jusqu'à ce que ses mains agrippent les montants et que ses pieds s'ancrent sur le premier échelon. Mais la chaleur du corps de Seth, derrière elle, était tellement rassurante que ce fut presque comme si elle avait déjà les pieds sur la terre ferme.

— Dès que j'aurai éliminé cette saleté de drogue, on recommencera. Compris ?

Un frémissement parcourut le corps de Seth tandis qu'il riait à son oreille.

— Compris.

Barreau après barreau, ils descendirent l'échelle jusqu'au sol dallé du patio, où ils posèrent le pied juste au moment où le camion de pompiers faisait son entrée dans l'allée, sirènes hurlantes.

— Il n'y a pas grand-chose à sauver, j'en ai peur, observa Delilah à voix basse tout en s'avançant vers Seth, assis au chevet de Rachel, étendue sur son lit d'hôpital.

Le médecin des urgences avait insisté pour la garder en observation pour la nuit, compte tenu de la quantité de fumée qu'elle avait inhalée. Mais il pensait qu'elle serait remise dans un jour ou deux.

— Elle sera consternée d'avoir perdu tous ses souvenirs de famille, murmura-t-il en effleurant tendrement du pouce le dos de sa main qui reposait dans sa paume. Mais je crois que ce fichu grenier ne lui manquera pas.

— Ça, c'est sûr, confirma la voix ensommeillée de Rachel.

Ses yeux s'entrouvrirent.

— Alors, on a survécu, hein ?

Il pressa sa main.

— Oui, on a survécu.

Elle frotta ses yeux irrités et rougis.

— J'ai l'impression d'avoir avalé le contenu d'un aspirateur à cendres de cheminée.

— C'est presque le cas.

La porte s'ouvrit et Rafe Hunter fit son entrée, suivi de sa femme, Janeane. Il avait une personnalité si affirmée que la pièce parut aussitôt rétrécir. Rafe poussa Seth sur le côté et saisit les mains de sa nièce.

— Rachel, ma petite, ça va ?

Rachel lança un coup d'œil à Seth par-dessus l'épaule de son oncle.

— Je reviens bientôt, murmura-t-il en se dirigeant vers la porte pour laisser sa famille passer un moment avec elle.

Delilah, qui l'avait accompagné, posa une main sur son bras comme il se laissait aller contre le mur du couloir.

— Viens, il y a une salle d'attente là-bas, suggéra-t-elle. Ivy et Sutton veulent te parler.

L'air solennel de sa sœur ne lui dit rien qui vaille.

— Que se passe-t-il ? s'enquit-il comme ils entraient dans la petite salle, où étaient assis plusieurs visiteurs. Tout au fond, près de la grande baie vitrée qui offrait une vue imprenable sur l'est de Maryville, Sutton et Ivy, la mine sombre, étaient en plein conciliabule avec un Antoine Parsons à l'air tout aussi grave.

Tous trois se retournèrent à leur approche.

— Paul Bailey est mort.

Seth regarda Antoine.

— Je croyais que vous l'aviez coincé et mis sous les verrous.

— C'est ce qu'on a fait. Il attendait l'arrivée de son avocat, dans sa cellule. Le gardien qui était le plus proche s'est absenté un moment pour mettre fin à une rixe entre deux ivrognes un peu plus loin dans le couloir et quand il est revenu, Bailey était mort.

— Assassiné ?

— On n'a pas encore de certitude, répondit Antoine, visiblement ennuyé. On ne sait pas s'il a avalé quelque chose… Le corps a déjà été transféré à la morgue. On aura les résultats de l'autopsie dans quelques jours.

— Il n'a pas fait tout ça tout seul, déclara Seth avec conviction. Il y avait quelqu'un en coulisse… Quelqu'un qui tirait les ficelles.

— C'est aussi ce que nous pensons, déclara Ivy. Cette affaire n'est pas terminée.

Seth se frotta le menton, sa barbe d'un jour râpant la paume de sa main.

— Rachel est-elle encore en danger ?

— Probablement pas, le rassura Sutton. C'était clairement Paul Bailey le lien. S'il prenait la tête de la société, son donneur d'ordres avait accès aux camions. Sans Bailey, fini, terminé :

il n'y a plus de point d'entrée. La tête pensante, en coulisse, va devoir trouver un autre gogo à manipuler.

— Et, donc, après avoir commandité cinq meurtres et tourmenté Rachel pendant des semaines, il s'en tire impuni ? rétorqua Seth.

La rage l'assaillit, aussi dévorante et destructrice que le feu qui l'avait talonné dans la maison de Rachel.

— On ne va pas permettre ça, dit Delilah. J'ai réfléchi à ce que tu nous as dit… A propos d'Adam Brand.

La voix de sa sœur avait une inflexion étrange, une inflexion qu'il ne lui avait jamais entendue. Une vulnérabilité qu'elle n'avait jamais montrée, même enfant. Il la regarda et vit l'anxiété qui brillait dans ses yeux.

— Eh bien ?

— J'ai essayé de le joindre en passant par les canaux internes. J'ai appelé des connaissances communes de l'époque où nous travaillions ensemble. Et cette histoire de départ en vacances… C'est du pipeau. Ce n'est que la version officielle.

— Et quelle est la vraie version ? demanda Sutton, intrigué.

Le visage fermé, Delilah répondit :

— La vraie version, c'est qu'il est porté disparu. Et que le FBI enquête sur lui pour espionnage.

Seth secoua la tête.

— Non, je ne marche pas. Impossible. Pas Brand.

Les yeux de sa sœur se braquèrent sur lui.

— Il se passe quelque chose d'inquiétant, Seth. Je suis sûre, moi aussi, qu'Adam Brand ne se retournerait jamais contre son pays. Du coup, j'en suis à me demander si sa disparition n'est pas liée au motif pour lequel il t'a demandé de suivre Rachel… Je ne vois pas quel pourrait être le rapport, mais j'ai bien l'intention de le découvrir, acheva-t-elle en relevant le menton d'un air de défi.

Elle sortit son téléphone de sa poche et se dirigea vers un coin plus tranquille de la pièce.

Sutton la suivit brièvement du regard puis se tourna vers Seth.

— On te doit des excuses.

Seth secoua la tête.

— Pas encore. Laissez-moi engranger encore quelques années d'expérience du bon côté de la barrière et, alors, vous pourrez me présenter vos excuses.

— Alors, c'est vrai ? Tu t'es rangé des voitures pour de bon ? souligna Ivy, plus curieuse qu'incrédule.

— Je ne supportais plus la culpabilité, dit-il simplement. Ce n'est pas une vie si on a ne serait-ce que l'ombre d'une conscience. Et, apparemment, en faisant tout sauter, mon père n'a pas tout à fait réussi à anéantir la mienne.

Sutton l'observa, l'air songeur, et hocha la tête.

— Tant mieux, Hammond. Prouve à tout le monde que tu vaux bien mieux que ça.

— A propos de père… as-tu parlé au tien, récemment ? demanda Seth.

— Je suis passé le voir quand je suis rentré au pays, répondit Sutton. Il a récupéré beaucoup mieux qu'il ne le croyait possible.

— J'aurais dû insister pour qu'il poursuive la rééducation, nota Seth, une nuance de regret dans la voix.

— Il n'était pas prêt, à ce moment-là. Tu n'aurais pas pu l'y obliger, répondit Sutton en haussant les épaules. Tu as déjà tant fait pour lui… Il te doit une fière chandelle. Et moi aussi. Merci.

— Pas encore, lui rappela Seth dans un bref sourire.

Il patienta encore quelques instants pour laisser à Rachel un peu de temps en compagnie de sa famille puis, n'y tenant plus, il quitta la salle d'attente et retourna dans la chambre.

Son oncle et sa tante n'étaient plus là, mais Rachel était toujours éveillée.

— Où sont-ils passés ? demanda-t-il comme elle lui adressait un petit sourire ensommeillé.

— Je leur ai demandé d'appeler Diane…

Son sourire mourut sur ses lèvres.

— Pour l'informer de ce qui se passe, pour Paul.

Il s'avisa qu'elle ne savait pas qu'il était mort. Il hésita à attendre qu'elle soit remise pour lui annoncer la nouvelle.

Mais ce n'aurait pas été juste. Lui cacher des choses était le meilleur moyen de la convaincre qu'elle ne devait pas lui faire confiance. Les mensonges et les secrets dont il avait fait son quotidien avaient bien failli le consumer — au sens propre comme au sens figuré. S'il voulait vraiment être l'homme qui méritait une femme comme Rachel Davenport, il était temps de se montrer à la hauteur. Et cela commençait par dire la vérité — en toutes circonstances et même si elle n'était pas plaisante à entendre. Même si elle était douloureuse. Il prit sa main dans la sienne.

— Je viens juste de m'entretenir avec Ivy et Antoine à propos de Paul… Ecoute, je ne sais pas comment t'annoncer ça, mais voilà… Paul est mort.

Les doigts de Rachel se crispèrent subitement sous les siens.

— Mort ? Mais… comment ?

Il lui dit ce qu'il savait.

— Peut-être qu'il a réussi à faire entrer une arme dans la prison. Si, comme nous le pensons, il était manipulé par quelqu'un, peut-être a-t-il préféré cette échappatoire-là aux représailles que lui réservait le cerveau qui est derrière tout ça.

— Je me souviens qu'il jouait à l'université — Diane venait toujours à sa rescousse —, mais il a suivi une psychothérapie pour se débarrasser de cette addiction.

— Parfois, les bonnes intentions ne suffisent pas.

Un long silence s'ensuivit, tandis qu'ils méditaient tous les deux sur le double sens de ses paroles. Ce fut Rachel qui le rompit la première.

— C'est quelqu'un d'autre qui l'a poussé. Je ne pense pas qu'il en serait venu à de telles extrémités s'il n'avait pas subi une énorme pression.

Seth était moins enclin qu'elle à accorder le bénéfice du doute à Paul Bailey, mais il ne pouvait nier ses arguments.

— La police est en train de fouiller son passé pour voir à qui il devait de l'argent. Si nous parvenons à identifier son créancier, nous serons plus à même de te protéger efficacement.

— Donc, tu penses que je suis toujours en danger ? souligna-t-elle, clairement démoralisée.

— Pas de la façon dont tu l'étais jusqu'à présent, non. Paul était l'intermédiaire par qui notre homme mettait un pied dans l'entreprise. Maintenant qu'il n'est plus là, notre mystérieux commanditaire ne peut plus prendre le contrôle des camions, et nous sommes à peu près certains que c'était son objectif.

— Mais vous ne savez pas dans quel but ?

— De toute évidence, pour se livrer à de la contrebande. Mais de quoi ? Ça, nous ne le savons pas.

— Mais n'aurait-il pas été plus simple pour eux d'acheter leurs propres véhicules ?

— Pas sans que les autorités n'y regardent de très près, probablement.

— Donc… Il fait peut-être déjà l'objet d'une surveillance policière ?

Seth songea à Adam Brand. Qu'avait-il donc bien pu lui arriver ? L'agent du FBI avait-il cherché des noises à la mauvaise personne ?

— Probablement. Il ne nous reste plus qu'à enquêter dans ce sens-là.

— *Nous* ? releva Rachel en arquant un sourcil. Tu fais partie de la police de Bitterwood, maintenant, *inspecteur Hammond* ?

L'idée lui tira d'abord un sourire, mais celui-ci ne tarda pas à s'effacer. A bien y réfléchir, l'idée était tentante, en définitive. Et, s'il ne s'était pas complètement grillé, peut-être aurait-il eu une chance de passer du bon côté de la barrière.

— Non, mais je m'intéresse à l'issue de cette affaire.

Les lèvres de Rachel s'incurvèrent.

— A cause de moi ?

Incapable de nier, il hocha la tête.

— A cause de toi, oui.

Son sourire s'élargit avant de disparaître subitement. Elle chassa d'un revers de main rageur les larmes qui lui montaient aux yeux.

— Pauvre Diane… Elle a tout perdu, maintenant.

— Pas tout, non. Elle t'a, toi.

Rachel pressa ses doigts autour des siens.

— Et c'est grâce à toi.

Il porta sa main à ses lèvres et embrassa ses phalanges.

— Il y a eu un moment, dans ce grenier, où j'ai bien cru que j'allais devoir rester là, avec toi, à attendre que le feu nous dévore.

— Je n'aurais jamais laissé ça se produire.

Son ton plein d'assurance lui tira un sourire.

— Oui, oui… Tu dis ça maintenant.

— Tu te rappelles ce que je t'ai dit là-haut ? J'étais on ne peut plus sérieuse.

Une bouffée de chaleur le traversa comme il se remémorait ses paroles, mais il n'allait pas se contenter de *supposer* qu'ils parlaient bien de la même chose. Après tout, Rachel était sous l'emprise de la drogue.

— Tu as dit beaucoup de choses. De quelle partie parles-tu exactement ?

Le demi-sourire malicieux qu'elle lui retourna le rassura. Ils étaient bien sur la même longueur d'onde.

Il secoua la tête.

— Mais qu'est-ce que je vais faire de toi ?

L'expression goguenarde se mua en un vrai grand sourire.

— Faut-il vraiment que je te le rappelle ?

— Je maintiens que tu prends un pari risqué en misant sur moi, Rachel. Tout le monde pensera que tu es folle de te fourvoyer avec quelqu'un comme moi.

Elle se redressa dans son lit et se pencha pour poser la main sur sa joue.

— Qu'ils pensent ce qu'ils veulent. Je suis une grande fille. Je m'en accommoderai. Ce dont je ne m'accommoderai pas, en revanche, c'est de vivre ma vie sans toi à mon côté.

Plongeant son regard dans l'eau miroitante de ses yeux bleus, il vit qu'elle pensait très exactement ce qu'elle disait.

Il vint couvrir sa main de la sienne.

— Je ferai tout, absolument tout, pour que jamais tu ne regrettes ta décision. Je te le promets.

Elle s'inclina vers lui, effleura ses lèvres.

— Eh bien, c'est un très bon début, je trouve. Pas toi ?

Il l'enlaça avec mille précautions, prenant soin de ne pas arracher le tuyau de sa perfusion.

— Si, murmura-t-il à son oreille, s'enivrant de son parfum, où se devinait encore l'odeur de la fumée, le cœur rempli d'espoir. C'est un excellent début.

CARLA CASSIDY

Une attirance à risque

BLACK ROSE

HARLEQUIN

Titre original : SCENE OF THE CRIME : RETURN TO MYSTIC LAKE

Traduction française de CHRISTIANE COZZOLINO

83-85, boulevard Vincent-Auriol, 75646 PARIS CEDEX 13.
Service Lectrices — Tél. : 01 45 82 47 47
www.harlequin.fr

1

Lorsque, enfin, l'avion amorça sa descente sur Kansas City, Jackson Revannaugh comprit qu'il arrivait au beau milieu de nulle part. L'aéroport international était entouré de champs, et la ville totalement invisible.

Il commençait à se faire tard ; Jackson avait hâte de débarquer. Cela faisait plus de trois heures qu'il avait quitté Baton Rouge, et le vol n'avait pas été de tout repos. Outre le fait qu'un bébé n'avait pas arrêté de brailler, un gosse assis derrière lui avait passé son temps à lui balancer des coups de pied dans le dos.

Résultat : il était d'une humeur exécrable. D'autant plus qu'il avait cruellement manqué de sommeil ces dernières semaines et qu'il n'avait rien avalé depuis ce matin, en dehors d'un malheureux paquet de bretzels.

Dès que l'appareil se fut immobilisé, il sortit du compartiment à bagages son sac marin, qui contenait tout ce dont il avait besoin pour un court séjour dans le Missouri, puis il s'empressa de gagner le terminal.

Lorsqu'il sortit de l'aéroport, il constata que la chaleur moite du Midwest à la mi-juillet n'était rien à côté de la fournaise qu'était la Louisiane, et en particulier Bachelor Moon, où il venait de passer plusieurs semaines à enquêter sur la mystérieuse disparition d'un couple et de leur fille de sept ans.

On lui avait retiré l'affaire avant qu'il ait eu le temps de l'élucider et on l'avait envoyé à Kansas City pour enquêter sur un cas similaire. En avançant sur le trottoir, il sentit peser lourdement sur ses épaules la fatigue accumulée au cours du dernier mois.

Une voiture était censée l'attendre pour le conduire à Mystic Lake, à une trentaine de kilomètres de Kansas City. Mais on ne lui avait pas donné plus de précisions, aussi en était-il réduit à faire le pied de grue en guettant un véhicule dont il ne connaissait ni la marque ni la couleur.

Il était plus de 19 heures, et Jackson rêvait d'un bon gros steak saignant et d'un verre de bourbon, suivis d'une longue nuit de sommeil dans un hôtel confortable.

Il soupira en songeant qu'il ne devait pas se faire trop d'illusions. Il allait probablement devoir se mettre au travail sur-le-champ, et dans l'état où il se trouvait, cela risquait d'être difficile.

Il était parti au pied levé, sans savoir exactement de quoi il s'agissait. Tout ce qu'on lui avait dit, c'était qu'il allait travailler avec un agent de l'antenne locale du FBI.

Si cette fichue voiture pouvait arriver, il pourrait s'atteler rapidement à la tâche, boucler l'affaire en quelques jours et vite retourner à Baton Rouge.

Il se recula précipitamment lorsqu'un énorme bus bleu s'arrêta au bord du trottoir en crachant ses gaz d'échappement. En voyant les portes s'ouvrir, il faillit monter dedans puis se ravisa. Au téléphone, Daniel Forbes, le directeur de l'agence du FBI de Kansas City, lui avait garanti qu'une voiture l'attendrait devant la sortie du terminal A.

Jackson réprima un nouvel accès de mauvaise humeur. Son avion était arrivé à l'heure, alors où diable était la voiture annoncée ?

Lorsque le bus repartit, une voiture noire prit sa place. La jolie rousse aux yeux verts qui était au volant sortit du véhicule et s'avança vers lui.

La vue d'une jolie femme avait toujours eu sur lui un effet apaisant ; en un clin d'œil, le vieux grincheux se transformait en parfait gentleman.

— Agent Revannaugh ? demanda-t-elle.

— Lui-même, répondit-il.

Il ouvrit la porte arrière et jeta son sac marin sur la banquette, puis il s'assit à l'avant, sur le siège passager.

Lorsqu'elle se glissa de nouveau derrière le volant, un délicieux parfum de vanille et de chèvrefeuille emplit l'habitacle. Vêtue d'un pantalon de coton noir et d'un chemisier blanc qui mettait en valeur sa jolie poitrine et sa taille de guêpe, la jeune femme était si agréable à regarder que Jackson en oublia sa fatigue.

— Je me sens de bien meilleure humeur, tout à coup, confia-t-il tandis qu'elle démarrait. Vous êtes ravissante, mon chou. Je savais que quelqu'un allait venir me chercher, mais je ne m'attendais pas à trouver un chauffeur aussi sexy. Quel magnifique accueil !

Comme chaque fois qu'il jouait les jolis cœurs, son accent du Sud était encore plus traînant et plus prononcé que d'habitude.

Elle lui lança un regard désapprobateur.

— Vous partez du principe que parce que je suis une femme, je ne peux être que votre chauffeur, n'est-ce pas ? Eh bien, laissez-moi vous dire qu'en plus d'être un affreux dragueur, vous êtes terriblement macho ! Je n'ai pas encore eu l'occasion de me présenter ; je suis l'agent spécial Marjorie Clinton, en charge de cette affaire. Vous allez donc travailler avec moi et vite comprendre que je ne suis le « chou » de personne.

Il y avait longtemps que Jackson n'avait pas pris une telle claque. Se carrant dans son siège, il se creusa la cervelle pour trouver un moyen de se rattraper.

— Détrompez-vous, dit-il. Je ne suis pas macho pour deux sous. Si je vous ai prise pour mon chauffeur, c'est tout simplement parce qu'on m'avait dit au téléphone que quelqu'un viendrait me chercher. D'autre part, vous n'êtes peut-être le chou de personne, mais il n'empêche que vous êtes drôlement agréable à regarder.

Lorsqu'il vit ses doigts minces se crisper sur le volant, il comprit qu'il venait en fait d'aggraver son cas. Sa collaboration avec la jeune femme semblait très mal engagée.

— Puisque nous allons devoir travailler ensemble, je propose que nous recommencions tout depuis le début. Bonjour, je suis l'agent spécial Jackson Revannaugh.

Elle lui jeta un coup d'œil méfiant et déclara :

— Jusqu'à Mystic Lake, nous en avons pour une vingtaine de minutes. Plutôt que d'essayer de faire copain-copain, il serait peut-être plus judicieux que je vous mette au courant de l'affaire, non ? Que savez-vous, au juste ?

— Quasiment rien, admit humblement Jackson.

Sa collègue était indéniablement un beau brin de femme, mais ses yeux verts brillaient d'un éclat plutôt réfrigérant. *Concentre-toi sur l'enquête et fiche vite le camp de ce bled*, songea-t-il en soupirant intérieurement.

— On m'a obligé à laisser en plan l'affaire sur laquelle je travaillais depuis quelques semaines à Bachelor Moon, en Louisiane, pour venir ici séance tenante. Tout ce que je sais, c'est qu'il y aurait de fortes ressemblances entre votre affaire et celle sur laquelle j'enquêtais.

— Il s'agissait de personnes disparues ? demanda-t-elle.

Elle sortit de l'autoroute et prit une route à deux voies qui semblait s'enfoncer encore plus loin dans la campagne.

— Oui, trois personnes se sont littéralement volatilisées de chez elles. On a retrouvé sur la table les restes d'un dîner tardif, mais les deux adultes et l'enfant qui habitaient là sont toujours portés disparus. Mes collègues et moi-même avons enquêté pendant des jours et des jours, mais aucun indice n'a été découvert et nous n'avons aucune piste sérieuse.

Tout en parlant, il l'observait à la dérobée. Il remarqua qu'elle avait des taches de rousseur sur le nez et que ses boucles d'oreilles en émeraude étaient du même vert que ses yeux. Il songea qu'elle ne devait pas sourire souvent et que c'était bien dommage parce que son visage aurait été encore plus beau éclairé par un sourire.

— Ici, ce sont deux personnes qui ont disparu mystérieusement. Nous ne savons pas quand, exactement. Il s'agit d'un couple. Mariés depuis peu, Amberly Caldwell et Cole, son mari, vivaient entre la maison de Cole à Mystic Lake et le domicile d'Amberly à Kansas City.

Elle s'interrompit pour prendre à droite.

— Amberly a un fils, Max, continua-t-elle. L'enfant avait passé le week-end chez son père, John Merriweather. Il était convenu qu'Amberly irait chercher Max à l'école hier après-midi. Comme elle n'y est pas allée, John s'est inquiété et a foncé chez Cole pour voir ce qu'il se passait.

— Mais il n'a trouvé personne.

Marjorie secoua la tête.

— Leurs deux voitures étaient garées dans l'allée, mais John a trouvé porte close. Il a aussitôt prévenu la police. Mais l'adjoint qui a été dépêché sur les lieux a jugé qu'il valait mieux laisser passer vingt-quatre heures avant de donner l'alerte.

— Il n'a pas cherché à en savoir plus ? demanda Jackson, abasourdi.

Il aurait fallu qu'un policier entre dans la maison et s'assure qu'il n'était rien arrivé de fâcheux à ses occupants.

— Soit il était débordé et il a manqué de conscience professionnelle, soit il a estimé que, Amberly et son mari étant jeunes et en bonne santé, il n'y avait aucune raison de s'inquiéter pour eux. Bref, quand un policier a finalement forcé la porte pour entrer dans la maison, il a tout de suite vu qu'il y avait quelque chose d'anormal. Et c'est comme ça que mon chef a reçu un appel de Roger Black, le shérif adjoint de Mystic Lake. Il avait apparemment entendu parler de ce qu'il s'était passé en Louisiane. Il a contacté votre agence qui vous a envoyé ici dare-dare.

— J'ai entendu dire qu'à Kansas City les steaks valaient vraiment le détour, mais j'ai l'impression que les femmes ne sont pas mal non plus.

Jackson ne pouvait s'empêcher de badiner. Sa façon à lui de se mettre en condition avant d'aborder une enquête était de plaisanter avec son ou sa collègue, histoire de gagner sa sympathie.

Marjorie lui jeta un regard noir. Elle n'avait visiblement aucune envie de sympathiser avec lui. Résigné, il se tut et se contenta d'admirer le paysage.

Ces chênes imposants, ces érables feuillus, ces champs de maïs à perte de vue n'existaient pas en Louisiane. Dans le Missouri, en revanche, on ne rencontrait ni magnolias ni cyprès couverts de mousse espagnole accrochée aux branches comme des toiles d'araignée. Ni bayou, bien sûr.

Jackson se rendit compte que la Louisiane lui manquait déjà. Les environs de Kansas City étaient loin d'avoir la beauté et le charme de sa région.

Il se retourna vers Marjorie qui, elle, ne manquait pas de charme.

— Etes-vous allée sur la scène de crime ? demanda-t-il.

— C'est là-bas que j'étais avant d'aller vous chercher. Nous n'avons fait que jeter un coup d'œil. La police scientifique n'a touché à rien. A part moi et deux adjoints de Mystic Lake, personne n'est entré dans la maison. Nous attendions le grand crack de Louisiane pour démarrer officiellement l'enquête.

— Eh bien, me voilà ! s'exclama Jackson sans se formaliser du ton ironique de la jeune femme. Et ce premier coup d'œil, que vous a-t-il appris ?

— Je préfère que vous vous fassiez votre propre opinion avant de vous livrer mes impressions. Mais il y a une chose que je peux d'ores et déjà vous dire : les portes étaient toutes verrouillées, et il n'y a aucun signe d'effraction nulle part.

— Parlez-moi un peu des victimes présumées. Qui sont-elles et que font-elles dans la vie ?

Une rapide description de la victime était souvent plus utile que le profil complet de l'agresseur présumé.

— Cole Caldwell, trente-six ans, a épousé Amberly il y a moins de deux mois. Elle est amérindienne, a trente et un ans et un fils de sept ans. Ils ont passé plusieurs week-ends à faire des cartons dans la maison de Cole qu'ils avaient décidé de mettre en vente afin d'aller habiter chez Amberly, à Kansas City.

Marjorie s'adressait à lui avec courtoisie mais à son ton, il était clair qu'elle n'envisageait leur relation que sous un angle strictement professionnel.

— Amberly s'occupe de Max en garde partagée. Son ex-mari habite tout près de chez elle. Tous les trois semblent contents de cet arrangement.

— Vous ne m'avez pas dit ce qu'ils faisaient dans la vie.

— Cole Caldwell est le shérif de Mystic Lake, continua la jeune femme en s'engageant dans l'allée d'une jolie maison de plain-pied devant laquelle se trouvaient déjà plusieurs voitures de police.

Elle coupa le contact et se tourna vers Jackson.

Pour la première fois, l'inquiétude transparut dans ses yeux verts, soudain plus sombres.

— Amberly travaille avec moi. Elle est l'une des meilleures profileuses du FBI dans la région.

Jackson sentit son cœur bondir dans sa poitrine.

— C'est bizarre. A Bachelor Moon, j'enquêtais sur la disparition d'un certain Sam Connelly, profileur retraité de l'agence de Kansas City.

Dès qu'elle avait su que l'une des personnes disparues était sa collègue Amberly, Marjorie s'était sentie obligée de s'investir à fond dans l'enquête. Bien qu'elles n'aient jamais travaillé ensemble, Amberly et elle étaient copines. A l'agence, tout le monde était sous le choc.

Marjorie était soulagée de sortir de la voiture : grisée par l'odeur virile de l'après-rasage de Jackson Revannaugh, elle aurait été capable de perdre la tête.

Dieu sait pourtant que ce type lui déplaisait. Elle connaissait ce genre d'homme par cœur : le super-agent venu du Sud, qui ne pouvait s'empêcher de draguer toutes les femmes qu'il croisait et qui se la jouait décontracté.

Merci, elle avait déjà donné. Il était hors de question qu'elle succombe à son charme douteux. Tout ce qu'elle voulait, c'était qu'en joignant leurs efforts Jackson Revannaugh et elle arrivent à retrouver Amberly et Cole.

L'adjoint Fred Morsi était en faction devant la porte de la maison de Cole.

— Personne n'est entré en votre absence, l'informa-t-il, visiblement soucieux de lui montrer qu'il était consciencieux.

C'est à lui qu'elle avait eu affaire lorsqu'elle était arrivée sur les lieux la première fois et, d'emblée, Morsi lui avait paru sérieux et impliqué.

Marjorie prit une paire de chaussons de protection dans la boîte qui se trouvait sur le perron. En les enfilant par-dessus ses baskets, elle remarqua que Jackson faisait la même chose. Sauf que lui portait de belles chaussures en cuir qui devaient coûter une fortune. Tandis qu'il s'emparait d'une paire de gants en latex, son sourire nonchalant s'évanouit et il afficha une expression sévère.

Tiens, songea Marjorie, *voilà une autre facette de la personnalité du beau séducteur.*

Beau ? s'interrogea-t-elle mentalement. Pourquoi cet adjectif lui était-il spontanément venu à l'esprit ?

Certes, la plupart des femmes le trouvaient sûrement bel homme avec ses yeux bleus, ses cheveux bruns qui bouclaient sur sa nuque, ses traits réguliers et virils, et sa bouche aux lèvres charnues…

— Aïe ! s'exclama-t-elle lorsque le latex de son gant droit claqua sur son poignet. Bon, on y va ? demanda-t-elle en désignant la porte close.

— Après vous, mon chou, répondit son coéquipier en lui

décochant un clin d'œil. Euh, ça m'a échappé… C'est une mauvaise habitude.

Dès qu'ils eurent franchi le seuil de la maison, ils se retrouvèrent dans un petit salon. En dehors de deux guéridons et de quelques cartons, la pièce était vide. Jackson s'immobilisa derrière elle et, tel un animal sauvage cherchant la piste olfactive de sa proie, il resta un instant le nez en l'air, figé et très concentré, ses yeux bleus scrutant les lieux dans leurs moindres recoins.

— Pas d'indices, rien qui puisse indiquer qu'il s'est passé quelque chose, n'est-ce pas ?

— Non, rien du tout. Du moins pas dans cette pièce.

Le salon donnait sur une vaste salle de séjour, prolongée par une cuisine ouverte. Ici, en revanche, on voyait clairement que les occupants de la maison avaient été interrompus au milieu de leur collation.

Le regard de Jackson balaya la pièce, s'arrêta un instant sur les deux gros coussins posés par terre devant une table basse sur laquelle étaient posés deux verres de vin à moitié vides et une assiette contenant du cheddar qui avait jauni, des crackers racornis et une grosse grappe de raisin qui commençait à pourrir.

Jackson saisit l'un des verres à pied et en huma le contenu.

— Fruité… Je décèle une touche de cerise et de prune ainsi qu'un soupçon de cuir humide. Pour moi, c'est du pinot noir.

Il reposa le verre sur la table, sous le regard stupéfait de Marjorie.

— Il y a une bouteille de pinot noir ouverte sur le comptoir, dit-elle sans cacher sa surprise.

Jackson hocha la tête.

— Je ne suis pas du Sud pour rien. Je suis amateur de vin mais en ce qui me concerne, rien ne vaut un bon verre de bourbon ou de cognac, dégusté de préférence en compagnie d'une jolie femme.

— Cela va de soi, répondit-elle sèchement.

Il fixait la table basse en fronçant les sourcils.

— Il semblerait donc que les deux victimes présumées étaient en train de boire un verre et de manger un morceau.

— Et que quelque chose a brutalement mis fin à leur petit tête-à-tête, compléta Marjorie.

— Oui, on dirait bien.

Jackson balaya de nouveau la pièce du regard.

— Pas de traces de lutte. Tiens, qu'est-ce que c'est que ça ? dit-il en tirant de sous un des coussins un petit sac à main noir.

Il l'ouvrit et en sortit un téléphone, un portefeuille et un tube de rouge à lèvres.

Le cœur battant, Marjorie le regarda fouiller le portefeuille et en extirper la plaque d'identification d'Amberly, deux cartes de crédit et trente-deux dollars.

— Si quelqu'un s'est introduit dans la maison à leur insu, ce n'était visiblement pas pour les voler, dit Jackson de cette voix grave et avec cet accent du Sud que Marjorie trouvait à la fois énervant mais aussi terriblement sexy.

Il rangea le tout dans le sac.

— Nous allons apporter le téléphone aux techniciens de l'agence au cas où ils découvriraient quelque chose d'intéressant. Il est possible que quelqu'un ait appelé et que Amberly et Cole soient partis précipitamment à cause d'une urgence.

— Amberly aurait prévenu John, répliqua aussitôt Marjorie.

Jackson se dirigea vers la cuisine. Sa démarche était moins souple que ne le laissait supposer sa silhouette mince et athlétique.

Elle le suivit, même si elle avait déjà inspecté l'endroit et n'y avait rien trouvé de particulier. Appuyée contre le buffet, elle le regarda vérifier la porte de derrière et ouvrir les tiroirs et les placards qui ne contenaient plus grand-chose. Sortant un petit bloc-notes de la poche de sa belle chemise blanche, il se mit à prendre des notes.

Il était affreusement arrogant, et elle ne supportait pas son bagou de séducteur impénitent ; n'empêche qu'il ne prenait pas son travail par-dessus la jambe, et pour elle, en l'occurrence, c'était tout ce qui comptait. Peu lui importait le reste, du moment qu'il était efficace et à la hauteur de sa réputation.

Il avait fière allure dans son coûteux pantalon noir et sa chemise d'un blanc immaculé. Glissée dans un holster qu'il portait à la ceinture, son arme de service lui donnait l'air d'un voyou, ou plutôt d'un chef mafieux.

Oh là là ! tu t'égares ! songea Marjorie, honteuse de ses pensées. Depuis qu'elle était entrée au FBI, elle se consacrait entièrement à son travail et à sa mère, qui n'avait plus qu'elle sur qui compter.

La victime présumée de l'enquête en cours étant une de ses collègues, elle allait forcément s'impliquer encore davantage.

— Allons jeter un coup d'œil au reste de la maison, suggéra Jackson lorsqu'il eut terminé d'inspecter la cuisine.

— Il n'y a pas grand-chose à voir. Deux chambres totalement vides et dans la troisième, qui était manifestement celle du couple, il n'y a plus que le lit et la commode.

Il longea le couloir en jetant un coup d'œil au passage dans chacune des chambres. Il entra dans celle que le couple avait occupée et observa le lit recouvert d'une couverture bleu marine.

— Voilà un homme avisé, fit-il remarquer. Il a tout déménagé, mais il a pris soin de laisser dans le séjour un coin pour les préliminaires et dans la chambre, le lit pour y finir la nuit.

Il se retourna vers Marjorie qui sentit avec consternation qu'elle devenait rouge comme une tomate. Mais il lui fit grâce de tout commentaire.

— Amberly et Cole sont donc venus ici vendredi soir pour finir de débarrasser la maison, et lundi après-midi, Amberly n'est pas allée chercher son fils à l'école comme convenu, c'est bien cela ? Savez-vous si l'un d'eux a parlé à quelqu'un au cours du week-end ?

— Avant d'aller vous chercher à l'aéroport, j'ai chargé deux adjoints et un agent du FBI d'interroger le voisinage afin d'essayer de savoir si quelqu'un les avait vus récemment.

Elle sortit son téléphone de sa poche et composa un numéro abrégé.

— Salut Adam ! Dis-moi, est-ce que tu as du nouveau ?

Elle écouta ce que lui disait son interlocuteur, gênée par le regard inquisiteur de Jackson, qui l'examinait sans vergogne des pieds à la tête. Livrée malgré elle à cette inspection déstabilisante, elle eut l'impression que la température de la pièce, agréable jusque-là, avait soudain grimpé d'au moins dix degrés.

— Merci, dit-elle à l'agent Adam Forest.

Lorsqu'elle eut raccroché, elle fixa Jackson.

— Le voisin d'à côté, un certain Charles Baker, a vu Cole et Amberly arriver vendredi aux environs de 17 heures. Un peu plus tard, il a de nouveau aperçu Cole qui tondait la pelouse.

Personne ne les a vus ensuite. Du moins, aucune des personnes interrogées jusqu'ici.

Jackson ouvrit le tiroir du haut de la commode. Elle n'avait pas eu le temps de procéder à ce genre de vérifications avant d'aller le chercher à l'aéroport.

— A moins que le shérif Cole Caldwell ne fasse exception, nous avons la preuve qu'il n'est pas parti d'ici de son propre chef, déclara-t-il en sortant du tiroir un pistolet et un badge doré. Aucun shérif de ma connaissance ne partirait sans son arme et le symbole même de ses attributions.

A la vue de ces deux objets, Marjorie se raidit. Il ne s'agissait donc pas d'un simple malentendu, comme elle l'avait secrètement espéré, entre le petit Max, son père, et le nouveau couple que formait sa mère avec Cole. Cole et Amberly n'étaient pas partis quelque part en amoureux.

— Cette affaire est-elle semblable à celle sur laquelle vous enquêtiez à Bachelor Moon ? demanda-t-elle.

— Il est encore trop tôt pour le dire. Mais ce qui est sûr, c'est qu'elle lui ressemble beaucoup.

Il sortit de la chambre, et elle s'empressa de lui emboîter le pas. Il retourna dans la salle de séjour et fixa la table basse et les coussins au sol.

— En apparence, les deux affaires sont similaires, mais à ce stade de l'enquête, il serait prématuré d'établir un lien entre elles.

— Je vous propose de vous conduire à présent chez Amberly. J'ai posté des policiers en faction devant sa porte de manière à garder les lieux intacts.

Ils sortirent l'un derrière l'autre. Puis, de concert, ils retirèrent leurs chaussons et leurs gants.

— Pour être franc avec vous, ce dont j'ai besoin maintenant, c'est d'un bon repas, d'un solide remontant, et d'un lit douillet, déclara Jackson.

— Mais il faut que nous allions chez Amberly, protesta Marjorie.

— Cela peut bien attendre demain matin. C'est ici que le shérif Caldwell et sa femme ont disparu, pas à Kansas City. Nous allons avoir du boulot ; je le crains.

— Justement. Si nous voulons faire toute la lumière sur

cette étrange affaire, nous allons devoir y passer la nuit, insista la jeune femme.

— Vous plaisantez ! Il faudra sans aucun doute bien plus d'une nuit pour élucider ce mystère, répliqua Jackson en se dirigeant vers la voiture d'Amberly.

Elle trottinait derrière lui, exaspérée par son manque de motivation. Elle ignorait comment ils s'y prenaient pour résoudre les affaires en Louisiane, mais ce qui était sûr, c'était qu'à Kansas City, ce n'était pas en mangeant un steak et en se prélassant dans un lit qu'on arrivait à quelque chose.

— Mais vous savez à quel point les premières quarante-huit heures sont capitales dans une enquête, plaida-t-elle avec véhémence tout en montant en voiture.

— Je sais, mais si j'en crois mon intuition, nous avons déjà laissé passer ces premières quarante-huit heures. D'après moi, ils ont disparu vendredi soir. Il y a donc quatre jours. De plus, à ce stade, tout ce que nous pouvons constater, c'est que Cole et Amberly ne sont pas chez eux, mais rien n'indique qu'il leur soit arrivé quelque chose de fâcheux.

— Croyez-moi, si Amberly s'était engagée à aller chercher Max à l'école hier après-midi, rien n'aurait pu l'empêcher d'y aller si ce n'est un événement indépendant de sa volonté, répliqua Marjorie. Son fils compte plus que tout pour elle.

— Avez-vous appelé les hôpitaux ? Cole a peut-être eu un problème de santé. Ou Amberly. Dans ces cas-là, on ne pense pas toujours à prévenir l'entourage.

Il dut lire sur son visage que cette vérification n'avait pas encore été faite.

— Alors appelez-les dès que vous m'aurez déposé à mon hôtel. Il n'est pas loin d'ici, j'imagine.

— En fait, vous ne logez pas à Mystic Lake. Le directeur vous a réservé une chambre dans un motel de Kansas City. Mais soyez sans crainte : il y a un restaurant juste à côté où vous allez pouvoir vous remplir l'estomac.

Elle démarra, réprimant un nouvel accès de mauvaise humeur à l'égard de ce collègue qui l'horripilait.

Les agents du FBI ne faisaient pas des horaires de bureau, que diable ! Quand ils étaient sur une affaire, ils travaillaient jusqu'à la limite de l'épuisement.

Mais pas Jackson Revannaugh, apparemment.

Pour ne rien arranger, pendant le trajet qui les ramenait en ville, non seulement cet agent décidément très spécial s'endormit, mais il se mit à ronfler, par-dessus le marché.

Et dire qu'elle avait attendu l'arrivée de ce prétendu crack pour démarrer l'enquête ! Qu'avait-il de si exceptionnel pour que son chef soit persuadé qu'il allait leur apporter un éclairage intéressant sur l'affaire ?

Quelle calamité, soupira la jeune femme. Comme si le destin ne l'avait pas déjà frappée assez durement, voilà maintenant qu'il la dotait du pire coéquipier qui soit.

2

Jackson se redressa, le cœur battant à tout rompre. Malgré la lumière blafarde de l'aube qui s'infiltrait à travers les rideaux de la fenêtre en face de son lit, il lui fallut plusieurs minutes pour émerger de son sommeil perturbé par d'horribles cauchemars et pour recouvrer totalement ses esprits.

Kansas City. Le Regent Motel. Il jura entre ses dents lorsqu'il vit l'heure : 6 h 30. Autant qu'il s'en souvienne, Miss Coincée lui avait dit hier soir, lorsqu'elle l'avait déposé, qu'elle passerait le prendre à 7 heures tapantes.

Vite, du café. Il lui fallait du café pour finir de dissiper l'effroi dans lequel l'avaient plongé les mauvais rêves qui l'avaient hanté une partie de la nuit. Il alluma la petite machine à café qui trônait sur la coiffeuse, et pendant que le gobelet se remplissait, il déverrouilla la porte de sa chambre, au cas où Marjorie aurait un peu d'avance.

Il but une grande gorgée de café et, voyant que l'heure tournait, il emporta le gobelet dans la salle de bains et le posa sur le bord du lavabo pendant qu'il prenait sa douche.

Il savait que Marjorie lui en voulait de l'avoir lâchée, hier soir. Mais il manquait tellement de sommeil qu'il ne lui aurait été d'aucun secours s'il avait dû travailler toute la nuit. L'affaire de Bachelor Moon l'avait épuisé, tant physiquement que mentalement. Il avait besoin d'une bonne nuit de repos avant de se lancer dans cette nouvelle enquête.

En tout cas, elle ne lui avait pas menti : le motel n'avait rien d'un cinq étoiles mais il était très correct, et il y avait juste à côté un restaurant pas mal du tout. Jackson y était allé et il n'avait pas été déçu : la longe de porc et les oignons frits étaient délicieux.

La sauce barbecue aussi. Peut-être en avait-il abusé et était-ce cette sauce, assez relevée, qui lui avait provoqué ces horribles cauchemars, songea-t-il en sortant de la cabine de douche.

Il avait rêvé de Sam Connelly, de sa femme, Daniella, et de la petite Macy, leur fille. Les Connelly étaient la famille qui avait mystérieusement disparu à Bachelor Moon et qu'on n'avait pas encore retrouvée. Deux autres personnes avaient de manière plus confuse hanté sa nuit : Cole Caldwell et sa femme, Amberly. Il y avait son père, aussi.

Jerrod Revannaugh n'avait rien à faire là. Jackson n'en voulait pas plus dans ses rêves que dans sa vie. Le lien entre le père et le fils s'était distendu, puis complètement rompu cinq ans auparavant.

Refoulant toutes ces pensées anxiogènes, notamment les images de l'homme qui l'avait élevé, Jackson enroula une serviette autour de sa taille et sortit son kit de rasage.

Il savait qu'il était bel homme, mais son physique ne le préoccupait guère. Chaque fois qu'il se voyait dans une glace, il songeait simplement qu'il avait la chance d'avoir de bons gènes.

Il n'ignorait pas non plus qu'il avait du charme et plaisait aux femmes. Il lui arrivait d'avoir de brèves liaisons avec des femmes sophistiquées qui connaissaient la chanson. Il ne manquait jamais de leur dire, cependant, que lui non plus ne cherchait pas une relation durable et qu'il ne souhaitait pas s'attacher.

Il ne ressemblait décidément pas à son père. Il avait peut-être un air de famille avec Jerrod Revannaugh, et c'est vrai que tous deux avaient du succès auprès des femmes, mais Jackson ne serait jamais le salaud que son père avait été. Il s'assurait toujours que sa partenaire savait qu'elle n'avait rien à attendre de lui, contrairement à son père qui avait passé sa vie à abuser des femmes naïves.

Il trouvait sa nouvelle coéquipière très agréable à regarder, mais son abord revêche décourageait toute approche plus intime. De toute façon, l'agent Marjorie Clinton ne serait sûrement pas intéressée par une partie de jambes en l'air avec lui. Elle ne lui avait pas caché qu'elle ne l'aimait pas beaucoup et qu'elle ne supporterait de travailler avec lui que dans l'intérêt de l'enquête.

Il ne s'était rasé que la moitié du visage lorsqu'on frappa à la porte de sa chambre. Il jeta un coup d'œil au réveil, sur la table de nuit, et vit qu'il n'était que 6 h 50. Il aurait dû se douter qu'elle arriverait en avance.

— Entrez ! cria-t-il.

La porte s'ouvrit. Il sortit la tête de la salle de bains et lui lança :

— Vous êtes en avance.

Elle se tenait droite comme un piquet sur le seuil de la chambre. Lorsqu'elle le vit, elle ouvrit de grands yeux et, confuse, s'empressa de fixer la moquette.

— Et vous, vous allez de toute évidence être en retard ! rétorqua-t-elle du tac au tac. Je vous attends dans la voiture.

Elle détala comme un lapin poursuivi par une meute de lévriers en claquant la porte derrière elle. Amusé, Jackson se repositionna devant le miroir. Il était torse nu, soit, mais il n'y avait vraiment pas de quoi jouer les vierges effarouchées.

Il finit de se raser en vitesse, se passa un peu d'après-rasage sur le visage, retira des cintres sa chemise et son pantalon — qu'il avait confiés au pressing de l'hôtel en arrivant hier soir — et s'habilla en deux temps trois mouvements.

Il était conscient que plus il la ferait attendre, moins elle serait sympa avec lui. Avec tout le travail qu'ils avaient, la journée promettait d'être longue. Si Marjorie faisait la tête, cela n'arrangerait rien.

Il était à peine plus de 7 heures lorsqu'il se glissa sur le siège passager, à côté d'elle, et referma la portière.

— J'ai exactement trois minutes de retard. Je vous prie de m'en excuser. S'il y a une chose que je déteste, c'est bien de faire attendre une jolie femme, dit-il avec un sourire.

— La ferme, Rhett ! Vous perdez votre temps ; je suis allergique aux boniments.

Elle démarra et sortit du parking.

— Voyons, Scarlett, laissez-moi au moins tenter ma chance, répliqua-t-il en la gratifiant d'un de ces sourires nonchalants dont il avait fait sa spécialité.

Elle se renfrogna.

— Nous avons du pain sur la planche. Nous avons appelé tous les hôpitaux de Kansas City et de Mystic Lake, hier soir. Sans résultat. Cole et Amberly demeurent introuvables. J'ai pris rendez-vous avec John Merriweather, l'ex-mari d'Amberly. Il nous attend à partir de 9 heures, après le départ de Max pour l'école. J'ai aussi demandé à deux agents de regarder sur quelles affaires Amberly travaillait, et de faire la même chose pour Cole. Nous avons quelques autres personnes à interroger. J'ai la liste dans mon attaché-case.

— Waouh ! Pendant que je dormais comme une marmotte, vous avez travaillé comme une véritable petite fourmi.

Elle ne releva pas et continua de l'informer des derniers développements de l'affaire.

— La police scientifique a passé la maison de Cole au peigne fin sans rien trouver de significatif. Aucune empreinte, en dehors de celles de Cole et d'Amberly, et aucun indice tendant à prouver qu'il y ait eu quelqu'un d'autre dans la maison.

— Cela ne m'étonne pas. Mais dites-moi, dans le planning ultra-chargé que vous nous avez concocté, avez-vous prévu un créneau pour le petit déjeuner ?

Elle prit un sac en papier blanc qui était posé entre leurs deux sièges, et le lui mit sur les genoux.

— Vous trouverez là-dedans deux bagels, l'un à la myrtille et l'autre aux raisins secs et à la cannelle. Je me doutais que vous auriez faim.

— Ça alors, je suis étonné que vous ayez tant de sollicitude pour moi !

Il ouvrit le sac qui, outre les deux bagels annoncés, contenait deux petites portions de fromage à tartiner et un couteau en plastique.

— Ce n'est pas le cas, dit-elle. Mais j'ai cru comprendre que vous teniez beaucoup à votre petit confort.

— Pas vous ? demanda-t-il en étalant le fromage sur l'une des moitiés du bagel aux raisins secs.

— Si, dans une certaine mesure. Mais quand je suis dans le feu de l'action, mon confort passe au second plan.

— L'enquête ne fait que démarrer. Dans le feu de l'action, nous n'y sommes pas encore, fit remarquer Jackson.

Elle portait un pantalon noir, un chemisier blanc et des chaussures plates. Ses cheveux blond-roux cascadaient librement sur ses épaules et, comme la veille, elle sentait la vanille et le chèvrefeuille.

Nulle trace de maquillage sur son joli visage, mais cela ne diminuait en rien l'attirance que Jackson ressentait pour elle. Impossible de lutter contre cette toute puissante alchimie capable de faire perdre la tête au plus vertueux des hommes.

Il dévora le bagel en quatre bouchées. Il aurait bien aimé le faire passer avec un café, mais il était hors de question qu'il lui demande de s'arrêter au prochain Starbucks. Il ne voulait pas abuser.

— Hier soir, c'était plus une question de survie que de confort personnel, expliqua-t-il humblement. J'ai travaillé jour et nuit sur l'affaire de Bachelor Moon, et hier mon vol a été infernal. Sans compter que je n'avais pour ainsi dire rien mangé de la journée. J'étais incapable de me concentrer sur quoi que ce soit. Il est possible que nous résolvions le mystère de cette double disparition en un clin d'œil, mais il se peut aussi que, comme je le pressens, cette affaire nous donne du fil à retordre. J'avais besoin d'une bonne nuit de sommeil avant de me lancer dans la bataille. Il fallait que je récupère. Je tenais à ce que vous le sachiez, bien que je n'aie pas de comptes à vous rendre sur mes habitudes de travail ou mes méthodes.

Il se renfonça dans son siège et se détourna pour regarder par la vitre.

— Et si vous me parliez un peu de ce John Merriweather ? suggéra-t-il.

Mieux valait pour lui qu'il se recentre sur l'affaire plutôt que laisser son esprit vagabonder et fantasmer sur sa coéquipière qu'il ne pouvait s'empêcher d'imaginer nue.

Marjorie se tenait sur le seuil du séjour d'Amberly, lumineux et accueillant avec ses poteries, ses couleurs vives et ses tapis tissés à la main rendant hommage à l'artisanat amérindien.

La pièce sentait la sauge et le soleil, et l'enfance, aussi, car on voyait tout de suite qu'un petit garçon vivait là. Sur les étagères, à côté des poteries, il y avait des puzzles et des livres pour enfants sur les dinosaures. Un gros camion d'éboueurs en plastique dont la benne était remplie de minuscules soldats avait été abandonné près de la table basse.

Jackson fouillait la pièce en prenant soin de ne rien déranger, tel un cambrioleur scrupuleux. Il avait enfilé des chaussons de protection et des gants en latex, afin de ne laisser aucune trace de son passage. Tandis qu'il allait et venait, elle s'efforçait de ne pas repenser à ce moment terriblement troublant où elle l'avait surpris dans sa salle de bains, en train de finir de se raser, pratiquement nu, une simple serviette-éponge drapée autour des reins.

La vue de son torse bronzé et musclé lui avait coupé le souffle pendant plusieurs secondes. Et depuis, elle n'arrivait pas à chasser de son esprit cette image perturbante.

Jackson s'immobilisa pour admirer le grand tableau accroché au-dessus de la cheminée. Amberly y était représentée en princesse indienne chevauchant un magnifique pur-sang. Ses longs cheveux noirs faisaient ressortir ses yeux de biche et ses pommettes saillantes. C'était le portrait d'une belle amazone.

Il se tourna vers Marjorie juste au moment où, machinalement, elle repoussait une mèche de cheveux derrière son oreille.

— Elle est superbe, déclara-t-il avant d'ajouter, un éclair de malice dans les yeux, mais je préfère les rousses.

— Est-ce inné, chez vous ? Un peu comme le besoin de respirer ? demanda-t-elle d'un ton sarcastique.

— Oui, c'est exactement ça, répondit-il avec un grand sourire qui fit presque oublier à Marjorie à quel point il l'exaspérait. C'est son mari qui a peint ce tableau ? demanda-t-il.

— Oui, c'est John.

Elle lui avait expliqué dans la voiture que John Merriweather était un peintre de renom, surtout connu pour ses paysages du Far West et ses portraits d'Indiens et d'Indiennes. La plupart des Indiennes qu'il peignait ressemblaient à sa femme. Dans un magazine, Marjorie avait lu une interview de lui dans laquelle il confiait qu'Amberly était sa muse.

— Comment John a-t-il pris leur divorce ? demanda Jackson en se tournant de nouveau vers elle.

Elle haussa les épaules.

— D'après ce que j'ai entendu dire, au début, il l'a plutôt mal pris. Mais je pense que leur couple battait de l'aile depuis pas mal de temps. Amberly m'avait confié un jour que ce qui comptait le plus pour John, c'était sa peinture.

Jackson fit la grimace.

— Dieu sait que j'aime mon métier, mais il n'y a pas que le travail dans la vie !

Il y avait les femmes, aussi. Elle devina que c'était ce à quoi il pensait. Mais ce que faisait Jackson Revannaugh à ses moments perdus était le cadet de ses soucis.

— Vous êtes marié ? demanda-t-elle.

La question avait fusé alors que, curieusement, elle n'avait jamais eu l'intention de la lui poser.

— Non, et ce n'est pas demain la veille que je vais me laisser passer la bague au doigt. J'aime les femmes, ce n'est pas le problème, mais je me lasse très vite, si vous voyez ce que je veux dire.

— Très bien, oui. Vous vous amusez, si je comprends bien ? demanda-t-elle, désireuse d'avoir la confirmation de ce qu'elle avait tout de suite senti.

Son regard était franc mais elle hésitait à s'y fier. Ces yeux bleus là avaient dû en berner plus d'une.

— Détrompez-vous. Je ne sors qu'avec des femmes qui savent que je ne cherche rien de sérieux. Je ne joue pas avec les sentiments et je ne brise pas les cœurs. Et si nous revenions à l'affaire ? suggéra-t-il en arquant un de ses sourcils bruns.

Marjorie sentit un afflux de sang lui chauffer les joues. Elle devait être rouge comme une pivoine, mais Jackson ne fit aucun commentaire et se dirigea vers la cuisine.

Pourquoi ne lui avait-il pas demandé si elle était mariée ou si elle avait un petit ami ? Il devait penser qu'elle était trop revêche pour avoir une chance de se caser.

Elle cultivait ce côté rébarbatif. Entre son travail et sa mère, qui vivait dans un appartement luxueux dont Marjorie avait du mal à payer le loyer, elle était déjà bien assez occupée comme cela.

Elle n'avait pas de temps à consacrer aux hommes. Elle en avait fréquenté un, autrefois, qui s'était vite révélé être un sale type. Cette expérience malheureuse avait fini de la dégoûter des hommes, dont de nombreux spécimens avaient partagé la vie de sa mère lorsque Marjorie était enfant puis adolescente. Elle avait vu de quoi ils étaient capables, surtout les plus séduisants, ceux qui avaient du charme. Marjorie s'était juré qu'elle ne s'y laisserait pas prendre. Un chat, pourquoi pas ? Mais jamais un homme ne viendrait s'installer chez elle.

Cela ne signifiait pas pour autant qu'elle avait renoncé aux plaisirs de la chair. Le jour où elle rencontrerait quelqu'un, elle préciserait bien qu'elle cherchait juste une aventure et pas le grand amour.

Pendant qu'elle rêvassait, Jackson avait quitté la cuisine. Il se trouvait maintenant dans le couloir qui desservait les chambres. Ses pas lourds s'entendaient de loin.

Arrête de penser à lui, se dit-elle, furieuse de constater que Jackson avait déjà réussi à la déstabiliser alors que cela faisait moins de deux heures qu'ils travaillaient ensemble.

Il ne leur fallut que quelques minutes pour jeter un coup d'œil dans les chambres et regagner la salle de séjour.

— Apparemment, il n'y a rien ici qui puisse être relié à ce qui a pu se produire dans la maison de Cole, à Mystic Lake, déclara Jackson. Je crois qu'il est l'heure d'aller interroger John Merriweather.

— Il vit à seulement deux pâtés de maisons d'ici.

Elle consulta sa montre. Il était 8 h 45. Max était sûrement déjà parti pour l'école, et John devait les attendre.

Quelques minutes plus tard, ils se garaient dans l'allée de sa petite villa. John Merriweather était un artiste reconnu dont la cote ne cessait de grimper et qui vendait de plus en plus de toiles. Mais sa notoriété ne l'avait pas empêché de rester dans la maison où Amberly et lui avaient vécu à l'époque où ils étaient mariés, cinq ans plus tôt.

— John et Amberly ont habité ici, expliqua-t-elle à Jackson. Quand ils ont divorcé, Amberly a acheté une maison tout près pour que Max puisse voir son père souvent.

— Un jugement a fixé les modalités de la garde de leur fils ? demanda Jackson.

— Non, pas que je sache. Je crois qu'ils se sont arrangés entre eux et que tout s'est toujours bien passé.

— Ça, ça reste à voir. Parce qu'il y a maintenant un beau-père dans le tableau, répondit Jackson en sortant de la voiture. Je me charge d'interroger l'ex-mari, ajouta-t-il d'un ton autoritaire qui la surprit.

Jusqu'à preuve du contraire, c'était elle la responsable de l'enquête !

Il avait déjà filé, aussi dut-elle courir pour le rattraper. Elle ne ferait pas d'histoires pour cette fois et le laisserait prendre la direction des opérations, mais elle ne manquerait pas de lui rappeler que cette enquête était la sienne, et que si on l'avait appelé à la rescousse, c'était juste pour qu'il lui donne un coup de main.

John leur ouvrit immédiatement. C'était un beau brun aux yeux noisette, grand et mince. Il avait l'air complètement paniqué.

Jackson se chargea des présentations.

— Les avez-vous retrouvés ? demanda John dès qu'ils eurent franchi le seuil.

— Non, et c'est pourquoi nous aimerions vous poser quelques questions, répondit Jackson.

Son accent était toujours perceptible, constata la jeune femme, mais sa voix n'avait plus rien d'enjôleur et de nonchalant. Et ses yeux bleus fixés sur John avaient une expression dure qu'elle ne leur avait encore jamais vue.

— Des questions à quel sujet ? demanda John en s'affalant sur le canapé, comme terrassé par le regard inflexible de Jackson.

Regardant autour d'elle, Marjorie remarqua que la pièce était meublée avec goût. Il y régnait cependant un joyeux désordre : un journal déplié recouvrait la table basse, et le sol était encombré par un circuit automobile bricolé avec des boîtes de céréales en carton. Les petites voitures étaient de simples boîtes d'allumettes.

Des dizaines de toiles de Merriweather, dont certaines représentaient Amberly, ornaient les murs.

— Qu'avez-vous ressenti quand votre ex-femme a épousé Cole Caldwell ? lança Jackson sans préambule.

— J'ai été heureux pour elle… pour eux deux. Je n'ai jamais rien voulu d'autre que le bonheur d'Amberly. Où voulez-vous en venir, au juste ? Vous ne me soupçonnez quand même pas d'avoir quelque chose à voir avec leur disparation ? s'indigna John.

— Avez-vous craint que votre fils ne se mette à considérer Cole comme son père, et ne se détourne peu à peu de vous ?

D'instinct, Marjorie devina que Jackson faisait exprès de se montrer suspicieux.

— Vous n'y êtes pas du tout ! protesta John. Mon fils m'adore, et je suis sûr qu'il aime aussi beaucoup Cole. Les enfants ont d'énormes réserves d'amour à partager.

— Qu'avez-vous fait le week-end dernier ? enchaîna Jackson en tirant un bloc-notes et un stylo de sa poche.

John poussa un soupir d'agacement.

— J'ai eu Max tout le week-end. Vendredi soir, nous sommes allés au cinéma. Samedi, nous avons fait des courses au centre commercial, puis nous avons mangé à la cafétéria. Et dimanche, nous n'avons pas bougé.

Il semblait avoir du mal à rester calme, à en juger par ses poings crispés.

— Vous perdez votre temps et feriez mieux d'aller interroger quelqu'un d'autre. Jamais je ne ferais de mal à Cole et à Amberly, ne serait-ce que parce que mon fils est attaché à eux. J'aime Max plus que tout au monde. Il ne me viendrait pas à l'idée de le faire souffrir.

Il se tourna vers Marjorie avec un air suppliant.

— Vous avez des enfants ?

Elle secoua la tête.

— Non, je n'en ai pas.

La question de John Merriweather suscita en elle une douleur sourde. Avant d'avoir des enfants, il faudrait déjà qu'elle ait un compagnon, songea-t-elle avec amertume.

— Vous ne pouvez donc pas comprendre, décréta John en se levant du canapé. Il faut que vous les retrouviez. Max a besoin de sa mère.

Des larmes plein les yeux, il se laissa retomber dans les coussins.

— Amberly a-t-elle eu un différend avec quelqu'un, récemment ? reprit Jackson, inflexible.

John fronça les sourcils.

— Non, pas que je sache. L'an dernier, elle a vécu une expérience extrêmement traumatisante, mais la personne qui a essayé de la tuer a été abattue. Depuis, tout allait bien pour elle. Avec Cole, c'était le grand amour, et je ne lui connais aucun ennemi.

Jackson griffonna quelque chose dans son bloc-notes puis fixa de nouveau John.

— Et entre Cole et vous, ça se passait comment ?

— Très bien. Aucun problème.

John semblait nerveux, tout à coup. Il était tendu, et sa voix avait pris une intonation bizarre.

— Cole est un type bien. Si j'avais dû choisir l'homme qui partagerait la vie d'Amberly et de Max, c'est quelqu'un comme lui que j'aurais choisi.

De nouveau, il regarda Marjorie.

— Je vous en prie, trouvez-les. Max ne sait pas que Cole et sa mère ont disparu. Je lui ai simplement dit qu'elle avait été retenue à Mystic Lake plus longtemps que prévu. Par pitié, ne m'obligez pas à lui dire qu'elle a disparu.

L'humble supplique de John alla droit au cœur de Marjorie.

— Avez-vous quelqu'un dans votre vie, en ce moment ? demanda Jackson, visiblement insensible à la détresse de son interlocuteur.

— Une petite amie, vous voulez dire ? Non, personne en ce moment.

— En avez-vous eu une depuis votre divorce ?

Le regard de John se durcit.

— Etes-vous en train de me suspecter d'être encore amoureux de mon ex-femme, au point de les avoir tués, elle et son nouveau mari ? Je vais vous décevoir, mais oui, j'ai eu plusieurs aventures sans lendemain depuis mon divorce.

— Sans lendemain, dites-vous ?

Jackson était impitoyable, et si détaché, si froid, que Marjorie remercia secrètement le ciel de ne jamais avoir été interrogée par lui.

— Entre mon travail et mon fils, je n'ai guère le temps de batifoler, expliqua John en se levant. En avez-vous fini avec vos questions ? Ce n'est pas en me harcelant que vous allez arrêter les ravisseurs d'Amberly et de Cole.

— Vous pensez qu'ils ont été kidnappés ? demanda Jackson en griffonnant de nouveau quelque chose dans son bloc-notes.

John se passa une main dans les cheveux et soupira.

— Je n'en sais rien. J'ignore ce qui a pu leur arriver. Tout ce que je peux vous dire, c'est qu'Amberly n'aurait jamais fait faux bond à Max sans motif sérieux. Il faut que vous les retrouviez.

— Comptez sur nous, s'empressa de répondre Marjorie avant que Jackson ait le temps de dire quoi que ce soit.

Elle s'avança vers John et tira de sa poche une de ses cartes de visite, qu'elle lui tendit.

— Si vous repensez à quelque chose qui pourrait nous aider, ou à quelqu'un qui pourrait en vouloir à Amberly ou à Cole, appelez-moi.

Les doigts de John tremblaient lorsqu'il prit la carte.

— Entendu. Tenez-moi au courant de la progression de l'enquête.

— Nous n'y manquerons pas, lui assura Marjorie.

— Il peut toujours courir ! dit Jackson tandis qu'ils regagnaient la voiture. Pour l'instant, John Merriweather est notre suspect n° 1.

Abasourdie, Marjorie lui jeta un regard interrogateur.

— Réfléchissez, Maggie. Qui a le plus à gagner de la disparition d'Amberly et de son mari ? Le père de Max, évidemment ! Il a une bonne raison de se débarrasser d'eux.

Elle s'efforça d'ignorer qu'il venait de l'appeler Maggie, marque d'affection que jamais personne ne lui avait témoignée jusque-là. Pourtant, elle ne le rembarra pas, uniquement focalisée sur ce qu'il venait de dire au sujet de John Merriweather.

— Certes, mais il faudrait vraiment qu'il soit sacrément tordu pour passer à l'acte. Et puis, quand serait-il allé à Mystic Lake ? Il a eu son fils tout le week-end.

Elle reprit la direction de Kansas City, car ils devaient maintenant aller à l'agence pour interroger les plus proches collègues d'Amberly.

— J'ai vu une photo du gamin sur une étagère. Il a quoi… dans les six ans ? demanda Jackson.

— Il en a sept. Et même bientôt huit.

— Je ne sais pas pour vous, mais moi, quand j'avais sept ans, une fois que mon père m'avait mis au lit, je dormais. Il aurait pu partir en douce pour aller au cinéma ou aller retrouver une de ses maîtresses, et revenir tout aussi discrètement avant que je me réveille le lendemain matin. Je ne me serais rendu compte de rien.

Elle lui lança un regard curieux.

— Et votre mère, elle était où quand votre père partait en goguette ?

— Elle était morte. J'avais cinq ans quand un cancer l'a

emportée. Mais peu importe. Ce que je veux dire, c'est que John peut très bien s'être absenté après avoir couché Max. Il a pu aller à Mystic Lake, faire ce qu'il avait à faire là-bas, et revenir avant que le gosse ne se réveille.

— Admettons qu'il soit effectivement allé à Mystic Lake. Où sont Amberly et Cole ? S'il les a tués, pourquoi a-t-il fait disparaître les corps au lieu de les laisser dans la maison ?

— Je ne prétends pas avoir toutes les réponses, mon chou. Ce ne sont que des suppositions.

— Celle-ci n'est pas très convaincante, fit remarquer Amberly.

— Possible, admit-il, l'air taciturne. John a évoqué un traumatisme qu'aurait subi Amberly l'année dernière. Elle a failli se faire tuer, d'après ce que j'ai compris ?

— Oui, et c'est même à cette occasion que Cole et elle se sont rencontrés. Un tueur en série sévissait à Mystic Lake. Il suspendait des attrape-rêves au-dessus du corps de ses victimes, des femmes jeunes et jolies. Le maire de la commune a appelé le FBI à la rescousse. Forbes, le directeur de l'agence, a estimé qu'Amberly, à cause de ses origines amérindiennes, était la mieux placée pour résoudre ce genre d'affaire. Elle a donc été envoyée à Mystic Lake pour collaborer avec Cole.

Elle s'interrompit pour entrer dans le parking de l'agence qui était située dans un bâtiment en brique de deux étages dans le centre-ville.

— Le tueur a fini par s'en prendre à Amberly. Il l'a séquestrée dans un entrepôt. Cet homme n'était autre que le voisin et meilleur ami de John.

Elle se gara sur un emplacement libre.

— Un certain Ed... Ed Gershner, précisa-t-elle. Ce cinglé s'était mis dans la tête que John ne pourrait être de nouveau heureux que s'il tirait définitivement un trait sur Amberly. Cela n'était possible que si Amberly mourait, mais heureusement, Cole a trouvé l'entrepôt, tué Ed, et on connaît la suite...

Elle coupa le contact, et ils sortirent de la voiture.

— J'espère que nous n'en aurons pas pour trop longtemps. Il est presque l'heure de déjeuner, fit remarquer Jackson.

Marjorie lui emboîta le pas, réprimant de justesse une furieuse envie de lui asséner une claque sur la tête.

3

Les collègues du FBI d'Amberly Nightsong Caldwell ne voyaient pas très bien qui pourrait en vouloir à la jeune femme. Elle n'avait aucune affaire en cours. Son chef savait qu'elle était en train de réorganiser sa vie et qu'elle était très occupée à aider Cole à emménager chez elle. Il lui avait donc confié des tâches administratives et donné des horaires de bureau jusqu'à ce que Cole et elle aient fini de s'installer.

Jackson avait préféré s'effacer et laisser Marjorie interroger ses collègues.

Il s'aperçut assez vite que si toutes les personnes consultées semblaient respecter Marjorie, aucune d'entre elles n'était particulièrement proche de la jeune femme. Marjorie semblait être une solitaire et, apparemment, ne cherchait pas à se faire des amis.

Jackson était ami avec la plupart de ses collègues de Baton Rouge. Il avait beaucoup de succès auprès des femmes, mais les hommes aussi l'aimaient bien.

Il aimait inviter quelques collègues chez lui pour regarder un match de foot en buvant un verre et en mangeant des pizzas, organiser des sorties équitation ou bien encore participer à des concours de tir improvisés.

Au cours de la matinée, il acquit la certitude que Marjorie Clinton était quelqu'un d'incroyablement coincée. Elle était avare de ses sourires, facilement irritable et semblait toujours sur la défensive. Elle ne faisait manifestement pas confiance à Jackson, qu'elle regardait un peu comme une bête curieuse.

Lui aussi la trouvait bizarre. Il se demandait si elle avait eu une enfance heureuse et comment elle était devenue la femme qu'elle était aujourd'hui. Il était rare qu'il s'intéresse suffisamment à une femme pour se poser ce genre de questions.

Lorsqu'ils étaient venus à bout des interrogatoires, il avait insisté pour qu'ils aillent déjeuner quelque part avant de retourner enquêter à Mystic Lake.

— Ne faites pas cette tête, lui dit-il en s'attablant en face d'elle dans un petit restaurant du coin.

— Nous aurions pu nous arrêter au drive d'un fast-food. Nous aurions gagné du temps, dit-elle.

Jackson ouvrit la carte et la lui mit sous le nez.

— Que nous prenions dix minutes pour commander des hamburgers à emporter, ou une demi-heure pour les manger à table ne changera pas grand-chose, déclara-t-il.

— N'éprouvez-vous pas un sentiment d'urgence ? demanda-t-elle en se penchant vers lui.

Elle avait de longs cils châtain foncé et un parfum floral un peu poudré, dont il avait déjà humé plusieurs fois les grisants effluves au cours de la matinée.

— Mon chou, l'urgence n'est plus de mise. Si ça avait été samedi ou dimanche, ce serait différent, bien sûr. Mais cela fait maintenant cinq jours qu'ils ont disparu. Je me demande comment sont les frites, ici.

Il s'en voulait de se focaliser sur son parfum ou sur l'envie qu'il avait de la voir sourire. *Lui* sourire.

— Les frites sont bien le cadet de mes soucis, lança-t-elle d'un ton irrité. J'enquête sur la disparition de deux personnes, et mon coéquipier ne semble préoccupé que par son estomac.

— Avez-vous des amis ? demanda-t-il à brûle-pourpoint.

Elle cligna les paupières et se renfonça sur son siège, visiblement mal à l'aise. Ce n'était pas comme cela qu'il allait s'attirer sa sympathie. Après l'avoir obligée à manger au restaurant, il lui donnait des petits noms affectueux et se permettait des questions indiscrètes.

Ses joues prirent une jolie teinte rosée.

— Très peu, admit-elle d'une voix de petite fille prise en faute. Je cumule les heures supplémentaires et pendant mon temps libre, soit je dors, soit je vais rendre visite à ma mère.

— Et votre père ?

Elle ouvrit la carte et baissa les yeux.

— Il est mort quand j'avais dix ans.

— Je suis désolé. Pour votre mère et vous, ça n'a pas dû être facile tous les jours.

— On s'est débrouillées, répondit-elle laconiquement sans le regarder.

— Vous préférez que nous parlions de l'enquête ?

Elle leva enfin les yeux et le fixa intensément.

— Oui. Je crains malheureusement que nous ne manquions d'éléments susceptibles de nous conduire à une piste. Les interrogatoires n'ont rien donné pour l'instant. Amberly n'avait pas d'ennemi connu et ne travaillait sur aucune affaire.

Ils furent interrompus par l'arrivée de la serveuse — une blonde à forte poitrine qui répondait au nom de June.

— June, mon cœur, apportez-nous des hamburgers et des frites, mais faites vite : nous sommes un peu pressés, dit-il.

— Que voulez-vous boire ? demanda la serveuse en gloussant comme une collégienne.

— Pour moi, ce sera un Coca light, dit Marjorie sèchement.

— Et pour moi, un Coca normal.

Tandis que la serveuse s'éloignait en balançant des hanches, Marjorie gratifia Jackson d'un regard furibond.

— Vous ne pouvez pas vous en empêcher. Je me trompe ?

— Pourquoi m'en empêcherais-je ? répliqua-t-il en se penchant en avant. Avez-vous idée du nombre d'abrutis que cette pauvre June doit se coltiner chaque jour ? Les râleurs compulsifs, les radins qui oublient systématiquement le pourboire, et j'en passe. Quel mal y a-t-il à lui apporter un rayon de soleil ? Cela ne m'a rien coûté et ça l'a fait sourire.

Elle le scruta longuement.

— Je n'arrive pas à savoir si je vous aime bien ou si je vous déteste, agent Revannaugh.

Il lui décocha un grand sourire.

— Ne vous en faites pas pour ça. Vous me connaissez depuis moins d'un jour. Avec le temps vous finirez par m'apprécier. Mais en attendant, nous pouvons parler de l'enquête, puisque vous n'aimez pas parler de vous. Je suppose que c'est à Mystic Lake que nous trouverons la clé de l'énigme. Il n'y a pas eu de demande de rançon. Si Cole et Amberly ont été kidnappés, ce n'est donc pas pour de l'argent.

— Ils ont forcément été kidnappés, affirma Marjorie avec conviction. Comment expliquer autrement l'absence d'Amberly à la sortie de l'école lundi après-midi ? Elle n'aurait jamais fait faux bond à son fils.

Elle prit un air pensif.

— Nous ne savons même pas lequel de Cole ou d'Amberly est la victime initiale, l'autre n'étant peut-être qu'un dommage collatéral.

— Si c'est Amberly qui était visée, nous avons un premier suspect avec un mobile en la personne de John. Nous verrons tout à l'heure si Cole a été confronté, au cours d'une affaire, à quelqu'un qui pourrait chercher à se venger.

— Je n'arrive toujours pas à croire que John soit capable de faire du mal à Cole ou Amberly.

— N'empêche qu'une des collègues d'Amberly a raconté que l'an dernier, après l'épisode du tueur en série, John a essayé de convaincre son ex-femme de reprendre la vie commune, fit remarquer Jackson.

— Quoi qu'il en soit, ça n'a rien donné. Et Amberly est restée amie avec John même après son mariage avec Cole. Je crois que tout ce petit monde s'entendait très bien.

— En apparence, tempéra Jackson.

La serveuse revint avec leurs boissons. Elle décocha un clin d'œil à Jackson lorsqu'elle posa son Coca sur la table.

— Les hamburgers seront là dans une minute, assura-t-elle.

— Merci, June chérie, répondit-il.

— Souffrez-vous d'un trouble psychique, d'un dédoublement de la personnalité ? demanda Marjorie.

Jackson faillit s'étrangler avec son Coca.

— Comment cela ?

— Quand vous interrogiez John, ce matin, vous étiez brusque, direct et très pro. Et là, vous êtes complètement différent. Vous êtes un dragueur compulsif, en fait.

— Comme vous y allez ! dit-il avec un grand sourire aux lèvres. Mais vous savez, Maggie, dans ce métier, si vous n'arrivez pas à compartimenter, vous ne tenez pas longtemps.

— Au rythme auquel je vous vois travailler depuis hier, il me semble que vous êtes encore loin du surmenage.

June arriva sur ces entrefaites avec leur commande. Pendant quelques instants, ils se concentrèrent sur leur nourriture. Marjorie mangeait vite, de toute évidence soucieuse de reprendre la voiture le plus rapidement possible.

— Qui avez-vous prévu d'aller voir à Mystic Lake ? demanda-t-il en plongeant une frite dans une mare de ketchup.

— Notre principal interlocuteur sera le shérif adjoint Roger Black. C'est lui qui remplace Cole. Juste après manger, nous irons le voir à son bureau.

— A-t-il réussi à trouver des suspects ? Ou découvert qui pourrait en vouloir à Cole ?

— J'ai juste échangé quelques mots avec lui sans entrer dans les détails. J'espère qu'il aura des infos à nous communiquer quand nous le verrons tout à l'heure.

Machinalement, elle jeta un coup d'œil à sa montre.

— Depuis combien de temps travaillez-vous pour le FBI ? demanda Jackson.

— Deux ans. J'étais dans la police, et à trente ans, j'ai décidé de sauter le pas. Et vous ?

— Moi, ça fait sept ans. J'avais vingt-huit ans quand ils m'ont recruté. Et avant, j'étais moi aussi dans la police. Je travaillais aux homicides dans une brigade spécialisée dans le profilage des criminels violents. Ce sont mes activités au sein de cette brigade qui ont attiré l'attention du FBI et qui sont à l'origine de mon recrutement.

— Rien n'indique que nous ayons affaire ici à un criminel violent.

Il lut dans son regard brillant qu'elle avait besoin de le croire.

Jackson poussa un soupir. Il s'était juré il y a bien longtemps que jamais, au grand jamais, il ne mentirait à une femme. Quitte à la faire souffrir, il préférait lui dire la vérité.

— Il est trop tôt pour l'affirmer avec certitude, répondit-il. La seule chose de sûre pour l'instant, c'est qu'apparemment rien de violent ne s'est produit dans la maison de Cole.

L'anxiété se lisait sur le visage de Marjorie. Elle donnait l'impression d'être sûre d'elle et détachée, mais Jackson sentait qu'en réalité elle était sensible, beaucoup trop sensible pour le métier qu'elle faisait.

— J'espère que le shérif adjoint Black pourra nous mettre sur un début de piste, dit-elle lorsqu'ils remontèrent dans la voiture et prirent la direction de Mystic Lake.

— Et s'ils étaient morts ? dit doucement Jackson.

En voyant les doigts de la jeune femme se crisper sur le volant, il regretta d'avoir formulé tout haut ce qu'il pensait tout bas.

— A ce stade de l'enquête, tous les espoirs sont encore permis, dit-elle. Avant d'envisager le pire, nous devons procéder à des interrogatoires et intensifier les recherches.

— Cela fait plus de quatre jours que personne ne les a vus.

Jackson voulait la préparer à toute éventualité. Et bizarrement, il voulait aussi la protéger.

Il expliquait cela par le fait qu'elle était encore novice dans le métier, alors que lui avait de la bouteille et qu'il avait vu les choses horribles que les gens étaient capables de se faire les uns aux autres.

— Je sais, mais pour le moment, rien, absolument rien, ne prouve qu'ils aient été tués.

— A ce compte-là, rien ne prouve non plus qu'ils aient été kidnappés, répliqua-t-il.

— Ce qui est sûr, c'est qu'il leur est arrivé quelque chose. Reste à savoir quoi.

Ce n'était pas si simple. Jackson s'abstint de lui rappeler que les trois disparus de Bachelor Moon n'avaient toujours pas été retrouvés. L'enquête était au point mort.

Il ne voyait pas, cependant, quel rapport il pouvait y avoir entre les deux affaires. Entre Mystic Lake, dans le Missouri, et Bachelor Moon, en Louisiane, il y avait plus de mille cinq cents kilomètres. Sans doute s'agissait-il d'une coïncidence…

Il l'espérait sincèrement, parce que si les deux affaires étaient liées, Marjorie et lui n'étaient pas au bout de leurs peines.

— Il y a deux personnes qu'il faudrait que vous interrogiez, mais je n'ai rien qui prouve qu'elles sont, l'une ou l'autre, impliquées dans l'affaire.

Le shérif adjoint Roger Black semblait mal à l'aise, assis au bureau de son patron.

— Ce que j'espère, c'est que Cole a voulu faire une surprise à Amberly en l'emmenant en lune de miel, et qu'ils sont partis sur une île du Pacifique et se donnent du bon temps, ajouta-t-il.

— Cole a-t-il parlé d'un éventuel voyage ? demanda Marjorie qui voulait croire en un heureux dénouement.

John avait peut-être complètement oublié que le couple avait projeté de partir en lune de miel.

— Pas précisément, mais il n'y a pas très longtemps, il a dit qu'il songeait à emmener Amberly aux Bahamas, répondit Roger.

— Avez-vous demandé des relevés de compte à sa banque ? Appelé les compagnies aériennes ? demanda Jackson.

Roger se passa une main dans les cheveux.

— Pour être franc avec vous, nous n'avons pas fait grand-chose étant donné que, d'après le maire, les fédéraux ont décidé de se charger de l'affaire. Mes hommes sont prêts à coopérer et à faire ce que vous leur direz de faire.

— Nous avons déjà perdu un temps précieux, dit Marjorie.

Roger haussa les épaules.

— Ce n'est que depuis hier soir que nous nous inquiétons pour eux. Après tout, deux adultes consentants ont parfaitement le droit de partir où bon leur semble et de ne pas se trouver là où ils sont censés se trouver.

— La première tâche que nous vous confions est de jeter un coup d'œil aux relevés de comptes du couple pour voir s'il y a eu des mouvements depuis vendredi soir, dit Jackson. N'hésitez pas à remonter sur les trois derniers mois. Si Cole a acheté des billets d'avion, nous aurons la preuve qu'ils sont bien partis en amoureux.

Roger acquiesça d'un hochement de tête.

— L'adjoint Ray McCloud va s'en charger tout de suite. Il n'a pas son pareil pour ce genre de recherches. S'il y a une trace écrite, il la trouvera, soyez en sûrs.

— Il faudrait aussi que vous demandiez à deux de vos hommes d'aller interroger les habitants de Mystic Lake afin de savoir si le couple a été vu quelque part après vendredi soir. N'aviez-vous pas deux noms à nous donner ? demanda Marjorie.

Elle avait envie que ça bouge. Il était grand temps de passer la vitesse supérieure. L'enquête s'enlisait.

— Cole avait quelques problèmes avec Natalie Redwing, déclara Roger.

Jackson sortit son bloc-notes et son stylo.

— Quel genre de problèmes ?

— Elle le… poursuivait de ses assiduités, expliqua Roger avec un petit rire. Cole ne s'en inquiétait pas plus que ça, mais il la trouvait assez casse-pieds.

Il leur communiqua l'adresse de l'importune.

— Qui d'autre ? demanda Marjorie.

— Jeff Maynard, le barman du Bledsoe, qui se trouve dans Main Street. Il n'aimait pas Cole et il aimait encore moins Amberly. C'est un raté un peu soupe au lait, mais il n'est pas assez malin pour kidnapper un couple sans laisser d'indices. A ma connaissance, ce sont les deux seules personnes avec lesquelles Cole ait eu quelques démêlés.

Quelques instants plus tard, Jackson et Marjorie quittaient le shérif adjoint pour aller interroger ces deux nouveaux suspects.

— Je vous laisse interroger Jeff Maynard et je m'occupe de Natalie Redwing, dit Jackson d'un ton sans réplique.

— Le contraire m'aurait étonnée ! le railla Marjorie. Je me coltine le raté soupe au lait, et vous, vous vous réservez la femme amoureuse.

Jackson lui décocha un de ces petits sourires en coin qui lui provoquaient d'étranges bouffées de chaleur.

— Je suis sûr que vous allez savoir comment le prendre et qu'il sera doux comme un agneau.

— C'est vrai qu'avec vous je suis à bonne école pour les numéros de charme ! répliqua Marjorie, pince-sans-rire.

Elle sentait le regard de Jackson s'attarder sur elle tandis qu'elle essayait de repérer le Bledsoe, dans Main Street. A cette heure, Jeff Maynard serait probablement déjà de service.

— Du charme, vous en avez à revendre, lui assura-t-il. Mais vous cachez bien votre jeu. J'ai décidé tout à l'heure que j'allais tout faire pour vous décoincer.

Marjorie éclata de rire.

— Vous êtes un sacré numéro, agent Revannaugh, dit-elle en secouant la tête.

Elle se gara juste en face du Bledsoe, dont la devanture ne payait vraiment pas de mine.

— Vous devriez rire et sourire plus souvent, déclara Jackson. Ça vous va drôlement bien.

— Je ne suis pas quelqu'un de jovial, confia-t-elle en coupant le contact. Il faut dire aussi je n'ai pas eu une vie très marrante.

— Mon second objectif sera de remédier à cela, décréta-t-il.

— En attendant, le devoir nous appelle.

Elle sortit de la voiture et claqua la portière, comme si de rien n'était. Mais les paroles de Jackson l'avaient troublée. Bien malgré elle, car il était hors de question qu'elle tombe dans ses bras. C'étaient des hommes dans son genre qui avaient pourri la vie de sa mère, et la sienne par la même occasion. Elle, elle n'était pas naïve au point de s'amouracher du premier séducteur sans scrupule qui croisait sa route.

Il était un peu plus de 16 heures, mais quelques clients étaient déjà assis au comptoir sur des tabourets de bar. Il faisait très sombre à l'intérieur, et cela sentait la bière à plein nez.

C'était le genre d'établissement que fréquentaient les mauvais garçons et où il ne serait venu à l'idée de personne de fêter son anniversaire. Des bagarres y éclataient souvent. Dans un coin, un juke-box jouait une vieille ballade country dans laquelle il était question d'un cœur brisé et d'un beau Texan, mais Marjorie commençait à penser que ce n'était pas des beaux cow-boys qu'il fallait se méfier, mais des beaux parleurs.

En s'approchant du comptoir, elle sortit de son sac sa plaque d'identification, veillant à garder contre son flanc le côté du sac qui comportait un holster intégré. Elle s'avança vers le barman brun qu'elle espérait arriver à impressionner suffisamment avec son badge sans avoir à faire usage de ses autres atouts.

— On dirait que les fédéraux sont de sortie, lança le barman qui était occupé à essuyer des verres.

— Vous êtes d'une perspicacité redoutable, dit Marjorie en plaquant sur ses lèvres un sourire enjôleur.

Elle se sentait un peu obligée de prouver à son coéquipier

qu'elle était capable de charmer un suspect à qui elle voulait tirer les vers du nez.

— Vous êtes plus sympa que votre partenaire.

Il posa le verre et désigna d'un coup de menton Jackson qui se tenait juste derrière elle.

— Merci. Je suis plus maligne, aussi. Mais comme il a un ego surdimensionné, pour ne pas le vexer, je lui laisse croire que c'est lui le plus malin.

Le barman eut un gros rire franc.

— Nous cherchons Jeff Maynard, dit-elle.

— Vous l'avez trouvé, ma jolie, mais autant que je sache, je n'ai rien fait qui puisse me valoir la visite du FBI.

La lueur sombre qui brillait dans ses yeux évoquait l'animal traqué.

— Que savez-vous au sujet de la disparition de Cole et Amberly Caldwell ? demanda Marjorie.

— Juste que je ne vais pas les pleurer, répondit-il en passant un rapide coup de lavette sur le comptoir. Ecoutez, je me doute bien que si vous êtes là, c'est parce que tout le monde sait à Mystic Lake que je n'aime pas Cole. J'ai un problème avec les représentants de l'autorité, ajouta-t-il avec un rictus.

Marjorie se pencha au-dessus du comptoir.

— Avec *tous* les représentants de l'autorité ? demanda-t-elle d'un ton un peu provocant.

Derrière elle, Jackson se rapprocha imperceptiblement, mais elle continua à fixer Jeff sans ciller, comme s'il était la personne le plus importante au monde. Le barman affichait un petit sourire qui lui fit froid dans le dos.

— Peut-être pas avec tous, répondit-il. Je ne demande pas mieux que de revoir ma position… en vous menottant aux barreaux de mon lit, par exemple.

Incapable de réprimer un mouvement de recul, Marjorie percuta le torse musclé de Jackson.

— Désolé, mon vieux, dit celui-ci avec son accent traînant du Sud, mais s'il y a quelqu'un ici qui est susceptible de menotter cette petite dame à son lit, c'est moi.

Marjorie avait l'impression de vivre une expérience extracorporelle. S'arrachant à grand-peine à cette espèce de transe qui l'empêchait de réagir, elle demanda :

— Où étiez-vous le week-end dernier ?

Le sourire de Jeff s'évanouit aussitôt.

— Le vendredi soir, je ne travaille pas. Je suis sorti avec des potes. Samedi soir, j'ai pris mon service à 16 heures, comme d'habitude, et j'ai travaillé jusqu'à la fermeture.

— Et où êtes-vous allé, avec vos potes, vendredi soir ? continua Marjorie.

Elle ne chercha pas à consigner les réponses du suspect car elle se doutait bien que Jackson avait déjà sorti son bloc-notes et son stylo.

— Nous sommes allés chez Jimmy Tanner faire une partie de poker. Il a divorcé récemment, suite à l'ingérence de Cole et Amberly dans sa vie privée, l'an dernier, quand ils enquêtaient sur les meurtres en série.

— Et ce Jimmy Tanner, il habite où ? demanda Marjorie, consciente de tenir un nouveau suspect.

— En ce moment, il habite au Mystic Lake Motel, au sud de la ville, répondit Jeff. Sa femme l'a mis sur la paille.

Lorsqu'ils sortirent du Bledsoe, deux nouveaux noms figuraient sur leur liste. Jimmy Tanner avait de bonnes raisons d'en vouloir à Cole et à Amberly. Quant à Raymond Chandler, il participait également à cette prétendue partie de poker vendredi soir.

— Je dois dire que là, vous m'en avez bouché un coin, Maggie, déclara Jackson lorsqu'ils reprirent la voiture. Vous êtes une drôle de fille. Bien plus délurée qu'on ne pourrait le croire au premier abord.

— Ne dites donc pas de bêtises, protesta Marjorie en s'empourprant. Je ne suis pas délurée pour deux sous. Il n'y a pas plus stricte, plus conventionnelle et plus consciencieuse que moi. Croyez-moi, Jackson. Je me connais bien.

— Je me le demande…

Elle se tut, peu désireuse de savoir ce qui le laissait perplexe.

— Rentrons à Kansas City, suggéra-t-il. Demain matin, à la première heure, nous reviendrons interroger Natalie Redwing.

— Pourquoi ne pas le faire maintenant ?

Jackson jeta un coup d'œil à sa montre.

— Le temps d'arriver à Kansas City, il ne sera pas loin de 18 heures. Il me semble que nous ferions mieux de nous commander une pizza et de rentrer pour faire tranquillement le point sur l'enquête et voir un peu où nous allons.

— Je crains que pour l'instant nous ne soyons dans une impasse, répondit-elle.

— Je vous l'accorde. Vous allez peut-être avoir du mal à le croire, mais en dépit de mon ego surdimensionné, je peux être quelqu'un de très consciencieux, moi aussi.

Elle leva les yeux pour attraper au vol son sourire malicieux.

— Que dois-je en déduire ?

— Simplement que j'aimerais bien saisir mes notes sur mon ordinateur et voir si nous n'avons vraiment rien, ou si nous pouvons déjà procéder à des recoupements susceptibles de déboucher sur quelque chose. Je veux également utiliser les bases de données du FBI pour jeter un coup d'œil aux relevés bancaires de Cole et Amberly, à leurs éventuels déplacements et à tout ce que je pourrai trouver à leur sujet.

— Mais vous avez confié cette tâche à l'adjoint Black, lui rappela Marjorie.

— Nos bases de données sont bien plus complètes que celles de la police.

— D'accord, on peut faire ça, répondit-elle sans conviction.

Toutefois, quelque chose lui disait qu'un tête-à-tête dans une chambre de motel avec Jackson Revannaugh n'était peut-être pas une très bonne idée.

4

La lumière de son sourire et le son de ses éclats de rire n'arrêtaient pas de lui trotter dans la tête. Il y avait décidément quelque chose chez Marjorie Clinton qui lui plaisait bien, songea Jackson en payant le livreur de pizza, une heure plus tard.

Le carton dans les mains, il regagna la table qui était installée devant la fenêtre. Son ordinateur portable était ouvert, et la première page d'un dossier intitulé *Mystic Lake/Kansas City* s'affichait sur l'écran.

En attendant la pizza, Marjorie et lui s'étaient assis côte à côte pour consigner dans l'ordinateur les renseignements glanés au cours de l'enquête.

Jackson s'était efforcé de ne pas remarquer à quel point les cheveux de sa collègue brillaient sous la lampe qui pendait du plafond, juste au-dessus de la table. Il avait tenté de ne pas respirer son parfum sensuel, qui lui évoquait des draps de lit froissés et des corps entremêlés.

La pizza était un mélange de leurs goûts à tous les deux. Sa moitié à lui était garnie de chorizo et de bœuf haché, et celle de Marjorie, de champignons et de brocolis. Cette pizza prouvait comme ils étaient différents et confortait Jackson dans l'idée qu'il se fourvoyait à fantasmer sur elle, à l'imaginer nue contre lui, à se délecter par avance du goût de ses lèvres et à se demander s'il arriverait un jour à faire s'écrouler la tour d'ivoire dans laquelle elle se réfugiait.

S'il était taraudé par de telles pensées, c'était très vraisemblablement à cause de leur tête-à-tête dans cette chambre de motel, et non parce qu'elle l'attirait physiquement.

Pour la première fois depuis qu'ils s'étaient rencontrés, elle lui parut détendue. Déboutonné dans le haut, son chemisier révélait sa gorge délicate et la naissance de sa poitrine.

— Demain, nous allons donc poursuivre nos interrogatoires à Mystic Lake, dit-elle tandis qu'il ouvrait le carton de la pizza et lui tendait un paquet de serviettes en papier.

Penchée vers lui, elle essayait de déchiffrer les noms des suspects sur l'écran de son ordinateur.

— Jimmy Tanner, Raymond Chandler et Natalie Redwing. Nous devrions pouvoir les interroger tous les trois dans la matinée. Si seulement l'un d'eux pouvait nous aider à avancer…

— Il faut aussi que nous retournions voir l'adjoint Black et que nous interrogions par la même occasion les autres collègues de Cole.

Il attendit qu'elle se serve pour prendre à son tour une part de pizza.

— Nous ferions bien de retourner voir John Merriweather, au cas où il aurait pensé à quelque chose.

— Je le considère toujours comme le suspect n° 1, déclara Jackson avant de mordre dans sa part de pizza qu'il avait repliée en deux.

— Je me demande ce que Jimmy Tanner et Raymond Chandler vont bien pouvoir nous raconter, et s'ils vont vraiment confirmer l'alibi de Jeff pour vendredi soir.

— Jeff est le suspect idéal. Ce serait trop simple que ce soit lui, répondit Jackson, qui aurait préféré que la jeune femme, au lieu de s'appuyer au dossier de sa chaise, se rapproche de lui. Il ne nous a pas caché qu'il n'appréciait pas le shérif.

— Il arrive que le suspect idéal soit le coupable.

Elle s'essuya la bouche avec sa serviette et continua de manger sa pizza. Il aimait bien la regarder. Son visage était incroyablement expressif. Jackson savait au premier coup d'œil dans quelle disposition d'esprit elle se trouvait. Il aurait aimé pouvoir lire aussi facilement dans ses pensées.

Il se sermonna intérieurement. Marjorie n'était pas là pour la bagatelle. Elle était chargée d'enquêter avec lui sur cette mystérieuse double disparition. Il était fort probable qu'une fois l'affaire résolue, elle l'oublierait aussitôt.

Et cela valait sans doute mieux ainsi, songea-t-il en soupirant intérieurement. Il leva les yeux et se trouva soudain prisonnier de ses yeux à elle, de ces deux lacs vert émeraude qui le fascinaient.

— Vous voilà bien pensif, dit-elle. Qu'est-ce qui vous préoccupe ?

— Je me demandais pourquoi vous n'aviez pas un petit ami qui s'inquiéterait du fait que vous travailliez avec un don Juan comme moi.

Elle jeta dans le carton le bord de sa pizza et s'essuya de nouveau la bouche.

— Je n'ai pas de petit ami parce que je n'en veux pas. Je suis très bien toute seule.

Une ombre passa dans son regard.

— Les beaux-pères que j'ai eus étaient de belles crapules qui m'ont dissuadée à jamais de me marier ou même de partager ma vie avec un homme.

— De belles crapules ? Que voulez-vous dire ?

Elle hésita à se confier plus avant.

— A la mort de mon père, ma mère s'est retrouvée à la tête d'une petite fortune. Seule et sans défense, elle a vite été la proie de beaux parleurs qui ne pensaient qu'à profiter d'elle.

Jackson sentit que sa pizza allait lui rester sur l'estomac.

— Trois maris se sont chargés de la saigner à blanc. Elle s'est retrouvée seule et sans un sou. Vous comprendrez donc que, après cette expérience, je n'ai aucune envie de partager quoi que ce soit avec qui que ce soit.

— Je suis désolé, murmura Jackson, qui ne savait pas trop quoi dire.

Il était d'autant plus embarrassé que son père à lui avait justement été le genre de crapule qu'elle venait de décrire. Jackson se doutait bien que si elle l'apprenait, elle le prendrait en grippe et refuserait de croire qu'il n'était pas le portrait craché de son père.

— Vous n'y êtes pour rien, dit-elle. J'ai installé maman dans un joli appartement, meublé et décoré avec goût, de façon qu'elle ne regrette pas trop la belle vie qu'elle avait autrefois.

— Mais… et vous ? Vous en pâtissez, du coup ?

Elle haussa les épaules.

— Oh ! Moi, je n'ai pas besoin de grand-chose. Ma petite maison me suffit amplement.

Elle n'en soufflait mot, mais Jackson se doutait qu'elle devait faire pas mal de sacrifices pour garantir à sa mère une vie matérielle agréable. Il sentit son cœur se serrer et fut assailli par un sentiment de culpabilité qui n'avait pourtant pas lieu d'être, mais qu'il avait traîné pendant des années.

— Vous ne devriez pas mettre tous les hommes dans le même sac, dit-il.

— Non, bien sûr. Mais je préfère jouer la carte de la prudence et ne pas prendre de risques, ni dans mon travail ni dans ma vie personnelle.

— Un excès de prudence pourrait nuire à votre épanouissement.

— J'en suis parfaitement consciente et je l'accepte. Ma vie est conforme à mes attentes — calme et routinière.

— A l'abri du coup de foudre, si je comprends bien ?

— Plus ou moins, admit-elle avec un petit rire désabusé. Mais pourquoi ces questions ? Vous voulez être mon conseiller de vie ? Vous, qui draguez toutes les femmes que vous croisez et changez de petite amie toutes les semaines ? Je vous rappelle que l'une des premières choses que vous m'ayez dites, c'est que vous n'étiez pas du genre à vous marier. Alors pourquoi ne pourrais-je pas être, moi aussi, allergique au mariage ?

En fait, et aussi bizarre que cela puisse paraître, il voulait lui dire qu'elle méritait un mari qui la chérisse et qui la fasse souvent rire.

— Vous avez raison. Je suis mal placé pour donner des leçons à qui que ce soit dans ce domaine, admit-il humblement.

— Qu'est-ce qui vous empêche, au juste, de vous marier et de nouer des relations durables ?

Il ne s'attendait pas à une question aussi personnelle de sa part. Que pouvait-il répondre ?

— Il me semble que je ne suis pas fait pour ça. Je suis sûr que ça ne marcherait pas, dit-il. Et puis, comment choisir ? ajouta-t-il avec un sourire en coin. Il y a tellement de jolies femmes…

Elle le scruta un long moment, comme un entomologiste l'aurait fait d'un spécimen de papillon rare et inclassable.

— Je me demande quelles casseroles vous traînez derrière vous, dit-elle.

Il se cala au fond de sa chaise, de plus en plus surpris.

— Qu'est-ce qui vous laisse penser que je traîne des casseroles ?

— C'est juste une espèce d'intuition, répondit-elle. Mes casseroles à moi, je les connais, et quelque chose me dit que je ne suis pas la seule ici à avoir des problèmes relationnels.

Il aurait facilement pu se laisser happer par ses grands yeux verts — si verts —, mais il avait l'impression que son regard pénétrant sondait les moindres recoins de son âme, cherchant les réponses qu'il s'était juré de ne jamais donner à aucune femme.

Elle détourna enfin le regard et jeta un coup d'œil en direction de la fenêtre. La nuit était tombée. Ils n'avaient pas vu le temps passer.

— Il est tard et demain matin, il faut que nous partions de bonne heure, car nous avons un programme chargé, dit-elle. Je vais vous laisser.

— C'est vrai, nous ne sommes pas raisonnables, admit-il, surpris par la tournure personnelle que la conversation avait prise.

Il faudrait qu'à l'avenir il fasse plus attention parce qu'il se sentait un peu trop en confiance avec Marjorie, et qu'il y avait dans sa vie trop de secrets et de zones d'ombre pour qu'il s'autorise à baisser sa garde.

Au moment où ils se levaient de table, les vitres de la fenêtre explosèrent, projetant à l'intérieur de la chambre une myriade d'éclats de verre. Instinctivement, Jackson se jeta sur Marjorie et la fit se coucher à terre.

Ils roulèrent vers le lit, qui les protégerait partiellement des balles qui pleuvaient dans toute la pièce, pulvérisant les vitres, déchiquetant les rideaux, endommageant les murs et le mobilier.

Pendant tout le temps que durèrent les détonations de l'arme automatique, il resta allongé sur elle. A part prier pour leur salut à tous les deux, il ne pouvait rien faire d'autre.

Le crépitement n'en finissait pas. Les sous-verre accrochés au mur tombaient les uns après les autres, et Marjorie s'attendait qu'une balle la transperce d'une seconde à l'autre, bien que Jackson se soit étendu sur elle pour la protéger.

Elle sentait contre sa poitrine les pulsations frénétiques de son cœur, qui battait presque aussi vite que le sien. Au bout de ce qui lui sembla être une éternité, le tir cessa enfin. Il y eut un crissement de pneus puis plus rien. Un silence de mort tomba sur eux comme un linceul.

Pendant plusieurs minutes interminables, ils restèrent sans bouger, leurs cœurs affolés battant à l'unisson. Puis, se soulevant sur les coudes, Jackson demanda :

— Ça va ?

— Euh, oui, si l'on veut. Je n'ai pas été touchée mais je suis un peu hébétée.

Le hurlement des sirènes déchira l'air, qui était saturé par l'odeur âcre de la poudre.

— Je me demandais quel effet ça me ferait d'être couché sur vous, mais ce n'est pas exactement le scénario que j'avais imaginé, confia-t-il, pince-sans-rire.

Elle le repoussa sans ménagement, l'obligeant à se lever.

— Vous ne pensez décidément qu'à ça ! gronda-t-elle. Vous rendez-vous compte qu'on a essayé de nous tuer ?

Juste devant le motel, ils virent soudain tournoyer dans la nuit les gyrophares des voitures de police. Le sourire aux lèvres, Jackson semblait très content de lui.

— N'empêche que je vous ai fait recouvrer vos esprits en un clin d'œil !

Il avait raison, le bougre ! La brume de stupeur qui paralysait son cerveau juste après la fusillade s'était totalement dissipée.

— Je parie que c'était une de ces malheureuses à qui vous avez brisé le cœur, qui vous a suivi jusqu'ici depuis Baton Rouge pour se venger.

— A moins que ce ne soit un de vos soupirants, exaspéré par votre froideur et votre causticité, répliqua-t-il du tac au tac.

Plusieurs policiers firent brusquement irruption dans la chambre, l'arme au poing et les mâchoires crispées.

— Vous n'avez rien ni l'un ni l'autre ?

— Non, répondit Marjorie. Mais je n'ai jamais vu quelqu'un d'aussi égocentrique que l'agent Revannaugh.

— Et moi, d'aussi collet monté que l'agent Clinton, dit Jackson. Mais cela mis à part, tout va bien pour nous. La chambre, en revanche, semble avoir subi quelques dégâts.

Mesurant d'un regard circulaire l'ampleur du désastre, Marjorie sentit ses jambes se dérober sous elle. Jackson sous-estimait les dégâts en question. Les murs étaient criblés d'impacts de balles, des débris de verre jonchaient le sol, et le lit n'avait pas été épargné : percé de trous, le matelas perdait son rembourrage. C'était un véritable miracle qu'ils en soient sortis indemnes.

Elle se laissa tomber sur le lit, bouleversée d'avoir frôlé la mort d'aussi près. Elle entendait Jackson expliquer aux policiers ce qui s'était passé.

— Je ne sais pas quelle voiture le tireur conduisait, mais ce qui est sûr, c'est que c'est avec un Uzi qu'il nous a canardés. J'ai reconnu le bruit caractéristique de cette mitraillette automatique.

Le plus haut gradé des policiers, le lieutenant Larry Segal d'après son badge, demanda aussitôt :

— Qui a pu faire ça ? Vous en avez la moindre idée ?

— Nous enquêtons actuellement sur une double disparition, à Mystic Lake. Il est fort possible que nos questions dérangent quelqu'un, répondit Jackson.

— En effet, dit Segal avant d'appeler l'un de ses hommes. Il faut faire analyser la scène de crime. Nous devons retrouver le plus de balles possible.

Il fit signe à Jackson et Marjorie de le suivre à l'extérieur.

Marjorie ramassa son sac au pied de la table et le pressa contre sa poitrine, le contact de son arme lui apportant un certain réconfort. L'ordinateur portable de Jackson était fichu, l'écran et le clavier avaient été littéralement pulvérisés.

Lorsqu'ils sortirent de la chambre, Marjorie avait encore les jambes chancelantes et dans les oreilles l'écho persistant du crépitement de la mitraillette.

— Que se passe-t-il ? s'enquit un homme petit, corpulent et à moitié chauve en accourant vers eux. Qu'est-ce que c'est que ce carnage ?

Il leva les bras en l'air, et son visage rond se déforma sous l'effet de la colère.

— Un trafic de drogue qui a mal tourné ? brailla-t-il.

Il fusilla Jackson du regard puis dévisagea Marjorie.

— Vous vous prostituez, c'est ça ? Et vous avez tapé sur les nerfs d'un micheton, je parie !

Outrée, Marjorie faillit s'étrangler sous le choc. C'était bien la première fois qu'on la prenait pour une prostituée. Jackson fit un pas vers elle, comme pour la protéger des foudres de cet énergumène.

— Cela concerne le FBI, dit-il.

— Le FBI ou le YMCA, je m'en fiche ! Ce que je veux savoir, c'est qui va payer pour les dégâts ? Mon motel est un endroit respectable, figurez-vous !

— Wayne, ne t'inquiète pas pour ça. On va s'en occuper, intervint le lieutenant Segal.

— Il vaudrait mieux, oui. Et pas à la saint-glinglin. Parce que ça la fiche plutôt mal. Il faut qu'on me remette cette chambre en état le plus vite possible.

Wayne fulminait tellement que Marjorie crut qu'il allait exploser.

— Je vais appeler mon patron. Il fera remettre la chambre en état dès que la police scientifique sera passée, lui assura-t-elle d'une voix qu'elle aurait voulue plus ferme.

Redressant les épaules, elle s'efforça de reprendre le dessus. Il ne manquerait plus que Jackson pense qu'elle n'était pas à la hauteur et qu'il n'y ait plus personne au moindre danger.

La voix stridente de Wayne s'éloignait peu à peu tandis que l'un des policiers l'entraînait vers la réception du motel. Jackson et Segal étaient encore train de discuter alors qu'elle commençait tout juste à réaliser ce qu'il venait de se passer. Deux voitures de police bloquaient l'entrée du parking du motel.

C'était la première fois, depuis qu'elle travaillait pour le FBI, et avant cela pour la police, qu'elle se faisait tirer dessus.

Elle l'avait échappé belle, songea-t-elle en réprimant un frisson. Après un tel choc, il était sans doute normal qu'elle se sente un peu dépassée par les événements.

— Ça va ? demanda derrière elle une voix grave qui la fit sursauter.

Elle fit volte-face et reconnut Kevin Winslow, un jeune policier qui, à sa grande surprise, semblait aussi horrifié qu'elle.

— Oui, ça va, mais sur le moment, je me suis demandé ce qu'il m'arrivait.

Il jeta un coup d'œil en direction de la chambre, dont la fenêtre avait volé en éclats.

— Je crois que j'aurais eu une crise cardiaque, lui confia-t-il.

Et dire que Jackson et elle avaient passé plusieurs heures

assis à la table devant cette fenêtre ! songea Marjorie, effarée. S'ils n'avaient pas décidé d'arrêter, et ne s'étaient pas levés, ils y passaient tous les deux.

— J'ai un coéquipier formidable, expliqua-t-elle en coulant un regard vers Jackson, qui discutait toujours. Il a réagi au quart de tour. En m'obligeant à me coucher par terre, il m'a sauvé la vie.

Kevin hocha la tête.

— Heureusement qu'il y a des gens comme lui. Nous préférons enquêter sur une simple fusillade plutôt que sur un double homicide.

— Et moi, je préfère être victime d'une fusillade plutôt que d'un homicide !

Kevin battit en retraite lorsque Jackson s'approcha, un sac de marin dans une main, et des vêtements suspendus sur des cintres dans l'autre. Il régnait autour d'eux une pagaille épouvantable, mais cela ne semblait pas l'affecter plus que cela. C'est tout sourire qu'il lui glissa au creux de l'oreille :

— Maggie, mon chou, on peut dire que vous vous y entendez pour rendre la soirée excitante.

— Un peu trop excitante à mon goût, répliqua-t-elle. On fait quoi, maintenant ?

— On laisse faire la police locale. Mais en attendant, il va falloir que je me trouve un toit. Vous ne disiez pas que vous aviez une chambre d'amis ?

Quand il haussait un sourcil, il avait un air un peu voyou qui le rendait encore plus irrésistible.

Marjorie n'avait aucune envie de faire entrer le loup dans la bergerie, mais compte tenu de l'heure tardive, et des démarches interminables qu'il leur faudrait entreprendre pour le reloger aux frais de l'agence dans un autre motel, elle pouvait difficilement refuser de l'héberger.

Sans compter que ce serait mesquin de sa part de ne pas lui rendre service après ce qu'il venait de se passer. Jackson lui avait quand même sauvé la vie. Elle pouvait donc bien lui offrir l'hospitalité jusqu'à demain.

— Je vous préviens, la chambre est minuscule, dit-elle.

— Du moment qu'il y a un lit, je n'en demande pas plus.

— Alors allons-y.

Curieusement, c'était sur la fenêtre de la chambre qu'occupait Jackson que le tireur s'était acharné, constata-t-elle une fois de plus. Garée juste devant, sa voiture était intacte, ce qui lui laissait penser que l'auteur de la fusillade n'était pas un amateur.

Dès que Jackson s'assit sur le siège passager, l'odeur de son après-rasage la submergea, et elle se revit allongée sous lui sur la moquette de la chambre.

Ce corps d'homme chaud et musclé, sous lequel elle s'était sentie en sécurité, avait suscité en elle d'étranges sensations en dépit de la situation. Elle avait trouvé excitant le fait de le sentir peser sur elle de tout son poids, et de percevoir contre sa poitrine les battements frénétiques de son cœur.

— Je ne comprends pas, dit-il dès qu'elle eut démarré. Qui savait que j'avais une chambre dans ce motel ?

— Moi, bien sûr, et mon chef. Plus quelques autres personnes de l'agence.

Marjorie s'arracha à regret à ses pensées sensuelles. Jackson était visiblement plus préoccupé par la fusillade que par leur corps-à-corps, elle devait se ressaisir.

— Les seules personnes à qui nous ayons parlé de cette affaire sont les collègues ou anciens collègues d'Amberly, qui ont tous affirmé qu'elle n'avait d'ennuis avec personne. J'ai du mal à croire que ce soit un agent du FBI qui soit à l'origine de la fusillade.

— Allez savoir ! Il se peut aussi que nous ayons mis le nez dans les affaires de quelqu'un qui n'a pas apprécié, à Mystic Lake. Si tel est le cas, nous avons été suivis jusqu'au motel.

Stupéfaite, Marjorie lui jeta un rapide regard.

— J'avoue que cela ne m'a pas effleuré l'esprit. Je n'ai pas fait attention aux voitures qui étaient derrière nous.

Elle se fustigeait intérieurement pour son insouciance impardonnable. Où diable avait-elle la tête ?

— Ne vous en faites pas pour ça. Moi non plus, ça ne m'a pas effleuré l'esprit. Mais nous voilà prévenus ; il va maintenant falloir faire attention. Notre enquête dérange quelqu'un qui, visiblement, n'apprécie pas du tout de nous voir fouiller.

Faire attention, songea Marjorie. Ces mots se mirent à tourbillonner dans sa tête. Confusément, elle sentait qu'elle était déjà en train de faire tout le contraire en invitant Jackson à passer la nuit chez elle.

5

Elle l'avait prévenu que la maison était petite, mais lorsqu'elle se gara dans l'allée d'un pavillon grand comme un mouchoir de poche, Jackson eut un choc.

Il songea que si elle vivait aussi à l'étroit, c'était sans doute, comme il l'avait soupçonné, parce qu'elle faisait des sacrifices pour subvenir aux besoins dispendieux de sa mère. Quoi qu'il en soit, la maison tout entière aurait pu tenir dans le séjour de son appartement à Baton Rouge.

Lorsque, après l'avoir fait entrer, elle alluma la lumière dans la salle de séjour, ses soupçons se confirmèrent. La pièce était meublée de bric et de broc. Le futon et les deux tables basses dataient d'une autre époque, et la bibliothèque était bonne pour la Déchetterie. Sur l'étagère du haut, trônait une petite télévision dont il était prêt à parier qu'elle ne recevait que les chaînes gratuites.

— Ce n'est pas luxueux, mais c'est chez moi, déclara-t-elle en balayant la pièce du regard, exactement comme il venait lui-même de le faire.

— C'est parfait, lui assura-t-il. Si vous vouliez bien me conduire à ma chambre, j'y déposerais mes affaires et nous pourrions ensuite discuter de la manière dont nous allons poursuivre notre enquête.

— Suivez-moi, c'est par ici.

Elle l'emmena dans un couloir minuscule et s'arrêta devant la première porte.

— Voici la chambre d'amis. La salle de bains est dans l'entrée, à deux pas.

Jackson entra le premier. La chambre contenait juste l'essentiel : un lit à deux places, une table de chevet et une petite commode. Il aurait été impossible d'y faire entrer quoi que ce soit d'autre.

Les murs étaient peints en bleu clair, couleur dont on trouvait un rappel dans le couvre-lit à motifs géométriques et à dominante bleu marine. Aucune fioriture, le strict minimum. Mais connaissant Marjorie, il ne s'attendait pas à autre chose.

— C'est parfait, répéta-t-il en posant son sac marin sur le lit. Avez-vous un ordinateur et une connexion Internet ?

— Oui, bien sûr. Vous pouvez utiliser mon ordinateur portable jusqu'à ce que vous puissiez en racheter un.

— Je n'ai pas l'intention de travailler ce soir. Je prendrais bien une tasse de café, cependant. Je ne sais pas ce qu'il en est pour vous, mais après le stress de tout à l'heure, je ne suis pas près de dormir.

— Pendant que vous vous installez, je vais aller m'occuper du café. J'ai besoin de décompresser, moi aussi.

Sur le seuil de la chambre, elle se retourna.

— Je ne vous remercierai jamais assez de m'avoir sauvé la vie, dit-elle, les yeux plein de larmes. Quand la fusillade a éclaté, je suis restée sans réaction. Je ne comprenais même pas ce qui se passait. Si vous ne m'aviez pas fait coucher par terre…

Elle laissa sa phrase en suspens, visiblement trop émue pour aller jusqu'au bout.

— De rien, mon chou. Tout le plaisir a été pour moi.

Rouge comme un coquelicot, elle s'empressa de tourner les talons et de disparaître. Il se retourna vers le lit et entreprit de défaire son sac.

Tandis qu'il rangeait ses affaires dans les tiroirs de la commode, il cogitait ferme. On avait tenté de les tuer. Les visages des personnes à qui ils avaient parlé depuis son arrivée à Kansas City défilaient dans sa tête. Avaient-ils eu affaire à celle qui était responsable de la disparition de Cole et Amberly ? A moins que, prévenu par le bouche-à-oreille, le coupable ait fait en sorte de ne pas croiser leur chemin…

Quand la fusillade avait éclaté, Jackson avait projeté Marjorie au sol et il s'était couché sur elle dans le but de la protéger. Il n'empêche qu'il n'était pas resté insensible au contact de ses seins ronds et fermes contre son torse et à l'odeur suave de sa peau, qui lui avait donné envie de l'embrasser dans le creux de son cou.

Il accrocha dans la minuscule penderie les cintres sur lesquels il avait transporté ses vêtements, puis se dirigea vers la salle de bains pour y déposer sa trousse de toilette.

Contemplant son reflet dans le miroir au-dessus du lavabo, il s'efforça de penser à autre chose. Comment pouvait-il se focaliser sur le désir que lui inspirait Marjorie alors qu'il venait d'échapper à une tentative de meurtre ?

L'odeur du café fraîchement passé l'attira dans la cuisine, à l'autre bout du micro-couloir. Il découvrit que dans cet espace très réduit, non seulement Marjorie préparait et prenait ses repas, mais qu'elle y travaillait, aussi. Elle s'était installé un coin bureau qui comportait un ordinateur portable, une imprimante multi-fonctions et un téléphone. Cet équipement avait dû lui coûter plus cher que l'ensemble du mobilier qui se trouvait dans la maison.

— Le café est prêt, annonça-t-elle en le voyant arriver.

Elle avait les traits tirés, le teint blafard et les cheveux emmêlés, et des traces noires maculaient son chemisier auquel il manquait un bouton. Elle avait l'air d'avoir traversé l'enfer et de ne pas avoir encore vraiment pris conscience qu'elle en avait réchappé.

Jackson s'avança vers elle et posa doucement ses mains sur ses frêles épaules.

— Asseyez-vous. Je me charge de servir le café.

Elle voulut protester mais il l'en empêcha.

— Laissez-moi faire, insista-t-il en l'invitant à aller s'asseoir.

Elle se dirigea vers la table et s'affala sur une chaise.

Jackson se retourna vers le plan de travail et ouvrit le placard qui se trouvait au-dessus de la cafetière électrique. Comme il s'y attendait, c'est là que Marjorie rangeait les tasses.

— Vous prenez du sucre ? Du lait ? demanda-t-il en servant le café.

— Non, je le bois sans rien.

Lorsqu'il se retourna, elle semblait avoir repris du poil de la bête, car elle était moins pâle et ses yeux brillaient de ce qui lui parut être de la colère. Une saine colère, qui était non pas dirigée contre lui mais contre l'auteur de l'agression dont ils venaient d'être victimes, et qui ne pouvait que les aider à avancer.

Il posa une des tasses devant elle puis s'assit à table.

— Demain, je veux que vous dressiez la liste de toutes les personnes qui savaient dans quel motel je logeais. Nous commencerons par aller demander à John Merriweather où il se trouvait ce soir. C'est le seul suspect que nous ayons interrogé ici, à Kansas City.

Elle acquiesça, visiblement déterminée à trouver le coupable. L'éclat farouche qui luisait dans ses yeux verts la rendait terriblement sexy.

— Puis nous irons à Mystic Lake, continua-t-il. Nous reprendrons les interrogatoires et vérifierons les alibis de toutes les personnes que nous avons vues aujourd'hui.

Elle but une gorgée de café et le fixa d'un air grave.

— Est-ce qu'à Bachelor Moon il s'est passé la même chose ? demanda-t-elle.

— Non, pas du tout. Ni moi ni aucun des collègues qui a enquêté sur la disparition de ce couple et de leur fille n'avons été menacés de quelque manière que ce soit. Mais la fusillade de ce soir n'était pas une tentative d'intimidation mais une tentative de meurtre.

— Je sais. Et je n'aurai de cesse de trouver qui a cherché à nous tuer.

Jackson fit une grimace dépitée.

— Si seulement j'avais pu voir la voiture…

Elle sourit de nouveau et, pendant quelques instants, il ne put détacher les yeux de sa bouche charnue.

— Vous ne pouviez pas à la fois me protéger et regarder par la fenêtre. Vous avez fait le bon choix, et je vous en suis reconnaissante. Je regrette simplement que nous ne sachions pas si notre ennemi habite Kansas City ou Mystic Lake. Nous pourrions l'identifier plus facilement si nous avions cette information.

— Si Cole et Amberly avaient résidé dans la même ville, nous n'aurions pas ce problème. C'est leur faute tout ça ! ironisa Jackson.

Il détourna les yeux pour essayer de conjurer la fascination que Marjorie exerçait sur lui, et pour tenter de se concentrer sur l'affaire plutôt que sur sa bouche.

Comme il balayait la pièce du regard, il remarqua que le voyant rouge de son répondeur téléphonique clignotait.

— On dirait que vous avez reçu des appels. Vous devriez les écouter, au cas où il y en aurait un de notre tireur d'élite. Quelle chance ce serait si ce détraqué était du genre à s'épancher !

Après avoir bu une gorgée de café, comme pour se donner du courage, elle se leva et s'approcha du répondeur. Le premier message émanait d'une entreprise qui lui proposait un devis gratuit pour le ravalement de sa maison. Elle l'effaça sans même l'écouter jusqu'au bout. Puis une voix de femme, un peu geignarde, emplit la pièce.

— Marjorie, quand viens-tu me rendre visite ? Il y a une éternité que je ne t'ai pas vue. Quand tu viendras, pense à m'apporter un sachet de ces amandes enrobées de chocolat que j'adore. Si tu te décidais à lâcher ce travail ridicule, tu pourrais passer plus de temps à t'occuper de ta pauvre maman. C'est vrai, quoi, tu pourrais vivre de tes rentes, avec le placement que ton père…

Marjorie pressa la touche « stop » du répondeur.

— Pas de message de notre ami, dit-elle d'un ton faussement désinvolte en se rasseyant à la table.

— Et pas de rentes non plus, je suppose.

Cette fois, le sourire qu'elle lui décocha était sans chaleur.

— Mon deuxième beau-père s'est fait faire une procuration sur le fonds que mon père avait constitué pour moi. Il a pioché dedans autant qu'il a voulu et quand il n'est plus rien resté, il a quitté ma mère.

— Laquelle ne sait pas, apparemment, que vous ne pouvez plus compter que sur votre salaire, n'est-ce pas ?

— Après toutes les galères qu'elle a traversées, j'ai préféré ne pas la mettre au courant. De toute façon, ce n'est pas très important. Je ne suis pas faite pour une vie oisive et futile de fille à papa.

— N'empêche que vous auriez pu vous passer de travailler, fit remarquer Jackson.

Voilà ce qui arrivait quand on tombait sur un escroc ! songea-t-il, navré de voir à quel point cette mésaventure avait pu la rendre méfiante.

— Oh non ! sûrement pas ! s'exclama-t-elle avec un sourire amusé. Le shopping et les sorties mondaines, très peu pour moi ! J'en aurais vite eu assez. Et puis, je rêvais depuis toujours de travailler pour le FBI. J'avais besoin d'une vie structurée, avec des règles bien établies. Ce métier a un côté un peu routinier qui me convient parfaitement. Entre les suspects à interroger et les comptes rendus à rédiger, je sais exactement ce que j'ai à faire.

— La routine a du bon mais un peu d'imprévu ne fait pas de mal non plus. Ce soir, par exemple, vous ne vous attendiez pas à être prise pour cible par un tireur d'élite.

— Au travail, il peut arriver, bien sûr, que je sois confrontée à une situation inattendue, mais dans ma vie privée, en tout cas, il n'y a aucune place pour l'imprévu. Et si nous finissions de planifier la journée de demain ?

Il était presque 1 heure du matin lorsqu'ils décidèrent d'aller se coucher.

— Etant donné qu'il est tard, nous pourrions ne partir qu'à 9 heures. Qu'en pensez-vous ? demanda Marjorie en lavant rapidement les tasses dans l'évier.

— Je préférerais midi, mais d'accord pour 9 heures, dit-il.

Elle avait l'air exténuée. Son teint blafard, les cernes sous ses yeux et ses épaules légèrement tombantes montraient que la journée avait été longue.

Ils sortirent de la cuisine l'un derrière l'autre. Elle éteignit les lumières et vérifia que la porte d'entrée était bien fermée à clé. Puis ils se dirigèrent vers leurs chambres.

— Vous trouverez des serviettes propres sous le lavabo de la salle de bains, dit-elle lorsqu'ils furent arrivés devant la porte de la chambre d'amis. Si vous avez besoin de quelque chose, n'hésitez pas à me le demander. Bonne nuit, Jackson.

— Bonne nuit, Maggie.

Comme elle tournait les talons pour gagner sa propre chambre, Jackson décida qu'il ne pouvait pas la laisser partir comme ça.

Il l'appela par son prénom et lorsqu'elle se retourna, sans y réfléchir à deux fois, il l'attira dans ses bras et s'empara de ses lèvres.

En la sentant se crisper, il crut qu'elle allait le repousser, et même l'envoyer au tapis d'un coup de genoux dans l'entrejambe.

Mais à sa grande surprise, elle se blottit contre lui et se laissa docilement embrasser, nouant ses bras autour de son cou. Le goût et la chaleur de sa bouche, la sensation de ses courbes voluptueuses sous ses doigts affolés, dépassaient encore ses attentes. Ce baiser était incontestablement une erreur, mais il était incapable d'y mettre fin.

Des femmes, il en avait embrassé plus d'une, mais aucune

ne lui avait fait autant d'effet. Marjorie était d'une sensualité incomparable, et il savait d'instinct que sans même le vouloir, elle était en train de se faire, dans sa tête et dans son cœur, une place qu'aucune femme n'avait occupée jusque-là.

Cette pensée calma instantanément ses ardeurs. Il la lâcha et recula d'un pas. Elle le dévisagea, stupéfaite, puis porta une main tremblante à ses lèvres.

— Pourquoi avez-vous fait ça ? demanda-t-elle d'une voix rauque qui réactiva le désir de Jackson.

— Je ne sais pas. L'envie m'en a pris brusquement. Il faut savoir être spontané ; cela fait du bien, parfois.

Conscient que s'il restait planté devant elle, il risquait de commettre l'irréparable, il préféra rentrer sagement dans sa chambre.

Marjorie n'arrivait pas à trouver le sommeil. Cela faisait deux heures qu'elle se tournait et se retournait dans son lit, tantôt glacée quand elle se remémorait le sifflement des balles au-dessus de leurs têtes, tantôt fébrile quand le baiser qu'elle avait partagé avec Jackson accaparait ses pensées.

Il était indéniable que le bougre savait embrasser. En quelques secondes, elle s'était enflammée comme de l'amadou.

Jamais elle n'avait éprouvé un désir aussi violent pour le gentil informaticien avec qui elle était sortie pendant trois semaines. Très vite, elle s'était ennuyée. Rien chez ce garçon insipide n'avait réussi à la convaincre que cela valait le coup de continuer. Elle préférait encore être seule.

Elle pressentait cependant que Jackson pourrait la faire changer d'avis. Pour autant, elle n'avait aucunement l'intention de lui en donner l'occasion. Demain, il irait s'installer dans un autre motel, et elle n'aurait plus à craindre — ou à espérer — un tête-à-tête dans le couloir.

Il était indispensable qu'elle garde la tête froide. L'enquête sur la disparition de Cole et Amberly devait rester sa priorité absolue. Pas question de laisser son charmant collègue la dévergonder.

Elle aurait été incapable de dire à quelle heure elle s'était finalement endormie, mais c'est une délicieuse odeur de saucisses grillées qui la réveilla. Bizarre, songea-t-elle, perplexe, car en dehors d'un reste de salade verte, de deux ou trois œufs et d'une douzaine de barres protéinées qui lui permettaient de tenir le coup quand elle travaillait non-stop sur une enquête, son frigo était vide. D'où sortaient ces saucisses ?

Elle sauta hors du lit, prit ses vêtements sous son bras, et fonça vers la salle de bains.

Il lui fallut moins de dix minutes pour prendre une douche et s'habiller. Sa tenue ne variait guère d'un jour à l'autre : pantalon noir et chemisier blanc, mais Marjorie se félicitait de ne pas être du genre à passer chaque matin un temps fou à choisir ses vêtements.

Une fois prête, elle jeta un coup d'œil à son reflet dans le miroir, portant machinalement une main à ses lèvres — lèvres dont Jackson s'était emparé si voracement la veille au soir.

Cet homme l'intriguait. Elle ne savait pas trop quoi penser de lui. Etait-il vraiment cet incorrigible séducteur, ce beau parleur dont il valait mieux se méfier, et dont elle avait intérêt à se tenir à l'écart — en dehors du travail, où ses qualités étaient indiscutables ? Il y avait peu de temps qu'elle le connaissait, mais certains aspects de sa personnalité lui laissaient penser qu'il n'était peut-être pas un si mauvais bougre.

Mais peu lui importait, au fond, qui il était réellement. Pour elle, seul comptait le collègue venu l'aider sur une affaire complexe.

Forte de cette pensée, Marjorie alla le rejoindre dans la cuisine, où il s'activait depuis déjà un petit bout de temps. Lorsqu'elle entra, il était en train de sortir du four une plaque de biscuits.

— Vous arrivez à point nommé, dit-il avec un sourire.

Elle remarqua qu'il avait même mis la table.

— Où avez-vous trouvé tout ça ? demanda-t-elle en se servant une tasse de café.

Il disposa les biscuits sur une assiette.

— J'ai pris la liberté de vous emprunter votre voiture pour faire un saut à la supérette la plus proche. J'espère que vous ne m'en voudrez pas, mais quand j'ai ouvert le réfrigérateur et les placards, j'ai compris que je n'avais pas vraiment le choix.

Elle s'assit à la table et le regarda apporter les plats.

— Saviez-vous que vous aviez quatorze barres protéinées dans votre frigo, mais aucun aliment digne de ce nom ? dit-il en lui faisant signe de se servir. Vous êtes peut-être friande de ce genre de choses, mais moi, j'ai besoin de me nourrir de manière plus substantielle. J'ai donc rempli le réfrigérateur et le congélateur.

— Vous n'auriez pas dû, protesta-t-elle, intriguée, car il se comportait comme quelqu'un qui allait non pas s'en aller mais s'installer durablement.

— Voyons, mon chou, je n'allais pas me laisser mourir de faim sans rien faire. C'est ce qu'on appelle l'instinct de survie, pontifia-t-il en lui décochant un sourire. Mangeons, maintenant. Une rude journée nous attend, et rien ne vaut un solide petit déjeuner pour démarrer au quart de tour.

Marjorie songea que la journée avait effectivement commencé sur les chapeaux de roue. Tout en mangeant, elle se creusait la cervelle pour trouver une manière polie de se débarrasser de lui.

Mais elle eut beau chercher, rien ne lui vint à l'esprit. Tant pis, songea-t-elle en l'aidant à débarrasser. Elle arriverait bien, à un moment ou à un autre de la journée, à lui faire comprendre qu'il valait mieux qu'il aille dormir ailleurs.

Avant de partir, elle appela son chef, qui était au courant de la fusillade de la veille au motel, et qui avait ordonné une enquête interne parmi les quelques personnes qui savaient où Jackson était descendu.

Débarrassés de cette corvée, Marjorie et Jackson partirent pour Mystic Lake pour continuer les interrogatoires. Ils s'étaient mis d'accord pour quitter la maison à 9 heures, mais aucun des deux n'ayant dormi plus longtemps qu'à l'accoutumée, il n'était même pas 8 heures lorsqu'ils se mirent en route.

Ils allaient commencer par rendre visite à Natalie Redwing, qu'ils espéraient surprendre au saut du lit.

— Je vous laisse l'interroger, dit Marjorie en lançant un rapide regard à son séduisant coéquipier. On ne sait jamais si votre charme opère, vous arriverez peut-être à la faire parler.

— Me voilà investi d'une mission difficile, répliqua-t-il d'un ton amusé.

— Mon œil ! s'exclama-t-elle en riant. Vous charmez comme vous respirez. Ensuite il faudra que nous passions voir l'adjoint Black pour recueillir son sentiment au sujet de ce qui s'est passé hier soir, et que nous vérifiions l'emploi du temps de Jeff Maynard.

— J'ai la liste de toutes les personnes que nous devons aller voir. A moins qu'un nouvel incident ne se produise, nous aurons vu tout le monde avant ce soir. Il faut juste que nous ouvrions l'œil. Nous ne pouvons plus ignorer que quelqu'un cherche à nous tuer pour nous empêcher de progresser dans l'enquête.

En repensant à la fusillade et à la frayeur qu'elle avait ressentie quand les balles sifflaient au-dessus de leurs têtes, Marjorie fut parcourue d'un long frisson.

— Ce qu'il s'est passé hier soir laisse présager le pire pour Amberly et Cole, dit-elle d'une voix chargée d'émotion.

— En effet, admit-il après une brève hésitation.

Elle lui sut gré de ne pas avoir cherché à la rassurer sur le sort du couple.

Si la disparition de Cole et Amberly remontait à vendredi soir, comme ils le pensaient, cela ferait une semaine demain qu'ils s'étaient littéralement volatilisés. Malgré elle, Marjorie s'était déjà plus ou moins résignée à ne pas les retrouver, et ce constat déprimant l'incitait encore plus à tout faire pour découvrir ce qu'il leur était arrivé.

Pour ne pas voir le mobil-home de Natalie Redwing dans le terrain de caravaning situé à l'ouest de la ville, il aurait vraiment fallu le faire exprès. Peint en orange fluo, et orné d'attrape-rêves multicolores et de carillons suspendus à des clous sur le porche de bois, le mobil-home était un vrai cauchemar pour les yeux.

A peine s'étaient-ils garés qu'une Amérindienne très corpulente sortit sous le porche, un revolver à la main, l'air peu engageant.

— Ami ou ennemi ? demanda-t-elle lorsque Jackson ouvrit sa portière.

— Tout dépend de ce que vous comptez faire avec ce revolver, répondit-il. Nous sommes du FBI et nous aimerions vous poser quelques questions.

Hochant la tête, elle agita le canon de son arme pour leur faire signe de sortir de la voiture.

— Une femme seule n'est jamais trop prudente par les temps qui courent, dit-elle.

Vêtue d'une ample robe ethnique jaune et turquoise, et de

claquettes orange vif, elle était aussi bariolée que son mobil-home. Lorsqu'ils arrivèrent devant le porche, elle les invita à s'asseoir dans deux vieux fauteuils en osier, tandis qu'elle restait debout.

— Je suppose que vous êtes là à cause du shérif et de sa femme. Je savais qu'on finirait par venir me voir.

— Eh bien nous voici, dit Jackson en la gratifiant d'un de ses sourires dévastateurs.

L'effet fut immédiat : le visage rond de la femme s'éclaira.

— Waou ! vous êtes drôlement canon, minauda-t-elle.

— Merci, vous n'êtes pas mal non plus, répliqua-t-il. Nous ne sommes pas venus vous rendre une visite de courtoisie, malheureusement. Nous enquêtons sur la disparition du shérif Caldwell et de sa femme. Vous les connaissiez bien ?

— Cole et moi étions de bons amis.

Captivée par Jackson, Natalie Redwing n'avait d'yeux que pour lui. Marjorie avait l'impression d'être transparente.

— Je connaissais Amberly parce qu'il nous est arrivé de travailler ensemble au Native American Heritage Center, à Kansas City, mais nous n'étions pas très proches.

S'approchant de Jackson, elle se pencha vers lui.

— Je la trouvais un peu pimbêche, si vous voyez ce que je veux dire.

Jackson se pencha à son tour vers son interlocutrice, comme pour ne rien perdre de ce qu'elle lui disait.

— Avez-vous été contrariée quand ils se sont mariés ? demanda-t-il tout à trac. Parce qu'avec Cole, une belle femme comme vous avait sûrement ses chances. N'aviez-vous pas des vues sur lui ?

— Pour ne rien vous cacher, à une époque, je me disais que nous aurions fait un beau couple, Cole et moi. Mais quand je l'ai vu avec Amberly, j'ai pensé qu'il avait trouvé sa moitié. Ils allaient si bien ensemble.

Sous l'effet de la brise, les carillons s'étaient brusquement mis à tintinnabuler tous à la fois. Cette cacophonie discordante donnait mal à la tête à Marjorie.

— Vous allez trouver ça ridicule, Natalie, mais on raconte que vous aviez tendance à… harceler Cole, dit Jackson.

— Jamais de la vie, protesta-t-elle. On a dû mal interpréter mon attitude, parce qu'à ce compte-là, je les harcelais tous les deux.

Jackson se renfonça dans son fauteuil.

— Et pourquoi donc, mon chou ?

Natalie alla s'appuyer à la balustrade. Pendant quelques instants, elle regarda dans le vide, puis elle fixa de nouveau Jackson.

— A cause de mes origines amérindiennes, je suis particulièrement sensible à ce que les gens dégagent. C'est un don ancestral. Si j'aimais tant fréquenter Amberly et Cole, c'est parce qu'entre eux il y avait quelque chose de très fort, une espèce d'énergie primitive, d'alchimie particulière. Leur couple fonctionnait du tonnerre de Dieu.

— Quand les avez-vous vus pour la dernière fois ? demanda Marjorie, qui n'en pouvait plus de rester dans son coin.

— J'ai vu Cole jeudi, mais c'est le week-end précédent leur disparition que je les ai vus ensemble pour la dernière fois. Ils dînaient au restaurant du coin, où j'étais allée moi-même manger un morceau.

— Leur connaissez-vous des ennemis ? Des gens qui leur voudraient du mal ? demanda Jackson.

— Jeff Maynard et sa bande de crétins ne portaient pas Cole dans leurs cœurs, mais je ne pense pas qu'ils seraient allés jusqu'à faire disparaître Cole et Amberly. Vous allez les retrouver, n'est-ce pas ? Pourvu qu'il ne leur soit pas arrivé malheur. Un couple si bien assorti…

Sa voix se brisa, et des larmes se mirent à couler sur ses joues rebondies.

— Quand je les voyais, j'avais l'impression de baigner dans leur amour. Ils me confortaient dans l'idée qu'il y avait sûrement quelqu'un, quelque part, avec qui je pourrais avoir une relation aussi épanouissante tant sur le plan affectif que sexuel.

Elle eut un rire dur.

— Je sais, je ne suis qu'une pauvre folle, si seule que j'en arrive à vivre par procuration les histoires d'amour des autres. Mais si vous me suspectez d'avoir quelque chose à voir avec la disparition de Cole et Amberly, vous faites fausse route.

Jackson lança un regard à Marjorie, qui était perplexe. Ce n'était pas parce qu'elle allait droit au but que Natalie ne mentait pas. Peut-être cachait-elle bien son jeu. Quoi qu'il en soit, Marjorie sentait qu'ils ne lui soutireraient rien de plus. Elle se leva, signifiant à Jackson qu'il était temps de partir.

Jackson se leva à son tour.

— Nous sommes susceptibles de repasser un de ces jours, dit-il.

Les yeux pétillants, Natalie répondit :

— Vous pouvez revenir quand vous voulez, mon mignon, mais quelque chose me dit que si vous revenez, ce ne sera pas pour me conter fleurette.

Son regard fit l'aller et retour entre Jason et Marjorie.

— Entre vous deux, l'énergie primitive est loin d'être négligeable. Je le sens, déclara-t-elle d'un ton solennel. Si j'étais à votre place, ajouta-t-elle avec un sourire entendu, je chercherais à l'exploiter.

— C'est bien mon intention, lui assura Jackson en riant tandis que Marjorie essayait, tant bien que mal, de réprimer la bouffée de chaleur qui lui était montée au visage et une furieuse envie de lui pincer le bras… jusqu'au sang.

6

— Vous avez entendu ce qu'a dit Natalie ? demanda Jackson quand ils eurent repris la voiture pour aller rendre visite à Jimmy Tanner, le copain de Jeff Maynard. D'après elle, il y a entre nous quelque chose de primitif.

— Je crains que le boucan que faisaient tous ces affreux carillons ne lui ait altéré l'esprit, répliqua Marjorie.

Jackson sourit, amusé de voir, à ses épaules raidies et ses lèvres pincées, à quel point elle était contrariée.

— Mais admettons que ce soit vrai, insista-t-il. Où est le problème ?

— Peu importe que ce soit vrai ou pas, dit-elle, excédée. Ce qui est sûr, c'est que vous êtes de passage ici. Et que dès que l'affaire sera résolue, vous retournerez à Baton Rouge et retrouverez vos bimbos.

— Quelles bimbos ? Que savez-vous de mes fréquentations ? Vous êtes complètement à côté de la plaque, mon chou.

— Vous n'avez pas de comptes à me rendre, et je me garderai bien de vous questionner sur votre vie privée. Tout ce que je veux savoir, c'est ce que vous avez pensé de Natalie Redwing. Est-elle une simple casse-pieds ou une folle dangereuse ?

Jackson aurait préféré continuer à parler de cette attirance primitive que Natalie avait sentie entre Maggie et lui, car il n'avait pas oublié le baiser torride qu'ils avaient échangé la veille, mais il laissa tomber.

— Difficile à dire. Je pense qu'elle n'est pas méchante. Tout ce qu'on peut lui reprocher, c'est ce côté un peu voyeur qui la pousse à se rapprocher des gens qui ont ce qu'elle rêve d'avoir, elle aussi. Je serais plus enclin à la croire coupable si Amberly était morte et Cole encore en vie et ici.

— Tout à fait d'accord.

— Il n'empêche que nous vérifierons ses antécédents, au cas où elle nous aurait caché quelque chose.

— Jimmy Tanner va peut-être nous faire progresser. Nous allons commencer par vérifier l'alibi de Jeff Maynard le soir de la disparition des Caldwell. Puis nous l'interrogerons sur les raisons de son divorce, puisqu'il semblerait que ce soit une enquête de Cole et Amberly qui ait fait capoter son mariage.

— D'après l'adjoint Black, Jimmy travaillerait à son compte comme charpentier. Si nous n'avons pas la chance de le trouver à son motel, il faudra que nous allions le voir sur son lieu de travail, Dieu seul sait où.

Il sentait qu'elle se détendait depuis que la conversation était de nouveau centrée sur l'enquête en cours. Il ne devait pas oublier qu'il était là pour l'aider à la résoudre, pour retrouver Amberly et Cole. Vivants, de préférence. Pour découvrir, dans tous les cas, ce qu'il leur était arrivé.

Mais il ne pouvait nier que Maggie le troublait. En l'espace de quelques jours, elle l'avait poussé sans le savoir à se remettre en question. Depuis qu'il la connaissait, il avait plus que jamais envie d'être quelqu'un de bien, et il avait honte, comme jamais, de son passé.

D'après leurs renseignements, Jimmy Tanner avait pris une chambre au mois au Mystic Lake Motel. Lorsqu'il vit une camionnette blanche garée devant le motel, Jackson poussa un soupir de soulagement. L'échelle fixée sur le toit indiquait qu'il s'agissait selon toute vraisemblance d'un véhicule professionnel.

Jimmy était chez lui, apparemment.

Le motel n'avait rien de luxueux. C'était visiblement un établissement bon marché, sans doute pas très bien fréquenté.

Voyant que les carreaux de la fenêtre d'une des chambres étaient cassés, et qu'un vieux coupé sport rongé par la rouille était garé à proximité, Jackson sortit de la voiture lentement, une main sur la crosse de son pistolet.

Ce motel semblait décidément très mal famé. Peut-être était-ce un repère de trafiquants de drogue et de prostituées…

Marjorie aussi devait sentir le danger, car elle avait également la main sur la crosse de son arme.

Sans un mot, ils se dirigèrent vers la chambre du fond, qui était celle de Jimmy. Les rideaux étaient tirés, et les carreaux si crasseux, qu'il leur fut impossible de jeter un coup d'œil à l'intérieur.

Jackson frappa deux coups à la porte et attendit, sur le qui-vive. Marjorie semblait aussi tendue que lui.

Personne ne répondit. Il frappa de nouveau, mais plus fort, certain que Jimmy se trouvait à l'intérieur. Il sut qu'il ne se trompait pas lorsque le rideau bougea légèrement.

— Il est là, dit-il tout bas à Maggie.

Il cogna à la porte.

— Jimmy Tanner, nous savons que vous êtes là. Ouvrez cette porte, bon sang ! cria-t-il.

Un bruit de verre brisé se fit brusquement entendre.

— Il essaie de s'enfuir par-derrière ! s'écria Maggie.

Ils firent le tour du bâtiment en se hâtant, aussi déterminés l'un que l'autre à rattraper le suspect pour l'interroger.

A l'arrière, le motel donnait sur un champ en friche. Au loin, on voyait miroiter le lac qui avait donné son nom à la ville. Et entre le motel et le lac, on voyait un homme aux cheveux châtains, en jean et T-shirt blanc, qui courait comme un dératé.

— Stop ! cria Jackson en s'élançant à la poursuite du fugitif, malgré la chaleur et l'humidité.

Il constata non sans surprise que Maggie courait aussi. Et vite, en plus ! songea-t-il, admiratif.

— Jimmy, stop ! cria-t-elle, furieuse. Arrêtez-vous tout de suite ou je tire !

Joignant le geste à la parole, elle se figea, dégaina son pistolet et se mit en position de tir.

Jimmy jeta un coup d'œil derrière lui. Terrifié, il s'immobilisa et se retourna lentement vers eux, les mains au-dessus de la tête.

— Si elle vous a payés pour que vous me descendiez, finissons-en tout de suite, dit-il. Elle m'a tout pris, alors s'il lui faut aussi ma vie, tirez.

En se rapprochant, Jackson remarqua que Jimmy avait un œil au beurre noir qui avait viré au jaune moutarde, et la lèvre inférieure fendue mais en voie de cicatrisation, comme s'il s'était battu la semaine précédente.

— De qui parlez-vous ? demanda Jackson.

— De mon ex-femme. Ce n'est pas elle qui vous envoie pour me flanquer une raclée, comme l'autre fois ?

— Vous trouvez que j'ai l'air d'être un homme de main ? demanda Maggie, pince-sans-rire.

— Allez savoir. Mon ex est assez dérangée pour engager une femme qui me tomberait dessus par surprise.

— Nous sommes du FBI, pauvre imbécile, et nous aimerions vous poser quelques questions, déclara Jackson en s'essuyant le front.

En juillet, le soleil tapait fort. Jackson n'avait pas l'intention d'interroger le suspect au milieu de ce champ.

— On peut retourner au motel ou vous emmener au bureau du shérif. A vous de choisir.

— Allons au motel, répondit Jimmy sans hésitation. J'évite de traîner du côté du bureau du shérif. A la seule vue du bâtiment, j'ai envie de casser la figure à Cole Caldwell.

Ils se dirigèrent vers le motel.

— C'est au sujet de la disparition du shérif et de sa femme ? demanda Jimmy.

— Plus ou moins, répondit Jackson.

Jimmy le scruta en fronçant les sourcils.

— J'ai peut-être des raisons d'en vouloir à Cole, mais il n'a fait que rendre notoire ce que ma femme soupçonnait depuis longtemps : que je la trompais depuis le début. Sans que je sache trop pourquoi, Tara s'est brusquement déchaînée sur moi. Elle a demandé le divorce, elle m'a mis sur la paille, et elle a engagé des sbires pour me tabasser.

Comme ils étaient arrivés devant sa chambre, Jimmy ouvrit la porte et leur fit signe d'entrer. Contre toute attente, la pièce était propre et en ordre. Le lit était fait, et une valise à moitié remplie était ouverte par terre.

— Vous êtes sur le départ, ou vous venez d'arriver ? demanda Jackson en pointant la valise du doigt.

— Entre les deux.

Jimmy se laissa tomber sur le bord du lit tandis que Jackson et Marjorie restaient debout, dans l'entrée.

— Dès que j'aurai économisé quatre sous, je ficherai le camp de cette ville. Je veux m'éloigner le plus possible de Tara, mais mes problèmes conjugaux sont sûrement le cadet de vos soucis. Vous êtes venus pour quoi, au juste ?

— Pour vous demander où vous étiez le soir de la disparition du shérif Caldwell et de sa femme. Jeff Maynard prétend que vendredi dernier, vous, Raymond Chandler et lui avez joué au poker toute la soirée.

Jimmy passa une main sur son front où perlaient quelques gouttes de sueur.

— Il y a encore un mois, j'aurais peut-être menti pour lui sauver la mise. Mais aujourd'hui, c'est différent. Je n'ai plus envie de me mouiller pour personne. Tout ce que je veux, c'est éviter les embrouilles et me barrer d'ici dès que possible. Ray et moi, nous nous sommes retrouvés pour jouer au poker comme tous les vendredis, mais Jeff n'est pas venu. Nous avons joué jusqu'à environ 1 heure du matin. Pas au poker, puisque nous n'étions que deux. Nous avons tapé la belote en buvant de la bière.

Les traits de Jimmy se durcirent.

— Je ne vais pas vous raconter des bobards. Ray, Jeff et moi sommes de sacrés numéros, des ratés, des bons à rien. Mais je suis en train de m'amender, alors je ne vais certainement pas mentir aux fédéraux.

Jackson consulta Marjorie du regard.

— Dans ce cas, il va falloir que nous retournions voir Jeff.

— Je ne vous cache pas que je n'aimais pas Cole, mais Jeff, lui, le détestait. Je ne pense pas qu'il irait jusqu'à tuer quelqu'un, mais avec Jeff, vous savez, il faut s'attendre à tout, surtout quand il a bu. En temps normal, il n'est déjà pas très net mais quand il est soûl, il devient complètement dingue.

Marjorie sortit de son sac une carte de visite qu'elle tendit à Jimmy.

— Ne quittez pas la ville sans nous faire part de vos projets, lui recommanda-t-elle.

Il acquiesça et, quelques minutes plus tard, Jackson et Marjorie étaient de retour dans la voiture.

— Il faut que je vous dise, ma petite Maggie, qu'en position de tir, vous êtes absolument irrésistible.

Comme il s'y attendait, elle lui jeta un regard consterné qui le fit éclater de rire.

— Je ne vois pas ce qu'il y a de drôle, râla-t-elle. Notre enquête est au point mort. Nous pédalons dans la semoule.

— C'est faux, protesta Jackson. Nous venons de découvrir que Jeff Maynard avait menti sur son emploi du temps. Cela pourrait être un début de piste.

— Il ne faut pas trop rêver. Tout le monde nous a dit que ce n'était pas quelqu'un de très malin. Je ne le crois pas capable d'avoir réussi à convaincre Cole et Amberly de sortir de chez eux en pleine nuit.

— Jeff est peut-être plus futé qu'il n'en a l'air. Je propose que nous repassions le voir, puis nous irons acheter ces chocolats dont raffole votre mère et nous les lui apporterons.

Marjorie lui jeta un regard surpris.

— Il n'y a aucune urgence, vous savez. J'irai lui rendre visite dès que j'aurai un moment de libre. Pas la peine de faire ça maintenant.

— Je vous y accompagne avec plaisir. Je me réjouis de bavarder avec votre maman.

Il était curieux de faire la connaissance de sa mère, car il se demandait comment cette femme avait pu laisser son escroc de mari dilapider toute sa fortune puis piocher dans celle de sa fille.

Une pensée en entraînant une autre, il se demanda à quoi ressemblait la chambre de Marjorie. Etait-elle aussi sobre et dépouillée que le reste de la maison ? Ou au contraire, un peu extravagante ? Marjorie s'offrait peut-être de luxueux draps de satin ou des nuisettes hors de prix…

S'arrachant à ses rêveries stériles, il soupira. Natalie Redwing avait beau avoir senti quelque chose de primitif entre eux — quelque chose qui allait bien au-delà de la simple attirance sexuelle, Jackson le sentait aussi —, il savait très bien que cela ne donnerait rien.

Mieux valait se concentrer sur l'enquête. Il devait à tout prix résoudre cette affaire et rentrer chez lui avant que Maggie ne prenne plus d'importance à ses yeux et qu'il ne puisse plus se passer d'elle.

Au Bledsoe, ils firent chou blanc malheureusement. Jeff ne travaillait pas ce jour-là.

Ils firent le tour des endroits qu'il fréquentait habituellement tout en mangeant un sandwich sur le pouce. Sans résultat. Au bout d'une heure, ils finirent par abandonner et mirent le cap sur Kansas City.

Marjorie n'avait aucune envie d'emmener Jackson chez sa mère. Il n'avait rien à faire là-bas. Le fait d'habiter — provisoirement — sous son toit ne lui donnait pas le droit de se mêler de sa vie privée.

En même temps, c'était peut-être l'occasion d'aller rendre une petite visite à sa mère — occasion qui ne se représenterait peut-être pas de sitôt. Maintenant qu'ils savaient que Jeff Maynard leur avait menti, l'affaire se corsait, et elle sentait que celle-ci risquait bientôt de l'accaparer tout entière.

Elle s'arrêta quelques minutes à l'épicerie fine qui vendait les amandes enrobées de chocolat que sa mère affectionnait tant, puis elle reprit le volant, Jackson à côté d'elle, et se dirigea vers la luxueuse résidence dans laquelle se trouvait l'appartement de sa mère.

— Vous semblez nerveuse, fit remarquer Jackson.

Elle se renfrogna.

— Je ne voudrais pas que vous considériez ma mère comme une pauvre dinde qui s'est laissé plumer par ses compagnons successifs. Mon père était fou d'elle, si bien qu'elle ne manquait de rien. Mais comme c'était lui qui tenait les cordons de la bourse, elle n'a jamais appris à gérer un budget. Quand il est mort, elle n'avait jamais payé une facture de sa vie. Elle était complètement dépassée. Son seul tort est d'avoir trop facilement fait confiance, et d'être tombée amoureuse d'hommes qui ne pensaient qu'à l'escroquer.

— Maggie, vous n'avez pas à la défendre, dit Jackson d'une voix aussi douce qu'une caresse. Il ne me viendrait pas à l'idée de la juger. Je ne suis pas comme ça, croyez-moi.

Elle se sentit tout de suite mieux.

— Mais même quand elle était folle amoureuse, elle restait très présente auprès de moi. J'étais sa priorité absolue. Elle a peut-être eu une vie dissolue, mais elle n'en a pas moins été une mère aimante et dévouée.

— Vous n'avez jamais eu envie d'avoir des enfants ? demanda-t-il.

Elle eut un serrement de cœur, très bref.

— Dans un autre monde, une autre vie, j'aurais sans doute aimé avoir des enfants. Mais dans la mesure où j'ai choisi de rester célibataire, j'ai fait une croix sur les enfants.

Elle lui jeta un regard et une fois de plus, elle ne put s'empêcher de le trouver attirant.

— Vous savez tout un tas de choses sur moi, dit-elle. Et moi, presque rien de vous.

— Que pourrais-je vous raconter ? Je n'ai aucun souvenir de ma mère, et mon père était une sorte de vagabond. Nous n'arrêtions pas de déménager.

Elle perçut dans sa voix une tension inhabituelle et en déduisit qu'il ne lui disait pas tout.

— Votre père et vous êtes très proches ? demanda-t-elle, curieuse d'en savoir plus.

— Non.

La réponse, sèche et définitive, avait fusé de sa bouche comme un coup de feu. Il se passa une main dans les cheveux.

— Nous nous sommes disputés, il y a quelques années. Et depuis, chacun vit sa vie, expliqua-t-il.

Elle le regarda de nouveau et elle eut droit à ce petit sourire en coin qu'elle trouvait si sexy.

— Je suis un pauvre petit gars du Sud, seul dans la vie, sans personne pour lui tenir compagnie.

— Quelque chose me dit que cela vous va très bien comme ça, répondit-elle en lançant un coup d'œil dans sa direction.

Mais il avait tourné la tête et il regardait par la vitre. Elle le suspectait d'avoir en lui une zone d'ombre à laquelle personne n'avait jamais accès. Cette zone d'ombre, elle était tentée de l'explorer pour découvrir qui il était vraiment sous son masque de séducteur impénitent. Mais elle savait qu'il valait mieux qu'elle garde ses distances parce que, tôt ou tard, Jackson finirait par rentrer chez lui à Baton Rouge.

Elle trouva facilement une place au pied de la résidence. En se garant, elle sentit le stress l'envahir de nouveau.

C'était la première fois que la perspective de rendre visite à sa mère la mettait dans un tel état. La présence de Jackson n'était évidemment pas étrangère à son appréhension. Ils sortirent de la voiture et s'avancèrent vers les portes vitrées qui étaient sécurisées par un Interphone.

Marjorie pressa le bouton pour prévenir sa mère, qui leur ouvrit.

— Maman est au premier étage, dit-elle en le guidant vers l'ascenseur. Elle s'appelle Katherine. Katherine Devoe.

Ils entrèrent dans la cabine, et le simple fait de se retrouver avec lui dans cet espace exigu réactiva aussitôt en elle le souvenir du baiser qu'ils avaient partagé.

— Nous ne resterons pas longtemps, le prévint-elle.

— Comme vous voudrez. Mais rien ne nous presse. Il n'y a pas grand-chose que nous puissions faire de plus avant demain matin pour avancer dans notre enquête. Notre principal suspect, Jeff Maynard, ne sera pas au pub avant demain après-midi.

L'ascenseur s'immobilisa, et les portes s'ouvrirent. La sagesse aurait voulu que Marjorie se débrouille pour rester chez sa mère le plus tard possible. Car de toute évidence, Jackson s'invitait chez elle une seconde nuit. A aucun moment de la journée, il n'avait cherché un autre point de chute, et ce n'était pas ce soir, alors qu'il était plus de 18 heures, qu'il allait s'en occuper.

Une longue soirée en tête à tête les attendait. *Nous parlerons de l'enquête*, songea-t-elle en frappant à la porte de l'appartement de sa mère.

Katherine Devoe était une version plus âgée et plus grande de Marjorie. Elle avait les mêmes cheveux blond-roux et les mêmes yeux verts que sa fille. Des yeux qui se mirent à pétiller de joie lorsqu'elle ouvrit la porte.

— Quelle bonne surprise ! s'exclama-t-elle en embrassant sa fille.

Son regard s'attarda ensuite sur Jackson, qui était derrière Marjorie.

— Je vois que tu as pensé à mes amandes, mais ce n'est pas la seule chose appétissante que tu aies apportée, on dirait.

— Jackson Revannaugh, dit-il en lui tendant la main.

Katherine glissa sa main dans la sienne et gloussa comme une midinette lorsque Jackson se pencha pour lui faire un baisemain.

— C'est un réel plaisir de faire connaissance avec la mère d'une femme aussi extraordinaire que votre fille, dit-il en lâchant la main de Katherine. Je sais maintenant de qui Maggie tient sa beauté.

— Maggie ? releva Katherine en haussant un sourcil parfaitement épilé. J'aime bien.

Il n'y allait pas avec le dos de la cuillère, songea Marjorie en se dirigeant tout droit vers le canapé blanc. Jackson la suivit et s'assit à côté d'elle. Bien trop près, à son goût.

Katherine referma la porte et se tourna vers eux, tout sourire.

— Pour une surprise, c'en est une, dit-elle en fixant Jackson. Ma fille n'était encore jamais venue avec un ami.

— Ce n'est pas un ami, maman, c'est mon coéquipier, s'empressa de rectifier Marjorie.

— Cela ne change rien. Avec un collègue non plus, tu n'étais jamais venue. Puis-je vous offrir quelque chose à boire ? proposa Katherine.

— Non merci, répondit Marjorie. Je n'ai pas soif.

— Auriez-vous du bourbon, par hasard ? demanda Jackson.

Katherine se dirigea aussitôt vers le minibar design, dans un angle de la pièce.

— Oui, bien sûr. Vous le buvez sec ou avec des glaçons ?

— Sec, s'il vous plaît, répondit Jackson en se calant au fond du canapé, parfaitement à l'aise, comme s'il était déjà venu des dizaines de fois.

— J'ai cru déceler chez vous un petit accent du Sud, dit Katherine en préparant le bourbon. Je me trompe ?

— Je suis né à Baton Rouge, j'y ai grandi et j'y vis encore aujourd'hui.

— Quelle coïncidence ! s'exclama Katherine en lui tendant son bourbon. Pas plus tard qu'hier, j'ai reçu la visite d'un homme originaire de Baton Rouge. Il a pris sa retraite récemment et est venu s'installer à Mystic Lake.

Ces mots déclenchèrent chez Marjorie l'alerte maximum.

— C'est effectivement très curieux, dit Jackson. Cet homme est un de vos amis ?

— Je ne l'avais jamais vu, mais il s'est présenté comme étant un ami de feu mon deuxième mari, Big Bob. C'est un homme charmant, et nous avons passé un très bon moment.

— Il s'appelle comment ? demanda Marjorie en masquant sa fébrilité.

Katherine fronça les sourcils.

— Edward... Edward Benson, il me semble. Non, ce n'est pas ça — Bentz et pas Benson. Il s'appelle Edward Bentz.

Marjorie nota mentalement le nom de l'homme, tandis que Jackson et sa mère bavardaient comme de vieux amis. Katherine était de toute évidence sous le charme de Jackson, qui se montrait sous son meilleur jour, racontant à leur hôtesse des anecdotes relatives aux enquêtes qu'il avait menées, et lui disant comme il admirait Marjorie.

Katherine buvait du petit-lait et souriait béatement à Marjorie, visiblement ravie que sa fille ait finalement rencontré un homme aussi merveilleux.

La visite dura plus que prévu, mais au bout d'une heure, Marjorie donna le signal du départ.

— Maman, il faut qu'on te laisse. Nous devons aller dîner et nous avons encore du travail, déclara-t-elle en se levant.

— Votre fille est un vrai tyran, dit Jackson en s'extirpant du canapé.

— Pour elle, il n'y a que le travail qui compte. Je n'arrête pourtant pas de lui dire qu'il n'y a pas que ça, dans la vie, mais elle ne m'écoute pas. Je compte sur vous, Jackson, pour lui faire lever le pied et la distraire un peu, dit Katherine avec des airs de conspiratrice.

— Maman peut minauder et vous, lui décocher des clins d'œil appuyés, personne ne réussira à me faire changer, déclara Marjorie dès qu'ils furent dans l'ascenseur.

— Il est clair que votre mère ne veut que votre bien.

— C'est possible. Il n'empêche que je suis comme je suis, et que je n'ai pas l'intention de changer.

Elle garda le silence jusqu'à ce qu'ils aient repris la voiture et roulent en direction de chez elle.

— Il y a quelque chose qui cloche, déclara-t-elle tout de go.

Une sourde appréhension l'oppressait depuis tout à l'heure.

— Que voulez-vous dire ?

— Big Bob était du Texas, pas du Sud. Je me demande ce que cet homme de Baton Rouge, qui est soi-disant venu s'installer récemment à Mystic Lake, est allé fabriquer chez ma mère.

— C'est vrai que c'est étrange, admit Jackson d'un air préoccupé.

— Je ne sais pas si vous êtes comme moi, mais je ne crois pas trop à ce genre de coïncidences. Il va falloir que nous trouvions cet Edward Bentz et que nous le cuisinions un peu, histoire de savoir ce qu'il mijote. J'ai un mauvais pressentiment. Je veux m'assurer que l'affaire sur laquelle nous travaillons ne risque pas de mettre ma mère en danger.

Elle déglutit à plusieurs reprises, mais ne put se débarrasser de l'impression désagréable que quelque chose de terrible allait bientôt se produire.

7

Quatre jours plus tard, Jackson allait et venait dans la minuscule cuisine de Maggie, luttant d'une part contre la frustration qu'il ressentait de ne pas avoir avancé d'un pouce dans l'enquête, et d'autre part contre le désir que lui inspirait la jeune femme — désir qui bouillonnait en lui et menaçait à tout moment d'exploser.

Ils avaient passé ces trois derniers jours à courir après des gens qui leur échappaient. Jeff Maynard avait pris la poudre d'escampette ou se terrait quelque part.

D'après le patron du Bledsoe, Jeff avait appelé pour expliquer qu'il était grippé et avait besoin de quelques jours de repos. Jackson n'était pas dupe : c'était le FBI et pas la grippe qui empêchait Jeff de venir travailler. Mais soit il finirait par pointer le bout de son nez, soit quelqu'un vendrait la mèche, et ils lui mettraient la main dessus.

Ils n'avaient pas eu plus de chance avec Edward Bentz. Ayant découvert qu'il louait une chambre chez une vieille dame du nom de Betty Fields, ils s'étaient rendus chez elle pour rien car Edward s'était absenté pour la journée, une affaire urgente l'ayant prétendument rappelé à Baton Rouge.

Jackson s'était mis en contact avec ses collègues de Baton Rouge et leur avait demandé des renseignements sur le suspect. Edward Bentz n'avait pas de casier judiciaire et semblait être au-dessus de tout soupçon. Agé de cinquante-cinq ans, il avait travaillé pendant plus de vingt ans comme délégué médical dans les environs de Baton Rouge et dans les Etats voisins, avant de prendre sa retraite très récemment.

A l'insu de Maggie, Jackson avait téléphoné à son chef et fait mettre Katherine Devoe sous protection policière jusqu'à ce qu'ils en sachent un peu plus sur Edward Bentz.

L'enquête sur la fusillade au motel suivait son cours, mais elle n'avait rien révélé jusque-là de très significatif, en dehors du fait que l'arme utilisée était effectivement un pistolet-mitrailleur Uzi, comme l'avait deviné Jackson.

Jackson se servit une tasse de café et s'assit à la table. Le soleil était en train de se lever. Une belle journée s'annonçait.

La veille, Maggie et lui ne s'étaient pas tourné les pouces. Faute de pouvoir interroger Jeff et Edward, ils s'étaient rabattus sur les collègues de Cole. Toutes les personnes qui, à un moment ou à un autre, avaient travaillé sous ses ordres avaient été entendues.

Cole passait pour être un chef exigeant mais juste. Certains de ses adjoints semblaient le craindre, mais tous le respectaient. Marjorie et lui n'avaient rien appris de particulier et à l'issue de cette journée d'interrogatoires dans le bureau du shérif, à Mystic Lake, ils se demandaient toujours ce qu'il avait bien pu arriver à Amberly et à Cole.

Le plus troublant, c'est qu'ils n'avaient pas retrouvé leurs corps. Exactement comme dans l'affaire sur laquelle il travaillait à Bachelor Moon, où Sam, sa femme et leur fille avaient disparu depuis plusieurs semaines sans laisser la moindre trace.

Sa cohabitation avec Maggie se passait plutôt bien. Il avait pris ses marques. Il commençait à connaître ses habitudes et savait qu'il avait environ une demi-heure devant lui avant qu'elle ne se lève à son tour et ne le rejoigne dans la cuisine.

Maggie. Il but une gorgée de café et ferma les yeux. Il ne savait toujours pas à quoi ressemblait sa chambre, mais cette nuit, elle et lui s'étaient rencontrés dans le couloir. La veilleuse qu'elle laissait allumée à proximité de la salle de bains n'éclairait pas grand-chose, mais assez cependant pour qu'il voie que sa nuisette de soie pourpre accentuait les reflets auburn de sa chevelure et mettait en valeur chacune de ses courbes.

Pantelant de désir, il avait failli tomber à genoux devant elle. Quand leurs regards s'étaient croisés et qu'il avait vu ses yeux verts briller dans la pénombre, il avait été tenté de la prendre dans ses bras et de la jeter sur son lit pour lui faire l'amour toute la nuit.

Mais plus rapide que lui, elle avait détalé à toutes jambes et s'était réfugiée dans sa chambre, dont elle avait soigneusement refermé la porte derrière elle.

Si leur tête-à-tête s'était prolongé ne serait-ce que d'un instant, il était probable que ce matin Maggie se serait réveillée dans ses bras.

Cette occasion manquée lui arracha un soupir de regret. Le désir qui le consumait risquait à tout moment de mettre le feu aux poudres. Comme il sirotait son café, il fut soudain happé par l'odeur de son parfum, qui provoquait instantanément chez lui un afflux de testostérone totalement incontrôlable.

— On dirait qu'aujourd'hui vous avez décidé de la jouer décontracté, dit-elle en entrant, le regard rivé sur son jean et son polo blanc.

— Avec cette chaleur, j'ai préféré troquer la panoplie de l'agent fédéral contre une tenue plus confortable.

Posant un regard critique sur son pantalon bleu marine et son chemisier blanc, il ajouta :

— Vous pourriez faire comme moi et opter pour… un short, et un haut coloré. Je trouve que le rouge vous va à ravir.

Elle ne releva pas et se dirigea vers la cafetière.

— Je ne pensais pas à celui qui vous vient aux joues quand vous faites mine de ne pas avoir entendu, continua-t-il avec un sourire.

— Quand on est un gentleman, et qu'on croise une dame en chemise de nuit, on a la délicatesse de ne pas le lui rappeler.

Jackson se mit à rire.

— Qui vous a dit que j'étais un gentleman ? Et puis, je vous signale que vous passez votre temps à rougir.

Il attendit qu'elle se soit assise en face de lui.

— Vous êtes vierge ? demanda-t-il tout à trac.

Elle faillit en recracher son café. La bienséance l'en empêcha, mais elle l'avala de travers et se mit à tousser.

Furieuse, elle le fusilla du regard.

— Je ne vois pas en quoi cela vous regarde, mais non, je ne suis pas vierge, puisque vous tenez tant à le savoir. Mais qu'est-ce qu'il vous prend de poser ce genre de questions ?

La sentant sur la défensive, il décida qu'il valait mieux ne pas trop insister. Il haussa les épaules.

— Je cherche une distraction pour oublier que cette fichue enquête n'avance pas d'un pouce. Mise à part la fusillade au motel, j'ai une curieuse impression de déjà-vu.

— Que voulez-vous dire ? demanda-t-elle, soulagée qu'il ait changé de sujet.

— Si Cole et Amberly ont été kidnappés, nous ne savons toujours pas pourquoi. A Bachelor Moon, nous avons été confrontés au même problème. Nous avons supposé que les trois personnes disparues avaient été kidnappées, mais rien ne nous permet de l'affirmer. Ici comme là-bas, il n'y a pas eu de demande de rançon, les victimes n'ont pas d'ennemis notoires, et les corps n'ont pas été retrouvés.

— Mais d'après ce que vous m'avez dit, à Bachelor Moon, les enquêteurs n'ont pas été pris pour cible par un sniper, ou menacés de quelque façon que ce soit.

Il était clair qu'elle ne voulait pas faire le lien entre les deux affaires et qu'elle était persuadée qu'ils allaient retrouver le couple vivant d'un jour à l'autre.

— En effet, admit-il sans conviction.

Il aurait bien aimé partager son bel optimisme et croire, lui aussi, que les deux affaires n'avaient rien à voir l'une avec l'autre, mais il y avait trop de points communs entre ces deux cas de disparitions inexpliquées pour qu'il ne fasse pas le rapprochement. Dans ce contexte, le fait qu'Edward Bentz soit de Baton Rouge, et qu'il vive maintenant à Mystic Lake, était une coïncidence plus que troublante.

Il se leva et se dirigea vers le réfrigérateur.

— Je vais nous préparer un solide petit déjeuner puis nous prendrons la route. Avec un peu de chance, nous tomberons aujourd'hui sur un indice ou sur quelque chose qui nous mettra sur une piste.

Le petit déjeuner fut vite expédié. Ils parlèrent de leur visite à la mère de Marjorie.

— C'est une femme charmante, déclara Jackson.

— Elle est la bonté même, vous savez.

— Je trouve un peu gênant que vous viviez comme une indigente alors qu'elle vit confortablement dans cet appartement de luxe bien trop grand pour elle.

— Je ne vis pas comme une indigente, protesta-t-elle.

Il la scruta d'un air sceptique.

— Maggie, je sais à peu près ce que vous gagnez, et il est évident que vous ne faites aucun extra pour vous-même. Depuis que je suis là, je ne vous ai jamais vue avec autre chose sur le dos qu'un pantalon passe-partout et un chemisier blanc. Vous n'avez rien d'autre à vous mettre ?

— Bien sûr que si, mais ma tenue vestimentaire me convient parfaitement. Pourquoi en changerais-je ? Et puis, je suis contente de subvenir aux besoins de ma mère.

Jackson finit ses œufs au plat puis, la dernière bouchée avalée, revint à la charge.

— Vous feriez sans doute mieux de lui dire la vérité. Si elle s'installait dans un appartement plus modeste, vous seriez un peu plus à l'aise financièrement. Vous ne croyez pas ?

— Je crois que nous devrions revenir à notre enquête car il me semble que ma vie privée ne vous regarde pas, répliqua sèchement Marjorie.

Comprenant qu'il était allé trop loin, Jackson posa une main sur la sienne. Elle voulut le repousser mais il accentua la pression de sa main.

— Je ne veux que votre bien, Maggie. Vous méritez d'être heureuse.

Elle plongea ses yeux verts dans les siens, cherchant dans son regard un éclat malicieux ou une lueur charmeuse. Mais il savait qu'elle ne trouverait ni l'un ni l'autre ; il avait dit la vérité toute nue.

Elle tenta de nouveau de dégager sa main et, cette fois, il ne la retint pas. Fixant son assiette vide, devant elle, elle dit :

— Je vous remercie de vous préoccuper de mon sort, Jackson, mais je ne suis pas malheureuse, vous savez.

— Mais êtes-vous heureuse ? insista-t-il.

Elle le fixa, et une ride creusa son front entre ses beaux yeux verts. Elle but une gorgée de café, reposa sa tasse sur la table et répondit :

— Je ne cherche pas à l'être. Ma vie me convient à peu près telle qu'elle est, alors j'essaie de m'en contenter.

Il acquiesça tout en se demandant ce qui faisait qu'il trouvait cette vie-là indigne d'elle. Elle avait droit à certains plaisirs

— un bain moussant délicatement parfumé, une robe de soie et des talons aiguilles, un dîner aux chandelles dans un restaurant huppé, une moquette si épaisse que ses pieds s'y enfonceraient voluptueusement, un canapé moelleux dans lequel elle se blottirait le soir pour regarder la télévision et décompresser après une journée bien remplie.

Elle méritait aussi de s'amuser, de rire, d'avoir un homme qui l'aime plus que tout au monde. Elle admettait avoir été victime des malversations commises par ses escrocs de beaux-pères, mais elle semblait ne pas se rendre compte des traumatismes qui en avaient résulté.

Il lui fallait un homme digne de confiance, qui la rassure et la comprenne, un homme aimant et dévoué. Jackson savait exactement ce dont elle avait besoin, mais il savait aussi qu'il n'était pas cet homme et que, même s'il le voulait, il ne serait jamais cet homme.

Elle avait raison. La seule chose à faire était de l'aider à résoudre cette affaire et de la laisser gérer sa vie privée comme elle l'entendait. Une fois qu'il serait rentré chez lui, qu'il aurait repris son petit train-train, il oublierait probablement très vite cette jolie fille aux yeux verts qui, contre toute attente, avait réussi à pénétrer dans son jardin secret.

— Ne trouvez-vous pas bizarre que John Merriweather ne nous ait pas appelés une seule fois, alors que son ex-femme a disparu depuis maintenant une semaine ? demanda Jackson en montant dans la voiture. A sa place, moi, je crois que je camperais devant la porte du responsable de l'enquête et que je le harcèlerais nuit et jour jusqu'à ce qu'il ait fait la lumière sur toute l'affaire.

— Avant d'aller à Mystic Lake, nous pourrions peut-être repasser le voir, suggéra Marjorie.

— Oui, ça me semble être une bonne idée.

Pourvu qu'il y ait du nouveau ! songea Marjorie, qui rêvait de pouvoir se jeter à corps perdu dans l'enquête afin de ne pas penser à Jackson. Le contact de sa main sur la sienne, à table, tout à l'heure, et la tendre sollicitude qu'il lui avait témoignée l'avaient non seulement déstabilisée, mais aussi terriblement frustrée.

Elle pouvait se passer de ce confort matériel et de toutes ces choses dont elle était obligée de se priver pour offrir à sa mère une vie meilleure, mais en plongeant son regard dans les yeux bleus de Jackson, elle s'était rendu compte que s'il y avait une chose au monde dont elle avait envie, c'était de lui.

Elle prit la direction de la villa de Merriweather en essayant de ne pas penser à cet instant déroutant où son désir pour Jackson lui avait coupé le souffle et mis les nerfs à vif.

Et si elle faisait l'amour avec lui ? Rien qu'une fois, en sachant que cela resterait une aventure sans lendemain, et qu'en aucun cas la vie bien tranquille qu'elle s'était choisie n'en serait bouleversée ?

Jackson vivait à Baton Rouge, et elle, ici. Il avait hâte de rentrer chez lui et ne risquait donc pas de s'accrocher. Pour une simple partie de jambes en l'air, sans doute était-il le partenaire idéal…

En se garant dans l'allée de John Merriweather, elle s'efforça de chasser ces pensées parasites de son esprit car ce n'était pas en fantasmant sur Jackson, et sur ce qu'elle pourrait faire avec lui au lit, qu'elle allait enfin progresser dans son enquête.

Le fait que John n'ait pas cherché à les appeler depuis la disparition d'Amberly était effectivement un peu suspect. Etant donné que son ex-femme et lui avaient eu un enfant ensemble, il aurait été normal qu'il remue ciel et terre pour la retrouver. Pourquoi ne s'intéressait-il pas plus que ça aux recherches ?

Marjorie s'aperçut qu'il était encore tôt lorsqu'après avoir sonné à la porte du peintre, Jackson et elle se retrouvèrent face à un petit garçon aux cheveux noirs de jais et aux grands yeux marron. John apparut derrière lui presque aussitôt.

— Il y a du nouveau ? demanda-t-il en les faisant entrer.

— L'enquête suit son cours, répondit Jackson.

Marjorie s'assit sur le canapé et Max l'imita.

— Vous cherchez ma maman et Cole ? demanda-t-il de sa petite voix aiguë en se penchant vers elle.

La candeur de l'enfant ainsi que la douce odeur de savon qu'il dégageait provoquèrent chez la jeune femme un serrement de cœur douloureux. Ce petit garçon avait besoin de sa maman et attendait son retour avec impatience.

— Nous faisons tout ce que nous pouvons pour les retrouver, lui assura-t-elle en se retenant de prendre l'enfant dans ses bras.

— Vous n'avez toujours pas la moindre idée de ce qui a pu leur arriver ? demanda Jackson, le visage dur et le regard froid car il considérait toujours John comme leur suspect n° 1.

— Non, hélas ! J'ai contacté tous les amis de mon ex-épouse, tous ses collègues, tous les gens qu'elle connaissait, mais personne ne sait rien.

Se laissant tomber dans un fauteuil, John fit signe à Max de venir le rejoindre.

— Je lui ai fait un joli dessin, dit Max. J'aimerais bien qu'elle revienne pour que je puisse le lui donner.

— Elle va bientôt revenir, affirma Marjorie en priant secrètement pour que ce soit vrai. Jackson et moi faisons tout notre possible pour la retrouver.

Max hocha la tête, l'air grave, montrant une maturité exceptionnelle chez un enfant de son âge.

— Nous nous demandions pourquoi vous ne nous aviez pas appelés, dit Jackson en scrutant John sans complaisance.

— Si je ne vous ai pas appelés, c'est tout simplement parce que je n'avais rien à vous dire de plus que ce que je vous ai déjà dit l'autre jour. Il me semble que vous avez mieux à faire que de bavarder.

Relevant le menton, comme s'il sentait que Jackson le soupçonnait, John ajouta :

— Si cela peut me laver de tout soupçon, je suis prêt à vous appeler six ou sept fois par jour pour vous demander où vous en êtes.

Jackson accusa le coup.

— Je ne pense pas que ce soit nécessaire, répondit-il sèchement. Nous vous tiendrons au courant du résultat de nos investigations et de votre côté, s'il y a du nouveau, ne manquez pas de nous en informer.

En voyant Marjorie se lever, Max s'approcha d'elle.

— Quand vous aurez retrouvé ma maman, ramenez-la vite à la maison, dit-il, les larmes aux yeux. Elle me manque beaucoup, beaucoup.

Le cœur serré comme dans un étau, Marjorie posa une main sur l'épaule de l'enfant.

— Encore un peu de patience, Max. Nous allons te la ramener, ta maman. Nous te promettons de faire de notre mieux.

Il hocha la tête et alla rejoindre son père, qui s'était levé.

— On se tient au courant, dit Jackson.

De retour dans la voiture, Marjorie frappa rageusement son volant du plat de la main.

— Qui peut être assez cruel pour priver ce petit garçon de sa maman ?

— Espérons qu'aujourd'hui nous arriverons à progresser, dit Jackson d'une voix dans laquelle perçait l'émotion.

Ils gardèrent le silence pendant tout le trajet jusqu'à Mystic Lake. Ils se rendirent directement au bureau du shérif et trouvèrent Roger Black assis à la place de Cole.

— A-t-on retrouvé la trace de Jeff Maynard ? demanda Jackson à l'adjoint chef.

— J'ai eu vent de quelque chose. Jeff se planquerait chez Tara Tanner.

Marjorie ouvrit de grands yeux.

— Quoi ? Il serait avec l'ex-femme de Jimmy ?

Roger acquiesça d'un hochement de tête.

— C'est ce qu'on raconte. Il semble qu'ils aient été vus ensemble hier soir, au magasin de vins et spiritueux.

Marjorie tiqua en se remémorant la conversation qu'ils avaient eue avec Jimmy. Et si c'était par vengeance que Jimmy avait prétendu que Jeff n'était pas présent à la partie de poker ?

Roger leur tendit un bout de papier.

— Voici l'adresse de Tara. Mais soyez prudents, elle n'est vraiment pas commode.

— Oui, c'est ce que nous avons cru comprendre, répondit Jackson en prenant le papier.

Roger semblait fatigué. Il avait des cernes sous les yeux et les cheveux tout ébouriffés, comme s'il se passait les mains dedans sans arrêt.

— J'espère qu'on va retrouver Cole. Ce boulot lui convient mieux qu'à moi. C'est un bon shérif, et tout le monde a hâte de le revoir à son poste.

— Nous avons pour l'instant trois suspects potentiels, dit Marjorie. Avant la fin de la matinée, nous serons probablement en mesure de retirer Jeff de la liste, ou au contraire de confirmer qu'il est mêlé à la disparition de Cole et de sa femme.

— J'aimerais pouvoir vous aider plus efficacement, dit Roger en se levant. Tous mes hommes sont dehors, en train de battre le pavé pour essayer d'apprendre quelque chose, mais jusque-là, ça n'a rien donné.

— Nous allons rendre visite à Jeff, puis nous passerons voir un autre suspect dans le courant de l'après-midi, expliqua Jackson. Et entre ces deux entrevues, nous irons nous aussi à la pêche aux ragots.

— Comme vous le savez, nous sommes à votre disposition. N'hésitez pas à nous solliciter. Pour quoi que ce soit, et à n'importe quel moment.

Sur ce, Marjorie et Jackson quittèrent le bureau du shérif pour se rendre au domicile de Tara Tanner.

— Jimmy en voulait à Cole d'avoir révélé à sa femme qu'il la trompait. Je me demande ce que Tara pense de Cole.

— Elle lui doit une fière chandelle. Après tout, Cole lui a rendu service, répondit Jackson. Je ne comprends pas qu'une femme puisse rester avec un homme qui la trompe.

— Une femme trompée se dit peut-être qu'il vaut mieux avoir un mari infidèle que pas de mari du tout !

— Je parie que ce n'est pas le raisonnement que vous feriez. Vous, vous ne supporteriez pas un mari volage.

— Non, en effet. Si par miracle, un jour ou l'autre, il me prenait l'envie de nouer une relation sérieuse avec un homme, j'exigerais la monogamie. Je préférerais encore être seule plutôt qu'avec un compagnon qui ne me serait pas dévoué corps et âme.

— Si elle a réellement quitté Jimmy pour Jeff, il semblerait que Tara Tanner ait un faible pour les voyous.

— Nous allons bientôt le savoir, dit Marjorie en se garant devant une villa pimpante.

Ils descendirent de la voiture et s'avancèrent vers la porte d'entrée. Roger les ayant prévenus que Tara n'était pas commode — voire carrément teigneuse, si elle avait effectivement engagé des hommes de main pour tabasser Jimmy —, Marjorie s'assura que son pistolet était à portée de main, en cas de besoin.

Jackson frappa à la porte. Sans résultat. Il frappa de nouveau, nettement plus fort.

— Minute, papillon ! cria une femme à la voix rocailleuse.

La porte s'ouvrit soudain sur une blonde peroxydée sanglée dans un peignoir de satin rouge criblé de brûlures de cigarette sur le devant. Une odeur pestilentielle de tabac froid, d'alcool et de linge sale les assaillit.

— Oui ? C'est pourquoi ? demanda Tara.

Tout en parlant, elle tira une cigarette de la poche de son peignoir. Elle l'alluma et leur souffla tranquillement la fumée au visage.

— Nous sommes venus parler à Jeff, dit Jackson.

Tara fit celle qui tombait des nues.

— Qui c'est, celui-là ?

— Epargnez-nous votre petit numéro ; nous gagnerons du temps, dit sèchement Marjorie.

Une silhouette se découpa derrière Tara. Lorsqu'il apparut en pleine lumière, Jeff leur adressa un petit sourire contrit.

— Salut, lança-t-il.

— Nous avons encore quelques questions à vous poser, annonça Marjorie.

— Je m'en doutais.

Tara s'éloigna avec un haussement d'épaules, et Jeff leur fit signe d'entrer. La salle de séjour étant plongée dans une semi-pénombre peu rassurante, Marjorie et Jackson restèrent dans l'entrée, à regarder le barman, qui n'avait rien sur le dos en dehors d'un vieux caleçon à carreaux et d'un T-shirt d'un blanc plus que douteux. En voyant ses cheveux en bataille, ils comprirent qu'ils les avaient probablement réveillés, Tara et lui.

— Tara, fais du café, ordonna-t-il à sa compagne, qui fila immédiatement vers la cuisine.

— Pas pour nous, s'empressa de prévenir Marjorie, qui se méfiait de la propreté des tasses.

— C'est pour moi, précisa Jeff. Nous avons un peu picolé, hier soir, et j'ai une migraine de tous les diables. Je suppose que vous êtes venus pour me parler de la partie de poker chez Jimmy, le soir où Cole et sa femme ont disparu.

— Votre alibi ne tient pas la route, mon vieux, dit Jackson.

Vos copains ne vous ont pas vu de la soirée. Vous n'avez même pas daigné les appeler pour leur dire de ne pas compter sur vous.

Jeff passa une main dans ses cheveux ébouriffés.

— Oui, je sais, mais c'est ce soir-là que Tara et moi avons commencé à nous fréquenter. Je ne pouvais quand même pas appeler Jimmy et lui dire que j'étais en train de coucher avec sa femme. Depuis, je n'ai pas bougé d'ici.

Tara reparut et confirma ses dires.

— C'est la stricte vérité. Vous pouvez le croire.

— Quelle confiance accorder à une femme qui engage des malfrats pour qu'ils aillent casser la figure à son ex-mari ? répliqua Marjorie.

Tara rougit.

— Je ne sais pas de quoi vous parlez, dit-elle en détournant les yeux.

— Bien sûr que si, que vous le savez, et nous pourrions vous emmener au poste de police et vous faire inculper pour coups et blessures ou même tentative de meurtre, déclara Marjorie.

Tara affronta le regard dur de Marjorie. Les bras croisés sur la poitrine, l'air boudeur, elle répondit :

— Bon, d'accord, je reconnais que j'avais envie que Jimmy reçoive une raclée pour tout le mal qu'il m'a fait pendant toutes ces années, mais je n'ai jamais eu l'intention de le tuer.

Jeff la regarda avec des yeux ronds.

— Tu as vraiment payé des types pour qu'ils démolissent Jimmy ?

— Peu importe ce que j'ai fait. Je vous dis que Jeff était avec moi le soir où le shérif et sa femme ont disparu.

Tara tira une longue bouffée de sa cigarette, sans se préoccuper le moins du monde des cendres qui tombaient sur sa généreuse poitrine.

— En plus, sans vouloir vexer personne, Jeff n'est pas assez malin pour organiser le kidnapping de deux personnes. Il ne lui était même pas venu à l'esprit qu'il avait intérêt à dire où il était ce soir-là, au lieu de mentir comme il l'a fait.

— Traite-moi d'idiot, tant que tu y es ! protesta Jeff, furieux.

C'est vrai qu'il n'avait pas inventé la poudre, songea Marjorie, intimement convaincue qu'il n'avait rien à voir avec ce qui s'était passé chez Cole presque deux semaines plus tôt.

Elle regarda Jackson.

— Je crois que nous avons fini.

Il hocha la tête et sortit, manifestement impatient d'échapper à l'atmosphère délétère de la maison.

— Restez dans le coin, lança-t-il au couple par-dessus son épaule. Il se peut que nous ayons encore quelques questions à vous poser.

Dès qu'ils furent dans la voiture, il déclara :

— Ils font la paire, tous les deux ! Je n'avais vraiment pas envie de m'éterniser dans leur petit nid d'amour.

Marjorie pouffa.

— Vous avez vu la tête de Jeff quand il a découvert que Tara avait engagé des gros bras pour tabasser Jimmy ? Ce pauvre Jeff va vite regretter de s'être mis avec cette mégère. En tout cas, je crois qu'il est innocent et que nous pouvons le rayer de notre liste.

Pour la première fois depuis qu'on lui avait confié cette enquête, elle se demanda s'ils arriveraient un jour à en percer le mystère ou si, comme cela avait été le cas pour Jackson à Bachelor Moon, l'affaire ne serait jamais résolue.

8

Maggie se gara devant un magasin de babioles et gadgets en tout genre, et ils partirent à pied.

Il faisait une chaleur torride, et tellement humide qu'on aurait pu se croire dans un hammam. Jackson doutait qu'en discutant avec les habitants de Mystic Lake, ils arrivent à quelque chose. Ce dont il était sûr, en revanche, c'était que l'enquête était très mal partie.

L'analyse des téléphones portables n'avait rien donné, et aucune opération récente n'apparaissait sur les relevés des comptes bancaires ou des cartes de crédit. A croire que Cole Caldwell et sa femme s'étaient volatilisés. Exactement comme Sam, Daniella et Macy, qui avaient disparu à Bachelor Moon quelques semaines plus tôt. Jackson secoua la tête comme pour chasser de son esprit cette pensée décourageante.

Coûte que coûte, il fallait qu'ils continuent à enquêter sur cette disparition pour déboucher sur une piste… ou relier, d'une manière ou d'une autre, l'affaire de Bachelor Moon et celle-ci.

Mais le rapprochement était prématuré et n'aurait fait que nuire à la progression de l'enquête, même s'ils n'avaient pour l'instant qu'un seul suspect qui avait une bonne raison de se débarrasser d'Amberly — son ex-mari.

En attendant, Jackson essayait de ne penser qu'au poulet-frites qu'il avait devant lui. Ils avaient décidé de faire une pause déjeuner, mais Maggie n'avait visiblement pas faim : elle mangeait sa salade du bout des lèvres. Comme lui, elle commençait à désespérer de découvrir quelque chose qui les sorte enfin de l'impasse.

— Vous avez l'air complètement découragée, remarqua-t-il.

Elle leva les yeux et lui décocha un pâle sourire.

— Je n'arrête pas de penser au petit Max. Il compte tellement sur nous pour retrouver sa mère.

Comme il l'avait déjà fait au petit déjeuner, Jackson posa sa main sur la sienne. Il aurait voulu la réconforter, lui dire qu'ils allaient finir par découvrir quelque chose, mais il ne voulait pas lui faire de fausses promesses.

A sa grande surprise, elle entrelaça ses doigts aux siens.

— Nous faisons de notre mieux, n'est-ce pas ? dit-elle d'une petite voix faussement enjouée.

— Bien sûr. Nous faisons le maximum, mon chou.

Elle accentua la pression de ses doigts.

— En ce cas, pourquoi n'avons-nous toujours pas retrouvé leurs corps ? Quel intérêt un ravisseur aurait-il à les garder en vie pendant tout ce temps ? Pourquoi se donnerait-il tout ce mal ? Admettons que John soit le coupable, le plus simple pour lui était de les tuer, Cole et elle, et d'abandonner leurs corps sur place. Tout cela est incompréhensible, dit-elle avec un soupir en dégageant sa main.

— John a de gros moyens. Sa villa ne paie pas de mine, mais il est riche comme Crésus. Il peut très bien avoir fait venir des hommes de main d'une autre ville. J'ai chargé deux personnes de votre agence de se pencher sur ses finances et sur son train de vie.

Elle lui jeta un regard surpris.

— Vous auriez pu m'en informer. Nous sommes censés travailler ensemble, il me semble.

— Je ne veux rien laisser au hasard. Je sais que votre instinct vous dit que John n'a rien à voir avec ce qu'il s'est passé, mais pour ne rien vous cacher, le mien, d'instinct, ne me parle plus depuis belle lurette. Je ne sais pas quoi penser. J'en viendrais presque à croire que nous avons affaire à des extraterrestres qui enlèvent des humains pour faire des expériences scientifiques.

Maggie le gratifia d'un éclat de rire d'autant plus charmant qu'il était peu fréquent.

— Nous devrions peut-être nous fabriquer des antennes avec du papier d'aluminium pour entrer en contact avec eux, suggéra-t-elle.

Il sourit.

— Je suis sûr que vous seriez ravissante avec des antennes sur la tête.

— Oh ! Je vous en prie, le réprimanda-t-elle.

— Quoi ? Qu'est-ce que j'ai dit de mal ?

— Je n'aime pas quand vous me draguez. Je veux connaître le vrai Jackson Revannaugh, pas celui qui passe son temps à déverser des compliments comme le Manneken-Pis, de l'eau.

— Je n'aurais jamais cru qu'on me comparerait un jour à la célèbre statue bruxelloise, répliqua-t-il en riant. Je tiens quand même à ce que vous sachiez qu'il ne s'agissait pas d'un compliment sans fondement. Je le pensais vraiment.

Elle soutint son regard un court instant puis baissa les yeux et planta furieusement sa fourchette dans une rondelle de carotte.

— Vous me rendez un peu dingue, dit-elle.

— Vous aussi, vous me rendez dingue.

Ils finirent de manger en silence puis reprirent leurs interrogatoires dans les rues de Mystic Lake. La logeuse d'Edward Bentz leur ayant dit que son locataire rentrerait sans doute en fin d'après-midi, ils tuaient le temps comme ils pouvaient.

Jackson avait hâte de rencontrer cet homme énigmatique qui avait des liens à la fois avec Baton Rouge et avec Mystic Lake, et qui avait rendu visite à la mère de Maggie.

Il y avait dans cette affaire des éléments que Jackson trouvait décidément étranges, des éléments qui ne figuraient pas dans l'enquête qu'il avait menée à Bachelor Moon.

La police locale et le FBI étaient sur les dents. Tout, absolument tout, avait été mis en œuvre pour retrouver le shérif et sa femme.

Sans résultat jusque-là.

Maggie et lui passèrent les deux heures suivantes à faire le tour des magasins et des bars. Mais toutes les personnes qu'ils interrogèrent leur dirent bien aimer le couple et ne pas leur connaître d'ennemis.

Jackson avait de plus en plus l'impression de pédaler dans la choucroute. Outre qu'ils ne savaient toujours rien sur la disparition de Cole et Amberly, il se demandait qui leur enquête avait bien pu contrarier. *Qui* avait mitraillé sa chambre de motel ?

Le coupable était selon toute probabilité originaire de Mystic Lake, cette petite ville apparemment si tranquille. Il avait dû les suivre jusqu'à Kansas City dans l'intention évidente de les tuer tous les deux.

A 17 heures, ils regagnèrent la voiture de Marjorie.

— Je crève de chaud et j'ai les pieds en compote, se lamenta la jeune femme en s'appuyant contre la portière. Je n'ai pas l'habitude de battre le pavé.

— Vous auriez dû vous mettre en short et en baskets, répondit Jackson, qui avait mal aux pieds, lui aussi, et qui transpirait tellement que son polo était trempé.

Le soleil tapait fort, et l'atmosphère était étouffante.

— Il fait toujours aussi humide, ici ? demanda-t-il en s'asseyant sur le siège passager tandis que Marjorie se glissait derrière le volant.

— Il fait souvent lourd, mais je crois qu'aujourd'hui nous battons tous les records. J'ai entendu dire qu'il allait y avoir de l'orage. Cela n'aurait rien d'étonnant.

Marjorie tourna la clé de contact et mit l'air conditionné à pleine puissance.

Jackson régla les bouches d'aération de manière que l'air lui vienne dans le visage et dans le cou. Puis il regarda par la vitre et constata que le ciel était d'un bleu limpide.

— Je ne vois aucun signe d'orage nulle part, dit-il.

— Il est encore un peu tôt. Et puis, vous ne regardez pas dans la bonne direction. Les orages viennent souvent du sud-ouest. Mais nous avons largement le temps de repasser chez Betty Fields. Espérons qu'Edward Bentz sera rentré. Je voudrais bien savoir pourquoi il est allé voir ma mère.

— J'ai moi aussi quelques questions à lui poser, dit Jackson.

Il se demandait ce qui avait poussé Edward Bentz à venir à Mystic Lake. Peut-être qu'il avait de la famille dans le coin ou qu'il avait grandi ici et décidé que c'était à cet endroit qu'il avait envie de vivre, maintenant qu'il était à la retraite.

Mais s'il n'avait aucune explication plausible à donner, Edward Bentz devrait être considéré comme un lien potentiel entre les disparitions survenues à Bachelor Moon et ce qui s'était passé ici, à Mystic Lake.

Lorsque Maggie se gara dans l'allée de Betty Fields, derrière une fourgonnette blanche, Jackson avait le tournis, tant ces questions le perturbaient. Une forte dose d'adrénaline l'envahit lorsqu'il vit le véhicule qui n'était pas là tout à l'heure.

Pour enlever deux personnes, il fallait un moyen de transport, et un véhicule utilitaire semblait tout indiqué pour ce genre de projet.

Fébrile, Jackson frappa à la porte de Betty, qui vint aussitôt leur ouvrir. La vieille dame avait les cheveux blancs et un sourire bienveillant.

— Entrez vite vous mettre au frais, dit-elle en les invitant à la suivre dans un salon minuscule, où il y avait juste assez de place pour un canapé, deux fauteuils et une table basse.

La bonne odeur de viande braisée qui flottait dans l'air fit saliver Jackson, qui avait pourtant déjeuné tard et n'aurait pas dû avoir déjà faim.

— Edward s'est retiré dans sa chambre, mais je vais aller le chercher. Vous pourrez discuter avec lui jusqu'à l'heure du dîner.

Elle leur désigna le canapé avant de disparaître dans le couloir.

Elle reparut, quelques secondes plus tard, accompagnée d'un homme de grande taille à la carrure imposante.

— Si vous avez besoin de quelque chose, je suis dans la cuisine, indiqua la vieille dame en les laissant seuls.

Jackson fit les présentations. Edward eut l'air surpris de recevoir la visite d'agents du FBI.

— Qu'ai-je fait qui justifie que le FBI s'intéresse à moi ? demanda-t-il, intrigué.

— Pour commencer, vous êtes allé voir ma mère, répondit Maggie.

— Votre mère ? dit-il en fronçant les sourcils. Ah ! mais oui, j'y suis ! Vous êtes la fille de Katherine, je parie ? J'aurais dû remarquer la ressemblance.

— Vous êtes allé la voir pour quelle raison ? demanda Maggie d'un ton agressif.

— Pour quelle raison ? Pour rien en particulier. C'est juste que je connaissais Bob Stevenson. J'étais délégué médical et je couvrais tout le sud du pays. C'est comme ça que j'ai rencontré Bob et que nous avons sympathisé, lui et moi. Pendant un an, je ne l'ai pas vu, mais il y a trois mois, je suis tombé sur lui et, en discutant, il m'a dit qu'il avait été marié pendant quelques années à une femme originaire de Mystic Lake. J'ai cru comprendre qu'il lui avait fait du tort, c'est pourquoi quand je suis arrivé ici, j'ai eu envie d'aller la voir. C'est une dame tout à fait charmante, d'ailleurs.

Jackson se rendait bien compte que Maggie était sceptique.

— Est-il vrai que vous êtes originaire du même coin que moi ? demanda Jackson. De Baton Rouge ?

Edward lui décocha un grand sourire.

— Je reconnaîtrais cet accent n'importe où. Je suis natif du Midwest, mais je me suis longtemps considéré comme étant de Baton Rouge.

— Avez-vous déjà entendu parler d'un bled qui s'appelle Bachelor Moon ? continua Jackson.

Edward fronça de nouveau les sourcils.

— Non, je ne pense pas. C'est près de Baton Rouge ?

— Pas très loin. Mais dites-moi, qu'est-ce qui vous a poussé à quitter Baton Rouge pour venir ici, à Mystic Lake ?

— Ayant hérité d'un petit pactole, j'ai décidé de laisser tomber mon boulot de représentant. J'en avais assez d'habiter dans une grande ville, et je me suis souvenu que j'étais passé par là en allant à un congrès à Kansas City. Mystic Lake a pour moi les qualités idéales.

Il semblait sincère ; il était plutôt volubile, ne bafouillait pas et ne paraissait pas stressé. Mais un détail, cependant, attira l'attention de Jackson : tout en parlant, Edward s'était légèrement écarté de lui et positionné face à la porte.

Lorsque Jackson se mit à le questionner sur son emploi du temps à certaines dates précises, Edward se ferma comme une huître. Il prétendit ne pas rappeler où il se trouvait, ce qu'il avait fait, et avec qui il avait parlé, prétextant que depuis qu'il faisait des allers et retours entre Baton Rouge et Mystic Lake, il avait un planning un peu compliqué.

Il ne pouvait leur fournir aucun reçu, aucune facture prouvant qu'il avait effectivement fait plusieurs fois le trajet entre les deux villes.

— Je ne pouvais pas deviner qu'on me demanderait des comptes ! s'exclama-t-il. Je ne suis qu'un modeste représentant de commerce à la retraite qui aspire à vivre au calme. Pourquoi irais-je m'en prendre à un shérif et à sa femme ?

Pourquoi, en effet ?

Lorsqu'ils quittèrent Edward, Jackson était plus perdu que jamais. Il y avait quelque chose chez ce type qui lui semblait bizarre, mais il n'arrivait pas à trouver quoi. Il ressortait de cet entretien qu'Edward Bentz n'avait jamais vu Cole Caldwell. C'était du moins ce qu'il prétendait.

Bon sang, ils n'y arriveraient jamais ! songea Jackson en claquant rageusement la porte de la maison.

En montant dans la voiture, il remarqua que des nuages menaçants obscurcissaient le ciel. Maggie avait raison : un orage se préparait. Il y avait de l'électricité dans l'air, et il le sentait. Il était complètement à cran, dans le même état de frustration que lorsqu'il travaillait sur sa précédente affaire, à Bachelor Moon. Sauf que comme c'était la deuxième fois qu'il était bloqué dans une enquête, il se sentait encore plus abattu.

Il ne se voyait pas continuer comme ça, à se casser les dents sur toutes les affaires qu'on lui confierait. D'autant plus que jusque-là, il avait toujours réussi à les résoudre. Il vivait très mal ces échecs.

Maggie se glissa derrière le volant et le regarda.

— Et si on allait manger ? suggéra-t-elle. Vous semblez prêt à mordre. Comme je ne tiens pas à faire les frais de votre mauvaise humeur, nous allons nous arrêter à la cafétéria avant de rentrer. Je serai plus tranquille quand vous aurez l'estomac plein.

Il fut surpris d'avoir été aussi facilement percé à jour. Il n'avait pas fallu longtemps à Maggie pour bien le connaître.

— J'ai un peu des scrupules à me mettre à table et à prendre le temps de dîner alors que l'enquête est au point mort, admit-il un peu plus tard, en attendant qu'on les serve.

Cette cafétéria était en passe de devenir leur cantine. C'était la deuxième fois aujourd'hui qu'ils y mangeaient.

Ils avaient commandé des hamburgers et des frites, et allaient être servis d'une minute à l'autre, mais Jackson restait tendu et visiblement contrarié.

— Ça ira mieux quand vous aurez mangé, lui assura Maggie.

Elle but une gorgée d'eau et jeta un coup d'œil à l'extérieur. Le tonnerre grondait sourdement et, au loin, des éclairs zébraient le ciel. Avec un peu de chance, ils seraient rentrés à Kansas City avant que l'orage n'éclate.

— Que pensez-vous de ce que nous a raconté Bentz ? demanda Jackson.

Elle soupira.

— A vrai dire, pas grand-chose. Je pense qu'il faut que nous nous penchions d'un peu plus près sur ses antécédents. Adresse, emploi, tout cela demande à être vérifié. Faute de charges tangibles contre lui, nous ne pouvons pas demander un mandat de perquisition.

— J'ai déjà fait quelques recherches sur lui. Il n'a pas de casier judiciaire. Il n'a même jamais eu la moindre contravention. A croire que ce type ne fait jamais d'excès de vitesse ! lança Jackson, dépité.

— Son arrivée à Mystic Lake au moment de la disparition de Cole et Amberly n'est peut-être qu'une simple coïncidence. Ce type est peut-être bel et bien un représentant de commerce à la retraite venu chercher un peu de tranquillité dans le Midwest.

Soupirant de nouveau, Marjorie ajouta d'un ton désabusé :

— Mais à ce compte-là, autant croire que la terre est plate.

— Vous ne lui faites pas confiance, si je comprends bien ?

La serveuse, qui apportait leurs plats, les interrompit.

— Je ne sais vraiment plus quoi penser, admit Marjorie dès qu'ils furent seuls. Mes neurones s'agitent dans tous les sens, mais on dirait que tout s'est mélangé là-dedans, et que plus rien ne fonctionne normalement. Il se peut que ce soit la fatigue. Je ne dors pas très bien depuis quelque temps.

— Nous sommes deux, répliqua Jackson.

Elle le soupçonnait de mal dormir à cause d'elle. Tout comme elle dormait mal à cause de lui. Depuis que Jackson habitait chez elle, elle passait ses nuits à se tourner et se retourner dans son lit, incapable de penser à autre chose qu'à sa présence dans la chambre d'amis, incapable de ne pas se rejouer inlassablement le film du baiser torride qu'ils avaient partagé.

Jackson piocha dans ses frites sans enthousiasme et jeta un coup d'œil par la fenêtre, à côté de laquelle ils étaient assis. Il n'était pas tard mais à cause de l'orage qui se préparait, il faisait déjà sombre.

C'était la première fois, depuis qu'elle le connaissait, qu'elle le voyait aussi peu en forme, sans cet éclat malicieux au fond des yeux, sans une boutade aux lèvres. Ce découragement la rendait encore plus inquiète pour Cole et Amberly.

— Vous n'êtes pas en train de baisser les bras, j'espère ?

Il sourit et secoua la tête.

— Non, pas du tout. Je suis du genre tenace, vous savez. Quand je veux quelque chose, je ne lâche pas facilement. Je veux des réponses et je les aurai. Mais là, j'avoue que j'ai un petit coup de mou.

Au point d'en perdre l'appétit ! se dit Marjorie, en le voyant picorer dans ses frites, prendre une bouchée de son hamburger puis repousser son assiette en soupirant.

— Je croyais avoir faim, dit-il, mais ce n'était qu'une impression.

Elle haussa les sourcils.

— Un événement qui mérite d'être consigné : Jackson Revannaugh n'a pas d'appétit, ironisa-t-elle.

Baissant les yeux sur son assiette, elle ajouta :

— A vrai dire, je n'ai pas faim non plus.

Jackson regarda dehors d'un air préoccupé.

— Nous ferions mieux de filer, dans ce cas. Pour arriver avant l'orage, il va falloir qu'on se dépêche.

— Bonne idée, dit-elle. Nous pourrons toujours manger un morceau plus tard, puisque mon placard et mon réfrigérateur contiennent de quoi nourrir une garnison pendant un mois.

Juste au moment où ils sortaient de la cafétéria, un coup de tonnerre retentit au-dessus de leurs têtes. Des éclairs fendirent le ciel, mais il ne pleuvait pas encore.

Marjorie venait de quitter le parking de la cafétéria et de s'engager dans la rue principale lorsqu'elle remarqua dans son rétroviseur une moto qui les suivait d'un peu trop près à son goût.

— Il y a vraiment des casse-cou, marmonna-t-elle.

A peine avait-elle prononcé ces mots que son rétroviseur extérieur explosait. Elle poussa un cri tandis qu'à toute vitesse Jackson détachait sa ceinture, sortait son pistolet et se retournait pour regarder par la vitre arrière.

— Il est armé. Ne le laissez pas venir à notre hauteur. Foncez et débrouillez-vous pour qu'il reste derrière nous.

Jackson descendit sa vitre et se pencha à l'extérieur. Marjorie essayait de ne pas céder à la panique, mais lorsque la vitre arrière explosa elle aussi, elle ne put s'empêcher de hurler. Jackson lâcha un juron et tira à son tour.

— Quittez la rue principale dès que possible. Il faut absolument le semer.

Marjorie ne connaissait pas très bien Mystic Lake, mais elle accéléra encore et prit la première à droite sur les chapeaux de roue, puis tourna à gauche tout de suite après. La moto les suivait toujours : elle l'entendait rugir juste derrière eux.

Jackson continuait de tirer, mais zigzaguant adroitement pour éviter les balles, la moto ne cessait de gagner du terrain. Lorsqu'elle les rattrapa et fut à leur hauteur, Marjorie donna un grand coup de volant pour s'en écarter. *Encore une chance qu'il n'y ait pas eu de voiture en face !* songea-t-elle, complètement affolée. Les mains crispées sur le volant, l'esprit en déroute, elle tourna à gauche, à droite, puis encore à gauche, perdue dans ce dédale de rues résidentielles où, en dépit de tous ses efforts, elle n'arrivait pas à semer leur poursuivant.

Elle comprit cependant que tant qu'elle conduisait à tombeau ouvert, le motard ne risquait pas de leur tirer dessus car il ne pouvait pas à la fois piloter son bolide et les viser.

Concentrée sur son objectif, elle finit par recouvrer son sang-froid et ses réflexes. Ils allaient s'en sortir. Jackson comptait sur elle. Elle ne pouvait pas le décevoir.

A un moment, alors qu'ils roulaient de nouveau en direction de Kansas City, elle crut qu'elle avait enfin réussi à se débarrasser de la moto, mais son soulagement fut de courte durée. Un rugissement funeste et un coup d'œil dans son rétroviseur anéantirent vite ses espoirs.

— Ne le laissez pas nous rattraper, recommanda Jackson.

Il était obligé de crier pour qu'elle l'entende car le vent s'engouffrait par la vitre arrière pulvérisée.

Il se penchait tellement à l'extérieur qu'elle craignait qu'il ne tombe au premier virage un peu serré. Mais elle ne pouvait pas ralentir. La moto les talonnait de nouveau. Si elle levait le pied et la laissait venir à leur hauteur, ils allaient se faire canarder.

Une voiture qui arrivait en face l'obligea à se rabattre. La moto repassa derrière et Marjorie souffla de nouveau.

Kansas City n'était plus très loin. Il y aurait davantage de circulation ; il lui serait donc plus facile de semer leur poursuivant. D'autant plus qu'elle connaissait bien la ville.

Pourvu qu'on y arrive ! songea-t-elle tandis que de grosses gouttes de pluie s'abattaient brusquement sur le pare-brise.

N'y voyant plus grand-chose, elle fut obligée d'activer les essuie-glaces.

Sans doute aveuglé par la pluie, Jackson s'était rassis sur le siège passager et retourné pour pouvoir tirer par la vitre arrière.

A force de serrer le volant, elle commençait à avoir des crampes dans les doigts. Il fallait qu'elle tienne bon. Kansas City n'était plus qu'à une quinzaine de kilomètres.

La pluie tombait de plus en plus fort, rendant la visibilité vraiment mauvaise. En temps normal, Marjorie aurait allumé ses phares, mais s'ils voulaient avoir une chance d'échapper au tueur, mieux valait rouler sans lumière.

Leur salut n'était plus qu'à quelques kilomètres. En ville, ils ne risqueraient plus grand-chose. Au pis, Marjorie irait directement sur le parking du FBI, où la moto n'oserait probablement pas les suivre.

Plus que neuf kilomètres, songea-t-elle, le pied au plancher malgré la pluie battante et la pénombre. *Plus que six.*

Ils y étaient presque. Encore un petit effort et ils seraient hors de danger. Une balle tirée par le motard fit brusquement voler le pare-brise en éclats. Une fraction de seconde plus tard, une autre balle atteignit l'un des pneus. Marjorie hurla et perdit le contrôle du véhicule, qui quitta la route, partit dans le décor et se retourna dans le fossé.

Sous le choc, Marjorie entendait le rugissement de la moto qui se rapprochait, mais elle restait sans réaction.

— Vous n'avez rien ? s'enquit Jackson, à côté d'elle.

— Euh… il me semble que non.

— Sortons vite d'ici.

*
* *

Tandis que Marjorie débouclait sa ceinture et cherchait fébrilement son sac à main, Jackson s'extirpa de la voiture par la vitre. Elle allait devoir emprunter le même chemin puisque la voiture s'était retournée du côté conducteur.

La moto s'immobilisa juste au-dessus du fossé au moment où elle sortait à son tour du véhicule.

— Fuyons, murmura Jackson en lui montrant au loin un petit bosquet.

Joignant le geste à la parole, il l'attrapa par la main et, sous la pluie battante, ils coururent en direction des arbres. Le manque de visibilité dut jouer en leur faveur, car le motard qui descendait dans le fossé ne les avait pas encore repérés. Il devait les croire toujours dans la voiture.

Jackson serra sa main.

— On ne peut pas rester là. La ville est de quel côté ?

Marjorie réfléchit un quart de seconde et lui indiqua une direction. Ils se remirent à courir, conscients que le tueur allait très vite s'apercevoir qu'ils n'étaient plus dans véhicule.

9

Jackson aurait été incapable de dire depuis combien de temps ils couraient. La peur panique qui l'avait saisi à l'idée d'être pris pour cible par le motard reflua peu à peu, laissant place à une saine et légitime colère.

L'homme ne les avait pas suivis, apparemment. Hors d'haleine, ils se retrouvèrent dans une ruelle, entre une pizzeria et un salon de tatouage.

La pluie avait cessé, mais Marjorie et lui étaient complètement trempés. Trempés, mais vivants, se consola Jackson, appuyé contre le mur de brique, une main pressant ses côtes car il avait un point de côté.

— Je m'en veux terriblement d'avoir mis la voiture dans le fossé, confia Marjorie entre deux halètements.

— Ce n'est pas votre faute. Si on ne nous avait pas tiré dessus, vous n'auriez pas perdu le contrôle du véhicule. Vous êtes un as du volant, mais quand un pneu éclate, l'accident est inévitable.

Elle le gratifia d'un sourire. Son chemisier était non seulement mouillé mais aussi déchiré sur l'épaule, et le bas de son pantalon était maculé de boue. Plaqués sur son crâne, ses cheveux pendaient lamentablement de part et d'autre de son visage, comme au sortir de la douche. Elle restait belle, cependant.

Il l'admirait de plus en plus, en tant que femme, bien sûr, mais aussi en tant qu'agent du FBI.

— Il faut qu'on aille se mettre au sec et en lieu sûr, dit-il.

— Je vais appeler pour qu'on vienne nous chercher.

Elle ouvrait déjà son sac pour prendre son téléphone, mais Jackson l'en dissuada.

— Non, surtout pas. Je préfère qu'on se débrouille. C'est peut-être de la paranoïa de ma part, mais mieux vaut ne pas téléphoner.

Dans la pénombre, les yeux verts de la jeune femme brillaient comme ceux d'une panthère.

— Vous avez peur que le motard intercepte l'appel et nous localise ?

— On ne sait jamais. Je préfère ne pas prendre le risque. Il y a d'abord eu la fusillade, au motel, et voilà maintenant qu'on lance un tueur à nos trousses. L'enquête se corse dangereusement. Savez-vous où nous nous trouvons ?

— Nous sommes en ville, mais je ne pourrais pas vous dire où exactement.

— Ne bougez pas d'ici, je vais entrer dans la pizzeria pour appeler un taxi.

Une ombre passa dans le regard de Marjorie.

— N'ayez pas peur, je n'en ai que pour une minute, lui assura-t-il.

Elle dégaina son arme et acquiesça.

— Essayez de ne pas me tirer dessus quand je vais revenir, lança-t-il d'un ton pince-sans-rire pour détendre l'atmosphère.

Il n'y avait personne dans la pizzeria en dehors du barman, un jeune homme au visage couvert d'acné.

— Que puis-je faire pour vous ? demanda-t-il d'un ton qui laissait entendre qu'il aurait préféré ne pas être dérangé.

— J'ai besoin de l'adresse de votre pizzeria et d'un téléphone pour appeler un taxi.

Le barman griffonna l'adresse sur un bout de papier qu'il tendit à Jackson en même temps qu'un combiné sans fil, qui traînait sur le comptoir.

— Les numéros des taxis sont affichés près de la porte d'entrée. Nos clients sont plus portés sur la bière que sur la pizza, si vous voyez ce que je veux dire…

Jackson se dirigea vers la porte et appela le premier numéro de la liste. Il donna l'adresse de la pizzeria à la compagnie de taxis, qui promit de lui envoyer une voiture dans moins de quinze minutes. Jackson raccrocha et tendit le téléphone au jeune homme ainsi qu'un billet de dix dollars.

— Merci, c'est sympa.

Jackson s'empressa d'aller rejoindre Maggie.

— Le taxi sera là dans un petit quart d'heure, l'informa-t-il.

— J'ai hâte de rentrer pour me changer, dit-elle en rangeant son arme dans son holster.

— Nous ne rentrons pas.

Elle s'approcha de lui tandis qu'il guettait le taxi à l'entrée de la ruelle.

— Ah bon ? Où allons-nous, alors ?

— A l'hôtel, mais personne, absolument personne, ne doit savoir où nous allons passer la nuit. Ce soir, mon chou, nous disparaissons de la surface de la terre pour réfléchir calmement à ce qu'il vient de nous arriver.

— Je crains de ne pas être en état de réfléchir à quoi que ce soit.

Percevant dans sa voix un léger tremblement, il comprit que l'adrénaline qui lui avait donné la force de surmonter cette nouvelle épreuve était en train de refluer. Il passa un bras autour de ses épaules et l'attira doucement contre lui.

— Encore une chance qu'il ait seulement plu, dit-elle en se blottissant contre son torse trempé. Ça aurait pu être une tornade.

— Ce dont nous devons surtout nous réjouir, c'est d'avoir échappé au tueur et d'être tous les deux sains et saufs.

Il resserra son étreinte en la sentant frissonner. Il faisait doux, pourtant, malgré la pluie. Sans doute était-ce le contrecoup du choc, songea-t-il en déplorant qu'ils aient encore une fois failli y passer tous les deux.

Ils auraient dû se méfier davantage, se tenir sur leurs gardes. Avant de les prendre en chasse, le motard qui avait tenté de les tuer avait dû les suivre un petit bout de temps.

Maggie et lui l'avaient une fois de plus échappé belle. La chance continuerait-elle de leur sourire ? Y aurait-il une troisième tentative de meurtre ?

Ce qui était sûr, en tout cas, c'est que leur ennemi était bel et bien à Mystic Lake. Mais de qui pouvait-il s'agir ? Ils avaient parlé à des dizaines de personnes, depuis ce matin.

Il s'était remis à pleuvoir, une petite pluie fine qui, au point où ils en étaient, ne pouvait les mouiller davantage. Et après ce à quoi ils venaient d'échapper, ce n'était pas une simple averse qui allait empêcher Jackson de se concentrer sur les derniers événements.

Pour l'instant, il n'avait tiré que deux conclusions : primo, le tueur possédait vraisemblablement un permis moto, et secundo, il était manifestement gaucher.

Jackson sortit son téléphone portable et appela le shérif de Mystic Lake.

— J'aimerais parler à l'adjoint Blake, dit-il à la personne qui lui répondit. De la part de l'agent Revannaugh.

Quelques secondes plus tard, la voix grave de Roger Black résonna au bout du fil.

— Que se passe-t-il ? demanda-t-il.

— Il me faut pour demain matin sans faute la liste de tous les citoyens de Mystic Lake qui possèdent une moto, dit Jackson.

— Très bien. Mais pourquoi une telle requête ? demanda Roger.

— Je vous en dirai plus demain matin, quand nous viendrons chercher la liste.

A peine Jackson avait-il raccroché que le taxi arriva. Maggie et lui se glissèrent à l'arrière, et le chauffeur, un homme roux plutôt baraqué, au nez cassé et à l'air débonnaire, leur demanda où ils allaient.

— Quel est le meilleur hôtel de la ville ? lui demanda Jackson.

— Si vous voulez dire le plus cher, c'est indiscutablement le Woodbridge.

— Alors, c'est là que nous allons, décréta Jackson sans la moindre hésitation.

Maggie se pencha vers lui, l'air préoccupé.

— Cet hôtel est hors de prix, et cela m'étonnerait que l'agence soit d'accord pour prendre en charge un hébergement de cette catégorie.

— Ne vous inquiétez pas, mon chou. Je m'occupe de tout.

— Vous êtes sûr ?

— Absolument. Reposez-vous un peu. Dans moins de trente minutes, nous serons à l'hôtel.

Elle se cala contre le dossier et ferma les paupières. A la lueur des réverbères, Jackson put admirer son visage. Il fut une fois de plus frappé par son extrême pâleur et par le léger tremblement de ses mains, pourtant croisées sur ses genoux.

Lui-même était encore tendu, terriblement stressé et sur le qui-vive. Il lui faudrait un peu de temps pour se détendre. Il ne soufflerait vraiment que lorsque Maggie et lui seraient enfin à l'abri.

Jetant un coup d'œil à sa montre, il fut surpris de constater qu'il était à peine 20 heures. La course-poursuite sur l'autoroute lui avait semblé interminable, leur fuite à travers champ une éternité, mais en réalité, tout cela n'avait pris qu'une quarantaine de minutes.

Il avait hâte de se débarrasser de ses vêtements mouillés et de prendre une douche. Ensuite, il ne savait pas trop ce qu'ils feraient de leur soirée, mais il trouverait bien quelque chose.

Lorsque le taxi s'immobilisa devant l'hôtel cinq étoiles, Jackson avait tout combiné et se sentait rassuré sur leur sort à tous les deux.

Ils descendirent du taxi, et Jackson paya la course.

Le hall de l'hôtel était chic et élégant. Jackson guida Maggie vers un canapé.

— Attendez-moi ici. Je n'en ai pas pour longtemps.

Il se dirigea vers la réception, conscient que Maggie et lui avaient l'air de deux vagabonds dans leurs vêtements trempés.

Le réceptionniste l'accueillit cependant comme un hôte de marque.

— Bonsoir, monsieur. Que puis-je faire pour vous ?

Jackson lui expliqua ce qu'il voulait, et en quelques minutes tout fut réglé. Après qu'il eut payé et que l'homme lui eut remis les clés des chambres, il formula d'autres demandes, plus spécifiques. Toujours aussi affable, le réceptionniste nota scrupuleusement chacune d'entre elles et s'engagea à les satisfaire dans les plus brefs délais.

Après l'avoir remercié, Jackson rejoignit Maggie.

— C'est fait. Nous avons un toit pour la nuit.

— Je n'en reviens pas que vous ayez choisi un hôtel aussi classe, dit-elle tandis qu'ils se dirigeaient vers les ascenseurs. Un motel quelconque aurait fait l'affaire. Du moment que personne n'était au courant, nous y aurions été en sécurité.

— J'ai une dent contre les motels depuis notre petite mésaventure de l'autre jour, confia-t-il en entrant dans la cabine derrière la jeune femme et en plaçant sa carte magnétique devant le lecteur. Mais là où nous allons, croyez-moi, personne n'aura l'idée de venir nous chercher.

Les portes se refermèrent, et l'ascenseur s'éleva sans bruit jusqu'au dernier étage.

Le palier était désert. Il n'y avait que des suites à cet étage. Jackson la guida vers la porte qui se trouvait sur la gauche. Il glissa l'une des cartes dans la fente et s'effaça cérémonieusement devant Marjorie pour la laisser entrer la première.

— Si madame veut bien s'avancer, dit-il.

Elle entra dans la suite, un peu impressionnée par tant de luxe. Le salon comportait une cheminée de marbre blanc, un canapé rouge, deux fauteuils et, dans un coin, une table autour de laquelle auraient pu dîner une dizaine de convives.

— C'est une plaisanterie ? demanda-t-elle, avec un petit sourire sceptique.

Il se mit à rire.

— Pas du tout. Un peu de luxe nous fera le plus grand bien après ce que nous venons de vivre.

Elle se rembrunit et eut un léger tressaillement qu'il mit non pas sur le compte de l'air conditionné, mais sur celui du contrecoup. D'instinct, il la prit dans ses bras. Elle se blottit contre lui avec gratitude, visiblement en quête de réconfort.

Au bout d'un moment, il la lâcha.

— Je vous laisse profiter de la suite. Il doit y avoir une baignoire Jacuzzi et tous les produits de toilette nécessaires. Pendant ce temps, je vais prendre une douche et commander à manger. Je meurs de faim, tout à coup.

Elle éclata de rire. C'était la première fois qu'il la voyait rire aussi spontanément.

— Ça ne m'étonne pas de vous, dit-elle. On se retrouve ici dans trente minutes, d'accord ?

Sautant comme un cabri, elle partit découvrir sa chambre et sa salle de bains. Il l'entendit s'exclamer devant tant de merveilles. Elle reparut, les yeux brillant d'excitation.

— Vous vous rendez compte, il y a même une télévision dans la salle de bains !

— Allumez-la et choisissez-vous un film, suggéra-t-il.

— Je risque d'y prendre goût et d'être obligée de m'abonner au câble, fit-elle remarquer.

Lui décochant un sourire, elle retourna dans sa salle de bains.

Jackson se dirigea vers sa propre chambre, le cœur lourd. Comme s'il n'avait déjà pas assez de soucis avec l'enquête et les tentatives de meurtre auxquelles ils avaient échappé de justesse, voilà maintenant qu'il était raide amoureux de Maggie Clinton.

Marjorie s'enfonça voluptueusement dans son bain moussant délicatement parfumé au chèvrefeuille en poussant un profond soupir. C'était si bon, après toutes ces émotions…

Elle se délectait d'avance du plaisir qu'elle aurait à utiliser ensuite le luxueux drap de bain puis à enfiler ce peignoir éponge d'un blanc immaculé et d'une incroyable douceur.

Elle avait mis à sécher son pantalon et son chemisier, qu'elle serait bien obligée de remettre le lendemain puisqu'elle n'avait malheureusement aucune affaire de rechange. La perspective de porter des vêtements sales et déchirés ne l'enchantait guère, mais elle préférait ne pas y penser pour ne pas gâcher ce moment de détente inespéré.

La télévision était allumée sur une chaîne d'informations. Elle avait pris soin de monter un peu le son, de manière qu'il couvre le bouillonnement des jets qui la massaient délicieusement.

C'était la première fois qu'elle dormait dans un hôtel cinq étoiles. Une nuit dans un établissement aussi luxueux devait être hors de prix. Comment diable Jackson pouvait-il se permettre une telle folie ? Tournant le robinet avec ses orteils, elle ajouta de l'eau chaude et entreprit de se laver les cheveux.

L'opération shampoing terminée, elle coupa les jets à regret et ouvrit la bonde. Les meilleures choses avaient une fin. Et puis, elle ne voulait pas risquer de se transformer en sirène.

Le drap de bain dont elle s'enveloppa était si grand qu'elle put faire presque deux tours complets avant de le nouer au-dessus de sa poitrine. Dans l'immense miroir qui surmontait les deux lavabos, elle vit son visage anormalement pâle, sur lequel ressortaient plus qu'à l'accoutumée ses taches de rousseur.

Passant ses doigts dans ses cheveux pour les démêler, elle essaya de ne pas repenser au motard, à l'accident, et à tout ce qui risquait de réactiver son anxiété. Pour l'instant, elle était calme et détendue, mais elle sentait qu'il suffirait d'un rien pour la remplir de nouveau d'effroi.

— Chaque chose en son temps, dit-elle sentencieusement à

son reflet dans le miroir. Elle savait que tout à l'heure, Jackson et elle reviendraient sur les événements de la soirée pour faire le point avant de se coucher. Mais d'ici là, elle pouvait s'accorder un peu de bon temps.

Forte de cette pensée, elle ouvrit le flacon de lait de toilette au chèvrefeuille qui se trouvait dans la corbeille de produits offerts par l'hôtel, et en étala partout sur son corps. Elle s'apprêtait à décrocher le sèche-cheveux lorsqu'un coup frappé à la porte de la suite la mit sur le qui-vive. Son arme était restée dans son sac, qu'elle avait posé sur la table de chevet, dans la chambre.

Jackson alla ouvrir. Elle se détendit en l'entendant parler à quelqu'un. Sans doute était-ce le service d'étage. Las de l'attendre, Jackson avait dû commander à dîner.

Le devinant affamé, elle s'empressa de se débarrasser du drap de bain et d'enfiler le peignoir éponge. Tant pis pour ses cheveux. Elle était ébouriffée mais étant donné les circonstances, Jackson ne lui en tiendrait probablement pas rigueur.

Ils avaient échappé deux fois à la mort, mais ce soir, ils seraient en sécurité, et elle avait bien l'intention de profiter de ce moment de répit.

La table avait été dressée pour deux. Un délicieux fumet s'échappait des cloches en métal argenté qui recouvraient les assiettes. Miam ! ils allaient se régaler ! songea la jeune femme, soudain affamée.

Dans son peignoir éponge un peu étriqué au niveau des épaules, Jackson était terriblement sexy avec ses cheveux en bataille encore humides qui frisottaient sur sa nuque.

— Juste à temps, dit-il en la voyant arriver.

Souriant, il tira une chaise et l'invita à s'asseoir.

— Qu'est-ce que ça sent bon ! s'exclama la jeune femme.

D'un geste un peu solennel, il souleva la cloche, laissant apparaître un filet de bœuf accompagné de purée de pommes de terre et d'asperges vertes braisées.

— Je ne savais pas de quoi vous auriez envie, dit-il en s'asseyant à son tour. Alors j'ai opté pour un menu équilibré — de la viande pour les protéines, des pommes de terre pour les féculents, et des légumes… pour vous faire plaisir.

Il y avait également sur la table du pain, du beurre, et de l'eau.

Jackson lui avait servi un verre de vin rouge et avait opté quant à lui, pour du bourbon.

Levant son verre, il l'invita à trinquer.

— A nous ! A la chance que nous avons d'être encore en vie.

Ils trinquèrent, et elle goûta le vin qu'elle trouva excellent.

— Je propose que nous mangions tranquillement sans parler de quoi que ce soit d'anxiogène avant la fin du repas, dit-il.

— J'adhère totalement, répondit-elle en attaquant sa viande.

Elle était tendre et goûteuse, cuite à point et parfaitement assaisonnée.

— J'ai l'impression d'être au paradis, dit-elle entre deux bouchées.

— Au paradis, non, pas tout à fait. Juste au Woodbridge Hotel.

Pendant quelques instants, ils se contentèrent de manger, puis Marjorie se mit à scruter Jackson d'un air dubitatif.

— Vous êtes riche ? lui demanda-t-elle tout de go .

— Tout est relatif, mais pour pas mal de gens, je passe pour quelqu'un de riche.

— C'est de l'argent qui vous vient de votre famille ?

— Grands dieux, non ! s'exclama-t-il en riant. C'est de l'argent que j'ai réussi à faire fructifier.

— Comment cela ?

En piquant une asperge au bout de sa fourchette, elle essaya de se convaincre qu'elle ne posait la question que par pure politesse, et pas du tout parce que la vie de Jackson l'intéressait.

— J'avais seize ans quand j'ai quitté la maison. Je continuais d'aller au lycée et après les cours, je travaillais à droite et à gauche pour gagner de quoi me nourrir. Je dormais dans les terminaux de bus et me douchais dans les relais routiers. Je me débrouillais comme je pouvais.

Il posa sa fourchette et, perdu dans le labyrinthe de ses souvenirs, fixa un point par-dessus l'épaule de Marjorie.

— Grâce aux bourses qui m'ont été allouées, j'ai pu faire des études et obtenir un diplôme universitaire. Et comme je continuais en même temps à faire des petits boulots, quand je suis sorti de la fac, j'avais non seulement un diplôme mais aussi quelques économies. J'ai ainsi pu investir dans la société qu'un de mes camarades étudiants était en train de monter dans le domaine de la sécurité informatique. Ce gars-là avait le sens des affaires. Lorsque je suis entré dans la police, sa société avait déjà tellement prospéré que mon investissement me rapportait plus d'argent que je ne pouvais en dépenser. J'ai donc continué à investir et, jusque-là, j'ai toujours eu de la chance. Jamais je n'ai essuyé de pertes ou de revers de fortune.

— Mais si vous êtes si riche, pourquoi travaillez-vous pour le FBI ? Pourquoi travaillez-vous tout court ?

— J'ai la vocation, lui confia-t-il en fixant sur elle ses yeux d'un bleu si foncé qu'elle renonça à en sonder les profondeurs. Pour rien au monde je n'abandonnerais ce métier.

Elle acquiesça, comprenant parfaitement sa position. Elle non plus ne se serait pas vue faire autre chose. Elle aimait se sentir utile à la société, faire régner l'ordre et assurer la sécurité des citoyens.

— Ce qui me plaît le plus dans ce métier, c'est le profilage, même si je dois reconnaître que sur cette enquête, je suis assez lamentable.

— Aucun profileur, aussi bon soit-il, ne pourrait faire mieux, compte tenu du peu d'éléments dont nous disposons, répondit-elle. Et je vous rappelle que nous ne devions pas parler de l'enquête avant d'avoir fini de manger.

— C'est vrai, dit-il avant de boire une gorgée de bourbon. Laissez-moi juste vous dire que depuis la fusillade au motel, c'est la première fois que je me sens aussi détendu et en sécurité.

Elle haussa les sourcils.

— Chez moi, vous ne vous sentiez pas en sécurité ?

— Pour être tout à fait franc, je me demandais combien de temps il faudrait au tueur pour découvrir votre adresse et venir canarder la maison.

A la pensée qu'ils auraient pu être pris pour cible par le tueur sous son propre toit, elle frémit et garda le silence jusqu'à la fin du repas.

Un coup de tonnerre retentissait encore de temps à autre, et la pluie crépitait toujours contre les carreaux des fenêtres, mais l'orage s'éloignait peu à peu.

Lorsqu'ils eurent fini de manger, ils allèrent s'asseoir sur le canapé, côte à côte. Jackson passa un bras autour des épaules de Marjorie.

— Quel cauchemar, cette course-poursuite, dit-il doucement. La voiture vous appartenait ?

Elle acquiesça d'un hochement de tête, troublée malgré elle par l'odeur qui émanait de son corps — un mélange de gel douche et de quelque chose de plus subtil et de plus déstabilisant.

— Je ne m'en fais pas trop pour la voiture. J'étais très bien assurée, dit-elle.

En repensant à l'accident, au motard qui leur avait tiré dessus, et à leur folle course à travers champs, elle sentit de nouveau un long frémissement lui parcourir l'échine.

— Allons, allons, dit-il en la serrant contre lui. C'est fini, et nous nous en sommes sortis.

Une soudaine et irrépressible envie de pleurer la submergea. De grosses larmes se mirent à rouler sur ses joues, qu'elle essuya d'un revers de main avec un petit rire gêné.

— Je ne sais pas ce qui m'arrive. Je me sens toute chamboulée, brusquement.

Il resserra encore son étreinte.

— Vous êtes en train de craquer, mon chou, mais vous pouvez vous laisser aller et pleurer sur mon épaule autant qu'il vous plaira.

Sa voix était une douce caresse qui, loin de sécher ses larmes, la fit pleurer de plus belle.

Au lieu d'essayer de se retenir, sans doute en pure perte car elle sentait qu'elle avait besoin de cette crise de larmes, elle se blottit contre lui et enfouit son visage dans les replis de son peignoir.

Jackson ne chercha pas à la consoler, il se contenta de lui caresser le dos et d'attendre patiemment qu'elle se calme. Elle n'avait besoin que de sa présence réconfortante, que de ses bras accueillants.

Lorsqu'elle cessa de pleurer, elle se redressa et sécha ses joues avec un pan de son peignoir.

— Je suis désolée, dit-elle. Je ne pensais pas que je me mettrais dans un tel état. Mais j'ai eu si peur…

Il sourit et, d'un geste plein de douceur, replaça derrière son oreille une mèche de cheveux rebelle.

— Je vais vous confier un secret, j'étais complètement terrorisé, moi aussi.

Elle ouvrit de grands yeux ahuris.

— Ah bon ? Vous n'aviez pourtant pas l'air stressé du tout.

— Il ne faut pas se fier aux apparences. Intérieurement, j'étais dans le même état qu'un prétendant qui rencontre pour la première fois les parents de sa dulcinée.

Il posa une main sur sa joue.

— Il n'y a aucune honte à avoir peur, Maggie. C'est normal d'avoir peur quand on est confronté à un danger. Si vous n'aviez pas peur, je ne voudrais pas de vous comme coéquipière.

Elle se blottit de nouveau contre lui et soupira.

Ils étaient en sécurité cette nuit, mais demain, où iraient-ils ? Seraient-ils à l'abri chez elle ?

Il était évident qu'ils ne pourraient pas rester indéfiniment dans cet hôtel.

Il leur faudrait prendre une décision. Le problème, c'est qu'elle ne voyait pas très bien où ils pourraient aller pour échapper au danger, qui semblait se rapprocher chaque jour un peu plus.

10

Jackson n'avait pas envie de bouger. Il ne voulait pas lâcher Marjorie qui, blottie contre lui sur le canapé, avait fini par s'arrêter de pleurer et de trembler.

Il allait pourtant bien falloir qu'ils parlent de l'enquête et reviennent sur ce qu'il leur était arrivé. Demain matin, normalement, Roger Black leur remettrait la liste de tous les citoyens de Mystic Lake qui possédaient une moto. Grâce à cette liste, Maggie et lui devraient pouvoir identifier l'homme qui les avait poursuivis sous la pluie dans le but de les tuer.

Elle avait dû sentir qu'il s'était mis à cogiter sur les derniers événements car elle se redressa et croisa les bras sur sa poitrine, en prévision de l'épreuve qui l'attendait.

— Il est évident que le coupable vit à Mystic Lake ou dans les environs, dit-il.

Elle hocha la tête.

— Je suis d'accord. Mais parmi toutes les personnes que nous avons interrogées aujourd'hui, comment savoir laquelle s'est sentie menacée ?

Il fronça les sourcils.

— Le problème, c'est que nous ne sommes pas les seuls à enquêter sur la disparition du shérif et de sa femme. Nous ne sommes pas les seuls flics à interroger les gens. Alors pourquoi nous en vouloir à nous, particulièrement ?

Elle se renfrogna à son tour.

— Que voulez-vous dire ? Que ces agressions sont dirigées contre nous personnellement et pas liées à l'enquête ? Enfin, voyons, ça n'a aucun sens ! Vous n'êtes pas d'ici, quant à moi, je n'intéresse personne, alors je ne vois vraiment pas qui pourrait vouloir me tuer.

Quant à moi, je n'intéresse personne... Ces mots bouleversèrent Jackson malgré lui. Il se passa une main dans les cheveux et essaya de se concentrer sur le tueur plutôt que sur Marjorie.

— Je ne sais pas. Il est possible que je me trompe. Mais Black a mis plusieurs adjoints sur le coup, et personne n'a essayé de les tuer. Vous-même, vous avez un coéquipier, un certain Forest, non ?

— Oui, Adam Forest. Mais il n'a pas reçu de menaces ou été la cible de tentatives de meurtre. Toutefois, je devrais peut-être l'appeler pour m'en assurer. Qu'en pensez-vous ?

— Pas ce soir, et pas d'ici. Il vaut mieux que nous n'appelions pas de l'hôtel, et que nous n'utilisions pas nos téléphones portables. Je suis peut-être paranoïaque, mais comme il l'a déjà prouvé, notre ennemi semble très bien informé sur nos agissements.

— Cela donne froid dans le dos, répondit-elle.

— On n'est jamais trop méfiant. Contentons-nous de discuter jusqu'à ce qu'il soit l'heure d'aller nous coucher.

Il consulta sa montre. Il était déjà plus de 22 heures, mais il n'avait pas sommeil du tout.

Ce dont il avait envie, là, tout de suite, c'était d'emmener Maggie dans sa chambre, de lui retirer son peignoir, et de lui faire l'amour. Mais il avait parfaitement conscience que c'était sans doute une réaction consécutive au stress et que c'était de toute façon une très mauvaise idée.

Il n'en demeurait pas moins que le parfum de chèvrefeuille qui émanait d'elle, la douceur de ses cheveux et le contact de ses seins contre son torse tout à l'heure avaient suscité chez lui ce désir primitif que Natalie Redwing avait évoqué de manière si juste.

— Vous n'êtes pas parano, mais je pense que vous avez tort de penser que nous sommes visés personnellement, dit Marjorie. Si comme nous le supposons, notre homme est originaire de Mystic Lake, les adjoints et policiers du coin sont des amis ou des connaissances, tandis que nous, nous sommes des étrangers dont il n'a rien à faire et dont il peut se débarrasser facilement.

— Pas si facilement que ça, dit-il en souriant. Il va vite découvrir que comme les chats, nous avons neuf vies.

— J'espère que nous n'aurons pas à le prouver une troisième fois. Il faut résoudre cette affaire, Jackson.

Ses yeux étaient plus verts et plus sérieux que jamais.

— Nous ne résoudrons rien ce soir, répondit-il. Le mieux que nous ayons à faire maintenant c'est d'aller dormir. Nous n'avons pas besoin de nous lever tôt. Il faut nous reposer et récupérer, au cas où de nouvelles surprises nous attendraient.

— Parce que nous ne sommes pas à l'abri de nouvelles attaques, n'est-ce pas ?

— Je crains qu'il y en ait d'autres, en effet.

— Allons-nous retourner chez moi ou devrons-nous trouver un autre toit, plus sûr ? demanda-t-elle d'un ton préoccupé.

Jackson soupira.

— A dire vrai, je n'en sais rien. Je ne me sens en sécurité nulle part depuis qu'on nous a tiré dessus au motel, et pris en chasse sur la route.

— Mais comment notre ennemi pourrait-il se procurer mon adresse ? A l'agence, personne ne la lui communiquerait. Je ne suis pas dans l'annuaire téléphonique, et mes voisins me connaissent à peine. Ils ne savent même pas ce que je fais dans la vie. Je reste convaincue que nous serons en sécurité chez moi dès que nous serons sûrs que personne ne nous y a suivis.

— C'est bien trop risqué. Je suis persuadé que, en quelques clics, n'importe qui peut se procurer votre adresse sur Internet. Il serait plus sage que nous nous éclipsions tous les deux. Un motel à peu à l'écart pourrait faire l'affaire, mais il ne faudra rien dire à personne.

— Nous avons besoin d'une voiture, aussi, fit remarquer Marjorie.

— Avez-vous toute confiance en l'agent Forest ?

— Une confiance absolue.

— Demain matin, appelez-le et demandez-lui de nous trouver une voiture de location. Qu'il la mette au nom de l'un de ses amis, car il ne faut surtout pas qu'on puisse remonter jusqu'à nous. Laissons Roger Black et ses hommes mener l'enquête à Mystic Lake sous notre contrôle. Nous devons disparaître de la circulation jusqu'à ce que nous soyons en mesure d'identifier la personne qui cherche à nous éliminer.

Il se leva du canapé et se dirigea vers le minibar, qui était bien garni. Il se servit une autre rasade de bourbon.

— Il est clair, mon chou, que nous ne sommes pas les bienvenus à Mystic Lake. Nous n'avons d'autre choix maintenant que de faire profil bas et de voir ce qui se passe.

— Vous avez sûrement raison, mais je vais avoir du mal à rester en retrait. Je suis impatiente d'arrêter le salopard qui a failli nous tuer.

— En attendant de l'arrêter pour de vrai, vous pourriez peut-être aller dormir et rêver que vous l'interpellez, dit Jackson. Vous avez l'air épuisée. Demain, une longue journée nous attend.

— Et vous, vous n'y allez pas ? demanda-t-elle en se levant à son tour et en resserrant la ceinture de son peignoir autour de sa taille fine.

Il prit son verre de bourbon.

— Si, bien sûr, mais je finis mon verre d'abord.

Elle lui sourit.

— Ce serait dommage de ne pas profiter de ces lits gigantesques, garnis d'une demi-douzaine d'oreillers et de couettes légères comme des plumes.

Son émerveillement de petite fille l'amusait beaucoup.

— Allez vite en profiter, Maggie. Dormez bien. A demain.

— Bonne nuit, Jackson, dit-elle d'une voix ensommeillée avant de disparaître dans sa chambre en fermant la porte derrière elle.

Son verre à la main, Jackson retourna s'affaler sur le canapé. Le bourbon lui faisait du bien, le réconfortait physiquement, mais il n'en restait pas moins soucieux. Il sentait confusément que ce qui se passait ici dépassait le simple cadre de l'enquête sur la disparition de Cole et Amberly. Mais il avait beau se creuser la cervelle, pas moyen de trouver de quoi il s'agissait.

Tout compte fait, il valait peut-être mieux qu'ils retournent habiter chez Maggie plutôt que d'aller se planquer Dieu sait où. Si le tueur était aussi malin que le pensait Jackson, il n'aurait aucun mal à trouver l'adresse de Maggie. Une fois qu'il les aurait localisés, il viendrait probablement les attaquer.

Maggie et lui pourraient servir d'appâts. Au lieu de courir après le tueur, ils allaient tout simplement attendre qu'il vienne à eux. C'était dangereux, et Jackson devait s'assurer que Maggie était prête à tenter le coup, mais ce plan lui plaisait bien. Et pour l'instant, il n'en avait pas de meilleur à proposer.

Demain à la première heure, il appellerait pour qu'on installe de toute urgence un système de sécurité chez Maggie. Car comme disait le proverbe, tel est pris qui croyait prendre. Ils l'avaient échappé belle à deux reprises, et s'ils décidaient finalement d'habiter chez Maggie, il allait falloir qu'ils se montrent extrêmement prudents.

Ils se tiendraient prêts à être de nouveau pris pour cibles, et lorsqu'ils auraient identifié le tueur, ils réussiraient peut-être à savoir ce qu'il était advenu du couple disparu.

La dernière gorgée de bourbon avalée, il posa son verre sur le minibar et se dirigea vers sa chambre. Il avait refusé les services de la femme de chambre, qui les aurait dérangés en pleine conversation pour aller ouvrir leurs lits et déposer des chocolats sur leurs oreillers.

Son pistolet et son holster étaient déjà sur la table de nuit. Retirant son peignoir, il se glissa nu entre les draps. Le matelas était parfait, souple et ferme à la fois.

Il éteignit la lampe de chevet. Un pâle clair de lune baignait la chambre, signe que l'orage s'était dissipé.

Fermant les yeux, il essaya de faire le vide dans son esprit, mais les moments clés de la soirée se mirent à défiler devant ses yeux par flashes successifs dans un kaléidoscope d'images, d'odeurs et de sensations.

Il revit les yeux éberlués de Maggie lorsqu'elle avait découvert la suite dans laquelle ils allaient passer la nuit. Son ravissement l'avait d'autant plus touché qu'il savait qu'elle n'avait pas l'habitude d'un tel luxe. Elle aimait les choses simples, mais il avait ressenti un besoin irrépressible de la gâter.

C'était ridicule — elle n'avait de toute évidence pas besoin qu'on prenne soin d'elle. Mais c'était plus fort que lui : il fallait qu'il remplisse son réfrigérateur d'aliments sains et variés, qu'il lui offre des bains moussants délicatement parfumés et la télévision câblée.

Jamais il n'avait eu un tel comportement, et cela l'inquiétait forcément un peu. Il avait intérêt à résoudre cette enquête le plus vite possible et à retourner *illico presto* à sa vie d'avant.

Dans la semi-pénombre, il ne la vit pas tout de suite, mais son parfum trahit aussitôt sa présence — ces effluves de chèvrefeuille qui le troublaient inexplicablement. Sa silhouette se découpait dans l'encadrement de la porte de sa chambre.

— Maggie ? murmura-t-il.

— Je cherche un charmant Sudiste répondant au nom de Jackson, dit-elle d'une voix légèrement rauque.

— Je crois que vous l'avez trouvé, répondit-il, le cœur battant.

— J'ai pensé que vous pourriez avoir envie de passer la nuit avec une femme qui ne cherche rien d'autre qu'à partager un peu de tendresse et pour qui cette aventure sera sans lendemain.

— Maggie…

Il fut incapable de dire autre chose. Il avait terriblement envie d'elle. Peut-être même besoin d'elle. Mais il y avait des choses qu'elle ignorait, des choses qui les empêcheraient d'être heureux ensemble et leur interdisaient toute relation sérieuse.

Il ne voulait pas qu'elle fasse semblant d'être du genre à coucher facilement si, dans le fond, cela ne lui ressemblait pas.

— Ce ne serait qu'une aventure d'une nuit, la prévint-il.

— C'est exactement comme ça que je l'entendais, répondit-elle.

Il n'eut pas le temps de dire ouf qu'elle se débarrassait de son peignoir et s'approchait du lit d'un pas de conquérante, son magnifique corps nu nimbé par le clair de lune.

11

Marjorie n'eut pas l'ombre d'une hésitation lorsqu'elle s'avança vers le lit de Jackson. Elle savait que son audace n'était sans doute pas étrangère au fait qu'ils avaient tous les deux échappé de peu à la mort, et découlait du besoin de se sentir vivante après cette épreuve.

Mais sa décision était également motivée par le désir que lui inspirait Jackson — désir qui la consumait depuis trop longtemps. Cette énergie primitive évoquée par Natalie Redwing avait brusquement explosé, et Marjorie brûlait de s'abandonner à ses flammes.

En la voyant s'approcher, Jackson repoussa drap et couverture pour l'inviter à le rejoindre dans le lit. Elle s'y glissa sans plus réfléchir. Elle savait que Jackson n'était pas l'homme avec qui elle allait passer le reste de ses jours. Il était celui avec lequel elle allait passer la nuit, et c'était tout ce qui lui importait.

Dès qu'elle fut dans le lit, il l'attira contre lui. Son corps était chaud et dur. Comme aimantées, leurs bouches se soudèrent l'une à l'autre.

Ils s'embrassèrent voracement, animés par un désir sauvage et incontrôlable. Leurs langues étaient déchaînées. La bouche de Jackson avait un goût de domination, de possession et de bourbon qui l'enivrait.

Simultanément, leurs doigts entrèrent en mouvement, explorant et caressant leur chair nue. Elle ne se lassait pas de sentir bouger les muscles puissants de son large dos.

Les mains de Jackson glissèrent le long de sa colonne vertébrale et, alternant les effleurements et les pressions, déclenchèrent en elle des salves d'exquis frissons.

Lorsque leurs bouches se séparèrent, elle haletait et peinait à retrouver son souffle, comme si l'air s'était soudain raréfié.

Le corps de Jackson épousait le sien à la perfection. Elle se délectait de sa puissance et de sa virilité, mais si elle n'avait pas attendu de coucher avec lui pour percevoir son côté dominateur, elle fut surprise de le découvrir aussi tendre.

Il l'embrassait dans le cou, couvrait sa gorge de baisers fébriles, semblait se repaître du goût de sa peau.

— Ma douce Maggie, murmura-t-il. J'ai tout de suite eu envie de toi, dès le premier jour, dès que mes yeux se sont posés sur toi, à l'aéroport.

— Je crois que je t'ai désiré avant même de te rencontrer, répondit-elle, consciente de l'ineptie de ses propos mais les assumant totalement.

Car il y avait longtemps qu'elle le cherchait, cet homme qu'elle admirait en secret, cet homme qu'elle trouvait irrésistible, avec son sourire ravageur et ses yeux pétillants, cet homme dont elle avait très vite espéré qu'il l'attirerait dans son lit.

Elle retint son souffle et fut parcourue par un très long frisson lorsque les lèvres de Jackson se refermèrent sur l'un de ses mamelons, et qu'il se mit à en titiller la pointe du bout de la langue.

Eperdue de désir, follement impatiente de le sentir en elle, elle enfouit ses mains dans son abondante chevelure. Jackson était visiblement aussi excité qu'elle, mais il n'en abrégeait pas pour autant les préliminaires, auxquels il semblait trouver lui aussi un réel plaisir.

Tantôt fébriles, tantôt timides, ses caresses et ses baisers la mettaient au supplice tant elle avait envie de lui. Jamais aucun homme ne lui avait fait un tel effet. Sa bouche traça un sillon brûlant de ses seins à son ventre, sur lequel elle s'attarda longuement. Secouée de frissons, pantelante de désir, Marjorie crut qu'elle allait devenir folle. Allait-il, enfin, se décider à abréger ses souffrances ?

Avec une audace dont elle ne se serait jamais crue capable, elle glissa une main entre leurs deux corps et referma les doigts sur son sexe. Jackson releva la tête pour la regarder. Dans la pénombre, ses yeux brillaient comme des éclats de diamant.

Sans cesser de la fixer, il glissa à son tour une main entre ses cuisses et se mit à la caresser avec application. En gémissant, elle souleva ses hanches pour se plaquer contre sa paume.

Elle était une bombe sur le point d'exploser et lui le détonateur qui allait, d'un instant à l'autre, mettre le feu aux poudres. Soudain, il accéléra le mouvement, et Marjorie ne contrôla plus rien.

Elle gémit de plus en plus fort, sans aucune retenue. Et tandis qu'une vague de chaleur intense la submergeait tout entière et que ses terminaisons nerveuses s'emballaient, elle explosa brutalement en mille morceaux et fut projetée dans l'espace infini.

Jackson se dépêcha de la pénétrer avant qu'elle ne redescende sur terre. Ce fut à son tour de gémir lorsque d'un vigoureux coup de reins, il s'enfonça en elle au plus profond.

Ses bras, sur lesquels il se tenait en appui, tremblaient de manière convulsive, et les muscles de son cou étaient tendus comme des cordes. Il se retenait pour ne pas jouir trop vite, allant et venant doucement dans son fourreau de chair chaude et humide.

Soudain, il se figea et la contempla. Puis il lui décocha ce petit sourire sexy qui la faisait fondre.

— Je crois que j'ai enfin trouvé ce que je cherchais, Maggie.

Nouant les jambes autour de son dos, elle l'attira encore plus profondément en elle et l'emprisonna.

— Alors reste là autant qu'il te plaira. Pour cette nuit, répondit-elle doucement.

Comme galvanisé par ces mots, il reprit de plus belle ses mouvements de va-et-vient tandis qu'une nouvelle flambée de désir incendiait le bas-ventre de Marjorie. Plus rien ne comptait pour elle en dehors de Jackson, du goût grisant de sa bouche, du contact fiévreux de ses mains sur elle, et des siennes sur lui. Elle avait faim de lui, une faim que lui seul pouvait satisfaire.

Des larmes jaillirent de ses yeux lorsque le plaisir déferla de nouveau en elle, vague après vague, et que simultanément Jackson se tétanisait et jouissait en prononçant son nom.

Au lieu de rouler sur le côté et de sauter à bas du lit, comme elle s'y attendait, puisqu'il avait eu ce qu'il voulait et n'avait plus besoin d'elle, il s'allongea à son côté et, appuyé sur un coude, il repoussa d'un geste très doux une mèche de cheveux qui lui barrait la joue.

Peut-être attendait-il qu'elle se lève et retourne dans sa chambre, songea-t-elle. Elle voulut se dresser sur son séant, mais il la força à se recoucher.

— Pas si vite, protesta-t-il avec un sourire nonchalant. Il n'est pas interdit de parler, après avoir couché ensemble, même si on le fait plus spontanément avant. Je voulais te dire que je t'ai trouvé stupéfiante.

— Je n'aurais jamais imaginé que ça puisse être aussi bien, lui confia-t-elle en toute franchise. C'est la première fois que… euh, je prends autant de plaisir.

Il ouvrit de grands yeux.

— Ne me dis pas que tu n'avais jamais eu d'orgasme avant ?

Elle sentit le sang affluer dans ses joues et fut soulagée de penser que dans le noir, il ne pouvait pas la voir rougir.

— Mon précédent partenaire se préoccupait plus de son propre plaisir que du mien.

— Cet homme était tout sauf un gentleman, déclara Jackson d'un ton sans appel. C'était un goujat et un vrai crétin.

Elle éclata de rire.

— C'est vrai qu'il était un peu bête. Et terriblement rasoir, par-dessus le marché !

Il lui caressa la joue.

— Tu mérites tellement mieux que ça, murmura-t-il.

— Tu veux dire que ce qu'il me faut, c'est un homme exaspérant mais si sexy avec son charme sudiste qu'il est absolument impossible de lui résister ?

— Cet homme-là, je crois que tu l'as trouvé.

— Ne serais-tu pas légèrement arrogant ?

— Arrogant, moi ? Pas du tout ! protesta-t-il avec véhémence. C'est juste que je suis quelqu'un de bien et que j'en suis conscient.

— Eh bien, moi, maintenant, j'ai sommeil. Je vais faire un tour à la salle de bains et aller me coucher, dit Marjorie en se glissant hors du lit.

— Utilise ma salle de bains et reviens dormir ici.

Il s'assit dans le lit, et dans la pénombre, son torse nu luisait comme un bronze antique.

— J'aimerais t'avoir dans mes bras quand je me réveillerai demain matin.

Elle hésita. Il n'y avait rien au monde en cet instant qu'elle désirait plus que de dormir avec lui et de se réveiller dans ses bras. Mais c'était justement parce qu'elle en avait trop envie qu'elle hésitait à accepter. Jackson n'était pas censé compter à ce point pour elle. Ils s'étaient bien mis d'accord : c'était une aventure sans lendemain.

Le désir prit le dessus sur le bon sens. Lorsqu'elle sortit de la salle de bains, elle reprit sa place dans le lit, à côté de lui.

A peine s'était-elle glissée entre les draps que Jackson l'attirait dans ses bras pour dormir tout contre elle, comme deux amants de longue date. Force lui était d'admettre qu'elle aimait sentir son corps contre le sien, son bras autour de sa taille et la chaleur de son souffle sur sa nuque.

Qu'elle le veuille ou non, Jackson avait réussi à briser la coquille qui protégeait son cœur depuis la mort de son père. Non seulement il était parvenu à se faire apprécier d'elle, mais aussi à se faire aimer — et même aimer plus que de raison.

Elle se méfiait de la passion comme de la peste car elle savait qu'il en résultait toujours beaucoup de souffrance. En dehors de leur métier, Jackson et elle n'avaient pas grand-chose en commun. Ils habitaient très loin d'un de l'autre et n'avaient pas les mêmes attentes.

Leur enquête était au point mort, ou presque. En l'espace de quelques jours, ils avaient failli être tués deux fois, mais le plus grand danger auquel elle était confrontée maintenant était incontestablement de tomber amoureuse de Jackson.

Il était un peu plus de 7 heures lorsque Jackson ouvrit les yeux. Chaude et douce, Maggie dormait paisiblement dans ses bras. Il savait qu'ils avaient des milliers de choses à faire aujourd'hui, mais il repoussait le moment de sortir du lit.

Il s'était toujours douté que sous des dehors un peu froids, sa coéquipière cachait un tempérament de feu. La nuit dernière, elle lui avait offert tout à la fois sa vulnérabilité et sa sensualité débridée.

Bizarrement, c'était elle qui la première avait tenu à préciser qu'il ne pourrait s'agir que d'une aventure sans lendemain. Avec toutes les femmes qu'il avait rencontrées jusque-là, il n'avait jamais souhaité avoir plus qu'une simple aventure. Avec Maggie, cependant, il se sentait frustré car il aurait voulu autre chose.

Mais c'était impossible, bien sûr. Il savait que s'il lui ouvrait son cœur, elle s'enfuirait à toutes jambes. Les méfaits de son père reviendraient le hanter, et il préférait encore s'en aller plutôt que lui avouer d'où il venait et les choix qu'il s'était finalement résigné à faire, après avoir trop longtemps hésité.

C'est dans cette disposition d'esprit qu'il se glissa tout doucement hors du lit et se rendit à pas de loup dans le séjour, où plusieurs colis avaient été livrés tôt le matin.

Le premier qu'il ouvrit contenait des sous-vêtements d'homme, un jean et un polo, le tout à sa taille. Il les emporta dans la chambre de Maggie, où il se doucha et s'habilla.

Lorsqu'il fut prêt, il appela le service d'étage et commanda du café, histoire de patienter en attendant que Maggie se réveille et qu'ils puissent prendre le petit déjeuner. Il avait réussi jusque-là à ne pas la réveiller, et c'était tant mieux car elle avait besoin de récupérer. D'autant plus qu'ils s'étaient endormis très, très tard.

Debout devant l'immense baie vitrée du séjour, il regarda dehors tout en s'efforçant d'oublier Maggie et de se concentrer sur les tâches qu'ils allaient devoir accomplir.

Si, conformément à ses plans, ils retournaient chez Maggie, la première chose que Jackson ferait en arrivant serait de faire installer dans la maison un système de sécurité fiable, avec des caméras à l'extérieur qui leur permettraient de surveiller les abords du pavillon et d'être prévenus si quelqu'un s'en approchait. Jackson voulait aussi se procurer de quoi se défendre car ils n'avaient pour l'instant que leurs deux armes de poing.

L'attaque de la veille lui laissait à penser que l'affaire se corsait. Le tireur avait pris de sacrés risques en les poursuivant et en les canardant sur l'autoroute. Des témoins auraient pu le voir et peut-être même reconnaître sa moto. Il fallait qu'il ait — lui ou celui qui le payait pour faire le sale boulot — vraiment envie de se débarrasser d'eux.

Mais qui qu'il soit, le commanditaire de ces tentatives de meurtre devait bien se douter que même s'il arrivait à les tuer tous les deux, d'autres agents du FBI prendraient le relais.

A moins qu'il ne soit vraiment pas futé. Ou qu'il y ait là-dessous des enjeux qu'ils ne soupçonnaient pas. Dans un cas comme dans l'autre, cette affaire prenait une tournure de plus en plus préoccupante, et son impuissance à la résoudre commençait à lui taper sur les nerfs.

La disparition du shérif et de sa femme remontait maintenant à près de deux semaines, et ils n'avaient toujours rien. Ni indices ni corps. Il n'y avait rien de plus frustrant pour un enquêteur. Quelque chose devait leur échapper, mais quoi ? Cette frustration, il l'avait ressentie quand il enquêtait à Bachelor Moon, juste avant de venir à Kansas City.

On frappa à la porte : le service d'étage lui apportait son café. Il alla ouvrir, tendit un billet de vingt dollars au maître d'hôtel et lui prit le plateau des mains.

Il l'apporta sur la table, constatant avec satisfaction qu'il y avait deux tasses et que la cafetière en métal argenté était énorme. Il se servit une tasse de café et retourna à la fenêtre où, le regard dans le vide, il se plongea de nouveau dans ses réflexions.

Et s'il mettait Maggie en lieu sûr et servait lui-même d'appât ? songea-t-il, soudain. A la seconde où cette idée lui vint à l'esprit, il sut que l'amant protecteur prenait en lui le pas sur l'agent du FBI. De toute façon, en aucun cas elle n'accepterait un tel plan. Elle insisterait pour continuer à participer activement à l'enquête et serait peut-être même vexée qu'il veuille l'en écarter, comme si elle était un bibelot fragile.

S'il ne regrettait en rien d'avoir passé la nuit avec elle, le désir qu'il avait de pousser plus avant leur relation commençait à l'inquiéter car il savait leur histoire d'amour vouée à l'échec.

Comme si les pensées funestes de Jackson l'avaient tirée du sommeil, elle apparut dans le séjour, vêtue du peignoir en éponge de l'hôtel.

— Ça sent bon le café, dit-elle d'une voix encore à moitié endormie en zigzaguant jusqu'à la table pour se servir.

— Rien de tel qu'une bonne tasse de café pour bien démarrer la journée, déclara-t-il avec un sourire.

Elle but une gorgée et lui rendit son sourire.

Il lui fit signe de s'asseoir et la rejoignit à la table.

— Ce matin, j'en avais grand besoin, lui confia-t-elle avant de porter de nouveau sa tasse à ses lèvres.

Puis elle le regarda en haussant comiquement un sourcil.

— Où diable as-tu trouvé ces vêtements ? demanda-t-elle.

— C'est fou comme le concierge d'un hôtel peut être serviable quand on lui agite sous le nez deux ou trois billets. Dans ce colis, continua-t-il en lui montrant le canapé, il y a des vêtements pour toi.

Elle poussa un soupir de soulagement.

— Tant mieux. Je redoutais d'avoir à remettre les mêmes affaires qu'hier, sales et déchirées. J'espère que tu ne m'as pas commandé une robe de cocktail de soie rouge !

— J'ai bien failli, figure-toi, mais je me suis dit que ce serait dommage de te contrarier de si bon matin après la nuit fantastique que nous avons passée.

Elle le fixa par-dessus le rebord de sa tasse.

— Entre la course-poursuite sur l'autoroute et notre fuite éperdue sous la pluie, la soirée avait pourtant mal commencé. Quel est le programme, pour aujourd'hui ?

— Nous allons tout d'abord prendre un solide petit déjeuner, décréta Jackson en posant devant elle le menu du service d'étage. En ce qui me concerne, j'opte pour le Woodbridge spécial — œufs au bacon, toasts et pancakes.

— Pareil pour moi, mais sans les pancakes. Bien que l'exercice m'ait ouvert l'appétit, je ne pourrais jamais avaler tout ça.

Jackson passa la commande puis retourna s'asseoir à la table.

— Juste avant de quitter l'hôtel, il faudra que tu appelles l'agent Forest et que tu lui demandes de nous trouver une voiture. En regardant par la fenêtre, j'ai vu qu'il y avait tout près un restaurant avec un parking privé. C'est là que l'agent Forest doit laisser la voiture, dans le parking de chez Willie. Dis-lui de cacher la clé sous le tapis de sol.

— D'accord. Et après ?

— Nous irons d'abord à Mystic Lake pour récupérer la liste des propriétaires de motos. Ensuite, je propose que nous allions chez toi et que nous jouions les appâts. Qu'en dis-tu ?

Elle prit un air concentré.

— Je suis partante. Tu espères que notre ennemi va venir nous chercher chez moi, c'est ça ? Tu veux qu'on l'attende et qu'on le coince ?

— Exactement. Je vais faire intervenir mes relations pour qu'un système de sécurité soit installé en urgence dans ta maison.

Il se tut lorsqu'on leur apporta le petit déjeuner. Il était délicieux, et ils lui firent tous deux honneur, bien que la conversation, qui tournait autour des écueils et des risques que comportait leur plan, n'ait rien de bien réjouissant.

— J'ai prévu de faire installer des caméras de surveillance autour de ta maison, expliqua Jackson. Si un intrus s'approche, nous le verrons tout de suite.

— A condition d'avoir toujours un œil sur les moniteurs, vingt-quatre heures sur vingt-quatre et sept jours sur sept. Nous monterons la garde à tour de rôle.

— Rien ne sera laissé au hasard, n'aie crainte, lui assura-t-il en versant une grande rasade de sirop d'érable sur sa pile de pancakes. Nous nous tiendrons prêts, mais j'espère vraiment que la liste des propriétaires de motos va nous livrer le nom du coupable.

— Je suis contente que nous ayons choisi d'agir. Je préfère prendre des risques en continuant à enquêter sur le terrain plutôt que de me planquer quelque part et de laisser aux collègues le soin de faire le boulot, déclara-t-elle. Je veux aller au bout de cette enquête.

Elle se leva.

— En attendant, je vais prendre une douche et m'habiller. Je suis impatiente de m'y remettre. Je crois que je vais adorer être un hameçon au bout d'une ligne dans l'attente du requin qui viendra le dévorer.

Elle prit le carton sur le canapé et fila dans sa chambre. Jackson mangea deux bouchées de pancakes puis reposa sa fourchette. Il n'en avait plus du tout envie, brusquement.

Etait-ce une si bonne idée que cela de chercher à appâter le tueur ? Il n'avait pas peur. Pas pour lui, en tout cas. Mais pour rien au monde il ne voulait faire prendre le moindre risque à Maggie.

Il ne lui restait donc plus qu'à prier pour être à la hauteur. Si jamais cela tournait mal, il allait falloir qu'il montre qu'il était l'agent qu'il pensait être, et qu'il était l'homme qu'il espérait être.

12

Marjorie n'en revenait pas : le jean noir que Jackson lui avait acheté lui allait si bien qu'il semblait avoir été fait sur mesure. Le carton contenait également un haut couleur améthyste et des sous-vêtements de soie mauve.

Il était incorrigible, songea-t-elle en s'habillant, après la douche. Et dire qu'au début il lui avait tellement déplu… Elle aurait parié qu'au bout de deux jours, excédée par ses boniments et ses manières enjôleuses, elle aurait envie de l'étrangler. Jamais elle n'aurait pensé que, finalement, elle le trouverait si captivant.

En dépit de tout ce qu'elle avait fait pour que cela n'arrive pas, il était évident que Jackson Revannaugh allait lui briser le cœur. Elle avait intérêt à s'y préparer dès maintenant.

Dès qu'elle fut prête, elle appela Adam Forest pour lui demander de louer la voiture, tandis que Jackson s'occupait de son côté du système de sécurité qu'il tenait à faire installer chez elle.

— Nous vous retrouverons dans une trentaine de minutes à l'adresse que je vous ai indiquée, dit-il à son interlocuteur, après avoir formulé sa demande.

Leurs coups de fil passés, ils quittèrent à regret la luxueuse suite et sortirent de l'hôtel pour aller, à pied, au restaurant où ils devaient récupérer la voiture.

— Je n'ai pas encore eu le temps de te le dire, mais le violet te va à ravir, déclara Jackson en l'enveloppant d'un long regard appréciatif.

— Merci. C'est la première fois que je porte des sous-vêtements de soie.

— Pas un mot de plus ou je ne réponds plus de rien et te couvre de baisers en pleine rue, lança-t-il d'un ton faussement menaçant.

— Une aventure d'une nuit, c'est ce dont nous étions convenus, répliqua-t-elle pour lui rappeler, et se rappeler à elle-même par la même occasion, que ce qui s'était passé entre eux la veille au soir ne se reproduirait jamais plus.

La chaleur était écrasante malgré l'heure matinale. Mais cela ne les empêchait pas de marcher vite. Marjorie essayait de se focaliser sur le déroulement de la journée et de ne pas penser à Jackson, plus sexy que jamais dans ce jean noir et ce polo blanc dont il avait ouvert le col.

Sans doute avait-il raison de vouloir sécuriser sa maison. Jusque-là, elle n'avait jamais craint une intrusion et ne s'était jamais sentie menacée personnellement. Curieusement, il ne lui était jamais venu à l'esprit que son métier la rendait vulnérable et qu'elle n'était pas à l'abri d'éventuelles représailles.

N'empêche qu'il y avait belle lurette qu'elle aurait dû faire installer un système de sécurité, même si une telle dépense était sans aucun doute au-dessus de ses moyens. L'enquête terminée, elle se débrouillerait néanmoins pour se l'offrir.

Elle s'était entendue avec Adam pour qu'il leur laisse une voiture de location noire sur le parking du restaurant. Elle ne s'attendait pas, lorsqu'elle repéra la voiture, à voir Adam assis derrière le volant.

Il sortit du véhicule lorsqu'il les vit arriver. Blond aux yeux bleus, Adam était plutôt bel homme. Il semblait froid et distant, au premier abord, mais il ne fallait pas se fier aux apparences car il n'y avait pas plus gentil que ce type-là. Sans compter qu'il était un excellent profileur et qu'il savait mieux que personne se servir d'un ordinateur.

— Je croyais que tu devais laisser les clés sous le tapis de sol, dit-elle lorsqu'ils furent à sa hauteur.

Saluant Jackson d'un hochement de tête, Adam se tourna vers Marjorie.

— Je voulais juste m'assurer que tout allait bien pour vous. Vos deux téléphones étaient coupés, hier soir.

— Nous avons eu affaire à une espèce de taré qui a essayé de nous tuer, expliqua Jackson. Nous avons préféré passer la nuit à l'hôtel. Vous avez cherché à nous joindre pour une raison particulière ?

— Non, non, je voulais juste avoir des nouvelles de l'enquête.

Il tendit les clés de la voiture à Jackson.

— Je l'ai louée au nom de Charles Bachman et payée pour deux semaines, précisa-t-il.

Jackson prit les clés et le remercia. Adam se tourna de nouveau vers Marjorie.

— S'il y a la moindre chose que je puisse faire, n'hésite pas à me le demander.

— Justement, j'aimerais bien que tu vérifies quelque chose. Il faudrait chercher parmi les amis ou les connaissances de John Merriweather un éventuel motard. Appelle-moi si tu trouves quelque chose.

Ayant deviné que Jackson souhaitait prendre le volant, Marjorie se glissa sur le siège passager et dit au revoir à Adam, qui s'éloigna de la voiture.

— Ce type est raide dingue de toi, déclara Jackson à brûle-pourpoint après qu'ils eurent démarré et pris la direction de Mystic Lake.

Marjorie lui jeta un regard surpris.

— Qu'est-ce que tu racontes ? C'est impossible, voyons. Adam a été mon coéquipier sur plusieurs enquêtes. Il m'apprécie comme collègue et me fait confiance.

Jackson était-il en train de lui faire une scène ? se demanda Marjorie, perplexe. Sa réflexion était sans doute plus anodine qu'elle ne le pensait car, après tout, il n'avait aucune raison d'être jaloux.

— Adam est un agent hors pair qui a eu une enfance difficile, dit-elle. Il est plutôt méfiant, pas très sociable, et se comporte généralement comme un loup solitaire. Mais assez parlé de lui.

— Alors, comme ça, tu te ranges à mon opinion et penses toi aussi que John Merriweather est un suspect sérieux ?

— Je n'écarte aucune hypothèse, répondit-elle. J'ai pensé ce matin qu'il suffirait à John de vendre discrètement deux de ses toiles pour pouvoir se payer un homme de main qui ferait le sale boulot à sa place sans que personne n'en sache rien.

— Bien vu ! Mais si c'est le cas, il a préféré engager un petit voyou du coin plutôt qu'un tueur professionnel. Parce que si nous avions eu affaire à un professionnel, nous serions déjà morts.

A ces mots, elle ne put réprimer un frisson, qui n'échappa pas à Jackson, malheureusement.

— Tu es sûre que tu vas tenir le coup ? Je suis prêt à te déposer dans un motel perdu en pleine campagne et à servir moi-même d'appât.

— Nous sommes coéquipiers, au cas où tu l'aurais oublié. Je n'ai pas l'intention de me laisser évincer. Tout cela parce que j'appartiens au sexe faible. Est-ce à cause de ce qui s'est passé la nuit dernière entre nous que tu es comme ça avec moi ?

— Sans doute un peu, admit-il sans détour. Il semblerait que mon côté protecteur, qui ne s'était jamais manifesté jusque-là, se soit brusquement révélé.

— Tu dois me considérer comme un agent, Jackson, et non comme une femme.

Il sourit.

— Je t'assure que la nuit dernière, mon chou, tu étais une femme, répondit-il. Et même une sacrée femme.

Elle se sentit rougir.

— Ne mélangeons pas tout. Dans le cadre du travail, je suis avant tout un agent. Alors que tu le veuilles ou non, je vais moi aussi servir d'appât.

— Je me doutais que c'était ce que tu dirais, dit-il en s'engageant dans l'allée de Maggie, où une camionnette était déjà garée. Ne bouge pas, lui recommanda-t-il en ouvrant sa portière. J'en ai pour une minute.

Elle vit un grand type chauve sortir de la camionnette sur laquelle, bizarrement, ne figurait ni enseigne ni logo indiquant qu'il s'agissait d'une entreprise spécialisée dans la protection des habitations. Après l'avoir salué, Jackson tendit à l'homme une clé — vraisemblablement un double de celle de Marjorie.

— Si tout se passe comme prévu, il devrait avoir fini ce soir, annonça Jackson lorsqu'il reprit le volant. Je lui ai dit que je voulais une installation non seulement efficace mais aussi discrète. Car il ne faut pas que les malfaiteurs sachent que la maison est sécurisée.

— Pour des raisons esthétiques, moi aussi je préfère qu'elle soit discrète.

Ils roulèrent en silence jusqu'à Mystic Lake. Sans qu'elle sache trop pourquoi, Marjorie sentait confusément que le dénouement était proche. Peut-être que la liste des propriétaires de motos que Roger leur avait préparée allait leur livrer le nom du coupable…

En tout et pour tout, ils n'avaient pour l'instant que quatre suspects : Jeff Maynard, Jimmy Tanner, Edward Bentz et John Merriweather. Mais si l'un de ces noms figurait sur la liste de Roger, ils pourraient alors demander en toute légitimité à un juge d'instruction de leur délivrer tous les mandats dont ils avaient besoin pour approfondir leurs investigations.

Le protocole était le même pour tout le monde. Le FBI n'était pas exempt de ce genre de tracasseries administratives. Mais Roger allait peut-être leur éviter d'en passer par là.

Ce qui était sûr, en tout cas, c'était qu'ils s'acheminaient vers un dénouement funeste. Si l'on découvrait, comme elle s'y attendait, que Cole et Amberly étaient morts, le petit Max ne reverrait jamais sa mère, et tous les habitants de Mystic Lake pleureraient leur shérif. Jackson rentrerait chez lui, et Marjorie retrouverait son train-train et sa vie solitaire dans sa maison vide.

Elle comprenait mieux sa mère, à présent. Ce n'était pas la bêtise qui la poussait dans les bras de tous ces sales types qui profitaient d'elle, c'était la solitude et la naïveté. Elle avait envie de croire aux boniments de ses amants, qui ne la flattaient que pour mieux la délester de ses économies.

En repensant à la nuit merveilleuse qu'elle avait passée dans les bras de Jackson, elle se rendit compte que, en dépit de ses résolutions les plus farouches, elle était tombée amoureuse de son charme unique, de son sourire irrésistible, et de tous les aspects cachés de sa personnalité, qu'elle devinait sous son masque.

Elle appréhendait déjà le moment où, une fois l'enquête résolue, n'ayant plus rien à faire ici, il rentrerait chez lui. Elle savait qu'elle mettrait du temps, peut-être même sa vie entière, à l'oublier. Et qu'elle n'en finirait jamais de regretter ce qui aurait pu se passer.

Comme d'habitude, l'adjoint Roger Black était assis derrière le bureau du shérif Caldwell. Des dossiers s'empilaient sur les étagères de bois. Une photo d'Amberly et Cole trônait en bonne place sur le bureau, comme si Roger avait constamment besoin de se rappeler que son patron avait disparu.

Il se leva lorsqu'ils entrèrent.

— J'allais me chercher du café. Vous en voulez ? proposa-t-il.

— Non, merci, pas pour nous, répondit Maggie.

Roger se rassit.

— J'y ai passé une bonne partie de la soirée, mais j'ai la liste que vous m'avez demandée.

Repoussant diverses paperasses, il prit une feuille qu'il tendit à Jackson.

— J'ai recensé non seulement les propriétaires de motos mais aussi les amateurs de motocross.

— Merci pour votre aide.

Jackson prit la feuille et la plia soigneusement avant de la mettre dans sa poche. Il préférait attendre d'être seul avec Maggie pour découvrir la liste de noms.

Tandis qu'ils faisaient le point tous les trois et discutaient de l'enquête, Jackson essayait de faire abstraction de la présence de Maggie. Il n'aurait jamais dû lui acheter ce jean slim, qui mettait en valeur sa silhouette longiligne, et ce haut violet, si flatteur sur une rousse aux yeux verts.

D'habitude, après avoir fait l'amour avec une femme, il prenait la poudre d'escampette à la première occasion. Mais avec Maggie, c'était différent. Elle n'était pas comme les autres femmes ; chaque fois qu'il posait les yeux sur elle, il avait envie de recommencer.

Si cette enquête s'éternisait, s'il ne s'éloignait pas d'elle très vite, il risquait de devoir renoncer au style de vie qu'il s'était choisi. Quand il l'avait vue avec le petit Max, il l'avait tout de suite imaginée avec un autre petit garçon brun — celui qu'elle pourrait avoir avec lui.

L'idée de fonder une famille, d'avoir des enfants, ne lui avait jamais effleuré l'esprit avant que Maggie entre dans sa vie. Pour qu'il se projette soudain en valeureux père de famille, il fallait qu'elle ait sur lui un étrange pouvoir. Il était temps qu'il se ressaisisse car il ne voulait pas de cette vie-là.

Il s'efforça de se concentrer sur ce que disait Roger à propos de l'enquête.

— C'est à n'y rien comprendre. D'habitude, quand un méfait est commis dans la ville, les gens parlent, et on finit par connaître le coupable. Mais là, c'est motus et bouche cousue. Rien ne transpire. Même les piliers de bar du Bledsoe sont muets comme des carpes.

Il se carra dans son fauteuil et secoua la tête.

— Cole n'était pas que mon patron ; il était aussi mon ami. C'était un brave homme, que presque tout le monde ici aimait et respectait. Il n'y avait rien de trouble dans son passé qui aurait pu resurgir et lui valoir des ennuis. Je le connaissais bien.

— Vous parlez de lui au passé, fit remarquer Maggie.

Roger haussa les épaules.

— Après tout ce temps, je pense qu'ils sont morts. Personne ne les maintiendrait en vie aussi longtemps sans exiger une rançon, de quelque nature qu'elle soit.

— N'empêche que nous n'avons pas retrouvé leurs corps, dit Jackson.

Roger fronça les sourcils.

— Je suppose qu'à un moment ou à un autre, un agriculteur des environs va tomber sur leurs dépouilles au milieu d'un champ, ou cachées au fond d'un bois.

— S'ils ont été tués, pour quelle raison le meurtrier se serait-il donné la peine de dissimuler leurs corps ? En avez-vous la moindre idée ? demanda Jackson.

Roger secoua la tête en signe de dénégation.

— Pour être franc avec vous, nous pataugeons depuis le début. Nous comptions sur la police de Kansas City pour faire la lumière sur cette affaire.

— Jusqu'ici, nous n'avons rien découvert, dit Jackson. Hormis que quelqu'un nous a pris en grippe, Marjorie et moi.

— Vous ne savez pas de qui il s'agit, j'imagine ?

— On suppose que c'est quelqu'un d'ici, mais nous n'avons aucune certitude puisque la première fois qu'on nous a tirés dessus, c'était à Kansas City, alors qu'hier soir, nous étions ici quand nous avons été poursuivis par ce tireur fou à moto. En fait, nous enquêtons des deux côtés, répondit Jackson.

— Sachez que je fais tout ce que je peux ici, à Mystic Lake, pour vous aider. J'espère que la liste que je vous ai donnée va vous faire avancer, dit Roger en se levant pour prendre congé d'eux.

Quelques instants plus tard, Jackson avait repris le volant et roulait en direction de chez Marjorie. Elle gardait le silence, mais cela l'arrangeait car mille pensées tourbillonnaient dans sa tête.

Ils avaient une liste succincte de suspects potentiels, mais l'auteur de l'enlèvement de Cole et Amberly ne figurait peut-être même pas sur celle-ci. Peut-être Maggie et lui ne l'avaient-ils jamais rencontré, jamais croisé, jamais vu.

Et s'il s'agissait de quelqu'un qu'il ne leur serait jamais venu à l'esprit de soupçonner ? De quelqu'un d'irréprochable, à première vue ?

Avant d'élargir leur champ d'investigation, ils allaient commencer par s'intéresser de très près à toutes les personnes de la liste. Car quelque chose lui disait que l'auteur de l'enlèvement et des deux tentatives de meurtre dirigées contre Maggie et lui était originaire de Mystic Lake.

— Que c'est bon de rentrer à la maison ! s'exclama-t-il en se garant devant chez Marjorie.

La camionnette avait disparu. Dès qu'il eut coupé le contact, Jackson prit son téléphone et appela le technicien qui s'était chargé de l'installation. Il voulait savoir ce qu'il avait fait, exactement.

— C'est réglé, déclara-t-il après avoir raccroché et rempoché son téléphone. Nous ne risquons plus rien.

Ils sortirent de la voiture et s'avancèrent vers la maison, que Marjorie se mit à scruter sous toutes les coutures, comme si elle s'attendait à voir des fils courir le long des murs et d'énormes caméras installées aux quatre coins de la façade.

Il ne put s'empêcher de rire.

— Tu pensais qu'il y aurait des barbelés et des barres de fer devant les fenêtres ?

Elle eut un sourire confus.

— Je ne sais pas, mais je suis surprise qu'on ne voie rien.

— Les caméras de vidéosurveillance sont minuscules et se font totalement oublier. J'ai fait installer les moniteurs dans ta chambre. En cas d'intrusion, une sirène devrait se déclencher et nous réveiller non seulement nous, mais aussi tout le voisinage.

— On n'arrête pas le progrès, déclara-t-elle en déverrouillant la porte.

Jackson entra et s'empressa de désactiver l'alarme en pianotant sur le pavé numérique fixé au mur.

— Je t'écrirai le code sur un bout de papier pour que tu l'apprennes par cœur. C'est un code aléatoire. Pour être sûrs de ne pas l'oublier, les gens ont tendance à se créer un code à partir de leur date de naissance, de leur numéro de sécurité sociale, ou d'autres données personnelles, mais c'est une grosse erreur car les escrocs peuvent le deviner en quelques secondes.

Maggie acquiesça et se dirigea vers sa chambre. Fasciné par le balancement hypnotique de ses hanches, moulées dans son jean slim, Jackson lui emboîta le pas.

Il se demanda si, inconsciemment, il n'avait pas fait installer les moniteurs dans sa chambre juste pour avoir un prétexte pour y entrer. Sans doute serait-ce là sa seule et unique visite dans ce sanctuaire, cette chambre qu'elle semblait considérer comme son refuge.

En découvrant la pièce, il eut un choc. Il s'attendait à un décor sobre dans des tons de beige ou de gris. Au lieu de quoi, il eut l'impression de pénétrer dans le jardin d'Eden. Le couvre-lit fleuri et les coussins roses, assortis à l'abat-jour de la lampe de chevet, donnaient à la chambre une touche très féminine qu'accentuait encore l'assortiment de produits de beauté et de parfums trônant sur la commode, à côté d'une photo encadrée de Marjorie et de sa mère. Au-dessus de la commode, le mur était maintenant recouvert de plusieurs écrans de télévision qui permettaient de surveiller l'avant, l'arrière et les deux côtés de la maison.

— Eh bien, avec tout ça nous allons être comme des coqs en pâte ! dit-il d'un ton léger.

Elle eut un drôle de petit sourire, celui de quelqu'un à qui on ne la fait pas.

— Tu l'as fait exprès, je parie. De faire installer les moniteurs ici, dans ma chambre. Surveiller la maison va nous obliger à passer le plus clair de notre temps au lit.

— Tu me prêtes de bien mauvaises intentions, protesta-t-il. En fait, j'ai pensé que si tu décidais par la suite de garder ce système, il serait plus pratique pour toi que les moniteurs soient dans ta chambre.

Tandis qu'elle le fixait d'un air dubitatif, il sentit son imbécile de cœur se gonfler d'amour pour elle.

— Allons nous asseoir et jeter un coup d'œil à cette liste, proposa-t-il d'un ton ronchon.

Il fallait qu'il sorte vite de cette chambre, car cet espace confiné et intime, et le parfum de Marjorie qui embaumait la pièce risquaient de lui faire perdre la tête.

Lorsqu'ils eurent gagné la cuisine et se furent assis de part et d'autre de la petite table, il sortit la liste que lui avait donnée Roger et la parcourut des yeux. De dépit, il faillit froisser la feuille qu'il jeta rageusement sur la table, devant Maggie.

Elle lut à son tour les noms qui y figuraient et se rembrunit avant de pousser un gros soupir.

— Il n'y a là aucun de nos suspects potentiels, dit-il. Il va donc falloir que nous enquêtions sur toutes ces personnes. Il est possible, malgré tout, que le coupable soit l'une d'elles.

— Je faxerai la liste à Adam qui s'en chargera du bureau. Et moi qui comptais tellement sur cette liste pour nous sortir de l'impasse ! se lamenta Marjorie, aussi déçue que lui.

— Adam arrivera peut-être à savoir lequel de ces motards est celui qui nous a pris en chasse hier soir, dit-il pensivement. Dommage que Roger n'ait pas pensé à indiquer l'âge de chacun de ces suspects. Ça nous aurait aidés.

— Dommage, surtout, que le motard en question n'ait pas glissé sur la chaussée mouillée et fait un vol plané ! Nous n'avons décidément pas de chance avec cette enquête.

— Nous avons au moins eu la chance de nous rencontrer, fit remarquer Jackson.

A peine avait-il prononcé ces mots qu'il regretta de ne pas avoir tourné sa langue sept fois dans sa bouche avant de parler.

Maggie leva vers lui un regard amoureux qui le conforta dans l'idée qu'il aurait mieux fait de se taire.

— Oui, une chance extraordinaire. Il faut d'ailleurs que je t'avoue que tu tiens déjà une grande place dans mon cœur, Jackson.

Elle leva une main pour l'empêcher de parler, mais de toute façon, il n'aurait pas su quoi lui répondre.

— Je précise que c'est mon problème, pas le tien. Tu n'y es pour rien. Ce n'est pas ta faute si tu as du charme et si toutes les femmes sont folles de toi. Il faut croire que je ne suis pas différente des autres, dans le fond.

— Maggie… Je…

Cette fois, elle lui coupa bel et bien la parole en se levant brutalement et en parlant en même temps que lui.

— Jusqu'à ce que je te connaisse, je ne m'étais pas rendu compte à quel point ma vie était vide. Du coup, j'ai pris quelques résolutions que je mettrai en place tout de suite après ton départ.

Elle lui décocha un petit sourire, histoire de détendre l'atmosphère.

— Je commencerai par m'abonner au câble. Puis j'irai parler à ma mère. J'aurai avec elle une longue discussion. Je lui ferai comprendre que sa résidence de luxe me coûte trop cher, et qu'il faudrait qu'elle déménage et choisisse un mode de vie moins onéreux.

— Voilà qui fait plaisir à entendre, dit-il, surpris de constater qu'il était ému.

— J'ai décidé d'autre part de freiner sur les barres protéinées et d'apprendre à cuisiner. Tu vas terriblement me manquer, mais je finirai par t'oublier parce que je n'aurai pas le choix. Ton départ va être un véritable déchirement, je ne te le cache pas, Jackson, mais nous savions l'un comme l'autre que nous n'étions pas censés nouer ce genre de liens. Maintenant que je t'ai dit ce que j'avais sur le cœur, je vais aller jeter un coup d'œil aux moniteurs.

Sur ces mots, elle se précipita hors de la cuisine et disparut dans le couloir. Jackson resta assis à la table, le cœur chahuté comme un drapeau dans une tempête.

Elle l'aimait. Voilà, en gros, ce qu'elle venait de lui avouer. Et le pire, c'était qu'il l'aimait aussi, et qu'il la quitterait la mort dans l'âme. Elle ne le savait pas, mais lorsqu'il rentrerait chez lui à Baton Rouge, lui aussi serait submergé de chagrin.

13

Quatre jours. Cela faisait quatre jours que le système de sécurité avait été installé et que Jackson et elle vivaient cloîtrés dans la maison, les yeux rivés sur les moniteurs de surveillance.

Cela faisait également quatre jours que, dans un moment d'égarement, elle avait avoué à Jackson qu'elle l'aimait. Et quatre jours qu'ils se battaient froid, comme deux étrangers qui essayaient de cohabiter en se gênant le moins possible.

Elle n'avait pas prévu de lui dévoiler ses sentiments et regrettait amèrement de ne pas avoir su garder son secret. Car depuis, leur relation avait perdu toute spontanéité.

Et pour tout arranger, rien ne bougeait depuis qu'Amberly et Cole avaient disparu et que Jackson et elle avaient failli se faire tuer. Le piège qu'ils avaient tendu à leur ennemi n'avait rien donné pour l'instant. Cela semblait pourtant être une bonne idée de l'attirer ici, dans la maison, mais bizarrement, il n'avait pas mordu à l'hameçon.

Ils avaient tellement parlé de l'enquête, tellement échafaudé d'hypothèses, qu'ils avaient épuisé le sujet. Jackson tournait dans la maison comme un fauve en cage. Elle n'en pouvait plus de le voir ronger son frein et faire les cent pas à longueur de journée.

Si cette attente interminable ne prenait pas fin rapidement, ils allaient tous les deux devenir fous. Un petit bip sur l'un des moniteurs, ou la sonnerie stridente d'une alarme, serait presque un soulagement. Un événement, quel qu'il soit, aurait au moins le mérite de rompre la monotonie stressante de leurs journées.

Elle avait appelé son chef à plusieurs reprises au cours des derniers jours. Elle avait appris que l'enquête de Bachelor Moon était toujours en cours. Les trois personnes disparues au *bed and breakfast* de la ville n'avaient toujours pas été retrouvées.

Le FBI hésitait encore, cependant, à faire le lien entre les deux affaires, notamment à cause des tentatives de meurtre dirigées contre Marjorie et Jackson, car rien de semblable ne s'était produit à Bachelor Moon.

En ce début d'après-midi, Marjorie était assise à la table et fixait la fenêtre sans la voir. L'arrivée de Jackson dans la pièce la tira de sa rêverie.

— J'ai l'impression d'être un appât à moitié desséché dont aucun poisson ne veut, se lamenta-t-elle.

— Si ça peut te consoler, je ressens exactement la même chose, dit-il en se laissant tomber sur une chaise. Je me demande si c'était une si bonne idée que ça de se terrer ici.

Elle haussa les épaules.

— Quand nous avons décidé de mettre ce plan en place, j'aurais pourtant juré qu'il fonctionnerait.

— Oui, moi aussi. Jamais je n'aurais imaginé qu'au bout de quatre jours, nous serions toujours en train d'attendre notre meurtrier.

— Il fait peut-être exprès de nous faire languir, dit Marjorie. Si ça se trouve, il a deviné que nous l'attendions et a décidé de ne rien tenter tant que nous serions dans la maison.

— C'est possible, murmura Jackson, visiblement perdu dans ses pensées.

Pourquoi diable était-il si séduisant ? C'était bien sa veine, soupira intérieurement Marjorie en le regardant à la dérobée. Pourquoi ne lui avait-on pas envoyé, comme coéquipier, un gros lourdaud empestant la bière ? Pourquoi avait-il fallu que ce soit Jackson ?

Il la fixa, l'air sombre. Ses yeux, d'habitude si bleus, semblaient avoir foncé, tant il était préoccupé.

— Je suis de plus en plus convaincu qu'il y a un rapport entre l'affaire de Bachelor Moon et celle-ci, lâcha-t-il tout à coup.

— Le problème, c'est que tu sembles être le seul à le penser. Et puis, à Bachelor Moon, personne ne s'en est pris aux enquêteurs.

— Ce détail mis à part, les deux affaires sont strictement identiques. Ce sont des cas de disparitions mystérieuses pour lesquelles nous n'avons ni indice ni demande de rançon. Le fait que nous ayons été visés deux fois n'a sans doute rien à voir avec ces disparitions.

— On en revient donc à l'hypothèse selon laquelle quelqu'un chercherait à se débarrasser de nous. Ou de l'un de nous deux. Admettons que ce soit le cas, dit Marjorie en se penchant vers Jackson. Le hic, c'est que ni toi ni moi ne nous connaissons d'ennemi notoire.

Il se leva brusquement et se mit à faire les cent pas.

— Cette enquête qui ne mène nulle part me rend dingue. Je n'y comprends strictement rien. Il y avait longtemps que je ne m'étais pas senti aussi nul.

Consciente de faire le contraire de ce qu'il aurait fallu, elle se leva à son tour et le rejoignit près du réfrigérateur.

Il avait croisé les bras sur sa poitrine et fixait sur elle un regard vide. Elle posa une main sur son épaule, regrettant de ne pas pouvoir l'aider.

Si elle avait osé, elle l'aurait pris par la main et conduit dans sa chambre. Ils seraient tombés dans les bras l'un de l'autre et auraient oublié en un instant toutes ces frustrations et ces contrariétés.

Mais elle savait que ce n'était pas au lit qu'ils résoudraient quoi que ce soit. Plongeant son regard dans celui de Jackson, elle déclara :

— A part attendre, je ne vois pas ce que nous pourrions faire d'autre. A un moment ou à un autre, ça finira bien par bouger. Un peu de patience.

Il décroisa les bras et soupira.

— La patience n'a jamais été mon fort. Pour moi, attendre ce n'est pas une vertu, mais une véritable épreuve.

Elle lui sourit, ravie de le voir se détendre un peu.

— Il va peut-être falloir que nous nous préoccupions de ce que nous allons manger ce soir, suggéra-t-elle, soucieuse de lui changer les idées.

— Je n'ai pas faim, répondit-il en se dirigeant vers la fenêtre. Nos provisions diminuent ; nous n'avons plus une goutte de lait. Il y a une supérette au coin de la rue, non ?

— La plus proche se trouve à deux pâtés de maisons.

— Je vais y faire un saut, décréta-t-il, comme pris d'une soudaine inspiration.

— Qu'est-ce que tu as derrière la tête ?

— Rien du tout. Je vais acheter du lait et je reviens tout de suite. Ne bouge pas d'ici. Tu ne risques rien.

Il prit ses clés de voiture puis, se ravisant, les reposa sur la table.

— Je préfère y aller à pied. Marcher me fera le plus grand bien.

Elle n'eut pas son mot à dire. En deux enjambées, il avait atteint la porte. Dès qu'il eut franchi le seuil, elle referma la porte, la verrouilla et enclencha le système de sécurité.

Sans lui, elle se sentit soudain terriblement seule. En même temps, elle était soulagée de ne plus le voir tourner en rond dans la maison, comme un lion en cage.

Elle alla dans sa chambre et regarda le moniteur afin de suivre Jackson des yeux tandis qu'il s'éloignait. Lorsqu'il eut disparu, elle ressentit un petit pincement de cœur — un avant-goût de ce qui l'attendait quand il repartirait à Baton Rouge, une fois l'enquête terminée.

Pour ne pas y penser, elle s'empressa de regagner la cuisine. Et si elle se mettait aux fourneaux ? Quel bon petit plat pourrait-elle bien préparer ? songea-t-elle en ouvrant le congélateur. Un instant tentée par des blancs de poulet, elle opta finalement pour des côtes de porc. Elle les déballa et s'apprêtait à les mettre dans un plat lorsque la sonnette retentit.

Elle s'y attendait si peu qu'elle sursauta. Cela ne pouvait pas être Jackson. Pas déjà. L'esprit en déroute, elle courut jusqu'à sa chambre et scruta le moniteur qui surveillait le porche d'entrée.

Un homme était à la porte. En plus âgé, c'était le portrait craché de Jackson.

Elle se précipita pour aller ouvrir.

— Qui est-là ? demanda-t-elle par principe.

— Je suis Jerrod Revannaugh. Je cherche mon fils, Jackson. On m'a dit qu'il était là.

L'homme avait la voix grave, posée, et un accent du Sud à couper au couteau.

Elle n'hésita qu'une fraction de seconde avant de composer le code sur le clavier commandant le système de sécurité. Le visiteur était de toute évidence le père de Jackson. Il avait la même voix que lui et ils se ressemblaient comme deux gouttes d'eau.

Mais que venait-il faire ici ? Elle savait que le père et le fils s'étaient brouillés et ne se voyaient plus depuis plusieurs années. Sans doute Jerrod Revannaugh souhaitait-il se réconcilier avec Jackson…

Forte de cette pensée, elle débloqua le système de sécurité, déverrouilla la porte et l'ouvrit. *De visu*, la ressemblance entre Jackson et son père était stupéfiante.

Ce constat acheva de la conforter dans l'idée qu'elle pouvait sans crainte faire entrer le visiteur. Elle ignorait la cause de la brouille entre le père et le fils, mais c'était sans doute une bonne chose que Jerrod soit là.

— Enchantée, monsieur Revannaugh, je suis Marjorie Clinton, dit-elle en s'écartant pour le laisser entrer. Jackson vient de sortir faire une course, mais il sera de retour dans quelques minutes.

— Alors il va falloir faire vite, répondit-il en lui décochant un sourire enjôleur et en lui enfonçant une aiguille dans le cou.

Elle poussa un cri de douleur. Les effets de la substance qu'il venait de lui injecter se firent tout de suite sentir : soudain cotonneuses, ses jambes se dérobèrent sous elle, et elle dut se raccrocher à lui pour ne pas s'effondrer comme un sac de sable.

Sans effort, il la souleva dans ses bras.

— Ça va aller, mon chou. Je vais bien m'occuper de vous.

Avant de sombrer dans l'inconscience, Marjorie se surprit à détester le père de Jackson… à cause de sa familiarité. Le seul être au monde qui avait le droit de l'appeler « mon chou » était Jackson, et personne d'autre.

Jackson marchait vite. L'air sentait l'été et l'herbe fraîchement coupée.

Il allait chercher du lait, mais ce n'était pas le seul but de cette sortie. Il devait aussi téléphoner et il ne voulait pas que Maggie entende sa conversation.

Peut-être était-ce de la paranoïa de sa part, mais il était de plus en plus convaincu que les tentatives de meurtre auxquelles ils avaient échappé étaient dirigées contre lui. Or, la seule personne susceptible de vouloir le tuer était son père.

La dernière fois qu'il avait eu de ses nouvelles, Jerrod était en prison, non loin de Baton Rouge. Jackson faisait partie des personnes qui l'avaient fait condamner.

D'aussi loin qu'il s'en souvienne, Jackson avait toujours vu son père escroquer les gens. Il aurait très bien pu être un des beaux-pères de Maggie, un beau parleur qui délestait les femmes de leurs économies puis s'éclipsait sans qu'aucune poursuite ne soit engagée contre lui. Jusqu'à la dernière fois.

Lorsqu'il avait atteint l'âge de seize ans, Jackson était parti de chez lui sans l'ombre d'une hésitation. Il avait pris sa vie en main et définitivement tourné le dos à ce père indigne, qui avait essayé de le corrompre et de faire de lui un escroc.

Ils s'étaient revus il y a six ans, quand Jackson avait été appelé par des inspecteurs de police qui enquêtaient sur la mort d'une vieille dame. Il s'agissait apparemment d'une mort accidentelle, la femme ayant glissé en sortant de sa baignoire et s'étant fracassé le crâne sur le carrelage. Mais la police avait trouvé bizarre que son mari, beaucoup plus jeune qu'elle, en soit à son sixième mariage, et que toutes ses épouses se soient très vite retrouvées ruinées. Le mari en question était le père de Jackson.

En y repensant, Jackson serra les poings. Il était arrivé à la supérette mais au lieu d'y entrer, il sortit son téléphone et composa un numéro qu'il avait appelé plusieurs fois ces deux dernières années.

Faute de preuves, Jerrod Revannaugh n'avait pas pu être inculpé pour meurtre, mais une douzaine de plaintes pour escroquerie lui avait valu une condamnation à six ans de prison.

Lorsqu'il obtint la communication, Jackson demanda à parler au gardien et déclina son nom.

— J'appelle pour avoir des nouvelles d'un détenu. Son matricule est le 22356, dit-il.

Le silence, à l'autre bout de la ligne, éveilla aussitôt sa suspicion.

— Que se passe-t-il ? demanda-t-il, lorsqu'il comprit qu'il y avait effectivement quelque chose d'anormal.

— On était censé vous prévenir. Le matricule 22356 a été libéré ce matin à 6 heures.

Jackson faillit en laisser tomber son téléphone. Jerrod était sorti de prison. Etant donné que Jackson avait été témoin à charge dans son procès, il devait lui en vouloir à mort…

Glissant son téléphone dans sa poche, il s'empressa d'aller acheter le lait et de retourner chez Maggie. Sur le chemin du retour, il avait la tête qui tournait.

Jerrod était son secret honteux, secret qu'il n'avait pas voulu confier à Maggie à cause de ce qu'elle lui avait raconté à propos de ses beaux-pères, si semblables à son père. Il avait eu peur qu'elle le juge et pense qu'il allait finir comme celui-ci.

Jerrod risquait de se venger, mais s'il avait été libéré ce matin, il ne pouvait pas être l'auteur de la fusillade du motel, ni le motard qui les avait poursuivis et leur avait tiré dessus.

A moins qu'il n'ait eu un complice. A moins qu'il n'ait eu un contact à l'extérieur qui veuille bien se charger du sale boulot et à qui il avait fait miroiter une somme confortable, car Jackson soupçonnait son père d'avoir caché sa fortune sur un compte bancaire à l'étranger.

En passant mentalement en revue les personnes qu'ils avaient interrogées, un nom s'imposa brusquement à lui : Edward Bentz. D'après ce qu'il leur avait dit, Bentz avait fait récemment plusieurs allers et retours entre Kansas City et Baton Rouge.

Etait-ce lui qui avait essayé de les tuer ? Il n'avait pas été précis sur son emploi du temps. Maggie et lui auraient dû insister, lui mettre la pression.

De plus en plus nerveux, Jackson pressa le pas. Sachant son père dans la nature, il devait sans plus tarder mettre Maggie au courant de la situation.

Elle risquait de se détacher de lui lorsqu'elle saurait que son père ne valait pas mieux que les hommes qui avaient mis sa mère sur la paille.

Mais il ne pouvait le lui cacher plus longtemps car il avait enfin compris pourquoi on les prenait pour cibles. Son père avait commandité son assassinat, et Maggie n'était qu'un dommage collatéral.

Il voulut déverrouiller la porte d'entrée, mais se rendit compte qu'elle n'était pas fermée à clé. Jurant entre ses dents, il se promit de passer un savon à Maggie.

— Maggie ? appela-t-il en entrant dans la cuisine.

Elle n'était ni dans la salle de séjour ni dans la cuisine. En rangeant le lait dans le réfrigérateur, il remarqua les côtes de porc qu'elle avait mises dans un plat et en conclut qu'elle devait être allée l'attendre dans sa chambre.

— Maggie ? appela-t-il de nouveau.

N'obtenant pas de réponse, il commença à vraiment s'inquiéter. Où qu'elle soit dans la maison, elle aurait dû l'entendre.

Que se passait-il ? songea-t-il, le cœur battant à tout rompre.

Il repensa à cette porte, dans la cuisine, qui menait au sous-sol. Il n'y était jamais descendu, mais il savait que Maggie l'utilisait comme réserve. Il regagna la cuisine, ouvrit la porte et dévala l'escalier. Il se retrouva dans une petite cave qui était vide, à l'exception de deux ou trois cartons étiquetés « VETEMENTS D'HIVER ».

Disparue.

Elle avait disparu.

Il était impossible qu'elle soit partie de son plein gré. Compte tenu de ce qui leur était arrivé quelques jours plus tôt, elle n'aurait jamais pris ce risque, surtout seule.

Il remonta les marches quatre à quatre et retourna dans la chambre pour consulter les enregistrements vidéo. Il savait qu'il suffisait de revenir en arrière pour savoir si quelqu'un était venu en son absence.

Ses mains tremblaient lorsqu'il pressa la touche de défilement arrière. En voyant son père apparaître à l'écran, il réprima un cri.

— Non, Maggie, n'ouvre pas, murmura-t-il, les yeux rivés sur la porte… qu'elle ouvrit aussitôt.

Il se figea, comme tétanisé, et attendit devant le moniteur, les yeux agrandis d'effroi. Deux minutes plus tard, il vit son père ressortir de la maison en portant Maggie, visiblement inconsciente, dans ses bras.

Machinalement, il dégaina son arme, regrettant de ne pas pouvoir tirer sur son père pour l'obliger à lâcher Maggie. Il devait absolument l'arracher aux griffes de ce dangereux sociopathe.

Impossible de savoir s'il était monté dans une voiture. Il disparut de l'écran, laissant Jackson imaginer ce qu'il voulait.

Terrifié, Jackson resta quelques instants sans réaction. Il savait qu'il fallait qu'il fasse quelque chose, qu'il essaie de retrouver Maggie. Mais par où commencer ?

Edward Bentz, à Mystic Lake, en savait sûrement plus qu'il ne le prétendait. Jackson était absolument certain que le représentant de commerce affable était le larbin de son père. Il fallait qu'il aille à Mystic Lake. Tel qu'il connaissait son père, Jackson savait qu'il se servirait de Maggie comme monnaie d'échange, parce que ce n'était pas elle qu'il voulait tuer, mais lui, Jackson.

Moins d'une minute plus tard, Jackson était au volant de sa voiture et démarrait sur les chapeaux de roue. Pied au plancher, il prit la direction de Mystic Lake. Si Bentz n'était pas chez lui, Jackson irait directement voir Roger Black et lui demanderait de mettre tous ses hommes sur le coup.

Bon sang ! Si seulement il avait pu se douter que son père était sorti de prison… Mais outre qu'il le croyait encore derrière les barreaux, jamais il n'aurait imaginé que Jerrod serait assez cinglé pour le poursuivre jusqu'à Kansas City.

Pendant des années, son père s'était tenu tranquille. Il aurait pu engager un homme de main bien avant. Pourquoi maintenant ? Dieu seul savait ce qui motivait Jerrod Revannaugh, en dehors des femmes riches, seules et crédules…

Maggie. Jackson sentit son cœur se gonfler d'amour et de tendresse. Il n'avait jamais rien éprouvé de tel pour aucune femme avant elle. Il allait la retrouver et la tirer de ce cauchemar dans lequel il l'avait plongée bien malgré lui.

14

Revenant vaguement à elle, Majorie s'aperçut qu'elle avait les chevilles et les poignets attachés, et qu'elle était bâillonnée. Elle ne pouvait ni bouger ni crier.

Il faisait noir… Ça sentait l'essence et l'huile de moteur. Malgré son état comateux, elle comprit qu'elle se trouvait dans le coffre d'une voiture en train de rouler.

Brusquement, elle recouvra ses esprits, et la panique la saisit, faisant cogner son cœur dans sa poitrine et remonter un flot de bile dans sa gorge.

Elle déglutit, consciente que si elle voulait avoir une chance de se sortir de là, elle devait garder son sang-froid. Couchée en chien de fusil, elle s'obligea à respirer calmement.

Réfléchis, Marjorie. Ne cède surtout pas à la panique, se répétait-elle comme un mantra. Cela aurait sûrement pu être pire. On ne lui avait pas attaché les mains dans le dos mais devant elle, avec ce qui semblait être du chatterton. Elle supposa que c'était également du chatterton qui liait ses chevilles ensemble. Sans trop y croire, elle essaya de les écarter, mais le ruban adhésif tenait bon.

Son ravisseur avait dû attendre son heure, embusqué à proximité de la maison. Quand il avait vu Jackson s'en aller, il en avait profité pour l'aborder. Quelle idiote elle avait été de penser qu'il était venu pour se réconcilier avec son fils !

Jamais elle n'aurait dû lui ouvrir. Si elle ne l'avait pas fait entrer, elle ne se serait pas retrouvée pas dans le coffre d'une voiture, en route pour une destination inconnue et dans l'attente d'un sort qu'elle n'osait même pas imaginer.

Son cœur se remit à battre la chamade. Une chose était sûre :

Jerrod Revannaugh n'avait pas l'intention de lui laisser la vie sauve. S'il n'avait pas hésité à lui donner son nom et à lui montrer son visage, c'était parce qu'il savait qu'il allait la tuer.

Marjorie n'avait aucun doute là-dessus.

En lui ouvrant sa porte, elle avait tout simplement signé son arrêt de mort. Ce qu'elle ne comprenait pas, en revanche, c'était pourquoi il l'avait kidnappée.

Le père de Jackson était pour elle un parfait inconnu. S'il avait des comptes à régler avec son fils, pourquoi l'avait-il enlevée, elle, plutôt que de traiter directement avec lui ?

Elle sentait confusément qu'elle était un pion entre le père et le fils. Jerrod devait penser que Jackson était fou d'elle, et qu'en la kidnappant, il aurait un moyen de pression sur lui. Mais il se trompait. Jackson n'était pas amoureux d'elle. Etait-il même capable de tomber amoureux ? Maintenant qu'elle connaissait son père, elle commençait à entrevoir le genre d'enfance qu'il avait dû avoir et à mieux comprendre le style de vie qu'il avait choisi.

Mais penser à Jackson lui faisait du mal car, en dépit de ce nouveau rebondissement, elle l'aimait toujours autant.

Mieux valait qu'elle se concentre sur l'instant présent et qu'elle essaie de trouver un moyen de sortir de ce coffre de voiture. Elle se souvenait d'un livre dans lequel l'héroïne s'était retrouvée dans la même situation et avait réussi à pulvériser un des feux arrière et à attirer l'attention d'un autre conducteur.

A tâtons, elle essaya tant bien que mal de prendre ses marques. Elle était couchée transversalement, face à l'arrière du véhicule. Il y avait sûrement une manette quelque part qui déclenchait l'ouverture du coffre…

Elle ne savait pas encore très bien ce qu'elle ferait si elle parvenait à l'ouvrir. Elle pourrait au moins se redresser et, avec un peu de chance, attirer l'attention de quelqu'un. Mais peut-être qu'ils roulaient en rase campagne, étaient seuls sur la route, et sa tentative d'évasion ne suffirait alors qu'à mettre en colère Jerrod Revannaugh.

Décidant qu'il valait mieux tenter le coup plutôt que de se résigner sans rien faire à son sort funeste, Marjorie se mit à se tortiller comme un ver et à gesticuler jusqu'à ce que ses doigts puissent explorer le pourtour du coffre.

En pure perte. Il n'y avait apparemment aucun moyen d'en déclencher l'ouverture.

Refusant de se laisser abattre, elle continua son exploration et repéra l'un des feux arrière. Elle se mit à donner des coups de pied dedans, ce qui lui demandait de gros efforts, ses pieds étant attachés. Au bout d'un moment, elle dut s'arrêter pour reprendre son souffle, ce qui n'était pas évident non plus, étant donné qu'elle était bâillonnée.

La sueur ruisselait sur son visage, et son T-shirt était trempé. Il faisait une chaleur de four dans ce maudit coffre. Si Jerrod ne la libérait pas rapidement, elle risquait de mourir d'hyperthermie et de déshydratation.

Ce feu arrière était diablement solide. Impossible de le faire voler en éclats, comme elle l'avait espéré. Consciente de perdre son temps, et son énergie, Marjorie finit par abandonner.

Mais où pouvait-il l'emmener ? Comme elle ne savait pas pendant combien de temps elle avait perdu connaissance, elle ignorait depuis quand elle était enfermée dans ce coffre.

Etait-ce lui qui était à l'origine de la disparition de Cole et Amberly ? Non, n'importe quoi ! songea la jeune femme. Il aurait pu s'en prendre à eux pour attirer Jackson à Mystic Lake, mais sans aucune garantie que à Baton Rouge, le FBI décide d'envoyer effectivement Jackson sur place. A moins que lui-même ne travaille pour l'agence… A moins qu'il ne soit en mesure d'affecter Jackson à telle ou telle mission…

Elle eut un nouvel accès de tachycardie lorsque la voiture s'engagea sur une route rocailleuse, à peine carrossable à en juger par le bruit que faisaient les cailloux sous les roues. Soudain, la voiture s'immobilisa. Le moteur arrêté, Maggie n'entendit plus que les battements sourds de son cœur.

Elle était tendue comme un arc lorsque le coffre s'ouvrit enfin. Aveuglée par le soleil, elle cligna les yeux, mais ne put discerner rien d'autre qu'une haute silhouette à forte carrure se penchant en avant.

— Vous pouvez vous montrer coopérative ou, au contraire, me mettre des bâtons dans les roues, dit Jerrod. Je vais vous prendre dans mes bras et vous porter, mais si vous me frappez, je vous préviens, je vous rendrai coup pour coup, et vu comme vous êtes bâtie, vous ne serez pas gagnante.

Elle acquiesça d'un hochement de tête. Tenter quelque chose maintenant aurait été pure folie. Mieux valait attendre qu'une meilleure occasion se présente... Mais si c'était le cas, serait-elle encore là pour la saisir ?

Se penchant un peu plus, il la saisit à bras-le-corps et la souleva comme une plume. Lorsqu'elle vit où ils se trouvaient, un profond découragement l'envahit.

Au milieu de nulle part ; voilà où ils étaient. Il n'y avait ni route, ni pancarte, ni rien qui puisse lui donner une idée de leur localisation. Un grand hangar, qui abritait un tracteur, se dressait devant eux, contigu à ce qui semblait être une remise à outils.

Jerrod la porta jusqu'à cette remise qui, de près, se révéla être plus solide et moins sommaire qu'elle ne le pensait. Il la posa par terre et ouvrit le cadenas qui fermait la porte. Une nouvelle vague de panique la submergea. Elle essaya de s'échapper, mais avec les pieds et les mains attachés, elle ne pouvait pas aller bien loin.

Il se tourna vers elle et gloussa en la voyant se traîner par terre.

— Où vous allez, comme ça, mon chou ?

Quand cet abruti cesserait-il de l'appeler « mon chou » ? Cette familiarité lui était d'autant plus odieuse que cette marque d'affection était une prérogative de Jackson, et de lui seul.

Soudain, elle eut peur pour lui aussi. Elle ne voulait pas qu'il lui arrive malheur.

Jerrod la prit de nouveau dans ses bras et la porta à l'intérieur de la remise, qui était vide. Après l'avoir posée sur le sol de ciment, il disparut mais revint quelques instants plus tard avec une lampe torche et deux bouteilles d'eau.

— Vous pouvez crier tant que vous voulez, vous égosiller si ça vous chante, personne ne vous entendra, dit-il en sortant un couteau de sa poche.

Pendant une fraction de seconde, Marjorie crut qu'il allait l'égorger. Mais à sa grande surprise, il entreprit de couper le chatterton qui liait ses chevilles, puis ses poignets, qu'elle lui tendit docilement. Il la débarrassa ensuite de son bâillon.

Enfin libre de ses mouvements, elle fut tentée de lui sauter dessus, mais se ravisa très vite. Non seulement il avait un couteau dans la main, mais elle le soupçonnait d'avoir également un pistolet.

— Pourquoi ? croassa-t-elle d'une voix tout enrouée car sa gorge était plus sèche que le désert du Ténéré. Pourquoi vous en prenez-vous à moi ?

— Pourquoi ? dit-il avec un rire que ne relayaient pas ses yeux bleus, froids comme une lame d'acier. J'ai élevé ce garçon et je lui ai tout appris. Et lui, il n'a pas trouvé mieux que de devenir agent fédéral ! Il y a six ans, j'ai été traduit en justice, et mon fils, la chair de ma chair, a témoigné contre moi. J'ai écopé de six ans de prison ferme. Il m'a trahi, et cette trahison, il va devoir la payer de sa vie.

— Qu'avez-vous fait de Cole et d'Amberly ? demanda-t-elle.

Il la fixa en fronçant les sourcils.

— De qui ?

— Du shérif de Mystic Lake et de sa femme.

— Je ne les connais pas. Tout ce que je voulais, c'était garder un œil sur mon très cher fils. Je dois reconnaître que vous avez eu beaucoup de chance, tous les deux. Les tueurs à gage que j'avais engagés étaient de beaux incapables, apparemment. Mais je suis là, maintenant, et dans le fond, c'est beaucoup mieux comme ça. Il est normal que je sois là quand Jackson mourra. Il y a six ans que j'attends ce moment et que je m'en délecte à l'avance.

La perspective de voir son fils mort alluma au fond de ses yeux une étincelle diabolique. Marjorie comprit que cet homme n'était rien de moins que l'incarnation même du mal.

— Je vous laisse une lampe torche et de l'eau. Je me réjouis de penser que mon fils va vous chercher partout, comme un fou, en se demandant ce qu'il vous est arrivé et si vous êtes morte ou vivante.

— Jackson n'est que mon coéquipier, répliqua-t-elle d'un ton qu'elle aurait voulu plus convaincant. Ma disparition ne l'inquiétera pas spécialement.

— Je suis sûr qu'il est déjà mort d'inquiétude. Je vais le contacter pour qu'il vienne vous chercher. Tel un preux chevalier, votre sauveur va rappliquer dare-dare et sauter à pieds joints dans mon piège.

— Attendez ! cria-t-elle en le voyant s'en aller.

Pour toute réponse, il claqua la porte derrière lui. Elle entendit le clic du cadenas qu'il venait de refermer et se retrouva de nouveau seule, plongée dans l'obscurité.

Jackson arriva devant la maison de Betty Fields en un temps record. En constatant que la camionnette de Bentz n'était pas dans l'allée, l'angoisse le saisit de nouveau.

C'était prévisible, songea-t-il. Jackson était presque sûr que c'était ce véhicule qui avait servi à enlever Maggie. Il n'avait aucune idée de l'endroit où son père l'avait emmenée, mais il savait que le seul moyen de le découvrir était de parler à Edward Bentz.

Il frappa à la porte, et Betty vint lui ouvrir presque tout de suite.

— Agent Revannaugh, quel plaisir de vous revoir, dit-elle avec un sourire ravi.

— Où est Edward ? demanda-t-il sans préambule car l'heure n'était pas aux salamalecs.

— Je n'en sais rien. Il est parti tout à l'heure, mais il ne m'a pas dit où il allait. Il y a un problème ?

— Appelez le bureau du shérif si jamais il revient, lança Jackson avant de tourner les talons et de remonter dans sa voiture.

La panique le gagnait. Il luttait pour garder son sang-froid et ne pas perdre les pédales. Il avait besoin de réfléchir.

Faute d'avoir trouvé Edward, il alla voir le shérif adjoint. Assis à son bureau, Roger Black dut sentir qu'il se passait quelque chose de grave, parce qu'il se leva, l'air soucieux.

— Que se passe-t-il ? demanda-t-il.

— Maggie a disparu.

— Quoi ? s'exclama Roger en ouvrant des yeux ronds comme des billes.

— Elle a été kidnappée par mon père. Je le sais grâce à la vidéo de surveillance de la maison.

— Votre père ? Mais pourquoi aurait-il enlevé votre coéquipière ?

Comme anéanti par la nouvelle, Roger se laissa retomber de tout son poids dans son fauteuil de cuir.

— Des explications, je vous en donnerai plus tard. Nous avons mieux à faire tout de suite que de parler de mon père et de ce qu'il m'a fait vivre quand j'étais enfant. Tout ce que vous avez besoin de savoir, c'est qu'il a enlevé Maggie, et qu'Edward Bentz est probablement dans le coup.

— Bentz ?

S'il ne s'était pas retenu, Jackson aurait sauté sur Roger pour le secouer.

— Il faut que vous vous bougiez les fesses et envoyiez vos hommes chercher la camionnette de Bentz. Ça urge, vous entendez ?

— Pas la peine de monter sur vos grands chevaux, dit Roger en se levant de nouveau et en venant se planter devant Jackson. Respirez un grand coup, mon vieux, et dites-moi simplement ce que l'on peut faire pour vous.

Jackson prit une grande inspiration et essaya de se calmer.

— Mon père s'appelle Jerrod Revannaugh. Il était en prison à Baton Rouge et a été libéré ce matin. A l'heure qu'il est, il est soit à Kansas City, soit ici, à Mystic Lake. Je pencherais plutôt pour ici, parce qu'à mon avis il a engagé Edward Bentz pour me suivre.

— Qu'est-ce qu'il vous veut ?

— Il veut me tuer. Mais c'est pour Maggie que je m'inquiète. Il l'a enlevée et emmenée Dieu sait où.

— Avez-vous une photo de votre père ?

— Non.

Exaspéré, Jackson soupira. Quand Roger allait-il se décider à faire quelque chose de concret ?

— Vous en trouverez une sur Internet, mais le plus urgent est de retrouver la camionnette de Bentz. Quelque chose me dit que Bentz nous conduira à mon père et à Maggie.

— Je vous demande un instant. Je vais demander à mes hommes de faire le nécessaire.

Il sortit. Jackson supposa qu'il allait donner l'ordre à toutes les patrouilles de se lancer à la recherche de la camionnette de Bentz.

Il fallait faire vite. Tel qu'il connaissait son père, Jackson savait qu'il n'hésiterait pas à tuer Maggie.

En attendant le retour de Roger, il regarda autour de lui, persuadé que ce bureau renfermait sans doute de précieux indices.

Avec un peu de chance, l'une des équipes de Roger allait immédiatement localiser la camionnette de Bentz. Du moins, Jackson l'espérait-il car s'il n'arrivait pas à retrouver Maggie à temps, il serait vraiment un moins que rien.

La honte l'avait empêché de parler de son père à Maggie, de lui dire l'escroc qu'il était, et ce qu'il avait fait. Cette honte risquait maintenant d'entraîner sa mort.

— Non, murmura-t-il, tout retourné à la seule idée de la perdre.

Fermant les yeux un court instant, il repensa à la joie enfantine de Maggie quand elle avait découvert leur luxueuse chambre d'hôtel, à ce rire cristallin dont elle était si économe, à la ferveur avec laquelle elle faisait l'amour — toutes ces choses dont il était tombé éperdument amoureux et dont il lui serait désormais impossible de se passer.

Il rouvrit les yeux, et son regard tomba sur le dessus du classeur à tiroirs. Quelque chose, qu'il n'avait pas remarqué avant, attira son attention.

Une paire de gants noirs.

Des gants de moto.

Il fit le tour du bureau et vit un casque gris caché dessous, à côté de la corbeille à papier. Son sang se figea dans ses veines. Si Roger possédait une moto, pourquoi son nom ne figurait-il pas sur la liste ?

Il repassa de l'autre côté du bureau. Lorsque l'adjoint reparut, Jackson ne le laissa pas regagner son fauteuil.

— Vous avez une moto, adjoint Black ? demanda-t-il.

Roger pâlit.

— Euh, oui, bredouilla-t-il avec un rire forcé. C'est vrai que j'aurais peut-être dû me mettre sur la liste, mais je n'y ai pas pensé. Il faut dire que je m'en sers rarement, de cette moto.

— Que se passe-t-il ? demanda l'adjoint Morsi en entrant dans le bureau.

— Je viens d'apprendre que Roger, ici présent, a une moto, répondit Jackson d'un ton faussement enjoué.

— Oui, il en fait presque tous les jours, mais ça doit bien faire une semaine qu'on ne l'a pas vu dessus, déclara Morsi.

Brusquement, Jackson eut comme un déclic. Il revit le motard lancé à leur poursuite, l'accident de voiture, l'air contrit de Roger quand ils étaient venus lui raconter leur mésaventure. La colère le prit, et il fondit sur Black comme une bête enragée. Il le jeta à terre et commença à l'étrangler.

— Eh, doucement ! s'exclama Morsi, désemparé, en dégainant son arme.

Il semblait bien en peine de savoir lequel des deux hommes il devait viser : son collègue ou l'agent fédéral.

— Vous êtes complice, l'accusa Jackson en resserrant la pression de ses doigts autour du cou de Roger. C'est vous qui avez essayé de nous tuer.

— Je… ne sais pas… de quoi vous parlez, bredouilla Roger, de plus en plus rouge.

— Si vous ne vous décidez pas à parler, je vous étrangle, le prévint Jackson.

Le visage de Roger avait viré à l'écarlate. Il suffoquait et essayait désespérément de faire lâcher prise à Jackson. Comprenant qu'il n'y arriverait pas, il finit par accepter de coopérer.

Jackson le lâcha et se releva, non sans lui avoir au passage subtilisé son revolver.

— Je vous écoute, dit-il au shérif adjoint en pointant l'arme sur lui.

Fred Morsi observait la scène en silence. Alertés par les éclats de voix et les bruits de lutte, d'autres adjoints avaient rappliqué. Mais Jackson n'avait d'yeux que pour Roger.

— Où est Maggie ? demanda-t-il d'un ton impatient.

— Je n'en sais rien.

Assis par terre, l'adjoint se frottait le cou.

Jackson s'approcha de lui et lui colla le canon de son revolver sur le front.

— Mais puisque je vous dis que je n'en sais rien ! gémit Roger. J'ai été engagé par votre père pour vous tuer. Je n'ai jamais demandé à être shérif. Ce que je voulais, moi, c'était partir à la retraite. Mais une somme pareille, ça ne se refuse pas. C'est moi qui vous ai poursuivis à moto. J'étais en contact avec Bentz, qui était chargé de vous filer, mais je vous jure que je ne sais pas où Jerrod a emmené l'agent Clinton.

Jackson recula et remit l'arme de Roger à Morsi.

— Arrêtez cet homme pour tentative de meurtre. Nous verrons par la suite pour les autres chefs d'inculpation.

Il sortit du bureau au moment où Morsi passait les menottes à son collègue. Une fois dans sa voiture, Jackson se rendit compte qu'il ne savait pas où aller.

Et qu'il se sentait pour la première fois totalement démuni. Retenant difficilement ses larmes, il posa son front sur le volant. Où était Maggie ? Etait-elle vivante ? Il haïssait son père, mais ce qu'il détestait le plus au monde, ce qui lui faisait le plus honte, c'était la lâcheté qui l'avait empêché de parler à Maggie de l'homme qui l'avait élevé, de ce père qui était capable de tuer non seulement son fils, mais aussi la femme dont il s'était épris.

15

La lampe torche n'éclairait presque pas. Maggie restait assise en plein milieu, plus ou moins résignée à son sort.

Elle avait essayé de forcer la porte, en vain. Elle avait exploré chaque centimètre carré des murs et du sol sans y trouver la moindre ouverture.

Elle avait fini par admettre qu'elle n'échapperait pas à la mort.

Mais ce constat s'accompagnait d'une multitude de regrets. Elle regrettait de ne pas avoir ri plus souvent, d'avoir laissé passer de belles opportunités professionnelles, et de ne pas avoir su profiter de la vie et de tous ses plaisirs.

Elle aurait dû dire à sa mère qu'elles n'avaient plus un sou, et elle aurait dû l'inciter à vivre plus simplement. Marjorie s'en voulait de ne s'être pas donné plus de bon temps. Et dire qu'elle ne s'était même pas offert le câble !

Cette pensée la fit rire. C'était un rire nerveux, elle le savait. Elle riait pour ne pas pleurer. Pleurer à cause de Jackson et de leur histoire d'amour avortée. Leur liaison n'avait aucune chance d'aboutir, elle ne s'était jamais fait aucune illusion là-dessus. N'empêche que Jackson avait su la mettre en confiance et lui faire prendre conscience qu'elle était parfaitement apte à l'amour.

Elle regrettait de ne pouvoir lui dire une dernière fois qu'elle l'aimait, même si elle se serait probablement abstenue de prononcer des paroles aussi définitives. Car elle était de Kansas City, et lui de Baton Rouge. Il n'y avait pas d'avenir possible pour leur couple. Mais puisqu'elle allait bientôt mourir, elle pouvait bien faire semblant d'y croire.

Elle avait bu une des deux bouteilles d'eau que lui avait laissées Jerrod et hésitait à ouvrir la deuxième. Enfermée dans le noir, elle avait perdu la notion du temps. Elle ne savait ni depuis quand elle était là, ni pour combien de temps encore.

Son instinct lui disait que ce n'était pas dans cette remise qu'elle mourrait, et son seul espoir était de réussir à s'enfuir lorsque Jerrod viendrait la chercher.

Ce qui la dérangeait le plus, c'était de penser que Jerrod allait se servir d'elle pour faire souffrir Jackson. Il allait se débrouiller pour que les sentiments que Jackson éprouvait pour elle deviennent un terrible fardeau, qu'il traînerait toute sa vie avec lui s'il lui laissait la vie sauve ou, dans le cas contraire, qu'il emporterait dans sa tombe.

Elle bondit lorsqu'elle entendit le cliquetis du cadenas. Si elle lui fonçait dessus par surprise, elle arriverait peut-être à le mettre K.-O et à s'enfuir. Rentrant la tête dans les épaules, elle se prépara à se jeter sur Jerrod.

La porte s'ouvrit, et c'est elle qui fut surprise. Elle n'avait pas prévu qu'il ferait déjà nuit, et que Jerrod pointerait sur elle un pistolet.

— N'essayez pas de faire la maligne, ma jolie, dit-il. Que je vous remette à Jackson vivante ou morte ne fait pour moi aucune différence.

Une seconde, elle fut tentée de lui foncer dessus quand même, pour qu'il la tue maintenant afin que Jackson ne soit pas obligé d'assister à sa mort. Mais un infime instinct de survie la retint de justesse. Elle voulait encore croire que, par quelque miracle, Jackson et elle arriveraient à s'en sortir indemnes.

— Tournez-vous, lui ordonna-t-il.

Elle hésita puis obtempéra. Il lui attacha solidement les poignets puis la prit par l'épaule et lui fit faire volte-face.

— Venez, nous avons rendez-vous. Je vous laisse vous asseoir devant, mais à la moindre incartade, je vous assomme. C'est compris ?

Elle acquiesça d'un hochement de tête tandis qu'il la poussait vers un SUV, garé devant la remise. Il ouvrit la portière du côté passager, et elle se glissa à l'intérieur en grimaçant parce que, avec les bras attachés dans le dos, ce n'était pas très confortable.

Il monta à son tour et mit le contact en rouspétant.

— Tout cela aurait été beaucoup plus simple s'il avait été

encore possible d'engager des gens compétents. Mais aujourd'hui, on n'a affaire qu'à des branquignols. Black a eu deux occasions de vous tuer et il vous a ratés les deux fois.

— Black ? *Roger* Black ? demanda-t-elle, stupéfaite.

Jerrod pouffa.

— Vous n'imaginez pas à quel point il est facile d'acheter quelqu'un d'aussi cupide.

A aucun moment, ils n'avaient suspecté le shérif adjoint. Mais si Jerrod n'avait jamais entendu parler d'Amberly et de Cole, Black n'avait probablement rien à voir avec leur disparition. Auquel cas, Jackson avait raison de penser que les fusillades les visaient eux personnellement et n'étaient pas liées à l'enquête en cours.

Ce qui signifiait qu'ils n'avaient toujours rien sur la disparition du couple, et ce qui la confortait dans l'idée que cette affaire avait un lien avec celle sur laquelle Jackson enquêtait à Bachelor Moon.

Ils parcoururent quelques kilomètres puis Jerrod s'arrêta et se gara. Marjorie avait les nerfs à vif.

Elle aurait été incapable de dire où ils se trouvaient car il faisait nuit. Sans doute encore en rase campagne ; s'il y avait eu des habitations dans le coin, elle aurait vu de la lumière.

Jerrod sortit son téléphone de sa poche et décocha à la jeune femme un petit sourire diabolique.

— Je sens qu'on va bien s'amuser, dit-il en composant un numéro.

Jackson avait eu beau patrouiller dans toutes les rues de Mystic Lake, la camionnette d'Edward Bentz n'était nulle part en vue. Ni lui ni les adjoints ne l'avaient trouvée.

Au fur et à mesure que la nuit tombait, il était de plus en plus démoralisé. Son père avait peut-être tout manigancé depuis le début. Son plan consistait vraisemblablement à enlever Maggie et à faire en sorte que Jackson ne la retrouve jamais.

Etait-il assez cruel pour laisser l'incertitude le ronger comme la gangrène ? Il n'y avait pas pire torture que ne pas savoir ce qui lui était arrivé, si elle était vivante, si Jerrod l'avait tuée, et si elle avait souffert.

Jackson avait appelé plusieurs fois Fred Morsi, qui était

shérif adjoint maintenant que Roger était derrière les barreaux. Fred n'avait pas réussi à extorquer d'autres aveux à Roger, qui continuait à jurer ses grands dieux qu'il ne savait pas où étaient Jerrod, Edward ou Maggie.

Le moral à zéro, Jackson était revenu à son point de départ. Il s'était garé devant le bureau du shérif et se demandait que faire, où aller, qui appeler. Il refusait de baisser les bras et de s'abandonner au chagrin. Tant qu'il y avait de la vie, il y avait de l'espoir, se répétait-il à l'envi pour se redonner du courage. Jusqu'à preuve du contraire, Maggie n'était pas morte.

Il sursauta lorsque son téléphone sonna. Il s'empressa de le sortir de sa poche.

— Revannaugh, j'écoute ? dit-il en prenant l'appel.

— Tiens ! Un Revannaugh qui parle à un Revannaugh.

En reconnaissant la voix de son père, Jackson sentit la colère et la haine monter en lui. Mais il savait que ce n'était pas le moment de perdre son sang-froid.

— Où est-elle ? demanda-t-il.

— L'adorable agent Clinton est juste à côté de moi.

Jackson pressa le téléphone contre son oreille.

— Si tu lui as fait du mal, je te tue, tu m'entends ?

Jerrod eut un rire moqueur.

— C'est un peu présomptueux de la part d'un homme qui n'est pas en position de force.

— Qu'est-ce que tu veux, Jerrod ?

Jackson connaissait déjà la réponse à cette question. Il voulait juste en avoir la confirmation.

— As-tu idée des ignominies que j'ai endurées au cours des six dernières années ? Un gaillard comme moi, enfermé jour et nuit avec des pervers ? Et c'est mon propre fils qui m'a fait jeter en prison.

— Avec ou sans moi, tu y serais allé de toute façon, rétorqua Jackson.

— Tu m'as donné le coup de grâce en témoignant contre moi. Tu veux récupérer ta petite amie ? Retrouve-moi dans trente minutes sur la rive nord du Mystic Lake. Et surtout, viens seul, comme ils disent dans les films.

— C'est noté.

Jackson rempocha son téléphone, mit le contact et prit la direction du lac, qui avait donné son nom à la ville.

Il ne savait pas ce que son père mijotait. Pourquoi lui donnait-il rendez-vous sur la rive du lac ? Avec le clair de lune, il pouvait difficilement espérer se fondre dans la nuit en cas de besoin.

Il ne savait pas si son père serait seul avec Maggie, ou si Edward Bentz serait là pour le couvrir. Il ne savait pas non plus si Maggie était vivante. Jerrod ne l'avait pas précisé.

La seule chose qui était sûre, c'était qu'un seul Revannaugh reviendrait ce soir des rives du Mystic Lake. Jerrod ne lui laissait pas le choix. Pour sauver Maggie, Jackson allait être obligé de le tuer. Sinon, c'était lui qui mourrait, car son père n'hésiterait pas une seconde à l'éliminer.

Sur la rive nord du lac dont les eaux calmes miroitaient au clair de lune, il y avait un bosquet assez épais. C'est là que Jackson alla se garer. Puis il descendit de sa voiture, arme au poing.

Il faisait terriblement lourd, et le silence était oppressant. On aurait dit que mère Nature savait qu'il allait y avoir du grabuge et avait mis les insectes et les animaux nocturnes à l'abri.

La peur lui nouait les entrailles. Il regarda à droite puis à gauche, se demandant d'où son père allait arriver, et s'il n'était pas déjà là.

Jackson avait fait l'erreur de venir seul. Mais il se méfiait du bureau du shérif comme de la peste depuis que le shérif adjoint s'était révélé être un tueur à gages.

Il prit son téléphone et appela l'agent Adam Forest. Maggie lui avait donné son numéro, à n'utiliser qu'en cas d'urgence. Etant donné les circonstances, il lui semblait légitime d'appeler Adam à la rescousse.

En quelques mots, il lui expliqua la situation et raccrocha. Il faudrait vingt à trente minutes à Adam pour arriver. Jerrod serait là dans moins de dix minutes.

Dix minutes qui n'en finissaient pas de s'écouler et qui lui parurent durer une éternité. Il profita de cette attente interminable pour faire le vide dans son esprit et évacuer toute espèce d'émotion. Il ne devait pas considérer Jerrod comme son père et Maggie comme sa coéquipière ou sa petite amie. C'était à un ravisseur et à son otage qu'il allait avoir affaire. S'il voulait être efficace, s'il voulait que l'opération se termine bien, c'était le raisonnement qu'il devait tenir.

Malgré la moiteur de l'air, Jackson avait presque froid. Un grand calme s'était emparé de lui. Lorsqu'il vit arriver un SUV, ses doigts se crispèrent sur la crosse de son revolver.

Le véhicule s'arrêta non loin de lui, tous phares allumés. Il dut plisser les yeux pour y voir quelque chose. Le conducteur descendit. A sa haute taille, Jackson reconnut son père. Il ne tirerait pas sur lui tant qu'il ne saurait pas où était Maggie.

Il ne resta pas longtemps dans l'expectative car Jerrod contourna la voiture pour aller ouvrir la portière du côté passager. Il fit descendre sa prisonnière et avança vers Jackson en la poussant devant lui, se servant d'elle comme d'un bouclier. D'une main, il la tenait par le cou, et de l'autre, il visait Jackson avec son pistolet.

— Lâche-la, ordonna Jackson en fixant son père.

Il se garda bien de regarder Maggie pour ne pas risquer de perdre ses moyens.

— Lâche d'abord ton arme, répliqua Jerrod.

— Quand tu auras lâché la tienne et libéré Maggie. C'est plus logique dans ce sens.

Tout en se tenant prêt à tirer sur son père, Jackson dut soudain lutter contre un afflux de souvenirs parasites. Il revit Jerrod lui apprendre à faire du vélo, lui acheter une glace et l'emmener au cinéma.

Le monstre était parfois un père presque comme les autres. Mais Jackson n'avait jamais été dupe. Il savait de quoi son père était capable, quel sale type il était.

— Lâche Maggie, et nous repartirons chacun de notre côté, lança-t-il à l'esbroufe, car il n'avait pas l'intention de laisser son père s'en tirer comme ça.

Jerrod ricana.

— Tu parles ! Je sais très bien que tu ne me laisseras pas repartir, et tu dois bien te douter que je n'ai pas l'intention de te laisser t'en aller non plus. J'ai ruminé ma vengeance pendant des années. Tu m'as trahi et tu vas me le payer.

Il déplaça le canon de son arme, qu'il pressa contre la tempe de Maggie.

— Si je la tue, tu comprendras peut-être à quel point tu m'as déçu.

Jackson s'autorisa à regarder Maggie. Contre toute attente, elle semblait calme, presque résignée.

— Si tu tires sur Maggie, je te tue ! le menaça Jackson d'une voix qu'il espéra calme et résolue.

Comme s'il hésitait à le prendre au sérieux, Jerrod le dévisagea un long moment. Puis il le mit en joue.

— En ce cas, c'est toi que je vais tuer en premier, déclara-t-il. Puis ce sera le tour de ta partenaire.

Un coup de feu retentit ; Jerrod poussa un cri de douleur et lâcha son arme, puis il s'effondra sur le sol en se tenant la cuisse.

— Tu m'as tiré dessus, l'accusa-t-il.

— Non, ce n'est pas moi.

Tandis que Maggie courait vers Jackson, l'agent Adam Forest surgit de derrière le SUV. En passant à côté de Jerrod, qui se tordait de douleur par terre, il donna un coup de pied dans son revolver pour le mettre hors de sa portée.

— On dirait que je suis arrivé au bon moment, dit-il avec un sourire à l'intention de Jackson. Tuer son propre père est un fardeau bien trop lourd à porter.

— Je suis en train de me vider de mon sang, geignit Jerrod. Pour l'amour de Dieu, aidez-moi !

Adam s'approcha de lui et se baissa pour jeter un coup d'œil à sa blessure.

— Arrêtez de faire votre chochotte. La balle n'a fait que vous effleurer. Vous n'en mourrez pas, dit-il en se relevant. Je vais prévenir les autorités.

Jackson acquiesça d'un hochement de tête, ébahi par la promptitude de cette intervention. Il fallut qu'il prenne Maggie dans ses bras pour réussir à sortir de sa torpeur et briser la froide enveloppe dont il avait recouvert son cœur pour pouvoir affronter son père sans le moindre état d'âme.

Il prit son visage entre ses mains.

— Ça va ? demanda-t-il. Tu n'as rien ?

— Tout va bien. Mais j'apprécierais beaucoup que tu détaches mes poignets pour que je puisse moi aussi te serrer dans mes bras.

Il la fit pivoter et, d'un coup de canif, il la débarrassa du chatterton qui liait ses poignets. Elle fit volte-face et se jeta à son cou en se pressant contre lui.

— J'ai eu tellement peur pour toi, murmura-t-elle blottie contre son torse.

— Et moi pour toi, répondit-il en caressant ses cheveux et son dos, et en respirant son parfum.

— Je n'étais pas tranquille non plus, intervint Adam. J'ai roulé à tombeau ouvert pour arriver le plus vite possible et j'ai bien cru que Jerrod Revannaugh allait tuer Jackson avant que je puisse lui tirer une balle dans la cuisse.

Jackson jeta un coup d'œil à son père, toujours à terre, et menotté. Puis il regarda de nouveau l'agent Forest.

— Je vous dois une fière chandelle. Je ne sais pas comment vous remercier.

— Je n'ai fait que mon travail.

Brusquement, le hurlement des sirènes de la police déchira l'air.

— J'ai appelé le FBI et la police locale, expliqua Adam Forest. D'après ce que j'ai entendu dire, le bureau du shérif de Mystic Lake va faire l'objet d'une restructuration.

Songeant à Roger Black, Jackson hocha vigoureusement la tête.

— Tant mieux, parce que dernièrement ils ont effectivement eu quelques problèmes de personnel. Mais rien de ce qui s'est passé ici ce soir n'a de rapport avec la disparition du couple Caldwell.

Maggie se serra contre lui.

— N'y pensons pas maintenant. Réjouissons-nous plutôt d'être encore en vie tous les deux et de savoir que ton père va retourner en prison probablement pour un bon bout de temps.

Plusieurs voitures arrivèrent au même moment, et une dizaine de policiers et d'agents du FBI en descendirent. Quelques instants plus tard, Maggie se retrouva assise à l'arrière de la voiture de son directeur.

Daniel Forbes l'interrogea sur les derniers événements et sur ses liens éventuels avec le père de Jackson. Elle lui expliqua qu'elle n'avait jamais vu Jerrod Revannaugh avant qu'il se présente à sa porte.

Jerrod avait été emmené à l'hôpital, où sa blessure allait être soignée. Ensuite, il serait enfermé dans une cellule de détention à Kansas City en attendant d'être jugé.

Marjorie répondit du mieux qu'elle le put à toutes les questions de son directeur qui, l'interrogatoire terminé, lui proposa de la ramener chez elle. Comme Jackson n'était nulle part en vue, elle accepta.

Lorsqu'elle arriva, elle constata que Jackson n'était pas encore rentré. Après avoir soigneusement verrouillé la porte d'entrée et rebranché le système de sécurité, elle s'effondra sur le canapé pour essayer de faire le point sur cette soirée pour le moins mouvementée.

Elle comprenait mieux, maintenant, pourquoi Jackson était aussi peu disposé à parler de son père, et pourquoi il avait quitté la maison à seize ans et tout fait pour se démarquer de ce père dont il réprouvait les agissements.

Entre eux, ce soir, les choses auraient pu très mal tourner si Adam n'était pas arrivé à temps. Dans le meilleur des cas, Jackson aurait tiré sur son père, ce qu'il se serait sans doute ensuite reproché toute sa vie. Jerrod, lui, n'aurait probablement eu aucun scrupule à tirer sur son fils…

Elle se leva lorsqu'elle entendit une clé tourner dans la serrure. Jackson entra, désamorça le système de sécurité puis referma la porte derrière lui et se tourna vers elle, les bras grands ouverts.

Elle courut vers lui, impatiente de se blottir contre lui et d'oublier dans la chaleur de ses bras la tension des dernières heures. Il la serra fort, et ils restèrent un long moment sans parler, à jouir simplement de ce moment d'intimité volé à l'éternité.

Jackson finit par la lâcher et, main dans la main, ils regagnèrent le canapé, sur lequel ils s'assirent côte à côte.

— J'aurais dû te prévenir, dit-il d'un ton contrit en fixant la table basse. Mais jamais je n'aurais pensé que mon père chercherait à se venger. D'autant plus que je le croyais en prison. Si au moins j'avais pu me douter qu'il allait être relâché…

Lorsqu'il se décida à affronter son regard, ses yeux étaient deux lacs sombres. Maggie ne dit rien ; elle sentait qu'il avait besoin de vider son sac.

— C'était un escroc, un beau parleur qui aurait pu dépouiller ta mère de toutes ses économies. Il s'est marié six fois et après chaque divorce, il se retrouvait un peu plus riche aux dépens de sa victime, à qui il ne restait que ses yeux pour pleurer. Connaissant ton histoire, je ne voulais pas que tu saches que j'avais hérité de son physique avantageux. Je craignais tellement que tu ne penses que je lui ressemblais aussi moralement.

— Ne dis donc pas de bêtises, dit-elle en prenant sa grande main puissante dans les siennes. Je vois bien que tu n'es pas comme ton père. Si tu étais un escroc, tu ne t'intéresserais pas à moi, qui n'ai pas un sou. Ou alors tu aurais manqué de jugeote et complètement perdu ton temps, ajouta-t-elle avec un sourire malicieux.

Il esquissa un vague sourire et retira sa main d'entre les siennes.

— J'ai été rappelé à Baton Rouge.

— Quand dois-tu rentrer ? demanda-t-elle, stupéfaite.

— Je prends le vol de 10 heures demain matin.

— Mais l'enquête n'est pas terminée. Nous n'avons toujours pas retrouvé Amberly et Cole, protesta-t-elle faiblement.

— Il est admis maintenant que les deux affaires sont probablement liées. L'agence locale du FBI va continuer d'enquêter ici, à Kansas City, mais moi, je repars demain.

Et voilà ! songea-t-elle, fataliste. Ce moment qu'elle redoutait tant était arrivé : demain, Jackson sortirait de sa vie. Il rentrerait à Baton Rouge, ferait de nouvelles conquêtes et l'oublierait en un rien de temps.

— Je suis si triste de te voir partir, lui confia-t-elle doucement.

— Alors viens avec moi, suggéra-t-il en l'attirant contre lui. Je suis sûr que tu n'as pas pris tous tes congés. Es-tu même partie une seule fois en vacances depuis que tu es entrée au FBI ? Je parie que non. Viens avec moi, Maggie. Je serais si heureux de te faire visiter ma ville et de te montrer à quel point je t'aime.

Elle le dévisagea, s'attendant à voir briller dans ses yeux une lueur de malice. Mais il n'avait pas du tout l'air de plaisanter. Il semblait très sérieux, au contraire, et terriblement amoureux.

— Je t'aime, Maggie. Je t'aime comme je n'ai encore jamais aimé. Je veux te gâter, te rendre heureuse. Viens passer quelques jours avec moi à Baton Rouge pour te faire une idée de ce que serait notre vie si tu acceptais de t'y installer. Tu pourrais te faire muter ; nous achèterions une grande maison avec un studio indépendant pour ta mère. Ce serait bien.

Marjorie s'écarta un peu de lui, comme si elle craignait que son bel enthousiasme ne soit contagieux. N'était-ce pourtant pas ce qu'elle voulait ? Qu'il l'aime autant qu'elle l'aimait ? Tout cela lui semblait cependant un peu prématuré. Jackson allait beaucoup trop vite. Il lui donnait le tournis.

— Jackson, je… je ne sais pas quoi dire.

Il la contempla pendant une longue minute.

— Je crois que tout est dit, répondit-il, le regard sombre. Je vais aller préparer mes affaires.

Il se leva du canapé.

— Il faut que je sois à l'aéroport vers 8 h 30. Tu pourras m'y conduire ou je dois réserver un taxi ?

— Je t'y conduirai, bien sûr.

— A demain matin, alors.

Il tourna les talons et alla dans sa chambre, dont il referma la porte derrière lui.

Elle resta assise sur le canapé, lourde de tous les mots qu'elle n'avait pas prononcés et de milliers de regrets. Mais c'était pure folie de croire que Jackson et elle pourraient un jour vivre ensemble. Ce n'était pas dans l'ordre des choses. Jackson était venu pour enquêter avec elle, pas pour l'épouser.

Avant d'être Maggie, sa petite amie, elle était Marjorie Clinton, un agent fédéral de Kansas City irréprochable dans son travail et peu encline à prendre des risques dans sa vie privée.

Le trajet jusqu'à l'aéroport se déroula dans un silence pesant. Jackson savait que Maggie l'aimait. Elle lui avait fait part de ses sentiments et avoué qu'il tenait désormais une grande place dans son cœur. Une place qu'elle ne souhaitait cependant pas voir s'épanouir davantage.

Il n'avait pas de chance : pour une fois qu'il tombait amoureux, l'objet de sa flamme refusait de s'investir autant que lui dans la relation. Il faisait donc simultanément l'expérience de l'amour et du chagrin d'amour, deux choses qui lui étaient tombées dessus par surprise. Mais en venant à Kansas City, il était évidemment loin de se douter qu'il allait rencontrer la femme de sa vie.

Lorsqu'ils arrivèrent au terminal A, elle se dirigea vers le dépose-minute et s'arrêta. Elle sortit du véhicule tandis qu'il sortait de son côté et récupérait son sac sur le siège arrière.

Elle le rejoignit sur le trottoir. Elle portait un chemisier jaune qui faisait ressortir le blond cuivré de sa chevelure, et le jean noir qu'il lui avait acheté quand ils avaient dormi à l'hôtel. Elle lui manquait déjà.

— Eh bien, c'est ici que nos chemins se séparent, dit-elle d'un ton désinvolte qui sonnait terriblement faux. Tu as ton billet ? Tu as ta carte d'embarquement ?

— Oui, j'ai tout ce qu'il me faut.

A part toi, se retint-il d'ajouter.

— Au revoir, Maggie, dit-il sobrement.

Avant de pouvoir s'en empêcher, il lâcha son sac, la prit dans ses bras et l'embrassa avec fougue, en y mettant toute la passion et toute la tendresse qu'il ressentait pour elle.

Puis il la lâcha, ramassa son sac et, sans la regarder, franchit les portes vitrées du terminal.

Il passa sans encombre les contrôles de sécurité puis s'assit dans un des fauteuils capitonnés de la salle d'embarquement pour attendre tranquillement le départ de son vol.

Il avait peut-être eu tort de la bousculer. Maggie l'aimait ; il n'avait aucun doute là-dessus. Et entre eux, désormais, il n'y avait plus de secrets. Elle savait que son père était un sale type, mais elle ne faisait aucun amalgame entre eux. Elle l'aimait pour ce qu'il était et ne lui reprochait pas le père qu'il avait.

Il aurait peut-être dû demander quelques jours de congé à son directeur et prolonger un peu son séjour à Kansas City. Il se rendait bien compte qu'il avait brûlé les étapes. Il aurait dû passer plus de temps avec Maggie avant de l'inciter à tout quitter et à le suivre à Baton Rouge.

Il la connaissait. Il savait qu'elle n'était pas du genre à se laisser dicter sa conduite. Il s'y était vraiment mal pris.

Et s'il annulait son vol et allait la retrouver ?

Le cœur battant, il se leva de son siège juste au moment où Maggie arrivait vers lui en courant. Il la fixa, surpris, se demandant ce qu'elle faisait là.

— J'ai un billet, déclara-t-elle. Je viens avec toi.

Elle était toute contente et riait comme une gamine.

— Je n'ai aucun vêtement de rechange, même pas une brosse à dents, mais je m'en fiche. Je ne veux pas que tu partes sans moi.

Abasourdi, il se laissa retomber sur son siège.

— Je me levais pour aller faire annuler mon billet, dit-il. Je ne voulais pas te quitter. Qu'est-ce qui t'a fait changer d'avis ?

Elle s'assit dans le siège voisin du sien.

— Pendant les quelques heures que j'ai passées assise dans le noir, dans cette espèce de remise dans laquelle m'avait enfermée ton père, et de laquelle je n'étais pas sûre de ressortir vivante, j'ai été assaillie par de nombreux regrets. J'ai regretté, entre autres, de ne pas avoir pris plus de risques dans ma vie personnelle. C'est pourquoi j'ai décidé de miser sur toi, sur nous, dit-elle en lui prenant la main. Je t'aime et j'ai envie de donner une chance à notre relation. J'ai besoin d'un homme qui sache me faire rire et dont les baisers me chamboulent, d'un séducteur au regard de velours et au sourire ravageur.

— Je crois que tu l'as trouvé.

Se levant, Jackson la fit se lever à son tour et la prit dans ses bras. Comme il l'embrassait avec fougue, elle eut soudain la certitude absolue qu'ils étaient faits l'un pour l'autre, et que d'une manière ou d'une autre, la magie qui s'opérait entre eux allait durer toute la vie. Ce que Natalie Redwing appelait « énergie primitive » n'était en fait ni plus ni moins que de l'amour.

LINDA WINSTEAD JONES

Captive d'un étranger

BLACK ROSE

HARLEQUIN

Titre original : THE SHEIK AND I

Traduction française de CLAIRE BARBEZAC

Ce roman a déjà été publié en octobre 2009

83-85, boulevard Vincent-Auriol, 75646 PARIS CEDEX 13.
Service Lectrices — Tél. : 01 45 82 47 47
www.harlequin.fr

1

Depuis le balcon, Kadir contemplait les reflets du soleil sur les ondes transparentes, dans la lumière matinale. La villa dominait la mer et, d'habitude, le point de vue était idéal pour admirer le yacht amarré tout près. Mais depuis quelques jours, le bateau avait levé l'ancre avec tout l'équipage en direction des côtes de Silvershire.

Le jet privé attendait déjà sur le petit aéroport, prêt à emmener Kadir, sa suite et ses gardes du corps à Silvershire dès le début de l'après-midi, où il commencerait sa croisière. Cette fois, il ne ferait pas le voyage uniquement pour assister au grand gala annuel des donateurs, mais surtout pour rencontrer lord Carrington, visiblement appelé à monter sur le trône. Le vieux roi était très malade, et son fils unique, le prince Reginald, avait péri dans des circonstances fort mystérieuses quelques mois plus tôt. Les rumeurs au sujet de ce décès soudain allaient bon train, mais Kadir n'avait pas pour habitude de prêter l'oreille à ce genre de bruits.

Et puis, à la vérité, il se moquait bien de savoir qui allait régner sur Silvershire : la seule chose qui comptait, c'était d'établir une alliance avec le prochain souverain, quel qu'il soit, afin de renforcer Kahani. N'importe quelle relation, n'importe quelle nouvelle amitié serait bonne à prendre et ferait progresser Kahani d'un pas de plus dans l'ère moderne. De toute son âme, Kadir voulait voir son pays embrasser le XXIe siècle, dans la dignité et la confiance.

Mais certaines personnes auraient préféré inverser le mouvement du temps et faire revenir Kahani à une époque ancestrale. Il ne s'agissait certes pas de la majorité des citoyens, qui ne demandaient rien d'autre que la paix et la prospérité. Malgré tout, quelques dissidents ne l'entendaient pas de cette oreille et envisageaient l'avenir comme une suite de batailles sans fin. A cette pensée, Kadir sentit sa gorge se nouer. Ces dissidents n'étaient pas nés d'hier, et il y avait bien longtemps que ce Zahid Bin-Asfour s'obstinait à refuser la démocratie. Quinze ans et quatre mois, pour être précis.

Kadir savait que l'une des meilleures réponses résidait dans une alliance forte avec les grandes et petites démocraties du monde entier. Mais ce n'était pas la seule raison pour laquelle il souhaitait tant voir lord Carrington. Les services secrets lui avaient révélé que Zahid avait rencontré le défunt prince Reginald trois jours avant sa mort. Kadir ignorait sur quoi reposait cette rencontre, mais si lord Carrington avait lui-même été alerté sur ce sujet par ses propres services… Un entretien sous forme d'échange d'informations pourrait s'avérer fort utile aux deux pays.

Tandis qu'une silhouette bien familière approchait en contrebas, sur la plage, Kadir sourit et regarda le vieux Mukhtar qui portait un panier probablement rempli de citrons, de raisins et d'amandes fraîches. Kadir raffolait des amandes fraîches… Le marchand venait livrer fruits et légumes plusieurs fois par semaine.

Les gardes du corps en faction autour de la villa étaient habitués à ses visites, et Kadir lui sourit avant de froncer les sourcils devant la mine sombre du vieil homme, dont la légendaire bonne humeur semblait s'être volatilisée.

— Bonjour, Mukhtar ! lança-t-il en le voyant approcher du balcon.

Les sandales de l'homme laissaient de profondes empreintes dans le sable chaud, et il baissait la tête avec respect.

Il s'arrêta soudain, sans relever les yeux.

— Tout va bien ? s'enquit Kadir en descendant les quelques marches du balcon pour le rejoindre. Vous semblez très pâle… Voulez-vous que j'appelle un médecin ?

Enfin, Mukhtar releva la tête, et Kadir découvrit avec stupéfaction qu'il avait les larmes aux yeux.

— Je suis tellement désolé, répondit-il d'une voix altérée par l'émotion. Je n'avais pas le choix, vous devez le comprendre… Ils ont pris mes enfants. Mes filles et mon fils. Et mon petit-fils, qui n'est qu'un bébé.

Il se mit à trembler de tous ses membres et ajouta :

— Je suis obligé de faire ce qu'ils demandent. Pardonnez-moi.

Kadir perçut trop tard la vibration dans le grand panier de Mukhtar. Un panier qui ne contenait pas les habituels fruits et légumes. Un panier relié à des menottes dissimulées sous les manches de Mukhtar, et que Kadir venait seulement de repérer…

Tout en avançant encore d'un pas vers le vieil homme, Kadir se demanda si l'explosif était équipé d'un système automatique ou si Mukhtar devrait le déclencher lui-même. Le sang-froid de Kadir était légendaire. Et bien sûr, cette qualité n'était pas étrangère à son accession au poste de ministre.

— Laissez-moi vous aider, plaida-t-il d'un ton calme. La garde du roi peut sauver votre famille. Et vous devez vous douter que ceux qui ont fait ça n'ont aucun sens de l'honneur. Un homme qui kidnappe des innocents pour vous contraindre à sa volonté ne relâchera pas ses victimes, quoi que vous fassiez.

Mukhtar recula d'un pas.

— Il a dit que ce serait votre réponse… Il m'a demandé aussi de vous rappeler que vous ne pourriez pas *la* sauver.

Kadir serra les dents.

Zahid.

Ces dernières années, le traître se cachait dans des pays frontaliers. Etait-il de retour à Kahani ? Etait-il en train de les observer, en ce moment ? Et pourquoi avait-il besoin de le supprimer *maintenant* ? Quoi qu'il en soit, il ne se laisserait pas intimider, résolut Kadir.

— Tout ça appartient au passé, déclara-t-il. Une seule chose importe en ce moment : sauver votre famille. Je peux faire venir des experts en explosifs en deux minutes. Ils sauront vous libérer, désarmer la bombe et commencer à chercher vos enfants. C'est vous qui avez le choix, maintenant : vous pouvez m'aider à en finir avec la tyrannie d'un fou furieux qui cherche à nous entraîner dans la barbarie, et devenir ainsi un héros.

Dès que le regard de Mukhtar rencontra le sien, Kadir comprit que le pauvre homme avait déjà pris sa décision.

— Ne vous approchez pas, dit-il en reculant encore d'un pas, puis d'un autre. Je ne savais pas quoi faire, Excellence… Oh, pardonnez-moi. Je ne suis qu'un vieil imbécile…

— Bien sûr que non, vous…

Le reste de sa phrase mourut sur ses lèvres, tandis qu'il regardait le malheureux courir à toutes jambes sur la plage en direction de la mer.

Visiblement alertés par son étrange comportement, les gardes s'engagèrent à sa poursuite.

— Ne tirez surtout pas ! hurla Kadir quand il les vit sortir leurs armes.

Bon sang, le malheureux se rendait-il compte qu'il était le seul à menacer sa propre vie ?

A l'instant où il atteignit la mer, Mukhtar se retourna pour regarder Kadir droit dans les yeux. Puis il plongea une de ses mains dans le panier.

— Non ! cria Kadir.

Trop tard. L'explosion déchira l'air sec de cette tranquille matinée, et la déflagration propulsa les gardes sur le sol. Par chance, ils étaient encore assez loin pour ne pas être blessés. Enfin, apparemment, conclut Kadir en ignorant les sifflements terribles qui l'assourdissaient. Un nuage s'était formé au-dessus de l'endroit où se trouvait Mukhtar. Dès qu'il vit ses hommes se redresser, indemnes, Kadir détourna les yeux et gravit les marches du balcon. Déjà, des serviteurs et divers membres du bureau politique s'étaient rués aux fenêtres pour tomber sur cette vision d'horreur.

Kadir ne voulait pas se retourner. Il ne tenait pas à voir ce qui restait d'un homme honnête et respectable. Serrant les poings, il s'approcha de Hakim, son secrétaire.

— Appelle tout de suite Sharif pour moi.

Sharif Al-Asad était l'un des plus hauts fonctionnaires du ministère de la Défense. Et aussi un officier de l'armée. Bien des années plus tôt, Kadir avait travaillé avec lui, mais leurs carrières respectives avaient pris des directions sensiblement différentes, quoique complémentaires. Ils demeuraient les meilleurs amis du monde. Si leurs méthodes n'étaient décidément pas les mêmes, ils partageaient un objectif commun.

Hakim hocha aussitôt la tête avant de se précipiter vers son bureau.

Les autres restaient immobiles sur le balcon, stupéfaits par la violence de la scène, parvenant à peine à en croire leurs yeux : oui, un malheureux vieil homme venait de se donner la mort.

Et Kadir n'était pas parvenu à l'en empêcher.

Il avait accompli bien des sacrifices pour son pays. A trente-six ans, il n'avait ni femme, ni enfants. Il avait accumulé les conquêtes féminines, mais il finissait toujours par s'ennuyer. Et il n'était pas question de choisir une épouse à l'aveugle : ce genre de pratiques devait être définitivement banni de la culture du pays.

Ses parents étaient morts, et tous ses frères et sœurs menaient désormais une vie de famille. Kadir savait très bien pourquoi il était incapable de se concentrer sur la dimension privée de son existence : tant qu'il n'aurait pas débarrassé son pays de Zahid Bin-Asfour, il serait incapable de songer à autre chose.

Comme le téléphone sonnait, il s'extirpa de ses pensées et écouta Hakim lui annoncer que Sharif était en ligne.

Aussitôt, il lui exposa la situation et le pria de tout mettre en œuvre pour retrouver la famille de Mukhtar. Cet effroyable accident faisait sourdre en lui une colère blanche. Dire que ce satané Zahib et ses sbires étaient si peu nombreux… Il y avait de quoi enrager. Une minuscule faction parvenait à semer la terreur et à empêcher un pays tout entier de vivre dans la paix et la tranquillité.

Mais Zahid Bin-Asfour ne parviendrait pas à livrer bataille contre le monde entier, et à force de consolider ses alliances avec les pays proches, Kadir finirait bien par le neutraliser.

Définitivement.

— C'est un quoi ? demanda Lexie en faisant un bond sur son fauteuil.

Cassandra soupira en dévisageant sa sœur, dont la visite imprévue tombait vraiment au plus mal.

— Un cheikh, répéta-t-elle.

— Un cheikh ! reprit Lexie en joignant les mains, un sourire ravi aux lèvres. Un cheikh à la peau ambrée, qui emporte les belles demoiselles sur son cheval blanc… Bravo, Cass ! Quelle pioche ! Alors quelle est l'ombre au tableau : il est déjà marié ? Très vieux ? Affreux ?

Des quatre sœurs Klein, Lexie était probablement la plus directe. Et la moins diplomate ! Fort heureusement, cette spécialité revenait à Cassandra, cadette d'Alexis Margaret Klein — dont la seule activité consistait ces temps-ci à se trouver un quatrième époux.

Cassandra Rose Klein ne lui ressemblait pas. Extrêmement ambitieuse, elle espérait contribuer à rendre le monde meilleur, à sa modeste part, et n'avait jamais songé à voir son avenir sous la forme d'un homme, et encore moins d'une suite interminables de maris, comme sa sœur.

— Il est célibataire, expliqua-t-elle en passant à celle-ci le dossier qu'elle étudiait encore un moment plus tôt devant sa première tasse de café. Et il n'est pas vieux.

Lexie ouvrit la chemise et s'arrêta sur la série de photos.

— Ouah ! Il n'est pas affreux du tout !… « Son Excellence le cheikh Kadir Bin Arif Yusef Al-Nuri, Haute Autorité des relations internationales auprès du ministère des Affaires étrangères de Kahani ».

Relevant la tête, elle fronça les sourcils.

— Mazette. Il faut que tu mémorises tout ça ?

— Oui.

— Et comment vas-tu l'appeler ? Kadir ? Arif ? Yusef ? Mon chou ?

— Je lui donnerai du « Excellence », à moins qu'il m'invite à l'appeler « cheikh Kadir », répliqua Cassandra en soupirant.

Lexie parcourut distraitement le reste du dossier, s'arrêtant sur tous les éléments sans intérêt et laissant l'essentiel de côté. Visiblement, elle se fichait bien de savoir ce qu'avait accompli Al-Nuri pour son pays, ou de comprendre la manière dont il envisageait l'avenir. Lexie n'avait jamais été intéressée par la politique. En cet instant, elle se concentrait sur l'apparence d'Al-Nuri. Mieux valait que Cassandra ne fasse aucune allusion à son compte en banque…

— Comment as-tu fait pour obtenir une mission pareille ? reprit Lexie. Je sais bien qu'en politique, tout est affaire de tractations ! C'est une promotion canapé offerte par ton patron ?

Cassandra éclata de rire.

— Mon patron est une toute petite femme assez âgée pour être notre grand-mère !

— Mais dans ton bureau, toutes les huiles de la diplomatie ont dû se battre pour décrocher le contrat, non ? Veiller au bon séjour du cheikh durant plus d'une quinzaine de jours, ce n'est pas un travail très déplaisant !

Cassandra prit une longue inspiration pour déclarer avec calme :

— J'ai été choisie parce que je parle l'arabe couramment et que je connais très bien la culture de Kahani. Alors ne laisse pas ton imagination s'emballer, s'il te plaît. Ma relation avec Al-Nuri sera strictement professionnelle.

— Mais avec toi, Cass, *tout* est toujours « strictement professionnel » ! protesta sa sœur. Tu n'en as pas assez, au bout d'un moment ?

— Je ne suis pas entrée aux Affaires étrangères pour rencontrer des hommes !

— Tu ne me feras pas croire que tu ne trouves pas ce cheikh au moins un peu séduisant, insista Lexie, imperturbable.

Cassandra conserva un ton égal.

— Peu importe qu'il soit séduisant ou non.

— Au contraire, c'est très important ! Tu as vingt-cinq ans, et il y a des siècles que tu n'as pas eu une relation sérieuse avec le sexe opposé. Qu'est-ce que tu attends ?

« L'amour ». Cassandra se mordit la lèvre pour ne pas laisser échapper ce mot trop dangereux. Depuis ses dix-sept ans, Lexie était passée d'une relation destructrice à une autre, sans jamais protéger son cœur.

Mais la cadette des sœurs Klein ne connaissait *rien d'autre* que le besoin de se protéger. Et puis, elle avait une conception très précise de l'amour. Cent fois, sa mère lui avait raconté comment elle avait rencontré son père à la terrasse d'un café. Au milieu de la foule, un seul regard avait suffi. Instantanément. Elle avait su qu'ils étaient destinés l'un à l'autre. Deux mois plus tard, ils étaient mariés, et un an plus tard, Lexie venait au monde. Cette histoire de coup de foudre avait bercé l'enfance de Cassandra, qui en avait fait son conte de fées personnel.

Depuis l'âge de quatorze ans, elle guettait ses propres réactions face à un homme. Mais jamais elle n'avait senti des papillons la soulever du sol, ou d'étranges frissons lui parcourir le corps.

Aucune voix enjôleuse surgie de nulle part ne l'avait subitement terrassée.

Et il y avait un bon moment qu'elle avait renoncé à vivre ce choc.

Lexie soupira, se leva et sortit un jeu de clés de son sac pour le tendre à sa sœur :

— Tiens, dit-elle. Les clés de ma maison. Au cas où tu voudrais y emmener ton cheikh et lui faire admirer le front de mer… Je ne serai pas de retour avant un mois.

— Où vas-tu ?

— En Grèce, avec Stanley.

Cassandra se garda de tout commentaire. Stanley Porter ne lui plaisait pas beaucoup, mais il n'en demeurait pas moins la dernière conquête de sa sœur. Or, Lexie n'était pas prête à entendre les réserves de sa cadette.

— Sois prudente, répondit-elle simplement.

— C'est à toi d'être prudente, Cass, répliqua Lexie. Ton cheikh est un homme à femmes.

— Hein ? Comment peux-tu affirmer une chose pareille en regardant une simple phot…

— Les yeux, coupa Lexie. Il a, comment dire ?… Un regard de braise. Il lui suffit d'un coup d'œil pour mettre une femme à sa merci.

Cassandra réfléchit. Pour le premier rendez-vous, qui devait avoir lieu en début d'après-midi, elle avait choisi de porter son tailleur gris le plus austère et ramené sa longue chevelure blonde en grosse tresse. C'était la mission la plus importante de sa carrière, jusqu'ici, et elle se sentait prête à l'assumer.

— Il est exact que Son Excellence a la réputation d'un playboy. Mais ça ne m'inquiète pas. Tiens, reprends ça, ajouta-t-elle en rendant les clés à sa sœur. Je n'en aurai pas besoin.

Lexie fit mine d'ignorer ce geste, l'embrassa et sortit de l'appartement en souriant. En parvenant sur le seuil, elle retourna un regard espiègle à Cassandra.

— Garde-les quand même. Juste au cas où. Tu pourrais avoir de la chance… Et la réserve de préservatifs se trouve dans le tiroir du meuble sous le lavabo, dans la salle de bains.

Exaspérée, Cassandra songea à jeter les clés au visage de sa sœur, mais ce n'était pas son genre.

Aussi se contenta-t-elle de soupirer en allant à la fenêtre pour regarder la voiture de Lexie quitter le parking de son immeuble. A la vérité, la maison de Lexie était beaucoup plus agréable que cet appartement, quoique loin de la capitale. Mais Cassandra avait choisi ce deux-pièces fonctionnel et propre pour sa proximité avec le bâtiment des Affaires étrangères.

En allant reprendre le dossier posé sur la table basse, elle ne put s'empêcher de jeter un coup d'œil aux photographies qui avaient tant plu à Lexie. Son Excellence ne manquait certes pas de charme, avec ses pommettes saillantes, sa peau lisse et dorée, et ses cheveux noirs dont une grande mèche lui caressait le cou… Son menton disparaissait sous une légère barbe coupée en pointe, très raffinée, un peu désuète. Et il fallait reconnaître que ce regard tenait un grand rôle dans la fascination qu'exerçait ce visage. Un regard intense… « Un regard de braise », comme avait dit Lexie. Vraiment ? C'était donc ce genre de regard qu'un homme adressait à une femme, dans le secret d'une chambre ?…

Cette pensée fit naître une myriade de frissons dans sa nuque. Eh bien non : elle n'avait aucune idée de ce à quoi ressemblait à un homme dans une telle situation.

Et dans la mesure où sa vie amoureuse se réduisait à néant, elle n'était pas près de le découvrir.

Cassandra faisait les cent pas dans l'ombre du hangar. L'avion d'Al-Nuri était censé atterrir sur ce petit aéroport dans moins d'un quart d'heure.

Cette attente était angoissante, mais elle devait demeurer concentrée et conserver tout son sang-froid. Cette mission pouvait lui permettre de gravir rapidement les échelons. Il suffisait qu'elle sache se rendre indispensable…

Mais l'affaire était complexe. Son Excellence le cheikh Kadir avait requis un entretien avec lord Carrington dans les plus brefs délais. Or, pour diverses raisons, lord Carrington n'était pas prêt à le rencontrer.

Juste avant de partir pour l'aéroport, Nola Dunn avait clairement prié Cassandra de faire *patienter* le cheikh… Non, ses paroles exactes avaient même été « le *divertir* » jusqu'à ce que cet entretien puisse avoir lieu.

Cassandra ignorait pourquoi lord Carrington entendait retarder l'événement, mais elle savait que des affaires importantes étaient en cours au palais. Il y avait de l'électricité dans l'air, et tout le monde paraissait à cran. Y compris sa supérieure, Nola Dunn.

Mais dans la mesure où elle n'était pas dans le secret des dieux, mieux valait qu'elle ne songe qu'à cette mission, en attendant le jour où elle pourrait entretenir ses propres secrets. Oui, ce jour finirait bien par arriver…

Elle avait consacré de longues années d'études aux langues et aux civilisations étrangères dans des pays où le petit royaume de Silvershire était à peine connu. Aujourd'hui, elle n'occupait encore qu'un poste d'assistante aux affaires diplomatiques, mais un jour, un jour…

Pour le moment, elle avait déjà fait de son mieux pour mettre en valeur ses qualités, se faire remarquer au sein du service et gagner quelques promotions. En outre, elle avait progressé : quand les services informatiques avaient révisé tout le système des bureaux pour le moderniser, elle était restée travailler tard le soir, allant jusqu'à offrir son aide. Elle-même était assez douée en informatique, et lorsque la dernière secrétaire de Mlle Dunn avait perdu une masse effarante de fichiers, Cassandra s'était portée volontaire pour rester sur place durant le week-end et récupérer les données sur le disque dur.

Durant cette période, elle avait également établi pour tout le service des fiches complètes sur les pays représentés au grand gala annuel des donateurs. Elle en avait retiré la gratitude de ses collègues, mais rien n'était plus satisfaisant que cette mission qu'elle venait de se voir attribuer.

Comme le jet se posait sur la piste, elle s'éloigna du hangar et contempla le drapeau de Kahani sur le flanc de l'appareil.

Aucun accueil en fanfare n'avait été prévu, l'arrivée du cheikh devant être tenue secrète. Elle était donc absolument seule pour représenter son pays, sauf le chauffeur de la limousine garée un peu plus loin.

Cassandra se redressa pour inspirer une longue goulée d'air. Non seulement elle allait devoir assister le ministre des Affaires étrangères de Kahani en veillant au respect des coutumes de son pays comme à celles du sien, mais il faudrait qu'elle sache le faire patienter. Finalement, elle regrettait que Lexie ait quitté le pays : elle s'y entendait, elle, pour *divertir* les hommes ! Alors qu'elle-même n'était guère experte en la matière. Elle était beaucoup plus douée pour aller droit au fait, soucieuse d'efficacité avant tout.

Elle posa une main en visière sur son front, tandis que la porte s'ouvrait et que la passerelle était jetée sur le sol. Durant un long moment, personne n'apparut. Cassandra commençait à sentir sa tension monter. Enfin, un grand homme en costume gris, très mince, sortit de l'appareil. Comme avec prudence, il scruta les environs et emprunta la passerelle avant de faire un signe derrière lui. Aussitôt, deux autres gardes du corps le suivirent. Leurs mouvements étaient plus rapides.

Ils la suivirent fixement du regard tandis qu'elle s'avançait vers eux : naturellement, ils ne pouvaient pas la considérer comme une menace potentielle, mais ils semblaient prêts à toute éventualité. Aucun d'eux ne répondit à son sourire.

— Bonjour, je suis Cassandra Klein, le guide de Son Excellence durant toute la durée de son séjour.

Aucune réponse. Elle s'était pourtant exprimée dans un arabe impeccable… Enfin, elle leva les yeux vers la porte, comme un quatrième homme apparaissait. C'était lui. Al-Nuri. Un autre garde du corps se tenait derrière lui, ainsi que deux assistants ou secrétaires. Dès la première marche de la passerelle, Al-Nuri lui décocha un large sourire.

Cassandra sentit aussitôt son estomac se nouer et son cœur se contracter dans sa poitrine. C'était comme si un petit nuage s'engouffrait en elle, et un étrange vertige la clouait au sol, bien qu'elle se sentît aussi légère qu'un oiseau. Bon sang, ces photos ne lui rendaient pas justice…

S'efforçant de déguiser son trouble, elle afficha le même sourire stupide et rigide tandis qu'il venait jusqu'à elle. De toute façon, si elle se sentait mal, c'était à cause de son déjeuner avalé trop vite. Une salade indigeste.

Et à cause de la chaleur sur le tarmac. Quant à son cœur… C'était le trac. Et puis, elle ne s'était pas préparée à faire face à un diplomate qui avait tout d'une star hollywoodienne ! Comme ses gardes du corps, il portait un costume fabuleux, taillé sur mesure, mettant en valeur sa carrure d'athlète. Mais contrairement à tous ses hommes, il souriait toujours.

— C'est un vrai plaisir que d'être accueilli par une telle beauté, déclara-t-il.

A ces mots, Cassandra se sentit blêmir. Elle avait horreur qu'on fasse mention de son physique, dans le cadre professionnel. D'ailleurs, au bureau, si un de ses collègues osait lui faire un compliment, elle le réprimandait aussitôt, toutes griffes dehors.

Mais il aurait été difficile de voler dans les plumes du cheikh !

Seigneur… Ces yeux ! « Un regard de braise »… Eh bien Lexie n'avait pas fait erreur, et cette formule allait comme un gant à cet homme aux yeux d'un noir de braise, à la fois intenses et perçants. Des yeux qui semblaient déshabiller une femme…

Et alors qu'un flux d'émotions inexplicables venait l'accabler, une pensée encore plus ridicule s'insinua en elle, avec une perversité redoutable :

C'était lui.

Non !

Non, décida-t-elle en reprenant ses esprits. Elle venait seulement d'être victime de l'effet de surprise. Et cette première réaction était passée, maintenant. Elle saurait donc l'oublier. Ne plus prêter la moindre attention à cette suite de frissons, à ce nœud dans son estomac, aux battements frénétiques de son cœur. C'était la salade de midi. Une mauvaise vinaigrette… Et la chaleur.

De toute façon, il n'était pas question qu'il s'agisse d'autre chose !

2

Kadir s'inclina devant la jeune femme qui l'attendait au pied du jet. Il avait été averti de l'identité de celle qui viendrait l'accueillir quelques jours plus tôt, aussi n'était-il nullement surpris de se trouver face à une femme. Néanmoins, il n'avait pas imaginé qu'elle serait aussi belle. Elle avait beau être affublée d'un tailleur trop sévère et de chaussures plates, son visage irradiait la pureté, et ses grands yeux gris étaient aussi fascinants que sa longue chevelure d'or, sévèrement retenue en natte. Une extraordinaire sensualité émanait de tout son corps dont il devinait la taille fine, la poitrine généreuse et les jambes interminables.

— Excellence, dit-elle en s'inclinant sobrement à son tour. Soyez le bienvenu. C'est pour moi un grand plaisir et un honneur que de vous servir d'assistante durant toute la durée de votre séjour à Silvershire. Une voiture nous attend.

D'un geste de la main, elle désigna une limousine garée près d'un hangar avant d'ajouter :

— Je suis là pour combler tous vos désirs. Si vous avez besoin de quoi que ce soit, il suffit de me le demander.

Hum, songea-t-il en réprimant un sourire amusé. Bien des « désirs » lui venaient à l'esprit. Mais ceux de l'homme n'étaient pas ceux du diplomate. D'ailleurs, le premier était prié de s'effacer derrière le second et se soumettait à cette contrainte depuis des années. Ça n'allait pas changer maintenant.

— J'ai cru comprendre qu'une résidence proche du palais avait été réservée à mon attention ainsi qu'à celle de mon personnel ?

— En effet, admit-elle en le conduisant vers la limousine, tandis que Sayyid et Fahd prenaient les bagages dans le jet. Il s'agit de la villa des Redmond. M. Redmond et sa nouvelle épouse sont actuellement en vacances en France et ne rentreront pas avant plusieurs mois, aussi mettent-ils gracieusement leur résidence à votre disposition. Je crois que votre garde rapprochée a déjà reçu le formulaire détaillé au sujet du système de sécurité…

— Oui, il semble très satisfaisant.

De toute façon, avec le yacht amarré dans la baie de Leonia, Kadir pourrait déménager, s'il le souhaitait. A la vérité, il n'était jamais très à l'aise dans la villa de quelqu'un d'autre et préférait avoir ses propres quartiers, même plus modestes.

— C'est vraiment très aimable aux Redmond, reprit-il. Les hôtels sont si impersonnels…

« … et dangereux », pensa-t-il. D'ordinaire, il n'était guère obsédé par les questions de sécurité, mais le terrible incident du matin lui avait démontré la détermination de Zahid Bin-Asfour : cet homme voulait sa peau.

— … Et ils n'offrent pas la chaleur d'une vraie maison, enchaîna-t-il. Je leur suis vraiment très reconnaissant.

La limousine était bien assez vaste pour accueillir tout le monde, et les quatre gardes du corps s'y engouffrèrent avec les deux assistants du ministère des Affaires étrangères. Kadir regarda ensuite Mlle Klein monter avant de la suivre. Naturellement, l'événement du matin avait laissé son empreinte, et une certaine tension régnait parmi les membres de son escorte. Lui-même n'était guère détendu, mais il s'efforça de n'en rien montrer, tandis que les gardes du corps fouillaient scrupuleusement le véhicule.

Enfin, la limousine partit, et Kadir retourna un sourire poli à la jeune femme.

— Je suis très impatient de rencontrer Son Altesse le Duc, dit-il. Nous avons tant de choses à nous dire, lui et moi.

A peine avait-il prononcé ces mots qu'il crut percevoir une légère rougeur sur les joues de la demoiselle. Hum. Il y avait une sorte d'innocence, dans son visage aux traits si fins, si réguliers. On aurait pu y lire comme à livre ouvert. Or, dans la profession qu'elle avait choisie, les gens avaient plutôt tendance à afficher un masque indéchiffrable. Mais il fallait reconnaître qu'elle était très jeune.

— J'ai le regret de devoir vous prévenir que l'emploi du temps de lord Carrington est très chargé, ces jours-ci. Il est cependant très impatient de vous rencontrer et mettra tout en œuvre pour préparer un entretien le plus rapidement possible. Mais d'ici là, j'espère avoir le plaisir de vous faire découvrir les splendeurs de Silvershire. C'est un très beau pays, et j'ai déjà prévu nombre de sorties pour les semaines à venir.

Kadir se moquait bien des attractions touristiques de Silvershire ou de n'importe quel autre endroit au monde. Il verrait lord Carrington : c'était la seule et unique raison de sa présence ici. Mais la réponse de Mlle Klein ne le décourageait nullement, et il se ferait au contraire un plaisir de jouer le jeu qu'elle lui proposait en toute innocence.

D'ailleurs, il avait l'intuition que le jeu en question se révélerait passionnant.

La « villa » mise à la disposition de Kadir avait tout d'un château : le domaine était splendide, les jardins soigneusement entretenus, les murs de pierre tendus d'anciennes tapisseries et les nombreux appartements décorés de pièces de mobiliers magnifiques. Une flopée de domestiques avait été également été prévue, et en longeant l'édifice, Kadir découvrit une ancienne tourelle édifiée trois siècles plus tôt.

Le propriétaire, Prentiss Redmond, n'appartenait pas à l'aristocratie locale. Son père avait fait fortune dans les raffineries de pétrole, et lui-même préférait profiter de tout cet argent plutôt que d'en gagner davantage. Sa dernière épouse avait quinze ans de moins que lui et semblait toute prête à l'assister dans cette tâche. Mais Redmond tenait aussi à être bien vu de la royauté : aussi offrait-il régulièrement sa fabuleuse résidence à des hôtes de renom.

Dès leur arrivée, les gardes du corps veillèrent à la sécurité du lieu. Ils avaient déjà épluché les états de service de chacun des membres du personnel — qui semblaient, eux aussi, faire partie du domaine depuis trois siècles.

Cassandra sourit à Oscar, le vieux majordome, qui prit lui-même la grande valise d'Al-Nuri. Le vieil homme traversa ensuite le hall de sa posture digne et désuète. La jeune femme se sentait plus à son aise, depuis qu'elle avait constaté que le cheikh prenait cette attente imposée avec calme. Certes, la patience figurait parmi les vertus cardinales d'un diplomate digne de ce titre, mais elle avait déjà croisé bien des ministres qui en manquaient cruellement !

Elle s'efforçait toujours de rejeter loin d'elle le souvenir de sa première réaction, lorsqu'il était apparu devant elle. La vinaigrette de la salade. C'était évident. De toute façon, l'amour ne s'était jamais immiscé dans sa vie, et il ne s'incarnerait certainement pas en la personne d'un étranger dont le pays était resté coincé au XIXe siècle... Non, plutôt au premier siècle ! Car pour sa part, elle était une femme résolument moderne, concentrée sur sa carrière. Une carrière qu'elle espérait brillante.

Si jamais elle devait un jour connaître ce coup de foudre décrit par sa mère, ce serait avec un citoyen de Silvershire : un homme de tempérament tranquille, intelligent. Et blond, car elle avait envie que ses enfants soient blonds, eux aussi. Bon, elle devait admettre que c'était là un critère un peu idiot, d'autant plus que la génétique ne garantissait rien de ce côté, mais c'était l'idée à laquelle elle tenait à se raccrocher tandis qu'elle suivait le cheikh dans le grand escalier de marbre. Cet homme n'était pas *du tout* son genre. Il avait bien dix ans de plus qu'elle. Par conséquent, ils étaient incompatibles, songea-t-elle en poursuivant mentalement la liste de tout ce qui s'opposait à un rapprochement entre eux.

Mais lorsqu'ils parvinrent à l'étage, il se retourna pour lui sourire. D'un *vrai* sourire, pas comme les expressions très diplomatiques qu'il lui avait renvoyées durant le trajet... C'était un sourire complice : visiblement, la manière très solennelle dont Oscar évoluait dans la maison, tout en faisant le récit des vieux murs qu'il occupait depuis toujours, amusait énormément le cheikh.

Et elle ne put s'empêcher de lui rendre ce sourire. Elle aussi appréciait le discours d'Oscar, qui lui donnait l'impression d'être plongée à une autre époque. Mais pourquoi le fait qu'Al-Nuri soit amusé par le manège du majordome lui faisait-il *plaisir* ?

Cassandra se flattait d'être entièrement vouée à son travail. D'ailleurs, Lexie la taquinait souvent à ce sujet et l'appelait la « princesse de glace ». Si elle en était agacée, d'ordinaire, cette idée lui paraissait plutôt rassurante en la circonstance, et mieux valait qu'elle reste en effet aussi glaciale qu'un iceberg. A moins qu'elle ne préfère se voir retirer cette mission et lire sur son dossier : « Virée parce que trop attirée par un homme totalement inaccessible » ?

Oh oui, ça ferait bon effet. Elle pourrait dire adieu à sa carrière…

Aussi s'arrêta-t-elle au beau milieu du couloir.

— Excellence, je suis sûre que vous aimeriez prendre le temps de vous installer et de vous reposer avant de commencer les visites. Je reviendrai demain matin pour vous emmener au musée des Beaux-Arts une heure avant son ouverture au public. Vous avez donc le reste de la journée pour prendre vos marques. Et si vous avez besoin de quoi que ce soit…

— J'ai en effet quelques questions à poser sur la situation politique de Silvershire, répondit-il.

C'était prévu, songea-t-elle. Comment aurait-il pu ne pas s'interroger au sujet de la maladie du roi, de la probable accession au trône de lord Carrington, des rumeurs sur la mort du prince Reginald…

Il était d'ailleurs de son devoir de l'éclairer le mieux possible.

— Nous nous entretiendrons sur les sujets de votre choix dès que vous serez installé, acquiesça-t-elle en jetant un coup d'œil vers Oscar qui n'avait pas réalisé avoir perdu son auditoire et monologuait en évoquant un quelconque événement survenu ici cent cinquante ans plus tôt.

Dès qu'elle releva les yeux vers lui, Cassandra se sentit aspirée par l'ardent regard du cheikh. Il y avait une espèce de force hypnotique, dans ces yeux noirs et luisants… Mais elle n'était pas née de la dernière pluie, et sous prétexte qu'elle n'était guère expérimentée en matière de relations avec les hommes, elle n'allait pas tomber dans le piège cousu de fil blanc d'un séducteur notoire !

De toute façon, elle était ici pour raisons professionnelles.

— Venez dîner ce soir, lança-t-il, la prenant de court. A 20 heures.

Cassandra ouvrit la bouche pour décliner poliment l'invitation. Mais elle se ravisa à temps : c'était impossible, naturellement. Et après tout, aucun homme ne l'avait jamais fait fuir. Celui-ci ne serait certainement pas le premier !

En fin d'après-midi, Kadir reçut enfin un coup de téléphone de Sharif. Les services secrets avaient réussi à localiser la famille de Mukhtar, retenue dans une maison du quartier du marché de la ville. Le plan d'intervention pour le sauvetage était déjà prêt. Zahid Bin-Asfour se trouvait-il dans les parages ? Ce n'était pas à exclure. Malheureusement, au cours des années passées, les services d'élite avaient eu maintes occasions de mettre la main sur le traître, et ils avaient toujours échoué.

Néanmoins, Kadir savait qu'il devait prendre son mal en patience et espérer que cette opération porte ses fruits.

Il pouvait donc songer à son dîner, qu'il ferait servir dans un élégant salon de sa résidence provisoire. Un dîner très formel… pour quatre. Mlle Klein ne s'attendait certainement pas à ça ! Mais Kadir n'oubliait pas ses priorités : cette demoiselle était son meilleur avocat pour organiser au plus vite cet entretien avec lord Carrington, et il entendait faire son possible pour parvenir à ses fins. Ce qui signifiait aussi qu'il devrait la charmer. Et dans le cas de cette Mlle Klein, il avait l'intuition que la politesse diplomatique serait la méthode la plus efficace.

Afin de la détendre, il avait prié ses deux assistants de participer au repas. S'il l'avait pu, il aurait également convié ses gardes du corps, mais les quatre hommes assuraient les relèves toute les douze heures par équipes de deux, et quand Fahd et Jibril dormaient, Sayyid et Haroun montaient la garde.

Kadir était désormais habitué à vivre en présence constante de deux hommes près de lui. Il avait même appris à les oublier. De toute façon, cette précaution pour sa sûreté était incontournable et n'avait rien d'une option, dans son travail.

Même si Zahid n'avait pas représenté une menace directe, ces dernières années. Lui et ses hommes étaient trop occupés à rassembler de nouveaux adeptes dans tous les pays possibles, à perpétrer des actes terroristes hors des frontières de Kahani et à monter leur fortune dans le trafic d'armes et la vente de drogue. D'ailleurs, Kadir ne savait toujours pas pourquoi Zahid avait cherché à attenter à sa vie, aujourd'hui.

A 20 heures, Kadir se fit un plaisir d'escorter Mlle Klein jusqu'au ravissant salon où il avait fait dresser le dîner. A la vérité, il devait se mordre la lèvre pour ne pas sourire : la jeune femme avait conservé le même tailleur, et elle avait même poussé le jeu jusqu'à exclure tout maquillage. Elle ne portait aucun bijou. En somme, elle n'aurait pas pu lui signifier plus clairement qu'elle entendait rester sur une base strictement professionnelle !

Il en était amusé. Sa passion pour son métier était typique de la jeunesse. Mais dans le même temps, c'était un frein pour lui : comment diable pourrait-il la persuader d'accélérer les choses pour qu'il rencontre lord Carrington très vite ?

— Je vous sais gré d'avoir accepté notre invitation, en dépit de votre emploi du temps très chargé, lança Kadir en la dévisageant discrètement, tandis qu'elle découvrait la table, les quatre couverts, et les deux secrétaires diplomatiques.

Visiblement, elle était très surprise. Et elle lui retournait un regard inquisiteur… S'étonnait-elle aussi de le trouver dans cette tenue décontractée ? Il avait choisi un pantalon de lin très simple, et avait ouvert les premiers boutons de sa chemise, renonçant à la cravate. Certes, il avait grand besoin de passer chez le coiffeur, et peut-être jugeait-elle la longueur de sa chevelure peu appropriée, pour un diplomate.

Mais il s'agissait d'un dîner peu formel…

— C'est moi qui vous remercie, répondit-elle de son ton si professionnel. Nous avons beaucoup de choses à voir, et je vais pouvoir évoquer avec vous le programme de la semaine à venir. D'autre part, si vous avez des questions au sujet du gala des donateurs, je me ferai un plaisir d'y répondre.

— C'est très aimable à vous, dit-il en lui présentant un siège et en la priant d'y prendre place, d'un geste galant.

Puis il s'installa face à elle, encadré de Hakim et de Tarif. Sayyid et Haroun étaient à leur poste, devant chaque entrée de la pièce.

Tandis que le repas était servi, Kadir écouta patiemment la jeune femme énumérer les visites prévues pour la semaine. Musées, jardins, villas d'exception telles que celle-ci… Rien de tout cela n'aurait su éveiller son intérêt, et il avait déjà fait mille fois ce genre de visites. Mais il se garda bien de le lui révéler et conserva un sourire poli, hochant la tête avec ostentation. Enfin, au bout d'un moment, le résultat escompté lui apparut : elle se détendait.

Et dès que le dessert fut servi, Kadir commença à l'interroger sur un sujet qui l'intéressait davantage : le système éducatif de

Silvershire. Visiblement séduite par cette conversation, Mlle Klein répondit précisément à chacune de ses questions.

A Kahani, l'éducation publique laissait cruellement à désirer dans bien des domaines. Si le pays était pourvu d'excellentes universités, Kadir souhaitait renforcer l'accès au secondaire, en particulier pour les femmes. Mais à mesure que la jeune femme lui expliquait le fonctionnement des attributions de bourses, il s'aperçut qu'il parvenait mal à ne pas se laisser distraire…

Mais après tout, quel homme serait resté indifférent aux charmes de mademoiselle Klein ? Ce tailleur ne pouvait entièrement dissimuler ses courbes féminines. Kadir avait espéré qu'elle retire sa veste à un moment ou à un autre de la soirée, mais elle n'en avait rien fait. Naturellement. Elle était beaucoup trop déterminée à lui montrer qu'elle était là *en service*. Mais Kadir n'en admirait pas moins sa bouche pulpeuse, faite pour être embrassée… Et au moins une fois, il aurait aimé la voir rire.

Bon sang, il devait perdre la tête ! Il n'avait pas de temps à perdre avec ces absurdités.

— Vous avez si bien programmé mon séjour que je me ferai une joie de suivre toutes ces activités, lâcha-t-il. Mais je me demandais s'il serait possible de prévoir une visite de l'Ecole supérieure de Barton ?

La question parut la surprendre, et ses yeux s'agrandirent.

— Certainement, finit-elle par répondre. Mais, euh… Vous réalisez que Barton est une institution pour filles ?

— Bien sûr, confirma-t-il, ravi de lui faire part de ses connaissances sur le sujet. Si ma mémoire est bonne, Barton a été fondée en 1873 et est devenue l'une des meilleures écoles d'études supérieures depuis dix-sept ans. Votre gouvernement distribue d'ailleurs des bourses généreuses aux candidates qui n'ont pas les moyens de payer leurs frais de scolarité.

Mlle Klein parut juger ces connaissances fort suspectes.

— C'est exact, dit-elle d'un ton prudent. J'ai moi-même été élève à Barton. Et ma mère y enseigne.

— Vraiment ? Formidable ! Dans ce cas, nous pourrons visiter l'établissement dans les meilleures conditions !

Elle renversa sensiblement la tête en arrière.

— Puis-je me permettre de vous demander d'où vous vient cet intérêt pour Barton ?

— Je crois que l'éducation est l'une des réponses cruciales aux problèmes de notre monde, vous ne croyez pas ?

Sans même lui laisser l'opportunité de répondre, il enchaîna :

— J'aimerais créer une école de ce type à Kahani. Comment puis-je aider à conduire mon pays vers la modernité si la population ne bénéficie pas d'une éducation digne de ce nom ? L'enseignement proposé aux femmes laisse encore à désirer, et je tiens à rectifier cette situation de la manière la plus rapide et efficace possible, tout simplement en visant directement ce qui se fait de plus prestigieux.

— Eh bien… Je vais organiser cela. La session d'été est moins fréquentée que celles du printemps et de l'automne, mais vous pourrez néanmoins rencontrer le doyen et visiter les bâtiments, si vous voulez.

— Oui, j'en serais enchanté. Et me sera-t-il possible de voir votre mère ?

Une nouvelle fois, la question parut la surprendre. Il aimait apercevoir cette lueur dans son regard décontenancé, cette réaction si impulsive et naturelle, à mille lieues de sa réserve professionnelle. Car il parvenait enfin à discerner la femme, en elle.

— Peut-être, répliqua-t-elle sobrement.

Puis, elle jeta un coup d'œil à sa montre et se leva.

— Excellence, il est temps pour moi de prendre congé. Merci infiniment pour ce repas. Je passerai vous chercher demain à neuf heures moins le quart pour cette visite au musée.

Sans montrer son peu d'intérêt pour la chose, Kadir se leva à son tour pour s'incliner poliment devant elle et conclure :

— Je me réjouis de vous revoir demain. Puis-je…

Elle était déjà en train de passer son sac sur son épaule, et elle se retourna vivement.

— Oui ? Pouvez-vous quoi ?

— Puis-je vous appeler Cassandra ? C'est un prénom ravissant, et nous risquons de passer beaucoup de temps ensemble, dans les semaines qui viennent. Naturellement, je vous saurais gré de renoncer à cet « Excellence » et de m'appeler Kadir. J'ai toujours détesté ce titre, qui me donne l'impression d'être un vieillard…

Il ponctua cette remarque d'un sourire espiègle qui ne fut guère suivi d'effet : la jeune femme demeurait de marbre, et cette suggestion ne semblait pas pour lui plaire.

— Je ne pense pas que ce soit une bonne idée, répondit-elle doucement avant de s'éclipser.

Tous les mardis soir, Cassandra écrivait une lettre à sa mère. C'était devenu un rituel, et elle aurait été incapable de s'endormir sans avoir rédigé cette missive qu'elle mettait au courrier du lendemain, et que sa mère recevait le jeudi matin.

La longueur du courrier dépendait de l'inspiration de Cassandra, qui n'avait parfois presque rien à raconter, mais qui rédigeait aussi de temps à autre des lettres de plusieurs pages.

Comme tout son entourage, elle avait plutôt tendance à se servir de la messagerie électronique pour correspondre avec ses proches, mais sa mère lui avait dit un jour regretter profondément la disparition du courrier traditionnel. D'autant que le contenu d'une lettre manuscrite ne serait jamais le même que celui d'un e-mail.

Cassandra devait admettre que c'était exact, et rien ne l'aurait privée de ce rituel, désormais.

Mais depuis qu'elle s'était assise à son bureau, dans son pyjama, elle tapotait nerveusement son stylo sur la page de papier bleue. Que dire ? Devait-elle parler du cheikh ? De la visite à Barton ?

Elle fronça les sourcils et se redressa sur son siège : pourquoi diable cacher l'existence de Son Excellence le cheikh Kadir ? Après tout, il faisait partie de son boulot. Rien d'autre.

Chère maman,

Lexie est passée me voir avant de partir pour la Grèce, ce matin. J'espère que son séjour se déroulera au mieux. Pour ma part, je viens de commencer une mission passionnante ! Le ministre des Affaires étrangères de Kahani est en visite à Silvershire pour près de trois semaines, et je suis chargée de lui servir de guide officiel. Toutes ces nuits à étudier l'arabe ont finalement payé ! C'est un travail très important, et je suis vraiment ravie de l'avoir obtenu. C'est un peu le tremplin que j'attendais et Mlle Dunn, qui est si difficile à satisfaire, a jugé que j'avais toutes les qualités pour réussir.

Le cheikh est une personnalité très connue dans les affaires internationales. Pour faire court, il est le « cheikh Kadir Al-Nuri » : tu as peut-être déjà aperçu sa photo dans les journaux ? Le Silvershire Times *a consacré un article à sa visite, il y a trois ou quatre jours.*

Une nouvelle fois, elle tapota le stylo sur la feuille de papier. Sa mère avait le don de lire en elle comme personne, et ce descriptif risquait de valoir à Cassandra une réponse du genre : « Qu'est-ce que tu me caches, au juste ? »

Il est fort probable que je l'emmène visiter Barton. C'est Al-Nuri qui en a manifesté le désir. Je n'aurais jamais pensé qu'il pouvait s'intéresser aux écoles supérieures réservées aux filles, mais il semble déterminé à ouvrir des établissements de ce type dans son propre pays, ce qui semble très ambitieux quand on connaît les mœurs encore archaïques de Kahani. Mais lui veut changer les choses. J'avoue que je l'admire, pour ça. En tout cas, mieux vaut que tu saches que le cheikh et moi-même risquons de faire une apparition à Barton à un moment ou à un autre, dans les trois semaines à venir. Il faut encore que je programme cette visite. Tu nous verras sans doute à cette occasion.

Elle n'allait tout de même pas ajouter qu'Al-Nuri avait exprimé le souhait de faire personnellement sa connaissance au cours de cette visite ! D'ailleurs, la requête était étrange, beaucoup trop… *personnelle.* Et Cassandra préférait ne pas penser à ce qu'elle cachait. Pour l'heure, mieux valait achever ce courrier sur une note personnelle :

Je crois m'être rendue malade avec la vinaigrette de la salade que j'ai avalée à midi. Mais ce soir, je me sens beaucoup mieux.

Je t'embrasse fort,

Cassandra.

Alors qu'elle signait, elle songea à l'ultime demande du cheikh, avant son départ : il aurait voulu l'appeler Cassandra…

Et même si elle venait d'écrire son prénom complet, aucun

de ses proches ne l'appelait plus jamais ainsi : pour sa famille, ses amis, ses collègues, elle était toujours Cass ou Cassie. Ou Mlle Klein.

Or, elle ne raffolait pas de ces surnoms. Durant des années, elle reprenait les gens, insistant pour qu'ils l'appellent Cassandra. Mais de guère lasse, elle avait renoncé, sans cesser de regretter que personne ne prononce plus son prénom…

Le cheikh avait une voix grave, sensuelle, envoûtante. Il parlait d'ailleurs parfaitement sa langue, et durant la soirée, ils s'étaient entretenus à la fois en arabe et en anglais. Oui, sa voix était fascinante… Et une part d'elle-même frémissait à l'idée qu'il prononce encore son prénom comme il l'avait fait, en lui en demandant la permission : dans sa bouche, les trois syllabes de « Cassandra » étaient soudain devenues brûlantes, sulfureuses…

Il n'était donc pas question qu'elle donne son accord, songea-t-elle en rabattant la couverture sur elle pour se laisser glisser vers le sommeil. Un sommeil qu'elle espérait privé de tout regard de braise et de l'accent de *Mille et Une Nuits* que venait de prendre son prénom.

3

Le musée ne passionnait pas vraiment Kadir. Le bâtiment lui-même était moderne, imposant, loin de l'architecture plus ancienne du reste de la ville. Et les interminables suites de salles pleines d'œuvres figuraient l'histoire du royaume de Silvershire.

Kadir était amateur d'art, mais aucune toile, aucune sculpture ne parvenait à le captiver autant que son guide lui-même : Mlle Klein. Une nouvelle fois, elle avait revêtu un uniforme sévère et retenu sa chevelure en chignon sage.

Néanmoins, il avait réussi à la voir rougir plusieurs fois, aujourd'hui, et il détenait désormais la preuve qu'elle n'était pas indifférente à sa présence, que cela lui plaise ou non.

De la même façon qu'il était troublé par la sienne.

Elle se révélait un véritable puits de science, et semblait connaître chaque artiste et chaque œuvre sur le bout des ongles. Mais bientôt, il se contenta de se laisser bercer par la mélodie de ses explications, sans cesser de la dévisager. Pas une once de culpabilité ne venait le tourmenter, alors qu'il ignorait superbement le travail des plus grands créateurs de la planète.

Ce fut donc presque à regret qu'il quitta le musée. Des photographes les attendaient à la sortie. Nul doute qu'un employé les avait alertés…

Il y avait longtemps que Kadir ne prêtait plus attention aux flashes intempestifs et aux photographies pas toujours flatteuses de la presse people. Mais sa fonction lui imposait ce type de désagréments, auxquels il s'était résigné.

Sa compagne, en revanche, ne semblait guère insensible à cet assaut et marchait très vite en direction du parking, cachant son visage à la meute. Fahd et Jibril parurent soudain plus tendus.

Ce voyage officiel avait fait l'objet d'une annonce quelques semaines plus tôt, et même si les dates exactes du séjour avaient été tenues secrètes, Zahid Bin-Asfour ne pouvait plus ignorer où se trouvait sa cible. Serait-il cependant assez fou pour tenter quelque chose ici ? Probablement pas. Il préférerait attendre le retour du ministre à Kahani.

Néanmoins, les gardes du corps serrèrent Kadir et Mlle Klein de près pour les reconduire à la limousine, sur le parking aérien. Un photographe parvint toutefois à passer la barrière de sécurité jusqu'à ce que Jibril se rue sur lui pour le contraindre à reculer.

Bizarrement, la carrure de Jibril ne parut pas impressionner l'homme, ce qui s'avérait d'autant plus étrange que face à cette gigantesque armoire à glace, il ressemblait à un fétu de paille. Pendant l'altercation, Fahd redoubla d'ardeur pour entraîner Kadir et sa compagne vers la voiture équipée de vitres pare-balles et d'un moteur assez puissant pour atteindre une vitesse stupéfiante en quelques secondes.

Au moment où Kadir pressait le pas pour ne pas affoler davantage son garde du corps, une détonation retentit dans l'air lourd de cette chaude matinée d'été.

Aussitôt, la jeune femme poussa un cri strident, et Kadir se jeta sur elle pour la protéger, tandis que Fahd les couvrait de toute sa carrure pour les attirer vers le véhicule. Le garde du corps ouvrit la portière arrière avant de l'y pousser avec Mlle Klein : ainsi se retrouvèrent-ils propulsés l'un sur l'autre sur la banquette, Kadir couvrant de tout son poids le corps de la jeune femme, dont les jambes s'agitaient à l'extérieur du véhicule.

Une fraction de seconde plus tard, Fahd claquait la portière et de nouvelles détonations fusaient de toute part.

Mais le danger immédiat était écarté, comprit Kadir en identifiant le sifflement des armes de ses hommes.

Non, il n'avait pas peur. Et pourtant…

Il essuyait deux attentats contre sa vie en deux jours ! Et la seule chose à laquelle il songeait, c'était à la douceur du corps de Cassandra Klein sous le sien.

Réalisant cependant qu'il l'écrasait, il se décala sensiblement pour lui permettre de redresser la tête et de respirer. Ses joues étaient en feu, ses lèvres entrouvertes, et leur position si étrange qu'il ne put s'empêcher d'entourer ses épaules de ses bras. Sa ravissante paire de jambes était captive des siennes, et bien que le silence fût retombé autour d'eux, elle semblait encore retenir son souffle. Il parvenait presque à percevoir les battements de son cœur, comme sa poitrine effleurait son torse.

— Vous n'avez rien ? demanda-t-il très bas.

— Non, ça va, articula-t-elle d'une voix à peine audible. Et vous ?

— Tout va bien, confirma-t-il.

Dans moins d'un instant, les gardes du corps les rejoindraient dans la voiture, mais Kadir ne bougeait pas. Ce corps si féminin, chaud et voluptueux monopolisait son attention.

— Peut-être que vous devriez… vous relever, suggéra-t-elle d'un ton peu assuré.

— Peut-être, admit-il d'une voix rauque, tout en restant immobile.

Son visage était si près du sien que la tentation devenait irrésistible. Ils n'avaient pas le temps pour un long, un vrai baiser. Peut-être à peine un effleurement, une caresse légère de leurs lèvres ; il en mourait d'envie, mais ce geste aurait été totalement déplacé, envers une assistante du corps diplomatique. Cependant…

En plongeant son regard dans le sien, il découvrit une flamme de désir. Oui, c'était bien du désir, qui brillait dans ce fabuleux regard gris ! Une promesse de moments plus passionnés, peut-être ?

— Je peux vous appeler Cassandra, maintenant ? murmura-t-il.

Elle ouvrit la bouche, comme pour s'y opposer. Mais son hésitation était évidente.

— Je… Eh bien, quand nous sommes seuls, oui, pourquoi pas, finit-elle par lâcher d'un ton nerveux. J'imagine qu'il n'y aurait rien de mal à ça… Encore qu'il n'y ait aucune raison pour que nous nous retrouvions seuls, vous et moi. Entre vos gardes du corps, vos assistants, la presse, le personnel du ministère et…

Comme pour confirmer ces paroles, la portière avant s'ouvrit :

— Le tireur nous a échappé, Excellence, annonça Jibril en faisant mine d'ignorer la position dans laquelle il trouvait Kadir et sa compagne. Fahd s'est lancé à sa poursuite, mais il est clair que l'homme se trouvait déjà dans une voiture qui est partie sur les chapeaux de roue.

Lentement, et à regret, Kadir se redressa, tandis que la jeune femme l'imitait en tirant vigoureusement sur sa jupe.

Hakim et Tarif s'engouffrèrent à leur tour dans la limousine. Aucun d'eux n'avait travaillé dans l'armée, et il était évident qu'ils venaient de passer par un moment de pure terreur.

Cherchant vainement à rendre à sa tenue et sa coiffure l'aspect impeccable que cet incident avait définitivement compromis, Mlle Klein s'éclaircit la gorge avant de déclarer d'une voix raffermie :

— Les services secrets de lord Carrington figurent parmi les meilleurs du monde : ils vont ouvrir une enquête immédiatement !

Kadir la dévisagea avec admiration : qui aurait pu croire qu'elle avait été tout près de se faire tirer dessus… et d'être embrassée ? Elle ne tremblait pas. La vitesse avec laquelle elle avait repris ses esprits était stupéfiante.

— Ce ne sera pas nécessaire, répliqua-t-il calmement.

— Pas nécessaire ? Quelqu'un vient de tenter de vous tuer ! Vous auriez pu prendre une balle dans la tête, et sur le sol de Silvershire, qui plus est ! C'est inacceptable, asséna-t-elle.

— Il est inutile de lancer une enquête car je sais parfaitement qui a commandité cet attentat, répliqua-t-il, tandis qu'elle tentait encore de refaire son chignon et que de ravissantes mèches blondes tombaient en pagaille sur son front. Il s'agit de Zahid Bin-Asfour. Je doute fort qu'il ait tiré lui-même, mais il est clair qu'il en a donné l'ordre.

— Les mafieux et les assassins ne seront pas tolérés sur le sol de Silvershire ! insista-t-elle, comme s'il suffisait d'un décret pour régler le problème.

Kadir sourit tristement :

— Sans doute, mais il n'y a aucune logique chez ces gens-là. Zahid ne connaît que la haine et la terreur. Au nom de valeurs disparues de toutes les civilisations du monde depuis des siècles, il est prêt à tuer des innocents. C'est un criminel, un assassin, et un trafiquant de drogue. On ne raisonne pas avec des hommes de sa trempe, mademoiselle Klein.

— Je… Je suis sûre que vous avez raison, mais…

Elle rougit encore et détourna les yeux.

Tout sourires, Kadir se rapprocha d'elle et susurra d'un ton taquin :

— Mais vous vous inquiétez pour ma sécurité, c'est ça ?

— Non ! rétorqua-t-elle vivement. Enfin, je veux dire… Oui, bien sûr ! Je suis *responsable* de votre sécurité. Je vais immédiatement requérir l'assistance de nouveaux gardes du corps qui viendront en renfort des vôtres, par mesure de précaution. Et je vais revoir entièrement votre programme : à partir de maintenant, plus personne ne connaîtra le contenu de vos activités à l'avance.

— Non, pas d'autres gardes du corps, répondit Kadir avec douceur, mais d'un ton sans réplique.

— Mais…

— Je vous assure.

Elle prit une longue inspiration et se tut. Visiblement, elle était prête à argumenter encore et encore, mais cela n'aurait servi à rien : Kadir ne prenait guère les mesures de sécurité à la légère et dans ce cas précis, il savait ce qu'il faisait.

De même qu'il savait qu'en cet instant, il aurait dû se jurer de demeurer à sage distance de cette femme. De ne plus *jamais* songer à l'embrasser.

Il fallait pourtant se rendre à l'évidence : il en était incapable.

Le cœur battant à se rompre, Cassandra se remettait mal de ses émotions de la matinée. Et cette longue heure d'attente avant d'être reçue dans le bureau de Mlle Dunn n'avait guère apaisé ses nerfs ! Aussi pénétra-t-elle chez sa supérieure dans un état d'angoisse sans précédent. Sans préambule, elle déclara d'une traite :

— Son Excellence le cheikh Kadir est très impatient de rencontrer le duc. Je sais bien que l'emploi du temps de lord Carrington n'est guère favorable, mais étant donné les circonstances, il va falloir avancer cet entretien au plus tôt !

Mlle Dunn fronça les sourcils et s'enfonça dans son fauteuil.

— Cassie, respirez lentement et tâchez de vous détendre, ordonna-t-elle.

Elle lui fit signe de s'asseoir, mais Cassandra en était incapable :

son sang pulsait dans ses veines à un rythme effréné et elle était métamorphosée en véritable pile électrique.

— De toute façon, il est probable que l'entretien que le cheikh appelle de ses vœux finisse par avoir lieu, enchaîna la vieille dame. En temps voulu…

— *Probable ?* répéta-t-elle, bouche bée. Mais… Que voulez-vous dire par là ?

Nola Dunn avait quarante ans de bons et loyaux services auprès des affaires étrangères à son actif : malgré sa petite taille, c'était une femme impressionnante, et jamais Cassandra n'avait osé s'adresser à elle de manière aussi directe. C'était même peut-être la première fois en six ans qu'elle prononçait une autre phrase que « Oui madame ».

Pourtant, cette toute nouvelle attitude ne semblait guère troubler Mlle Dunn.

— Cassie, quand je vous ai confié cette mission, je vous ai révélé que le prince Reginald s'était entretenu avec Zahid Bin-Asfour peu de temps avant sa mort, n'est-ce pas ?

— En effet, madame, je m'en souviens très bien.

C'était d'ailleurs pour cette raison que l'homme était le suspect numéro un dans le meurtre du prince Reginald. Une information confidentielle, bien sûr.

— Et vous savez également que ce Bin-Asfour et le gouvernement de Kahani sont à couteaux tirés depuis de très longues années, poursuivit Mlle Dunn.

— Oui, madame.

Sa supérieure se pencha sur son bureau pour croiser les mains et la regarder droit dans les yeux.

— Cassie… Et si Zahid Bin-Asfour n'était nullement responsable de l'assassinat du prince ? Et si, au contraire, Reginald et lui s'étaient entendus pour travailler ensemble, et que le gouvernement de Kahani avait cherché à mettre un terme à cette collaboration en faisant tuer le prince ?

— Mais…

— Jusqu'à ce que nos services soient certains que le gouvernement de Kahani n'a rien à voir dans cette affaire, il n'est pas question que le duc reçoive votre cheikh. Cette rencontre pourrait virer au cauchemar et à l'affaire d'Etat. En même temps, nous devons traiter Al-Nuri avec le respect dû à son rang et ne pas mettre en péril les relations diplomatiques de Silvershire et de Kahani. Et c'est sur vos épaules que repose cette mission : faites en sorte que son séjour soit réussi et qu'il ait toujours de quoi s'occuper. Promettez-lui qu'il obtiendra ce qu'il veut, mais gagnez du temps et tenez-le aussi loin que possible du palais royal. Est-ce que c'est clair ?

Cassandra n'avait pas besoin de connaître la conclusion de l'enquête pour être certaine que le cheikh n'était pas mêlé au meurtre du prince. Même si son gouvernement y avait pris part, ce qui paraissait difficile à croire, lui-même n'y était pour rien, à titre personnel. Il était trop bien intentionné, trop sérieux, trop impliqué dans le bonheur de son pays pour se compromettre dans un assassinat politique ! Malheureusement, elle pouvait garder cette réflexion pour elle : ses convictions intimes n'auraient aucune valeur aux yeux de Mlle Dunn, et encore moins à ceux de lord Carrington.

Aussi demanda-t-elle :

— Pour quelle raison le prince Reginald aurait-il noué un pacte avec un terroriste de la trempe de Zahid Bin-Asfour ?

Car si tel était le cas, Reginald se serait rendu coupable de traîtrise envers son pays… Etait-ce vraisemblable ?

Sa supérieure repoussa l'argument d'un geste impatient de la main :

— Ce n'est qu'une supposition, et je vous accorde que c'est peu probable. Mais une nouvelle fois, tant que nous n'aurons pas éclairci le problème, mieux vaut qu'Al-Nuri n'approche pas du palais. Ou de lord Carrington.

— Oui, madame.

Mlle Dunn détailla soudain Cassandra de la tête aux pieds :

— On vous a tiré dessus, aujourd'hui.

— Pas exactement, madame : la cible était plutôt Al-Nuri.

— Hum. Néanmoins, l'expérience a dû être traumatisante…

Cassandra ne savait que répondre. Tout s'était déroulé si vite : les coups de feu, la manière dont le cheikh s'était jeté sur elle pour la protéger, avant qu'elle ne se retrouve écrasée sous son poids sur la banquette de la limousine et qu'il plonge son *regard de braise* dans le sien…

Mieux valait qu'elle ne songe plus à la seconde où elle l'avait senti tout près de l'embrasser. Car s'il l'avait fait, elle savait qu'elle n'aurait opposé aucune résistance. Oui, elle avait eu envie de sentir le goût de ses lèvres, et elle frémissait encore au souvenir de son large corps musclé pressé contre le sien.

Comme le rouge lui montait aux joues, elle enchaîna rapidement :

— C'était très angoissant, en effet, mais l'épisode a duré moins d'une minute et personne n'a été blessé.

A ces mots, Mlle Dunn sourit.

— Vous êtes une fille intelligente et d'une sacrée trempe, Cassie, et je place bien des espoirs en vous. Un jour, vous pourriez fort bien occuper ce fauteuil. Et pour le moment, je suis ravie de vous compter dans mon équipe.

Cassandra aurait préféré que sa supérieure l'appelle par son prénom entier et emploie le mot « femme » plutôt que celui de « fille », mais le moment était mal choisi pour se concentrer sur ce genre de détails.

Changeant brutalement de sujet, Mlle Dunn reprit :

— Le roi a été opéré hier. Les chirurgiens ont retiré la tumeur et semblent très satisfaits de l'opération.

— Alors il se remettra ?

Mlle Dunn soupira.

— Il est trop tôt pour le dire. Il est encore dans le coma.

Cassandra se demanda si cette information ne cachait pas un message subliminal : l'avenir de Silvershire était plus important que l'impatience d'un homme d'Etat étranger, et dans cette période de tumulte pour la monarchie, chaque détail pourrait s'avérer crucial, comme le fait de retarder l'entrevue d'Al-Nuri avec lord Carrington.

Elle se leva, prête à assumer sa tâche : divertir le cheikh durant des semaines... Ce ne serait pas simple. Il était clair que pour sa part, il ne songeait qu'à cette rencontre avec le duc.

En quittant le bureau, Cassandra était pensive et perplexe. Tout ce qu'elle venait d'entendre l'avait déconcertée. Mlle Dunn avait laissé planer l'hypothèse de céder un jour sa place à sa jeune collaboratrice... Et pour la première fois de sa vie, Cassandra se demandait si c'était bel et bien ce qu'elle souhaitait le plus au monde. Voulait-elle devenir comme Nola Dunn ? Puissante, intelligente, admise dans tous les cercles…

Et infiniment seule ?

Le jeudi suivant, en fin de matinée, Kadir reçut un bref appel de Sharif. La famille de Mukhtar était sauvée et au cours de l'opération, de nombreuses recrues de Zahid avaient été appréhendées et arrêtées. Deux hommes de Sharif avaient été blessés, mais aucun mort n'était à déplorer. Les interrogatoires avaient permis d'établir que Zahid cherchait à s'implanter de nouveau à Kahani. Il n'était donc guère étonnant qu'il s'en soit pris à Kadir, son plus fervent opposant — avec Sharif.

Mais si Kadir avait espéré que Bin-Asfour se trouve sur place au moment de la libération des otages, il en était pour ses frais. En outre, ses recrues semblaient ignorer où il se trouvait.

Il s'efforça de chasser ces problèmes de son esprit en retrouvant la charmante Cassandra Klein dès l'après-midi, pour la visite d'un grand parc de la capitale, Silverton. Hélas, il n'y parvenait pas. Toutes ces allées à la française, ces bosquets et ces fleurs aussi rares que délicates ne le délivraient pas de Zahid Bin-Asfour, de la perspective de l'entretien avec lord Carrington et de la mort atroce de Mukhtar. Comment s'enthousiasmer sur des fleurs quand il faisait face à ces horreurs ?

Il était pourtant seul avec la jeune femme, tandis que Fahd et Jibril se tenaient aux deux extrémités du parc. Soudain, il s'arrêta au beau milieu d'une allée et plongea son regard dans celui de Cassandra Klein. Ce visage possédait l'étrange don de l'apaiser. Il n'y voyait aucune imperfection, aucun défaut. Mais l'expression d'une grande pureté, d'une innocence presque enfantine. Il croyait même discerner une petite lueur de passion, dans son regard gris. La même que celle qu'il avait déjà observée deux jours plus tôt. Certaines questions commençaient à le hanter. Avait-elle un homme, dans sa vie ? Etait-ce cet inconnu, qui éveillait cette petite flamme ?

— Vous fréquentez un homme, ces temps-ci ? s'enquit-il d'un ton direct.

Visiblement déconcertée par cette question, elle se raidit.

— Ma vie privée ne vous regarde pas, Excellence.

— Je suis seulement curieux. Un fiancé, un amant, une fréquentation récente…

— Non, coupa-t-elle abruptement, les joues déjà roses de confusion. Je suis célibataire. Ma carrière est très importante pour moi et ne me laisse guère de temps pour… pour…

— Pour l'amour ? suggéra-t-il d'une voix de velours.

— Peu importe, trancha-t-elle en haussant les épaules. Je n'ai rien d'autre à déclarer là-dessus.

Ce qui convenait parfaitement à Kadir : il avait simplement tenu à s'assurer qu'aucun engagement ne la retenait ailleurs. Aussi changea-t-il bien volontiers de sujet :

— Vous aimez ce genre de jardins, Cassandra ?

— Comment cela ? C'est un très joli jardin, mais ne sont-ils pas tous les mêmes ?

Kadir sourit et la vit encore rougir.

— Non, ils ne sont pas tous les mêmes. A titre personnel, je préfère les jardins où la nature demeure un peu sauvage et où les plantes peuvent pousser en toute liberté. J'aime les hautes herbes, les parfums capiteux, les bosquets regorgeant de fleurs épanouies et odorantes. Je préfère les teintes pourpres et profondes à ces jaunes trop pâles. J'aime les couleurs vives et audacieuses, qui me rappellent à quel point la vie peut être belle.

Il se pencha pour désigner une rangée de fleurs et enchaîna :

— Mais dans le genre de jardin dont je parle, seules les plantes vigoureuses survivent. Ces petits boutons fragiles en seraient incapables. Ils seraient très vite chassés par des fleurs qui captent toute la lumière et se gorgent de soleil. Leurs faibles racines se feraient avaler par les longs et solides tentacules de leurs voisines, solidement implantés dans le sol et qui ne leur laisseraient pas une chance…

Relevant les yeux vers la jeune femme, il conclut :

— La vie sauvage ne convient pas à une nature délicate.

Il venait tout juste de réaliser qu'il ne parlait plus de jardins. Par le passé, sa vie avait débordé d'énergie, comme la nature sauvage. Mais à mesure qu'il s'était investi dans sa mission, toutes les couleurs chatoyantes et radieuses s'étaient peu à peu estompées. Et son quotidien était désormais parsemé de danger.

Cassandra était le genre de fleur ravissante et délicate qui n'aurait pas survécu à son univers.

Mais de toute façon, elle n'était pas appelée à y entrer. Pourtant, il avait une furieuse, une irrésistible envie de l'embrasser. Et s'il osait écarter ses lèvres pour en savourer la fraîcheur, peut-être parviendrait-il à accéder à la nature sauvage de son âme, à la sentir s'épanouir entre ses bras. Cette délicatesse pouvait n'être qu'une apparence…

— Je suis navrée que cette excursion ne vous plaise pas, dit-elle soudain. Je vois bien que ces jardins ne vous passionnent guère. Demain, nous pourrions…

— Demain, nous irons à l'Ecole supérieure de Barton, coupa-t-il.

— Mais…

— Vous avez bien dit que plus personne ne devait connaître notre programme à l'avance, n'est-ce pas ? Eh bien je veux voir Barton dès demain.

Elle haussa les épaules, visiblement vaincue.

— Très bien. Si c'est ce que vous souhaitez.

Il s'approcha lentement pour soutenir son regard et demander :

— Pourrai-je rencontrer votre mère ?

Elle recula d'un pas et répliqua d'un ton gêné :

— Oui, je suppose.

— Parfait. Dans ce cas, nous partirons tôt dans la matinée, et c'est moi qui conduirai.

— Mais…

— Je sais conduire, coupa-t-il encore.

Il prit son bras pour le glisser sous le sien et rebroussa chemin dans la longue allée.

L'air était chargé des parfums des fleurs, que cette chaude journée d'été rendait plus capiteux. Tout en approchant de Jibril, Kadir cherchait un moyen de se débarrasser de sa garde rapprochée durant vingt-quatre heures. Il était las de toutes ces mesures de sécurité, de leur poids, de cette vie sous escorte permanente qu'il traînait comme un boulet depuis trop longtemps.

Oui, il était fatigué de toutes ces chaînes.

De toute son âme, il aurait voulu redevenir une fleur sauvage et libre. Ne serait-ce que pour un instant.

4

Cramponnée à sa ceinture de sécurité, Cassandra fermait les yeux et tâchait d'oublier les tressautements de son estomac.

Une nouvelle fois, le cheikh faisait naître en elle des émotions d'une violence inédite. Jamais elle n'avait parcouru cette route si familière à une telle vitesse !

Au bout d'un moment, elle jeta un bref coup d'œil à son chauffeur, qui arborait un sourire réjoui : ce voyage à tombeau ouvert semblait le combler de bonheur. Il était fou à lier… Et avec le vent qui faisait voler ses cheveux noirs en tous sens, ses lunettes noires qui cachaient son *regard de braise* et cette tenue particulièrement décontractée, il avait soudain l'air d'un autre homme.

Comme il lui retournait un sourire encore plus satisfait, elle leva les yeux au ciel : oui, il était complètement fou !

— Regardez la route ! supplia-t-elle.

Comme il s'exécutait, elle referma les yeux.

Al-Nuri avait littéralement congédié ses gardes du corps, ce matin, en leur fournissant un alibi sans queue ni tête — une longue journée de coups de téléphone et de papiers à remplir qui le contraignaient à travailler entièrement seul dans un bureau secret. Après quoi, il avait filé dans le garage de Prentiss Redmond où l'attendait un coupé sport préparé à son attention par Oscar.

Naturellement, à la vitesse à laquelle ils roulaient, la durée du trajet jusqu'à Barton était divisée par trois !

La voiture ralentit soudain pour s'arrêter sur le bas-côté, et Cassandra poussa un soupir de soulagement en rouvrant les yeux pour découvrir le panneau :

« BARTON : 8 km ».

— Eh bien, pour du rapide, c'est du rapide, souffla-t-elle, le cœur battant.

— Je sais, admit-il d'un ton joyeux. C'est fantastique, non ?

Incapable de partager sa jubilation infantile, elle lui retourna un regard sombre. Car c'était bien ce dont il s'agissait : Son Excellence le cheikh Kadir Al-Nuri, ministre des Affaires étrangères de Kahani, ressemblait à un garçon de quinze ans à qui son père aurait prêté sa toute nouvelle voiture !

— Pourquoi nous sommes-nous arrêtés ? demanda-t-elle.

A sa surprise, il ôta sa ceinture de sécurité, se pencha vers elle, prit son visage entre ses deux mains et pressa ses lèvres sur les siennes. Il y avait un mélange d'urgence et de douceur, dans ce geste. Et aussi une fièvre, une passion, une volupté… Avant même qu'elle n'ait eu le temps de réaliser ce qui leur arrivait, elle répondait ardemment à son baiser, savourant la pression de ses lèvres chaudes et fermes.

Il n'y avait rien à faire. Un vertige insidieux s'emparait d'elle, l'empêchant de lutter. Une myriade de frissons lui courait dans le cou, ses jambes semblaient paralysées, et une sorte de boule de chaleur montait en elle, grisante et merveilleuse. Les sensations qui la parcouraient étaient si intenses qu'elle avait l'impression de sentir son cœur battre pour la première fois de sa vie. Oui, c'était comme si quelque chose s'éveillait en elle, aux tréfonds de son âme, quelque part au centre du brasier qui la dévorait et auquel elle avait envie de s'abandonner entièrement… Une demande. Un appel.

Pourtant, elle allait l'ignorer, décida-t-elle en s'extirpant de son étreinte d'un mouvement brusque. Elle n'avait pas le droit ! *Pas le droit !*

— Excellence, je vous connais depuis trois jours…

— Je sais, murmura-t-il en caressant du bout des doigts l'une de ses longues mèches blondes. C'était très long, trois jours, pour en arriver à ce baiser, mais…

— Non, ce n'était pas long ! opposa-t-elle vivement. Et la vérité, c'est que je ne vous connais pas !

Il ne semblait guère impressionné par sa volte-face, observa-t-elle, tandis que son cœur battait encore à coups redoublés et que son parfum frais et viril la grisait toujours.

— Hum. On dirait que vous désapprouvez mon initiative… Pourtant, vous avez répondu à mon baiser. Dois-je me fier à vos paroles, ou à vos actes ?

— Croyez ce que vous voudrez ! Mais ne recommencez plus.

En silence, il glissa sur son siège et rattacha lentement sa ceinture. Ses lunettes noires lui cachaient les yeux, et elle n'avait donc aucun indice pour deviner ses pensées.

— Si j'ai mal interprété votre intérêt à mon égard, je vous prie de m'en excuser, lâcha-t-il.

— Excuses acceptées, Excellence.

Il soupira.

— Je tenais pour acquis que vous m'appelleriez Kadir quand nous serions seuls…

— Vous vous êtes trompé, répliqua-t-elle en le regardant tourner la clé du moteur.

Dès que la voiture démarra, elle se laissa gagner par un profond soulagement. Il fut toutefois de courte durée.

Car dans un coin de son esprit, une petite voix lui soufflait que cette situation ne tiendrait pas pendant quinze jours…

L'Ecole supérieure de Barton était un prestigieux campus aux pelouses impeccablement taillées, mais dont les jardins n'étaient pas aussi nets que celui qu'ils avaient visité la veille. Des arbres centenaires trônaient ici et là, et dans la lumière de la mi-journée, les bâtiments de pierre grise perdaient leur austérité.

Kadir venait de rencontrer la doyenne de l'établissement, une femme d'âge mûr d'une grande intelligence, ainsi qu'un groupe d'étudiantes avec lesquelles il avait bavardé, tout en s'étonnant de les voir sans cesse pouffer sous cape.

Mais cela n'avait guère d'importance, et il avait déjà bien d'autres choses en tête.

Dès ce week-end, il s'installerait à bord du yacht, au moins pour quelques jours. Il était clair que lord Carrington n'avait nulle intention d'organiser cette entrevue aussi vite que prévu, et Kadir ne souhaitait pas continuer à jouer les touristes durant les deux semaines à venir. Le yacht était amarré sur la côte nord, dans la baie de Leonia, loin de Silverton et du palais : un peu de paix et de tranquillité seraient les bienvenus.

En même temps, ce petit exil à l'écart de la capitale signifiait qu'il devrait se priver des services de son assistante locale… Or, il n'était pas prêt à laisser Cassandra Klein derrière lui. Elle l'intriguait comme aucune femme ne l'avait jamais intrigué dans sa vie.

Durant la visite de l'établissement, elle était demeurée obstinément silencieuse. Il n'ignorait pas que ce baiser l'avait profondément contrariée, même si elle y avait activement participé, sur le moment.

Comme ils longeaient maintenant un chemin pavé menant à la rivière Lodan, il s'arrêta pour lui désigner un banc et l'inviter à s'asseoir près de lui.

— Non, merci, dit-elle doucement.

— Je ne mords pas, rétorqua-t-il. Et je ne vous embrasserai pas non plus.

Il attendit un instant, mais elle restait debout, immobile.

— S'il vous plaît, ajouta-t-il plus bas.

Elle finit par obtempérer et se cala le plus loin possible de lui, à l'extrémité du banc.

Sa chevelure blonde qui dansait sur ses épaules brillait de mille reflets, dans le soleil étincelant. Après ce voyage qui l'avait complètement décoiffée, elle n'avait pas eu le choix : forcée de renoncer à toute forme de chignon, elle avait simplement brossé ses cheveux pour leur rendre leur liberté.

— Ecoutez, il n'est pas dans mes habitudes d'embrasser les assistantes diplomatiques, commença-t-il.

Elle s'esclaffa.

— En fait, avant aujourd'hui, je ne l'avais jamais fait, précisa-t-il. Ce n'est pas professionnel, et ça peut s'avérer périlleux.

— Exactement, confirma-t-elle, visiblement soulagée.

Mais elle l'avait mal compris, et il enchaîna :

— Mais avec vous, Cassandra, c'est différent. *Vous* êtes différente.

— Non, se défendit-elle, je ne suis pas différente ! Et vous n'espérez tout de même pas me faire croire que…

Elle s'interrompit, mais il devina immédiatement ce qu'elle avait en tête. En fait, il y avait des années qu'il ne s'était pas senti aussi proche de quelqu'un, au point d'anticiper ses réactions, de comprendre ses émotions d'un seul regard. Et avec une femme, c'était tout nouveau.

— Il y a trop longtemps que mon travail m'accapare entièrement, expliqua-t-il. Mais vous me donnez envie d'autre chose. Dès le moment où je vous ai vue, j'ai…

— Stop ! coupa-t-elle, affolée. Excellence, ce n'est pas…

— Kadir.

Elle prit une longue inspiration, le regarda droit dans les yeux et reprit :

— *Excellence*, je ne suis pas le genre de femmes auquel vous pensez avoir affaire.

— Ah non ? Vous n'êtes pas belle, intelligente et sensible ? railla-t-il.

— Je… Je ne saurais pas offrir « autre chose » à un homme, balbutia-t-elle nerveusement. Ma carrière compte beaucoup pour moi, et je ne prendrais jamais le risque de la compromettre.

Kadir avait conscience que la liste de tout ce qui les séparait était longue. En admettant qu'ils se contentent de faire l'amour, la jeune femme risquait en effet de se voir sévèrement rétrogradée. Et ils n'avaient pas d'avenir : sa vie était ici, la sienne à Kahani. Pour autant, comment aurait-il pu nier ce qu'il ressentait ? Faire comme si cela n'existait pas ?

— Etes-vous en train de me dire que votre carrière est plus importante à vos yeux que la beauté de la vie ? s'enquit-il à brûle-pourpoint. Plus importante que le bonheur ? Que l'amour ?

Il se mordit la lèvre. Bon sang, pourquoi avait-il lâché ce mot-là, alors qu'il était incapable de lui promettre quoi que ce soit dans ce domaine ?

— Ma carrière tient la première place dans ma vie, expliqua-t-elle en lui adressant un regard implorant, comme si cette conversation la mettait au supplice. Ne vous méprenez pas : j'adore mes sœurs et mes parents, je tiens à mes amis, mais je n'ai pas de temps à consacrer à… disons ma vie privée. En tout cas, pour le moment. Alors s'il vous plaît, ne gâchez pas tout maintenant… J'ai consacré tant d'efforts pour en arriver là !

Kadir soupira. Elle semblait aussi sincère que bouleversée. Et il ne savait comment lui faire comprendre que son intérêt pour elle n'avait rien d'anodin ou de superficiel. Certes, ils n'avaient pas de futur, elle et lui, mais… Jamais une femme n'avait éveillé ce mélange de désir et de curiosité chez lui.

Il se releva lentement, fit quelques pas le long de la berge et revint vers sa compagne. Deux étudiantes passèrent près d'eux, roulèrent un magazine sous leurs bras et se mirent à glousser en détournant les yeux.

Kadir fronça les sourcils : quelle mouche piquait toutes ces écervelées ?

Cassandra avait soigneusement réservé la visite du département artistique pour la fin. Moins Al-Nuri et Piper Klein passeraient de temps ensemble, et mieux cela vaudrait ! Un « bonjour, au revoir » avant de reprendre la route : rien d'autre.

Pourtant, elle n'était guère pressée de se retrouver seule en voiture avec lui.

— Cassandra ! s'écria sa mère en contournant son bureau surchargé de piles de livres et de dossiers pour venir l'embrasser. Je te cherchais… Il paraît que tu es ici depuis des heures ?

— Je gardais le meilleur pour la fin, répondit-elle en souriant, avant de se tourner vers le cheikh pour faire les présentations.

Aussitôt, sa mère inclina la tête avant d'offrir sa main à Al-Nuri.

— C'est un honneur de faire votre connaissance, monsieur. Je suis Piper Klein.

— Maman, intervint Cassandra, tu dois appeler le cheikh « Excellence »…

— Oh non, appelez-moi Kadir, s'il vous plaît, lança celui-ci en baisant galamment la main de Piper.

— Kadir, acquiesça-t-elle en souriant. C'est un magnifique prénom.

Cassandra se sentit blêmir et maudit silencieusement sa mère. Elle aurait pourtant dû s'attendre à ce genre de réaction ! A cinquante-six ans, Piper Klein restait une très belle femme aux grands yeux bleus et à la nature enjouée, toujours prête pour l'aventure. Hormis son regard gris, hérité de son père, Cassandra était le portrait de sa mère… Mais elle se réjouissait de ne pas partager son caractère aventureux ! Lexie savait assez bien user et abuser de ce gène-là.

Durant quelques minutes, Piper parla de Barton au cheikh, et Cassandra ne put s'empêcher de songer à leur baiser. Seigneur, *jamais* elle n'avait été embrassée ainsi ! Le flux d'émotions qui l'avait saisie était tout simplement incroyable… Comment était-ce possible ? Elle était vierge, bien sûr, mais elle avait déjà embrassé des garçons !

Si cela se reproduisait une deuxième fois, elle parviendrait peut-être à comprendre ? La tentation était forte d'aller au bout de cette idée, mais…

Comme la doyenne entrait dans le bureau pour remettre au cheikh une abondante documentation sur l'établissement, Piper prit Cassandra par la manche et l'entraîna à l'écart pour murmurer :

— Eh bien, il est fantastique ! Séduisant, puissant… et si gentil ! De toute façon, je suis sûre qu'il possède toutes les qualités si rares que tu espères trouver chez un homme depuis si longtemps ! Tu as eu raison d'attendre, ma chérie. Ça en valait la peine.

Cassandra conserva un air impassible et répliqua :

— Je ne vois pas de quoi tu parles.

— Oh, chérie, je t'en prie, reprit sa mère, dont le sixième sens devenait décidément encombrant. Une mauvaise vinaigrette ?… Oh oui, bien sûr ! Et même si tu ne me l'avais pas dit, je l'aurais deviné tout de suite !

— Maman, je ne t'ai rien dit du tout.

— Au contraire, tu m'as *tout* dit, et ton petit code ne m'a pas déroutée. Ta lettre était très claire : « le cheikh est merveilleux, formidable… et je suis malade à cause de mon déjeuner ».

— La vinaigrette était rance, maintint Cassandra, imperturbable.

Piper haussa gaiement les épaules.

— Trop tard pour jouer l'innocence, Cassandra. Et puis, un homme ne se donne pas tant de mal s'il ne ressent pas un petit quelque chose ! Quelle galanterie, quel courage…

— Tant de mal ? répéta Cassandra en fronçant les sourcils. Mais enfin, maman, de quoi parles-tu ?

Sa mère lui retourna un regard stupéfait.

— Alors tu n'es pas au courant ?…

Passant discrètement derrière le cheikh et la doyenne, elle attrapa un journal sur son bureau et le lui tendit.

Cassandra aperçut le titre du journal et dévisagea sa mère avec étonnement. Le *Silvershire Inquisitor* n'était pas réputé pour son bon goût.

— Comment peux-tu lire une presse pareille, maman ? A Barton !

Mais dès qu'elle posa les yeux sur la photo en page de titre, elle manqua vaciller, et tout son sang reflua de son visage.

Seigneur. Le cliché la représentait sur la banquette arrière de la limousine, dans une position invraisemblable avec Al-Nuri ! Sa jupe remontait dangereusement le long de ses cuisses nues. Ses cuisses légèrement écartées…

Et l'infâme image était surmontée d'un titre enthousiaste :

« *Le fabuleux cheikh sauve la secrétaire sexy !* »

— Je ne suis pas une secrétaire ! protesta-t-elle.

— Ne le prends pas pour une attaque personnelle, chérie, intervint sa mère. Je suis sûr que le terme a été choisi pour son côté sensationnel…

— Ah bon, dans ce cas, je ne vois pas de quoi je devrais me plaindre ! répliqua amèrement Cassandra, qui parcourait l'article à toute vitesse, de plus en plus consternée par ce qu'elle lisait.

Deux autres clichés montraient son visage, ainsi que celui d'Al-Nuri : il n'y avait rien d'étonnant à ce que les étudiantes aient passé toute la journée à ricaner sur leur passage !

Elle demeura clouée de stupeur et d'effroi, pendant que sa mère raccompagnait la doyenne.

— Qu'est-ce que c'est ? demanda la voix du cheikh qui jetait un œil par-dessus son épaule.

Elle se fit une joie de lui transmettre l'odieux tabloïd et croisa furieusement ses bras sur sa poitrine.

— Je vais porter plainte, déclara-t-elle pendant qu'il parcourait la page.

— Pourquoi ? s'enquit-il en relevant un regard étonné vers elle. C'est un très bon cliché !

— Bien sûr que non ! s'emporta-t-elle, outrée.

Il pencha la tête de côté et plissa les yeux.

Cassandra se sentit rougir, mais poursuivit d'un ton furieux :

— Vous étiez là, Excellence : inutile d'étudier la photo de si près !

— Ah, mais je n'avais pas vu la situation sous cet angle…

Elle voulut lui arracher le journal des mains, mais la stature de son compagnon lui permit sans peine de l'en empêcher.

Kadir était fasciné par cette photo, qui lui rappelait qu'en cet instant, la jeune femme s'était entièrement abandonnée à lui. L'instant avait été bref, mais bien réel. Et il se rappelait ce qu'il avait ressenti, pressé contre son corps chaud et envoûtant.

— S'il vous plaît, Excellence, rendez-moi ce journal, plaida-t-elle.

— Je n'ai pas fini de lire.

— Cet article est ridicule et truffé de mensonges, Excellence : inutile d'aller plus loin.

Il lui retourna un regard de défi :

— Je vous le rends si vous m'appelez Kadir.

Dans les secondes qui suivirent, il vit défiler bien des émotions sur son visage : la colère, l'hésitation, la lassitude… Et enfin, elle rendit les armes.

— Rendez-moi ce journal, s'il vous plaît. *Kadir.*

5

Le cheikh avait rabattu la capote du coupé sport pour le trajet du retour. L'averse menaçait, et il roulait donc également à vitesse plus modérée.

Cassandra aurait dû en être soulagée, mais à sa propre surprise, elle regrettait de ne plus voir le visage de son compagnon illuminé d'un sourire rayonnant. Pourquoi se laissait-elle ainsi envahir par des émotions intimes, depuis qu'elle avait entamé cette mission ? Cela ne lui ressemblait pas. Jamais elle n'avait permis à ses humeurs de s'infiltrer dans sa vie professionnelle. Parce que sa carrière était justement sa priorité. Or, depuis quelques jours, elle avait l'impression de ne plus savoir si ses plans d'avenir lui convenaient…

Moins d'une demi-heure après leur départ, la pluie se mit à tomber. Ce n'était pas un orage, mais d'épais nuages voilaient le ciel et l'averse crépitait sur la tôle du véhicule. Al-Nuri avait éteint la radio, allumé les phares et ralenti encore.

Un lourd silence pesait sur l'habitacle.

Incapable de résister à la tentation, Cassandra reprit *l'Inquisitor* pour jeter un autre coup d'œil sur l'article. Il ne lui parut pas moins violent et révoltant à la relecture.

— Cette histoire vous met dans tous vos états, observa Al-Nuri, alors qu'elle s'enfonçait dans son siège.

— Oui, admit-elle en passant à la page deux. Et cela devrait être aussi votre cas. Vous aussi, vous avez une réputation à protéger !

Il haussa les épaules.

— Vous avez dit vous-même que cette feuille de chou n'était guère digne de respect… Alors pourquoi vous laisser bouleverser par si peu ?

Elle soupira.

— C'est vrai. Mais à l'avenir, nous devrons nous montrer excessivement prudents, afin que ce genre d'incident ne se reproduise pas.

Tout à coup, il tourna le volant à droite pour coller au bas-côté de la route, ralentit et s'arrêta. Puis il coupa le moteur et se retourna vers elle pour lui lancer un regard sévère.

— Qu'est-ce qui vous dérange le plus ? demanda-t-il d'un ton direct. D'avoir été photographiée dans une tenue inappropriée, ou en compagnie d'un Arabe de Kahani ?

Stupéfaite, Cassandra laissa tomber le journal à ses pieds.

— Je serais tout aussi furieuse par cet article si vous étiez marchand de frites, extraterrestre ou neveu de la reine d'Angleterre ! protesta-t-elle vivement. Vous rendez-vous compte que ce cliché me ridiculise aux yeux des membres les plus éminents du ministère des Affaires étrangères, pour lequel je travaille ? Que va-t-on penser ? Que je profite de cette mission pour m'offrir une aventure ?

Cette réponse parut le rasséréner, mais il insista :

— Alors vous craignez d'être surveillée de près, désormais, c'est ça ?

— Exactement. Ces photographes ne nous lâcheront plus, et la seule manière de leur échapper est de nous évader, comme nous l'avons fait ce matin. Mais à l'avenir, vous savez bien que ce ne sera pas aussi facile.

— Je vois. Que suggérez-vous ? Je peux demander à vos supérieurs de nommer quelqu'un d'autre pour m'assister durant mon séjour. C'est ce que vous voulez ?

Durant une fraction de seconde, Cassandra manqua s'écrier « Oui ! ». Mais elle s'en abstint.

— Non. La rumeur ne ferait que s'emballer. Nous devons poursuivre cette collaboration de la manière la plus professionnelle qui soit. Jusqu'au bout.

Il sourit.

— Personne ne nous suit, en ce moment, observa-t-il.

— Non, en effet, reconnut-elle, gênée.

— Savez-vous que c'est peut-être notre dernière chance de profiter d'un tête-à-tête ?

Un frisson lui parcourut la nuque.

— Peut-être, dit-elle très bas.

Un long silence tomba entre eux. Il plongeait son regard dans le sien, et elle sentait son rythme cardiaque s'emballer.

Enfin, il lâcha d'un ton las :

— Vous demander un autre baiser serait certainement très déplacé. Vous m'avez fait clairement comprendre que vous ne souhaitiez rien d'autre qu'une relation professionnelle avec moi. Mais sachez-le : je vous apprécie beaucoup, et j'aurais aimé vous rencontrer en d'autres circonstances. Cependant, je suis assez grand pour savoir que les « si » et les « peut-être » ne mènent à rien : la situation est ce qu'elle est, et je ne suis pas un petit garçon qui se berce de rêves. La réalité que je connais est très dure. Beaucoup de gens voudraient me voir mort. Je sais ce que signifie le danger. Mais je ne regrette rien de ce qui s'est passé entre nous, Cassandra, et je n'ai pas envie de renoncer à vous. Contrairement à ce que vous pensez, je n'adopte pas cette attitude tous les jours. Mais il se trouve que je vous admire et que vous m'attirez. Dans quelques semaines, je serai parti et votre vie reprendra son cours régulier. Alors je vous le dis : j'aimerais vous embrasser encore une fois. Nous sommes seuls, et personne ne risque de nous surprendre. Si cette idée vous déplaît, je n'en parlerai plus. Mais c'est à vous de choisir. A vous de vous exprimer clairement.

Seigneur, c'était exactement ce qu'elle aurait préféré éviter ! songea Cassandra tandis que des frissons lui couraient sur la peau et que le regard du cheikh plongé dans le sien la bouleversait. Tout aurait été tellement plus facile s'il l'avait attirée à lui, comme ce matin…

Mais elle n'était pas la dernière des lâches. Il y avait des heures qu'elle rêvait de ce baiser. Et elle n'allait pas se dérober.

— Oui, Kadir, embrassez-moi, souffla-t-elle.

A ces mots, il se pencha sur elle et l'embrassa avec passion, s'emparant de sa bouche offerte pour lui faire savourer la douceur de ses lèvres.

Fermant les yeux, elle se concentra sur cette parenthèse trop brève, cette parenthèse qui leur appartenait et leur serait bientôt arrachée… C'était probablement leur dernier baiser, et elle voulait le vivre pleinement, sans ignorer les battements affolés de son cœur, sans s'extraire au délicieux vertige qui s'emparait de ses sens. Abandonnée à l'instant présent, elle se laissait envoûter par son parfum ensorcelant. Leurs langues se mêlaient, affamées, et il resserra son étreinte.

Sa barbe fine et douce lui caressait les joues. Le flux de sensations qui montait en elle était d'une telle puissance qu'elle en avait le souffle coupé. Tant de passion, de douceur, de sensualité... Ce sentiment d'exception et d'évidence qui l'avait saisie lors de leur premier baiser revenait avec plus de force.

Mais comme lui, elle savait qu'ils n'avaient pas d'avenir ensemble. Cette attirance était condamnée d'emblée, *impossible.* Aussi s'écarta-t-elle doucement, tandis que son cœur battait douloureusement.

Que lui arrivait-il ?

Difficile de blâmer la vinaigrette, aujourd'hui...

Trois photographes les attendaient devant les grilles de la villa des Redmond. Mais le ciel était sombre, les vitres de la voiture teintées, et ils ne pouvaient pas deviner qui se trouvait à bord.

Leur présence n'en demeurait pas moins gênante, songea sombrement Kadir : elle prouvait que Cassandra avait raison et que durant les semaines à venir, ils n'auraient plus de répit.

Visiblement exaspérée par cette nouvelle intrusion, la jeune femme ne s'attarda pas : dès qu'ils parvinrent aux garages, elle lui dit rapidement au revoir et reprit son propre véhicule pour rentrer chez elle.

En la regardant s'éloigner, il sentit sa gorge se nouer. Il avait l'impression de la perdre.

D'un pas furieux, il rentra dans la villa. Il ne perdit pas de temps à se justifier auprès de ses gardes du corps et se dirigea tout droit vers le bureau pour réfléchir. La situation devenait intenable.

Il fallait arranger cette entrevue avec lord Carrington ! Si celle-ci pouvait avoir lieu au plus tôt, il écourterait son séjour. Tant pis pour le gala : il rentrerait à Kahani, et Cassandra retrouverait une vie normale. Il n'avait pas envie qu'elle souffre à cause de lui. Aussi décida-t-il de téléphoner au ministère des Affaires étrangères dès le lendemain matin : même un samedi, quelqu'un pourrait certainement répondre à sa requête.

Perdu dans ses réflexions, il n'entendit pas Hakim frapper à la porte et leva soudain les yeux vers son assistant, qui s'était planté devant lui :

— Vous avez un visiteur, Excellence… Un certain Nikolas Donovan.

Kadir haussa les sourcils.

— A cette heure-ci ? Ça ne peut pas attendre demain ?

— Je ne crois pas, Excellence. Il a attendu le départ des photographes et ne souhaite pas prendre le risque que sa visite soit médiatisée.

— Très bien, soupira Kadir. Faites-le entrer.

Naturellement, il connaissait ce Donovan, l'un des hommes politiques les plus importants du pays, qui souhaitait que la monarchie de Silvershire cède la place à une république. Kadir était sensible à sa discrétion, car il préférait éviter de rencontrer officiellement un membre de l'opposition : ce genre d'initiatives avait mauvaise presse, d'un point de vue diplomatique. Aussi choisit-il de mettre les choses au clair d'emblée. Après avoir serré la main de son hôte, il le pria de prendre un siège et déclara :

— Je sais pourquoi vous êtes ici, monsieur Donovan. J'ai reçu votre courrier, et je n'ignore pas que vous aimeriez obtenir mon soutien. Mais ainsi que je vous l'ai déjà dit, il m'est impossible d'interférer dans la politique intérieure de Silvershire.

Visiblement troublé par la présence des deux gardes du corps, l'homme poussa un profond soupir. Naturellement, il était déçu.

— Je comprends, Excellence, répondit-il. Et croyez-moi, je mesure la difficulté de votre position. C'est d'ailleurs pour cette raison que j'ai attendu le départ de ces photographes. Mais tout ce que je vous demande, c'est de réfléchir à la question. Nous sommes tous deux des démocrates convaincus. Je sais que vous mettez tout en œuvre pour offrir une démocratie moderne à votre pays : c'est ce que je souhaite également pour le mien.

Kadir secoua fermement la tête.

— Ce que vous dites est juste, mais nos priorités ne sont pas les mêmes, monsieur Donovan. Je suis ici uniquement pour rencontrer lord Carrington… Et j'ai la ferme intention de bâtir une alliance avec lui. Dès que je l'aurai vu, je rentrerai dans mon pays.

Une moue ironique apparut sur le visage de Donovan.

— Eh bien bonne chance ! répliqua-t-il. Car lord Carrington vient de quitter Silvershire, et d'après ce que j'ai compris, il n'a pas l'intention de rentrer avant le grand gala annuel des donateurs.

A ces mots, Kadir sentit un nœud se former dans son estomac.

— Vous en êtes certain ? souffla-t-il.

Donovan hocha la tête.

— Oui. Je les ai vus, son épouse et lui, hier soir. Ils partaient pour Gastonia.

Bon sang… Pourquoi ce voyage était-il un tel fiasco ? L'attentat, la présence ensorcelante de Cassandra Klein, et maintenant, cet échec cuisant. S'efforçant de demeurer impassible, Kadir poursuivit :

— Que pensez-vous de lord Carrington, monsieur Donovan ?

Celui-ci parut hésiter.

— Ma foi, c'est un homme respectable. En tout cas bien davantage que le défunt prince Reginald. Il est trop tôt pour le juger, mais dans la mesure où vous souhaitez que la monarchie de Kahani devienne une république, je pensais que…

— Monsieur Donovan, coupa Kadir, il n'est pas dans mes intentions de renverser le gouvernement de mon pays. J'espère seulement contribuer à faire progresser les choses, pour que la république apparaisse un jour comme le meilleur régime aux yeux de tous. Une nouvelle fois, je dois décliner votre offre.

Souriant à son hôte, il se leva et lui tendit la main.

— Je vous souhaite bonne chance, conclut-il.

— Merci, Excellence. A vous aussi. Et si vous changez d'avis, n'hésitez pas à me contacter.

Kadir approuva d'un hochement de tête et regarda Sayyid escorter son visiteur.

Une fois seul, il s'effondra dans un fauteuil.

Il était coincé.

Lord Carrington avait quitté le pays et ne reviendrait pas avant ce satané gala. Pourquoi Cassandra ne lui en avait-elle rien dit ? Etait-il possible qu'elle ignore tout de ce voyage à Gastonia ?

Quoi qu'il en soit, Kadir n'avait plus aucune raison de rester dans la villa des Redmond. Dès le lendemain matin, il se rendrait dans la baie de Leonia pour s'installer sur son yacht.

Cassandra en serait certainement ravie.

Lorsque Cassandra s'arrêta devant les grilles de la villa, le lendemain matin, quelques photographes faisaient encore le pied de grue, espérant sans doute enregistrer quelques images sensationnelles… Serrant les dents, elle les ignora et franchit rapidement le portail. Aujourd'hui, elle avait opté pour son tailleur le plus sévère. Sa jupe lui descendait sous les genoux, et son chemisier ressemblait à une camisole, une fois boutonné jusqu'au col. Mlle Dunn adorait ce tailleur et complimentait toujours la jeune femme lorsqu'elle le portait, au bureau.

Elle soupira encore, en se demandant si elle avait vraiment envie de ressembler à une vieille fille collectionnant les tenues des années cinquante pour paraître « sérieuse » et « fiable »…

Lexie et sa mère ne cessaient de lui répéter que la vie méritait mieux.

Cassandra repoussa cette pensée, se gara et franchit rapidement les marches du perron. Comme la porte d'entrée était ouverte, elle pénétra dans le hall et haussa les sourcils en y découvrant des dizaines de valises.

Le visage décomposé, Oscar se précipita alors vers elle.

— Que se passe-t-il ? s'enquit-elle.

— Oh, mademoiselle, ils s'en vont ! C'est de ma faute… J'ai obéi à Son Excellence hier, mais ses gardes du corps étaient furieux. Je n'aurais pas dû laisser le cheikh s'échapper, même si c'est de lui que je suis censé recevoir des ordres… Et lui-même est d'une humeur épouvantable, ce matin. Mon Dieu, je n'ai pas su assumer ma tâche convenablement ! Tout est ma faute !

— Bien sûr que non, Oscar, ne dites pas de bêtises, répliqua gentiment Cassandra en posant une main amicale sur son bras. Je suis certaine qu'il s'agit d'un malentendu : personne ne déménage, et je dois d'ailleurs emmener Son Excellence visiter les environs de Silverton demain pour…

— Je crains fort de ne plus être ici, demain, annonça une voix derrière elle.

Cassandra sursauta et sentit son cœur s'emballer dès qu'elle se trouva face à Al-Nuri. Mais son expression sévère lui confirmait les propos du majordome : il était d'une humeur massacrante.

— J'ai appris que lord Carrington ne reviendrait pas à Silvershire avant le gala, enchaîna-t-il d'un ton glacial. Je n'ai donc aucune raison de rester ici.

— Je… Je regrette, Excellence, balbutia-t-elle, déstabilisée. J'ignorais que lord Carrington avait quitté le pays.

Il lui retourna un regard suspicieux mais ne fit aucun commentaire, visiblement soucieux de ne pas engager une polémique en présence du majordome.

— Voyons, il serait absurde de rentrer chez vous, reprit-elle, affolée. J'ai déjà prévu beaucoup d'activités, et Silvershire a davantage à vous offrir qu'un entretien avec lord Carrington.

— Je ne rentre pas chez moi, opposa-t-il. Mon yacht est amarré dans la baie de Leonia et je vais m'y installer quelques jours. Je regrette de contrarier vos projets, mais…

Il s'interrompit et lui fit signe de le suivre un peu plus loin, dans un salon attenant.

Terrassée par ce retournement de situation, elle obtempéra.

— Je ne vais pas vous mentir, poursuivit-il dès qu'ils furent seuls. Je ne pourrais pas vous voir chaque jour et tolérer cette frustration. C'est mieux ainsi.

Bouche bée, elle le dévisagea longuement avant de murmurer :

— Vous prenez la fuite ?

— Exactement.

— Mais… Est-ce que vous réalisez que ça ne va faire qu'empirer la situation ? Les gens vont croire à une querelle amoureuse ! Ou alors, ils penseront que vous cherchez à faire comme si rien n'était jamais arrivé entre nous !

— Mais c'est bien le cas, rugit-il : je vais faire comme si rien ne s'était passé !

— Oui, mais nous ne pouvons pas *avoir l'air* de…

— Cassandra, coupa-t-il.

— Oui, Kadir, répondit-elle en souriant.

Son expression s'adoucit.

— Vous me mettez à l'épreuve ?

— Non, répondit-elle tandis qu'une idée folle lui traversait l'esprit.

Une idée délirante… Mais il ne fallait pas qu'elle le perde. Pas maintenant. Enfin, il ne fallait pas qu'elle perde *cette mission.*

— Vous avez raison, poursuivit-elle. Le village de Leonia est merveilleux. On y trouve de petits restaurants délicieux, la vue est splendide, et c'est très calme. Il n'y a rien d'autre à faire que se promener et pêcher. Je vais vous suivre. Ma sœur a une maison au bord de la mer, là-bas. Elle est absente et m'a confié les clés. Je disposerai donc de ma propre résidence sur place. Je continuerai à vous assister, et si ces paparazzi nous suivent, ils renonceront très vite à leur petit manège : nous ne leur donnerons rien d'intéressant à photographier. Et il ne se passe jamais rien, à Leonia.

Kadir resta silencieux, visiblement stupéfait par sa suggestion. Enfin, il fronça les sourcils.

— Si je comprends bien, vous voulez les tuer d'ennui…

— C'est tout à fait ça, admit-elle, ravie.

Il parut hésiter et la détailla de la tête aux pieds.

— Vous comptez vous accoutrer de la même manière, là-bas ? Vous allez pêcher dans cette tenue de deuil ?

Eh bien ! Il y allait fort, songea-t-elle en baissant les yeux sur ses escarpins plats et sa jupe vert sombre.

— Euh… Non.

Une nouvelle fois, il plongea son regard dans le sien. Elle avait la nette impression qu'il la jaugeait, et les frissons qui l'assaillaient de plus belle étaient décidément intolérables. Mais elle n'avait pas le choix. S'il partait seul, elle pouvait dire adieu à son avancement. Au bureau, tout le monde penserait qu'elle avait échoué dans sa mission.

— Très bien, conclut-il. Rentrez chez vous et faites votre valise. Nous partons dans une heure.

Il n'avait pas renoncé à cette voix glaciale, détachée… Seigneur, et s'il partait sans elle ?

— Ma sœur et moi faisons la même taille, déclara-t-elle très vite, consciente de trahir son angoisse. Je n'ai pas besoin de repasser chez moi… Je trouverai sur place tout ce dont j'ai besoin, et j'irai acheter une brosse à dents et des articles de toilette au supermarché. Je suis prête à partir.

S'il voulait se débarrasser d'elle, elle ne le laisserait pas faire ! Soulagée, elle le regarda approuver d'un hochement de tête et le suivit dans le hall.

6

La baie de Leonia méritait sa réputation : elle était splendide. Kadir avait toujours aimé vivre à proximité de la mer, et il était impatient de s'installer sur le yacht.

Mais Cassandra insista pour lui faire d'abord visiter le village, aussi la suivit-il, en compagnie de Sayyid et de Haroun, tandis que les autres acheminaient les valises jusqu'au yacht.

Un seul photographe les avait pris en chasse depuis Silverton. La jeune femme en avait paru contrariée : durant tout le trajet, elle n'avait cessé de se retourner pour observer sa petite voiture qui poursuivait la limousine.

Haroun conduisait maintenant dans le centre du village, tandis que Sayyid jetait des coups d'œil attentifs autour d'eux. Mais seuls quelques touristes arpentaient les rues, et toute forme de danger paraissait exclue.

Après s'être arrêtés dans un petit magasin où Cassandra acheta quelques affaires, ils continuèrent leur balade. La jeune femme désignait à Kadir toutes les boutiques attrayantes, précisant dans quelle pâtisserie on trouvait les meilleurs cookies ou quel restaurant avait ses faveurs. La ville possédait son petit musée, et tandis qu'elle continuait à babiller, Kadir fixait sa bouche et se rappelait la douceur exquise de ses lèvres, lors de leurs baisers de la veille.

Ils allèrent déjeuner dans un petit café dont la terrasse donnait sur le port. Naturellement, la présence des gardes du corps attirait l'œil, et le photographe qui les avait suivis les bombarda de flashes. Mais comme l'avait relevé Cassandra, cette scène n'avait rien d'intéressant, et il ne pourrait rien en tirer.

Visiblement déterminée à l'occuper durant toute la journée,

Cassandra proposa une partie de pêche. Kadir acquiesça, curieux de connaître la villa de sa sœur, où se trouvait tout le matériel dont ils auraient besoin.

Le petit cottage était situé un peu à l'écart du village, sur une côte rocheuse dominant la mer. Il comprenait une cuisine, un salon, deux chambres et deux salles de bain. Mais chaque pièce était vaste, donnant du volume à cette maison de plain-pied aux proportions modestes.

Dès qu'ils eurent inspecté les lieux, Sayyid et Haroun allèrent se poster devant chaque porte, à l'extérieur. Cassandra mit la cafetière en route avant de disparaître dans l'une des chambres.

Debout devant la baie vitrée, Kadir admirait la vue. Le roulis régulier des vagues l'apaisait, comme toujours. Mais il ne parvenait pas à chasser la jeune femme de son esprit.

Pourtant, il connaissait un moyen imparable. Mais oserait-il en passer par là ? Il n'était pas dans sa nature d'être cruel, et encore moins lorsque l'objet de sa cruauté lui était si cher… Il fallait bien faire quelque chose, néanmoins. Reprendre l'affaire en main.

Une minute plus tard, Cassandra sortait de la chambre, et il ne put réprimer un sourire. Avec ce jean délavé roulé sur ses chevilles, ces baskets blanches et un T-shirt rose, elle avait l'air d'une adolescente. D'autant que sa somptueuse chevelure d'or était simplement retenue en queue-de-cheval et que ses mèches dansaient gaiement sur ses épaules…

Pour une métamorphose, c'était une métamorphose !

— Je crois que ça pourrait vous aller, dit-elle en lui tendant un paquet de vêtements.

Il s'agissait d'un jean, d'un T-shirt beige, d'une paire de tennis en toile et de chaussettes. Kadir avait insisté pour envoyer l'un de ses hommes chercher ses propres affaires sur le yacht, mais elle avait répété que c'était inutile.

— Ces vêtements ont appartenu à un ex-petit ami de ma sœur, ou à l'un de ses maris, expliqua-t-elle. Ils ne sont pas fabuleux, mais c'est la tenue idéale pour pêcher, non ?

Kadir baissa les yeux sur son costume sombre et approuva.

— Vos gardes du corps viendront-ils avec nous ? enchaîna-t-elle. Je peux aussi leur trouver des vêtements mieux adaptés…

— Ce ne sera pas nécessaire, répliqua-t-il avant de se diriger vers la salle de bains pour se changer.

S'il voulait mettre son plan à exécution et se débarrasser définitivement de Cassandra, mieux valait que ses gardes du corps restent le plus loin possible.

Il y avait des années que Cassandra n'avait pas pêché, mais elle se réjouissait de constater qu'elle n'avait rien oublié. Et puis, Kadir semblait très à l'aise avec sa canne et ses leurres. Il connaissait en outre quelques techniques d'appât très efficaces.

Il y avait maintenant des heures qu'ils étaient installés côte à côte, sur ce ponton, de l'autre côté de la baie et du village. Derrière eux, le panier frétillait.

Cassandra ferma les yeux et prit une longue inspiration, afin d'emplir ses poumons d'air marin. Les vagues roulaient doucement, au même rythme que son cœur. Ces moments étaient magiques. Jamais elle ne s'était sentie aussi bien, auprès d'un homme.

Mais tout avait une fin. Kadir ramena lentement sa ligne, se releva et sourit.

— Je crois qu'il est temps de regagner le yacht. Vous êtes d'accord pour y dîner avec moi ?

Aussitôt, elle se raidit.

— Dîner ? Non, je vous remercie pour l'invitation, mais je ne crois pas que ce serait une très bonne idée…

Elle avait repéré quelques boîtes de soupe dans les placards de Lexie, et cela lui conviendrait très bien.

— Il vaut mieux que j'aille m'installer, ajouta-t-elle. Mais allez-y, rentrez.

Pourtant, soudain, l'idée de dîner d'une soupe lui paraissait bien triste.

— J'ai donné ordre à Sayyid d'avertir le cuisinier pour qu'il nous prépare un véritable festin, reprit-il. Le chef aura prévu tous les plats à la carte de votre restaurant préféré.

— Quoi, *tous* les plats ?

Il se contenta d'approuver d'un hochement de tête et reporta son attention sur le petit bateau à moteur qui venait s'arrêter dans l'embarcadère pour emmener tout le monde à bord du yacht.

Puis, Cassandra sentit qu'il glissait son bras autour de sa taille et frissonna.

— Personne ne peut nous voir, ce soir, Cassandra, murmura-t-il. Demain, tout aura changé. Mais ce soir…

— Non, souffla-t-elle, comme elle vacillait sur ses jambes et que le parfum viril de Kadir l'envoûtait déjà.

— J'ai envie de vous, enchaîna-t-il. Et vous le savez. Où est le mal ? Nous sommes deux adultes et nous sommes attirés l'un par l'autre : pourquoi ne pas savourer ce que cette nuit peut nous offrir ? Personne n'en saura jamais rien.

Ces mots résonnaient en elle avec une puissance effrayante. La voix du cheikh semblait s'engouffrer au plus profond d'elle-même, et elle aurait voulu lutter contre l'onde de chaleur qui la parcourait. Mais alors qu'elle hésitait encore, il l'attira contre lui et se pencha sur ses lèvres. Incapable de résister à son étreinte, elle passa ses deux bras autour de son cou et répondit avec ferveur à son baiser. Un baiser tendre, fiévreux, brûlant.

— Dites oui, et vous ne le regretterez pas, murmura-t-il, sans cesser de promener ses doigts le long de ses hanches.

Le flux d'émotions qui montait en elle était si violent qu'elle aurait pu se dissoudre devant lui, ici et maintenant… Seigneur, comment pouvait-il exercer ce pouvoir sur elle ? C'était terrifiant. Mais qu'avait-il en tête ? Une histoire d'une nuit ? Une parenthèse divertissante avant son entretien avec lord Carrington ?

— Je… Je ne peux pas, balbutia-t-elle. Vous me demandez de renoncer à tout pour… Pour quoi, au juste, Kadir ? Juste un moment ?

— Quelle importance ? répliqua-t-il. Faut-il à tout prix poser à l'avance une étiquette sur ce que nous allons vivre ? Vous avez besoin de savoir dans quelle case vous rangeriez cette relation pour vous y engager ?

Cassandra ne sut que répondre. Elle n'allait tout de même pas lui avouer qu'elle n'avait jamais connu aucune *relation*…

— Je ne vous demande pas de fuir avec moi, ajouta-t-il en plongeant son regard de braise dans le sien. Seulement de m'accorder une nuit. Cette nuit. Nous venons de traverser une semaine difficile, et le sexe a des vertus apaisantes…

A ces mots, elle frémit. Sa pire crainte se confirmait. Il ne s'agissait donc pour lui que d'une vulgaire aventure. Et comment pouvait-elle compromettre sa carrière pour *ça* ?

— Vous devriez dîner seul, conclut-elle d'un ton sec, avant de s'éloigner.

Il secoua tristement la tête et la suivit.

— Et demain, Cassandra, que ferez-vous ? Vous recommencerez à faire comme si rien n'était arrivé entre nous ?

— Rien n'est arrivé, répliqua-t-elle en le fusillant du regard.

Il observa un court silence.

— Très bien, finit-il par lâcher. Dommage…

Elle le regarda monter à bord du skiff en s'efforçant d'ignorer les tremblements convulsifs de ses membres. Elle pouvait encore sentir la chaleur de son corps pressé contre le sien…

— Appelez votre ministère et dites à votre supérieur que je veux une autre assistante pour le reste de mon séjour ici, ajouta-t-il en relevant vers elle un regard dur. Une personne un peu plus souple. Ne bougez pas d'ici : la nuit commence à tomber. Je vais vous envoyer Sayyid : il vous raccompagnera chez vous en limousine.

Incapable d'articuler un son, Cassandra demeura immobile tandis que le skiff s'éloignait en direction du yacht. Ce yacht qu'elle ne visiterait donc jamais, et qu'elle ne pouvait qu'admirer dans les reflets rougeoyants du soleil.

Ces paroles d'une cruauté absolue creusaient déjà des galeries en elle, et la magie de ces quelques jours avec Kadir venait de se renverser. Durant tout ce temps, il s'était montré charmant pour une seule raison : il espérait coucher avec elle ! Rien d'autre. Tous ces instants d'intimité, ces sourires, ces baisers, la longue pêche l'un près de l'autre : de vulgaires techniques de séduction.

Oh, Seigneur ! Son cœur venait de se fendre, et la panique la gagnait. Que dirait Mlle Dunn en apprenant que le cheikh exigeait les services d'un autre membre du bureau ?

Elle se retourna vers la mer. L'air marin était frais sur ses joues brûlantes, mais elle se sentait glacée à l'intérieur.

Le skiff contournait le yacht. Bientôt, il disparut de l'horizon. Sans doute une échelle était-elle disposée de l'autre côté.

Le cœur battant sur un rythme enfiévré, Cassandra chercha un peu de réconfort dans la réflexion, la raison, l'éternel sérieux qui la sauvait de ces émotions qu'elle redoutait tant. Après tout, mieux valait qu'elle ait enfin découvert la nature de cruelle de Kadir maintenant ! Il avait presque réussi à lui tourner la tête.

Presque.

Et elle avait été tout près de commettre la plus belle erreur de sa vie !

Bon, il était inutile de rester bêtement ici, dans la brise fraîche du soir. Et elle n'avait pas besoin de rentrer en limousine ! Oh non… Elle ferait le chemin à pied, décida-t-elle en serrant les poings.

Des larmes lui brouillaient la vue tandis qu'elle longeait le rivage. Dans moins d'un kilomètre, elle retrouverait la maison de Lexie, et elle oublierait Al-Nuri, ses belles paroles et ses sourires étudiés. Il ne méritait pas qu'elle verse une larme pour lui ! Il n'était qu'un macho, et elle songeait maintenant au chagrin de sa sœur face à des hommes de son genre…

Elle marchait sur ce chemin depuis deux minutes quand la terrible explosion déchira l'atmosphère et lui coupa le souffle.

Assourdie, elle pila net et se retourna vers l'océan : le yacht avait disparu dans les flammes, et une seconde explosion retentit, suivie d'une déflagration pourpre sur les ondes calmes de la mer.

Une colonne de fumée noire s'éleva dans le ciel.

Durant quelques secondes, elle demeura interdite, sidérée. Puis, la réalité la frappa avec violence, et elle sentit une lame lui déchirer les entrailles. Une douleur sourde, aiguë, précéda l'implacable vérité : Kadir se trouvait sur ce yacht.

Et le yacht avait explosé.

Ses jambes la lâchèrent, et Cassandra tomba à genoux sur le rivage avant de se mettre à hurler.

7

Elle n'avait pas de téléphone mobile sur elle... Mais elle réalisa bien vite qu'elle n'en avait pas besoin : à l'instant où elle se releva pour s'approcher du rivage, des sirènes retentissaient un peu partout autour d'elle. Naturellement, tout le monde avait vu et entendu la déflagration. Les autorités locales se mettaient déjà en branle pour affréter les bateaux et partir à la recherche d'éventuels survivants.

Eventuels ?...

Non. Ils ne trouveraient que des cadavres.

Dans un état second, Cassandra laissa un policier qui s'arrêtait devant elle lui prendre le bras et l'escorter sur le port, dans la zone de sécurité. Elle fit tant bien que mal sa déposition, lâchant une suite de phrases hystériques.

Le village disposait d'un très modeste poste de police et n'était guère équipé pour affronter des accidents de cette ampleur ! Dès que le policier la ramena au cottage, elle appela Mlle Dunn. Il fallait faire venir du renfort !

— Cassie, vous allez bien ? s'inquiéta la vieille dame dès qu'elle lui eût exposé la situation.

Elle n'allait pas pleurer. Pas maintenant. Même si le visage souriant de Kadir s'imposait à son esprit, même si ses genoux tremblaient et s'entrechoquaient, même si elle serrait convulsivement le combiné contre son oreille, recroquevillée sur le sol du salon.

— Je... Je préfère qu'on m'appelle Cassandra, répondit-elle, en proie à la plus vive confusion.

— Je comprends, dit gentiment Mlle Dunn.

— Vous... Vous savez, le cheikh Kadir était quelqu'un de bien. Un homme intelligent. Drôle. Dévoué à la cause de son pays. Il ne méritait pas de périr de cette manière ! Et je suis certaine que lord Carrington voudra tout mettre en œuvre pour découvrir qui est à l'origine de cet assassinat... Car c'est un assassinat ! Vous y veillerez, n'est-ce pas, mademoiselle ? Je veux que le coupable soit retrouvé et puni !

— Bien sûr, Cassandra. Et je vais vous envoyer Timothy Little dès demain matin : il vous ramènera à Silverton.

— Non, opposa-t-elle sans même prendre le temps de réfléchir.

Elle n'avait pas envie de voir l'un de ses collègues. Et encore moins cet idiot de Timothy. Elle voulait être seule.

— Je vous remercie, mais je crois que je vais rester encore quelques jours ici.

— Certainement, si c'est ce que vous voulez, Cassandra, répondit Mlle Dunn. Mais rappelez-moi quand vous le pourrez. J'aimerais être certaine que vous allez bien.

Cassandra acquiesça avant de raccrocher.

Son cœur battait lourdement, ses tempes bourdonnaient, et elle était incapable de se relever, tant elle tremblait. Comment la mort de cet homme qu'elle connaissait à peine pouvait-elle la dévaster à ce point ?

Des larmes roulaient maintenant sur ses joues, comme une rivière ininterrompue. Une boule de chagrin lui nouait la gorge, mais elle savait qu'elle devait téléphoner à sa mère, qui serait folle d'inquiétude en apprenant la nouvelle...

Oh, pas maintenant. Elle n'en avait pas la force. Tout était sa faute ! Si elle avait invité Kadir au cottage, il serait encore vivant. Si elle l'avait convaincu de la suivre ici, peut-être sentirait-elle son souffle chaud sur son visage, en ce moment...

Seigneur, n'avait-elle pas tenté toute sa vie d'échapper précisément à *ça* ? A cette douleur ? Elle avait tenu Kadir à distance, se répétant sans cesse que sa carrière comptait par-dessus tout... Et pourtant, son cœur était en morceaux.

Amala courait sur la plage en riant, comme toutes les autres petites filles. Kadir s'étant lancé à sa poursuite, mais il ne pouvait pas la rattraper : sa grande sœur avait trois ans de plus que lui, et elle courait plus vite. Il regarda la fillette sauter dans les vagues...

Et tout à coup, il sut que quelque chose de terrible allait arriver. Des nuages noirs venaient d'obscurcir le ciel. Les vagues se faisaient menaçantes ; elles allaient tout emporter sur leur passage. Amala était déjà trop loin… Il cria son nom et voulut se jeter à la mer, mais ses jambes étaient paralysées. Cloué sur la plage, il ne pouvait pas bouger. Le monstre ouvrait une gueule béante et allait dévorer sa sœur, sa sœur chérie…

Recrachant l'eau salée, Kadir ouvrit les yeux et étendit les deux bras pour s'accrocher au rocher. C'était seulement une vague, qui venait de l'avaler, et non un monstre. A bout de souffle, il s'efforça de respirer à fond. Tout son corps le faisait souffrir. Et s'il ne reprenait pas rapidement le contrôle de la situation, une nouvelle vague viendrait l'engloutir.

Le ciel était sombre, à peine éclairci par le halo du croissant de lune. Quelques reflets d'argent révélaient les arêtes saillantes des rochers, sur la côte.

Durant un bon moment, il avait cru rêver… Mais maintenant, il se rappelait tout.

Il était sur le point de gravir l'échelle pour monter sur le yacht quand la culpabilité et les regrets l'avaient assailli. Comment avait-il pu traiter Cassandra de cette manière ? Certes, le résultat escompté était atteint, mais il ne supportait pas de l'abandonner ainsi, de lui laisser croire qu'elle n'avait jamais compté pour lui.

De même qu'il ne tolérait pas qu'elle le tienne désormais pour un play-boy sans scrupule.

Il avait donc fait demi-tour, pour remonter seul sur le skiff et se diriger vers l'embarcadère.

La première explosion avait retenti moins de cinq minutes plus tard, le propulsant hors du petit bateau comme un fétu de paille. Avant d'être immergé par l'eau froide, il avait senti quelque chose lui déchirer le bras ; le skiff qui sombrait, peut-être…

Il avait tout juste eu le temps de percevoir la seconde explosion, alors qu'il remontait à la surface. Après… le trou noir.

Comment avait-il réussi à ne pas se noyer ? Il se rappelait s'être accroché à un débris de plastique, qui flottait près de lui. Il s'était laissé dériver. Mais ces souvenirs étaient confus.

En revanche, il avait eu la nette impression que l'esprit de sa sœur l'accompagnait. Comme si elle veillait sur lui et le guidait vers la surface… Amala était morte vingt ans plus tôt, mais il aurait pu jurer que c'était elle qui l'avait sauvé de la gueule du monstre.

Kadir se hissa péniblement sur le rocher, sans s'aider de son bras droit qu'il sentait engourdi et privé de forces. Puis il s'allongea sur le dos et reprit lentement sa respiration.

Bon sang, qui avait fait sauter le yacht ?

Qui *savait* qu'il s'y trouverait ce soir ?

Qui avait été en mesure de vendre cette information à Zahid ? Il égrena mentalement la liste. Ses gardes du corps ; ses deux secrétaires, Hakim et Tarif ; le photographe qui les avait suivis depuis Silverton… Et Cassandra.

Non. Il ne voulait pas croire qu'elle soit mêlée à tout ça. Mais… Elle avait refusé de monter à bord pour dîner avec lui. Durant la journée entière, elle l'avait retenu à terre, loin du yacht. Et il ne pouvait pas se permettre de renoncer à cette hypothèse, sous prétexte qu'elle lui plaisait infiniment plus que toutes les femmes qu'il avait connues dans sa vie.

La brise nocturne souffla sur lui, et il frissonna. Il était frigorifié. Ses dents claquaient.

Mais le courant d'air qui s'engouffrait en lui n'avait rien à voir avec la température. Oh, ce n'était pas la première fois que sa vie était en danger ! Il y avait vingt ans que Zahid était son ennemi. Et de toute façon, celui-ci n'avait pas tout de suite représenté une menace directe. Il y avait eu aussi des moments de paix, de sérénité…

Mais Kadir réalisait qu'au fil des ans, il s'était coupé de tout le monde. Il y avait trop longtemps que son unique préoccupation était de mettre Zahid hors d'état de nuire. En fait, c'était devenu une obsession. Il avait négligé tout le reste… A la vérité, il n'était plus très proche de ses frères. Il ne les connaissait plus : en se mariant et en fondant une famille, ils étaient devenus des étrangers. Et aucune femme n'avait jamais franchi l'entrée de son cœur.

Mais pourquoi était-ce en ce moment précis qu'il se sentait envahi d'un sentiment de solitude teinté de désespoir ? Pourquoi avait-il l'impression de ne pouvoir faire confiance qu'aux morts ?

Ceux qu'il avait chéris de toute son âme : ses parents et sa sœur, Amala…

Tous ceux qui se trouvaient sur le yacht avaient péri. L'équipage, les gardes du corps, les secrétaires…

Il se redressa lentement et scruta la côte : le rivage était à moins de cent mètres. Et droit devant lui, le cottage de Cassandra.

Impossible de trouver le sommeil. Peut-être ne parviendrait-elle plus jamais à dormir.

Assise dans le canapé de sa sœur, Cassandra avait passé un plaid blanc sur ses épaules. Mais elle tremblait toujours. Deux lampes éclairaient le salon, tandis que le reste du cottage était plongé dans le noir.

Il fallait qu'elle appelle ses parents. Mais aussi qu'elle les dissuade de venir la rejoindre au beau milieu de la nuit.

Elle avait envie de rester seule…

Un coup sur la porte arrière de la maison la fit sursauter. A cette heure de la nuit, il ne pouvait s'agir que de mauvaises nouvelles. Ou alors, Lexie s'était disputée avec Stanley, avait interrompu ses vacances et rentrait chez elle…

Non. C'était le policier de tout à l'heure, qui venait lui annoncer que le corps de Kadir avait été retrouvé. Peut-être devrait-elle le suivre à la morgue pour l'identifier.

Cette pensée lui était intolérable, et Cassandra aurait voulu disparaître au fond du canapé. Mais comme on frappait encore, elle se leva à contrecœur.

Elle se dirigeait vers la porte quand elle se sentit gagnée par un terrible soupçon : et si ce n'était pas la police ?

Retournant vers le salon, elle ouvrit le tiroir du bureau et en sortit le revolver. Lexie lui avait avoué qu'elle le gardait ici, « au cas où » — même s'il n'arrivait jamais rien à Leonia.

Mal à l'aise, elle referma la main sur la crosse froide. L'arme était-elle seulement chargée ?

De nouveau, on frappa. En fait, c'était plutôt une sorte de grattement insistant…

Le cœur battant, elle approcha de la porte et leva le revolver.

— Cassandra ?

Cette voix ! Elle connaissait cette voix…

Les mains tremblantes, elle déverrouilla la porte et l'ouvrit en grand.

Kadir. Kadir se tenait là, devant elle, sur le seuil. Trempé. Les vêtements déchirés et tachés de sang. Mais c'était lui… Il était vivant !

Sans mot dire, elle l'attira à l'intérieur, referma la porte derrière lui et l'entraîna dans la cuisine avant de poser le revolver sur la table.

Elle allait appuyer sur l'interrupteur quand il l'en empêcha d'un geste :

— Non. Quelqu'un pourrait nous voir.

Seigneur, il vacillait… Passant son bras autour de sa taille, elle le soutint et le guida vers le canapé du salon, où il s'effondra de tout son long.

Ce canapé où elle pleurait en le croyant mort, encore quelques minutes plus tôt !

Comme elle se penchait sur lui, elle vit que son bras droit saignait. Paniquée, elle se rua vers le téléphone.

— Non ! protesta-t-il encore. N'appelez personne.

Il avait visiblement l'esprit confus, conclut-elle. C'était le choc.

— Kadir, il faut faire venir un médecin, expliqua-t-elle. Quand ce sera fait, je contacterai Mlle Dunn qui se mettra en relation avec les autorités de Kahani. Sauf si vous préférez appeler vous-même votre gouvernement ? Il faut le faire vite, Kadir : tout le monde vous croit mort, et…

— Non, coupa-t-il : pas de médecin et pas de coup de téléphone. Si tout le monde me croit mort, c'est parfait, au contraire. Du moins pour le moment. Essayez de comprendre, Cassandra : je ne sais plus à qui faire confiance. Sauf à vous, cette nuit.

Il avait plongé son regard dans le sien. Un regard clair, aiguisé. Non, il ne délirait pas.

Poussant un profond soupir, elle reposa le combiné de l'appareil et revint vers lui pour le couvrir du plaid.

— Votre bras saigne, Kadir, observa-t-elle.

— Tant pis, dit-il d'une voix faible. Si vous avez un bandage, ça ira très bien…

— Mais je ne suis pas médecin !

— Il faudra faire avec les moyens du bord. Du moins pour

le moment. Si on sait que j'ai survécu, nous serons en danger, vous et moi…

Il releva les yeux vers elle et ajouta :

— Je connais les risques qu'impose ma situation. Je suis conscient que ma vie peut être écourtée à tout moment. Mais vous… Vous ne devez pas subir cette menace sous prétexte que vous êtes auprès de moi. Si vous avez vraiment envie d'appeler les autorités, je vous comprends, mais dites-le : je partirai. Je ne songe qu'à une chose : empêcher les hommes qui ont assassiné tout mon équipage de savoir que je me trouve ici, dans votre cottage.

Touchée, Cassandra s'agenouilla près de lui et lui sourit.

— Pas de coup de fil, dit-elle très bas.

Il tremblait. Sans hésiter, elle déposa doucement le plaid sur lui.

Elle allait nettoyer sa plaie. Puis il faudrait qu'il se réchauffe, qu'il se repose. « Demain » était un mystère. Elle ignorait ce qu'ils feraient.

Mais cette nuit était magique : Kadir était vivant, et elle se savait sortie d'un effroyable cauchemar.

Kadir ouvrit un œil, prêt à remonter à la surface pour reprendre de l'air. Mais il ne luttait pas contre les eaux noires… Au contraire, il était bien au chaud et au sec, dans un lit confortable. Et il n'était pas seul. Son bras droit le faisait souffrir, mais en baissant les yeux dessus, il découvrit qu'il était soigneusement bandé.

Il se rappela alors comment il avait sombré dans le sommeil. Juste avant, Cassandra avait nettoyé sa plaie. Puis elle l'avait aidé à traverser le salon jusqu'ici.

Un rayon de soleil filtrait au travers d'un rideau de lin : le jour allait se lever, c'était l'aurore. Mais le matin n'était pas encore venu, et Kadir se détendit. Désormais, il n'y aurait plus de gardes du corps, plus aucun filtre entre le danger et lui. Tous ceux qui se trouvaient à bord du yacht étaient morts ; y compris celui qui l'avait trahi pour le vendre à Zahid.

Et en cet instant, comme la chevelure de la jeune femme était étalée sur l'oreiller et qu'il entendait son souffle régulier, il voulait se laisser glisser dans le sommeil, près d'elle.

— Comment vous sentez-vous, ce matin ? murmura Cassandra en se redressant, comme Kadir ouvrait les yeux.

C'était si étrange, d'avoir passé la nuit auprès de lui…

Ses traits semblaient reposés. Ses longues mèches noires glissaient sur son large front au teint d'olive, et elle sentit son cœur se contracter en découvrant une nouvelle fois à quel point il était séduisant. Ces pommettes hautes, cette bouche ourlée, cette toison fine et noire sur son menton…

Il portait encore le pantalon de la veille, mais il était torse nu. Fascinée, elle contemplait le dessin de ses pectoraux. Si elle s'était laissée aller… Elle avait envie de se blottir au creux de ses épaules massives et rassurantes.

Déglutissant avec peine, elle reprit :

— Comment va votre bras ?

Il sourit.

— Beaucoup mieux. Vous êtes une excellente infirmière.

Cassandra maudit la rougeur qui lui montait aux visages et enchaîna très vite :

— La blessure n'est pas aussi profonde que je le craignais, mais il faudra la surveiller.

Mieux valait qu'elle se lève. Qu'elle mette un peu de distance entre cette présence ensorcelante et son pauvre corps secoué de spasmes…

Mais comme s'il avait deviné ses pensées, il prit sa main et l'attira doucement vers lui. Et à l'instant où il passa ses bras autour d'elle, elle ne se défendit pas.

Au contraire, elle répondit à son élan et posa doucement sa tête au creux de son épaule, fermant les yeux pour mieux savourer les effluves de son parfum chaud, ensommeillé et viril.

— Oh, Kadir… J'ai eu si peur. Je vous croyais mort. J'ai vu le yacht exploser, et j'étais certaine que vous étiez à bord, alors…

Sa voix s'étrangla et elle prit une longue inspiration.

— Que s'est-il passé ? conclut-elle.

— Je n'étais plus sur le yacht au moment de l'explosion, expliqua-t-il. J'avais changé d'avis, et je revenais vous voir, sur le skiff.

Pour tenter encore de la séduire ? Pour lui répéter qu'il désirait une autre assistante durant son séjour ? Oh, et puis cela n'avait aucune importance. Cette impulsion lui avait sauvé la vie, et elle en remerciait le ciel.

— Je ne voulais pas que vous vous mettiez en tête que je ne tenais pas à vous, reprit-il. J'avais fait exprès de vous mettre en colère contre moi : je voulais vous éloigner. Mais… L'idée de rester sur ce malentendu m'était trop pénible.

Cassandra hésitait à le croire. Peut-être inventait-il tout cela parce qu'ils se trouvaient ensemble dans un lit, en ce moment. Peut-être aussi était-il sincère.

En tout cas, elle savait qu'elle avait commis une erreur, en cherchant par tous les moyens à se protéger d'une vraie passion. Et elle était désormais déterminée à regarder la vérité en face. A ne plus fuir. A reconnaître les troubles qui agitaient son cœur.

Non, elle ne s'interdirait plus de suivre un élan aussi puissant. Même si elle devait aussi en passer par la souffrance. Elle saurait se concentrer sur l'instant présent, et rien d'autre ne comptait qu'être dans les bras de Kadir.

Comme il se penchait sur elle pour l'embrasser, elle ferma les yeux. Seigneur, ses lèvres étaient si douces, si fermes, si sucrées…

Il avait glissé une main dans ses cheveux, et cette caresse lui donnait déjà le vertige. Son cœur battait si fort qu'elle l'entendait résonner dans toute la pièce.

— Cassandra, souffla-t-il en s'écartant pour plonger son regard dans le sien.

Elle comprit sa question muette. Il voulait s'assurer qu'elle savait ce qu'elle faisait. Qu'elle en avait envie, tout autant que lui. Que cette fois, il n'y aurait pas de rebuffades.

— Oui, murmura-t-elle en se pressant contre lui pour caresser délicatement ses épaules, tandis qu'il déposait une myriade de baisers brûlants dans son cou.

Des ondes exquises montaient en elle. Une sorte de boule de feu se formait dans son bas-ventre, et elle le laissa déboutonner lentement sa veste de pyjama.

Quelle était cette fièvre ? Jamais elle n'avait fait cette expérience…

Et quand la main de Kadir effleura ses épaules nues avant de descendre vers ses seins, elle laissa échapper un soupir de plaisir.

Enivrée par ses caresses, elle revint chercher ses lèvres pour l'embrasser avec ardeur.

Le téléphone se mit à sonner précisément à cet instant.

— Ils rappelleront, souffla-t-elle en roulant plus étroitement contre lui.

— Ou ils viendront jusqu'ici, n'ayant pas obtenu de réponse, opposa-t-il en s'écartant légèrement pour la toiser d'un regard grave. Il ne faut pas, Cassandra.

Cassandra laissa encore passer cinq sonneries. Puis, à contrecœur, elle se hissa à une extrémité du matelas et saisit le combiné.

La voix de sa mère la sortit très vite de l'état d'ivresse dans lequel elle venait de plonger.

— Oh !… Bonjour, maman.

— Est-ce que tout va bien ? s'enquit Piper Klein, visiblement au comble de l'inquiétude.

— Euh, oui, mais tu m'as réveillée…

— Excuse-moi, ma chérie. D'habitude, tu te lèves si tôt… Mais j'imagine que tu as passé une nuit épouvantable. Oh, ma chérie, je suis désolée de ce qui t'est arrivé ! Veux-tu que nous passions te prendre tout de suite, avec papa ? Nous pourrions nous installer chez toi pour quelques jours, à Silverton.

Cassandra soupira. Elle avait appelé sa mère très tard, après avoir installé Kadir dans son lit. Et Piper avait déjà fait la même proposition.

— Non, ce ne sera pas nécessaire, je t'assure. De toute façon, Mlle Dunn aura besoin de moi assez vite. Elle pense sans doute que me tenir occupée sera le meilleur moyen d'oublier tout ça. Et je vais probablement suivre son conseil et rentrer à Silverton cet après-midi.

Elle détestait mentir à sa mère… Mais comment aurait-elle pu faire autrement ?

Comme Kadir se levait et allait dans la salle de bains, elle sentit son cœur se serrer.

— Et je vais bien, maman, ne t'inquiète pas, ajouta-t-elle. Tu sais, tu avais raison : j'ai toujours pris trop de précautions. J'aurais dû me jeter dans les bras du cheikh à la seconde où je l'ai vu sortir de cet avion, quand j'ai ressenti ce que tu sais… J'aurais dû lui avouer mes sentiments pour lui dès le premier jour.

— Mais tu es comme ça, ma chérie : tu as une nature prudente, c'est tout.

— Non, je me suis toujours laissé guider par la peur. Je ne voulais pas souffrir, comme Lexie. A force de la voir brisée après une rupture, j'ai renoncé à me donner une chance de vivre ce que papa et toi avez su construire...

— Un jour, ça arrivera, assura sa mère.

Cassandra ne put réprimer un sourire. Sa mère semblait lui promettre qu'un prince charmant finirait par surgir, sur un cheval blanc... Hélas, mieux valait ne plus croire aux contes de fées.

— Peut-être, répondit-elle. Quoi qu'il en soit, je ne veux plus que la peur régente ma vie. J'imagine que je devrais prendre une ou deux leçons de la part de Lexie.

— Ce serait passer d'un extrême à l'autre, non ?

— Pourtant, je suis toujours moi ! répliqua-t-elle en riant. C'est seulement que... Mon Dieu, j'ai l'impression d'avoir vieilli d'un siècle, cette nuit !

— Je viens tout de suite à Leonia...

— Non ! l'interrompit-elle très vite. De toute façon, je serai sans doute partie dans quelques heures.

Usant de tous ses talents de persuasion, Cassandra répéta vingt fois à sa mère qu'elle allait bien. Enfin, elle raccrocha et s'enfonça dans la chaleur des oreillers, regrettant que Kadir ait disparu...

Et si *elle* le rejoignait ?

Le jet de la douche se faisait entendre depuis un moment, depuis la salle de bains. A pas de loup, elle se leva et se glissa à son tour dans la pièce.

8

La silhouette de Kadir apparaissait derrière les vitres dépolies de la cabine de douche. Cassandra défit sa veste de pyjama et la jeta à terre.

Elle avait trouvé ce pyjama dans le dressing de sa sœur, neuf et encore étiqueté. Un cadeau, sans doute. Lexie ne portait que de la lingerie sexy. Et contrairement à Cassandra, elle savait s'y prendre pour séduire les hommes.

Eh bien, il fallait un début à tout. Durant un instant, elle demeura immobile devant les contours de l'homme qu'elle avait envie de rejoindre sous la douche. Son corps était décidément aussi élégant qu'athlétique. Depuis qu'elle avait aperçu la peau nue de ses bras et de son torse, elle était curieuse de découvrir le reste.

Maintenant, elle allait…

— Non.

Avant même qu'elle ait eu le temps d'ouvrir la porte de la cabine, la voix s'éleva encore, plus impérieuse :

— Ne faites pas ça.

Décontenancée, elle s'éclaircit la voix avant de demander :

— Ne pas faire quoi ?

— Me rejoindre sous la douche,. répondit-il sans hésitation. Faire l'amour avec moi uniquement parce que vous êtes soulagée que je ne sois pas mort. Jusqu'à hier soir, vous m'avez résisté. Il n'y a aucune raison que cela change.

Cassandra frémit. Etait-il trop tard ?

— Vous réfléchissez un peu trop, je crois, avança-t-elle.

— J'aimerais mieux ne pas avoir à réfléchir du tout, répliqua-t-il d'une voix très sérieuse. Mais je n'ai pas le choix. En ce moment, il existe une seule personne à qui je puisse faire confiance, et c'est vous, Cassandra. Si je profite de ce moment de faiblesse de votre part pour coucher avec vous, vous regretterez d'avoir cédé pour les mauvaises raisons. N'est-ce pas ?

— Mais non, je ne…

— Vous n'en savez rien, du moins pas aujourd'hui. Pas ce matin, alors que nous avons tous les deux le sentiment d'être seuls au monde. Mais nous ne sommes *pas* seuls au monde. Et croyez-moi, le monde risque de nous le rappeler très vite. Je ne veux pas que vous regrettiez de…

— Je peux vous promettre que je n'aurai aucun regret, coupa-t-elle. Mais vous ne voudrez pas me croire…

— Pas aujourd'hui, répéta-t-il doucement.

— Très bien, soupira-t-elle en allant ramasser sa veste de pyjama sur le sol, avant de fermer la porte derrière elle et de revenir dans la chambre.

La déception était vive. Elle avait envie de pleurer. Mais ses yeux ne verseraient aucune larme. Les larmes étaient faites pour les désastres, les tragédies. Or, elle venait seulement de perdre une bataille.

Et l'entreprise de séduction n'en serait pas pour autant interrompue !

Rassérénée, elle reboutonna son pyjama et alla dans la cuisine pour préparer un copieux petit déjeuner. Les placards de Lexie regorgeaient de boîtes de préparation de pancakes et de muffins.

Allons, elle n'était qu'une débutante, dans ce jeu… Elle n'allait pas se laisser rebuter par une petite défaite ! Sa nature reprendrait le dessus : et elle était une battante. Elle l'avait toujours été.

Une délicieuse odeur caressa les narines de Kadir quand il quitta la salle de bains. Quelque chose qui chauffait dans le four, un parfum de cannelle et de sucre.

Il avait craint de blesser Cassandra en la repoussant, mais comment aurait-il pu agir autrement ? Une femme ne changeait pas d'avis en une nuit, à moins d'être bouleversée. Et un gentleman ne profitait pas de la faiblesse d'une femme, même s'il la désirait plus ardemment que jamais.

De toute façon, le soulagement qu'elle avait manifesté était déjà un immense cadeau, songea-t-il en piochant quelques vêtements d'homme dans le dressing.

En entrant dans la cuisine, il s'étonna tout de même de trouver sa compagne de si belle humeur, occupée devant les fourneaux.

Décidément, Cassandra Klein ne ressemblait à personne ! N'importe quelle femme aurait été profondément vexée, et elle… Elle chantonnait en sortant des œufs du réfrigérateur, toujours vêtue de son pyjama.

Ce satané pyjama qu'il aurait voulu lui arracher…

Penchée sur le plan de travail, elle demanda d'une voix enjouée :

— Comment aimez-vous vos œufs, le matin ? Sur le plat, en omelette ou brou… Seigneur ! Qu'est-ce que vous avez fait ?

Elle venait de relever les yeux vers lui et le dévisageait avec un mélange de stupeur et d'effroi.

— Rien. Je me suis rasé, c'est tout, répondit-il en levant machinalement la main vers son menton nu. Et après le petit déjeuner, j'aimerais vous demander de me couper les cheveux. Si ceux qui me croient morts pouvaient rester dans cette idée, ce serait l'idéal. Je pense qu'une petite transformation vestimentaire achèvera le tout : il devrait être difficile de me reconnaître, maintenant.

Il portait un vieux jean délavé, un peu informe, qui dissimulait la musculature de ses jambes. Le grand sweat-shirt à capuche ne révélait rien de sa carrure, et ces baskets lui donnaient presque l'air d'un adolescent attardé. Dès que ses cheveux seraient coupés court, il deviendrait méconnaissable.

Cassandra le dévisageait toujours et finit par sourire.

— Eh bien ! Vous avez tout d'un étudiant… Ça me plaît. Surtout que j'ai enfin l'occasion de découvrir votre visage entier.

A sa surprise, elle s'avança vers lui, se hissa sur la pointe des pieds et effleura ses lèvres d'un rapide baiser.

— Très réussi, ajouta-t-elle avant de l'inviter d'un geste à s'asseoir à table.

Comme il la fixait avec obstination, elle haussa les épaules et expliqua :

— Inutile de me regarder ainsi, Kadir. Il fallait bien que je teste un baiser sans barbe, non ?

Il était sur le point de répliquer que c'était un raisonnement typiquement féminin, mais il se ravisa. Après tout, si ce baiser était l'idée que Cassandra se faisait d'une revanche, si c'était sa manière de lui répéter qu'elle n'avait aucun regret — eh bien elle avait gagné la manche !

Il lui retourna un sourire amusé avant de prendre son assiette pour la servir généreusement, et de goûter lui-même un muffin tout chaud. Bon sang, il n'avait pas réalisé jusqu'alors qu'il était mort de faim…

Néanmoins, il était temps d'en venir aux choses sérieuses. Tout en lui versant une tasse de café, il planta son regard dans le sien.

— Cassandra, vous aviez un revolver, hier soir. J'en ai besoin.

La manière dont il manipulait cette arme à six balles révélait qu'il était familier de ce genre d'engins, songea Cassandra. Il avait trouvé un kit de nettoyage dans l'armoire à outils et venait de démonter le revolver sous ses yeux. Puis, après avoir minutieusement astiqué chaque pièce, il l'avait remonté en un rien de temps.

Il comptait maintenant les balles dans les trois boîtes de munitions.

Comme s'il avait senti son regard sur lui, il releva les yeux vers elle. Aussitôt, elle sentit ses joues chauffer. Elle n'était pas encore habituée à ce visage impeccablement rasé, et la tentation de caresser ces joues lisses et dorées était forte…

— Pourquoi me fixez-vous ainsi ? demanda-t-il.

— Excusez-moi. C'est juste que je n'avais jamais vu un diplomate aussi à l'aise avec une arme.

— Je n'ai pas toujours été diplomate, répondit-il sobrement.

Cassandra s'en était doutée. Kadir ne ressemblait à aucun ambassadeur, à aucun ministre, à aucun homme d'Etat parmi ceux qu'elle avait rencontrés. Certes, ses manières étaient courtoises et il possédait un sang-froid remarquable, de même qu'une immense connaissance des cultures et des civilisations du monde… Mais sa détermination était beaucoup plus profonde : elle puisait sa force dans une longue expérience de l'injustice et de la souffrance des hommes.

Si Kadir était aussi brillant dans sa fonction, c'était parce qu'il connaissait la misère de ses semblables. Et elle avait envie de l'interroger, de tout connaître de sa vie, de comprendre qui il était. Même s'il semblait très réticent à la laisser entrer dans son univers.

— Vous avez été dans l'armée, c'est ça ? s'enquit-elle.

— Oui.

Un court silence suivit.

— Et qu'est-ce qui vous a incité à entrer dans la diplomatie ? reprit-elle.

Il lui adressa un regard suspicieux avant de soupirer.

— Si vous voulez vraiment le savoir, je vous le dirai pendant que vous me couperez les cheveux.

Elle acquiesça, et ils se rendirent dans la salle de bains. Cassandra le pria alors de retirer son sweat-shirt et de s'asseoir sur le rebord de la baignoire, et il s'exécuta. Après quoi, elle disposa une serviette sur ses épaules et commença à peigner ses longs cheveux noirs pour les couper.

Quelques frissons la parcoururent, tandis qu'elle contemplait la peau nue de son torse et qu'elle effleurait sa nuque du bout des doigts.

Dire qu'elle devait couper ces longues mèches soyeuses… C'était un autre homme, qu'elle allait découvrir ensuite. Mais Kadir lui plaisait avec ou sans barbe, cheveux longs ou courts. Il lui plaisait en costume italien ou en jean et baskets. Il lui plaisait… Un peu trop, sans doute.

— Ne bougez pas, dit-elle en s'efforçant de ne pas trahir son trouble. Vous voulez me raconter, maintenant ?

Un long silence tomba entre eux. Enfin, il prit son inspiration et lâcha :

— J'avais une sœur. Elle s'appelait Amala, et elle était de trois ans mon aînée.

Visiblement tendu, il s'interrompit un instant et poursuivit :

— A dix-neuf ans, elle est tombée éperdument amoureuse d'un homme. Mais mon père refusa de l'autoriser à se marier avec lui : il avait déjà arrangé pour elle des noces avec un homme de haut rang, très influent et puissant. Amala n'avait pas le choix. Elle devait se plier à la décision de mon père. C'était la coutume.

Cassandra eut envie de répliquer que c'était une coutume barbare, mais elle se tut : une profonde douleur perçait dans la voix de Kadir, et il était évident que ce récit le bouleversait.

— Je sais que c'est difficile à comprendre, enchaîna-t-il. Mon père se conformait au seul modèle qu'il connaissait, celui de sa culture. Mais c'était un homme bon. Il adorait Amala. Il pensait sincèrement agir dans son intérêt. Et comme Amala était obéissante, elle a fait ce qu'il voulait. Durant les mois qui ont suivi cette union, elle a même paru satisfaite. Oui, satisfaite… Résignée. Mais pas heureuse. Je n'ai jamais revu cette lueur de joie s'allumer dans ses grands yeux, comme avant, mais je ne pouvais pas imaginer non plus qu'elle était malheureuse. Si seulement j'avais su, si seulement j'avais été plus attentif…

Sa voix s'étrangla.

— Je n'ai rien vu, reprit-il.

— Kadir, on ne peut pas vivre dans le passé pour tenter de corriger des erreurs…

— C'est vrai, admit-il avant de lâcher d'une voix blanche : il l'a tuée.

La brutalité de cette annonce la stupéfia, et elle se mordit la lèvre pour ne pas laisser échapper une exclamation d'horreur.

— Seigneur…

— Son mari l'a surprise alors qu'elle écrivait à l'homme qu'elle aimait, et il l'a assassinée. Etranglée. Il a osé placer ses mains sur son cou, serrer de toutes ses forces et la tuer. Après quoi il a affirmé qu'il avait le droit d'agir ainsi envers une femme infidèle. Comme si la correspondance était un acte de trahison ! Comme si écrire une lettre n'était pas une liberté inaliénable de l'être humain ! Comme si la vie d'Amala lui appartenait et qu'il pouvait en disposer selon des principes ignobles !

Il serrait les poings, et sa voix s'était brisée.

— Oh, Kadir, je suis désolée ! s'exclama Cassandra en reposant les ciseaux et en l'entourant de ses bras.

Elle aurait tant voulu trouver les mots justes pour le réconforter, apaiser cette douleur intense qu'elle devinait en lui.

— J'imagine que ça a été terrible pour votre famille…

— Oui. Nous voulions que justice soit faite et nous l'avons traîné devant les tribunaux. Mais à l'époque, la loi condamnant ces pratiques n'existait pas… Alors cet assassin s'en est tiré. Mon père est tombé très malade. Il est mort un an plus tard. Jamais il ne s'est pardonné d'avoir confié sa fille chérie à cet homme. Ma mère ne connaissait plus la joie depuis la mort de son unique fille, et elle est décédée quelques mois plus tard. Pour Zahid, en revanche, rien n'a changé.

— Zahid… Vous voulez dire Zahid Bin-Asfour, l'homme qui cherche à vous supprimer ?

— Oui. Combien de fois ai-je regretté de n'avoir pas suivi mon premier instinct pour le tuer de mes propres mains… Il a quitté Kahani quelques mois après le meurtre de ma sœur. Je voulais partir à sa recherche. Je n'avais que seize ans, alors je suis entré à l'école militaire pour poursuivre mes études tout en devenant soldat. Mais la vérité, c'est que je ne voulais pas seulement qu'il meure. Je voulais que mon pays renonce à ses coutumes les plus injustes, je voulais lutter aux côtés des démocrates et aider à faire adopter de nouvelles lois.

Il poussa un profond soupir, visiblement mal à l'aise.

— Aujourd'hui, le régime de Kahani a progressé : un homme qui tue sa femme parce qu'il la soupçonne d'infidélité est sévèrement condamné. Mais il y a encore tant à faire…

— Vous avez participé à ce progrès, Kadir, dit-elle avec douceur. Et vous luttez toujours en ce sens.

Il se tut un moment et fronça les sourcils.

— Il faut que je me rende en ville, Cassandra. Quelqu'un a pu voir quelque chose, hier soir… S'il y a déjà des rumeurs, je dois le savoir.

— Très bien. Dans ce cas, nous irons ensemble. Mais il vaut mieux attendre demain. Tout est fermé, le dimanche, et nous risquerions de croiser la police à chaque coin de rue… D'autre part, vous avez besoin de vous reposer, et…

— J'irai seul, coupa-t-il. Je ne veux pas vous mêler à tout ça.

— Je suis *déjà* mêlée à tout ça, Kadir, rétorqua-t-elle fermement. Au cas où vous l'auriez oublié, j'aurais pu laisser ma vie sur ce yacht, moi aussi ! Si j'avais accepté votre invitation à dîner, nous serions morts tous les deux. Alors si on cherche à me supprimer, je suis impliquée jusqu'au cou.

Il releva vers elle un regard stupéfait, et elle retint son souffle : quelle métamorphose ! Il semblait si jeune, tout à coup… Et il n'en était que plus séduisant, si c'était possible. Dans son visage glabre, son regard prenait plus d'intensité, et ses cheveux courts faisaient ressortir la finesse de ses traits, son grand front viril, ses pommettes saillantes.

— J'ai toujours su que mon dévouement pour mon pays pouvait me coûter la vie, protesta-t-il. C'est un sacrifice auquel je me suis préparé. Mais il n'est pas question que vous vous retrouviez dans cette situation.

— Vos scrupules sont très aimables, mais je ne vais pas rester ici pendant que vous partez seul en expédition. D'ailleurs, même si je viens rarement à Leonia, je connais mieux la ville que vous, et je sais qui nous devrons interroger pour obtenir des informations.

— Mais…

— Et c'est moi qui ai les clés de la moto, interrompit-elle.

— La moto ? répéta-t-il, médusé.

Cassandra esquissa un sourire de triomphe, en contemplant de nouveau ce visage de jeune homme. Elle aussi savait comment se comporter comme une adolescente intrépide !

— Ce n'est pas du tout une moto ! répéta-t-il pour la troisième fois. C'est un scooter ! Et il est rose !

— Et alors ? répondit Cassandra d'une voix outragée.

— Alors comment voulez-vous que nous passions inaperçus sur un scooter rose ?

— Oh, ne faites pas le bébé !

— Quoi ? Le *bébé* ?

Elle se retint d'éclater de rire et reprit :

— Eh bien si vous préférez y aller à pied…

Il leva les yeux au ciel. Non, ils n'allaient pas perdre un temps précieux à marcher jusqu'au village. D'autant qu'ils avaient mis leur plan au point : officiellement, il serait le petit ami de Cassandra, venu de Silverton durant la nuit pour la réconforter après le terrible accident de la veille. Il devrait demeurer en retrait tandis que la jeune femme interrogerait les habitants, car même s'il avait changé de physionomie, sa voix pouvait le trahir.

Ce serait donc Cassandra qui se chargerait des interrogatoires tandis qu'il se contenterait d'ouvrir grand ses oreilles.

Puis, à leur retour, elle téléphonerait au ministère des Affaires étrangères de Kahani et tenterait de laisser un message à Sharif.

Sharif, son plus fidèle ami. L'homme qui n'avait jamais cessé de vouer un amour fou à Amala. Et l'homme qui donnerait volontiers sa vie pour permettre la capture de Zahid Bin-Asfour.

Malheureusement, Cassandra ne pourrait pas laisser un message explicite : il faudrait que Sharif parvienne à comprendre, à travers les lignes… Peut-être ne rappellerait-il jamais.

Kadir soupira en jetant un regard désespéré vers le scooter, tandis que la jeune femme lui tendait un casque. Au moins, il n'était pas rose !

Visiblement nerveuse, elle le contempla longuement avant de déclarer :

— Kadir… Il y a quelque chose que je devrais sans doute vous dire, même si je ne suis pas censée le faire. En fait, ça n'a peut-être rien à voir avec ce qui est arrivé, mais il est impossible d'en être sûr.

Elle parut hésiter et enchaîna plus bas :

— Pourtant, je pense que vous devriez le savoir avant que nous partions en ville.

Il sourit.

— Ne vous inquiétez pas. Vos secrets sont à l'abri, avec moi.

— Je sais, mais… Je n'ai jamais divulgué une information confidentielle.

Troublé, il contempla cet extraordinaire regard gris, si limpide et sincère.

— J'ai l'impression de commettre une trahison, dit-elle. Mais si je ne vous le dis pas, c'est vous que je trahis, et ce serait encore pire.

— Cassandra, tout ce que vous me direz restera entre nous, assura-t-il en la suivant hors du garage.

Le soleil matinal illuminait la chevelure blonde de la jeune femme, relevée en queue-de-cheval. Ses longues mèches dansaient sur ses épaules, et il n'avait jamais rien vu de plus ravissant.

— Je ne trahis jamais un secret, reprit-il.

Après avoir marqué une brève hésitation, elle se retourna vers lui et lança :

— Vous pensez que Zahid Bin-Asfour est à l'origine de tous ces attentats contre vous, n'est-ce pas ?

— Cela ne fait aucun doute.

Elle hocha lentement la tête, comme si elle comprenait.

— Eh bien… L'information n'a pas été révélée, mais le prince Reginald a rencontré Bin-Asfour peu avant sa mort. Une enquête est en cours pour déterminer l'objet de cet entretien. Il est possible que cela ait un rapport avec la mort du prince, mais nous n'en sommes pas sûrs.

— La drogue, répondit-il. Zahid a effectué une livraison personnelle pour le prince. Les services secrets de Kahani enquêtent aussi sur cette affaire depuis des semaines. Vous savez, Zahid tire la majeure partie de ses financements du trafic de stupéfiants. Bien sûr, en temps ordinaire, ce sont ses hommes qui assurent les livraisons, mais dans la mesure où il s'agissait d'un membre de la royauté… Je crois que Zahid a vendu cette drogue au prince en échange de promesses ou d'informations. Et je doute fort que cette entrevue se soit limitée à cette tractation, mais mieux vaut nous préparer à l'idée que nous ne le saurons sans doute jamais.

Au lieu de lui reprocher de ne jamais avoir évoqué ce sujet auparavant, la jeune femme approuva d'un hochement de tête.

Il lui en était infiniment reconnaissant.

— Une dernière chose, dit-elle en levant vers lui ce genre de regards intrépides dont elle le gratifiait depuis le matin. Je peux avoir un baiser de bonne chance ?

Il savait qu'il devait refuser. Garder ses distances. Mais comment aurait-il pu résister à cette demande ?

9

Sur place, Cassandra put constater qu'elle avait vu juste : le village grouillait de monde, et les gens ne parlaient que de l'explosion. De nombreux quidams disaient avoir aperçu le cheikh la veille, durant la journée, et se désolaient de penser qu'il n'était plus de ce monde. Ils étaient choqués.

Et surtout, ils étaient très impatients de s'entretenir avec celle qui avait un peu connu Son Excellence et l'avait accompagné jusqu'à Leonia.

Uniquement préoccupés par l'affaire, les gens ne prêtèrent guère d'attention à Kadir, que Cassandra présentait comme son ami Joe.

Dans ses vêtements d'étudiant, son « fiancé » venu de Silverton se montrait peu disert et passait totalement inaperçu. Cassandra lui avait trouvé une casquette de base-ball qu'il gardait enfoncée sur la tête : personne n'aurait pu faire le lien entre ce personnage et le ministre des Affaires étrangères de Kahani !

Durant un moment, elle en oublia jusqu'à l'attirance qu'elle ressentait pour lui. Elle assumait une mission, et avait toujours été très douée pour monopoliser son attention sur son travail. Visiblement, les gens du coin n'en savaient pas long. Mais c'était comme si tous les habitants du village s'étaient trouvés dehors à l'instant de l'explosion, et chacun évoquait la terrible déflagration avec émotion.

L'après-midi était bien entamé quand le photographe de *l'Inquisitor* les repéra, Kadir et elle, à la terrasse d'un café. Elle fit semblant de ne pas le voir et se concentra sur les notes qu'ils avaient prises durant les dernières heures. Malheureusement, leur enquête n'avait guère porté de fruits. La plupart des policiers venus de Silverton resteraient encore quelques jours à Leonia pour terminer leur travail. Ils recueillaient toujours les témoignages de dizaines de personnes clamant avoir assisté à l'explosion. Par conséquent, l'enquête risquait de piétiner encore durant quelque temps — peut-être des semaines.

Jusqu'ici, Cassandra avait évité tous ces enquêteurs. Mais elle n'ignorait pas qu'ils finiraient pas frapper à sa porte, tôt ou tard. Elle leur fournirait alors le récit qu'elle avait déjà déroulé à l'attention du policier de Leonia : après tout, sur le moment, elle n'avait dit que la vérité. Il lui suffirait de s'en tenir à ce bref témoignage.

Le photographe était l'homme qui les avait suivis depuis Silverton. Il les rejoignit, se présenta et leur demanda s'il pouvait se joindre à eux. Avant même que Cassandra n'ait eu le temps de décliner l'offre de ce Simon York, celui-ci prit un siège.

— Que voulez-vous ? s'enquit-elle froidement, sans accepter la main qu'il lui tendait.

— Oh, ne soyez pas comme ça, Cassie… J'imagine que vous êtes fâchée à cause de cette photo dans *l'Inquisitor*, la semaine dernière, mais je ne faisais que mon travail !

York avait ignoré Kadir, et il eut un mouvement de surprise quand ce dernier lui agrippa le poignet pour protester :

— Pour vous, elle est « mademoiselle Klein ».

L'homme s'éclaircit la gorge.

— Hum. Très bien, excusez-moi…

Comme Kadir relâchait son emprise, le photographe releva un regard étonné vers Cassandra.

— Je n'aurais jamais pensé que vous étiez du genre à fréquenter des gros durs…

— Joe est très protecteur envers moi, confirma-t-elle en souriant. Et si vous ne vous comportez pas convenablement, vous réglerez ça avec lui. Maintenant, allez-vous me dire ce que vous faites ici ?

York se pencha sur la table, tout en décochant un regard prudent en direction de Kadir.

— Eh bien figurez-vous que je prenais des photos du coucher de soleil sur le port, hier, murmura-t-il. Naturellement, le yacht était aussi dans ma ligne de mire. A un moment donné, un homme est entré à l'extrémité de mon champ de vision, sur la droite. Il se tenait un peu au-dessous du belvédère, à une dizaine de mètres de moi. Je n'y ai pas prêté attention : si la photo est bonne, c'est le genre de détail qui peut être facilement effacé sur Photoshop, ou bien je revois le cadrage. Mais il est resté là, et il a regardé le yacht exploser. Et quand il est parti…

Il hésita avant de préciser, plus bas encore :

— Il souriait.

— Vous avez pu le prendre en photo ? s'enquit Kadir.

— Oui, répondit sèchement York, visiblement peu désireux d'inclure « Joe » dans la conversation.

Kadir se rabattit aussitôt au fond de sa chaise pour laisser Cassandra mener le dialogue.

— En avez-vous parlé aux enquêteurs ? demanda-t-elle.

— Non ! s'exclama York avec une expression horrifiée. Si je l'avais fait, ils auraient immédiatement confisqué la pellicule ! Je ne suis pas fou ! Et puis, ce n'est pas comme si cet homme pouvait rendre le cheikh à la vie, n'est-ce pas… Mais mon labo de développement est à Silverton. Ici, je n'ai qu'une chambre à l'hôtel Leonia Inn : je ne voulais pas prendre le risque de repartir, au cas où quelque chose se produirait encore dans le secteur. Alors j'ai déposé le rouleau dans une boutique de la ville. Le vieux bonhomme m'a dit que les tirages seraient prêts…

Il baissa les yeux sur sa montre.

— Dans moins d'une heure, ajouta-t-il. Même ici, il y a des gens qui travaillent le dimanche…

Cassandra dévisagea longuement son interlocuteur.

— Pourquoi me racontez-vous tout cela ?

York sourit.

— J'ai pris ces photos, c'est vrai, mais… Je suis aussi journaliste : j'écris des reportages. Si je pouvais vendre ces clichés avec le témoignage de la dernière femme qui a vu Al-Nuri vivant, celle qui a entamé une romance avec lui relatée dans un précédent numéro du journal… Eh bien, mon reportage serait complet, et je pourrais devenir une star, mademoiselle Klein !

Cassandra s'efforça de ne pas trahir son écœurement. L'idée de livrer la moindre information à cet homme était pénible, certes, mais…

— Je veux voir ces clichés dès que possible, dit-elle.

— Bien sûr, acquiesça York, avant de lancer un coup d'œil inquiet vers Kadir. Mais faut-il que votre ami nous accompagne ?

— Oui, répondit-elle avec fermeté.

Il soupira et commanda un café à son tour.

Puis ils reprirent la conversation. York avait interrogé les mêmes personnes que Cassandra, sans plus de succès. En tout cas, nul n'avait mentionné l'homme qu'il avait aperçu. Restait tout de même l'espoir qu'en présentant la photo, certains habitants de la ville parviendraient à le reconnaître. Après tout, Leonia était grande comme un mouchoir de poche, et les touristes allaient et venaient sans cesse, entre le port, les plages, les restaurants et les boutiques : impossible d'imaginer que personne ne saurait identifier le mystérieux inconnu !

York se raccrochait à cette idée et se voyait déjà couronné « star », grâce à son article sensationnel.

Après un moment, ils quittèrent tous trois le café. Très protecteur, Kadir se plaça entre Cassandra et York : à l'évidence, il tenait tout autant qu'elle à voir les clichés, mais il accordait une confiance modérée au photographe.

Ils parvinrent au centre-ville quelques minutes plus tard, et York pointa du doigt l'enseigne du laboratoire de développement :

— C'est là-bas, entre la boutique de confiserie et le prochain carrefour.

Une sorte de petite fumée noire surgissait de l'endroit qu'il désignait; curieux, songea Cassandra. Mais il n'y avait pas de quoi s'inquiéter…

Pourtant, un nouveau nuage noir surgit soudain, plus dense.

Kadir comprit le premier. Il se mit à courir, regarda partout autour de lui et cria :

— Attention !

Au moment où Kadir parvint devant la boutique, l'épaisse fumée noire s'échappait de l'immeuble par grosses nuées, et les gens sortaient des magasins avoisinants pour contempler la scène. Il ôta alors ses lunettes de soleil avant de prendre une longue inspiration et de pénétrer à l'intérieur.

Derrière lui, quelqu'un hurla que les pompiers avaient été appelés et lui conseilla de revenir, mais il s'abstint de faire demi-tour et avança vers le fond de la boutique.

L'incendie était avancé. Des hautes flammes surgissaient de l'arrière-boutique, et le feu progressait rapidement. Il serait déjà trop tard pour sauver quoi que ce soit à l'arrivée des pompiers.

Naturellement, le foyer était situé dans le laboratoire. Kadir observa les flammes ; si les photos se trouvaient encore là, il ne pourrait pas les sauver. Néanmoins, il passa derrière le comptoir, prêt à tenter sa chance dans la fournaise.

Butant contre un obstacle, il manqua s'effondrer et découvrit avec horreur un homme gisant sur le sol. Il s'agenouilla près de lui : les cheveux blancs du vieux monsieur lui collaient au front. Le malheureux avait perdu connaissance, mais Kadir chercha son pouls et s'aperçut qu'il était en vie. Son rythme cardiaque était irrégulier, mais réel.

Kadir releva un regard désespéré vers la salle de développement dévorée par les flammes. Bon sang, s'il était arrivé cinq minutes plus tôt…

Mais il n'y avait pas de temps à perdre avec des regrets. Même s'il ne faisait plus aucun doute que l'homme que York avait aperçu était bien celui qui avait fait sauter le yacht. Il était donc allé jusqu'à faire mettre le feu à cette boutique, pour s'assurer que les clichés compromettants disparaissent… Et il n'avait pas hésité à condamner cet innocent à une mort atroce !

Galvanisé par la rage, Kadir souleva délicatement la tête de l'homme. Puis, en le prenant dans ses bras, il sentit quelque chose de chaud sous ses mains ; du sang, sans aucun doute. Apparemment, le malheureux avait été asphyxié par la fumée, et en cherchant à s'enfuir, il était tombé. Il s'était blessé dans sa chute.

Il fallait donc faire vite, pour lui apporter les premiers soins.

Sur le trottoir, les passants gesticulaient, échangeaient des regards inquiets et commentaient le drame. Dès que Kadir surgit de la boutique en toussant, portant le vieil homme dans ses bras, un murmure de soulagement parcourut l'assistance.

Une femme grassouillette se précipita vers Kadir, comme il allongeait délicatement le vieillard sur le bitume, loin de la fumée.

— Merci, monsieur ! s'exclama-t-elle en s'installant près de lui pour contempler le visage du vieil homme.

Elle passa doucement ses doigts dans ses cheveux bancs et demanda d'une voix bouleversée :

— Il s'est blessé en cherchant à sortir ?

— Je crois, oui, répondit-il en enfilant rapidement ses lunettes de soleil.

Bon sang, dire qu'il ne devait pas attirer l'attention…

La foule avait les yeux braqués sur lui, et le hurlement de la sirène des pompiers annonçait l'arrivée des secours. Il ne pouvait pas se permettre d'être interrogé et remercié durant des heures ! Que se passerait-il, si on lui demandait ses papiers ? Car naturellement, il ne pouvait se contenter de déclarer qu'il s'appelait « Joe » !

Durant une fraction de seconde, il songea à retourner dans la fournaise pour tenter de sauver ces clichés. Mais c'était idiot…

— Ecoutez, j'aimerais rester avec vous, mais il faut absolument que je parte, déclara-t-il très vite. Voulez-vous veiller sur lui jusqu'à l'arrivée de l'ambulance ?

— Bien sûr, mais…

Sans plus attendre, il se redressa et courut vers Cassandra.

La grosse dame cria :

— Mais qui êtes-vous ? William voudra connaître le nom de celui qui lui a sauvé la vie !

— Je m'appelle Joe ! lança-t-il.

— Joe comment ? demanda un quidam.

Kadir accéléra l'allure.

— Joe tout court ! cria-t-il en prenant le bras de la jeune femme pour l'entraîner le plus loin possible.

Puis, il serra sa main dans la sienne et murmura :

— Les photos ont été volées ou détruites.

York les avait suivis, et Kadir se retourna vers lui.

— Pouvez-vous décrire l'homme que vous avez vu ?

Visiblement effondré à l'idée d'avoir perdu ses précieux clichés, York secoua la tête et poussa un profond soupir.

— Oui, je suppose. Mais qu'est-ce que ça peut bien faire ?

La patience de Kadir était à bout. Il aurait volontiers attrapé le photographe par le col pour le secouer comme un prunier et le forcer à cracher ce qu'il savait. Mais avec ce genre d'énergumènes, seul l'appât du gain pouvait vraiment produire un résultat.

— Si vous pouvez nous aider à identifier l'homme qui a assisté à cette explosion avant de s'éloigner en souriant, je vous donnerai une information qui fera réellement de vous une star. A Silvershire, tout le monde connaîtra votre nom. Qu'en dites-vous ?

York haussa les épaules.

— Pourquoi devrais-je vous croire ? Vous avez l'air d'une brute…

— Si j'étais vraiment une brute, j'aurais d'autres moyens d'obtenir cette information, répliqua-t-il d'un ton aussi direct que calme.

Puis, il lança un coup d'œil explicite sur York, qui était de petite taille et de constitution chétive.

— Vous n'avez pas l'air de passer toutes vos journées dans des salles de sport, ajouta-t-il.

Pour la première fois, le photographe lui accorda un long regard. Un regard perçant.

— Vous êtes vraiment de Silverton ? demanda-t-il, suspicieux. Je suis sûr que non…

— Echange de bons procédés, York. Une exclusivité contre une autre.

York sourit.

— Bien sûr, Joe. Pourquoi pas ? De toute façon, vu les circonstances, je n'ai plus rien à perdre…

Ils s'enfoncèrent dans l'entrelacs des petites rues du village, jusqu'à parvenir dans une impasse étroite, entièrement à l'abri des regards et des oreilles indiscrètes.

Enfin, York déballa l'information : l'homme qu'il avait vu était de corpulence moyenne, vêtu d'un luxueux costume noir, rasé de près, et de physionomie arabe. Kadir serra les poings. Cette description était inutile, sans valeur…

— Voilà, conclut York, visiblement sincère et incapable d'en dire davantage. Alors, quel est ce scoop ?

— Je vous le dirai quand nous l'aurons retrouvé, lâcha-t-il en reprenant le bras de Cassandra pour s'éloigner.

— Quoi ? protesta York en les poursuivant. Hé, ce n'était pas notre marché !

— Comment puis-je être certain que vous avez dit la vérité ? opposa Kadir. D'autant que vous ne me faites pas l'impression d'un homme très scrupuleux. Quand j'aurai la preuve que vous n'avez pas menti, vous aurez votre scoop.

— Ça alors ! Mais qui êtes-vous ? insista York. Certainement pas le *petit ami* de la demoiselle, ça, j'en suis sûr ! Et vous ne venez pas de Silverton non plus ! Et puis, vous avez un accent étranger… Vous êtes un espion ? Après tout, ça pourrait faire un bon titre : « La secrétaire sexy repérée en compagnie d'un gros balourd d'espion », ou quelque chose dans le genre…

A ces mots, Kadir s'interrompit aussitôt et fit volte-face pour attraper l'homme par le col de sa veste et le plaquer contre un mur.

— Pardon, pardon ! s'écria York. Je ne voulais pas vous traiter de balourd, mais c'est seulement que… Allez, quoi, donnez-moi ce scoop ! Je viens de perdre toutes mes photos. Vous ne pouvez pas me reprocher d'être de mauvaise humeur !

Kadir approcha son visage à deux centimètres de celui de l'homme et siffla entre ses dents :

— Si vous osez écrire encore un mot au sujet de Mlle Klein avant d'avoir obtenu sa permission au préalable, vous le regretterez, croyez-moi !… Et elle n'est pas secrétaire !

D'un geste brusque, il relâcha sa victime et s'éloigna rapidement avec la jeune femme.

Dès qu'ils furent seuls, il se pencha à son oreille et murmura :

— L'homme que York a vu travaillait pour moi.

10

Kadir ne pouvait jurer que l'étrange personnage sur lequel York était tombé était bien l'un de ses employés, mais c'était plus que probable. Après tout, combien d'Arabes en costumes de luxe se promenaient-ils seuls dans les rues de Leonia un samedi soir ?

De plus, tout le pays ignorait que le cheikh avait quitté la résidence des Redmond pour s'installer sur son yacht, et seul ce photographe les avait suivis depuis Silverton. Néanmoins, mieux valait ne pas revenir sur ce sujet tant qu'il ne disposerait pas de preuves.

De son côté, Cassandra évaluait également les chances pour que cet homme ait appartenu à la suite de Kadir. Voyons, un homme « de corpulence moyenne »... Il ne pouvait donc pas s'agir de Jibril ou de Haroun, taillés comme des armoires à glace. « Rasé de près » : cela excluait Sayyid et Hakim... Mais il restait au moins Tarif, Fahd et tous les membres de cet équipage qu'elle ne connaissait pas. Encore que les gens qui travaillaient sur un yacht n'étaient probablement pas vêtus de costumes... Et alors ? Le coupable se serait bien évidemment changé.

De toute façon, l'homme en question pouvait avoir rasé sa barbe durant la journée, et York était si grêle qu'il ne faisait peut-être pas la différence entre un individu « de corpulence moyenne » et un authentique géant.

A la vérité, ce descriptif pouvait désigner beaucoup de monde et n'excluait définitivement personne, dans l'entourage de Kadir.

Dès qu'ils furent de retour au cottage, Cassandra téléphona au ministère des Affaires étrangères de Kahani et demanda à parler à Sharif Al-Asad. Comme prévu, celui-ci n'était pas disponible, et elle ne pouvait pas se permettre de révéler de but en blanc que Kadir était vivant. Aussi se contenta-t-elle de laisser un message dans lequel elle se présentait comme une amie du cheikh qui tenait absolument à présenter ses condoléances à son plus proche collaborateur.

Elle donna le numéro de téléphone de la maison de sa sœur, en espérant que Sharif comprendrait et rappellerait. Mais il était fort possible que le message ne lui soit même pas transmis…

L'un comme l'autre, ils demeurèrent silencieux durant tout le dîner. Cassandra observait Kadir, qui semblait plongé dans ses pensées, à des années-lumière. Dès le lendemain, il faudrait qu'ils retournent en ville. Mais cette fois, ils poseraient des questions beaucoup plus précises.

Après avoir avalé leur soupe, ils passèrent dans le salon et s'installèrent devant la télévision pour suivre le journal. Le récit de la disparition de Kadir faisait toujours la une, mais les journalistes précisaient que la police ne tenait aucune piste. Visiblement, la grossesse de la princesse Amélia, l'épouse de lord Carrington, passionnait aussi le pays. Cette information avait été tenue secrète durant de longues semaines, mais quelqu'un avait fini par vendre la mèche.

Ennuyée par ce flot d'informations sans intérêt, Cassandra resta cependant près de son compagnon dans le canapé, tandis que défilaient les annonces météo. Subrepticement, elle se rapprocha de lui. Puis elle posa sa tête sur son épaule.

C'était si bon, de sentir sa chaleur et de savourer sa présence…

Mais ce n'était pas assez. Et Cassandra songea que Lexie n'aurait pas hésité à passer à la vitesse supérieure.

— J'essaie vainement de vous séduire, depuis la nuit dernière, mais tous mes efforts ne mènent à rien, observa-t-elle d'un ton las.

— Cassandra, s'il vous plaît, vous ne…

— Laissez-moi finir, reprit-elle.

Comme il se taisait, elle enchaîna :

— Je n'en suis pas surprise. Je crois que je ne vaux rien, comme séductrice. Je n'ai jamais été très douée pour offrir des sourires entendus aux garçons : ce n'est pas mon style. J'ai toujours été directe.

Elle s'agrippa à son bras et murmura :

— Jamais je n'ai tenu un homme de cette manière. Jamais je n'ai embrassé un homme comme je l'ai fait ce matin, et jamais je n'ai ressenti cette brûlure, dans mon cœur… Jusqu'à la nuit où j'ai cru vous avoir perdu. Et d'ailleurs, c'était aussi la première fois que je couchais auprès d'un homme. Je… Je suis vierge.

— Raison de plus pour ne pas…

— Vous étiez d'accord pour ne pas m'interrompre, coupa-t-elle.

Il poussa un profond soupir.

— Très bien. Je vous écoute.

Elle avait peur. Mais il fallait surmonter cette peur. C'était toute sa vie qui se jouait maintenant. L'essentiel.

— Du plus loin que je me souvienne, j'ai toujours attendu de connaître quelque chose de spécial, avec un homme. Un lien privilégié. Une connexion particulière… L'amour.

Elle le sentit se raidir, mais il ne la repoussa pas non plus ; aussi poursuivit-elle :

— Ma mère m'a toujours dit que la première fois qu'elle avait rencontré mon père, elle avait su qu'il était l'homme de sa vie. Comme ça, de manière immédiate. Son cœur s'était embrasé, son estomac s'était noué, et cette étrange émotion lui avait donné la preuve de l'intensité de ses sentiments. Elle n'avait eu aucun doute. J'attends de connaître la même chose depuis toujours, Kadir… Et au moment où je vous ai vu descendre de cet avion…

— Non, coupa-t-il.

— C'est exactement ce que j'ai ressenti, reprit-elle. J'ai cru que c'était une réaction purement physique, et que ça passerait. Et à la vérité, je ne peux pas exactement savoir de quoi il s'agit, mais peut-être est-il préférable que je ne le sache pas et que je ne me pose plus de questions. Rien d'autre ne compte que ceci : je sais que j'ai envie de vous et que la manière dont vous me repoussez devient de plus en plus insupportable.

Kadir se retourna vers elle et glissa une main dans ses cheveux. Son regard était doux et calme.

— Cassandra, c'est vous qui m'avez repoussé depuis notre première rencontre. Et quand j'ai frappé à votre porte en pleine nuit, alors que vous me croyiez mort, vous avez complètement changé d'attitude… Que vouliez-vous que je pense ? Je ne veux pas vous blesser. Et je veux à tout prix éviter que vous regrettiez ces moments que nous vivons ensemble.

— Si j'ai lutté contre les sentiments que j'avais pour vous dès le premier instant, c'est parce que j'avais peur, expliqua-t-elle en plongeant son regard dans le sien. Je n'étais pas préparée à l'amour… Mais qu'est-ce que la vie, sinon une suite de surprises et d'imprévus ? Je me suis retranchée derrière de vieux réflexes, en cherchant à me convaincre que ma carrière passait avant tout. Mais quand j'ai vu le yacht exploser sous mes yeux… J'ai réalisé que je venais de tout perdre.

Son émotion était telle qu'elle sentait sa voix s'affaiblir.

— Assez d'explications, maintenant, conclut-elle très bas. Je veux que vous me fassiez l'amour, Kadir. Je ne veux plus passer à côté d'un moment rare et précieux. Si vous n'avez vraiment aucun désir pour moi, dites-le et je comprendrai. Mais je ne crois pas que ce soit le cas.

Elle avança une main timide vers ses cuisses et caressa doucement la toile du jean.

Kadir referma alors ses bras sur elle, et elle sut qu'il allait cesser de lutter. Au moins cette nuit.

— Je ne peux rien te promettre au-delà de ce soir, Cassandra, souffla-t-il d'une voix rauque. J'ignore de quoi demain sera fait…

— Ne pensons pas à demain. Savourons le présent. Je t'ai attendu si longtemps, Kadir… Je ne peux plus attendre. Je ne le veux plus.

Caressant encore ses cheveux, il se pencha sur elle pour l'embrasser avec une infinie douceur. Cassandra s'abandonna au vertige qui montait en elle, surpuissant. Elle avait prononcé le mot fatidique, « amour »…

Kadir n'y avait pas répondu. Mais tandis qu'elle sentait sa main se glisser sous son T-shirt et arpenter sa peau brûlante, tandis qu'ils roulaient sur le canapé, enlacés, elle savait qu'elle ne céderait plus à la peur. Même si son cœur battait sur un rythme affolé, et même si l'idée de s'offrir pour la première fois à un homme lui donnait l'impression de se jeter dans le vide. Peut-être Kadir avait-il peur de l'amour ; elle pouvait le comprendre.

Ils auraient donc peur ensemble…

Ses lèvres étaient douces, sensuelles, veloutées, et leur goût de miel électrisait Cassandra de la tête aux pieds. Plongeant ses deux mains dans ses cheveux, Kadir bascula sur elle.

Peu à peu, ils s'abîmaient dans un corps à corps fougueux ; Cassandra glissa son bras autour de son cou, s'agrippant fermement à lui, le couvrant de baisers passionnés, revenant sans cesse chercher ses lèvres brûlantes. Il l'enivrait… Bientôt, elle sentit ses doigts courir plus furieusement sur son ventre, et il lui ôta son T-shirt.

Dans le silence environnant, seul le murmure de leur respiration saccadée rythmait leurs gestes. Cassandra frémissait de désir, et Kadir plongea son regard dans le sien en faisant doucement glisser les bretelles de son soutien-gorge sur ses épaules. Ses doigts étaient fiévreux, mais ses gestes précis et langoureux. Cassandra ne savait comment lutter contre la chaleur qui irradiait maintenant tout son corps. Oh, elle avait envie qu'il caresse ses seins, dont elle sentait les pointes se dresser pour lui. Mais il la couvait toujours d'un regard intense, noir, indéchiffrable. Et il prit tout son temps pour dégrafer son soutien-gorge et le faire tomber sur sol.

Puis, il contempla sa poitrine nue. Enfin, du bout des doigts, d'un geste si léger qu'il en était à peine perceptible, il se mit à dessiner des cercles autour de ses tétons dardés.

Ses mouvements circulaires suivaient aussi le contour de ses seins. Renversant la tête en arrière, Cassandra savoura cette longue et sinueuse caresse, qui ressemblait à une torture…

— Oh, Kadir… Oui, oui…

A l'instant où elle fermait les yeux, il referma ses lèvres sur ses seins pour en agacer la pointe de sa langue ardente, et Cassandra ne put retenir un cri de plaisir. Oh, Seigneur, des ondes la secouaient, telles des décharges électriques, et un flux d'émotions inconnues s'emparait d'elle tandis que Kadir léchait ses tétons.

Sans prononcer un mot, il l'attira plus étroitement contre lui et défit le zip de son jean.

— Kadir, je…

— Chut. Ne dis rien. Et surtout, n'aie pas peur…

Le souffle court, Cassandra le laissa la déshabiller. Elle parvenait à peine à respirer. Sa gorge était sèche, et son corps en feu. Elle avait l'impression qu'elle allait s'enflammer entre ses bras.

D'un baiser fiévreux, il lui couvrit les lèvres, et aventura une main sur son ventre brûlant. Aussitôt, elle se cambra et ouvrit les cuisses ; son corps obéissait à des réflexes inconnus. Quand elle sentit la main de Kadir effleurer son sexe à travers la mince étoffe de coton, elle lâcha un soupir.

Elle n'avait même pas réalisé qu'elle était presque entièrement nue sous ses yeux, tandis qu'il était toujours habillé.

— Tu es si belle, Cassandra, murmura-t-il.

Elle rouvrit les yeux pour découvrir son regard complice et embrasé.

— Tu as un corps parfait, ajouta-t-il en promenant ses doigts sur toute la longueur de ses jambes, destinant le galbe de ses mollets, s'attardant sur ses genoux, allant et venant sur ses cuisses.

Puis, comme elle s'ouvrait encore à lui, il se remit à caresser le triangle de coton qui cachait encore son sexe. Quelles étaient ces ondes qui la parcouraient, plus intenses à chaque seconde ? D'où venait cette fièvre ? Lorsqu'il souleva sa culotte pour glisser doucement sa main entre sa fine toison, elle crut qu'une lame venait de la transpercer. Etonnée, elle découvrait la force de son propre désir, qui la rendait humide…

Comme elle écartait les cuisses pour lui permettre d'approfondir sa caresse, il explora lentement son sexe épanoui, offert, trempé.

Puis, il écouta le plaisir qu'il lui donnait.

— Oh, Kadir…

— Tu aimes ça ?

— Oui… Oui, encore !

Elle se sentait emportée vers un tourbillon vertigineux, quand elle sentit qu'elle avait besoin de le caresser à son tour. C'était un appel venu du plus profond d'elle-même, un élan irrépressible. Et au moment où il faisait glisser son slip sur ses chevilles, elle se redressa brusquement pour lui arracher son sweat-shirt. Visiblement pris de court, il se laissa faire, lui rendant des baisers passionnés tandis qu'elle le débarrassait de son T-shirt et de son jean.

Enfin, à bout de souffle, elle caressa son torse du plat de la main et glissa ses doigts tremblants dans le fin duvet noir de ses pectoraux. Etourdie de désir, elle posa ses lèvres sur sa peau dorée, explorant les creux et les courbes de son abdomen.

Il poussa alors un grognement guttural, presque bestial.

— Cassandra, je n'ai pas de… Enfin, je n'ai pas sur moi un…

— Je reviens tout de suite, murmura-t-elle en se précipitant vers la salle de bains pour puiser dans la réserve de préservatifs de sa sœur.

A l'instant où elle allait le rejoindre, elle le trouva sur le seuil de la porte et manqua le heurter de plein fouet.

Stupéfaite, elle recula d'un pas.

Il était entièrement nu, et elle découvrait son sexe dressé. C'était la première fois qu'elle contemplait une érection, et elle fut stupéfaite en réalisant que ce spectacle décuplait encore son désir. Oui, elle avait envie de le caresser, encore et encore…

En silence, il la prit dans ses bras, la souleva et l'entraîna vers la chambre à coucher.

Dès qu'il la déposa sur le matelas, ses gestes se firent plus enfiévrés. Rageurs.

Kadir aurait voulu que tout se passe très lentement… Mais maintenant qu'elle avait posé ses mains sur lui et qu'il sentait la chaleur de leurs corps nus pressés l'un contre l'autre, il ne savait plus comment retenir l'éruption qui sourdait en lui, menaçant de tout emporter. Jamais il n'avait désiré une femme de cette manière. Roulant sur elle, il l'embrassa passionnément, jusqu'à ce qu'ils soient incapables de respirer. Sentir cette peau douce et satinée contre la sienne était la plus exquise des tortures. Il ne pouvait plus nier la puissance de son désir, qu'il allait devoir assouvir sous peine de devenir fou. Ses mains couraient sur les seins gonflés de la jeune femme, et il s'écarta pour admirer leur rondeur et leur fermeté, savourant le plaisir de les sentir si parfaitement galbés dans ses paumes.

Elle gémit et enfonça les doigts dans ses cheveux, l'invitant à poursuivre sa caresse. Mais soudain, d'une main hésitante, elle chercha son membre dressé.

A ce contact, il crut perdre tout contrôle :

— Je ne peux plus attendre, souffla-t-il.

Elle le guidait déjà entre ses cuisses.

— Viens, murmura-t-elle d'un ton suppliant.

— Cassandra... Je ne veux pas te faire mal et...

— Oh, je t'en prie, viens !

Alors, ils poussèrent ensemble un long soupir tandis qu'elle collait ses hanches aux siennes.

Cassandra ferma les yeux et sentit Kadir entrer doucement en elle. Très doucement. C'était... Oh, c'était comme une blessure divine.

— Chérie... Je ne te fais pas mal ?

Elle sourit en découvrant son regard éperdu d'inquiétude plongé dans le sien.

— Au contraire, murmura-t-elle.

Etait-ce de l'amour, qu'elle discernait dans ces yeux noirs, embués de désir ? Ou seulement les scrupules de celui qui faisait d'elle une femme ? Oh, elle ne voulait pas y penser... Elle voulait s'abandonner à la magie de ces instants.

Lentement, elle le laissa imprimer son rythme à son corps. Ondulant dans un même élan, ils se soudaient l'un à l'autre.

La sensation qui la traversa fut si violente qu'elle crut défaillir. Secouée d'ondes de plaisir, elle referma ses cuisses autour de lui et s'abandonna aux volutes vibrantes de son va-et-vient.

— Oui, maintenant, Kadir, maintenant...

Il plongea son regard enfiévré dans le sien et murmura son nom tandis qu'elle poussait un cri.

Des spasmes les secouèrent ensemble, jusqu'à l'orgasme.

Quand il relâcha son étreinte, elle tremblait encore.

Cassandra crut que son cœur allait lâcher, mais alors que leurs corps trempés de sueur se séparaient lentement et qu'ils retombaient enlacés sur le matelas, elle savoura la vague de bonheur parfait qui l'avalait.

De quoi s'agissait-il ? C'était forcément l'amour...

Jamais elle n'oublierait ce qu'elle ressentait en cet instant. Une confiance radieuse, un plaisir pur, comme si le monde venait de se transformer, uniquement pour eux.

— Tu vas bien ? chuchota Kadir en l'attirant au creux de son épaule, déposant des baisers très doux sur son front.

Elle sourit.

— Mieux que jamais, avoua-t-elle en riant. En fait, je ne me suis jamais sentie aussi bien de toute ma vie…

— Tant mieux, souffla-t-il, visiblement soulagé, avant de l'embrasser tendrement.

Puis, Cassandra se laissa glisser dans un sommeil sans rêve. Le sommeil d'une femme comblée.

11

Kadir demeura éveillé longtemps après que la jeune femme se fut endormie. Il ne pouvait détacher ses yeux de ce visage aux traits sereins, de cette chevelure d'or étalée sur l'oreiller.

Ce qu'il venait de vivre était extraordinaire : en dépit de sa virginité, Cassandra s'était révélée d'une sensualité débordante, et jamais aucune femme ne lui avait offert le plaisir qu'il avait découvert entre ses bras. Comment était-ce possible ?…

Il ne voulait pas se poser cette question.

Cassandra lui avait fait oublier ses scrupules, en lui parlant de ce qu'elle avait ressenti dès leur première rencontre. Mais il devait garder à l'esprit qu'il lui imposait une situation très dangereuse.

D'autant qu'il était de plus en plus persuadé d'avoir été trahi par l'un des siens. Cette explosion qui avait volé la vie de tous ses hommes était l'œuvre d'un proche. Oh, de toute son âme, il aurait préféré croire que l'inconnu que York avait aperçu était un membre de l'organisation de Zahid, l'un de ses sbires.

Mais la raison lui soufflait que c'était peu vraisemblable. L'assassin était venu à Leonia *avec lui*, pour poser cette bombe.

Ce soir, il s'était autorisé à oublier la raison, la logique, la prudence. Il avait enfoui ses angoisses et sa rage pour se laisser submerger par la beauté de Cassandra. Oui, elle était infiniment belle. Mais Kadir n'aimait pas qu'elle s'imagine éprouver de l'amour pour lui.

Sans doute réaliserait-elle très vite que ce n'était pas le cas. Les femmes avaient tendance à confondre attirance et sentiments, mais maintenant qu'elle avait connu le plaisir charnel, elle reviendrait à la raison, elle aussi. N'avait-elle pas toujours insisté sur l'importance qu'elle accordait à sa carrière ? Oui, elle faisait passer son métier avant tout le reste.

Il écouta sa respiration régulière. Il devait reconnaître que c'était agréable, de sentir sa présence à son côté. Et tant qu'il serait en quête de la vérité, s'il pouvait encore savourer tout ce qu'elle voulait lui donner, il lui en serait reconnaissant. Sans elle, peut-être serait-il déjà devenu fou. Et sans cette nuit, le soldat qui sommeillait en lui aurait fini par tuer l'homme. Le diplomate. Celui qui devait résoudre cette affaire sans mettre en péril l'avenir de Kahani.

Bon sang, cette fameuse vérité serait difficile à dénouer. Mais la rencontre de Zahid et du prince Reginald lui livrait une piste de choix : si seulement Kadir parvenait à savoir quel genre de pacte ils avaient conclu, peut-être parviendrait-il à mettre son ennemi hors d'état de nuire.

Le monde entier exigerait une punition exemplaire pour Zahid Bin-Asfour : chacun avait le droit de s'exprimer, en ce bas monde, y compris les opposants à la démocratie. Mais il y avait trop longtemps que Zahid Bin-Asfour avait renoncé à animer un parti politique d'opposition pour préférer la lutte souterraine. Néanmoins, l'assassinat était condamné par l'ensemble des nations du globe.

Kadir allait encore devoir séjourner dans ce pays quelque temps. Des jours, voire des semaines. Durant ce sursis, il ne demandait pas mieux que de rester l'amant de Cassandra. Non seulement il l'appréciait, mais il l'admirait. Elle était courageuse… Et si belle. Mais il faudrait qu'elle comprenne que ce qu'ils vivaient n'était rien d'autre qu'une parenthèse avant son départ. Une liaison. Ils pouvaient se donner mutuellement du plaisir, mais chacun d'eux reprendrait le cours de son existence quand tout serait fini.

Cassandra n'appartiendrait jamais à son monde. Et de son côté, il resterait dévoué à son pays jusqu'à son dernier souffle.

La sonnerie du téléphone extirpa Cassandra de son sommeil.

Dès qu'elle reconnut la voix à l'autre bout du fil, elle se sentit immergée de plus belle dans les questions qu'elle se posait depuis des jours.

A la vérité, elle ne savait que penser du répit que leur accordait la police. Elle s'était attendue à ce qu'un officier frappe à sa porte pour l'interroger davantage au sujet de sa collaboration avec le cheikh… Et puis, la manière dont Kadir avait volé au secours de ce vieil homme aurait également dû leur valoir une visite des enquêteurs.

Mais personne ne semblait se soucier de l'héroïque Joe. Et Cassandra s'étonnait encore de cet étrange silence.

Sous ses airs austères et indifférents, Mlle Dunn cachait une réelle sensibilité ; d'ailleurs, elle avait régulièrement téléphoné à Cassandra pour lui demander de ses nouvelles, depuis l'explosion. Cette fois, elle lui expliqua qu'elle avait elle-même prié la police de ne pas l'importuner.

— Je leur ai clairement demandé de ne pas tourner autour du cottage pendant que vous vous reposiez, dit-elle. Ils ont compris que vous aviez besoin de quelques jours de solitude pour vous remettre de ce choc. De toute façon, la police de Leonia dispose déjà de vos premières déclarations et, pour le moment, c'est amplement suffisant.

— Merci, répondit Cassandra en jetant un coup d'œil vers Kadir.

Il était réveillé, mais gardait la tête enfoncée dans son oreiller. Il semblait épuisé… Visiblement, il n'avait pas très bien dormi.

— Je crois que je vais encore prendre quelques jours de congé, enchaîna-t-elle. Vous savez, je ne peux rien dire de plus aux enquêteurs que ce que j'ai déclaré à la police de Leonia le soir du drame.

— Je suis bien d'accord, admit sa supérieure. Et vous avez raison de vous accorder encore un peu de répit. Mais j'aimerais vraiment que vous soyez de retour au bureau la semaine prochaine, Cassandra. Les huit jours qui précèdent le grand gala accaparent nos services, et j'aurai besoin de votre présence.

Cassandra soupira. Comme toujours, le ton de Mlle Dunn était très autoritaire. Elle ne lui laissait pas vraiment le choix.

— Bien sûr, conclut-elle avant de raccrocher et se lover contre Kadir.

Le soleil se levait à peine. Elle ne pourrait plus dormir, mais elle avait envie de rester au lit.

Et de faire l'amour toute la journée.

Les émotions qu'elle avait découvertes entre les bras de Kadir durant cette nuit mémorable dépassaient largement toutes ses attentes. Eh bien, si elle avait su que l'amour physique pouvait métamorphoser un être humain ! Car elle était transformée. Et elle ne demandait pas mieux que d'explorer les horizons qui venaient de s'ouvrir à elle…

Posant ses lèvres sur l'épaule nue de son compagnon, elle l'invita à se retourner vers elle. Lentement, il passa ses bras autour de sa taille et ouvrit les yeux.

— Bonjour, dit-il d'une voix ensommeillée.

— Bonjour…

Elle le gratifia d'un baiser ardent, et il sourit en lui rendant ses caresses.

— Et si nous ne bougions pas d'ici, aujourd'hui ? suggéra-t-elle.

— Mmm… Je ne demanderais pas mieux, mais tu sais bien que le travail nous attend.

— Je suis lasse de travailler, avoua-t-elle.

Il plongea son regard dans le sien et caressa doucement sa chevelure.

— Moi aussi. Il serait si facile d'oublier la terre entière et de rester dans ce lit jusqu'à la tombée de la nuit… Si facile de faire comme si nous étions seuls… *Trop* facile, Cassandra. Tu sais, une part de moi-même voudrait rester dans la peau de Joe, loin des affaires diplomatiques, des guerres contre Zahid Bin-Asfour, des attentats et de la politique. Joe aurait toute liberté de rester avec toi, sans se soucier de ses ennemis. Hélas, c'est impossible. Nous n'avons pas le droit de faire cela. Il faut que je me lève, que je prenne une douche et que je me rende en ville. Mais il n'y a aucune raison pour que tu ne te reposes pas ici, pendant ce temps. Dors encore quelques heures, et laisse-moi affronter les affaires désagréables.

Sur ces mots, il déposa un nouveau baiser sur son front et se leva.

Cassandra le regarda passer dans la salle de bains et poussa un profond soupir en rabattant le drap sur elle. Pourquoi le reste du monde s'acharnait-il contre eux ? Pourquoi ne resterait-il pas Joe, en effet ? Pourquoi ne quitterait-elle pas son poste pour trouver une petite maison à Leonia ?… Dès qu'elle entendit l'eau couler, elle repoussa ces pensées stériles et se leva à son tour.

Aujourd'hui, Kadir ne prendrait pas sa douche seul. Il avait envie d'elle, elle le savait ; et elle avait besoin de lui. Alors avant de partir ensemble pour la ville, ils allaient s'accorder un moment de pur plaisir ensemble.

Kadir avait un plan. Il laissa le scooter à proximité du laboratoire de développement incendié, mais prit la direction de l'hôtel Leonia Inn, un ancien édifice aux murs de pierre couverts de lierre grimpant. C'était là que Simon York avait dit séjourner.

Il espérait se glisser à l'intérieur sans être vu, et serra le bras de la jeune femme sous le sien. Car Cassandra n'avait rien voulu entendre, et insisté pour l'accompagner. A la vérité, elle avait trouvé l'argument massue : et si l'assassin rôdait toujours dans les parages et passait au cottage durant l'absence de Kadir ?...

Bien sûr, cette hypothèse semblait peu vraisemblable, mais il n'avait pas souhaité courir le moindre risque. Par sa faute, Cassandra se retrouvait déjà dans une situation inextricable...

— Ohé ! Joe !

Kadir jura entre ses dents. Bon sang, c'était la grosse dame de la veille... Mieux valait l'ignorer. Il accéléra l'allure, mais le pas pesant de la femme martelait le trottoir.

— Joe ! Joe !

A contrecœur, Cassandra et lui s'arrêtèrent. Puis ils traversèrent la rue pour la rejoindre, et elle ralentit en voyant qu'ils ne cherchaient pas à l'éviter.

— Dieu merci, je vous ai reconnu ! reprit-elle, essoufflée. Parce que je voulais que vous sachiez...

Kadir haussa les sourcils.

— Que je sache quoi ?

Elle venait de s'arrêter devant la boutique de confiseries, et il s'aperçut alors qu'elle portait un tablier assorti à l'enseigne, orné d'un badge au nom de Mary.

— Eh bien... Nous avons tous compris que vous ne souhaitiez pas parler à la police, expliqua-t-elle. Je ne sais pas pourquoi... Mais vous avez vraiment fait quelque chose de bien, Joe, et nous avons pensé qu'une bonne action ne devait pas vous valoir des ennuis. Alors Henry a dit au policier qui l'interrogeait que c'était lui qui avait sorti le pauvre William de son magasin. Et comme William était encore inconscient, il n'a pas pu protester.

— Qui est Henry ? demanda Kadir, à la fois impressionné et soulagé par la gentillesse des commerçants.

— Henry est grand, avec des cheveux roux. C'est un client régulier de ma boutique, ajouta-t-elle avec une pointe de fierté. Il raffole de mes caramels.

— Mais il y avait beaucoup de témoins, objecta Cassandra.

— Oui, mais pas de touristes. Seulement des confrères et quelques clients que nous connaissons bien. Alors… Oh, Joe, nous vous remercions tous d'avoir sauvé William, et vous pouvez nous faire confiance pour vous éviter une publicité encombrante.

Kadir sourit.

— J'en conclus que William a repris conscience ? Dites-moi… A-t-il parlé de ce qui est arrivé ? Savez-vous s'il se rappelle comment l'incendie s'est déclaré, ou s'il a vu quelqu'un ?

Mary haussa les épaules, en un geste d'impuissance.

— Il n'a aucun souvenir. Il dit qu'il a senti de la fumée, qu'il est passé dans le labo et qu'en essayant de sortir, il est tombé. Ensuite, c'est le trou noir.

Kadir hocha la tête, pensif.

— Eh bien, je suis heureux que votre ami se porte mieux. Remerciez également tous vos confrères de leur discrétion, j'apprécie beaucoup votre geste, conclut-il en se penchant pour prendre la main de Mary et la baiser.

Aussitôt, la vieille dame se mit à rougir.

— Voyons, euh, ce n'était rien, vraiment, balbutia-t-elle. J'ai seulement pensé que vous deviez le savoir…

— L'incendie s'est-il arrêté au comptoir de développement ? s'enquit Cassandra.

— Oui, Dieu merci. Aucun des magasins adjacents à l'immeuble n'a souffert des flammes, grâce à cette minuscule ruelle entre les bâtiments. Je me suis souvent plainte des enfants qui couraient et faisaient du bruit devant le magasin, mais je dois dire qu'hier, j'étais contente qu'elle soit là…

— Je suis ravi d'apprendre que personne d'autre n'a souffert de dommages, dit Kadir.

Mary rougit encore et ajouta :

— Vous devriez venir goûter mes caramels au beurre salé quand vous en aurez l'occasion, jeune homme. Je sais bien que la plupart des femmes sont très soucieuses de leur ligne, mais la petite demoiselle ne devrait pas souffrir de quelques calories en plus !

Kadir resta un instant bouche bée. Il y avait longtemps que personne ne l'avait plus appelé « jeune homme » !

— Certainement, chère madame, répondit-il. Nous serons très heureux de visiter votre boutique et de découvrir ces fameux caramels.

Comme la grosse dame devenait rouge comme une pivoine, ils prirent congé et la saluèrent encore d'un signe de main en prenant la direction de l'hôtel de Simon York.

Dès qu'ils eurent traversé la rue, Cassandra éclata de rire.

— Qu'y a-t-il de si drôle ?

Toujours hilare, elle glissa son bras sous le sien et l'entraîna dans le hall.

— Si tu veux être crédible dans le rôle de Joe, il va falloir que tu adoptes des manières un peu plus… *simples*, expliqua-t-elle. Et surtout, il faut que tu renonces à cette incroyable courtoisie !

— Courtoisie ? répéta-t-il en fronçant les sourcils.

Elle serra sa main dans la sienne et lui sourit plus tendrement encore.

— Voyons… Aucun homme dénommé Joe ne pratiquerait le baisemain à notre époque !

12

Cassandra avait observé l'échange entre les deux hommes avec le plus vif intérêt. Surpris par leur visite impromptue, York s'était d'abord montré fort peu civil, surtout envers « Joe ».

Mais si l'animosité était réciproque, au sein de leur trio, chacun comprenait l'intérêt d'une collaboration. Et hanté par le spectre de son scoop, le photographe de *l'Inquisitor* avait finalement enterré ses griefs à l'égard de « Joe » : en ce moment, il prenait furieusement note de tout ce que lui racontait ce dernier, comme si chacune de ses paroles valait son pesant d'or.

— Savez-vous, reprit Kadir, que Zahid Bin-Asfour a rencontré Reginald peu avant l'assassinat du prince ? Trois jours avant, pour être précis.

— Naturellement, je le savais ! dit York, qui mentait outrageusement.

Cassandra échangea un sourire entendu avec Kadir.

— Il est venu livrer des drogues illégales au prince, précisa Kadir. Mais nous ne savons pas ce qu'il a obtenu en échange. Et vous ?

— Je peux le découvrir, assura York. *L'Inquisitor* a des correspondants partout, et quand je dis partout, je veux dire *partout.* Si quelqu'un est au courant du contenu de cette tractation, je peux l'être aussi.

Cassandra frissonna, mal à l'aise. Si jamais le ministère s'apercevait que cette information circulait et qu'elle était mêlée à la rumeur, elle serait renvoyée sur-le-champ. Mlle Dunn n'était guère connue pour sa clémence.

— Parfait, dit Kadir. Je compte sur vous pour démarrer cette investigation au plus vite. Mais jusque-là, je vous saurai gré de ne pas divulguer l'information.

— Quoi ? Vous plaisantez ? C'est une vraie bombe ! Je ne peux pas garder ça pour moi !

Au lieu de se lancer dans la querelle, Kadir sourit.

— Une bombe ? Je croyais que vous saviez déjà…

Comme l'autre se tortillait sur sa chaise, Kadir haussa les épaules et enchaîna :

— C'est comme vous voudrez. Mais dès que vous aurez fait sortir cette nouvelle, tous les journalistes essaieront de connaître le dessous de l'affaire : je pensais que dans votre intérêt, il était plus sage d'attendre que le scoop se transforme en reportage complet…

York soupira, visiblement vaincu.

— Vous avez raison. De toute façon, en ce moment, il n'y en a que pour la princesse et son futur bébé. Il faut attendre que ça se calme.

Tandis que Kadir approuvait, Cassandra se surprit à laisser son imagination vagabonder. Plus elle observait Kadir, plus elle songeait que cette histoire de « Joe » ne tiendrait plus longtemps… Son accent étranger le trahissait.

Pourtant, elle aurait tout donné pour qu'il reste Joe. Ils auraient pu se fréquenter durant quelques mois, passer leurs week-ends ici, au bord de la mer, ou du côté de Barton. Puis Joe demanderait officiellement sa main à son père, et d'ici une année, ils se marieraient. En attendant, ils parleraient de leurs noces chaque nuit avant de faire éperdument l'amour. Ils pourraient s'installer à Silverton, où ils resteraient jusqu'à l'arrivée de leur premier enfant. Peut-être même après. Leur vie ne serait-elle pas encore plus merveilleuse, avec les bébés ?

Certainement ; mais Kadir n'était pas Joe, et il ne le serait jamais.

Dès que l'entretien toucha à sa fin, York promit encore de ne pas lâcher l'information avant d'avoir enquêté sur l'entrevue de Zahid Bin-Asfour et du prince. Cette investigation allait le contraindre à rentrer à Silverton, car il ne faisait pas confiance aux lignes téléphoniques. Ils convinrent donc de se retrouver au même endroit, à Leonia, le jeudi suivant dans la soirée. D'ici là, York était certain d'avoir obtenu quelque chose.

Il y avait maintenant plus de deux heures qu'ils se promenaient dans les rues et que Kadir passait d'une terrasse de café à une autre, épiant la foule derrière ses lunettes noires.

— Qu'est-ce que tu fais ? demanda Cassandra, lasse de ce manège.

Il soupira et haussa les épaules.

— Je n'en sais rien. Il y a de bonnes chances pour qu'*il* soit déjà parti depuis longtemps, mais je ne peux pas m'empêcher d'espérer tomber sur lui. Je perds mon temps, je le sais. Au fond, je pense que je ne veux pas croire que c'est l'un de mes hommes, qui m'a trahi. Et pourtant… C'est l'évidence même. Un homme à qui j'accordais pleinement ma confiance m'a vendu à Zahid Bin-Asfour et a orchestré tous ces attentats contre ma vie, sans hésiter à faire périr des innocents…

— Kadir, tu n'en es pas sûr, objecta-t-elle.

Au lieu de répondre, il l'attira contre lui et l'embrassa.

— Il attend peut-être que ma dépouille soit retrouvée, reprit-il. Oui, il est possible qu'il soit encore ici, sur ordre de son chef : Zahid n'est pas homme à se contenter de paroles… Il voudra obtenir la preuve formelle de ma mort.

— Tu ne peux pas non plus être sûr de cela, insista-t-elle.

— Non, admit-il. Et je veux bien oublier un moment la logique et me dire que l'homme qui a fait exploser le yacht pourrait être un étranger qui a quitté Leonia immédiatement…

Cassandra serra sa main dans la sienne. Si seulement ils s'étaient rencontrés comme un homme et une femme ordinaires… Si seulement ils n'étaient pas plongés dans cette situation qui menaçait de les séparer.

Et pour la première fois de sa vie, elle ne trouvait pas les mots justes pour apaiser l'angoisse de Kadir. Seigneur, c'était pourtant son métier : elle était experte dans l'art de puiser dans la raison les arguments les plus convaincants. Mais cette fois, elle était démunie. L'adversaire semblait plus fort qu'eux.

Découragée, elle se hissa sur la pointe des pieds pour embrasser tendrement Kadir.

Puis ils reprirent la direction du centre-ville et montèrent sur le scooter pour rentrer au cottage.

*
* *

L'après-midi fut long. Très long. Et maussade. Kadir savait que c'était sa faute. Il se laissait couler dans son humeur sombre. Le téléphone sonna une seule fois, mais ce n'était que Piper Klein, qui voulait s'assurer que sa cadette allait bien.

En revanche, ils ne reçurent aucun coup de fil de Sharif. Kadir se demandait s'il était trop tôt pour lui laisser un nouveau message. Hum. Quelqu'un risquait de juger l'impatience d'une parfaite inconnue de Silvershire un peu suspecte. Il fallait donc attendre encore.

Après avoir raccroché, Cassandra vint s'installer près de lui sur le canapé. Il suffisait qu'il sente ses cuisses effleurer les siennes pour que son érection se manifeste.

— Qu'est-ce qu'on fait, maintenant ? demanda-t-elle, comme si elle avait lu dans ses pensées.

— On attend.

— Hum. Nous pourrions peut-être retourner en ville et questionner plus précisément les gens sur le mystérieux individu… Notre descriptif est un peu mince, mais si nous allons d'abord du côté des restaurants du port…

— Non, coupa-t-il sèchement.

Puisque cet homme ne pouvait être qu'un membre de son personnel, ils risquaient d'attirer davantage l'attention sur eux en interrogeant la population au sujet d'une personne présumée morte. Ce serait encore plus vrai si le traître n'avait pas quitté Leonia.

— Non, reprit-il, nous allons attendre le retour de York et voir quelles sont les informations qu'il aura obtenues.

— C'est dans deux jours… Qu'allons-nous faire durant tout ce temps ?

Il connaissait au moins la réponse à cette question, songea-t-il en lui retournant un regard de braise.

Comme elle tendait une main vers ses cheveux, il l'attira contre lui et l'embrassa passionnément.

Cassandra Klein était unique. Jamais il n'avait désiré une femme avec tant d'ardeur.

Et tandis qu'elle glissait sur le canapé, il commença à déboutonner son chemisier et découvrit sa poitrine déjà durcie.

— Oh oui, murmura-t-elle, comme il dessinait les contours de ses seins ronds et fermes. Oui, Kadir, viens…

Une tradition était une tradition, songea Cassandra en s'asseyant devant le bureau de Lexie, dans le salon. Elle songea que c'était d'ailleurs dans ce tiroir qu'elle avait trouvé l'arme que Kadir conservait désormais toujours à portée de main.

Oui, une tradition ne pouvait être rompue sous aucun prétexte. Et puisque c'était mardi soir, elle allait écrire à sa mère : comme tous les mardis soir. Au lieu du papier à lettre bleu pâle qu'elle utilisait chez elle, elle utiliserait le bloc quadrillé de Lexie ; mais ce serait la seule différence.

Chère maman,

La maison de Lexie est ravissante, très agréable et réconfortante. Je ne m'étais pas rendu compte que j'avais à ce point besoin de prendre un peu de vacances avant d'y être contrainte. Le son de la mer et le roulis des vagues ont un merveilleux effet relaxant. Parfois, la vue est si belle que j'en ai le souffle coupé. Je comprends maintenant pourquoi Lexie aime tant ce cottage.

Il était impossible qu'elle révèle à sa mère que Kadir était en vie. Non, pas maintenant. De toute façon, si Piper Klein apprenait que sa fille était dans la ligne de mire d'une bande d'assassins, elle rappliquerait dans la seconde. Les mères étaient ainsi faites : mieux valait que la sienne reste tranquillement chez elle, à Barton.

Je me sens beaucoup mieux aujourd'hui que ces jours derniers.

Et comment ! Elle venait de faire l'amour avec Kadir durant des heures. C'était de plus en plus exquis, de plus en plus divin… Même si elle devait se retenir de lui avouer son amour, quand il lui donnait du plaisir.

Tu avais raison. Toi, Lexie, Daisy et Paula, vous aviez toutes raison. Je suppose que tu n'aurais pas cru me l'entendre dire un jour ! Mais c'est la vérité. Quand vous me recommandiez de profiter de la vie au lieu de tout planifier, quand vous me reprochiez de tracer un itinéraire précis pour la moindre visite de musée, quand tu me répétais de savourer un peu l'instant présent... Vous aviez mille fois raison. Malheureusement, dans la vie, on doit apprendre certaines choses par soi-même, et les leçons que vous donnent les autres ne servent à rien. Le deuil est l'une de ces choses. Tu sais que le cheikh et moi étions devenus bons amis dans ce court laps de temps : tu l'avais deviné. Et je le regrette, mais personne n'aurait pu me préparer à l'effroyable spectacle de l'explosion de son yacht. Rien n'aurait pu me préparer au sentiment de vide abyssal que j'ai connu, après avoir vu cette scène se dérouler sous mes yeux.

C'était la vérité : elle n'oublierait pas ces quelques heures de cauchemar. Même si Kadir était apparu à sa porte durant la nuit. Le gouffre qui s'était ouvert en elle à cet instant resterait gravé dans sa mémoire.

Je crois que je vais beaucoup mieux, maintenant, sincèrement. Mlle Dunn veut que je rentre au bureau la semaine prochaine, parce qu'il y a toujours beaucoup de travail pour la préparation du grand gala annuel des Fondateurs. J'espère que papa et toi, vous ferez le voyage jusqu'à Silverton, cette année. Tu sais que je vous garde des invitations. Mais il faudra que tu dises à papa de porter un smoking. Dis-lui de ma part que celui qu'il avait à l'époque où vous étiez fiancés ne fera pas l'affaire. Les jabots sont vraiment passés de mode, et de toute façon, ce costume est devenu trop étroit pour lui.

Le gala était strictement réservé au gratin du pays, mais elle se débrouillait toujours pour obtenir quelques places. En revanche, la « tenue de rigueur » n'était pas une option, et le père de Cassandra refusait obstinément d'entendre parler de mode et de chiffons... Peut-être parce qu'il vivait depuis tant d'années dans une maison pleine de femmes !

La semaine prochaine, quand je t'écrirai, je serai rentrée chez moi. La vie aura repris son cours normal.

A très bientôt, j'espère,

Je t'embrasse fort,

Cassandra.

Hum. En vérité, elle ne pouvait pas jurer qu'elle serait de retour à Silverton à ce moment-là. Elle resterait auprès de Kadir jusqu'à ce qu'il ait résolu son enquête… Jusqu'à ce qu'il soit parti.

Comment ferait-elle, pour dormir, quand il ne serait plus là ? Elle n'était pas comme sa sœur : jamais elle ne saurait trouver un remplaçant à Kadir. Il était unique.

Pourtant, il ne voulait pas entendre parler d'amour. Elle n'avait pas oublié son mouvement de recul, quand elle lui avait avoué la force de ses sentiments. Et elle était déterminée à ne pas commettre deux fois cette erreur. S'il ne voulait pas qu'elle lui dise qu'elle l'aimait, eh bien elle garderait le silence.

De toute façon, maintenant, il savait.

Et de son côté, elle apprendrait à se satisfaire de cette liaison éphémère. Mieux valait une relation brève et intense plutôt que rien. Plus tard, elle se rappellerait ce qu'elle avait découvert avec lui, dans ses bras.

Mais elle avait envie de pleurer : toute sa vie, elle avait attendu le grand amour. Et jamais elle n'aurait pensé qu'au moment où il se présenterait enfin, elle devrait presque aussitôt lui dire adieu.

13

Il n'y avait aucune raison de s'attarder au village, aujourd'hui. Après avoir posté sa lettre, Cassandra suivit Kadir dans la boutique de confiserie, où il acheta une grande boîte de caramels à Mary. Ensuite, ils remontèrent sur le scooter pour rentrer au cottage.

Cassandra avait cependant observé le manège de Kadir : une nouvelle fois, il avait jeté des regards scrutateurs partout autour de lui, comme s'il suspectait chaque homme, chaque femme et chaque enfant de Leonia d'être au service de Zahid Bin-Asfour. Il gardait aussi le revolver de Lexie sur lui, soigneusement caché sous son épais sweat-shirt. D'ailleurs, si elle n'avait pas su qu'il ne le quittait jamais, elle n'aurait pas pu deviner qu'il était armé.

Quant aux habitants du village, ils ne manifestaient aucun soupçon : tout le monde semblait croire dur comme fer que Kadir était son petit ami venu de Silverton pour la réconforter. Le terme de « petit ami » semblait assez inapproprié pour décrire leur relation, mais après tout, c'était amusant.

Et pour le moment, elle était impatiente de profiter de leur sursis de trente-six heures : York rentrerait le lendemain, en fin de journée. D'ici là, ils avaient tout loisir de se lancer dans des corps à corps enfiévrés. Ils pourraient aussi pêcher, sautiller d'un rocher à l'autre sur la berge, se découvrir encore mille points communs et dîner en tête à tête.

Oui, elle avait un jour et demi pour se constituer une réserve de souvenirs délicieux dans laquelle puiser durant le reste de sa vie. Seule.

Lorsqu'ils entrèrent dans la cuisine, ils échangèrent un sourire complice : ils avaient décidé de faire l'amour dans chaque pièce de la maison, et Cassandra chercha des yeux le lieu idéal pour une étreinte…

Mais alors qu'elle refermait la porte derrière eux, Kadir lui saisit le poignet, se colla devant elle, la contraignit à s'accroupir et sortit le revolver de sa ceinture.

Déstabilisée, Cassandra s'accrocha aux deux poches de son jean pour ne pas vaciller. Puis elle jeta un regard inquiet autour d'elle, pour tenter de discerner ce qu'il avait vu.

Un homme se tenait dans l'encadrement de la porte, entre la cuisine et le salon. Il brandissait aussi un revolver… pointé dans leur direction.

Cassandra retint son souffle et fixa l'inconnu. Le rythme de son cœur s'était emballé, mais elle saurait conserver son sang-froid. Comme Kadir, l'homme avait un teint ambré, ainsi que des cheveux noirs qui lui tombaient au niveau des épaules, retenus en arrière. Quelques mèches volèrent sur son front pour révéler un visage étroit, ovale, aux traits durs. Avec son regard noir et sa barbe coupée en bouc pointu, il paraissait effrayant.

— Quel imbécile tu es : tu m'as fait peur, lança soudain Kadir en rangeant son arme.

Cassandra vit l'inconnu hausser les sourcils et approcher d'un pas hésitant, visiblement sidéré.

— Kadir ? C'est toi ? Tu es bien vivant…

Son expression hostile se mua lentement en un sourire chaleureux. Une seconde plus tard, les deux hommes échangeaient une franche accolade, tandis que l'inconnu répétait d'une voix émue :

— Tu es vivant, tu es vivant…

Kadir revint vers Cassandra pour lui prendre la main et l'aider à se redresser.

Désarçonnée par cette scène, elle fixa encore l'homme qui s'était mis à rire et passait son bras autour de l'épaule de Kadir.

Quand leur hilarité cessa enfin, Kadir la prit par la taille.

— Cassandra, voici Sharif Al-Asad, Premier Secrétaire du ministère de la Défense de Kahani, et mon plus vieil ami. Sharif, je te présente Mlle Cassandra Klein, la représentante diplomatique venue m'assister durant mon séjour à Silvershire.

Cassandra tendit la main à Sharif, qui la jaugea de pied en cap d'un rapide coup d'œil.

— Une représentante pleine de charme, si je puis me permettre, dit-il.

Comme elle et Kadir se tenaient étroitement enlacés, Sharif pouvait maintenant deviner l'intimité de leur relation. Rien ne semblait échapper à son regard perçant. Contrairement à Kadir, il n'avait pas des yeux de braise, mais plutôt un regard d'aigle, précis et impitoyable.

— Vous ne m'avez pas rappelée, observa-t-elle, encore sous le choc de cette visite inattendue.

— Vous ne pensiez pas que je resterais assis dans mon bureau à répondre au téléphone alors que mon meilleur ami venait de se faire assassiner !

A son tour, Cassandra le détailla longuement et comprit. Sharif Al-Asad était vêtu d'un superbe costume, taillé sur mesure. Il tenait son arme avec l'aisance et le calme de celui qui en a une longue expérience. Instinctivement, elle sut qu'elle avait affaire à un individu redoutablement intelligent et déterminé. Un homme dangereux.

— Probablement pas, admit-elle.

Seigneur, c'était à cet homme que Kadir accordait toute sa confiance ! Il avait même précisé que c'était *le seul.* Tandis qu'ils allaient s'installer tous trois dans le salon pour lui fournir un résumé des derniers jours, elle ne put réprimer un frisson.

Kadir aurait peut-être confié sa vie à cet homme ; mais pour sa part, elle se tiendrait toujours sur ses gardes. Il ne lui inspirait rien de bon.

Le sourire de Sharif s'évanouit quand il regarda Cassandra disparaître dans la cuisine. Kadir avait réalisé que son vieil ami tenait à ce qu'ils restent seuls, et il avait demandé à la jeune femme de leur préparer un thé.

— Nous pouvons partir, maintenant, lança Sharif en se penchant vers lui. Il nous suffira de passer par devant pendant qu'elle est toujours occupée dans la cuisine. Et dans deux heures, tu seras en sécurité dans un lieu abrité. Dès que ce sera fait, je reviendrai à Leonia pour mener personnellement l'enquête.

Kadir demeura de marbre.

— Je suis en sécurité, ici. En tout cas pour le moment.

Une lueur de colère brilla dans le regard de son ami.

— Tu te fiches de moi ? Tu connais cette femme depuis une semaine, et tu veux placer ta vie entre ses mains ? Je ne te croyais pas aussi stupide, Kadir. Zahid peut l'avoir achetée ou menacée. Il l'a peut-être soumise à un chantage. Elle peut t'empoisonner à tout moment, ou te tirer dessus pendant que tu dors et…

— Non. Elle ne ferait jamais rien de tout ça.

— Tu n'as aucun moyen d'en avoir la garantie ! protesta Sharif.

Kadir soupira. Il en avait la certitude, mais il aurait été incapable de traduire ce sentiment en paroles.

— Sharif, reprit-il plus bas, elle croit être amoureuse de moi.

Son ami repoussa cet argument d'un geste impatient.

— Et alors ? C'est sans doute une ruse.

— Non. Il n'y a pas de ruse entre elle et moi.

— Bon sang… Comment peux-tu te laisser aveugler à ce point ?

Kadir observa une courte pause.

— Je n'ai pas dit que je l'aimais, mais… Je l'apprécie beaucoup. Infiniment.

— Oui, cela paraît évident, grommela Sharif.

Cette remarque le fit sourire.

— Disons que je l'apprécie assez pour avoir envie de la protéger tant que je le peux. Mais cela ne m'empêchera pas de lui dire adieu quand nous en aurons fini ici.

Il voulait profiter de l'absence de Cassandra pour lui révéler ses soupçons au sujet de Zahid Bin-Asfour, aussi fournit-il un court récit de leurs aventures des trois derniers jours. Sharif parut davantage étonné que choqué. De toute façon, plus rien ne le choquait : il en avait trop vu. Néanmoins, l'idée que Kadir ait été trahi par l'un des siens le troublait, et il s'engagea à faire ouvrir une enquête sur chacun de ses compagnons de voyage dès cet après-midi : il lui suffirait de passer un coup de fil au ministère pour entamer le travail.

— Nous avons découvert les raisons de l'entretien entre Zahid et le prince Reginald, reprit-il en se penchant au-dessus de la table basse.

Kadir hocha la tête et attendit la suite, tout en jetant un coup d'œil vers la cuisine : Cassandra pouvait revenir d'une seconde à l'autre.

— Zahid a proposé une alliance au prince, enchaîna Sharif. Une allégeance secrète entre son organisation et Silvershire en échange de livraisons régulières de drogue.

Kadir secoua la tête, écœuré.

— Et qu'a répondu le prince à cette proposition grotesque ?

Même si Reginald avait été un homme corrompu, même s'il avait eu besoin de se lancer dans de petits trafics de drogue pour augmenter sa fortune personnelle et élargir son réseau d'influence, comment aurait-il pu compromettre son pays en pactisant avec Bin-Asfour ? Ça ne tenait pas debout ! Zahid n'était pas un chef de parti d'opposition, mais un authentique truand.

— Nous n'en savons rien, répondit Sharif en soupirant. Mais si son offre a été rejetée, il est possible qu'il ait eu envie de se venger du prince. Et surtout de s'assurer que cette histoire ne se serait jamais rendue publique. L'un de mes hommes a infiltré le réseau de Bin-Asfour, et d'ici quelques jours…

— Quoi ? Tu as envoyé quelqu'un pour jouer double jeu ?

Sharif acquiesça en silence, visiblement fier de cette réussite.

Avant même que Cassandra n'ait terminé de préparer le thé, Sharif se leva pour quitter la maison en passant par l'avant. Kadir ne chercha pas à le retenir : son ami était une vraie pile électrique, et s'il y avait une chance pour que le coupable se trouve toujours à Leonia, il ferait tout pour le démasquer au plus vite. Mais au moment où il regardait son ami passer le seuil de la porte, celui-ci lui adressa un dernier regard explicite avant de désigner la cuisine.

Kadir l'ignora et retourna dans le salon au moment où Cassandra déposait une assiette de petits gâteaux et une théière sur la table.

— Il est parti ? s'étonna-t-elle en relevant les yeux vers lui.

— Oui.

— Tant mieux. Je ne lui fais pas confiance.

Kadir poussa un profond soupir.

— Pourquoi ? Il veut en finir avec Zahid au moins autant que moi. Sharif est peut-être le seul homme au monde que Zahid ne pourrait jamais corrompre ou acheter.

Il ne put s'empêcher de songer à la folle suggestion de son

ami : Cassandra avait-elle été recrutée par Zahid ?… Non, non, c'était impensable. Elle avait eu cent fois l'occasion de le tuer, ces derniers jours.

Mais au fond de lui, il savait d'où lui venait cette idée. En un sens, Cassandra était tout aussi dangereuse pour lui que Zahid Bin-Asfour. Et en affirmant à Sharif qu'il l'« appréciait beaucoup », il avait senti la honte le consumer. C'était tellement au-dessous de la vérité… Jamais il n'avait rencontré un être plus spontané, totalement privé de malice. Il y avait une véritable pureté, chez Cassandra. Comme si elle était bel et bien cette fleur délicate et rarissime dans un jardin loin de la nature sauvage.

— Ton ami me fait l'effet d'un homme qui ne connaît aucune limite, reprit-elle. Il est prêt à tout pour obtenir ce qu'il veut. Pour lui, la fin justifie les moyens, et si tu dis que ce qu'il souhaite plus que tout, c'est de mettre Bin-Asfour hors d'état de nuire, comment peux-tu croire qu'il hésiterait à te sacrifier ?

— Mais qu'est-ce que tu racontes ?

Elle soupira.

— Dis-moi, Kadir : est-ce que Sharif donnerait sa propre vie pour éliminer Zahid Bin-Asfour ?

— Oui, sans hésiter.

— Alors pourquoi donnerait-il plus d'importance à ta vie qu'à la sienne ? Il veut peut-être obtenir la confiance de Bin-Asfour, quitte à te sacrifier, *toi*.

— Cassandra, tu énonces des hypothèses purement gratuites ! Il faudrait encore que Zahid ait appris que je ne suis pas mort dans l'explosion, et qu'il ait ensuite fait chanter Sharif… C'est ridicule.

— Il ne m'aime pas du tout, lança-t-elle à brûle-pourpoint.

Kadir sentit son cœur se serrer. Non, sa compagne et son meilleur ami ne s'aimaient pas *du tout*. L'un après l'autre, ils venaient d'échafauder des théories stupides pour le convaincre de se méfier qui d'elle, qui de lui. Mais Kadir n'avait pas l'intention de passer ses journées à se demander s'il devait redouter une trahison subite de la part des seules personnes auxquelles il accordait sa confiance !

Mieux valait profiter de la vie, tant que c'était possible.

— Chérie, il y a toujours des risques, dans la vie, murmura-t-il en l'attirant contre lui.

Cassandra ne parut guère convaincue, mais elle se garda d'argumenter davantage. Et c'était l'essentiel : car ils avaient beaucoup mieux à faire que d'argumenter, durant ces longues heures à venir…

Ces dernières trente-six heures avaient offert à Cassandra tout ce dont elle rêvait. Kadir et elle avaient fait l'amour, entre quelques promenades et parties de pêche. Ils avaient beaucoup ri aussi, car leur complicité ne cessait de s'épanouir. Jusque très tard dans la nuit, ils avaient évoqué leurs souvenirs d'enfance, leurs ambitions, leurs peurs, et échangé tous ces secrets réservés aux amants. Dans la journée, ils se tenaient souvent par la main et s'embrassaient sans cesse.

La seule ombre au tableau avait été l'irruption récurrente de ce personnage aux cheveux longs que Kadir tenait pour son meilleur ami. Chaque fois que Sharif leur avait rendu visite, il s'était gardé de s'annoncer, et Cassandra commençait à croire qu'il le faisait exprès pour l'ennuyer.

Dès que Sharif arrivait, elle laissait les deux hommes en tête à tête et s'éclipsait. Il allait et venait à sa guise, mais ne restait jamais très longtemps.

Ce jeudi soir, à l'arrière du scooter, elle s'accrochait à Kadir de toutes ses forces. Bientôt, le temps qui leur était réservé toucherait à sa fin. Elle allait le perdre. Et elle sentait déjà ce sentiment de vide la pénétrer, avec le vent qui soulevait ses cheveux sous la visière du casque, et la brise marine qui la pénétrait jusqu'aux os.

Elle avait tenu à être présente lors de cet entretien avec Simon York. Si celui-ci avait été capable de découvrir quoi que ce soit, ce serait certainement en relation avec la mort du prince. Et s'il était possible de résoudre cette énigme, elle était prête à mentir encore, à ne pas révéler que Kadir avait survécu à l'explosion du yacht ; Mlle Dunn désapprouverait sans doute cette méthode, mais si les résultats étaient au rendez-vous, elle serait avant tout très satisfaite.

Mais à sa surprise, Cassandra découvrit que Kadir ne la conduisait pas à l'hôtel Leonia Inn. Après avoir garé le scooter, il lui prit la main et l'entraîna dans une ruelle déserte. Là, Sharif les attendait. Et il ne paraissait pas plus enchanté de la voir qu'elle ne l'était de le trouver ici.

— Sharif, je veux que tu escortes Mlle Klein à Silverton. Ramène-la et reste avec elle jusqu'à nouvel ordre de ma part, déclara Kadir d'un ton autoritaire, en les dévisageant tous deux avec sévérité.

La réponse de Sharif fut brève :

— Non.

Visiblement exaspéré, Kadir se lança dans une grande tirade en arabe. Il parlait si vite et si bas que Cassandra avait beaucoup de mal à suivre, et le seul mot qu'elle put déchiffrer fut « Amala ».

La panique s'infiltra en elle. Non, elle ne voulait pas qu'il la renvoie loin de lui ! Elle n'était pas prête pour les adieux.

Mais Kadir la prit par les épaules et plongea son regard dans le sien.

— Fais ce que te dit Sharif et sois prudente.

Cassandra était tellement révoltée par ce retournement de situation qu'elle ne savait par où commencer pour exprimer son désaccord.

— Non, je ne veux pas ! Et je n'ai pas besoin d'une escorte, d'un garde du corps ou d'une baby-sitter !

— Je ne suis pas de cet avis.

— Kadir, je déteste qu'on me traite comme une petite fille, parce que je n'en suis pas une !

Un flux d'émotions montait en elle, comme un tourbillon.

— Si quelqu'un a besoin du concours de Sharif, c'est toi, ajouta-t-elle.

— Non, je n'ai besoin de l'aide de personne.

— Tu prépares quelque chose, je le sens… Je le vois ! Qu'est-ce que tu manigances ?

Il se pencha pour déposer un baiser très tendre sur son front. Exactement comme l'aurait fait un *ami.*

— Tu le sauras bientôt, et je ne veux pas que tu te trouves dans les parages quand le moment sera venu.

— Je n'aime pas ça, Kadir. Non, je n'aime pas ça du tout…

Il lui sourit, mais ce sourire s'évanouit dès que Sharif se mit à argumenter en arabe, lui aussi.

Cette fois, cependant, Cassandra parvint à comprendre les

paroles qu'il prononçait à voix haute et claire : Sharif ne tenait pas davantage qu'elle à abandonner Kadir derrière lui et tentait de s'y opposer fermement.

Cassandra sentit son cœur s'emballer. Une sorte de panique teintée de désespoir envahissait son âme, à l'idée qu'elle voyait peut-être Kadir pour la dernière fois. Mort ou vif. Que Bin-Asfour parvienne ou non à le tuer. Et une profonde révolte sourdait en elle : toute sa vie, elle s'était mise à l'abri. Elle s'était protégée de tout. Elle ne voulait plus mener cette vie-là. Non, plus jamais : le risque faisait partie de l'existence, à chaque instant. Désormais, elle l'acceptait.

— Je t'aime, lança-t-elle très vite pour que Kadir n'ait pas le temps de l'interrompre. Je t'ai attendu toute ma vie, et tu voudrais que je m'éloigne comme si rien n'était arrivé, comme si tout ce que nous avons partagé n'avait aucune importance ?

Sharif recula aussitôt et fit quelques pas dans la ruelle, en faisant semblant d'admirer les pierres des murs.

— Tu *t'imagines* que tu es amoureuse de moi, Cassandra, mais ce n'est pas le cas, rétorqua Kadir à voix basse. Ce sont des choses qui arrivent : les femmes ont du mal à dissocier les sentiments de l'amour physique, mais en réalité, les deux choses n'ont rien à voir.

A ces mots, Cassandra crut sentir une lame lui transpercer le cœur. C'était donc ainsi qu'il voyait leur relation ? Comme une simple histoire de sexe, et rien d'autre ?

— Tu ne m'aimes pas du tout ? Même pas un peu ? demanda-t-elle d'une voix tremblante.

Il repoussa doucement la longue mèche blonde qui lui tombait dans les yeux avant de soupirer.

— Non, je ne t'aime pas du tout. Je t'apprécie. Je ne te veux que du bien. Et jusqu'à mon dernier souffle, que ce soit demain ou dans cinquante ans, je me rappellerai ces journées passées ensemble. Mais je ne t'aime pas, Cassandra. Je t'en prie, essaie de comprendre…

Des larmes lui montaient aux yeux, mais elle refusait de les laisser couler. Elle ne se laisserait pas aller à la sensiblerie. Et elle attendrait d'être seule pour donner libre cours à son chagrin. Mais elle n'avait pas envie de laisser Kadir s'en tirer aussi facilement, sans lutter davantage.

— Tu pourrais au moins te comporter en gentleman, opposa-t-elle. Tu pourrais… mentir !

Peut-être s'était-elle trompée de bout en bout, finalement : il n'était rien d'autre que ce don Juan qu'elle avait cru voir en lui au début. Un séducteur. Un homme qui avait besoin d'une femme dans son lit, mais pas dans sa vie.

Pourtant, quand ils étaient ensemble, elle avait cru que… Oh, elle avait mal, si mal !

— Au revoir, Cassandra, conclut-il en prenant sa main pour y porter ses lèvres.

Ce geste était le coup de grâce. Il la saluait comme il avait salué la marchande de bonbons…

Et elle le regarda tourner les talons pour la laisser en compagnie d'un homme qu'elle détestait.

La manière dont Sharif la prit par le bras pour l'entraîner vers une berline de location lui confirma qu'il nourrissait à son égard une animosité égale à la sienne.

Son cœur était lourd. Très lourd. Et il ne s'était pas attendu à être accablé par une telle chape de plomb, en retournant vers la baie et l'hôtel de Simon York.

Bien sûr, il pouvait continuer à se raconter des histoires et prétendre que c'était la dureté de cette scène qui le plongeait dans cette mélancolie. Il pouvait aussi se mentir, presque aussi bien qu'il venait de mentir à Cassandra.

Mais il n'avait jamais eu peur de regarder la vérité en face, et il ne se déroberait pas cette fois non plus. Tout aurait été différent, si chaque être qu'il aimait ne devenait pas une cible pour Zahid ; s'ils avaient une chance d'être heureux au-delà de quelques jours. Oui, alors, il aurait agi autrement…

Mais il devait assumer ses responsabilités. Et la femme qui occupait son cœur ne courrait aucun danger par sa faute. L'idée qu'elle devienne une proie pour Bin-Asfour lui était intolérable.

Il frappa tristement à la porte du photographe, qui le pria aussitôt d'entrer.

— Alors ? Vous avez découvert quelque chose ? s'enquit Kadir, après avoir échangé une poignée de main avec York.

— Pas grand-chose, admit ce dernier. Mais je vous en prie, asseyez-vous…

Kadir prit le siège dans lequel se trouvait Cassandra quelques jours plus tôt. Il avait presque l'impression de sentir encore son parfum flotter dans la pièce. Un parfum frais, léger, aux notes de fruits d'été…

— Non, pas grand-chose, reprit York d'un ton las, sinon que Zahid Bin-Asfour et le prince Reginald s'étaient rencontrés plusieurs fois, au cours des six derniers mois précédant le meurtre. Mais il semble qu'ils se contentaient de tractations mafieuses, rien d'autre… Je regrette, mais il me paraît clair que leurs échanges se sont arrêtés là. Alors, vous me donnez mon scoop, maintenant ? Quelle est cette information exclusive ?

Kadir soupira. Au fond, tout ceci ne l'étonnait guère.

— L'information exclusive, répéta-t-il, songeur.

— Vous n'allez tout de même pas vous défiler, n'est-ce pas ? s'offusqua York. J'ai rempli ma partie du contrat !

Kadir sourit. Le photographe aurait son scoop, même si les nouvelles qu'il venait de lui fournir ne menaient à rien.

— Dites-moi, est-il encore possible de faxer un article dans la nuit pour qu'il paraisse dès demain matin dans le *Silvershire Inquisitor* ?

York fronça les sourcils.

— S'il s'agit d'une info à sensation, oui, bien sûr…

La formule fit sourire Kadir. Oui, il s'agissait bel et bien d'une « info à sensation » !

Il se releva, approcha du petit homme et s'inclina respectueusement, ainsi qu'il le faisait depuis toujours.

— Alors permettez-moi de me présenter : Son Excellence le cheikh Kadir Bin Arif Yusef Al-Nuri, Haute Autorité des relations internationales auprès du ministère des Affaires étrangères de Kahani. Tout à fait vivant et à votre service…

14

Le vendredi matin, Cassandra se prépara pour une longue, une très longue journée : elle se maquilla soigneusement pour camoufler sur son visage défait les traces de la nuit blanche qu'elle venait de passer, bien qu'il lui fût impossible de cacher les rougeurs de ses yeux. Elle avait pleuré dans son oreiller durant la nuit entière.

Mais en contemplant son reflet dans le miroir, elle considéra être parvenue au meilleur résultat possible. De toute façon, elle avait revêtu son tailleur le plus élégant, pour compenser sa pâleur : ce bleu profond lui allait bien… Et après tout, qui prêterait la moindre attention à ce genre de détail, au ministère ?

Elle allait se noyer dans le travail. Comme l'avait relevé Mlle Dunn, il y aurait beaucoup à faire pour préparer le gala. Poussant un profond soupir, elle se répéta pour la centième fois qu'elle avait toujours su que sa relation avec Kadir était condamnée à la brièveté.

Dès qu'elle entra dans le salon, elle trouva Sharif prêt à partir. Il avait déjà replié le canapé dans lequel il avait dormi et insistait pour la conduire au bureau. A grand-peine, elle se retint de lever les yeux au ciel et de l'envoyer au diable. Depuis qu'ils avaient fait ensemble tout le chemin depuis Leonia, la veille — après être repassés au cottage de Lexie pour que Cassandra récupère ses quelques affaires et ferme soigneusement la maison — ils avaient dû échanger moins d'une douzaine de mots.

Mais à la vérité, Cassandra devait reconnaître qu'elle avait apprécié cette discrétion. C'était bien le seul avantage à sa présence. Il s'était montré attentif, mais un peu comme un chien de garde prêt à bondir sur tout ce qui bouge. Il ne tolérait pas la contradiction et lui rappelait sans cesse qu'il était maître des opérations.

Dès qu'ils parvinrent au ministère, Sharif chercha le parking et regarda partout autour de lui.

— Surtout, ayez l'air surprise, lâcha-t-il d'un ton sec.

Cassandra lui retourna un coup d'œil méfiant.

— Pardon ?

— Vous ne savez rien, reprit-il. Vous êtes choquée et tout aussi stupéfaite par cette nouvelle que tout le monde.

— Je ne comprends rien à ce que vous me racontez !

— C'est ce qu'il veut : ne l'oubliez pas.

Agacée, Cassandra claqua la portière et se dirigea vers l'entrée du ministère sans se retourner. Mais tout en gravissant l'escalier principal, elle se demandait encore ce que signifiait ce charabia.

A peine poussa-t-elle la porte du bureau qu'elle vit tous les visages se tourner vers elle, et elle prit une longue inspiration : certes, elle s'était préparée à l'être l'objet de la curiosité de ses collègues… Mais ils la fixaient avec plus d'insistance que prévu. Et comment diable allait-elle répondre à toutes les questions qu'ils ne manqueraient pas de lui poser ?

Avant même qu'elle n'ait eu le temps d'entrer dans son propre bureau, Mlle Dunn surgit de nulle part, lui agrippa le bras et l'entraîna à sa suite.

Allons bon… Sa supérieure lui avait fait grâce de quelques jours de congé, mais à l'évidence, elle était déterminée à lui rappeler le rythme infernal du ministère sur-le-champ ! Tout de même, elle aurait pu adopter des manières un peu plus courtoises…

— Vous avez vu la une de *l'Inquisitor* ? demanda-t-elle sans préambule, en refermant la porte de son bureau derrière elle et en désignant un siège à Cassandra.

— Mais, euh… Non…

Sans mot dire, la vieille dame s'installa dans son propre fauteuil et lui tendit le journal.

Cassandra sentit ses genoux fléchir quand les cinq mots étalés sur une demi-page de hauteur s'imposèrent à elle :

« Le cheikh Kadir est vivant ! »

Et soudain, l'étrange discours de Sharif dans la voiture prit tout son sens. Avoir l'air *surprise* ? Eh bien elle n'avait pas à puiser dans ses talents de comédienne pour suivre ce conseil ! Pourquoi Kadir ne l'avait-il pas avertie de ses intentions ? Et surtout, pourquoi avait-il choisi de sortir de l'ombre ?

Elle s'effondra dans le fauteuil, porta une main à ses lèvres et murmura :

— Oh mon Dieu…

— Vous ne saviez pas ? demanda doucement Mlle Dunn.

Cassandra ne put que relever les yeux vers elle et hocher la tête en signe de dénégation. Puis elle reporta son attention sur le journal et tourna la page pour lire l'article. Cette nouvelle avait relégué la grossesse de la princesse aux entrefilets, et un long reportage ouvrait le numéro du journal, avec une photo de Kadir rasé de près et cheveux coupés. Il tenait en main une édition de la gazette de Leonia en date de la veille.

Elle parcourut rapidement les lignes signées de Simon York. Dans l'interview, Kadir disait avoir été blessé au cours de l'explosion — ce qui était exact. Puis il précisait avoir trouvé un refuge où il était resté le temps de se reposer. Ce qui n'était pas moins vrai…

Mais quand Cassandra lut qu'il souhaitait rentrer à la villa des Redmond dès samedi matin, elle manqua laisser échapper une exclamation d'horreur. Il précisait qu'il attendrait sur place l'arrivée d'une nouvelle unité de sécurité dépêchée par Kahani. Et il achevait l'interview en renouvelant son souhait de rencontrer lord Carrington dès que celui-ci serait de retour au pays.

— C'est de la folie, souffla-t-elle.

— Comment ? demanda Mlle Dunn.

Animée d'un mélange d'incrédulité et de colère grandissante, Cassandra reposa le journal, visa sa supérieure droit dans les yeux et répéta :

— C'est de la folie ! Depuis son arrivée à Silvershire, cet homme a essuyé deux attentats contre sa vie. Et il révèle au grand jour son emploi du temps du week-end, en précisant qu'il ne bénéficiera d'aucune protection ! Ses assassins risquent de juger cette information fort intéressante… C'est de la *folie.*

— Pas tant que ça : nous enverrons une patrouille là-bas, en attendant qu'il dispose de ses propres gardes du corps.

Cassandra jugeait cette disposition bien insuffisante pour la rassurer ! Que faisait donc Kadir ? Autant se jeter dans la gueule du loup… C'était comme s'il se mettait dans la peau d'une proie consentante. Et en y réfléchissant bien, elle comprenait que c'était *exactement* là son idée : il voulait attirer le coupable jusqu'à lui !

Il allait jouer les appâts.

— Voulez-vous poursuivre votre mission auprès du cheikh Al-Nuri, maintenant qu'il rentre à Silverton ? demanda Mlle Dunn.

Si Cassandra avait suivi son premier instinct, ou plutôt son cœur, elle aurait répondu oui. Mais elle se ravisa à temps. Kadir s'était montré très clair : il ne l'aimait pas, et il ne tenait pas à l'impliquer dans son plan délirant. Mieux valait qu'elle se tienne à distance.

En outre, elle était censée avoir cru cet homme mort depuis plus d'une semaine. Après ce double choc, qui aurait pu reprendre une telle mission comme si de rien n'était ?

— Non, je ne crois pas, dit-elle. De toute façon, le cheikh parle admirablement notre langue, et vous n'avez pas besoin de trouver un collaborateur arabophone : n'importe qui, au bureau, pourra assumer ce travail.

— Très bien. J'enverrai Timothy à la villa Redmond très tôt demain matin, pour qu'il soit là pour accueillir le cheikh.

— Oui, Timothy est un très bon choix, mentit-elle. Je suis sûr qu'il s'entendra très bien avec Son Excellence.

En réalité, les deux hommes n'avaient rien en commun, et il était fort probable qu'ils se portent mutuellement sur les nerfs dès la seconde où ils feraient connaissance, songea-t-elle. Mais ce n'était plus son problème.

Dès qu'elle quitta le bureau de sa supérieure, Cassandra fut rattrapée par une assistante.

— Votre mère est en ligne.

Elle soupira. Elle n'avait vraiment pas besoin de faire face au remarquable sixième sens de sa mère maintenant…

Seigneur, ce qui arrivait était *exactement* ce qu'elle avait toujours voulu éviter : elle avait mal, elle se retenait difficilement de hurler tant elle était désespérée, elle mentait à sa supérieure… Faudrait-il aussi qu'elle joue la comédie avec sa propre mère ?

— Dites-lui que je suis occupée et que je la rappellerai plus tard, dit-elle en se rappelant sa bonne résolution de se noyer dans le travail.

De toute façon, que pouvait-elle bien faire d'autre ? Son travail était tout ce qui lui restait.

La villa Redmond semblait trop vaste. Et froide. Le contraste avec le cottage de Leonia était un peu violent. Et Kadir savait que cela n'avait rien à voir avec la taille des pièces ou la température.

Cette villa semblait vide et glaciale parce que Cassandra n'y était pas.

Mais il avait opté pour la meilleure solution. La seule et unique solution, s'il voulait que la jeune femme reste en sécurité.

Dès son arrivée, au matin, il avait donné congé à tous les domestiques, leur expliquant qu'il avait besoin de solitude. Oscar avait vivement protesté, mais Kadir lui avait répété vingt fois que sa décision ne remettait nullement en question la qualité de ses services. « Le meilleur des majordomes doit aussi savoir prendre un week-end pour se reposer de temps en temps », avait-il ajouté pour achever de le convaincre.

Enfin, il était seul. Complètement seul.

Car au cours de l'après-midi, il avait également réussi à se débarrasser des représentants officiels de Silvershire. Quant au petit homme qui devait remplacer Cassandra, il n'avait pas été difficile à intimider : sans lui permettre d'aligner deux mots de suite, Kadir l'avait gentiment raccompagné à la porte avant de la lui claquer au nez.

La journée avait filé, et le soir tombait déjà…

Kadir n'avait pas débranché le système d'alarme : de toute façon, ce n'était pas ce qui retiendrait Bin-Asfour. Au coucher du soleil, les photographes massés en grappe devant les grilles de la propriété avaient fini par décamper à leur tour. Par conséquent, il serait facile de s'infiltrer ici, maintenant, en dépit de ce satané système de sécurité que Kadir ne pouvait couper sans prendre le risque d'aiguiser les soupçons de l'ennemi.

Installé dans le bureau, il conservait plusieurs armes à portée de main, y compris le revolver de la sœur de Cassandra. Bien sûr, ce n'était pas l'arme la plus moderne et la plus efficace, mais il aimait la savoir auprès de lui. Elle jouait un rôle de talisman.

Les heures passèrent.

Il lui était si souvent arrivé d'être seul, par le passé... Et il aimait cette solitude. Oui, d'ordinaire, il chérissait ces rares moments volés à son engagement perpétuel, de jour comme de nuit. Mais ce qu'il ressentait ce soir était bien différent. Il n'était pas seul : il était... *vidé*. Déserté. Amputé d'un organe essentiel qu'il identifiait sans difficulté. La voix de Cassandra ; cette voix qu'il avait pris l'habitude d'entendre à tout moment de la journée.

Assis dans cette pièce plongée dans l'obscurité, n'ayant rien d'autre à faire qu'attendre, Kadir ne pouvait se dérober aux images qui revenaient le hanter. Notamment celle du sourire de Cassandra, quand ils longeaient la côte ensemble, main dans la main... Et celle de son visage dévasté, lorsqu'il lui avait brutalement déclaré qu'il ne l'aimait pas du tout.

Son imagination vagabondait, et il songeait à l'avenir. Le jour où il mettrait fin à la tyrannie de Bin-Asfour, il pourrait peut-être commencer à s'occuper de sa vie privée. Cassandra accepterait-elle de vivre loin de son pays et de s'engager à son tour dans sa quête de changement pour Kahani ? Trouverait-elle la paix de l'âme dans sa villa du bord de la mer, comme lui ? S'il épousait une femme de Silvershire, nombre de ses collègues ne verraient pas la chose d'un très bon œil... Et pourtant, l'amour n'avait pas de frontières, et Cassandra incarnait à la perfection ce qu'il voulait offrir à son pays : l'indépendance, la liberté, la droiture morale et une beauté naturelle, sans artifices.

Il poussa un profond soupir et releva les yeux : quand cette attaque allait-elle venir ? De quoi s'agirait-il ? Il était prêt à tout. Une bombe, une balle, un couteau. En fait, la bombe était presque exclue, dans la mesure où la propriété avait été placée sous étroite surveillance durant des semaines.

Non, cette fois, l'attaque serait un face-à-face. Et avec un peu de chance, dès qu'il percevrait un déclic quelque part, il parviendrait à tirer le premier.

Avec un peu de chance...

Faute de quoi, il fallait se rendre à l'évidence : il était en train de vivre ses dernières heures.

15

La colère de Cassandra contre Kadir s'était retournée contre son ami Sharif, qui savait ce qui se tramait depuis le début et ne lui en avait pas soufflé mot. Mais quand elle comprit qu'il portait le même jugement qu'elle sur ce plan délirant, elle renonça à le houspiller davantage.

Ils étaient au moins d'accord sur quelque chose, pour une fois !

Leur entente s'arrêtait là. Seigneur, si seulement elle n'avait été contrainte de subir sa présence dans son appartement ! Durant tout un week-end, qui plus est ! Il ne semblait guère satisfait de cet arrangement, lui non plus, et il aurait sans doute payé cher pour se trouver loin d'ici… Mais il refusait de s'en aller et de désobéir à Kadir.

Durant toute la matinée, il l'avait suivie alors qu'elle faisait son marché du samedi. Et depuis qu'ils étaient de retour, il faisait les cent pas entre la cuisine et le salon, parlait tout seul et avalait des litres de café. Cet homme ne devait jamais fermer l'œil !

Après sa séance de shopping, Cassandra passa le reste de la journée à nettoyer l'appartement et s'occuper de la lessive. Puis elle prépara une grande salade composée pour le dîner et s'installa devant la télévision. Mais ce qui se passait sur l'écran ne parvenait pas à capter son attention… Elle entendait Sharif aller et venir dans la cuisine, et l'odeur du café fraîchement passé l'irritait. Cet homme était complètement fou. Elle l'entendait encore monologuer. De temps à autre, elle discernait un mot : « insensé », « dangereux », « absurde ». Hum. Les pensées de Sharif recoupaient donc les siennes…

Baissant le son de la télévision, elle s'étendit plus confortablement dans le canapé et attrapa un morceau de chocolat sur la table basse.

Elle songeait à battre en retraite dans sa chambre pour tenter de lire dans son lit quand elle crut percevoir un frottement dans le couloir. Ou bien était-ce la télévision ? Sharif marmonnait toujours dans la cuisine. C'était sans doute lui…

Mais soudain, un second bruit la fit tressaillir. Un craquement.

Bon sang, c'était exactement ce dont elle avait besoin en ce moment : une souris ! Mme Thatcher, sa voisine de palier, avait eu un problème de ce genre l'année précédente. Mais Cassandra n'avait jamais vu une souris passer dans son appartement… Ce qui ne signifiait pas qu'il n'y en avait pas.

Après une courte hésitation, elle préféra aller chercher un balai dans la cuisine : tant pis si elle troublait la belle solitude de Sharif. Elle n'allait pas faire comme si elle n'avait rien entendu, et il n'était pas question d'aller au lit en laissant une souris se promener partout !

Oui, le balai serait sans doute l'arme la plus appropriée.

Elle ignora le regard indifférent que lui lança son étrange garde du corps quand elle quitta la cuisine en brandissant son outil. Si Sharif avait été n'importe quel autre homme au monde, elle lui aurait demandé de l'aider à faire partir cette souris, mais il était ce qu'il était — un misanthrope infréquentable. Et après tout, elle était elle-même une grande fille : elle saurait se débrouiller seule.

Martelant le couloir de l'entrée d'un pas décidé, Cassandra tendit la main vers l'interrupteur… Mais avant même qu'elle n'eût eu le temps d'allumer, une main surgit de l'obscurité et agrippa fermement son poignet pour interrompre son geste. Elle voulut crier, mais son agresseur s'empressa de coller ses longs doigts froids contre sa bouche. Le balai tomba sur le sol tandis qu'il la poussait vers le salon, où le murmure de la télévision se faisait encore entendre, masquant tout autre bruit.

La porte de la cuisine s'ouvrit. Cassandra vit le sourire de Sharif, qui pointait son arme sur elle…

Seigneur, elle n'avait *jamais* fait confiance à cet homme ! Emprisonnée entre des bras d'acier, elle sentit soudain le contact du métal froid contre sa tempe. Le canon d'un revolver. Puis, la voix de l'homme s'éleva :

— Lâche ça, Al-Asad, ou bien elle meurt ici, tout de suite.

Sharif parut hésiter, mais il finit par obéir et laisser son arme tomber sur le carrelage.

— Bien. Fais glisser ton revolver plus loin, maintenant, reprit l'homme.

Alors que son cœur battait sur un rythme frénétique, Cassandra vit son garde du corps réticent avancer imprudemment d'un pas.

— Laisse-la partir, dit-il à l'homme. Nous pouvons régler cela d'homme à hom…

Il n'eut pas le temps d'achever sa phrase : Cassandra sentit le canon froid se décoller de sa peau. Un instant plus tard, l'arme était dirigée tout droit sur Sharif et une détonation la fit sursauter. Une détonation au son mat, presque étouffé… Le revolver était armé d'un silencieux.

Et alors qu'elle contemplait avec horreur le corps de Sharif effondré sur le sol, alors qu'une flaque de sang commençait à se répandre sur le carrelage, elle songea que les voisins n'avaient rien entendu !

A la fois pétrifiée et tremblante, elle fixa la blessure de Sharif, située au niveau de la cuisse, juste au-dessus du genou.

Dès que le malheureux tomba à terre, son agresseur parut se détendre et relâcha sensiblement son étreinte. Elle put alors tourner la tête et apercevoir une partie de son visage. Après tout ce que lui avait dit Kadir de la trahison certaine de l'un de ses plus proches collaborateurs, elle ne fut pas étonnée de reconnaître ces traits familiers.

— Vous vous êtes rasé, dit-elle.

C'était Hakim.

Le secrétaire personnel de Kadir, si timide et discret…

Qui pointait de nouveau son arme sur elle.

Le téléphone qu'il conservait à portée de main se mit à sonner, l'assourdissant à demi. Kadir décrocha, tremblant d'impatience : Sharif s'était engagé à l'appeler toutes les trois heures pour lui confirmer que tout allait bien du côté de Cassandra, et il avait près de vingt minutes de retard.

Il s'apprêtait à reprocher son manque de ponctualité à son ami quand une voix inattendue l'accueillit à l'autre bout du fil.

— Je les tiens tous les deux.

Kadir frémit. Il reconnaissait cette voix. Celle de Hakim... Et il n'avait pas besoin de lui demander de qui il parlait. Seules deux personnes lui étaient plus chères que tout, en ce bas monde.

— Laissez-moi leur parler.

— Non.

— Alors comment puis-je avoir la preuve que vous les tenez vraiment ?

Hakim soupira.

— Ne commencez pas à discuter, Excellence. Il est clair qu'Al-Asad n'a pas pris très au sérieux vos inquiétudes au sujet de Mlle Klein. Et cet immeuble ne dispose d'aucun système de sécurité. M'introduire dans cet appartement a été un jeu d'enfant. Savez-vous avec quoi elle m'attendait ? Avec un balai !

Il éclata de rire.

Bon sang, il avait le culot de rire !

— Alors une fois que j'ai tenu Mlle Klein, il m'a été facile d'empêcher Al-Asad de me chercher des noises.

— Je souhaite leur parler, répéta Kadir avec sang-froid.

— Non, il n'y a plus le temps. Et si vous me le demandez encore, je tue l'un d'eux.

Kadir sentit une nausée insupportable lui étrangler la gorge.

— Ont-ils été blessés ?

— Pas encore, répondit Hakim. Si vous acceptez de coopérer, ils devraient pouvoir survivre à cette nuit.

Kadir était prêt à tout pour cela... A *tout*.

— Que voulez-vous en échange de leur vie ?

— La vôtre, répliqua froidement Hakim.

Bon sang, cet homme avait été son secrétaire durant plus d'une dizaine d'années ! Comment avait-il pu se vendre à la cause de Zahid ? Etait-il l'objet d'un chantage, lui aussi, comme ce malheureux Mukhtar ?

— Pourquoi ? demanda-t-il. Si Bin-Asfour vous a menacé, vous ou votre famille, s'il vous contraint à agir contre votre volonté, je peux vous aider et vous le savez. Sharif aussi vous aidera. Hakim, je vous en prie, laissez-nous vous aider.

— Ce n'est pas si simple, Excellence. Bin-Asfour m'a promis une récompense exceptionnelle, en échange de la preuve de votre mort. Avec cette fortune, je n'aurai plus jamais à travailler. J'aurai ma propre villa et des serviteurs pour répondre au téléphone comme je l'ai fait pour vous durant toutes ces années.

Kadir passa une main sur son front. Tout cela pour de l'argent… Des dizaines de morts et ces terribles menaces sur Sharif et Cassandra contre quelques liasses de papier. Allons, il n'était pourtant pas un enfant : il savait que l'argent menait le monde depuis longtemps. Mais une part de lui-même voulait croire à la probité de certains hommes… Sinon, il n'aurait pas choisi ce métier.

Voyons, il fallait ramener cet imbécile à la raison. Le dessiller.

— Hakim, si vous vous imaginez que Bin-Asfour vous versera le moindre sou et remplira sa part du marché, vous êtes dans l'erreur. Il vous tuera sans hésitation, et vous ne verrez jamais la fortune dont vous rêvez.

— Je ne vous crois pas. Zahid souhaite tant votre mort qu'il est prêt à payer tout ce qu'il faudra. A ses yeux, dans cette affaire, l'argent n'a aucune importance.

— Quand vous a-t-il fait cette offre ? reprit Kadir sans se démonter.

— Il y a quelques mois. Mais je ne pouvais pas vous abattre sans prendre le risque d'être immédiatement rattrapé par votre escouade de sécurité. C'est pourquoi j'ai dû concevoir un plan assez complexe.

— Comme vous dites, répliqua Kadir, amer. Vous avez préféré tous les tuer au préalable.

— En effet, admit Hakim d'une voix où ne perçait pas l'once d'un remords. Mais assez bavardé : vous savez où je me trouve, Excellence. Si vous n'êtes pas ici dans un quart d'heure, le premier coup partira. Et si vous ne venez pas seul et sans arme, vous entendrez deux détonations. Est-ce que c'est clair ?

Kadir s'abstint de répondre et raccrocha le combiné.

Mais avant de se ruer vers le garage, il composa le numéro de Cassandra. Si c'était du bluff, si la jeune femme et Sharif étaient sains et saufs…

Après deux tonalités, on décrocha.

— Résidence Klein, annonça la voix de Hakim, hilare. Etes-vous satisfait, Excellence ? Il ne vous reste plus que treize minutes.

Fou de rage, Kadir raccrocha et attrapa le revolver de Lexie avant de foncer hors de la villa.

Sharif n'était pas mort, mais sa blessure était sévère. Et peut-être très grave : si la balle avait sectionné plusieurs ligaments… Cassandra sentait des pulsations d'angoisse à ses tempes, tandis que le visage de Sharif se décomposait lentement sous ses yeux. Il était pâle comme un linge et avait perdu beaucoup de sang.

Elle s'agenouilla près de lui pour lui bander la jambe. Elle avant tant insisté que Hakim avait fini par le lui permettre. Quand ce fut fait, elle aida son agresseur à transporter Sharif jusque sur une chaise et allongea ses jambes sur un tabouret. Hakim sortit alors un large rouleau de bande adhésive pour attacher le blessé. Puis, l'arme toujours pointée sur elle, il la contraignit à s'asseoir à son tour et lui fit subir le même traitement. Ses chevilles étaient ligotées aux pieds de la chaise. Passant outre sa terreur, Cassandra osa demander :

— Vous travaillez pour Zahid Bin-Asfour, n'est-ce pas ?

— Ne soyez pas trop curieuse, mademoiselle Klein.

— Avez-vous assassiné le prince Reginald ?

Il releva les yeux vers elle et haussa les sourcils, visiblement surpris.

— Non, pourquoi ?

— Parce que les hommes de Zahid sont suspects d'être à l'origine de ce meurtre. Et je me demandais…

Hakim esquissa un sourire amusé.

— Je ne vois vraiment pas pourquoi Bin-Asfour l'aurait supprimé : le prince venait de conclure un accord avec lui et avait promis de financer son organisation dès qu'il monterait sur le trône. En réalité, Zahid a été catastrophé par l'annonce de sa mort.

— Je vois… Alors ce serait un membre du gouvernement de Kahani, qui aurait supprimé le prince ?

Hakim haussa les épaules.

— Je ne crois pas, non. Mais vous feriez mieux de vous

soucier de votre propre survie, mademoiselle Klein, au lieu de vous concentrer sur un homme qui est déjà mort.

— J'aimerais seulement savoir, c'est tout. Si jamais je sors d'ici vivante, je pourrais obtenir une belle promotion, avec une telle information en main…

C'était plutôt le cadet de ses soucis ! Elle cherchait seulement à gagner du temps.

Hakim ne se donna pas la peine de répondre et les laissa seuls dans la cuisine, Sharif et elle.

— Le gouvernement de Kahani n'est en rien impliqué dans cet effroyable assassinat, lâcha Sharif d'une voix faible. Je peux le jurer.

— De toute façon, si c'était le cas, vous diriez la même chose, opposa-t-elle d'un ton las.

Sharif tourna lentement la tête vers elle et la regarda droit dans les yeux.

— Je n'ai aucune raison de vous mentir. Sur aucun sujet. Vous savez, Hakim va nous tuer, dit-il d'un ton calme.

A ces mots, Cassandra sentit son cœur s'affoler de plus belle.

— Peut-être pas, souffla-t-elle.

— Je crains que si. Même si Kadir vient ici pour nous sauver, ce qui est bien évidemment le plan qu'il a en tête, Hakim veillera à nous supprimer. J'espère seulement que Kadir sera assez intelligent pour ne pas bouger de là où il est, mais… J'en doute fort.

Cassandra prit une longue inspiration.

— Il sait que c'est un piège, objecta-t-elle en se raccrochant à cet espoir.

— Oui, il le sait, acquiesça Sharif. Et il s'en moque. Vous ne l'avez toujours pas compris ? A votre avis, pourquoi est-ce que je me trouve ici, alors que ma place est auprès de Kadir ? Vous ne vous êtes pas demandé ce que je faisais avec vous au lieu de protéger mon plus cher ami ? Vous ne vous êtes pas demandé pourquoi je n'ai pas tiré sur Hakim quand il vous tenait ?

— Si, avoua-t-elle très bas.

Une nouvelle fois, Sharif lui décocha un regard dur.

— Nous allons mourir, alors je peux bien vous le dire : quand nous étions à Leonia, Kadir m'a confié qu'il tenait à vous exactement de la même manière que je tenais à sa sœur, Amala…

Et il a ajouté que si quoi que ce soit vous arrivait, il ne me le pardonnerait jamais. Je me fiche bien de son pardon, mais Amala adorait son petit frère. Et Kadir est devenu comme mon frère. Alors s'il vous aime… Il ne m'a pas laissé le choix.

— Mais…

« Il ne m'aime pas », manqua opposer Cassandra. Les mots restèrent bloqués dans sa gorge, et elle songea que le moment n'était guère venu d'annoncer à Sharif que Kadir l'avait trompé pour s'assurer qu'il lui obéirait.

— Euh, merci, dit-elle.

— Il vaut mieux que vous le sachiez avant de mourir, reprit-il plus bas. Il vous aime.

Il semblait si sûr de lui que Cassandra sentit un vertige la gagner. Tout était si confus, soudain… Sauf une chose : elle se battrait jusqu'à son dernier souffle, s'il y avait une chance pour que Kadir éprouve un jour pour elle l'amour qu'elle lui portait !

Sharif manifestait une attitude bien résignée, face à la mort. Peut-être avait-il renoncé à tout, parce qu'il avait perdu la femme qu'il aimait depuis très longtemps : il avait cédé au fatalisme.

— J'aurais dû tirer au moment où c'était encore possible, mais Hakim vous tenait si près de lui que je risquais de vous atteindre, ajouta Sharif. Je n'ai pas pu. Kadir m'aurait égorgé de… ses mains. Et il ne s'en serait jamais… remis.

Sa diction se faisait hachée… Cassandra se retourna vers son compagnon et découvrit qu'il s'efforçait de se libérer de ses liens. Seigneur, il abusait de ses forces ! Alors qu'elle voyait la sueur perler à son front et le sang s'écouler de son genou…

Hakim fit brutalement irruption dans la pièce. En découvrant le manège de Sharif, il n'hésita pas une seconde : il brandit son revolver et lui tira dessus une seconde fois.

Cassandra se mit à hurler.

— Ça suffit, taisez-vous ! ordonna Hakim. Sinon, vous prenez la prochaine balle. De toute façon, Son Excellence est déjà en route, et je n'aurai plus besoin de vous très longtemps.

16

Kadir avait roulé à tombeau ouvert, au volant de la décapotable dans laquelle il s'était promené avec Cassandra quelque temps plus tôt… Il avait l'impression qu'un siècle s'était écoulé depuis.

Il savait que les minutes lui étaient comptées, et qu'il avait presque épuisé le délai imposé par le compte à rebours de Hakim. Mais il ne fallait surtout pas paniquer, se répéta-t-il en laissant la voiture devant l'immeuble de Cassandra.

Parvenu sur le trottoir, il saisit son portable et appela l'appartement de la jeune femme.

— Résidence Klein.

— Je suis dehors, devant l'immeuble, lâcha-t-il les dents serrées. Passez le combiné à Mlle Klein ou à Sharif. Sortez avec eux pour que je puisse les voir et entendre leurs voix durant tout le trajet, et vous aurez ce que vous voulez.

— Pas question, répliqua Hakim. C'est vous qui venez jusqu'à eux, ou bien le contrat tombe à l'eau.

— Il n'y a pas de contrat, opposa-t-il. Je sais parfaitement que si je frappe à la porte de cet appartement, nous serons tous morts : si je vous en donne l'opportunité, vous ne manquerez pas de liquider tous les témoins de cette scène.

— Vous venez de condamner vos amis, répondit Hakim.

— Vraiment ? tonna Kadir, ulcéré. Je ne crois pas ! C'est moi que vous devez tuer, et pour cela, il vous faudra sortir de l'immeuble ! Vous savez parfaitement que Zahid ne vous donnera pas un dollar pour la mort de Sharif Al-Asad ou Cassandra Klein ! Alors il va falloir suivre mes règles.

Un bref silence suivit. Puis Sharif entendit des bruissements dans le téléphone.

— Dites bonjour, lança Hakim, visiblement touché par l'argument.

Kadir attendit, le cœur battant.

Enfin, la voix de Cassandra résonna à l'autre bout du fil :

— Ne viens pas ici, Kadir ! Sharif est…

La tonalité coupa la fin de sa phrase, et Kadir réprima un frisson. Sharif était quoi ? Mort ? Blessé ?

Il composa de nouveau le numéro d'une main fébrile, mais cette fois, Hakim ne répondit pas. Bon sang, il n'avait pas le choix…

Sans hésiter plus longtemps, il se précipita vers le hall.

Il n'eut pas le temps d'entrer : Hakim sortait de l'immeuble. Et Cassandra marchait juste devant lui. Kadir ne discernait pas le revolver, mais il était évident que le canon de l'arme était collé aux omoplates de la jeune femme.

La nuit était tombée, et la rue déserte. Seul un lampadaire projetait un halo de lumière sur le bitume.

Kadir avança vers son ennemi.

— Je suis ici, maintenant, dit-il. Lâchez-la.

— Non.

Kadir avait calé son revolver entre ses reins, sous sa veste. Il leva bien haut les deux bras et enchaîna :

— Je veux seulement les voir libres. Vous me tenez, maintenant. Je suis las de me battre, las de voir Zahid remporter chaque bataille. Alors croyez-moi, la mort sera un soulagement.

— Parfait, répondit Hakim en souriant.

— Laissez-la partir, insista-t-il.

— Non.

Kadir lança un coup d'œil à la jeune femme, qui parut comprendre aussitôt ce qui lui restait à faire : de toutes ses forces, elle envoya un grand coup de coude dans les côtes de Hakim avant de courir et de se jeter sur le sol, au moment même où Kadir l'imitait pour éviter la première balle.

Attrapant son revolver, il se redressa pour tirer sur Hakim, qui s'effondra immédiatement.

Kadir se releva alors pour bondir vers la jeune femme et l'aider à se redresser.

— Tu vas bien ? demanda-t-il.

Visiblement sonnée, elle se contenta de hocher la tête, et

il la soutint en passant son bras autour d'elle : elle tremblait convulsivement.

— Et Sharif ? reprit-il.

— Il est gravement blessé. Hakim lui a tiré dessus deux fois, dit-elle en plongeant son regard égaré dans le sien.

Il garda le silence. Elle frissonnait, et ses jambes la portaient à peine. Peut-être comprenait-elle mieux, maintenant, pourquoi il ne pouvait pas se permettre de l'aimer. A l'instant où elle était devenue l'être le plus important de son existence, sa vie avait été en danger, et elle était passée au premier plan dans la ligne de mire de Zahid.

Bon sang, elle aurait pu être tuée…

Des sirènes résonnèrent dans la ville, et Kadir vit les gyrophares de la police fendre la nuit. Au même moment, des fenêtres s'ouvraient depuis les immeubles voisins, et des badauds approchaient pour découvrir la scène.

Parmi toutes les voitures qui s'arrêtaient, Kadir repéra la limousine de ses nouveaux gardes du corps ; ils étaient accompagnés d'officiers des services secrets. Il se dirigea vers eux.

— C'est l'homme qui a placé une bombe sur mon yacht, expliqua-t-il en désignant le corps de Hakim. Je crois que c'est également lui qui était l'auteur de la fusillade devant le musée… Un haut officier du ministère de la Défense de Kahani se trouve en ce moment dans l'appartement de Mlle Klein, très grièvement blessé : appelez tout de suite des secours, s'il vous plaît.

Deux hommes se ruèrent dans l'immeuble, tandis qu'un garde du corps exécutait les ordres de Kadir. Moins de deux minutes plus tard, une ambulance s'arrêtait dans la rue.

Sharif avait envie de reprendre la main de Cassandra et de la serrer dans la sienne, mais il savait que leur intimité devait à tout prix demeurer secrète. Même en ce moment.

Enfin, les ambulanciers sortirent avec Sharif sur une civière, et Kadir se précipita vers eux. L'épaule de son ami était bandée, de même que sa jambe.

— Cette blessure à l'épaule ne semble pas trop sévère, observa Kadir avec soulagement.

— On voit bien que ce n'est pas la tienne ! répliqua Sharif d'un ton furieux.

Kadir lui sourit et sentit une vague de chaleur le gagner : son meilleur ami allait s'en sortir !

— Les médecins vont prendre soin de toi, assura-t-il. Je vais te rejoindre à l'hôpital dans quelques minutes, dès que la police aura pris ma déposition.

— Je déteste les médecins et les hôpitaux, maugréa Sharif.

Kadir lui prit la main et la serra avec gratitude. Sharif était un frère. Un vrai. Et dès que possible, il s'installerait à son chevet. Cette nuit, il ne le quitterait pas : c'était lui qui jouerait le rôle de son garde du corps.

Avec un soupir, il laissa les ambulanciers l'emmener.

Puis il se retourna vers Cassandra.

— Je n'ai pas de mot pour te dire à quel point je suis désolé que tu aies été entraînée là-dedans… Cette guerre n'est pas la tienne. Et si les hommes de Zahid avaient le moindre sens des valeurs…

Il serra les poings et prit une longue inspiration pour poursuivre :

— Malheureusement, ce n'est pas le cas. Je suis navré. Vraiment.

Il ne savait que dire d'autre. Oh, il aurait tant aimé ajouter que c'était la fin et que tout irait bien, désormais ! Mais c'était loin d'être exact : la mort de Hakim n'était qu'un incident, pour Bin-Asfour. Dès le lendemain, d'autres hommes chercheraient à éliminer Kadir. Ainsi que toux ceux auxquels il tenait.

Cassandra était innocente. Elle ne méritait pas de subir cette terreur constante. Et Kadir avait été fou d'oublier l'épée de Damoclès suspendue au-dessus de sa tête durant quelques jours de bonheur parfait…

— Je crois que tu devrais remonter chez toi, dit-il.

— Comment ? demanda-t-elle d'une voix blanche en plantant son regard vibrant dans le sien.

— Rentre chez toi, Cassandra. Va te barricader dans ta chambre, essaie de dormir et quand tu seras interrogée demain matin, n'oublie pas de préciser que tu t'es contentée de faire ton travail durant mon séjour à Silvershire. Ne parle jamais de notre relation. Dis que tu t'es trouvée au mauvais endroit au mauvais moment.

— Mais…

— Je vais rejoindre Sharif à l'hôpital et passer quelques coups de fil de mon côté. Officiellement, tu me connais à peine, et tu ignorais que j'avais survécu à l'explosion du yacht.

— Mais Kadir, je...

— Ne dites rien, mademoiselle Klein : partez.

Elle recula d'un pas, visiblement au bord des larmes.

Et quand elle se mit à courir vers le hall, il sentit son cœur se briser.

Cassandra avait obéi aux ordres de Mlle Dunn : elle s'était consacrée à la préparation du grand gala, veillant à ce que les demandes de chaque pays représenté soient suivies à la lettre par tous les acteurs de cet immense événement. Son travail concernait tout aussi bien les problèmes d'interventions au moment des discours que les questions de nourriture, de religion ou de protocole posées par l'accueil en lui-même.

Mais elle ne cessait jamais de penser à Kadir. Il l'aimait. Elle en était certaine, désormais. Pas seulement parce que les paroles de Sharif avaient fait leur chemin dans son esprit, mais aussi parce qu'elle avait perçu sa profonde détresse, le soir de leur dernière rencontre.

Elle avait mal. Une douleur lancinante l'accompagnait maintenant à chaque pas, mais elle ne regrettait rien : elle connaissait l'amour.

Kadir ne l'avait contactée qu'une seule fois, depuis cette terrible nuit. Il lui avait donné des nouvelles de Sharif, qui se remettait lentement et avait désormais l'assurance de retrouver l'usage de son bras et de sa jambe après quelques séances de rééducation.

Mais depuis, plus rien. Silence radio. Elle savait cependant que Kadir avait obtenu son entretien avec lord Carrington et que celui-ci aurait lieu la veille du grand gala. Kadir se donnerait-il la peine de participer à l'événement ? Probablement pas. Oh, bien sûr, sa nouvelle unité de protection était arrivée à la villa des Redmond, mais il lui avait assez répété que sa visite à Silvershire était uniquement motivée par cette rencontre... Il se moquait bien du gala.

Elle soupira. Les informations qu'elle avait obtenues de la bouche de Hakim s'étaient révélées utiles : pour les services secrets, il était désormais établi que Zahid Bin-Asfour n'avait rien à voir dans le meurtre du prince Reginald. Le gouvernement de Kahani était également lavé de tout soupçon. Aussi lord Carrington était-il libre de rencontrer Kadir. Et peut-être accepterait-il de mettre en place cette alliance que Kadir appelait de ses vœux…

Comment Cassandra aurait-elle pu en vouloir à un homme aussi dévoué à la cause de son pays ? Elle se tenait occupée sans cesse, durant la journée, mais le soir venu, le visage de Kadir la hantait. Parfois, elle s'attendait même à ce qu'il frappe à sa porte pour lui avouer qu'il l'aimait. Mais au fond, elle savait que c'était un pur fantasme. Non, ce moment ne viendrait jamais.

Le mardi soir, après avoir enfilé son pyjama bleu, elle s'assit à son bureau et commença sa lettre.

Chère maman,

Comme tu le sais, ma semaine a été bien remplie, au ministère. Il y a encore beaucoup à faire, et je m'étonne même que Mlle Dunn résiste à la tentation de tous nous enchaîner à nos bureaux ! En tout cas, jusqu'au gala…

Elle s'était bien gardée de parler à sa mère du kidnapping. De même qu'elle ne lui aurait jamais dit qu'elle avait vu un homme mourir sous ses yeux. Et naturellement, elle ne lui avait pas dit non plus que Kadir l'aimait. Tous les événements survenus lors de cette nuit terrible étaient rangés dans un coin de sa mémoire, à l'abri. D'ailleurs, hormis quelques membres des services secrets de Kahani et de Silvershire, personne ne connaissait le dessous de l'affaire. C'était mieux ainsi, et elle espérait que ses parents ne croiseraient pas sa voisine, Mme Thatcher, lorsqu'ils lui rendraient visite le week-end prochain. La vieille dame avait vu les ambulances et les camions de police défiler sous ses fenêtres, et Cassandra avait encore toutes les peines du monde à la rassurer chaque fois qu'elle tombait sur elle, sur le palier.

J'aime profondément Kadir. Mais cela ne change rien : il va rentrer chez lui, à Kahani, dès cette semaine. Peut-être même demain soir, après son entretien avec lord Carrington. Ou alors dimanche matin, après le gala. Tu sais, le cheikh et moi sommes très différents, dans bien des domaines. Notre relation n'aurait jamais pu fonctionner, et je suis assez lucide pour le comprendre. Je l'aime et j'ai le cœur brisé, mais en dépit de tout, je n'ai aucun regret. Et je n'en aurai jamais. Alors s'il te plaît, ne t'inquiète pas pour moi. Je vais bien, vraiment.

Et je me réjouis de te voir avec papa dès samedi. J'espère que tu lui as dit de s'acheter un smoking !

Je t'embrasse fort,

Cassandra

Elle plia sa lettre pour la ranger dans une enveloppe afin de la poster dès le lendemain matin, comme toujours. Puis elle se glissa dans son lit et éteignit sa lampe de chevet.

Quand elle crut entendre un coup frappé à sa porte, elle ralluma et fronça les sourcils. Avait-elle rêvé ?

Troublée, elle se releva, traversa l'appartement et alla jeter un coup d'œil par le judas.

Le cœur battant, elle ouvrit la porte.

— Eh bien, quelle surprise… Es-tu ici en tant que Son Excellence, ou bien Kadir ?

Sans se donner la peine de répondre, il la prit dans ses bras.

Elle n'avait besoin de rien d'autre : Kadir était finalement venu jusque chez elle, et elle referma soigneusement la porte avant de l'entraîner vers le salon.

— Tu as des gardes sur le pas de la porte ? s'enquit-elle. Ou des espions postés sous mes fenêtres ?

— Non. Personne ne sait que je suis ici. J'ai trompé la vigilance de mes nouveaux gardes du corps. C'était la seule solution, ajouta-t-il en se penchant sur son cou pour y déposer un baiser brûlant.

Aussitôt, Cassandra se blottit dans ses bras. Ce serait donc leur secret, et personne ne saurait jamais… Bientôt, ce ne serait plus qu'un souvenir.

Ces retrouvailles prendraient fin.

— Kadir…

Il posa son index sur ses lèvres, pour l'empêcher de parler.

— Ne dis rien, murmura-t-il en plongeant son regard dans le sien. Pas cette nuit. Pas de questions, pas de larmes. Si tu n'es pas d'accord, je m'en vais tout de suite.

— Tu veux dire que tu es ici uniquement pour me faire l'amour ?

— Oui.

Cassandra se hissa sur la pointe des pieds pour l'embrasser. Il n'y aurait pas de mensonges entre eux, ce soir. Et elle avait besoin de cette dernière étreinte pour chérir la mémoire des instants qu'ils avaient partagés. Il faudrait qu'elle se contente de ces souvenirs, pour le reste de sa vie.

Dès qu'elle mêla ses lèvres aux siennes, elle perçut la note de désespoir qui passait dans leur baiser. Mais ils sauraient transformer ce désespoir en passion.

Même si elle avait envie de se détacher de lui durant une seconde pour lui dire qu'elle l'aimait. De toute façon, c'était inutile : il le savait depuis longtemps, maintenant.

De même qu'elle savait qu'il l'aimait. Il n'avait pas besoin de le lui confirmer avec des mots…

Ils s'embrassèrent encore et se dirigèrent lentement vers la chambre.

Puis, avec des gestes enfiévrés, ils se déshabillèrent mutuellement, chacun découvrant l'excitation de l'autre.

Cassandra se débarrassa très vite de son pyjama, pour se retrouver entièrement nue devant lui. Il lui fallut plus de temps pour délivrer Kadir de tout ce qu'il portait. Lorsqu'elle le vit déposer le revolver de Lexie sur la commode, elle s'étonna de ce qu'il se serve toujours de cette arme. Mais elle n'y prêta guère attention et se précipita dans la salle de bains pour déposer des préservatifs sur la table de chevet.

Il prit tout son temps. Et tandis qu'il lui prodiguait des caresses vertigineuses, il ne la quitta jamais des yeux ; elle se laissa couvrir de son « regard de braise », ce regard qui décuplait son propre désir alors qu'elle embrassait la peau ambrée de ses épaules pour revenir sans cesse chercher ses lèvres.

Fermant les yeux, elle savoura ce moment de pure volupté. Il glissait une main entre ses cuisses et remontait lentement vers son sexe offert et humide. La spirale de plaisir revenait les emporter, avec la même grâce et la même facilité qu'à Leonia…

Elle aussi voulait prendre son temps : ils faisaient l'amour pour la dernière fois. Mais elle laissa échapper un gémissement quand il posa ses lèvres sur ses seins dressés et qu'il commença à faire sourdre en elle des ondes violentes. Oh, cette sensation était exquise, et elle voulait la savourer encore et encore, avant de ne plus jamais la connaître.

D'une main fiévreuse, elle se mit à caresser son sexe durci, tout en le couvrant de baisers languides. Elle voulait explorer chaque parcelle de son corps, découvrir le goût de sa peau entre ses cuisses, se repaître de ce goût de miel un peu salé…

Son corps était en fusion, comme le sien. Kadir la pénétra alors d'un puissant de coup de reins qui lui coupa le souffle. Puis, il lui fit l'amour longtemps, lentement.

Leur montée vers l'extase était si intense qu'elle sentait des larmes lui monter aux yeux. Oh, c'était trop tôt, elle ne voulait pas se séparer de lui maintenant…

Dire qu'elle ne pouvait même pas lui avouer qu'elle l'aimait follement, éperdument ! Il la serrait entre ses bras, et leurs corps en sueur étaient soudés l'un à l'autre.

A l'instant où il lui donna le plaisir ultime, elle cria son nom.

Et lorsqu'il plongea son regard dans le sien et qu'il découvrit son émotion, lorsqu'il sentit son corps trembler, elle murmura :

— Je ne regretterai jamais rien, Kadir. Jamais.

L'aube se levait quand Kadir sortit du lit de Cassandra. Elle dormait encore. Il voulait la quitter ainsi, et se rappeler les traits détendus de son visage.

Sans faire de bruit, il se rhabilla. Mais en avançant la main vers le revolver, il hésita et se ravisa : cette arme ne lui appartenait pas. Il l'avait empruntée, et elle avait rempli son office.

Avant de partir, il voulut remonter la couverture sur la jeune femme et ne put résister à la tentation de contempler encore un instant son corps parfait. Bon sang, elle était si belle… Lui avait-il dit qu'il adorait sa chute de reins ? Comme la courbe de ses hanches, ses pieds si fins, son sourire, sa magnifique chevelure, son regard magique… Tout lui plaisait, chez elle.

Il se pencha pour déposer un baiser d'une infinie douceur sur son épaule.

Aussitôt, elle gémit doucement et ouvrit les yeux.

— Au revoir, murmura-t-il.

Ce simple mot la réveilla immédiatement, et elle se redressa pour lever vers lui un regard effaré.

— Quoi ? Déjà ? Non… Ce n'est pas possible.

Comme elle s'apprêtait à se lever, il l'en empêcha d'un geste et pressa encore ses lèvres sur son épaule. Il regrettait d'avoir troublé son sommeil, mais il ne supportait pas l'idée de la quitter sans lui dire au revoir. En même temps, il ne tenait pas non plus à remuer le couteau dans la plaie.

— Tu es merveilleuse, dit-il. Aucune femme au monde ne te ressemble, Cassandra Klein.

Il devina la tension qui montait en elle, même si elle détournait les yeux et cachait son visage dans l'oreiller.

— Tu assisteras au gala, samedi soir ?

Sa voix chevrotait… Elle pleurait.

Et sa douleur lui était insupportable.

— Non. Je rentrerai à Kahani dès que j'aurai vu lord Carrington. Après tout ce qui s'est passé, ce sera pour le mieux.

Elle releva les yeux vers lui et essuya ses larmes.

— Alors je ne te verrai jamais dans le costume traditionnel de ton pays…

— Crois-moi, tu n'y perds rien.

Elle hocha la tête et observa un bref silence.

— Tu vas me manquer.

Son cœur devenait si lourd qu'il ne put répondre. Il quitta la pièce. Elle le suivit dans le couloir, enveloppée d'un peignoir.

Au moment où il tournait la poignée de la porte, il se retourna, la serra dans ses bras et murmura très bas, à son oreille :

— Moi non plus, je n'aurai aucun regret.

Puis il referma cette maudite porte derrière lui. Jamais un geste aussi anodin ne lui avait fait si mal.

17

Le jeudi matin, Cassandra put vérifier que Sharif Al-Asad terrifiait toutes les infirmières de l'hôpital. Il devait sortir le lendemain après-midi, et visiblement, le personnel fêterait l'événement.

Elle arrangea les fleurs qu'elle avait apportées dans le vase que lui avait prêté l'aide-soignante, en ignorant les protestations de Sharif qui disait détester les fleurs et la priait de les mettre hors de sa vue. En fait, elle se mordait la lèvre pour ne pas rire : depuis un moment, elle suspectait une immense sensibilité derrière les humeurs proverbiales de Sharif.

Quand il s'aperçut qu'elle n'avait pas l'intention de le débarrasser du bouquet, il poussa un profond soupir et retomba sur son oreiller.

— Vous avez vu Kadir avant son départ ? demanda-t-elle.

— Oui.

Seigneur, cet homme ne s'exprimait que par monosyllabes, quand il n'était pas en train de pester contre la terre entière ! Qu'allait-il s'imaginer ? Qu'elle était venue pleurer sur son épaule ? Ce n'était pas son style ! Et si elle avait dû s'épancher sur l'épaule de quelqu'un, elle n'aurait pas choisi celle de Sharif, blessée et récalcitrante…

— Je crois que son entretien avec lord Carrington s'est bien déroulé, non ?

— Je crois, répondit Sharif d'un ton méfiant.

Elle s'efforça de ne rien trahir de son impatience.

— Et puisque ça s'est si bien passé, j'imagine que Kadir reviendra à Silvershire de temps en temps…

Sharif lui retourna un regard dur.

— N'allez pas vous mettre en tête que…

— Je ne me mets rien du tout en tête ! coupa-t-elle. Je sais parfaitement que Kadir ne reviendra pas sur un cheval blanc pour m'emporter vers son royaume ! J'ai ma vie, il a la sienne, et c'est très clair. Vous me prenez pour une gourde ? Rassurez-vous, il y a longtemps que je ne crois plus aux contes de fées ! Mais si je peux revoir Kadir de temps à autre, même de manière fugitive, je ne m'en priverai pas. Oui, je prendrai tout : même une seconde…

— Pourquoi êtes-vous ici ? maugréa Sharif.

Elle haussa les épaules et remonta la couverture sur lui d'un geste agacé.

— Pour vous apporter des fleurs, évidemment ! Et puis, j'avais envie de vous voir avant votre départ, pour être sûre que vous alliez mieux et que…

— Et que quoi ? aboya-t-il, comme elle hésitait.

Cassandra lui décocha un regard noir.

— Bon, je vais être franche : vous avez une abnégation totale envers Kadir, alors…

Seigneur, elle avait pourtant répété ce discours cent fois dans son lit, cette nuit ! Mais rien ne se déroulait comme prévu, à cause de cette tête de bois. Et puis, les mots restaient coincés dans sa gorge.

Elle soupira et reprit :

— Je voulais vous demander de veiller sur lui. Protégez-le aussi longtemps que vous le pourrez. Si Zahid Bin-Asfour est un jour arrêté et mis hors d'état de nuire, quelqu'un d'autre prendra sa place. Exactement comme Hakim a dû être remplacé par un autre sbire de Zahid. Je connais la détermination de Kadir à changer les pratiques de Kahani, et il trouvera toujours sur son chemin des opposants prêts à tout. J'ai peur qu'il ne prenne pas assez de précautions. Alors… j'aimerais que vous le fassiez pour lui.

L'expression de Sharif était telle qu'elle crut qu'il allait refuser avant de l'envoyer au diable. Mais à sa grande surprise, il répondit :

— Je le ferai. Je vais donner ma démission au ministère de la Défense et prendre le poste de responsable de sa sécurité.

Ça alors ! Si elle s'attendait à cela… Elle en était émue aux larmes. Mais Sharif n'était pas homme à tolérer les effusions, et elle se retint de se jeter à son cou pour l'embrasser.

— Enfin, s'il accepte, ajouta-t-il avec un sourire ironique.

Après le désastre qui a eu lieu chez vous, je ne sais pas s'il me jugera encore digne de cette mission.

— Ne dites pas de bêtises. Vous avez été héroïque. Si vous n'aviez pas été là, Hakim m'aurait probablement tuée avant l'arrivée de Kadir.

— Non, j'ai échoué, insista-t-il en détournant les yeux.

Elle s'approcha doucement de lui et murmura :

— Quelque chose me dit que vous échouez rarement, Sharif Al-Asad. Mais votre orgueil vous torture, et vous vous laissez déborder par la colère… Vous savez, vous seriez moins en proie à toute cette bile si vous vous trouviez une petite amie.

A ces mots, il sursauta et la dévisagea comme si elle venait de prononcer la pire des insolences. Mais il ne dit rien.

— Vous êtes en deuil depuis trop longtemps, enchaîna-t-elle, consciente d'avoir touché juste. Je ne crois pas qu'Amala aurait voulu que vous passiez votre vie à souffrir.

— Vous ne savez pas de quoi vous parlez, répliqua-t-il. Cette souffrance-là n'a pas de nom.

— Non, je ne le sais pas, admit-elle avec douceur.

Pourtant, elle avait eu un aperçu de ce cauchemar durant quelques heures, après avoir assisté à l'explosion du yacht. Et jamais elle n'oublierait ces émotions dévastatrices.

— Tant que Zahid ne sera pas mort, reprit-il, je ne pourrai pas…

— Non, coupa-t-elle. Vous ne le *voulez* pas. Et il y a là une différence de taille. Mais c'est à vous que vous faites du mal, et la femme qui vous aimait ne supporterait pas de voir cela. Pensez-y. Amala n'aurait jamais approuvé tout ça…

Naturellement, Sharif se garda bien d'acquiescer. Lui arrivait-il seulement de tomber d'accord avec qui que ce soit ?

Cassandra le laissa. En dépit de son caractère impossible, elle lui était infiniment reconnaissante. Il allait veiller sur Kadir. Et cela n'avait pas de prix.

La mer illuminée de soleil et le murmure des vagues tièdes laissaient Kadir indifférent, aujourd'hui. En fait, cette longue étendue transparente lui en rappelait une autre, sur la baie de Leonia.

Il caressa la rambarde de son balcon et poussa un profond soupir. Sa nouvelle escouade de sécurité était déjà en place dans la villa. Et le ministère lui avait également envoyé un nouveau secrétaire particulier. C'était comme si tout était revenu à la normale — ou aussi normal que possible, étant donné les circonstances.

Sa maison n'en était pas moins remplie d'étrangers. Et même si chacun de ces hommes avait fait l'objet d'une enquête minutieuse et que le ministère garantissait leur fiabilité, Kadir n'avait pas totalement confiance en eux. Parviendrait-il à faire confiance à qui que ce soit, désormais ? La hantise de la trahison était devenue familière, à cause de Hakim.

Son nouveau secrétaire, un jeune homme toujours souriant, le rejoignit sur le balcon.

— Excellence, vous avez de la visite.

Kadir haussa les sourcils devant l'air nerveux du jeune homme et se retourna pour découvrir Sharif au milieu du bureau.

Sans accorder un coup d'œil à la vue sur la mer, son ami se dirigeait droit sur lui. Son épaule était toujours bandée, et il marchait avec une canne… mais il affichait un large sourire.

— Ça alors ! s'exclama Kadir, je ne t'attendais pas avant demain ! Les médecins t'ont donné congé en avance, finalement !

— Non. Je suis parti sans leur demander leur avis, répondit Sharif, dont le visage s'illuminait de satisfaction. Il faut dire que je venais de recevoir un coup de fil très particulier…

Perplexe, Kadir dévisagea son ami. Il y avait longtemps qu'il ne l'avait pas vu arborer une mine aussi réjouie. Il y avait de quoi se poser des questions…

— Quel genre de coup de fil ? s'enquit-il.

Sharif lança un coup d'œil méfiant vers le nouveau secrétaire. Comme lui, il avait besoin de temps pour abandonner sa paranoïa et n'aimait pas parler en présence d'inconnus.

Kadir échangea un regard entendu avec son secrétaire, qui s'éclipsa aussitôt.

— Bien, maintenant que nous sommes seuls, vas-tu me dire quel est ce mystère ?

Sharif sourit encore.

— Tu te souviens que je t'avais parlé d'un de mes hommes, infiltré dans l'organisation de Bin-Asfour ?

— Oui.

— Eh bien grâce à lui, je sais pourquoi Zahid cherchait à te tuer.

Intrigué, Kadir invita son compagnon à poursuivre.

— Il veut revenir à Kahani pour y établir son quartier général, expliqua-t-il. Et il sait que tu es son plus fervent opposant. Alors…

— Mais toi aussi, tu es son plus fervent opposant, objecta-t-il.

— Certes, mais je n'ai pas ton pouvoir, Kadir, répondit Sharif. Je ne suis qu'un pion parmi tant d'autres sur l'échiquier de notre gouvernement. Alors que toi, tu établis des alliances dans le monde entier pour mettre un terme à la terreur de Bin-Asfour.

Kadir approuva d'un hochement de tête. Il attendait la suite, mais Sharif alla s'accouder à la balustrade pour contempler la mer depuis le balcon.

Il le rejoignit. Son ami paraissait pensif.

— Je ne parviens plus à me rappeler le son de sa voix, dit-il soudain.

Il s'exprimait calmement, sans douleur; comme s'il prenait acte d'un simple fait, contre lequel il ne pouvait rien.

— Au début, enchaîna-t-il, je rêvais d'Amala toutes les nuits. Et elle me parlait. A l'époque, le son de sa voix m'accompagnait partout, et chaque trait de son visage était gravé dans ma mémoire. Mais depuis quelques années, tous ces souvenirs se brouillent et s'éloignent… Il y a si longtemps que je n'ai plus rêvé d'elle.

— Sharif, ça fait *vingt* ans que…

— Certaines choses n'ont pas changé, poursuivit-il sans prêter attention à Kadir. Je veux que Zahid paie pour son crime. Et maintenant qu'il revient à Kahani, je touche peut-être au but. Mais je réalise que cet aboutissement n'aura aucune incidence sur moi : même la mort de Zahid ne me rendrait pas le son de la voix d'Amala…

Il prit une longue inspiration et planta son regard dans celui de Kadir.

— Elle aurait apprécié ta mademoiselle Klein. J'en suis sûr.

— Oui. Dommage que le destin ait tourné de cette manière.

— Oui. C'est plus que dommage.

Une nouvelle fois, il poussa un profond soupir, et Kadir sut que son ami allait abandonner ce sujet trop personnel.

— Pour en revenir à ma décision de quitter l'hôpital avec un peu d'avance, dit-il, je voulais t'avertir d'un événement de la plus haute importance : nous savons où se trouvera Zahid, ce soir. Il a une vente de drogue assez importante à conclure, et il sera présent en personne. Blessé ou pas, j'y serai aussi. Rien ni personne ne pourrait m'empêcher de rater ça… Et toi ? Tu veux en être ?

Kadir releva un regard calme vers son ami.

— Je ne manquerais ça pour rien au monde.

Sharif avait raison : même s'ils parvenaient à en finir avec Zahid ce soir, Amala ne leur serait pas rendue, et toutes ces années de douleur et de deuil les avaient marqués au fer rouge.

Kadir était fatigué de cette guerre. Fatigué de courir depuis deux décennies après l'homme qui avait tué sa sœur. Fatigué d'avoir peur.

— Si nous arrêtons Zahid, tu crois que nous parviendrons à aller enfin de l'avant ? demanda Sharif.

— Je ne sais pas.

Sharif contempla un bateau qui filait au loin.

— Moi non plus, je ne sais pas, dit-il très bas.

Ce samedi matin avait commencé sur les chapeaux de roue, et Cassandra sentait l'angoisse monter à l'idée que le gala tout entier ne tourne à la désorganisation : non seulement ses parents avaient fait leur apparition chez elle beaucoup plus tôt que prévu, mais son père avait déclaré avec un sourire ravi qu'il ne voulait pas changer de smoking. Il avait même assorti sa tenue extravagante d'une chemise bleu électrique à jabots.

Et il ne cessait de répéter que ce smoking était d'une coupe rigoureusement classique…

Pour éviter que ses parents aillent saluer la vieille Mme Thatcher, elle avait dû recourir à mille ruses, et elle craignait que sa voisine ne vienne frapper à sa porte à chaque instant.

Seigneur, comment son père réagirait-il, s'il apprenait qu'elle avait servi d'otage à un homme qui avait pris la vie de plusieurs dizaines d'innocents ? Mieux valait ne pas y songer.

Et mieux valait aussi ne plus penser à Kadir, surtout en une journée pareille ! Mais malgré elle, elle ne parvenait pas à repousser le souvenir de l'homme qu'elle aimait de toute son âme.

Le destin était décidément bien capricieux. Et cruel. Au moment même où elle apprenait à savourer la vie, alors qu'elle était prête à renoncer à la stupide existence bien tranquille qu'elle avait toujours menée et que son cœur connaissait le grand amour…

Non, il ne fallait plus y penser.

Juste après le déjeuner, Lexie les avait rejoints, les yeux rougis et la mine défaite : elle venait de rompre avec Stanley, après un voyage catastrophique. A une époque fort récente, Cassandra aurait rappelé à sa sœur qu'elle devait se montrer plus prudente… Mais cette fois, elle se contenta de la serrer dans ses bras et de l'embrasser, tout en tâchant de la convaincre d'assister au gala : ce genre de soirée lui ferait le plus grand bien, répéta-t-elle en précisant que puisqu'elles faisaient la même taille, il serait facile de lui trouver une tenue dans son dressing.

D'ailleurs, Cassandra conservait toujours la robe de satin bleu qu'elle avait commandée des mois plus tôt sur catalogue et qu'elle ne porterait jamais. Le vêtement était encore rangé dans sa housse ; ce n'était vraiment pas son style, mais il irait à ravir à sa grande sœur.

Après avoir répondu aux douze coups de téléphone que lui adressa Mlle Dunn dans l'après-midi, elle prit enfin le temps de se préparer avec Lexie, qui fit des merveilles en montant sa chevelure en un chignon sophistiqué, laissant quelques longues boucles pendre sur ses épaules. Dès qu'elle se fut maquillée, Cassandra alla prendre la robe noire dans le placard.

— Non mais tu plaisantes, j'espère ? opposa sa sœur d'un ton outré.

— Pourquoi ? Elle est très bien…

C'était une robe très longue, qui lui tombait aux chevilles, et dont le décolleté demeurait sage ; pas le genre de vêtement sur lequel tout le monde se retournait dans une soirée aussi huppée, mais après tout, elle ne serait pas là pour ça !

— Pas question ! « Très bien » n'est pas assez pour un gala que tu prépares depuis des mois. Tu vas mettre le fourreau bleu, et c'est moi qui porterai cette robe.

Cassandra eut envie de répliquer que Stanley ne méritait pas que sa sœur prenne le deuil, mais elle garda le silence. Lexie était sous le choc, et elle allait respecter son chagrin.

Laissant sa sœur enfiler la robe noire, elle revêtit le fourreau et se regarda dans le miroir. Hum. Cette tenue était bien tapageuse… Le fourreau lui laissait le dos nu et découvrait ses jambes jusqu'à mi-cuisses ! Mais elle n'avait plus le choix, maintenant que Lexie portait l'autre.

De toute façon, elle devait se rendre au palais avant sa famille, pour veiller aux derniers détails de la soirée. Aussi se mit-elle en route.

Outre les personnalités internationales conviées pour l'occasion, le gala était toujours le lieu de réunion de la jet-set de Silvershire, et les mondanités allaient bon train. Ce soir, il ne faisait aucun doute que la grossesse de la princesse occuperait toutes les conversations. Cassandra espérait surtout que le fameux feu d'artifice de minuit serait une réussite.

Dès son arrivée, elle retrouva Mlle Dunn et quelques-uns de ses collègues du ministère. Pour une occasion de ce genre, seuls les employés polyglottes étaient de service, et chacun d'entre eux devait veiller au confort des ambassadeurs qui lui étaient assignés : certains ne mangeaient pas de ceci, ne buvaient pas de cela, tenaient à tout prix à éviter tel ou tel de leurs confrères…

Elle repéra Timothy Little, qui vérifiait son programme d'un air concentré.

Au moment où les invités commencèrent à arriver, la mission de Cassandra était pratiquement achevée : il ne lui restait plus qu'à croiser les doigts en espérant que la soirée soit une réussite. Mais il n'était pas question pour elle de se détendre, d'aller dévorer des petits-fours ou de danser.

Elle prêta une oreille distraite aux annonces des premiers hôtes de marque. Les noms familiers défilaient, mais elle gardait un œil sur les ambassadeurs. Déjà, la foule grossissait, et la salle de bal était emplie de femmes vêtues de tenues signées des plus grands créateurs de la planète. En passant parmi les groupes, elle s'aperçut que les gens discutaient principalement du meurtre du prince Reginald et de la vie conjugale de lord Carrington. Ils échangeaient à voix basse les derniers potins au sujet de la famille royale — plus ou moins fondés.

Cassandra se sentit rapidement accablée d'ennui et regretta de ne pas porter sa robe noire : son fourreau attirait l'attention sur elle. Les hommes lorgnaient dans sa direction et lui souriaient. Certains lui adressaient un regard trouble, voire un clin d'œil. Naturellement, elle les ignora tous.

Une ou deux fois, elle repéra sa famille dans la foule et poussa un profond soupir devant le smoking de son père. Mais bientôt, ce costume la fit sourire. Son père était ce qu'il était, et elle l'aimait ainsi. Sa mère et Lexie étaient splendides... Et visiblement ravies. D'ailleurs, Cassandra avait l'impression d'avoir vu sourire sa sœur. Tant mieux ! Ce Stanley ne méritait pas qu'elle verse une larme pour lui...

— Son Excellence le cheikh Kadir Bin Arif Yusef Al-Nuri...

Cette fois, Cassandra se retourna vivement en entendant cette annonce. Et alors qu'elle retenait son souffle, tapie dans un coin de la salle, elle vit ses parents et Lexie se précipiter dans sa direction.

Seigneur... C'était la première fois qu'elle voyait Kadir dans le costume traditionnel de son pays. Il portait un petit turban de soie, une longue veste brodée et des pantalons gonflants, ainsi que des bottes en daim. Les couleurs vives de cette tenue contrastaient avec les tons sobres dans lesquels elle l'avait toujours vu, et le bleu de sa veste semblait identique à celui de son propre fourreau. Deux hommes l'encadraient, également vêtus du costume folklorique de Kahani. L'un d'eux était un inconnu à la carrure impressionnante, et l'autre... l'autre était Sharif ! Pour l'occasion, il s'était coupé la barbe en un petit bouc discret. Il avançait maintenant vers l'assistance en s'appuyant sur sa canne.

Kadir semblait scanner la salle des yeux, et il ne mit pas longtemps à rencontrer son regard. Alors, il afficha un sourire épanoui.

— Oh, mon Dieu ! s'exclama Lexie. Qui est-ce ?

— Eh bien c'est Ka... enfin je veux dire le cheikh Kadir, haut représentant du...

— Non, non, protesta sa sœur en lui posant une main sur le bras. Celui qui se tient sur sa gauche. Celui qui a cette barbe, et ce regard, et cette canne...

Stupéfaite, Cassandra se retourna vers sa sœur :

— Quoi, Sharif ?

— Tu le *connais* ? demanda Lexie en plongeant son regard émerveillé dans le sien. Je retire tout ce que j'ai pu dire sur ton travail ennuyeux ! Il faut absolument que tu me le présentes !

— Mais… Et Stanley ?

— Quel Stanley ? répliqua Lexie en couvant Sharif du regard.

Kaddir sentit quelque chose d'étrange lui arriver, tandis qu'il avançait vers Cassandra. Son estomac était noué, mais de manière agréable, légère. C'était comme si des papillons voletaient en lui, et d'étranges frissons lui parcouraient le corps. Son cœur battait à toute vitesse.

Bon sang, elle était encore plus belle que dans son souvenir… Elle était *rayonnante*. Et tous les gens qui venaient s'incliner devant lui ou cherchaient à lui parler perdaient leur temps : rien n'aurait pu l'interrompre, alors que la femme qu'il aimait se tenait à quelques pas de lui. Car il l'aimait davantage qu'il ne l'aurait cru possible.

Et quand il vit son corps de rêve moulé dans ce fourreau de satin bleu révélant la longueur de ses jambes et la rondeur de son décolleté, il sentit un nouveau frisson lui chatouiller la nuque. Pourtant… Ce n'était pas cette robe qui lui faisait battre le cœur. C'était son sourire. Et cette lueur d'espoir dans son regard, tandis qu'elle le regardait s'arrêter à sa hauteur.

— Mademoiselle Klein, dit-il en s'inclinant respectueusement devant elle.

— Votre Excellence, répondit-elle avec la même solennité. Je ne m'attendais pas à vous trouver ici ce soir…

— Je n'avais pas prévu de venir, répondit-il en la fixant intensément.

Puis il reporta son attention sur la mère de la jeune femme : Piper Klein l'avait reconnu, et il la salua chaleureusement avant d'être présenté au père et à la sœur de Cassandra.

La sœur n'avait d'yeux que pour Sharif… Et elle ne cherchait nullement à le cacher. A peine Kadir lui eut-il baisé la main qu'elle le contourna pour aller droit vers Sharif.

— Et vous ? Qui êtes-vous, au juste ? s'enquit-elle avec simplicité.

Une simplicité qui parut décontenancer Sharif. Il marqua un temps d'arrêt avant de répondre :

— Le chef de la sécurité de Son Excellence. Son garde du corps, si vous préférez.

— Hum. Un garde du corps blessé… Intéressant. Je suis Lexie, la sœur de Cass. Pouvez-vous danser malgré cette canne, ou êtes-vous tenu de rester derrière votre patron durant toute la soirée ? J'admets qu'il n'y a rien de très passionnant à voir ici, mais…

Kadir réprima un sourire et fit signe à son ami de le laisser. Puis il se tourna vers le père de Cassandra.

— Monsieur, puis-je me permettre de vous demander quelques minutes de votre temps ? J'aimerais vous entretenir en privé, pendant que ces dames sont occupées…

Là-dessus, laissant le reste du petit groupe bouche bée, il s'éloigna avec M. Klein.

Cassandra tentait d'ignorer les battements affolés de son cœur, en regardant Kadir et son père revenir dans la salle. Ils avaient un air complice. De ce genre de complicité qui unit les camaraderies viriles… Kadir ne la quittait pas des yeux et marchait droit sur elle, tandis que son père allait retrouver sa mère et sa sœur.

Quand il lui demanda à lui parler quelque part où ils seraient seuls, elle sentit un vertige la gagner et s'efforça de ne pas nourrir trop d'espoirs : les apparences pouvaient être trompeuses, et l'étrange manège de Kadir signifier tout autre chose que ce qu'elle avait en tête.

Comme celui-ci lui prenait la main, elle le laissa faire. A contre-courant de la foule, il la guida vers la terrasse, là où l'orchestre n'était plus qu'un murmure. Elle savoura la caresse de la brise sur son visage et frissonna. Ils étaient seuls. Kadir plongea son regard dans le sien avant de l'enlacer pour l'embrasser avec passion. Il la pressait contre lui, de manière à la fois sensuelle et possessive.

Seigneur, dire qu'elle avait pensé ne plus le revoir avant des siècles… Quand elle avait avoué à Sharif qu'elle espérait qu'il revienne à Silvershire de temps en temps, elle s'était tout de même demandé si elle survivrait à ces étreintes trop fugitives. Comment pourrait-elle supporter d'être de nouveau dans ses bras et de le regarder repartir ?

Quelle était cette vie dans laquelle elle se lançait ? Une vie où le meilleur appartenait au passé…

Elle aurait ses souvenirs, certes. Elle ne cessait de se le répéter depuis des jours. Et elle attendrait les retours épisodiques de Kadir, oui…

Mais ce n'était que l'ombre du bonheur, et il était difficile de s'y résoudre, après avoir connu un amour éclatant, parfait. Surtout que l'homme qu'elle adorait l'aimait en retour. Et même si elle voulait se persuader qu'ils étaient différents, elle savait bien que ce qui les rassemblait était plus fort.

En quelques jours, ils avaient tissé une complicité unique, telle qu'elle n'aurait pas osé en rêver. Ils riaient ensemble, ils aimaient la mer, les promenades, la contemplation de la beauté de la nature… Quant à leurs étreintes, elles étaient tout simplement sublimes.

Mais en cet instant, elle allait savourer la pression de ses lèvres chaudes, car elle avait appris à ne pas laisser filer l'instant présent. Et s'ils n'avaient encore qu'une nuit devant eux… Elle serait à lui. Entièrement.

Non, elle ne gâcherait pas cette magie avec ses inquiétudes…

Kadir la relâcha soudain pour la contempler avec gravité.

— Zahid Bin-Asfour est mort, déclara-t-il d'un ton froid. Il a été tué la nuit dernière.

Une nouvelle fois, elle sentit un vent d'espoir s'infiltrer dans son cœur.

— Que s'est-il passé ?

— A l'aube, l'armée de mon pays a interrompu un vaste trafic de drogue. Naturellement, les hommes de Zahid étaient armés jusqu'aux dents… Nombre d'entre eux ont été tués. Il a failli s'échapper, mais quelques-uns d'entre nous l'ont rattrapé. Malheureusement, il a refusé de se rendre et nous a tiré dessus : nous l'avons abattu.

Stupéfaite, elle leva une main vers le visage de Kadir pour lui caresser la joue.

— Qui l'a tué ?

— Impossible de le savoir. Et peu importe.

Elle frissonna. Peut-être était-ce lui. Ou Sharif. Ou les deux.

— La seule chose qui compte, c'est que Zahid est mort, reprit-il. Ce qui ne signifie pas pour autant que le danger est écarté : d'autres prendront sa place. A moins de me cacher sous le nom de Joe quelque part dans ce monde, je serai toujours une cible.

Cassandra acquiesça. Elle ne le savait que trop bien.

— Tu ne seras jamais Joe, répondit-elle très bas.

— Non. Cassandra Klein, ma vie est une suite de risques sans fin, et il m'est impossible de protéger ceux qui m'entourent de manière aussi définitive que je le voudrais. Si j'aime une femme, elle devient aussitôt une cible à son tour. J'ai essayé de te fuir, parce que je ne voulais pas t'imposer cette menace, mais j'ai eu tort de ne pas te laisser ce choix. Il t'appartient. Tu es une femme intelligente, tu connais la vie que je mène, et c'est à toi de voir. Je viens de demander à ton père sa bénédiction pour notre union. Il m'a répondu qu'il me la donnait bien volontiers si tu étais d'accord. Je t'aime, Cassandra. Veux-tu devenir ma femme ?

Au moment où elle allait répondre, une détonation fit vibrer tous les murs du palais, et Kadir se jeta sur elle pour la plaquer au sol et la protéger de tout son corps.

Cassandra parvint à relever la tête et vit Sharif se précipiter vers eux, suivi de Lexie et de ses parents.

Elle éclata de rire.

— Voyons, ce n'est pas une explosion, mais seulement…

Une fusée traversa le ciel avant d'exploser en gerbe d'or et d'argent au-dessus du palais. Kadir se releva et lui prit la main pour l'aider à se redresser.

— Je suis navré, j'ai cru que…

— Tu n'es pas le seul, répliqua-t-elle en riant. Mais tu ne m'as pas laissé le temps de te répondre.

Il plongea son regard dans le sien.

— Oui, dit-elle, le cœur battant à se rompre. Je t'aime, Kadir… Ma réponse est oui !

18

Pour la troisième fois, Cassandra vérifia le contenu de ses bagages et s'assura qu'elle avait pris tout ce dont elle aurait besoin. Il était presque l'heure de partir pour le petit aéroport où elle avait rencontré Kadir pour la première fois, un peu plus de trois semaines plus tôt.

Lexie avait promis de lui expédier le reste de ses affaires, mais Cassandra ne voulait pas arriver à Kahani et s'apercevoir qu'elle avait oublié quelque chose d'essentiel.

Elle avait adoré cet appartement, et même après la nuit terrifiante où elle y avait été tenue prisonnière près de Sharif, il avait été son foyer. Son chez-elle. Pourtant, en cet instant, elle était prête à laisser tout ce qu'elle connaissait derrière elle. En fait, elle en était même impatiente.

Kadir se posta derrière elle et la prit par la taille.

— Arrête de t'inquiéter, ma chérie. Je te jure que s'il te manque quelque chose, je te le trouverai là-bas.

— Je le sais, soupira-t-elle en glissant son bras sous le sien. J'essaie seulement d'être une épouse organisée…

Elle n'était pas encore mariée, mais cela ne tarderait plus : dans deux semaines, elle deviendrait l'épouse de Kadir. Toute sa famille ferait le voyage jusqu'à Kahani pour assister à la cérémonie.

Son cœur se remit à battre follement quand Kadir l'embrassa. La vie qu'il lui avait promise n'était décidément pas celle qu'elle avait planifiée ! Est-ce que chaque jour serait calme et reposant ? Non. Est-ce qu'elle pourrait s'endormir dans un sentiment de sécurité parfaite ? Non. Mais est-ce que Kadir la protégerait ? Oui. Il le ferait, avec amour et générosité, et elle le ferait aussi.

Il glissa une main dans ses cheveux et se pencha à son oreille :

— Tu es prête à rentrer à la maison, Cassandra ?

Elle sourit et serra sa main.

— Oui, chéri. Je suis prête.

Six semaines plus tard
Mardi soir

Chère maman,

Lexie est arrivée hier et tout va bien ! Sharif et elle ont passé le plus clair de leur temps à visiter Kahani, aujourd'hui, et je crois qu'ils ont le même projet pour demain. J'ai proposé à Lexie de lui montrer moi-même les plus beaux monuments, mais j'ai l'impression qu'elle préfère avoir Sharif pour guide. Jamais je n'aurais pensé que ces deux-là pourraient si bien s'entendre, mais la vie est pleine de surprises, et je crois qu'elle a enfin trouvé un homme qui la mérite.

Cassandra ne disait pas tout à sa mère, loin de là… En réalité, elle était sidérée par la métamorphose de Sharif. La manière dont il appelait respectueusement sa sœur « Alexis » était attendrissante, et Lexie semblait suspendue à chacune de ses paroles. Elle ne lâchait jamais son bras. Sans doute Sharif lui offrait-il une vision de la vie beaucoup plus poétique et apaisante que tout ce qu'elle avait connu auparavant avec des hommes aux allures d'éternelles bourrasques.

Ils allaient bien ensemble. Kadir ne lui avait-il pas avoué que le tempérament enthousiaste de Lexie lui rappelait celui d'Amala ? Sans doute Sharif retrouvait-il cette joie de vivre chez elle… Une joie de vivre communicatrice.

La vivacité de Lexie complétait merveilleusement le caractère contemplatif de Sharif. Et pour une fois, Cassandra approuvait pleinement le choix de sa sœur en matière de conquêtes masculines.

J'ai entendu dire que Silvershire est de nouveau en plein tumulte. Et moi qui avais toujours voulu me trouver au cœur des scandales de la royauté, je dois dire que je suis heureuse de me trouver ici. Mais ne va pas croire qu'il n'y a pas non plus de petits scandales ici, de temps à autre.

Je sais que tu veux toujours prendre connaissance de ces affaires-là, et c'est bien dommage que le Silvershire Inquisitor *n'ait pas un correspondant permanent à Kahani pour te tenir informée !*

Après la mort de Bin-Asfour, son organisation s'est disloquée, et la majeure partie de ses soldats se sont rangés derrière un nouveau chef. Bien sûr, cet homme est profondément opposé à toute idée de changement. C'est un conservateur convaincu, mais un leader de parti politique qui accepte les règles du débat démocratique. Il veut mener l'opposition, mais de manière tout à fait légale. D'ailleurs, il a lui-même mis fin à tous les trafics avant de demander qu'une enquête soit ouverte par la justice. Il déteste l'argent sale et déclare que rien n'est plus important que la paix à Kahani. Chaque fois qu'une rencontre officielle a lieu, il crie beaucoup et s'énerve contre Kadir et tous les progressistes, mais il est fondamentalement opposé à la violence. Je crois qu'il ne m'apprécie pas non plus, mais comment attendre autre chose de la part d'un homme qui a arrêté le temps il y a mille ans et croit que le reste de son pays en a fait autant ? La semaine dernière, j'ai fait la connaissance de sa femme, que j'apprécie beaucoup. Elle est très intelligente, et nous avons longuement parlé, pendant que les hommes étaient en réunion. Nous avons eu une conversation très intéressante. Elle semble croire que son mari finira par adopter les idées de Kadir, mais que cela prendra du temps.

Seigneur, ne serait-ce pas merveilleux, si deux femmes originaires de cultures complètement différentes pouvaient jouer un rôle déterminant dans la modernisation de Kahani ? Cassandra se rendait compte qu'elle ne devait pas s'emballer et que chaque étape se ferait en son temps, mais tout de même… Elle avait le sentiment de commencer la mission diplomatique la plus excitante de sa vie !

Et dès leur arrivée, Kadir lui avait donné une place de choix dans ses activités quotidiennes. Il avait besoin de ses conseils comme de sa présence.

Ils avaient déjà voyagé souvent ensemble dans le pays et à l'étranger, provoquant leur propre petit scandale par leur mariage et leur étroite collaboration professionnelle ! Les photographes ne les lâchaient pas. Où qu'ils aillent, même à l'autre bout du monde, ils tombaient sur un quelconque Simon York qui les mitraillait de flashes.

Dieu merci, pour le moment, aucun cliché de Cassandra alanguie sur la banquette arrière d'une limousine sous Kadir n'avait fait la une d'un tabloïd !

Et de toute façon, Kadir et elle avaient passé la majeure partie de leur temps dans la villa, au cours de leur premier mois de mariage.

Cassandra avait un faible pour ces moments privilégiés qu'ils passaient côte à côte, face à la mer. Peut-être parce que c'était l'origine de leur histoire, sur la baie de Leonia. Elle ne se lassait pas d'entendre le ressac de la mer sur les rochers, et elle aimait par-dessus tout se blottir contre son mari pour gonfler ses poumons d'air marin.

Elle vivait désormais dans un pays étranger, auprès de gens qu'elle apprenait tout juste à connaître… Et pourtant, elle se sentait chez elle. Oui, cette villa était le foyer dont elle avait rêvé toute sa vie.

J'ai gardé le meilleur pour la fin : Kadir et moi allons avoir un bébé. Difficile de te décrire à quel point nous sommes excités… A quel point je suis follement, complètement heureuse ! Mais j'imagine que tu connais ce sentiment merveilleux de commencer à fonder une famille. Je suis terrifiée, ravie et emballée, tout à la fois.

Les pas de Kadir résonnèrent derrière elle, et elle sentit bientôt la main de son mari se poser sur son ventre encore plat.

— Tu as déjà le sentiment d'un changement ? demanda-t-elle en reposant son stylo.

— Non, pas encore. Mais je vais réessayer dans quelques minutes.

Il se pencha sur elle et déposa un baiser brûlant dans sa nuque avant de s'éloigner en souriant, pour la laisser terminer sa lettre.

Elle savoura le frisson qui s'insinuait sur sa peau.

T'arrive-t-il encore de ressentir ces drôles de petits frissons intérieurs quand tu regardes papa ?... Non, ne me le dis pas. Je ne veux pas savoir à l'avance tout ce qui nous reste à découvrir. Je te pose seulement la question parce que c'est ce que je ressens chaque fois que je regarde Kadir. Je sais bien que nous sommes de jeunes mariés, mais quelque chose me dit que cette sensation ne me quittera pas de sitôt...

D'ailleurs, elle ne pouvait pas imaginer de vivre sans. Elle ne parvenait même plus à concevoir sa vie sans l'amour qu'ils partageaient, Kadir et elle, sans cette confiance magique, ce lien que rien ne pourrait dénouer. Avait-elle vraiment songé à mener une autre vie que celle-ci ? Avait-elle été assez folle pour penser pouvoir choisir l'homme dont elle tomberait amoureuse ? Avait-elle cru être en mesure d'ignorer ses sentiments pour Kadir et de se forger une vie plus en conformité avec ce qu'elle avait prévu, uniquement parce que c'était pratique ? Quelle folie... Chercher à arrêter l'amour revenait à vouloir stopper un train lancé à pleine vitesse !

Merci pour tous les bons conseils que tu m'as donnés, et pour tes histoires au sujet du coup de foudre. Dans huit mois, j'espère que je serai une maman avec un sixième sens aussi aiguisé que le tien !

Je t'embrasse fort,

Cassandra

Elle rangea sa lettre dans l'enveloppe et la posa en évidence sur le bureau pour la poster dès le lendemain. Puis elle rejoignit Kadir, qui était accoudé à la fenêtre donnant sur la mer. Elle glissa son bras autour de ses épaules et savoura l'air frais.

Cet endroit était son paradis. Son petit coin à elle, au milieu du monde. Et elle ne l'aurait échangé contre un autre à aucun prix.

Comme le calme de cette nuit la gagnait, elle songea que si elle s'était considérablement épanchée auprès de sa mère ces dernières semaines, dans ses lettres, elle avait omis de lui confier un petit détail. Une petite chose insignifiante, qu'elle n'avait pas cru utile de mentionner...

Oui, peut-être ne s'agissait-il que d'une coïncidence, après tout. Et si elle en parlait, elle passerait pour une idiote. Mais à ses yeux, cela n'avait rien d'idiot.

Son mari possédait un magnifique cheval blanc.

Composé et édité par HARLEQUIN

Achevé d'imprimer en Italie (Milan)
par Rotolito Lombarda
en juin 2015

Dépôt légal en juillet 2015